Für Amanda, die mir die Zeit gelassen hat.

SEA CHANGES

DEREK TURNER
SEA CHANGES

Roman

Aus dem Englischen von Nils Wegner
Geleitwort von Tito Perdue
Mit einem Vorwort von Richard Spencer

JUNGEUROPA
VERLAG

© Washington Summit Publishers, Whitefish 2012,
   für die englische Originalausgabe
© Jungeuropa Verlag, Dresden 2018, für die deutsche Erstauflage

ISBN: 978-3-9817828-1-3

VORSCHUSSLORBEEREN FÜR *SEA CHANGES*

»*Sea Changes* ist die Geschichte eines einzelnen Vorfalls – fiktiv, aber nur allzu vorstellbar – innerhalb des langsamen Selbstmords der englischen Nation. Der Roman ist mit dem angemessenen Mitgefühl geschrieben, nicht nur für die Engländer, die das englische Volk und seinen Charakter bewahren wollen, sondern auch für verzweifelte Drittweltler auf der Suche nach einem besseren Leben, die sich in einem Land wiederfinden, das rasant seine Seele verliert. Die Bösewichter in der Geschichte sind die Legionen der arroganten Statussüchtigen, die für ›Vielfalt‹ und ›Menschenrechte‹ trommeln, und die Politiker, die ihnen nach dem Mund reden. Derek Turner hält ein konstantes Erzähltempo aufrecht und lässt seine Figuren ohne auktoriale Eingriffe jeweils für sich sprechen. Er erzählt seine Geschichte abgeklärt, verständnisvoll und mit großer Detailgenauigkeit. Ein herausragender Roman.«

John Derbyshire

ehem. Kolumnist für National Review, danach vdare.com; Autor der Sachbücher Prime Obsession. Bernhard Riemann and the Greatest Unsolved Problem in Mathematics (2003), Unknown Quantity. A Real and Imaginary History of Algebra (2006),We Are Doomed. Reclaiming Conservative Pessimism (2009) sowie des Romans Seeing Calvin Coolidge in a Dream (1996)

»*Sea Changes* ist ein an vielen Stellen lyrisches und wohlbedachtes Gegengift zu den Gaunern der politischen Korrektheit, die ihr eigenes schlechtes Gewissen erleichtern, indem sie normale Menschen dazu bringen, dass sie sich in ihrer Haut nicht mehr wohlfühlen – das perfekte Korrektiv zu einer nationalen Neurose.«

Taki Theodoracopulos

Autor von Nothing to Declare. Prison Memoirs (1991) und Princes, Playboys & High-Class Tarts (1984); Herausgeber von Taki's Magazine (takimag.com); seit 1977 Kolumnist des Spectator

»Eine mutige, einfühlsame und unwiderstehliche literarische Behandlung eines der sensibelsten, wichtigsten und am wenigsten diskutierten Themen des 21. Jahrhunderts – der Masseneinwanderung und ihrer oft bestürzenden Konsequenzen.«

Sir Richard Body

ehem. konservativer Parlamentsabgeordneter und
Verfasser von England for the English (2001)

»Endlich! Ein Roman, der die Welt widerspiegelt, in der wir tatsächlich leben. *Sea Changes* wirft ein grelles Licht auf die selbsternannten Eliten, die die Regierungen und Medien des Westens beherrschen und in ihrer Selbstherrlichkeit die freiheitliche, tolerante und blühende Zivilisation zerstören, für deren Errichtung ihre Vorfahren lang und hart gekämpft haben. Ganz beiläufig schaden sie den Unschuldigen, doch bleiben überzeugt von ihrer eigenen moralischen Überlegenheit. Die Handlung ist fesselnd. Mit Menschlichkeit und Humor verfolgt Derek Turner die alptraumhafte Odyssee via Land, Wasser und Luft eines jungen Mannes vom Irak bis nach England, wo er ein neues Leben zu beginnen hofft; gleichzeitig untersucht er die Auswirkungen derartiger Einwanderung auf die Engländer. Indem er die Heuchelei ›politisch korrekter‹ Unterstellungen und gekünstelter Frömmeleien über ›Rassismus‹ entlarvt, zeigt er auch die authentischen und tief verinnerlichten, wenn auch unausgesprochenen Werte der Menschen auf, die im Land und seinen Traditionen verwurzelt sind.«

Jillian Becker

Autorin des Romans The Keep (1967), der preisgekrönten
Kurzgeschichte »The Stench« (1974) sowie der Sachbücher Hitler's Children.
The Story of the Baader-Meinhof Terrorist Gang (1977) und The PLO. The Rise and Fall
of the Palestine Liberation Organization (1984);
ehem. Direktorin des Institute for the Study of Terrorism;
Chefredakteurin des Blogs The Atheist Conservative (theatheistconservative.com)

»*Sea Changes* wartet mit der funkelnden, beißenden Ironie auf, die Stendhals beste Satire ausmacht. Turners Wiedergabe der heute vorherrschenden öffentlichen Rhetorik trifft den Ton selbst dort, wo sie sie dekonstruiert. Er ist der politische Schriftsteller, den wir brauchen.«

Catharine Savage Brosman

Prof. em. für französische Literaturwissenschaft der Tulane University (New Orleans); ehem. Lyrikredakteurin für Chronicles. A Magazine of American Culture; Autorin von Visions of War in France. Fiction, Art, Ideology (1999)

»Gut geschrieben sowie akribisch recherchiert und durchdacht, vollbringt es *Sea Changes* – der Debütroman von Derek Turner – meisterhaft, die typischen Figuren in der Tragödie des Westens zum Leben zu erwecken, die die Masseneinwanderung darstellt. Dem Leser werden die vielen, oft unfreiwilligen Akteure in dieser verfahrenen, zum Scheitern verurteilten Situation eng vertraut: konservative Kleinstädter gegen progressive feine Pinkel aus der Großstadt; grundanständige Leute vom Land gegen arrogante, selbstgefällige Linksliberale. Die Profiteure menschlichen Elends sind stets zur Stelle, ob nun Medien oder Schlepper. Ob es einem gefällt oder nicht: Es wird mit gezinkten Karten gespielt. In dieser epischen Auseinandersetzung triumphieren die rauflustigen Gesetzesbrecher und ihre Interessenvertreter – die kleinen Leute vor Ort verlieren.«

Ilana Mercer

Autorin von Into the Cannibal's Pot: Lessons for America from Post-Apartheid South Africa (2009) und The Trump Revolution. The Donald's Creative Destruction Deconstructed (2016); Kolumnistin für The Liberty Conservative und The Daily Caller

GELEITWORT

von Tito Perdue

Die ehemalige Sowjetunion ist zerfallen. Es gibt Probleme in Tibet. Tschechen und Slowaken sind getrennte Wege gegangen. In Amerika sind Weiße und Schwarze nicht immer miteinander ausgekommen. (Andererseits sind die Ureinwohner mittlerweile weitgehend still.) Die vier großen europäischen Reiche von 1914 scheinen auseinandergebrochen zu sein. Und wo um alles in der Welt sind die Araukaner, denen einstmals das chilenische Land gehörte? Belgien wird mit klafterweise Sand zusammengehalten. Und zeitgleich betrachten die geschichtlichen Gemeinschaften der Europäischen Union einander durch zusammengekniffene Augenlider.

Unsere westlichen Progressiven haben sich – beschwingt durch diese Präzedenzfälle und (schon wieder) mit der Absicht, eine abgewirtschaftete Theorie auf die Probe zu stellen – an eines ihrer wohl bizarrsten Vorhaben jemals gemacht, nämlich die Umwandlung einer hochgradig heterogenen (*vielfältigen!*) Spezies in ein undifferenziertes... Irgendwas. Aber: Wenn es unglücklicherweise jemals dazu kommen sollte, würde ihnen das Resultat dann gefallen?

Derartige Psychosen bieten jede Menge Material für Schriftsteller eines gewissen Zuschnitts. Ich spreche natürlich von solchen Autoren, die die heutige Verlagsindustrie zu ignorieren vorzieht, also Autoren mit erstklassigem Verstand und Augen, die des Sehens mächtig sind.

Ich habe Derek Turner – noch – nicht treffen dürfen, lediglich sein Werk ist mir vertraut. Trotzdem ist er zu meinem liebsten Meinungsschreiber und Antiquar sowie meinem zweitliebsten lebenden Schriftsteller geworden. Er schreibt eine derart *saubere* Prosa, und seine Erzählliteratur ist die vielleicht unvoreingenommenste, die derzeit geschrieben wird. Um nur ein Beispiel unter den vielen, die sich anbieten, zu geben: Es gibt in *Sea Changes* einen furchtbaren Journalisten, und Derek schafft es gleichwohl, ziemlich objektiv zu veranschaulichen, wie viel furchtbarer solche Leute wirklich sind. Es gibt auch einen irakischen Jugendlichen, der ein Abenteuer mutig zu Ende bringt, das er nicht selbst angefangen hat. Und dann ist da die Wüste, diese karge und ausgehungerte Weite, bei der man Derek abnimmt, dass er sie fast so gut kennt wie ihre tatsächlichen Bewohner. Niemand möchte freiwillig einen Fuß dorthin setzen oder gezwungen sein, einige der Persönlichkeiten kennenzulernen, denen unser Irakerjunge auf seiner Reise ins erhoffte erfülltere Leben begegnet.

Ich möchte Derek nicht zu übertrieben unterstützen, bloß weil er zufällig recht hat. Nein, es gibt dafür noch diverse andere Gründe, nicht zuletzt eine der elegantesten und logischsten Handlungen, die ich in letzter Zeit gesehen habe. Dieses Buch kommt zu sich selbst zurück und lässt den Leser genau dort zurück, wo er zu lesen begonnen hat. Ich hätte vorhersehen müssen, was passieren wird, aber es hat bis zur letzten Seite gedauert, ehe ich überhaupt irgendetwas vorhersehen konnte.

Was für einen guten Film dieses Buch doch abgeben würde. Aber damit ist nicht zu rechnen. Derek ist ein viel zu guter Schriftsteller, um sich von den Geschäftsleuten einwickeln zu lassen, denen wir unsere derzeitige kulturelle Schmach zu verdanken haben.

Tito Perdue ist Romanautor, u.a. von *Lee* (1991), *The New Austerities* (1994), *The Node* (2011) und *Morning Crafts* (2013).

Sea change ist eine dieser englischen Phrasen, die wir – in unseren eher poetischen Momenten – verwenden, ohne ihre Geschichte zu kennen. Die atmosphärische Formulierung stammt aus Shakespeares *Der Sturm*. Darin benutzt der Luftgeist Ariel sie in einem Lied, um Ferdinand mit dem scheinbaren Tod seines Vaters auf See auszusöhnen.

> *Full fathom five thy father lies,*
> *Of his bones are coral made,*
> *Those are pearls that were his eyes,*
> *Nothing of him that doth fade,*
> *But doth suffer a sea-change,*
> *into something rich and strange,*
> *Sea-nymphs hourly ring his knell,*
> *Ding-dong.*
> *Hark! now I hear them, ding-dong, bell.*[1]

Das Meer verwandelt die Dinge dieser Welt, es zerstört und erhält. Auch Europa wird in etwas verwandelt, das »in fremder Pracht glänzt«. Wir verstehen kaum, was geschieht, und noch wissen wir nicht, was am Ende dabei herauskommen wird.

Derek Turners prophetisches Buch wurde 2010/11 geschrieben. Ich hatte das Glück, an seiner Veröffentlichung bei Washington Summit Publishers 2012 mitzuarbeiten. Zu jener Zeit waren bereits viele Fälle bekanntgeworden, in denen sich Menschen aus den Entwicklungsländern des »Globalen Südens« und Nahen

---

[1] »Fünf Faden tief dein Vater ligt, / Sein Gebein ward zu Corallen, / Zu Perlen seine Augen-Ballen, / Und vom Moder unbesiegt, / Wandelt durch der Nymphen Macht / Sich jeder Theil von ihm und glänzt in fremder Pracht. / Die Nymphen lassen ihm zu Ehren / Von Stund zu Stund die Todtengloke hören. / Horch auf, ich höre sie, ding-dang, ding-dang – –«. Vgl. William Shakespeare: *Der Sturm, oder: Die bezauberte Insel*, übers. v. Christoph Martin Wieland, Zürich 1763. [N.W.]

Ostens auf die Reise an die Küsten des Westens gemacht hatten, ob nun nach Italien, nach Frankreich oder nach Florida. Doch *Sea Changes* entstand, noch bevor die sogenannte »Flüchtlingskrise« von 2015/16 den politischen Diskurs dramatisch veränderte, noch bevor sie zum Prüfstein für die europäische Rechte und das Phänomen Donald Trump wurde und noch bevor sie die deutsche Nation von Grund auf veränderte.

2015 waren das Internet und jede größere westliche Zeitung zugepflastert mit dem Mitleid erregenden Foto Aylan Kurdis, eines syrischen Jungen, der an einem türkischen Strand angespült worden war. (Der Junge hieß in Wahrheit Alan Kurdi, doch die anfängliche Berichterstattung über »Aylan« blieb hängen, und er ist bis heute weitläufig unter diesem Namen bekannt.) Es ist die typische Geschichte: Aylans Vater träumte davon, in Kanada zu leben (das aus seiner Perspektive zweifellos ein Paradies ist); obwohl ihm ein Visum verweigert worden war, heuerte er einen türkischen Schmuggler an, um ihn über die erste Etappe der Reise zu bringen. Seine Träume verloren sich in einem Sturm auf dem Meer.

Aylans Leiche sorgte für viele tränenreiche YouTube-Videos. Ein paar Europäer stellten sogar in roten T-Shirts und kurzen blauen Jeans an verschiedenen Stränden seinen Tod nach. Das waren heutige Varianten der Moralitätenspiele des mittelalterlichen Europa, in denen die Leiden Christi als der symbolische Mittelpunkt des kulturellen und politischen Lebens inszeniert und nachgestellt wurden. Offenbar berührte der kleine Aylan die Politiker so sehr, dass sie jede Debatte darüber abwürgten, was mit den Wellen von Flüchtlingen geschehen solle, die in das europäische Kernland hineinflossen – so als sei es ein lästerlicher Frevel an diesem christusgleichen Kind, die Millionen Menschen nicht aufzunehmen. Der gesellschaftliche Zusammenhalt und selbst die Tragfähigkeit von Europas geliebten Sozialstaaten und medizinischen Versorgungssystemen wurden zu Opfergaben.

Die gesamte Situation war gewissermaßen von romanhafter Seltsamkeit. Sie erinnerte mich sofort an den Anfang von Dereks Buch. *Sea Changes* beginnt mit einem Panorama des Todes, mit einem havarierten Flüchtlingsschiff und Kinderleichen am Strand. Anstatt dass ein metaphorischer Tiber rot schäumt von Blut,[2] sind hier die Kreidefelsen von Dover blutbefleckt. Und genau so, wie es sich vier Jahre später wirklich abspielen sollte, werden die Leichen von Kindern aus weit entfernten Ländern ohne Zögern sofort zu politischen und moralischen Symbolen und Waffen.

Sea Changes wurde in der Zeit geschrieben, die die heutige Krise verursacht hat – in den Nachwehen einer Reihe schrecklicher nahöstlicher Kriege, die Washington geführt hatte und die von den europäischen Staaten entweder begrüßt oder widerwillig hingenommen worden waren. Der damals aktuellste davon waren eine militärische Intervention und ein *Regime change*, die man gegen Libyen eingesetzt hatte, wodurch aus einer verhältnismäßig stabilen nordafrikanischen Diktatur ein Musterbeispiel eines *Failed state* geworden war, in dem umherziehende Banden, Drogenbosse, Großbanken und die »internationale Gemeinschaft« um die Vorherrschaft kämpften. Oberst Gaddafi hatte ausdrücklich vor den Folgen einer solchen Intervention gewarnt und einem französischen Fernsehsender gesagt: »Es gibt Millionen Schwarze, die ans Mittelmeer kommen könnten, um nach Frankreich oder Italien überzusetzen, und Libyen spielt eine wichtige Rolle für die Sicherheit des Mittelmeerraums.« Gaddafis Sohn Saif folgte der Argumentation seines Vaters: »Libyen könnte das Somalia Nordafrikas, des Mittelmeerraums werden. Ihr werdet Millionen illegaler Einwanderer erleben. Der Terror wird nebenan lauern.« Wie wir alle wissen, haben die Politiker nicht zugehört. Vielleicht verspürten sie auch klammheimliche Freude bei der Aussicht auf eine neue internationale Krise, weil sie dadurch etwas zu tun haben würden.

Die Krise nahm ihren hässlichen Ausgang in Deutschland. Kanzlerin Angela Merkel gab bekannt, dass ihr Land die »uneingeschränkte Verantwortung« für die Millionen Flüchtlinge übernehmen würde. (Unter psychologischen Gesichtspunkten ist es schwer, darin nicht den ultimativen Versuch zu sehen, die Nazivergangenheit zu über-

---

[2] Dies ist eine Anspielung auf die Aeneis des Vergil: »Krieg', schaurige Kriege / Schau' ich, und tief gerötet mit Blut aufschäumen den Thybris.« Vgl. Johann Heinrich Voß: *Vergilis Äneide*, Leipzig 1875. [N.W.]

winden.) In der Neujahrsnacht 2015/16 kam die Quittung. Mehr als tausend Frauen brachten sexuelle Übergriffe durch um die 2000 Flüchtlinge zur Anzeige, darunter 124 Vergewaltigungen. Einer der Schwerpunkte war Köln; dort hatten die Übergriffe und zahlreiche Diebstähle direkt vor dem prachtvollen mittelalterlichen Dom stattgefunden. So wurde die wahre Natur der »Flüchtlingskrise« offengelegt. Sie war schon immer eine Invasion – ein Krieg ohne Kugeln. Millionen von Männern im kampffähigen Alter marschierten dreist über Grenzen hinweg und in Hauptstädte hinein. Und Kriege enden fast immer mit Vergewaltigungen, wie die Europäer von Rotherham bis Köln lernen mussten.

Dereks Buch ist voll von solchen Szenen, die wie aus der Tagespresse abgeschrieben scheinen, und seine Figuren spiegeln die dreidimensionalen Tragödien unserer Welt wider. Einer meiner Lieblinge ist der rechte Journalist und liebenswürdige Griesgram Albert Norman, dessen Persönlichkeit und Leibesfülle gewiss auf dem verstorbenen amerikanischen Journalisten und Autoren Sam Francis basieren.[3]

Noch mehr Funken sprüht die Beschreibung des linken Schreiberlings John Leyden, dessen Gedankengänge und Schreibstil Derek präzise heraufbeschwört. Leyden steht für die Apparatschiks in Medien und Politik des heutigen London (oder New York, oder Washington, oder Paris…), die einen salbungsvollen Moralismus in allen Dingen, die mit Rasse oder Sexualität zu tun haben, mit amoralischer Verachtung für die angestammte Bevölkerung kombinieren.

Der Mittelpunkt des Romans ist Dan Gowt, ein Jedermann vom Lande, der für seine »politisch inkorrekten« Ansichten – die noch vor einem Jahrzehnt für 99 Prozent der Bevölkerung selbst-

---

[3] Samuel T. Francis (1947–2005) war von 1986 bis 1995 Kolumnist und Redakteur der konservativen Tageszeitung *Washington Times* und galt der linken Lobbygruppe Southern Poverty Law Center als »›Philosophenkönig‹ der radikalen Rechten«. Francis wurde im September 1995 von der *Washington Times* entlassen, nachdem der Journalist Dinesh D'Souza über eine Konferenz des Internetmagazins *American Renaissance* berichtet hatte, in deren Verlauf sich Francis für die Bewahrung der Identität der weißen Amerikaner und das Erbe der Südstaaten ausgesprochen hatte. Er arbeitete in der Folge u. a. als Herausgeber der kulturkritischen Vierteljahresschrift *The Occidental Quarterly*. Sein auf der Arbeit des politischen Theoretikers James Burnham aufbauendes Hauptwerk *Leviathan and Its Enemies. Mass Organization and Managerial Power in Twentieth-Century America* erschien erst 2016. [N. W.]

verständlich gewesen wären – im medialen Rampenlicht landet. Dan ist ein sanftmütiger Mann, aber er verkörpert auch das »Es« der heutigen populistischen Stimmung, die innere Wut über den kosmopolitischen Verwaltungsstaat, die sich im Brexit-Phänomen in voller Blüte zeigte.

Was Dereks Buch vielleicht am meisten auszeichnet, ist sein einfühlsames Porträt von Ibrahim, der vor allem ein junger Mann ist und erst später zum politischen Maskottchen wird. Derek veranschaulicht jene seltsame Mixtur aus Tragik, Nihilismus und Hoffnung, die die skurrilen Scharen antreibt, die an Europas Küsten landen. Auf seiner Wanderschaft von Basra nach Britannien vermittelt diese Figur einen intimen Einblick in die schlurfenden Massen, die sich auf die Reise zur sogenannten »Freiheit« machen.

Auch das Aufspießen linker Unterstellungen ist Derek sehr gut gelungen. Sein weltgewandter Journalist mit »humanitären« Werten erweist sich als wollüstig und Falschdarstellungen gegenüber nicht abgeneigt, wenn er sich damit einen Vorteil verschaffen kann. Die angeblichen »Volksvertreter« haben in Wahrheit nur Verachtung für das Volk übrig, und ihre liberalen Werte erscheinen als das, was sie wirklich sind – leere Dogmen, die von einer untergehenden Herrscherkaste dahergemurmelt werden.

Derek fängt die Langeweile der Politik unserer Ära mit großem Fingerspitzengefühl ein. Von vorgeblich linken und rechten Unterhausabgeordneten, die untereinander Vereinbarungen treffen, um einen Führungskonsens zu erreichen, bis hin zu geheucheltem Entsetzen über die tatsächliche Meinung ihrer Wählerschaft – *Sea Changes* stellt die Absurdität von Politik am Ende der Geschichte so dar, wie es wenige andere Romane gewagt haben.

Die deutsche Ausgabe von *Sea Changes* ist von besonderer Bedeutung, wenn man die herausragende Rolle Deutschlands in der anhaltenden Flüchtlingskrise bedenkt – und sie hat einen speziellen Nachklang für mich persönlich. Ich kann mich gut an die Politik der 2000er Jahre erinnern, die sich um 9/11, George W. Bush und den Irakkrieg drehte, und auch an die linken Reaktionen darauf: Antikriegsbewegung, Kultur der politischen Korrektheit,

Barack Obama. Robert Kagan, der Altmeister der Neocons,[4] hat die Metapolitik dieser Zeit prägnant zusammengefasst, indem er ihr selbstgefälliges und insgesamt dummes Wesen zum Ausdruck brachte: *Amerika ist vom Mars, Europa von der Venus.* Europäer leben in der Dekadenz am Ende der Geschichte. Während alle ihre Bedürfnisse vom Wohlfahrtsstaat befriedigt werden, entledigen sie sich ihrer persönlichen Moral, haben keine Lust mehr darauf, Kinder in die Welt zu setzen, und verfügen nicht mehr über das Selbstbewusstsein, um die Welt zu beherrschen. (»Käsefressende Kapitulantenaffen«, um einen blumigen Ausdruck dieser Zeit zu verwenden.[5]) Amerikaner hingegen sind gottesfürchtige, fest verwurzelte, knallharte Typen – und deshalb willens, die Bürde eines humanitären, kapitalistischen Imperiums auf sich zu nehmen. (»America, fuck yeah!«)

Ich habe, um es gelinde auszudrücken, andere Erfahrungen gemacht. Nicht nur war ich abgestoßen von der Blasiertheit der Bush-Ära, der billigen Frömmelei und dem Patriotismus im *Talk radio*, sondern zweifelte auch daran, inwieweit Amerika eine »konservative« gesellschaftliche und kulturelle Alternative zu Europa darstellen konnte. Nachdem ich Anfang der 2000er mein Collegestudium abgeschlossen hatte, lebte ich als Bohemien in Deutschland und studierte am Goetheinstitut. Zwei Sommer lang war die bayerische Kleinstadt Prien am Chiemsee meine Heimat, berühmt für die Nähe zu einem riesigen, berggesäumten See und einem der eigenwilligsten Schlösser Ludwigs II.

Ich hielt die Deutschen mitnichten für »Kapitulantenaffen«; vielmehr staunte ich, wie sehr die Gemeinschaft zusammenzuhalten

---

[4] Der US-Publizist Robert Kagan (geb. 1958) ist einer der bekanntesten amerikanischen Neokonservativen, Mitglied des Council on Foreign Relations und Mitbegründer der unter George W. Bush sehr einflußreichen Denkfabrik Project for the New American Century. Er sorgte zuletzt Anfang 2016 für Aufsehen, als er aufgrund der Präsidentschaftskandidatur Donalds Trumps (»the GOP's Frankenstein monster«) öffentlich seine Verbundenheit zur Republikanischen Partei aufkündigte und bekanntgab, zur »Rettung des Landes« Hillary Clinton wählen zu wollen. [N.W.]

[5] Der Mitte der 1990er von Ken Keeler, Autor für die Zeichentrickserie *Die Simpsons*, geprägte Schmähausdruck *Cheese-eating surrender monkeys* für die Franzosen wurde durch den politischen Kommentator Jonah Goldberg in der maßgeblichen (neo-)konservativen Zeitschrift *National Review* popularisiert und erfreute sich insbesondere im unmittelbaren Vorfeld des Irakkriegs 2003 großer Beliebtheit, nachdem die französische Regierung den USA den militärischen Beistand verweigert hatte. [N.W.]

schien. Ich kann mich gut erinnern, wie ich eines Sonntags allein mit einem Buch in einem kleinen Bistro beim Mittagessen saß. Aus einer nahegelegenen katholischen Kapelle konnte ich einen Chor singen hören, in dieser freundlichen, schrägen Harmonie, die Amateure an den Tag legen. Als ein in seelenlosen Vorstädten aufgewachsener Amerikaner hatte ich mit Prien einen Ort gefunden, aus dem man wirklich *stammen* konnte. Meine Gefühle dieser Stadt gegenüber – so nostalgisch, idealisiert und gönnerhaft sie auch sind – ähneln sehr Dereks Beschreibung einer ländlichen Kleinstadt an der englischen Ostküste in *Sea Changes*.

Deutschland ist noch weit mehr als England ein Ort der »Flüchtlingskrise«. Es hat die Verantwortung dafür übernommen, hat die Schuld der Vergangenheit und der Zukunft auf sich geladen und zahlt mehr als jede andere Nation den Preis dafür. Robert Kagan hat Europa definitiv nie verstanden, so wie es geschmacklose Amerikaner von seinem Schlag niemals können. Er sieht nicht die Geschichte und Völker und Kathedralen, sondern nur Märkte und Besatzungszonen der amerikanischen Imperiums. Aber vielleicht lag er nicht ganz falsch, als er eine gewisse Erschöpfung und sogar Feigheit feststellte, einen Unwillen, zu herrschen, und ein Bestreben, sich vor dem Kampf zu drücken.

Unser Vater Europa liegt fünf Faden tief und ist kaum wiederzuerkennen. Doch er wird verwandelt, und am Ende werden wir zweifellos einen anderen Mann vorfinden. *Sea Changes* zeigt uns nicht, wie das neue Europa aussehen wird, aber es beschreibt den Augenblick und die Stimmung, in denen die Wandlung sich vollzieht.

Wandlung in Meereshut dies: Braunaugen salzblau.
Seetod, mildester aller Tode, so dem Menschen bekannt.

(James Joyce: *Ulysses*)

Kapitel I
STAFFAGEFIGUREN

Ostküste Englands
Montag, 5. August

Diese ganze mit dem Wind säuselnde, bedeutungsschwangere Nacht hindurch hatte die Nordsee sachte eine fürchterliche Fracht entlang der Flutlinie abgelegt. Als sich die stechende Sonne über den Rand des Ozeans hob, lag die ans Tageslicht gekommene glänzende Weite aus Sand übersät von geschlagenen Gestalten. Doch niemand war da, um es zur Kenntnis zu nehmen.

Ein braunhäutiger Mann lag dort, wo ihn das Wasser letztendlich widerwillig preisgegeben hatte, sein Gesicht in den feinen gelben Sand gedrückt, das tiefschwarze Haar vor Feuchtigkeit schlaff herabhängend, seine Gliedmaßen ungünstig verdreht.

In der Nähe lag ein tiefschwarzer Jugendlicher, dessen Augen angesichts all dieser Schönheit, die er nicht mehr genießen konnte, hervorquollen; seine feinen Gesichtszüge waren in Panik versteinert, der Mund weit aufgerissen – als habe es sein Leben so eilig gehabt, davonzukommen, dass es die Tür zu schließen vergessen hätte.

Ein paar Fuß weiter lag ein älterer Mann hingestreckt, der ein wenig wie der Junge aussah und ebenso in die Sonne starrte, ohne geblendet zu werden; sein blauer Mantel bedeckte indigofarbene, angeschwollene Knöchel, die seine billigen Sportschuhe zu sprengen versuchten, er trug eine weiße Gebetsmütze auf dem Kopf und in seinem dichten, lockigen Bart hingen Mondsteine aus Nässe.

Eine junge schwarze Frau war fünfzig Fuß den Strand hinunter elegant zurechtgelegt worden – doch strafte der gleiche verständnislose Gesichtsausdruck ihre Schönheit ebenso Lügen wie das Rinnsal aus Blut, das aus ihrer Nase gesickert war und nun begann, kleine Fliegen anzuziehen. Sie lag auf ihrer linken

Seite, einen Arm passenderweise landeinwärts ausgestreckt, mit verkrampften Händen, die nach sicherem Grund gegriffen und ihn zu spät gefunden hatten.

So lagen diese vier unbeachtet in der anbrechenden Morgendämmerung, zusammen mit vielen anderen über Meilen des Strandes hinweg verstreut – bleischwere Überbleibsel, die noch ein paar Stunden zuvor Erinnerungen und Machenschaften, Zynismus und Vorhaben, Vorräte und Erbstücke enthalten hatten. Klägliche Habseligkeiten waren auch angeschwemmt worden und bildeten mit Muscheln und Seesternen ein einziges Wirrwarr: Koffer, ein Kamm, Spielzeug, ein kleiner Vishnu-Schrein aus Plastik mit durchgebrannter Sicherung.

Einer der Körper, der bis vor kurzem die fast einzige Habseligkeit eines kräftigen Schwarzen gewesen war, trieb in einen Priel und verfing sich in einem überhängenden Büschel Strandflieder. Die inmitten der violetten Blüten nistenden Lerchen flogen auf und äußerten Besorgnis, doch kehrten – beruhigt von seiner Bewegungslosigkeit – bald zurück, um ihre gierige Brut zu füttern, trotz des glasigen Blicks von knapp unter der Wasseroberfläche.

Sie sollten diese grausigen Augen nicht lange ertragen müssen, denn noch bevor die Flut aufgehört hatte, den toten Mann zu wiegen, zupften schon Schleimfische an seinem Gesicht, und eine Krabbe hatte sich unter sein allmählich kräuselndes Hemd geschlichen. Keine zwanzig Fluten später würde seine Leiche von Lippen und Klauen geschunden und von Methan aufgebläht sein – dazu bestimmt, langsam und still in einem Strom fauliger Blasen zu zerplatzen; ein bläulich-braunes Knäuel aus Knochen, Haaren und Hautfetzen, das im Wasser dümpelte und mit jeder Sekunde weiter von ihm vereinnahmt wurde; gereinigte Verwesung; Nahrungsfasern, die in kalter und schmutziger Ewigkeit tanzten und sich vermischten.

Die Sonne zog unbekümmert über dieses Grauen hinweg und über all die anderen, die davongewirbelt worden waren, um auf die gegenüberliegende Küste geworfen zu werden oder bis zu ihrem Verzehr weiterzutreiben. Um halb sechs – ungefähr zu der Zeit, als der Kapitän eines Fischkutters aus Seebrügge auf den Inhalt des ersten Netzes dieses Tages starrte – kam ein Mann mit seinem Hund über die Dünen, wie er es jeden Tag um diese Zeit tat. Aber heute sollten seine und jedermanns Pläne umgeworfen werden.

Erster Teil

ABREISE UND ANKUNFT

Der Osten ist gleichbedeutend mit Aussichtslosigkeit.
(W. G. Sebald: *Die Ringe des Saturn. Eine englische Wallfahrt*)

Kapitel II

EINE LANGE AUFGESCHOBENE ENTSCHEIDUNG

Basra

Ibrahim verließ Basra für immer, gerade als die ersten harten gelben Datteln an den neu ergrünten Palmen auftauchten. Jedes Jahr um diese Zeit verspürte er eine besondere Reiselust, wenn selbst in den trockensten und schmutzigsten Bezirken dieser trockenen und schmutzigen Stadt irgendein Dschinn in die Menschen fuhr und dafür sorgte, dass sie einen Moment lang von ihrer Arbeit aufschauten und sehnsüchtig an frische Blätter und ihre Jugendzeit dachten, an den neuen Saft in allen Dingen und daran, sich nach Belieben durch grenzenlose Räume zu bewegen.

Wenn Ibrahim auf sein unbefriedigendes Leben zurückblickte, staunte er manchmal darüber, wie er seine Abreise so lange hatte aufschieben können. Beinahe wäre es zu spät gewesen, zu gehen. Andererseits war ihm kaum eine andere Wahl geblieben. Zum Teil war es eine Schicksalsfrage – so wie alles andere auch, nicht wahr? Es war aber auch ein Stück weit Pflicht – seine Pflicht als Junge und Mann, Sohn und Bruder.

Die unmittelbare Ursache seines Zögerns war, dass sein Vater während der Wirrnisse des Aufstands gegen Saddam 1991 aus nie genau bestimmten Gründen von uniformierten Männern mitgenommen worden war. Und man hatte ihn nie zurückgebracht. Nach langen Tagen des Wartens und Bangens war der einzige Sohn mit zwölf Jahren zwangsweise zum Beschützer, Versorger und Vertreter für seine drei jüngeren Schwestern und eine Mutter geworden, die über dem Schock, ihren Mann verloren zu haben, auch noch den Verstand verloren hatte. In einer Stadt, die allenfalls an (wenig geachteter) Geschichte reich war, lastete die Verantwortung für den Namen und das Wohlergehen der Familie Nassouf plötzlich einzig auf Ibrahims erschreckend schmalen Schultern.

Diese drängenden Bedenken immer im Hinterkopf, gab er auf, was ihm noch von seiner Kindheit blieb, und ging an die einzige Arbeit, für die er qualifiziert war – das Schuften auf dem, was in diesem abgekämpften Land als Bauernhof durchging, wo er sich von der frühesten Morgendämmerung bis zum Sonnenuntergang endlose Stunden auf den Hirsefeldern just außerhalb der Stadt abplagte. Er versuchte gar nicht erst, die Sekunden zu überschlagen oder all den Schweiß, den er auf die undankbare Erde vergoss, ein Trankopfer für diese unersättliche Gottheit, das nur einmal am Tag von Brot, Ziegenkäse und Zigaretten unterbrochen wurde – gefolgt von weiteren knochenbrecherischen Stunden, während Moskitos in wirren Mustern um ihn herumtanzten und sich sein Schatten, der eines Abkömmlings der Wiege der Zivilisation, immer länger vor ihm streckte.

Tag um Tag ging er heim, taumelnd vor Erschöpfung, Monat um Monat, Ramadan um Ramadan, in ein Zuhause aus Porenbeton, das vor Leben überquoll – zur armen Mutter und seinen Schwestern, insgeheim stolz, dass er sie mit seinem Lohn und dem Ertrag heimlicher Nachlese versorgen konnte. Mit dreizehn Jahren fühlte er sich um Jahrzehnte älter als seine Geschwister, ein gebeugter, sonnenverbrannter Patriarch mit einem leichten ersten Bartschatten, seinem Großvater ähnlicher als seinem Vater, der am Abend erschöpft und schweigsam zum Gebrabbel seiner Mutter nickte, während der Kometenschauer seiner Schwestern einander anschrie, kratzte und schlug, Schweiß oder Tränen abwischte, Verwünschungen ausspie, von Marktständen stahl und flohübersäte Katzen streichelte. Bedeutungslose Tage und Nächte gingen ineinander über und wurden zu einer Ära – jeden Tag die gleichen Aufgaben, die gleichen Gespräche mit den gleichen Leuten auf den gleichen armseligen Feldern, der gleiche staubbedeckte Bus nach Hause an der gleichen Saddam-Statue vorbei, kilometerweit an ockerfarbenem, einstöckigem Elend vorbei, über Straßen voller raschelndem Abfall, der von Katzen und kleinen Kindern durchwühlt wurde. Wenn er sich in den Staub hineinsinken ließ, fühlte Ibrahim die Unmenge von Dingen, die ihn niederdrückten, die Bänder, die ihn an das Land fesselten, eine erdige Trägheit, in der alles ockerfarben wurde. Abends ging er früh und verständnislos schlafen – doch in den seltenen Nächten, von denen ihm Erinnerungen blieben, schwebte er weit über allem und träumte von abenteuerlichen Reisen und Landungen an günstigen Gestaden.

Nach einigen Jahren fand er eine Stelle in einem Tanklager, genauso mühselig, aber besser bezahlt – er mähte Rasen, den es fast nur auf dem Papier gab, beseitigte Ratten und Skorpione (während er das Nest der Wiedehopfe in der Dattelpalme nahe des Tores abergläubisch bewachte), kehrte kleine Steinchen über Hektar kochenden Asphalts, strich riesige Metallsilos schlachtschiffgrau an, zog die roten Linien ausgeblichener Warnschilder nach, besserte die Zäune aus, säuberte die Abflüsse.

Er sah die Tankwagen aus dem gleißenden Sonnenschein heraus auftauchen und versuchte, sich vorzustellen, woher sie kamen oder wohin sie fuhren – zuerst hinunter nach Umm Qasr, wohin ihn sein Vater einmal mitgenommen hatte, um die riesigen Tanker zu sehen, die kilometerweit draußen im Dunst vor Anker lagen und darauf warteten, mit den Unterwasserleitungen verbunden zu werden; Schlepper machten ihnen ihre Aufwartung, und die Schiffe bewegten sich mammutgleich in Position; des Nachts machten sie sich verstohlen davon, durch die Meerengen in die nach Öl gierende Welt hinaus. Immerhin bedeutete Basra der Überlieferung nach »Wo sich viele Wege treffen«, und Ibrahim liebte diesen Gedanken einer Verbindung zur Exotik. Diese Schiffe würden Amerika besuchen, London auch, und … An dieser Stelle verließen ihn seine kartographischen Kenntnisse.

Mitten während der Arbeit ertappte er sich selbst bei Träumen von den Ländern jenseits der Grenze und davon, sie eines Tages zu sehen, diese dreckigen, trostlosen, verrufenen Straßen zu verlassen und wie Sindbad über die nach Kloake stinkenden Gewässer hinweg in sagenhafte Königreiche aufzubrechen.

Die Welt da draußen war von kühlem und sauberem Zuschnitt, zusammengemengt aus den Staatsmedien, von denen er sorgfältig zusammengefaltete Seiten neben seinem Bett aufbewahrte, um über ihnen zu grübeln und zu staunen, ehe er in nächtliches Vergessen stürzte.

Was waren das für wunderschöne, gleißende Bilder! Das Weiße Haus, der Präsident bei einem Baseballspiel, die Queen beim Ballettbesuch, daherreitende Kavalleristen in roten Uniformen mit den Dunstwolken des Pferdeatems in der Luft, Big Ben, Fußballfans, große Häuser, große Autos und Frauen, die gleichzeitig schlampig und sexy aussahen.

Sexy … Mit Eintritt in die Pubertät begann er, den örtlichen Mädchen hinterherzustarren, wenn sie vorbeigingen, den sonnenverbrannten Jugendlichen mit den gierigen Augen scheinbar gar nicht wahrnahmen und doch manchmal kicherten, sicher über ihn, eine silberhelle, unbegreifliche Melodie, die in sein hungriges Herz hineinschnitt. Wie sehr er sich wünschte, den Mut zu haben, aufzustehen und eines dieser Mädchen anzusprechen, zuerst als Bittsteller – und dann als ihr Herr!

Und wenn schon diese Mädchen vor Ort, Töchter von Handwerkern und Ladenbesitzern, über einem chancenlosen Arbeiter standen, dessen Kleidung zu offensichtlich am Marktstand die Straße hinunter gekauft worden war – wie viel entlegener waren dann die sauberen, hellhäutigen Mädchen auf den Bildern aus dem Westen, deren himmelschreiend knappe Kleider einen Kontrast zu ihrem kalten Hochmut und der Leere in ihren hübschen Augen bildeten.

Selbst unter der Zensur schien die Welt da draußen offen zu sein, ein Ort, an dem ein Mann und seine Familie alles Nötige haben könnten und die Menschen in Häusern voller überflüssigem Tand lebten. Er versetzte sich selbst gern in eine Innenaufnahme aus einer Dubai-Ausgabe von *Kitchens Today* hinein, die er in der Gosse gefunden hatte. Fast so interessant wie die langbeinige Blondine mit dem kurzen Rock war die Einrichtung dieses Raumes, der Glanz von Chrom, Keramik und Marmor, die kühlen Schwünge der Wasserhähne, die Aufstellung der Geräte, der warme Schein perfekt platzierter Lichter – ganz zu schweigen vom überquellenden Obstkorb, den aufgetürmten Broten und Kuchen und den Regalen voller Flaschen. Durch das Fenster dieser Küche konnte man einen unvorstellbar grünen Hang erspähen, der (so vermutete er) wohl nicht in Dubai lag. Er fragte sich, wie es sein mochte, in diesem Zimmer zu sein, mit diesem Mädchen – und ob er sich wohl trauen würde, auch nur die Möbel zu berühren, gar nicht zu reden von der Frau. Er schaute hinab auf seine staubigen Turnschuhe und schmutzigen Hände und fand sie abscheulich.

Ein Land mit vielen solcher Räume war eindeutig ein Ort der Verheißungen, ein Ort mit Geld für jemanden, der so hart zu arbeiten gewohnt war wie er, ein Land, in dem man keine Angst vor dem Gesetz haben musste. Es schien erstaunlich konturlos, und wenn er zum Denken nicht zu müde war, brannte er vor Neugier.

Er spürte Neuigkeiten aus dem Ausland nach, während Familie und Kollegen hinter seinem Rücken in freundlichem Mitleid lächelten. Seit seinem Schulabbruch hatte er nicht mehr gelesen; jetzt lieh er sich Bücher und Zeitungen oder zog sie aus Müllhaufen heraus, er las langsam, fuhr mit dem Finger die Worte ab und sprach sie leise mit. Er fragte jeden, was er über England und Amerika wisse – doch nur wenige konnten ihm irgendetwas Neues erzählen, und er argwöhnte bauernschlau, dass vieles, was sie sagten, erfunden sei. Nichtsdestoweniger ließ er sich gern alles noch einmal berichten, und immer war die Vorstellung genauso wichtig wie die Information.

Sehnsüchtig betrachtete er die aufgereihten Fernseher in den Schaufenstern. Zwischen Ansprachen Saddams, Dokumentationen über Israel und den Iran und den Werbeslogans der Seifenopern (»Ich kann nicht glauben, dass du das gesagt hast, Tariq!«) gab es manchmal verführerische internationale Exotika: Fußball und Konzerte, Wahlen und Skandale, Schriftsteller und Prominente,

Regen und Schnee und grüne Wiesen, große Häuser und Geschäfte, vollgestopft mit allem, was man sich nur leisten konnte.

Den Fernsehsprechern zufolge waren westliche Frauen praktisch Huren, während die Männerwelt aus Heuchlern und Unterdrückern bestand, die – wie in den schlechten alten Zeiten – ihr weißes Reich wieder ausdehnen wollten, um den irakischen Kindern das reiche Öl zu stehlen, um die Juden zu bewaffnen, damit sie den Glauben angreifen konnten, und um die Schätze Mesopotamiens zu plündern. Sie seien mit den Iranern, den Kuwaitern, den Kurden oder den Israelis verbündet – oder mit allen gleichzeitig. Der Westen war eine freudlose Gegend, erschüttert von Aufruhr und Verbrechen; die Wirtschaft stand immer vor dem Abgrund. Aber wie jeder andere im Irak, so glaubte auch Ibrahim kaum etwas von dem, was ihm gesagt wurde. Die Verzerrungen Bagdads wurden von einer öffentlichen Wahrnehmung ausgewogen, die in die entgegengesetzte Richtung verzerrt war – demnach stand der Westen nicht kurz vor der Katastrophe, sondern wurde vielmehr immer stärker, während es der Irak war, der den Halt verloren hatte und sich im Niedergang befand. Die Leute tuschelten untereinander, dass die Westler unvorstellbar reich seien, dass sie alle eigene Häuser und Autos hätten, Urlaube, wundervolle Kleider und überreichlich zu essen. Sogar ihre Schoßhunde bekämen Geburtstagsgeschenke. Es gebe wirtschaftliche Sicherheit, freie Wahlen, Meinungsfreiheit, und es sei völlig egal, wer dein Vater war und welchem Stamm oder welcher Partei er angehörte. Die verlockendste Geschichte von allen war, dass frisch eingetroffene Fremde vom Staat Geld und sogar Häuser bekämen. Das konnte nicht wahr sein, sagte sich Ibrahim – *aber wenn doch?* Könnte am Ende sogar jemand wie er dort Ansprüche anmelden? Und wenn ja, war er das dann nicht nur sich selbst, sondern auch seiner Familie schuldig?

Er besaß ein paar magere Ersparnisse, versteckt unter dem Erd-fußboden des Hauses in einer Blechdose, die einmal mit D&J-Zigaretten gefüllt gewesen war. Vielleicht, ganz vielleicht würde ihm das einmal helfen, aus dem schäbigen Hier heraus- und in das sagenhafte Dort hineinzukommen.

Aber dann dachte er wieder an seine Verantwortung, die Entfernung, die Sprache und den Aufwand, wie sehr er Dinge vermissen würde, von denen er geglaubt hatte, sie zu hassen – und der entzückende Gedanke huschte davon wie ein juwelenbesetzter Vogel, der zum Schutz ins Dickicht floh. Doch er würde ihn von dort aus mit funkelnden Augen anstarren.

Eines besonderen Morgens, als Ibrahim gerade eine Wand nahe dem Tor strich, wurde ein Volkswagen-Minibus vom Wächter durchgewunken. Der stoppelbärtige, heftig schwitzende Funktionsträger stellte sich zu Ibrahim und schaute dem Fahrzeug nach, das in Richtung des Verwaltungsblocks davonfuhr. »Amerikaner! Was die wohl hier wollen?« Im Anschluss an die rhetorische Frage spuckte er aus, ehe er in sein nach Schweiß stinkendes Torhäuschen zurückschlurfte.

Ibrahim trieb sich stundenlang herum, bis er den Bus endlich zurückkommen sah, und schlenderte dann ganz beiläufig auf das Tor zu. Der Wagen hielt vor ihm an – ihm, mager und verschwitzt in seinem orangefarbenen Overall, die braunäugige, schmalnasige Verkörperung nahöstlicher Männlichkeit – und er blickte für einige Sekunden, die er nie vergessen würde, in das Fahrzeug hinein.

Er zählte sechs hellhäutige Ausländer – geschmeidige, lockere Körper, Lächeln und sorglose Augen, kurzärmelige, gebügelte weiße Hemden, Krawatten, Aktentaschen – und wollte all das so sehr haben, dass er sich selbst davon abhalten musste, den Arm auszustrecken und das glückselige Fahrzeug zu streicheln. Stattdessen schlossen sich seine Hände fest um den hölzernen Griff seines Farbpinsels, so fest, dass seine zu langen Fingernägel tatsächlich kleine Kerben im weichen Holz hinterließen. Dann war der Wagen fort und ruckelte auf den Hafen zu. Er hinterließ einen Wirbel aus Staub und Abgasen – und einen plötzlichen, scharfen Fokus.

Die Zeit verging, ohne sich um Ibrahim zu kümmern. Die Armee fiel in Kuwait ein, nur um sich anschließend abrupt wieder zurückzuziehen, was Saddam offenbar immer beabsichtigt hatte. Die Straßen nahmen einen gelblicheren Ton an. Ein neues Wort kam auf – Sanktionen. Die paar Ausländer, die es in Basra gegeben hatte, verschwanden oder wurden deutlich unauffälliger, die Wasserstraße blieb leer, und immer weniger Lastwagen holperten die verfallenden Straßen entlang. Die Regale der Geschäfte blieben oft leer, und die Menschen mussten Abfall oder Tierkot aufsammeln, um ihre Feuer anzufachen. Manchmal hielten Armeelaster an der Straßenecke, und wohlgenährte Soldaten teilten Mehlsäcke, Ölfässer oder Gemüse an drängelnde Menschenmassen aus.

Das Tanklager schloss, und Ibrahim war auf einmal überflüssig. Jetzt blieb ihm nichts zu tun, als draußen herumzuhängen, während die Zigarettendose unter dem Fußboden immer leichter wurde – bekümmerte Langeweile, gelegentlich unterbrochen von vorüberrasenden Kampfjets, die wie Falken aussahen, die aus einem Fantasiereich herüberschossen.

Dann begann seine Schwester Aisha zu husten. Es wurde schlimmer, und er konnte sich die Medizin nur leisten, wenn sie fortan ohne Essen auskommen sollten. Er hatte eine Lösung, die ging jedoch gegen all seine angestammte Moral. Doch nach einer Nacht, in der er Aisha auf der anderen Seite der notdürftigen Wand ohne Unterlass husten hören konnte, fasste er einen Entschluss, als gerade die ersten Lichtstrahlen des Morgens durch die Jalousien drangen.

Der Job war monatelang unbesetzt geblieben, weil ihn niemand sonst hatte annehmen wollen. Er wurde gut bezahlt, und es hieß, die Bedingungen seien gut – doch indem er ihn annahm, würde er praktisch nicht nur aus der örtlichen Gemeinschaft heraustreten, sondern aus dem Moralkodex, zu dem sie alle sich bekannten. Es ging darum, für den enorm wohlhabenden und deshalb verhassten

Tariq Kemali zu arbeiten, einen adnanitischen Bandenchef, dem eines der schönsten Privathäuser der Altstadt gehörte – ein Mann, der sich an den Sanktionen bereicherte, der Besucher aus dem Ausland hatte, Umgang mit Ministern pflegte und arbeitete, wann immer Allah oder der Teufel ihn riefen, während die Klimaanlage brummte und die Schweißflecken unter seinen dicklichen Armen auf Melonengröße anwuchsen. Er kontrollierte beinahe die Hälfte des organisierten Verbrechens der Stadt und hatte eine geheime Übereinkunft mit seinem qahtanitischen Amtskollegen, nach dem sie sich vom »Herrschaftsbereich« des jeweils anderen fernhielten und nur ihren eigenen ausplünderten. Er war dafür bekannt, grausam und skrupellos zu sein. Hätten Ibrahims Nachbarn geahnt, mit wem er sich einließ, wären er und seine Familie ausgestoßen worden. Deshalb musste Ibrahim eine Geschichte über eine Stelle als Sicherheitsmann erfinden, die er selbst seiner Familie auftischte. Sie waren zu jung oder, im Falle seiner Mutter, zu geschwätzig, um die Wahrheit zu erfahren. Immerhin waren sie Frauen, sagte er sich.

Ibrahim hasste sich selbst dafür, doch verbarg das Gefühl wie ein Mann, als er seinen Dienst in Kemalis Haus antrat. Über mehrere Monate hinweg brachte man ihm dort alle notwendigen Fertigkeiten bei, etwa ein Auto zu fahren, mit einer Pistole umzugehen, Gäste zu durchsuchen, wachsam neben seinem Arbeitgeber herzutappen, wenn der vor die Tür ging, immer bedrohlich zur Stelle zu sein, während Kemali plauderte und seinen klobigen Schmuck blitzen ließ, um Ladenbesitzern Schutzgeld abzuknöpfen. Während er jetzt äußerlich stets sauber angezogen war, fühlte Ibrahim sich innerlich schmutzig, diese Männer zu erpressen – niedergebeugt in ihren Buden, mit verständnislosen Kindern oder allzu verständigen Frauen, die böswillig hinter bunten Nylonvorhängen hervorstarrten, während Ibrahim die »Versicherung« von ihren angeblichen Herren abkassierte. Doch ihr Verlust war die Rettung seiner Familie.

Eines furchtbaren Tages musste er teilnehmen, als ein Rivale Kemalis »befragt« wurde, in einer verschlossenen Garage in einer entlegenen Vorstadt, die regelmäßig für solche Privatkonferenzen genutzt wurde und wo die Leute auf den Boden schauten oder demonstrativ in ihre Häuser gingen, wann immer Kemalis BMW heranrollte. Der Mann hatte laut und über eine lange Zeit hinweg geschrien, doch die Hitze und die furchtsame Mittäterschaft der Straße hatten die Geräusche gedämpft. Er war ein Mandäer und hätte jedem von ihnen wahrscheinlich das Gleiche angetan, wären die Umstände andere gewesen. Trotzdem war Ibrahim abgestoßen vom Knirschen und Knacken der Gliedmaßen des Mandäers, von seinen Schreien, als der Stuhl wieder und wieder weggetreten wurde und er an schlaffen Armen von dem rostigen Eisenhaken in der fleckigen Betondecke herabhing. Dann brachte jemand einen Schweißbrenner ... Er wurde nicht länger als ein paar Sekunden gebraucht, aber diese Sekunden hatten die Garage mit solch überwältigendem Grauen erfüllt, dass Ibrahim in die Ecke gekotzt hatte – wofür ihn seine abgehärteten Kollegen verspotteten. An diesem Abend sagte er sich oft, dass er aussteigen würde. Doch dann hatte er in den frühen Morgenstunden in die Gesichter seiner schlafenden Schwestern geblickt und war geschlagen zurück zur Arbeit getrottet, an jenem Tag und an all den Tagen danach.

Drei weitere Jahre gingen an Ibrahim vorbei, mit Unterbrechungen wie dem regungslos hingenommenen Tod seiner Mutter und ihrem Begräbnis auf dem öden abgezäunten Gebiet am Stadtrand. (Sie konnten es sich nicht leisten, sie in ihr Heimatdorf im Sumpfgebiet zurückzuschicken – das im Übrigen sowieso kaum noch existierte, nachdem Saddam als Lektion in Gehorsam das umliegende Gebiet hatte trockenlegen lassen).

Dann kam einmal Saddam, um die Gebäude zu inspizieren, die von der Importfirma seines Cousins gebaut worden waren, um nie importierte Güter zu lagern. Ibrahim sah Saddam aus hunderten Metern Entfernung – eine untersetzte, braununiformierte Gestalt, die Panzerkommandanten den Salut abnahm, während auf allen

Dächern Scharfschützen lagen und die Straßen vor Polizisten wimmelten.

Da war auch die Begierde, die er nicht auf ehrlichem Wege befriedigen konnte, weil die Frauen aus anständigen Familien sich nicht mit Kemalis Leuten abgaben (sein Geheimnis war durchgesickert). Seine unbeholfenen Paarungsversuche fanden unten am Hafen statt, wo die Mädchen, die sich keinen ausländischen Seemännern mehr anbieten konnten, neue Kundenschichten für sich erschlossen hatten. Ibrahim schämte sich für diese Treffen und hatte furchtbare Angst, sich die Pocken einzufangen – doch hin und wieder wurde das Bedürfnis übermächtig.

Eines Tages kam ein prall gefüllter Umschlag mit seinem Namen und seiner Adresse auf der Vorderseite. Das war der erste Brief, den er jemals bekommen hatte; nachdem er ihn gelesen hatte, wünschte er sich, der Absender hätte sich nicht die Umstände gemacht. Er hing jedoch zu sehr an seinen Ohren, um Einspruch zu erheben, und dachte sich, dass diese Situation immerhin einen neuen Anfang für ihn bedeuten könnte – und einen Anlass, aus Kemalis Dienst zu scheiden, ohne sich dessen gefährliches Missfallen zuzuziehen. Optimistisch gestimmt von dem Gedanken, seine patriotische Pflicht in anschließende Ehrbarkeit ummünzen zu können, schickte er seine Schwestern zu ihrer Tante und schüttelte sein bürgerliches Leben vor den Toren von Kaserne Nr. 4 (Distrikt Basra) ab.

Die Ausbildung war unbarmherzig; gelegentlich wurden die Wehrpflichtigen gezwungen, sich gegenseitig fast totzuschlagen – aber er hatte nichts anderes erwartet. Natürlich waren die Unteroffiziere Schweine, aber das war nichts Persönliches. Einige Soldaten kamen verhältnismäßig gut davon, aber so war es nun einmal. Irgendwer hatte irgendwem ein wenig Geld zugesteckt. Ibrahim war ein hinreichend fähiger Rekrut, um nicht unangenehm aufzufallen, wofür er sehr dankbar war, und weil er fahren konnte, fand er sich bald als dienstlicher Fahrer wieder und bekam höheren Sold.

Nach der Ausbildung bestand das Militärleben aus einer Menge Langeweile, doch zum Ausgleich gab es auch gemeinsame Veranstaltungen – ganze Nachmittage, die er und seine Kameraden herumbekamen, indem sie mit Wischmops in den Händen herumstanden, rauchten und schmutzige Witze erzählten; es gab sogar verbotene Saufgelage, wo sie sich etliche Flaschen Arak teilten, Ibrahim erzählte, wie er eines Tages in den Westen gehen würde, und ihn dann alle auslachten.

Manchmal gab es sogar etwas Aufregendes, wie bei einer Nachtpatrouille in den Bergen entlang der Grenze zum Iran, als man ihnen erlaubte, ihre Kalaschnikows über die schwarze Landmasse des arroganten Nachbarn hinweg abzufeuern. In solchen Momenten, wenn er die Leuchtspurgeschosse durch die Dunkelheit fegen sah, war Ibrahim beinahe stolz, ein Iraker zu sein. Es gefiel ihm, der mächtigsten und angesehensten Gruppe des Landes anzugehören. Er prahlte und fluchte wie die anderen, fuhr in seiner Uniform auf Heimaturlaub und versuchte sein Glück bei respektablen Frauen, die bei ihm ebenso viel Angst wie Gier hervorriefen. Es war, als hätte er sich gerade erst an sofortigen Respekt gewöhnt, als er wieder zum Zivilisten wurde.

Doch auch wenn er froh war, den Dienst am Vaterland hinter sich gebracht zu haben, stand er nun wieder am Anfang – mit dem einzigen Unterschied, dass er zwei weitere Jahre verloren hatte. Die Chance, neue Fertigkeiten zu erlernen, die er sich von der Armee erhofft hatte, war ausgeblieben ... Oder hatte er sie nicht bemerkt? Nun stand er wieder da, ein weiterer gesunder, aber unausgebildeter junger Mann unter zahllosen anderen in einer wirtschaftlichen Flaute, der Frauen zu versorgen und nicht genug Einkommen hatte. Er brauchte nicht lange, um abzuwägen, was zu tun war, und zwei Tage nach seiner Entlassung aus der Armee klopfte er aufs Neue an Kemalis Tür.

Weitere bedeutungslose Jahre verschwammen in dem hübschen alten Haus mit seinen jasminbehangenen Jalousien und engen Fluren mit Parkettboden, herumschleichenden Geckos und gemurmelten Unterhaltungen, die man durch halboffene Türen hören konnte. Gelegentlich fragte sich Ibrahim, ob alle Leben so abliefen, und hätte gerne mehr über die Komplexität der Dinge gewusst – ob es wohl immer so sein würde, dass Millionen von Gefühlen zu einem einzigen großen Nichts verschmolzen, zu dem ständigen Eindruck, an der Schwelle zu irgendetwas zu stehen, das niemals kommen würde?

Die sanfte Morgensonne, der Geruch von Pfefferminztee, fette Fliegen an der Decke, der abgewandte Blick eines Mädchens, ein penetranter Hauch von Mundgeruch, ein knurrender Magen, Kopfschmerzen vom Arak – bedeuteten solche Dinge irgendetwas? Er schien nie etwas anderes getan zu haben, als der Taille seines Arbeitgebers beim Wachsen zuzusehen und seinen Fingern beim Blättern durch den Rolodex.

Doch gab es jetzt zwei volle D&J-Zigarettendosen, und er hatte bereits mit einer dritten angefangen. Nachts, wenn alles schlief, holte er sie oft aus ihrem Erdloch hervor und spielte mit den Geldscheinen, strich sie endlos glatt und faltete sie dann wieder zusammen, während er sich jedes Detail und Merkmal einprägte. Er wünschte, die netten Mädchen in der Nachbarschaft wüssten, wie viel Geld er besaß. Die Hafenbekanntschaften waren alle ganz in Ordnung, doch oft sehnte er sich unermesslich nach einer Person, der er vertrauen konnte, die ihm ein wenig Arbeit abnehmen und die Kinder schenken würde, die von jemandem im Alter von 22 Jahren erwartet wurden. Mit der Zeit und unter Ausnutzung seiner Geschäftskontakte wechselte er seine Dinare in Dollar um, denn er dachte sich, dass es selbst bei einem unvorteilhaften Wechselkurs eher dem Dollar zuzutrauen war, seinen Wert einigermaßen zu halten. Und irgendwo in seinem Kopf schwang immer der Gedanke mit, dass Dollar nützlicher sein würden, wenn er erst einmal auf dem Weg war.

Dann kam der Schlag gegen den Großen Schaitan, der in der Welt jenseits des Westjordanlands Entsetzen verursachte. Sogar Saddam distanzierte sich von den Mördern, die er zuvor von irakischem Gebiet verbannt hatte. Ibrahim war verblüfft, dass so etwas in New York passieren konnte, obgleich er nichts für die Opfer empfand, die er weder gekannt hatte noch begreifen konnte. Manchmal wunderte er sich darüber, dass so viele Menschen Allah ablehnten – doch er wusste auch, dass es irgendwie unanständig, ja idiotisch war, für ihn zu *töten*.

Die kurzzeitig mitfühlende Stimmung schlug überraschend schnell um. Nun berichteten die Zeitungen, die Amerikaner würden drohen, ihre Rachsucht nicht an den Terroristen, sondern – ausgerechnet! – am Irak auszulassen. Es hieß, die Amerikaner hegten einen unerklärlichen Groll gegen Saddam, trotz der Sehnsucht des Unersetzlichen Führers nach Frieden und Dialog. Die Yankees hatten schon die legitimen Ansprüche des Iraks auf das korrupte und unislamische Kuwait hintertrieben. Der rüpelhafte Hanswurst Bush – der, wie man sich erzählte, von den Israelis bezahlt wurde – verleumdete Saddam (wofür ihm viele Einwohner Basras heimlich zujubelten).

Saddam, der Vater der Nation, Verteidiger aller Araber und Erbe der babylonischen Königswürde, verhielt sich abwechselnd onkelhaft und trotzig. Die Amerikaner würden den Tag bitter bereuen, an dem sie den Irak angriffen, versicherte er barhäuptig und heldenhaft auf einem Podium, den Kopf zurückgeworfen, seine Söhne im Hintergrund aufgereiht wie baathistische Kronprinzen. Die Yankees seien dekadent, und die Leichen ihrer jungen Männer würden das Land bedecken, wenn sie irgendetwas versuchen sollten. Das Volk würde kämpfen, und es würde für sein Land, für die Freiheit und für Allah kämpfen. Die Amerikaner hätten die Macht des vereinten irakischen Volkes unterschätzt. Es würde ein neues Vietnam für sie werden – ein neues Little Big Horn, Suez, Dien Bien Phu, Tsushima oder Isandhlwana. Bush sei ein Narr, und ein gefährlicher Narr dazu. Es seien die Amerikaner gewesen, deren ungerechte und illegale Sanktionen den irakischen Kindern Medizin und Essen vorenthalten hätten. Nun wollten sie die Unabhängigkeit und den Stolz der Iraker zerstören. Was wussten sie schon von Zivilisation? Wir sind die Erben Babylons. Während wir der Welt die Zivilisation brachten, tanzten sie nackt durch ihre frostigen Wälder. Wir wollen Frieden, aber wenn es hart auf hart kommt, werde ich euch zum Sieg führen, schwor Saddam, während sich Fahnen blähten, Soldaten jubelnd ihre Mützen in die Luft warfen und vorbeifahrende Panzer alle Gebäude erbeben ließen.

Im Fernsehen wurden hübsche Jungen mit Kalaschnikows interviewt: »Ja, ich werde lieber sterben als unsere heilige Erde den Invasoren zu überlassen. *Allahu akbar!*« – »Unser Präsident hat das moralische Recht auf seiner Seite, und das moralische Recht wird ganz sicher siegen. Lang lebe Saddam!« Auch die Frauen wurden vereinnahmt – ob Professorin oder Bäuerin, die Frauenschaft des Iraks würde sich niemals imperialistischer Aggression beugen. Die irakischen Juden und Christen – seltsame, doch sinnvolle Blüten – demonstrierten zugunsten des Führers. Überall hingen Bilder palästinensischer Flüchtlingslager, israelischer Luftangriffe, französischer Polizei im Angriff auf maghrebinische Demonstranten, eines Schwarzen, der in London im Polizeigewahrsam ums Leben gekommen war. Es gab Dokumentationen über die Verbindungen von Bush und Blair zu Geheimbünden und ihre jüdischen Vorläufer. Offenherzige Parlamentsabgeordnete aus vielen Ländern kamen zu Besuch, ebenso wie Spezialisten für Juden und Weltverschwörungen, Waffenhändler, Techniker, Solidaritätsprediger aus der Zweiten Welt, PR-Unternehmen sowie Journalisten, die nur an der Wahrheit interessiert waren und daran, der amerikanischen Außenpolitik die Schuld zuzuschieben. Es gab patriotische öffentliche Denunziationen, Gerüchte und Gegengerüchte, Tachelesreden und Diplomatie und Gelegenheiten, Saddam in einer Moschee abzulichten (erstmals seit zwanzig Jahren, wie der Flüsterwitz wusste). Manchmal wurde er zu Saladin oder Mehmed II., indem er das Wesen der Zivilisation gegen die bleichen Barbaren verteidigte. Oder er war bloß fromm und unverstanden – ein einfacher Familienmensch, zu Hause inmitten seiner goldenen

Wasserhähne und maurischen *Torchières*, ein vernünftiger Mann, verwirrt und verletzt von der amerikanischen Uneinsichtigkeit. Afghanistan wurde überrannt, die Taliban wurden gestürzt – und es gab Gerede über eine Invasion, einen feindlichen Einfall, eine Beleidigung unserer großartigen Nation. Bei den undankbaren Kurden (sowieso alles jesidische Dämonenanbeter!) gärte es, und in der Nacht rumpelte die Republikanische Garde nordwärts. Es gab geraunte Geschichten von Verrat und geheimen Abmachungen, nächtlichen Verhaftungen und Sabotage, von Fremden, die man beim Überqueren der Grenze aufgegriffen oder in der Nähe von Ölanlagen und Eisenbahnbrücken gesehen haben wollte, oder die plötzlich aufgetaucht seien, um Fragen zu stellen und Dollar anzubieten. Man flüsterte sich zu, dass die Saddam-Fedajin in der Gegend seien, und die Kriminellen der Stadt tauchten solange unter – der beschützte Beschützer Kemali war einer der wenigen, die weitermachten, als ob nichts sei. Abgeordnete, Pressevertreter, Bürokraten und Armeeoffiziere kamen und gingen. Irakische Kampfflugzeuge heulten kämpferisch über die Stadt hinweg. Die Wasserstraße füllte sich mit Minenlegern und Patrouillenbooten, in Basras Straßen entstanden Panzergräben und Luftschutzbunker. Es gab Ausgangssperren und Probealarme. Staubbedeckte Soldaten sicherten und kontrollierten die Kreuzungen und Landungsbrücken, dann stiegen sie wieder in ihre Lastwagen und rasten zum nächsten strategischen Punkt. Bäume und Gebäude wurden weggerissen, um Schussfelder zu verbessern, und entlang des Flusses wuchsen Alleen aus Stacheldraht. Die Menschen legten Vorräte an und versuchten an tausenden Cafétresen und Werkbänken, zu ergründen, was die Fernsehsprecher und blechernen Radios wirklich zu sagen hatten. Die Cafés standen unter Hochspannung, wo Kaffee, Zigaretten und hohe Politik die Luft durchtränkten. Auf den Polizeiwachen brannte das Licht die ganze Nacht hindurch. Halbkettenfahrzeuge voller gelangweilter Soldaten fuhren unentwegt am Ufer auf und ab, während ihnen kleine Jungen voller Neid zusahen.

Die Spannung steigerte sich so lange, bis sie Teil des alltäglichen Lärms geworden war. Wie alle anderen, so vergaß auch Ibrahim manchmal beinahe die in Aussicht stehende Mutter aller Schlachten, während sein Arbeitgeber so beschäftigt wie nie zuvor war, Deals einging und aufkündigte, während sein Doppelkinn schwabbelte, wenn er lachte, seine Ringe glitzerten, wenn er durch seinen Rolodex blätterte, mit roten Ohren vom Telefonhörer. Noch mehr lange, langweilige Tage wie so viele andere in Ibrahims Leben, in jedermanns Leben – das Gerede von der Bedrohung wurde zum Moskitosummen – Kaffee, Zigaretten und Spielkarten wetteiferten um den Marmortisch im sonnengesprenkelten Flur.

Ferne Explosionen rissen ihn aus dem Schlaf. Die Royal Marines waren beim ersten Tageslicht in Umm Qasr gelandet – und die Reservisten der Armee befanden sich im vollen Rückzug, warfen panisch ihre Waffen weg und ließen ihre Feldwebel und Offiziere überrumpelt zurück, während sie nach Basra zurückwichen.

Innerhalb von Minuten war der ganze Al-Hayyaniyah-Block auf den Beinen, und die Stadt füllte sich mit dem Röhren hochfahrender und ausrückender Motoren, gebrüllten Kommandos, dem Knallen von Stiefelhacken und Gewehrverschlüssen. Straßen wurden geschlossen und Papiere geprüft, Stacheldraht verstärkt und umgesetzt, Pioniere kamen in LKWs an, Versorgungskonvois zogen durch, Munitionskisten wurden geöffnet und aufgeteilt. Soldaten und Polizisten suchten nach Saboteuren und Deserteuren – währenddessen verbreiteten Übertragungswagen Radionachrichten von Niederlagen, die die tapfere Armee den Amerikanern beigebracht habe. Die Yankees und die Engländer würden bald ins Meer zurückgeworfen werden; ihr illegitimer Krieg sei von den Vereinten Nationen verurteilt worden und zu Hause unbeliebt, ihre Soldaten interessierten sich mehr für Coca-Cola als für den Kampf – abgesehen von den SAS-Gangstern, die hinter der Front Frauen und Kinder vergewaltigten und massakrierten. Hütet euch vor Saboteuren! Misstraut dem Fremden! Meldet den Fremden! Eine Freie Islamische Legion sei auf dem Weg, Freiwillige aus allen muslimischen Ländern der Welt.

Doch die Kampfflugzeuge der Kreuzritter waren oft über ihnen zu hören, und wenn sie kamen, schreckten selbst die Soldaten zusammen und suchten Deckung. Die Zivilisten strömten aus der Stadt hinaus, als sei ein Ameisennest aufgebrochen worden – entweder, um auf den Feldern zu kampieren und auf die Briten zu warten, oder, im Falle der Baath-Loyalisten und von Ibrahims plötzlich unsicherem Arbeitgeber, um nordwärts Richtung Bagdad zu fahren, das bekanntlich – oder hoffentlich? – niemals fallen würde, oder um in ihren Heimatdörfern Unterschlupf zu suchen, gefolgt von Lastwagen voller Papiere, Geld, Juwelen und Kunstgegenständen und mit großen Gruppen von Aufpassern im Schlepptau. Ibrahim wurde nie gefragt, ob er sich Kemali anschließen wollte, sondern stattdessen vom Sekretär beiläufig ins Vorzimmer bestellt, mit einem Monatslohn im Voraus bedacht und dann endgültig vor die Tür gesetzt. Was auch immer kommen mochte, die Einwohner Basras waren froh, dass sich Kemali und seinesgleichen davonmachten – und einige Fluchtkonvois wurden verhöhnt und mit Steinen beworfen.

Als Demonstration der Stärke trafen Einheiten der Republikanischen Garde mit ihren roten Stiefeln aus den Panzerdivisionen »El Nida« und »Hammurabi« ein, auch Kommandosoldaten der »As Saiqa«, die in ihren Streitwagen von Norden herandröhnten wie ihre historischen Vorläufer – ein Vergleich, der unentwegt gezogen wurde. Ihre harten Gesichter strahlten Zuversicht aus, und ihre sachkundigen Hände umfassten brandneue Brownings. Ungefähr die Hälfte von ihnen fuhr nach Umm Qasr weiter, während der Rest überall in Basra Stellung bezog – das heißt, Zivilisten aus ihren Häusern warf, Ladengeschäfte in Festungen verwandelte, Tarnnetze über zischende Fahrzeuge warf, rauchte, fluchte, lachte und Zielübungen mit streunenden Hunden veranstaltete (und mit Zivilisten, die sich verdächtig machten).

Die Rotstiefel konnten einige wenige Tage lang genüsslich herumstolzieren, bis ihre nach Umm Qasr vorgerückten Kameraden unerwartet zurückkehrten – in Auflösung, demoralisiert, entwaffnet, dezimiert. Sie brachten beunruhigende Berichte mit, zusammenhanglose Geschichten davon, flankiert, überrumpelt und niedergemacht worden zu sein, von schnellen und flexiblen britischen Panzern, ständigem Beschuss aus der Luft (ohne ein Lebenszeichen von *unserer* Luftwaffe!) und dem niemals sichtbaren, aber immer spürbaren SAS. Sie sagten, dass die versprochene Versorgung mit Munition, Essen, Wasser und Treibstoff niemals angekommen sei. Offiziere und Unteroffiziere hätten katastrophale Fehlentscheidungen getroffen. Die Mannschaften hätten den Kampf verweigert oder seien niedergemäht worden, wo immer sie Widerstand zu leisten versuchten. Selbst aus den Reihen der Rotstiefel seien ganze Züge verschwunden – viele Männer tot, noch mehr verwundet, versprengt oder verlassen, oder durch die feindlichen Linien gesichert, um in irgendwelchen Löchern Heckenschütze zu spielen oder sich in Feldlager zu schleichen und Koalitionärskehlen durchzuschneiden. Die Briten seien unmittelbar hinter ihnen, sagten sie.

Und sie hatten recht. Binnen 48 Stunden schnappten die »Desert Rats« der 7. Panzerbrigade auch schon nach ihren Fersen; sie stießen von Abdaliyah und Manawi Al Loyim aus auf Basra vor. Die Garnison musste bestürzt feststellen, dass ihre Panzer langsamer und weniger kampfstark waren, dass ihr Nachschub unzuverlässig war und dass so gut wie alles, was sie unternahmen, von Flugzeugen ausgemacht und ausgeschaltet wurde. Befehle aus Bagdad, wenn sie denn durchkamen, waren spärlich und zusammenhanglos, eher Durchhalteparolen als Anweisungen.

Ein weiteres Mal in seiner Geschichte versank Basra in Feuer und Elend. Kilometerweit entfernt sahen die Nassoufs und all ihre Nachbarn dabei zu, von ihrem Zeltlager nahe dem kraterübersäten Flughafen aus. Alles, was sie kannten, Menschen, die sie gekannt hatten, war in den Schmelztiegel geworfen worden, in dem der Irak zerbrochen und neu geformt wurde. Sie waren froh, das offensichtliche Ende Saddams mitzuerleben, und schauten doch voller Fragen und Sorgen auf ihre Stadt. Sie kochten über offenen

Feuern, durchsuchten die Umgebung nach Nahrung und Wasser und fürchteten sich vor Seuchen. Einige Alte und Kranke starben; sie wurden hastig betrauert und begraben – die letzten Verluste des Kampfes.

Anfang April wurde der Fall Bagdads bekanntgegeben, obwohl Saddam und seine Söhne noch auf der Flucht waren. Als der Flächenbrand sein Ende fand, kehrten Ibrahim und tausende andere dorthin zurück, wo sie einmal ein Leben gehabt hatten. Manche fanden nur noch Schutt vor, wo einmal ihre Häuser, Cafés, Garagen und Moscheen gewesen waren, übersät mit verbogenem Metall und gesprenkelt mit rotgestiefelten Toten. Doch viele Stadtteile waren gänzlich unbeschädigt geblieben. Das Haus der Nassoufs war zum Glück noch intakt, und Ibrahims Einberufungsbescheid lag als trockener Scherz vor der verschlossenen Tür.

Hochgewachsene, blauäugige Befreier mit dem Union Jack auf den Ärmeln ihrer Uniformen (oder anderen, fremdartigen Abzeichen unbekannter Länder) wurden zum vertrauten Anblick. Sie rollten in leichten Landrovern hoheitsvoll die Straßen auf und ab und verteilten Essen, Kaffee und Medikamente aus Lastern, die vor Gütern überquollen. Manche von ihnen bewegten sich unter den Zivilisten, ihren neuen besten Freunden – die Kevlarhelme gegen Barette ausgetauscht, lächelnd, Schokolade und Zigaretten verschenkend, Hände schüttelnd und mit Anwohnern für Fotos posierend. Wochenlang, ganze Monate lang schienen die Truppen die absolute Kontrolle zu haben; ihre Überlegenheit war deutlich zu spüren.

Dann aber kehrten die Bomben zurück – Menschen schauten panisch auf, gefolgt von Sirengeheul, Schreien und Motoren, gelegentlich auch sporadischem Waffenfeuer, wenn die britischen Soldaten oder die neue Hilfspolizei Verdächtige durch die engen

Gassen hetzten oder eine Straße hinunterschossen. Die Barette wichen wieder den Helmen, und erneut sah man Panzer auf den Straßen. Ganze Stadtteile wurden überraschend abgeriegelt, während Suchtrupps unübersichtliche Gebäudekomplexe und Höfe nach schwer fassbaren Aufständischen durchkämmten. Schiiten und Sunniten gingen auf Abstand zum jeweils unreinen anderen. Die Bomben zielten nicht nur auf die Besatzer und ihre Polizeimarionetten, sondern auch auf die Anhänger des falschen Bekenntnisses. In Hinterhöfen geschahen ungezählte Morde, und in den Wohnvierteln traten maskierte Bewaffnete Türen ein – Kämpfer der Mahdi-Armee oder Vollstrecker der Unterwelt, die für die Erblinie des Propheten, für die Stammesehre, zum Begleichen privater Rechnungen oder einfach nur für Geld töteten.

Jedes Gespräch, jedes Geschäft war von Angst begleitet. Die Polizei war unfähig, oder Schlimmeres. Jeder raunte von Männern aus der Al-Jameat-Wache, die Polizeiuniformen trugen, aber für die Milizen arbeiteten – die Waffen und Geld stahlen, Ziele markierten, Verbrecherbanden übernahmen oder selbst neue aufbauten und Menschen in Polizeiautos zur »Vernehmung« abholten und selten wieder zurückbrachten (die verstümmelten Leichen tauchten manchmal im Straßengraben wieder auf oder wurden aus fahrenden Autos vor die Türen ihrer Häuser geworfen). Ibrahims Erinnerungen an seinen Vater wurden wach – er war froh, dass seine Mutter all dies nicht mitansehen musste, doch auch immer nervös wegen seiner Schwestern und machte sich ununterbrochen Sorgen, wenn er sie nicht sehen konnte. Die Briten hatten keine Ahnung, was vor sich ging, und konnten dem kein Ende bereiten. Vielleicht war es ihnen auch einfach egal.

Alte Strukturen und Vereinbarungen gingen unter in einer Raserei der Entbaathisierung. Die Verhassten wurden auf den Boden der Tatsachen zurückgeholt, doch einige von ihnen zahlten einen viel höheren Preis, als sie verdient gehabt hätten. Neue Bandenchefs bedienten sich ahnungsloser ausländischer Soldaten, um alte Fehden abzuwickeln. Wichtige Aufträge gingen an klassen- und bindungslose Zuzügler aus Bagdad oder Kurdistan, oder gleich an Ausländer –

die waren tüchtig und verteilten Geschenke an jeden, kannten sich jedoch vor Ort kein bisschen aus. Die Spannungen stiegen, als man ortsansässige Mädchen bei den fremden Truppen sah, Mädchen, die auf einmal teure Kleider, Parfüm und Handys besaßen. Man ging davon aus, dass sie einen hohen Preis für diese Güter bezahlt haben mussten. Die irakischen Männer wussten, dass sie da nicht mithalten konnten – und das fachte den Aufruhr weiter an. Die Versprechungen der Befreier, ein ordentliches Abwassersystem, neue Häuser und neue Arbeitsplätze zu schaffen, wurden drastisch zurückgefahren. »Die wollen unsere Herzen gewinnen? Die können uns ja noch nicht mal mit Strom versorgen!« war das finstere Urteil eines normalerweise unbekümmerten Nachbarn der Nassoufs.

Aus Monaten wurden Jahre, und selbst in Basra erinnerten sich die Menschen allmählich mit so etwas wie Nostalgie an die Zeiten unter Saddam. Überall hörte man, dass die Lebensbedingungen viel schlechter geworden seien und dass anständige Männer und Frauen mittlerweile nicht mehr ihren alltäglichen Verrichtungen nachgehen könnten, ohne Gefahr zu laufen, in die Luft gesprengt zu werden. Das hätte es unter Saddam nicht gegeben. Er war böse, aber er gab uns Ordnung. Unter Saddam wusste man, wo man stand. Jetzt geschah alles wahllos und bösartig. Nicht einmal seine Gefangennahme und Verurteilung hatten die Gewalt stoppen können – und er war immerhin wie ein Mann gestorben, viel soldatischer als seine maskierten Henker. Gerüchte besagten, dass es im Norden und Osten Bürgerkrieg gebe; Waffen und Freiwillige kämen über die Grenze aus dem Iran. Mehr Soldaten wurden stationiert, und das half für eine Weile, doch was würde passieren, wenn sie irgendwann – und Amerikas neuer (schwarzer!) Präsident hatte versprochen, dass es bald soweit sein würde – abzogen?

Als ihr Geld zur Neige ging und er mit tausenden anderen um Essenspakete und Eimer mit warmem Wasser aus Steigleitungen anstehen musste, kreisten Ibrahims Gedanken ununterbrochen um seinen alten Traum, in den Westen zu gehen. Anders war nur, dass inzwischen – er wusste selbst nicht, wann genau – aus dem Traum ein Plan geworden war.

Er würde es tun. Er musste es tun. Hier gab es für ihn nichts zu gewinnen. Das hatte es nie gegeben. Um ehrlich zu sein, gab es im Irak für niemanden etwas zu gewinnen, und das würde auch noch viele Jahre lang so bleiben, falls es sich überhaupt jemals ändern sollte. Er würde gehen, jetzt, solange er noch einigermaßen jung und kräftig war und solange er noch ungebunden war – um endlich, nach so vielen Jahren der Aufopferung, seine Fantasien auszuleben.

Das würde nicht nur für ihn, sondern für alle das Beste sein. Er sah sich bereits dicke Schecks nach Hause schicken, und wie Aisha und die anderen sie entgegennahmen, seinen Namen priesen und das kostbare Papier küssten, während ihre Augen in den wohlgenährten Gesichtern leuchteten.

Er hatte keine Wahl – und er war froh darüber. Er fühlte, wie ihn eine mächtige, tröstende Ruhe überkam und all die Ärgernisse und Unannehmlichkeiten des Lebens linderte. Er betrachtete das schmutzige Wasser im Eimer, das schlechte Essen auf den brüchigen Tellern, die Gesichter der verdreckten und gebeugten Menschen, und mit einem halb freudigen, halb erschrockenen Schlag seines Herzens wurde ihm klar, dass er all das bald nicht mehr sehen müsste.

Eines Abends im Frühjahr traf er sich, erstaunt über seine eigene Verwegenheit, mit einem kettenrauchenden Lasterfahrer in einem Café gegenüber den nutzlosen Kränen am Roka-Kanal. Der Mann sollte in einer Woche Fracht in die Hauptstadt bringen und würde Ibrahim für hundert US-Dollar als Beifahrer mitnehmen. Nach ihrer Ankunft würde er ihn mit Leuten zusammenbringen, die ihr Geld damit verdienten, Menschen nach Kurdistan »oder noch weiter« zu bringen. Er zwinkerte und nahm eine Anzahlung von zwanzig Dollar entgegen, dann stießen sie mit Apfeltee auf das Geschäft an. Doch es schien alles zu billig, zu beiläufig, zu leicht, zu schnell. Ibrahim war überrascht, in einem so erstaunlichen Augenblick, der sein ganzes Leben verändern würde, derart abgeklärt zu sein. Er ging langsam und nachdenklich heim, bahnte sich den Weg durch Menschenmengen, die schon zu Erinnerungen wurden.

Kapitel III
ERNTEZEIT

Crisby St. Nicholas, Eastshire
Montag, 5. August

Dan rannte im blitzsauberen Wirtschaftshof herum – keuchend, schwitzend, leicht panisch. Es war ungewöhnlich sonnig und windstill. Obwohl alles aussah wie immer, war da noch etwas anderes, er wusste es, nah, doch gerade außerhalb seines Begriffsvermögens – ein Schönheitsfehler an diesem makellosen Ort.

Beklommen rief er: »Hallo? Hallo?« Doch es kam keine Antwort. Es kam nie eine Antwort. Nur immer neue Schwärme verschreckter Tauben, die vom Dach aufstoben und Schleifen flogen. Man hörte nichts außer ihrem unbeholfenen Flügelschlag, seine Stimme, die von den verwitterten Wänden abprallte, seinen immer rauer werdenden Atem und das Ticken der alten Standuhr... seltsam laut trotz mehrerer Backsteinbreiten Entfernung... Die geliebte Standuhr, deren Ziffernblatt das Gemälde eines verschwundenen Lebens zierte: ein Jäger mit breitkrempigem Hut und geschulterter Flinte, neben ihm der Fleck eines Hundes, die eine ganze Ewigkeit entfernt inmitten des Schilfs in einem Nachen standen, während verblasste Enten über den düsteren Himmel schossen.

Als er sich schließlich in seinem stockfinsteren Schlafzimmer wiederfand, war er wie im Traum schweißüberströmt, und sein Herz klopfte wild in die bedrückende Dunkelheit.

Dan Gowt interessierte sich weit mehr für Getriebe als für Gefühle, und dieser Alptraum war der einzige, der ihn in all seinen beschaulichen Lebensjahrzehnten heimgesucht hatte. Das aber machte sein seltenes Auftreten umso beunruhigender. Um 6:41 Uhr an diesem denkwürdigen Morgen, nach einer Nacht, in der er unentwegt hochgeschreckt war und unbändige Angst hatte, zu fallen – mit Wangen, die so straff gespannt waren wie Trommelfelle, und Händen, die sich irgendwie zu groß anfühlten – um diese Zeit, als er schon vor einer Stunde hätte auf den Beinen sein sollen, erschien ihm der Traum besonders unheilvoll. Benommen und mit trockenem Mund, verstopfter Nase und krustigen Augen blickte er dumpf auf das Licht, das allmählich durch die Vorhänge sickerte, während sich sein Körper entspannte und sein Herz zu seinem üblichen, trägen Rhythmus zurückfand.

Es war der erste Tag der Erntezeit, der wichtigste Tag des Jahres, und normalerweise hätte er sich mit stiller Genugtuung darauf gefreut. In diesen Tagen verspürte er eine fast metaphysische Verbundenheit zu diesem Ort, ein Gefühl der Richtigkeit, des ersehnten Lohns nach all den Monaten der Mühe. Der gemietete Mähdrescher war sicher schon auf den engen Straßen durch die Marsch nach Home Farm unterwegs, und er musste aufstehen, um ihn entgegenzunehmen.

Er richtete sich vorsichtig auf. Hattys Atmen zeugte von einer Nacht, die seiner in nichts geähnelt hatte. Als er eine Sekunde lang auf sie hinabblickte, lächelte er beinahe. Der Schlaf hatte einige ihrer Falten aufgeweicht, und sie sah ein wenig aus wie damals, als er sie beim Jungbauerntreffen zum ersten Mal gesehen hatte. Damals... Wann auch immer das gewesen war. Egal.

Die Dohlen im Schornstein schnalzten ihr *Tschack-tschack*, während sie in ihrem staubtrockenen Nest herumzappelten. Hin und wieder löste sich ein Zweig und fiel mit hellem Klang auf die gusseiserne Kaminplatte mit Löwe und Einhorn, die ein Ahn im Schlafzimmerkamin angebracht hatte, um die Thronbesteigung der Stuarts zu feiern. Dessen niederer Nachfahr streckte sich nun knackend zu voller – bescheidener – Größe, bemäntelte seine stämmige Figur mit abgetragenen Klamotten und wusch sein wettergegerbtes Gesicht und den von weißem Haarflaum umkränzten Kopf mit braunstichigem Wasser aus dem altmodischen Wasserhahn im Bad, an dem die Regler für KALT und HEISS verkehrt herum montiert waren. Sie hatten sich nie ans Stadtwasser anschließen lassen, worauf Dan einen geradezu perversen Stolz verspürte, und sich stets auf das Bohrloch verlassen, das 70 Fuß oder noch tiefer in den Lehm stieß, um irgendeinen geheimnisvollen, schlammigen Fluss anzuzapfen. Sogar nach Durchlaufen der Filter, die er eingebaut hatte, trug das Wasser noch immer einen leicht mineralischen Geschmack und hatte der alten weißen Badewanne eine graubraune Tönung verliehen.

Träge blaue Augen inmitten von müdem Weiß blickten zurück, während er Lippen und Nase von der ungewissen Bedrohung durch das Rasiermesser wegspreizte. Danach trampelte er im Dunkeln die alte, quietschende Treppe mit ihren breiten Eichenholzstufen und übertrieben dicken Pfosten hinunter. Er kraulte Sammys weißbraunen Kopf und ließ den Jack Russell für gewisse Geschäfte nach draußen flitzen. (Wie gewöhnlich der Hof schien, und wie läppisch der Traum.)

Trotzdem ließ sich nach diesem schlechten Start in den Tag ein gewisses ungutes Gefühl nicht abschütteln, als er die Hühner herausließ und im warmen Stroh nach Eiern tastete. Als er über den Hof zurückging, die angeknackste Delfter Schüssel randvoll mit braun gefleckten Leckereien, sah er mit dem üblichen selbstzufriedenen Stolz, wie hübsch die Home Farm anzusehen war. Ihre feuchten, unregelmäßig gesetzten Ziegel und S-förmigen eisernen Mauerhaken in der Sonne; die Fensterfaschen aus Sandstein leicht funkelnd; graue Flechten auf der vertikalen Sonnenuhr mit ihrer seltsam belehrenden Inschrift: »Wie gewonnen, so zerronnen.« Auf dem rotgekachelten Dach neigten sich zwei Türkentauben zueinander, ganz in die Balz vertieft.

Diese Seite der Farm blickte ostwärts, auf makellose Scheunen aus dem 19. Jahrhundert mit einer weiß-türkisen Andeutung der Nordsee dahinter, die eine Meile über kaninchenverseuchte Weiden und Dünen hinweg entfernt lag, in denen sich Kröten herumtrieben und die gerade so hoch waren, dass Dan von seinem Standort aus den Strand nicht sehen konnte. Er kannte und liebte Ausblick und Ort bis in jedes einzelne Detail, auch wenn er sie für völlig selbstverständlich hielt. Über der See schwebte ein Hubschrauber – irgendeine Luftwaffenübung. Er sah ihm eine Minute lang zu und bewunderte, wie immer, die Geschicklichkeit, mit der das Gerät gehandhabt wurde. Was die Royal Air Force wohl so früh trieb? Er hatte sich immer gern Luftwaffenübungen angesehen; sie erinnerten ihn an die tapferen Männer, die während des Krieges von hier aus gestartet waren, um den Kontinent zu bombardieren, und von denen viele nicht zurückgekehrt waren. Das gab ihm ein tröstliches Gefühl der Fortdauer und unablässigen Wachsamkeit.

Nicht lange vor dem Tod seines Vaters hatten die beiden Männer auf dem Feld gearbeitet, als ein paar Kampfjets im heldenhaften Tiefflug über sie hinweggedonnert waren. Sein Vater hatte innegehalten und den Flugzeugen nachgeblickt, bis sie nicht mehr zu sehen gewesen waren. Dann hatte er gelächelt und gesagt: »Die Burschen lassen mich immer an den Krieg zurückdenken, Dan. Das waren schwere Zeiten, aber irgendwo auch gute Zeiten. Wir spürten alle, dass England ein großartiges Land war, mit Mr. Churchill, dem Empire und sowas. Schon komisch!« Das war eine ungewohnt lange und politische Einlassung von einem Mann gewesen, der seine Ansichten normalerweise auf die relativen Vorzüge der Landmaschinen von Ford und Massey Ferguson oder die im Ring von Thorpe Gilberts Viehmarkt herumtrottenden Tiere beschränkte, und genau deshalb hatte Dan sie nie vergessen.

Er summte ein Lied vor sich hin, das seine Tochter Clarrie gern gehört hatte, von irgendeinem farbigen Mädchen (»farbig« durfte man nicht mehr sagen, korrigierte er sich flüchtig selbst), als er das Radio einschaltete, um sich das Übliche anzuhören. Da lief wieder diese Versicherungswerbung – darum musste er sich kümmern. Er summte klanglos weiter und dachte an Wetter und Erträge, wie es Männer mit seinem Namen und Gesicht in diesem Zimmer zu dieser Zeit seit… wann auch immer schon getan hatten. Sein Gefühl für Geschichte und Identität war aufrichtig, aber stets undeutlich, wenn es um Daten und Details ging. Dann erklangen die synthetischen Fanfaren, die die Kurznachrichten ankündigten – und er stand staunend da und hörte zu, wie sich das Dorf für immer veränderte.

»Hier ist Ray Robinson mit *Seaside at Seven*. Unsere Gegend ist der Mittelpunkt der heutigen Nachrichten überall auf der Welt.

Es kommen Meldungen von einer tragischen und erschreckenden Entdeckung an der Küste von Eastshire herein. Angeblich sollen ›Dutzende Leichen‹ am Strand von Crisby St. Nicholas angeschwemmt worden sein. Bis jetzt ist nur wenig über das Unglück bekannt, aber wir geben direkt weiter an unseren Reporter live vor Ort, Simeon Sinclair.«

»Guten Morgen, Ray. In dieser entlegenen Gemeinde, wo niemand damit gerechnet hätte, hat sich eine beispiellose Tragödie ereignet. Wir werden vom eigentlichen Schauplatz des Unglücks ferngehalten, ein paar hundert Yards von uns entfernt hinter den Dünen, aber ein ununterbrochener Strom von Sanitätern und Polizisten ist auf dem Weg zum Strand. Meilenweit in beide Richtungen wurde jeder Zugang zum Strand abgesperrt, und eine gigantische Such- und Rettungsaktion ist angelaufen. Ich stehe hier jetzt mit der Anwohnerin Meg Powers. Können Sie uns sagen, was Sie heute Morgen gesehen haben, Mrs. Powers?«

Eine zitternde Stimme mit starkem Eastshire-Akzent krächzte drauflos: »Seit 'ner knappen Stunde fahren hier Polizeiautos und Krankenwagen die Straße runter – 'n ganzer Haufen von denen, mit Blaulicht an und so. Die haben alles und jeden aufgeweckt. Neil Parrish hat die toten Leute entdeckt. Der geht immer früh mit'm Hund raus, wissen Sie. Er hat gesagt, das sind alles Ausländer – Dutzende, alle mausetot.«

Dieses erstaunliche Gespräch fand weniger als eine Meile entfernt statt. Dan kannte Meg, und der Vater von Neil Parrish war mit ihm zusammen auf der Dorfschule gewesen – und der Strand hatte volle 65 Jahre und drei Monate lang seinen Horizont umrissen. Er rannte die Treppe wieder hoch, die er so verzagt hinabgestiegen war, und hämmerte gegen die alten Kiefernholztüren, die genauso breit wie hoch waren.

»Hatty! Clarrie! Wir sind in den Nachrichten! Am Strand hat es einen Schiffbruch gegeben!«

»*Was?* Was ist *passiert?*«

Vier Minuten später saßen sie alle im Landrover – Sammy, wie üblich, auf Dans Schoß im Fahrersitz. Er hatte sich daran gewöhnt, den kleinen Hundekörper beim Fahren auf dem Schoß zu haben, auch wenn das irgendwie peinlich war, und freute sich immer über seine Gesellschaft – besonders an Tagen, die ganz im Zeichen von Pflug und Ackerwalze standen, oder wenn der Zaun eines entlegenen Felds geflickt werden musste und er in der Regel den ganzen Tag lang keinen anderen Menschen zu Gesicht bekam.

Mit dabei war auch die stets freundliche und gewitzte Hatty; das Grau ihrer Augen hatte den gleichen Ton wie ihre dauergewellten Haare, und daheim trug sie immer saubere und praktische Pullover und Stoffhosen, ob sie nun einen dieser Kuchen backte, die seine Taille derart in Gefahr brachten, oder den übellaunigen Bullen aus dem Garten scheuchte. Home Farm ähnelte dem Gehöft sehr, auf dem sie etliche Meilen entfernt aufgewachsen war. Wie die Gowts, so hatte auch die Familie Dykeman nie etwas anderes als Landwirtschaft gekannt, und als Dan und Hatty heirateten, wurde das nicht nur als völlig natürlich, sondern auch als extrem praktisch angesehen.

Auch die pummelige, blassere Clarissa saß mit im Auto. Sie war über den Sommer von der Uni zurück und modebewusst in schwarze Jeans und einen schwarzgelb gestreiften Pullover gekleidet. Ihre Eltern vergötterten sie sichtlich und hatten sie immer ihren Kopf durchsetzen lassen – auch wenn ihr völliger Mangel an Interesse daran, die Farm zu übernehmen, Dan insgeheim großen Kummer bereitete. Ohne es selbst zu merken, hatte er immer an der romantischen Vorstellung festgehalten, dass noch lange nach seinem Tod Menschen seines Bluts diese Felder bestellen und einen Hauch von ihm an die ahnungslosen Generationen des unvorstellbaren zukünftigen Englands weitergeben würden.

Mittlerweile war Clarrie aber scheinbar auch nicht mehr daran interessiert, ihre Juraexamen zu machen – oder sich endlich einen Freund zuzulegen. Sie schien nur noch ans Abnehmen und SMS-Verschicken zu denken... Und daran, ihre Facebookseite aktuell zu halten, wozu auch immer das gut sein sollte. Dan fragte Hatty oft, was mit der verdammten Göre nicht stimme. Wahrscheinlich nur eine Phase, hofften sie. Die jungen Leute waren seltsam und wurden immer seltsamer. *Früher* hatte man keine »Phasen«! Er zumindest hatte nie welche gehabt. Dafür hatte es immer zu viel gegeben, woran er zu denken hatte – all die hohen Ansprüche an ihn als Zukunft von Farm und Familie. Seiner Meinung nach hatte er diese Ansprüche erfüllt, und er hatte wenig Verständnis für diejenigen, die sich einfach durchs Leben treiben ließen. Nutzlosigkeit und Verschwendung beleidigten seine puritanische Seite. Wenn Clarrie ein Junge geworden wäre, wäre vielleicht alles anders gelaufen.

Im Moment aber dachte er nicht an diese alten Angelegenheiten; er verspürte das gleiche morbide Interesse am Dorfdrama wie das Weibsvolk, auch wenn er ein gespielt unbeteiligtes Gesicht aufgesetzt hatte. Als sie die lange Auffahrt verließen und auf die Red Lea Lane abbogen, sahen sie einen Strudel blinkender Blaulichter und eine sich durcheinander bewegende Masse. Der Hubschrauber, der ihm vorher aufgefallen war, schwebte nun über Zion Hill, der höchsten der dornenbedeckten Dünen, die sich von Fleethaven im Norden 20 Meilen lang bis hinunter nach Williamstow erstreckten und das flache Land von einem fragwürdigen Gebiet aus Salzwiesen, Sand und schleimigem Matsch trennten, das während des tiefsten Wasserstands über eine Meile breit war.

Dort hatte Dan vor über sechs Jahrzehnten mit seinem großen Bruder Pete gespielt. Pete hatte eine bösartige Freude daran gehabt, ihm weiszumachen, dass die geheimnisvollen Priele mit ihren tarantelartigen Krabben und klebrigem Schlamm, zwischen denen Vogelspuren wie Nähte verliefen, von Jill Greenteeth heimgesucht würden, einer krauthaarigen alten Hexe, die nachts an Land komme, um mit ihren langen blassen Fingern nach Nahrung zu tasten. Als Pete im Forty Foot Drain ertrunken war, war Dan noch immer jung genug gewesen, um sich zu fragen, ob Jill ihn erwischt hatte, und noch 59 Jahre später wurde ihm an dieser Stelle des Drains, wo dieser tief und dunkel zwischen abschüssigen, rutschigen Ufern unter der Black Bridge entlanglief, immer unwohl.

Dan hatte sich die Bürde der Farm ohne Murren aufgeladen, als es schließlich so weit war, und für ihn fühlte sie sich ganz und gar nicht wie eine Bürde an – oder höchstens an ein paar schlimmen Tagen zwischen Dezember und Februar, wenn der Wind mit Neuigkeiten aus Sibirien über die Dünen sprang, um die zugige Kabine seines Traktors heulte und ihm Wasser in die Augen und Schmerzen in Ellenbogen und Knie schießen ließ.

Natürlich hatte er immer Reue verspürt über Dinge, von denen er glaubte, dass er sie hätte tun können und sollen, und die er nun niemals mehr tun würde. Aber inzwischen wusste er, dass jedermanns Leben großteils aus Enttäuschungen bestand. Und einstweilen gab es genug Dinge, die nach ihm verlangten – abgesehen von den saisonalen Pflichten und dem zunehmenden Papierkrieg gab es immer etwas, das sich warten oder reparieren ließ, anstatt es zu ersetzen. So kamen und gingen die Jahrzehnte wie die Blätter an den Weiden, bis seine Haut runzlig geworden war und sich Ehrgeiz in Akzeptanz verwandelt hatte. Doch manchmal passierte es noch immer, dass der junge Mann im Innern seinen dunklen Kopf erhob und missbilligend in das beengte Universum hinausstarrte, das sein älteres Ich zu bewohnen gewählt hatte.

Nachdem er einen Parkplatz gefunden hatte, schoben sie sich zielbewusst durch die libellenumschwärmten Hecken und über die alte Brücke über den New Cut, wo Moorhühner zwischen dem Riedgras herumruderten. Die Lichter und der Lärm hatten einen friedlichen, schönen Hintergrund, wie auf einem Gemälde der Antwerpener Manieristen – ferne Blautöne, die Beulen der Dünen, das Dickicht aus Maulbeersträuchern, Erlen und Eschen, durchhängende Weiden, Pappeln wie Ausrufezeichen, ein paar alte Häuser, eine Mühle, verstreute eckige Kirchtürme, getreideschwangere Felder.

Auf dem Parkplatz hatte sich eine erregte Menschenmenge eingefunden, zusammengedrängt hinter Polizeiabsperrungen. Wegen der Dünen konnte man den Strand von hier aus nicht sehen, aber sie sahen den gewundenen Weg zwischen den Sandhügeln – normalerweise ein stiller, von Schwarzdorn überwölbter Weg, doch jetzt voller Hektik und uniformiertem Leben.

Sie trafen auf ihren nahen Nachbarn Ted Fisher, Besitzer einiger distelbewachsener Felder entlang der Deliverance Lane. Wie immer übertrieben lakonisch, rieb dieser letzte Spross seiner Familie unablässig seine harten, spröden Hände aneinander. »Wie im Krieg!« sagte er mit grimmiger Freude. »Dutzende, heißt es. Flüchtlinge, wundert mich nicht; Ausländer sowieso.«

Zahlreiche Reporter waren da, die meisten von der Lokalpresse – noch viele mehr strömten derzeit aus dem ganzen Land nach Crisby. Dan erkannte Simeon Sinclair von *Seaside at Seven*, der mit ernster Miene mit dem Leichenfinder Neil Parrish sprach. Andere Journalisten stürzten sich auf Polizisten, Sanitäter oder jeden anderen, der aussah, als könne er die momentane Informationsknappheit lindern. Viele der Anwohner schreckten instinktiv zurück, obwohl einige wenige nun in ihrer rechtmäßigen Stellung angekommen zu sein schienen, so als hätten sie lange darauf gewartet, dass die Weltpresse aus irgendeinem Grund bei ihnen anklopfte. Der Gemeindevorstand hatte sogar seine Amtskette angelegt. Dan grinste in sich hinein; der junge Mark Foster konnte manchmal genauso lächerlich wie sein armer alter Herr sein. Moment – *alt?* Sehr witzig. Mark Foster Senior war in seiner Schulklasse gewesen.

Insgesamt waren zwei- oder dreihundert Leute aus der gesamten Gegend da – aus Crisby, Stibthorpe, Skenby-le-Mire, Williamstow, Elmcaster und sogar aus Eastport. Die Polizei stellte sicher, dass die Schaulustigen hinter den Absperrungen blieben, um eine Ausfahrt für die Rettungswagen freizuhalten, deren eingetütete Fracht nun mit mehr Feingefühl behandelt wurde als zu Lebzeiten; in brandneuen Leichensäcken auf weichen, sauberen Betten gelagert und von weißuniformierten Engeln unter leuchtenden Brillanten in die funkelnde Sterilität der Bezirksleichenhalle davongetragen.

Ein erregtes, insektenartiges Brummen kam von überall her – ein Mischmasch aus Motoren, Spekulationen und Behauptungen, Kaffee und Zigaretten, unterfüttert vom ruhigen und kompetenten Zusammenwirken von Sanitätern, Polizei und Küstenwache. Das mediale Konzert bestand aus abgedroschenem Entsetzen und klischeehafter Gefühlsduselei – sehr enge Gemeinschaft, furchtbare Tragödie –, aber selbst die Blasiertesten waren fassungslos angesichts des Ausmaßes des Unglücks und von seiner sich offensichtlich abzeichnenden Darstellung betroffen. Die dramatischen, symbolischen Möglichkeiten waren schon jetzt entsetzlich offensichtlich.

Für diejenigen, die besonders gut auf dem Laufenden waren, war diese traurige Strandung nur eine weitere schreckliche Szene einer endlosen Geschichte. Sie war die Wiederholung zu vieler anderer Katastrophen: diese Marokkaner, die im Hafen von Felixstowe in einem Kühllaster erstickt waren, die von einem Zug zerquetschten Laoten oder die berüchtigten Agenturbilder aus dem Mittelmeer – unbeachtete Tote an den Stränden von Urlaubsorten, durchgefrorene Schwimmer, die sich hunderte Meilen vor der Küste an Thunfischnetze klammerten, im Wasser dümpelnde Brüder, Pilger, die mit schwindenden Kräften Wasser traten, vergessenes Treibgut mit dem Gesicht im Wasser, ganze Schiffsladungen der Hoffnung, gekentert und verschwunden auf dem Weg nach *El Norte* – in die Länder des intoleranten Überflusses, deren große graue Kriegsschiffe, gelenkt von Kapitänen mit kalten Augen, ganz beiläufig durch die treibenden Hilflosen schnitten.

Es war eine Geschichte, die sich praktisch selbst schrieb, ein Gleichnis vom Suchen und Niemals-Finden, eine Suche nach neuem Leben, an deren Ende der Tod stand – ein abschreckendes Beispiel, um das Gewissen eines Kontinents zu plagen.

Journalisten aller nur möglichen Schreibstile und Standpunkte übermittelten gerade fast identische Geschichten in die wartende Welt hinaus; sie kommunizierten ihre Sorge, ihr Mitgefühl und ihre Hingabe mit jeder Sekunde selbstsicherer. Die aufmerksamsten von ihnen hörten plötzlich neue, noch verlockendere Gerüchte – *Schusswunden* – und boten diese schrecklichen Leckerbissen schüchtern ihren Kameras dar: entsetzlich schmackhafte Erinnerungen an die immerwährende Unmenschlichkeit des Menschen.

Die Welt erwachte und blickte dem Leid direkt ins Gesicht. »Die Toten am Strand«, so stand es bereits großgeschrieben, abgestuft, vereinnahmt, beschrieben, zerlegt und auf Mattscheiben serviert da zur Erbauung Europas. Die Bildschirme des Planeten füllten sich mit Würdenträgern, die ihr Entsetzen zum Ausdruck brachten, ihre

Entschlossenheit, diesem tragischen Vorfall auf den Grund zu gehen, ihre Bewunderung für die Rettungsdienste – und ihre Worte wurden weltweit übertragen, das geweihte Salböl der Barmherzigkeit, die unbefleckte Empfängnis der Weltgemeinde.

Dan, Hatty und Clarrie befanden sich zum ersten Mal im unmittelbaren Umfeld weltverändernder Ereignisse und aalten sich in der abgestrahlten Bedeutsamkeit. Sie standen inmitten schwatzender Freunde, Nachbarn und einer zunehmenden Menge an Fremden, schoben sich gegen die Polizeiabsperrungen, waren unauffällig und doch involviert – sie saugten ebenso sehr die Erregung in sich auf wie sie an die Opfer dachten und fühlten sich dann schuldig, weil sie sie nicht weiter scherten. Dan kam der sonderbare Gedanke, dass es irgendeine Verbindung zwischen seiner Ernte und den am Strand versammelten Menschen gebe, aber er konnte ihn nicht in Worte fassen.

Seine Ernte... Er blickte auf die Uhr. Der Mähdrescher musste mittlerweile am Low Field angekommen sein. So entschuldigte er sich widerwillig, gab seinen Platz in der ersten Reihe auf und schaltete so vom verständnislosen Schaulustigen um auf seine vertrautere Rolle als Landmann, Spross des Ackerbodens, der erdigen Erde, ein Herr der Motoren, Eggen und Saatkataloge. Aber in diesem Augenblick, als er in seinen Schuhgröße-43-Stiefeln zwischen der Welt des Beobachtens und der des Handelns stand, schob sich eine Kamera mit irgendwie beängstigendem roten Blinklicht an der Vorderseite vor sein Gesicht, und eine hübsche Blondine beanspruchte seine Aufmerksamkeit. »Sind Sie ein Anwohner, Sir? Können Sie uns etwas darüber sagen, was heute passiert ist?«

Sofort kam ihm die vernichtende Erkenntnis, dass er hoffnungslos überfordert war, und Dan schüttelte seinen erkötenden Kopf und überlegte, ob er Reißaus nehmen sollte – bis er Hatty sah, die ihm stolz zusah. »Ach, warum nicht«, dachte er, »ich werde nie wieder im Fernsehen sein.« Also setzte er ein unsicheres Lächeln auf, während sein Gesicht so purpurrot war wie Ziegel der älteren Häuser im Dorf und seine Stimme eine Oktave über ihren üblichen unaufgeregten Klang stieg.

»Ja, ich bin von hier… Habe mein ganzes Leben hier verbracht. Heiße Gowt, Dan Gowt. G-O-W-T. Im Moment lassen die niemanden da runter, aber ich habe gehört, dass das alles Farbige sein sollen, Sie wissen schon – Ausländer. Fremde, sowas. Scheint, als wollten die sich illegal ins Land reinschleichen. Traurige Sache, sehr traurig. Arme Leute… Arme dumme Leute.« Er schüttelte den Kopf und räusperte sich. Das rote Licht spießte ihn auf.

»*Farbige? Fremde? Reinschleichen? Dumm?* Sie klingen nicht gerade teilnahmsvoll!« Das »Sir« hatte sie weggelassen.

»Naja, ich habe nicht ›dumm‹ gemeint… eher ›unklug‹… Aber es stimmt doch, oder? Wenn das Illegale waren – und warum sollten sie sonst mitten in der Nacht da draußen sein? –, dann steht vor allem erstmal fest, dass sie gar nicht erst hätten versuchen sollen, herzukommen. Zumindest ist es ein Verbrechen. Das ist doch gesunder Menschenverstand – aber natürlich ändert das nichts daran, dass sie jetzt tot sind. Muss schlimm sein, von dort zu kommen, aus Afrika und Kambodscha und… und Indien, wo es all diese Kriege und Hungersnöte und sowas gibt.«

»Aber das spielt doch wohl alles keine Rolle, selbst *wenn* sie illegale Einwanderer gewesen sein sollten! Es geht doch wohl darum, dass Menschen auf furchtbare Weise umgekommen sind.«

»Ja, schon, aber das Gesetz brechen die doch trotzdem, oder nicht? Ich meine, *haben gebrochen*. Ist ja nicht so, dass die mir nicht irgendwie leidtun würden, aber sowas kommt hier nicht alle Tage vor.« Sah sie ihn mittlerweile tatsächlich mit so etwas wie Abneigung an?

Dann aber sagte sie nur noch: »Ähm… Danke. Das reicht, Mr. … ähm, Gowt. Vielleicht sind Sie später in den *Channel One News*.« Das rote Licht erlosch und das Kamerateam zog weiter, gerade als Dan das Gefühl hatte, in Fahrt gekommen zu sein. Die Frau schüttelte den Kopf und sagte etwas zu ihrem Kameramann. Dan lächelte unsicher zur beruhigend stolzen Hatty hinüber, hoffte, sich nicht blamiert zu haben, und schlich sich durch das Gedränge davon.

Hatty und Clarrie klebten den restlichen Tag über die meiste Zeit am Fernseher – Clarrie hatte jeden Anschein des Lernens aufgegeben. Schließlich wurde ihre Geduld belohnt – da war er, und in Großaufnahme! Auch sie beide sah man, wie sie sich im Hintergrund herumdrückten und unbewusst in die Aufnahme drängelten. Jammerschade, so stimmten sie überein, dass Dan dieses gelbe Hemd angezogen hatte. Hatty rief gleich die Nachbarn an – *die* hatten es *nicht* in die landesweiten Nachrichten geschafft.

Später saß Dan im Wohnzimmer, das Hatty nach dem Vorbild einer »Makeover«-Fernsehshow eingerichtet hatte, und sah sich den Ausschnitt mehrmals an. Er fand das schrille Auftreten des Moderators dieser Sendung verstörend, und teils aus diesem Grund, teils aus purem Geiz hatte er die neue Einrichtung mit ihren hellen Farben und der sogenannten »Kunst« nie gemocht. Seine geliebte Standuhr wirkte deplatziert in dieser deplatzierten Inneneinrichtung, aber sie hatte mehr Anrecht darauf, hier zu sein, als diese unverschämten Möbel – und sie würde noch lange nach ihnen hier sein.

Im Fernseher sah er jemanden, der ihn ein bisschen an sich selbst erinnerte, massig und drohend im Bild auftauchen – die riesige rote Karikatur eines unbescholtenen Bauern mit schmuddeligem gelben Hemd, ziegelfarbenem Gesicht und einer zu hohen und zu schnellen Aussprache. Dan, der normalerweise fast frei von jeglicher Eitelkeit war, hatte den üblen Eindruck, lächerlich auszusehen – und nicht nur lächerlich.

Irgendwie hatte er den falschen Ton getroffen. Vielleicht hätte er nicht lächeln sollen. Hätte er *wirklich* genau das sagen sollen? Er stand dazu, natürlich, aber mittlerweile klang es... naja... lieblos, ein wenig schroff. Er wünschte, die hätten sich einen anderen herausgegriffen. Die Sache machte ihm schwerer zu schaffen, als er gedacht hatte...

Andererseits war es erledigt. Vorbei. »Vergiss es«, befahl er sich selbst, »vergiss es einfach«. Und Hatty hatte gesagt, dass er einen guten Eindruck gemacht hätte. Trotzdem bekümmerte es ihn, so wie eine ausbrechende Krankheit oder das Wissen um eine verpfuschte Aufgabe – wie ein aufgeklinktes Tor, das im Wind hin- und herschlug.

Schließlich ging er in die länger werdenden Schatten hinaus und versuchte, an Dinge zu denken, die er kannte und mit denen er umgehen konnte – den zu flickenden Zaun, den zu wechselnden Reifen, den Husten der kleinsten Kuh, die immer quälende finanzielle Lage. Er genoss den pfefferigen Geruch, der vom Rasen aufstieg, und sah dem rasenden Tanz der kleinen Mücken zu, die das letzte Sonnenlicht aufwühlten. Es würde einen anständigen Mond zum Arbeiten geben.

Er kletterte in den Landrover und pfiff nach Sammy. Der Hund sprang herein, und sie fuhren rasselnd die engen Wege entlang, die sie besser als die meisten anderen kannten, wieder und wieder durch die sinkenden Lichtstreifen hindurch, die über der Straße lagen, und zurück in die Dunkelheit – Sonne-Schatten-Sonne-Schatten-Sonne, während Kaninchen am Straßenrand davonstoben und Sammy mit einem Nasenrümpfen sachte knurrte. Nebelschwaden stiegen aus den Gräben, flossen über den alten, geschwungenen Feldern zusammen, und der burgartige Turm der Allerheiligenkirche aus dem 14. Jahrhundert wurde von Saatkrähen heimgesucht.

Beim Anblick des Turms dachte Dan, wie immer, an seine Mutter, die unter wildem Kerbel auf dem Gottesacker lag – eine der letzten Beerdigungen dort, bevor der Friedhof wie die Kirche geschlossen worden war. Sie hatte Abende wie diesen geliebt, an denen sie die Sonne hinter den fernen Hügeln untergehen und die Hummeln in der Heckenkirsche (sie kannte alle Pflanzen) herumtaumeln sehen konnte, während sie ihrem verbliebenen Sohn zulächelte, der stolz auf dem Traktor vorbeifuhr. Er seufzte und fuhr weiter, um seine Nachlässigkeit aufzuholen. Ein paar Minuten später – mit ihm hoch oben in der Kabine, das Steuer in ruhigen Händen – schob sich die riesige Maschine vor dem Hintergrund des endlosen Himmels lange Reihen von Raps entlang.

Kapitel IV

REISELIEDER

Basra

Er saß auf dem Beifahrersitz eines ramponierten Lasters, mit einem Militärtornister auf den Knien und einem Armband gegen den bösen Blick um das Handgelenk – ein Abschiedsgeschenk von Aisha. Das Morgengebet war gerade vorbei, der Motor und sein Magen rotierten parallel zueinander, und einige tausend Dollar in kleinen Scheinen drückten sich in seinen Oberschenkel. Er war sich des Geldhaufens schmerzlich bewusst und hielt es für sicher, dass er dem Fahrer neben ihm auffallen würde, der gerade eine Marlboro rauchte und darauf wartete, dass er an der Reihe sein würde, während sich der Wagen auf den letzten Checkpoint zuschob. Das war der Rest des Geldes, das er Tante Risha gegeben hatte, um die Kosten des Aufpassens auf seine Schwestern abzudecken. Die Trennung war unerwartet ergreifend gewesen, selbst Risha hatte geschnieft, und er hatte Aisha versprechen müssen, das Armband nie, nie, nie im Leben abzulegen. Ihm war sogar der verrückte Gedanke gekommen, sich doch noch umzuentscheiden. Aber seine Tante hatte sich beruhigt und sie alle überrascht, indem sie den Koran zitierte, um zu zeigen, dass sie glaubte, er tue das Richtige: »Allah lässt in die Irre gehen, wen Er will, und Er leitet recht, wen Er will.«

Dass sie in einem solchen Moment an einen solchen Satz denken konnte, ließ Ibrahims abergläubische Seite denken, dass all dies vielleicht vorherbestimmt war. Also hatte er sich zusammengenommen, sie alle zweimal geküsst, sich aufgerichtet und ein Lächeln aufgesetzt, ehe er zögernd ins Fahrerhaus des Lasters gestiegen war. Jetzt saß er hier, und es gab keinen möglichen Weg zurück – zum Kloß der Traurigkeit in seinem Hals gesellte sich zunehmende Aufregung.

Am Rande der Straße nach Zubair war eine Bombe hochgegangen und hatte viel Polizei und Militär abgelenkt, die normalerweise auf der Schnellstraße patrouilliert hätten. Die diensthabenden Polizisten am letzten Checkpoint, abgesichert von einem britischen Panzerwagen, waren angespannt und müde. Keine Höflichkeiten, nur: »Papiere!« Der Fahrer reichte sie heraus und gähnte, während die Polizisten in ihre Gesichter starrten. Ibrahim versuchte, regungslos zu wirken... Und er schien Erfolg zu haben, denn der Polizist rief »In Ordnung, weiterfahren!« und winkte, damit der Schlagbaum gehoben würde. Ibrahim kam es in diesem Moment vor, als würde sich die rotweiß gestreifte Schranke vor einem offeneren, besseren Leben vor ihm heben.

Als sie den Sicherheitsbereich verließen, sah Ibrahim einen Moment lang einem der britischen Überwacher in die Augen und hatte das Gefühl, in seine eigene Zukunft zu blicken. Ihm wurde bewusst, dass er seinen nächsten Engländer vielleicht erst in *London* sehen würde. Er atmete aus und blickte vorwärts ins Ungewisse. Der Fahrer kratzte sich den Hintern und fing an, »Baghdad« von Ilham al-Madfei zu singen...

Ich bin zu dir zurückgekehrt, ein Schiff im Heimathafen
Müde und mit Wunden unter meinen Kleidern
Ich bin gelandet wie ein Vogel in seinem Nest
Zwischen Minaretten und Kuppeln im Morgenlicht

Ibrahim lauschte und schaute nach draußen, während hinter ihnen lange Schatten in die müde Landschaft krochen. Er blickte das ausgelaugte Gelände nicht an, sondern durch es hindurch. Entdeckerstimmung durchfuhr ihn; sein Magen fühlte sich angenehm hohl an, während sich seine Hände aufgeregt verkrampften und wieder entspannten, symbolisch neue Orte umfassten, neue Dinge berührten. Dieses Gefühl hatte er zuletzt als kleiner Junge gehabt, als er zum ersten Mal allein hinunter zu den Olivenhainen am Fluss gegangen war, um andere Knaben zu treffen, die ebenso die Weite des Lebens erkundeten, und sich mit ihnen zu prügeln. Lange, glückliche Tage... Lange vorüber. Auf der Schnellstraße gab es nicht viel Verkehr; der Fahrer erzählte, dass es um diese Zeit immer ruhig sei. Einmal lärmte ein US-Hubschrauber im extremen Tiefflug über sie hinweg (man erkannte einen blassen Klecks hinter lafettiertem Maschinengewehr), und hin und wieder sausten Militärfahrzeuge in Richtung irgendwelcher Schwierigkeiten vorbei oder rumpelten von dort voller Soldaten mit gesenkten Köpfen wieder zurück. Als er an seine eigene Armeezeit dachte, konnte sich Ibrahim plötzlich in das mühselige und gefährliche Dasein der fremden Soldaten einfühlen – Wache schieben, patrouillieren, filzen, fluchen, schwitzen, essen, fernsehen, schlafen, erschießen oder erschossen werden. Er begriff die gigantische Anstrengung der Invasion und schwieg voller Staunen und Mitgefühl.

Er rauchte und hörte sich die Geschichten des Fahrers über die Strecke an. Es würde eine lange, heiße Fahrt in dieser alten Klapperkiste werden, entlang des Weges lagen mindestens ein Dutzend Checkpoints, und es gab immer die Möglichkeit, dass die Straße bei Problemen komplett gesperrt würde. Diese Checkpoints waren alle gleich: behelmte Männer, die angespannt in beide Richtungen der Strecke starrten und das finstere Gebiet dahinter mit Suchscheinwerfern bestrahlten. Die Fremden versuchten, wirtschaftliche Normalität herzustellen, deshalb hielten sie sich bei Lastwagen mit lebenswichtigen Gütern zurück, und wo sie nicht durchgewunken wurden, war die Überprüfung oberflächlich – fremde Soldaten oder örtliche Polizei mit einem Übersetzer in Splitterweste, ein routinemäßiger Blick auf die Papiere und ins Heck des Wagens, eine Überprüfung mit irgendeinem elektronischen Gerät, vielleicht ein paar Hunde, die kurz in den Laderaum gesetzt wurden, dann: »In Ordnung, weiterfahren!«

Sie hielten an einem Café, um ihre Zungen mit süßem Kaffee und Honigkuchen zu benetzen und in das zikadenübersäte Gestrüpp zu urinieren. Dörfer tauchten auf und verschwanden wieder – ungeordnete Büschel irgendwelcher Lichter, deren stille, manchmal bewachte Zubringerstraßen sie ohne Reue links liegenließen. Jalibah, Nassirija (»Ur!« – für eine Sekunde saß Ibrahim wieder neben dem Sohn des Metallarbeiters in jenem stickigen Klassenzimmer mit dem Gemälde von Saddam über der Tafel), Al Batha', Al Khidr, Samawa und viele andere… Namen aus zu wenigen Geographiestunden.

Einmal gab es irgendwo dort draußen in der überwältigenden Nacht ein großes Feuer. Die Amerikaner am nächstgelegenen Checkpoint waren noch schroffer als sonst, und sie erfuhren nie, warum. Kurz danach raste ein amerikanischer Konvoi mit blinkenden Lichtern und Sirenen von hinten heran, sodass alle anderen Verkehrsteilnehmer an den Straßenrand fahren mussten. »Man muss einfach Mitleid mit den armen Schweinen haben«, sagte der Fahrer gefühlvoll und zündete sich eine weitere Zigarette an. Bei jedem Zug wurde sein Gesicht erleuchtet, und Ibrahim schreckte immer wieder aus hartnäckigem Schlaf hoch.

Bei Hilla gab es eine erste Vorahnung von Helligkeit. Auf Höhe von Kerbela war es helllichter Tag, und die Straße hatte sich gefüllt – Lastwagen, Lieferwagen, PKWs, Motorräder, Militärfahrzeuge. Die Straße verlief entlang der Bahnstrecke, und von der Küste her fuhren Güterzüge mit gepanzerten Fenstern und aufmontierten Maschinengewehren vorbei. Die Hauptstadt übte selbst in ihrem zerschlagenen Zustand noch Anziehungskraft aus und sog den gesamten Süden in sich auf. Der Verkehr war unglaublich dicht, und gelegentlich konnte man durch die heruntergelassenen Fenster Radios und Stimmen aus anderen Fahrzeugen hören. Müde Fahrer zeigten sich im Profil, und große Fliegen schwirrten träge in die Kabine, nur um zerquetscht oder wieder hinausgeschnippt zu werden. Die Checkpoints häuften sich, Kameras drehten sich und verstreute Scharfschützen streichelten ihre empfindlichen Abzüge.

In weiter Ferne trieb der Wind schwarzen Rauch von Ost nach West. Ein paar Minuten später kam der gesamte Verkehr zum heißen und zischenden Erliegen. Die Straße war abgesperrt; in Arab-Jadnor leistete jemand heftigen Widerstand. Die Autofahrer stiegen aus, um zu schwatzen, und einige geschäftige Hände hatten bereits begonnen, kleine Buden aufzubauen, aus denen heraus sie Essen und Wasserflaschen verkaufen würden. Ibrahim war der Hauptstadt noch nie so nahe gewesen. Er wanderte rastlos umher, sah den Spatzen zu, wie sie um Männerfüße hüpften, und stellte sich dann zu den Fahrern, lauschte ihren Geschichten und lächelte höflich über ihre Witze. Schließlich zog er einige Datteln und Salzgebäck aus der Tasche (eine klägliche Erinnerung an daheim) und setzte sich für ein leicht zerdrücktes und warmes Frühstück mit seinem Mitreisenden zusammen.

Sein Chauffeur erklärte ihm, dass die Straße für geraume Zeit gesperrt bleiben konnte. Ein frustrierender Umstand, war doch das Warenlager, an dem er seine Fracht abliefern sollte, nur noch zehn Kilometer entfernt. Es könne sogar sein, dass die Straße tagelang gesperrt sein würde. Es gab irgendeine lokale *Intifada* – und selbst, wenn die vorbei sein würde, würde die Gegend noch bis auf weiteres vor Sicherheitskräften wimmeln. Der Fahrer kaute nachdenklich auf seinem Salzgebäck herum; dann schien er einen Entschluss gefasst zu haben.

»Offen gesagt, mein junger Freund: Bagdad ist im besten Fall ein bisschen wie eine Müllhalde, und jetzt ist es auch noch eine gefährliche Müllhalde! Warum änderst du nicht deinen Plan und lässt die Hauptstadt bleiben? Wenn ich du wäre, würde ich von hier aus zu Fuß gehen. Ich kann dir den Weg zeigen. Du gehst einfach um die Stadt herum, auf den kleinen Straßen durch Khan Azad und Richtung Falludscha. Hinter Falludscha steht die Grenze offen, ob du nun nach Jordanien oder Syrien willst. Die Amerikaner scheren sich nicht um Leute, die das Land verlassen, dann hat wenigstens jemand anderes die Probleme!«

Ibrahim verspürte eine kindliche Sehnsucht danach, die Hauptstadt zu sehen. Aber nun, wo er endlich seinen Weg angetreten hatte, wollte er einfach nur weitergehen. Er konnte nicht tagelang hier warten, und es wäre eindeutig zu riskant, zu Fuß durch die Absperrungen schleichen zu wollen, gerade aus dieser Richtung. So oder so gab es keine Garantie, dass die Kontaktmänner des Fahrers noch da sein würden. Westlich von Bagdad würde er nur ein Flüchtling unter vielen sein, unverdächtig und seines eigenen Glückes Schmied. Also nickte er und zahlte dem Fahrer in aufrichtiger Dankbarkeit den Rest seines Lohns aus. Der Mann stopfte das Geld in eine schmutzige Hemdtasche und führte ihn an den westlichen Rand der Schnellstraße. Eine unbefestigte Spur führte nach Westen auf die jordanische Grenze zu, die 600 Kilometer entfernt lag. »Geh dort entlang, drei Kilometer immer geradeaus, bis du an eine Kreuzung kommst. Da dann weiter geradeaus, immer weiter. Folge den Schildern in Richtung Al Andalus, dann nach Rahalija. Keine Sorge, du musst nicht den ganzen Weg laufen! Frag einfach herum, wie du zur Grenze kommen kannst. Da wird dich niemand melden – alle stecken mit drin!« Er riet Ibrahim, sich mit Lebensmitteln und Wasser einzudecken, und schwenkte dann mit ausladender Geste die Hand. »Viel Glück, junger Mann – geh mit Gott!«

Zum zweiten Mal innerhalb von zwölf Stunden fühlte sich Ibrahim schrecklich allein – doch nach einem tiefen Atemzug kaufte er Essen und Wasser und begann, seinem eigenen Schatten hinterherzuwandern. Als er nach einer guten Stunde zurückblickte, sah die Straße bereits ganz klein aus; »sein« Lastwagen hatte sich in der langen Schlange stehender Fahrzeuge verloren wie Bagdad sich im dichter werdenden Dunstschleier der Hitze, über dem Rauch stand, langsam verflog und wie er selbst geräuschlos gen Westen trieb.

Die Landschaft wurde auf beunruhigende Weise immer stiller, während Ibrahim von der Schnellstraße weg marschierte, den Rucksack über der Schulter und die niederdrückende Sonne darüber. Er konnte sie selbst durch die New-York-Yankees-Baseballkappe spüren, die er vor Jahren in der Altstadt gefunden hatte und die ihn, wie er glaubte, erfahren und weltgewandt aussehen ließ. Es gab kaum Fahrzeuge, bis auf vereinzelte Armeelaster, die ihm keine Beachtung schenkten. Er hörte Vogelgesang, und einmal glitt eine kleine schwarze Schlange feinsäuberlich in einen Wassergraben. Die wenigen Felder waren weitgehend unbestellt und zu ihrer natürlichen Mixtur aus Dorngestrüpp und Staub zurückgekehrt, auch wenn gelegentlich ein paar Arbeiter oder ein Traktor am Horizont zu sehen waren. Die verstreuten Häuser lagen in wachsamer Stille – mit verschlossenen Türen und verriegelten Fenstern, gegen die Hitze ebenso wie gegen den Krieg. Einmal hörte er Kinderlachen, dann rief eine Frau und die Stille kehrte zurück. Dieses Land befand sich auf der Hut, ein verschlossenes und misstrauisches Land. Er begann, langsamer zu laufen, und spürte die festgewalzte Erde, wie ihre Härte an seinem Körper emporkroch, ebenso wie die nicht begrenzbare Unermesslichkeit des Irak. Die Sonne drückte herunter, und die Erde drückte hinauf.

Er war unaussprechlich dankbar, als ein Lieferwagen neben ihm hielt. »Wohin des Weges, Bruder?« »So weit nach Westen, wie du fährst!« Der Mann brachte Maschinenteile in ein Dorf östlich von Falludscha, wo es eine Fähre über den Fluss gab. Er redete sehr viel, aber fragte Ibrahim nicht danach, woher er komme und wohin er wolle – manchmal schien es, als sei die Neugier eines der ersten Opfer des Krieges geworden. Ibrahim jedoch nutzte die Gelegenheit, als der Fahrer sich eine Zigarette anzündete, und erzählte ihm, dass er nach Jordanien wollte.

»Sieh an, sieh an! Scheint ja, als sei das halbe Land da drüben! Kann aber nichts dagegen sagen, wenn ich ehrlich bin. Pass auf – du musst schnellstens weg von Falludscha und Abu Ghuraib und dir eine Mitfahrgelegenheit suchen. Aber überall entlang der Straße gibt es Probleme, die ganzen Milizen haben ihre eigenen Checkpoints. Die lassen Zivilisten allerdings meistens in Frieden, solange niemand Streit sucht. Geh da über den Fluss, wo ich dich rauslasse, kostet ein paar Dinar, und dann folge dem Fluss bis zur Kreuzung. Da findest du schon jemanden, der dich mitnimmt. Du schaffst das!«

Dann waren da Hütten und ein Transformatorhäuschen, alle miteinander versunken in einer Masse aus Staub und Gestrüpp, und nur der gedämmte Fluss brachte Struktur in das Bild. Ibrahim stieg in einer trübseligen Straße aus und einigte sich mit einem apathisch wirkenden Mann, in den das rege Leben hineinschoss, als er Dollarscheine sah. Er rannte geradezu zum Pier hinunter, wo eine Jolle sanft an ihrer Leine zog, während Ibrahim ihm langsam hinterhertrottete.

Zehn Minuten später blickte Ibrahim müde eine von Telegraphenmasten gesäumte Straße hinunter, die sich das Ufer entlangwand und schließlich dem Blick entschwand. Es war beinahe Mittag, und er hatte die Mutter aller Kopfschmerzen. Also legte er sich in den kühlen Schatten einer alten Mauer und bediente sich an Wasser, Feta und Zwiebeln. Zikaden zirpten; das einzige andere Geräusch war das Summen der Hochspannungsleitungen.

Die Sonne war überraschend weit gewandert, als er verwirrt und panisch erwachte. Ein weißer Pick-up näherte sich von Kerbala her. Der unglaublich verhutzelte Fahrer wirkte einfach gestrickt, aber sein tabakstichiges Grinsen war aufrichtig, und er würde ihn zum nächsten Dorf mitnehmen. Und das war alles, was er sagte, während sie dahinrollten und das Husten des Fahrers nur von gelegentlichem Spucken aus dem Fenster unterbrochen wurde.

Gegen 17 Uhr saß Ibrahim auf dem Rücksitz eines Toyotas, der mit den Sedimenten etlicher Sommer überzogen war, und war unterwegs in eine kleine Stadt, in der er ein Bett bekommen könnte. Ihm ging auf, dass das vielleicht seine letzte Nacht im Irak werden würde. Er war schon ein gutes Stück weit weg von Falludscha, und das Städtchen, in dem er Halt machen würde, war nicht weit von Ramadi. Am nächsten Tag würde er Ramadi umrunden müssen, weil dort gekämpft wurde, und dann würde die Straße fast den ganzen restlichen Weg frei sein.

Der Tag hatte sich endlos angefühlt, aber es verzückte ihn, wenn er daran dachte, dass er sich morgen oder zumindest in ein paar Tagen zum ersten Mal in seinen 32 Lebensjahren außerhalb des Irak aufhalten würde. Für die Zwischenzeit blieb ihm ein ermattet wirkender, endloser Ausblick mit schlammbehangenen Schafen, glockenbehangenen Ziegen unter der gleichgültigen Aufsicht von Knaben, umherhüpfenden kleinen Vögeln, einem Adler, der über einem Hügelchen schwebte und dann irgendwohin außer Sichtweite abstrich, verkümmerten Bäumen, gelegentlichen

Anhäufungen einstöckiger Häuser, einer geschlossenen Tankstelle, einem Anschlagbrett mit zerrissenen Bildern von Männern, die von den Amerikanern gesucht wurden, und hin und wieder mit erschreckend modernen Häusern, die von hohen Zäunen umgeben waren. Wie groß dieses Land doch war! Er wünschte, das Auto würde schneller fahren.

Es war beinahe halb elf, als er – von Krämpfen geplagt und dreckverschmiert – schwankend aus noch einem weiteren Wagen ausstieg. Der Kopfschmerz flimmerte am Rand seines Blickfelds. Er klopfte ziellos an die Türen der namenlosen Stadt und hoffte, ein Bett zu finden. Doch niemand reagierte, und er glaubte, es ihnen nicht verdenken zu können – es war zu spät, und er sah zu fragwürdig aus. So begnügte er sich mit einem windschiefen steinernen Schuppen, dem ein Großteil des Dachs fehlte und dessen Holztür von Insekten zerfressen war. Ibrahim schob lose Steine und Gebälk beiseite, um den Unterstand auf Skorpione, Spinnen und Schlangen zu prüfen, und fabrizierte ein behelfsmäßiges Bett aus seiner Wechselkleidung. Dann machte er es sich so bequem wie möglich, lag da und fühlte sich sehr ausgekühlt und einsam. Im Schuppen war es stockfinster, aber durch ein Loch in den Dachziegeln hatte er einen beeindruckenden Ausblick auf die Sterne. So hatte er sie seit jenen Nächten an der iranischen Grenze nicht mehr gesehen, und ihre kalte Schönheit fühlte sich tröstlich an. Er erinnerte sich an eine Redensart seiner Mutter – »Auf uns alle blicken die gleichen Sterne hinab« – und lächelte traurig. Dann überkam ihn ein unwiderstehlicher Drang, und zum ersten Mal seit Jahren betete er.

Seine Gedanken waren belanglos und unlogisch; er dämmerte dahin und schreckte immer wieder hoch – irgendwo in der Nähe schlug eine Tür zu, draußen war ein Tier (ein Schakal?), tief in der Nacht raste ein Wagen vorüber. Dann schlich sich ohne viel Federlesens die Sonne zur Tür herein.

Eine Ziegenherde samt Hirten zog vorbei, als ein gänzlich unerholter Ibrahim dem Verschlag entstieg, wie Knaben und Ziegen schon Hunderte von Jahren hier vorbeigezogen waren. Der Junge sah ihn neugierig an, doch dann schien ihm einzufallen, dass es in diesen Zeiten keine gute Idee war, Fremde zu sehr anzustarren, und so ging er wortlos vorüber. Bald verschwanden er und seine Tiere in der Bläue.

Der Geruch kochenden Fleischs erinnerte Ibrahim an das abendliche Basra, damals, als er an der Halteschlaufe des Busses aus der Altstadt gehangen hatte. Nun aber musste er sich mit Obst und Wasser begnügen – immerhin wurde sein Rucksack leichter. Dann lief er los, todmüde und verdreckt, aber zumindest waren seine Kopfschmerzen verschwunden. Es war gerade erst halb sechs am Morgen – und doch war er kaum fünf Minuten unterwegs, als ein ramponierter Bus auf sein Winken hin anhielt. Er stieg ein und fand sich inmitten von rund 20 Arbeitern wieder, die auf dem Weg zu einem Hof südlich von Ramadi waren. Ibrahim erzählte ihnen von seinem Ziel, und sie reagierten mit Grunzern des Verstehens und schüchternem Lächeln. Jeder schien irgendwen zu kennen, der »rübergemacht« hatte. Man tauschte Zigaretten, Beschwerden, Anekdoten und Ratschläge aus. Sogar der Fahrer schaltete sich ein, rief etwas über seine Schulter und grinste Ibrahim im Rückspiegel an. Er hatte einen Bruder, der vor zwei Monaten gegangen war. Seitdem hatte er nichts mehr von ihm gehört, aber zweifellos war der Kerl jetzt in Amman und ließ es sich gutgehen. »Zweifellos!« wiederholte Ibrahim beherzt. Bald verband sie alle eine raue Solidarität, und ein Chor ehrlicher guter Wünsche blieb als Echo zurück, als ihn der Bus zurückließ – plötzlich ganz allein auf der Hauptstraße, die an der Silhouette Ramadis vorüberführte. Selbst aus mehreren Kilometern Entfernung konnte Ibrahim Mörserfeuer hören. Zwei amerikanische Kampfjets donnerten über ihn hinweg; sie kamen von der Luftwaffenbasis nahe Falludscha, um Ziele im Stadtzentrum zu beharken. Er war froh, sich nicht weiter nähern zu müssen.

Dafür, dass es erst der zweite Tag war, kam er im staubverhangenen Atlas des Nahen Ostens quälend langsam voran. Stunden und Aberstunden brennenden Dursts, warmer Wind aus der Wüste Rub al-Chali, verfallene Gebäude, Straßen, die unter der Hitze ächzten, Autos, die erschienen und verschwanden wie Luftspiegelungen und manchmal auch anhielten, um ihn ein paar Kilometer weiter voranzubringen. Es gab alte Fahrer, junge Fahrer, den mit der Zigarre, den mit dem dicken Bauch und der gebrochenen Nase, den, der sich über die Juden und die Lebensmittelpreise beschwerte, den, der sich um seinen Sohn sorgte, weil der ein Mädchen in Schwierigkeiten gebracht hatte, den, der eine Hand auf Ibrahims Knie legte und sich schämte, als dieser sie wegstieß – so sehr, dass er sofort anhielt und starr geradeaus blickend sitzenblieb, während Ibrahim aus dem Auto sprang... Und dann noch den, der für lange, missmutige Kilometer stumm dasaß, während sie Rutba passierten, und ihm dann für die Gesellschaft dankte.

Sie kamen an etlichen Wagen der »Handelsschiffer« vorbei, die illegal Benzin nach Jordanien brachten, und an den verbrannten Überresten eines Konvois, der mit Raketen angegriffen worden war. Zweimal überholten amerikanische Panzerwagen sie mit Höchstgeschwindigkeit. Fußgänger gab es nicht. Die einzige Abwechslung stammte von einer kleinen Kamelherde, und einmal flog ein Adler oder Geier hoch oben Richtung Süden. Kurzzeitig regnete es heftig, große Tropfen machten donnernde Geräusche auf dem Autodach und ließen Schlaglöcher kurz zu Teichen anschwellen, ehe die Sonne zurückkehrte, um sie wieder auszutrocknen und die Straße zischen und dampfen zu lassen.

Dieser Tag war ein schwindelerregendes Durcheinander – Krämpfe, Bequemlichkeit beim Abspulen von Kilometern, Unruhe, das Gefühl, ein Gefangener auf dem Weg in ein Schicksal zu sein, das er gleichzeitig fürchtete und herbeisehnte. Aber je näher sie dem Grenzübergang Karama kamen, desto dichter wurde das Gedränge, weil Menschen aus allen Teilen des Irak an diesem Ort zusammenliefen. Seine letzte Mitfahrgelegenheit war ein Kombi, in den sich bereits fünf Mitglieder einer Familie aus Rutba gezwängt hatten, um einen Cousin in Zarqa zu besuchen. Ibrahim schaffte es gerade so, sich zwischen den tauben, aber strahlenden Patriarchen und seinen schniefenden 13-jährigen Enkel auf die Rückbank zu zwängen. Sie rochen nach Zwiebeln und alten Klamotten. Als das zischende Gefährt sich schließlich drei Kilometer vor der Grenze ins Ende der Schlange einreihte, war Ibrahim sehr froh.

Der Grenzübergang war ein Wirrwarr aus Fertighäusern, die von gleichmütigen Beamten wimmelten und nach Chemietoiletten rochen. Ein hoher Maschendrahtzaun verlief in beide Richtungen – er sah beeindruckend aus, reichte jedoch in Wahrheit jeweils nur etwa zwei Kilometer weit. Eine kleine Baumgruppe zeigte unterirdisches Wasser an und erklärte so, weshalb der Übergang hier und nicht an irgendeinem ebenso hässlichen anderen Ort war. Eine gewaltige, brandneue irakische Flagge wehte stolz über dem Durcheinander, und überall waren irakische Soldaten – sie lagen hinter einem schweren Maschinengewehr, blickten von Dächern herab oder lehnten faul an Gebäuden, gingen auf und ab, pulten in ihren Zähnen, schwatzten oder schauten missmutig auf die Schlange, die sich auf den Sicherheitsbereich zuschob. In der Nähe standen Panzer; die Amerikaner überwachten ihre unzuverlässigen Verbündeten. Dahinter standen große Zelte, über denen eine seltsame taubenblaue Flagge prangte (Ibrahim erkannte das Logo der Vereinten Nationen nicht). Über Lautsprecher auf Pfählen erklangen durchrauschte Bekanntmachungen, die die Wartenden darauf hinwiesen, ihre Pässe und Ausweise für die Kontrolle bereitzuhalten, für den Grenzverkehr nicht zugelassene Gegenstände aufzählten und Strafen im Fall des Grenzschmuggels androhten. Kleine Jungen liefen hin und her, boten Getränke, Obst und Zigaretten zu grotesk überhöhten Preisen an und fanden zahlreiche Abnehmer.

Die Fahrzeuge wurden in einer besonderen, mit Sandsäcken ausgekleideten Bucht untersucht – zuerst von einem Roboter durchleuchtet, dann von weißbehandschuhten Polizisten penibel abgetastet. Der Mann neben Ibrahim starrte diese Männer wütend an und spie ein kenntnisschwangeres Wort aus, »Diebe!«, ehe er wieder mit dem Hintergrund verschmolz. Die Fußgänger waren in einer einzigen langen Reihe angeordnet worden, die sich um provisorische Pfosten wand, zwischen denen Trassierband gespannt war. Bevor sich jemand einreihen durfte, musste er einen Metalldetektor passieren und wurde dann von der Grenzpolizei durchsucht. Danach bekam er eine Nummer, einen ärztlichen Laufzettel und (warum auch immer) einen Stift.

Die Schlange bewegte sich zwei Schritte voran in ein langgestrecktes, graues Fertighaus hinein, über dessen Tür das irakische Wappen angebracht war. Na, immerhin hatten sie *das* nicht geändert. Ibrahim sah Leute aus dem anderen Ende des Gebäudes herauskommen und in Busse einsteigen, die dann losfuhren und sie der unsichtbaren jordanischen Endstation zuführten. Er wählte einen Mann in orangefarbenem Hemd unweit des Eingangs aus und behielt ihn im Auge, während die Schlange zäh weiterschlurfte. Um 18:15 Uhr betrat Orangehemd die Hütte. Um 18:35 Uhr kam er auf der anderen Seite wieder heraus und ging auf die Busse zu. Ibrahim erkannte, dass er heute nicht mehr über die Grenze kommen würde – sofern er überhaupt hinübergelangen würde. Über letztere Eventualität wollte er jedoch nicht weiter nachdenken.

Die Menge schien, den Dialekten nach zu urteilen, aus dem ganzen Irak zu kommen. Es gab Geschichten über hochrangige Mitglieder der Baath-Partei, die versuchten, sich über die Grenze zu schleichen, aber diese Leute hier sahen einfach nur müde und überhitzt aus. Es gab widersprüchlichen Tratsch: Die Grenze würde demnächst geschlossen werden, sie würde die ganze Nacht hindurch geöffnet sein, man würde heute mehr Menschen zurückweisen, mehr Menschen durchlassen, Leute direkt nach Syrien und in den Libanon durchschleusen, und die Syrer würden ihrerseits die Menschen nach Ägypten weiterschicken. Syrien hatte anscheinend Sicherheitsprobleme. Vor zehn Tagen – nein, zwei Wochen – habe man hier eine Bombe gefunden – nein, das sei an der syrischen Grenze gewesen. In Amman hat man ein gutes Leben; mein Cousin ist dort und sahnt richtig ab. In Amman hat man ein hartes Leben; wenn deine Aufenthaltserlaubnis ausläuft, bist du auf dich allein gestellt. Die Jordanier geben uns keine Arbeit. Es gibt Palästinenser und Kurden, die seit 2003 im Grenzgebiet leben. Wenn du durch die Absperrungen gehst, wirst du ihre Zelte sehen. »Nein, riechen wirst du sie!« sagte jemand, und alle lachten. Die Schlange kroch voran, während die Sonne über dem ersehnten Jordanien versank. Flutlichter sprangen an – dann kam die Durchsage, dass die Grenze in zehn Minuten geschlossen werden würde. Die Menge stöhnte auf, aber man hatte damit gerechnet. Es gab ein kollektives Entspannen, und die Schlange lockerte sich auf. Einige bauten bereits Zelte auf oder rollten Decken aus. Feuer wurden angefacht; Menschen zauberten Kessel und Kochtöpfe hervor, während andere sich anstellten, um die verschmutzten Toiletten zu benutzen – oder sich hinter sie schlichen, wenn sie nicht länger warten konnten.

Ibrahim packte bei einer Familie aus Haditha mit an; ein Bäcker und seine schweigsame Frau mit gut gepolstertem Nachwuchs. Er teilte sein restliches Brot und Obst mit ihnen, sammelte Stöcke und Abfall für ihr gemeinsames Feuer und besorgte Wasser aus dem Steigrohr *made in USA* für den üblichen Eintopf und Minztee. Sie gaben für ihn eine Extraportion Fleisch und Brühwürfel hinzu und liehen ihm einen Teller. Auch durfte er an ihrem Radio mithören, das Bagdad empfangen konnte, wo – vielleicht mitten in einem Feuersturm – einer der gefühlvollsten Hits von R'Ana gespielt wurde…

> *Wie sehr ich dich liebte*
> *In meiner Jugendzeit*
> *Doch du hast mich getäuscht*
> *Und ich bin allein und voller Verzweiflung*

Die rauchigen, bebenden Worte waren eigentlich banal, nur nicht in Ibrahims Hier und Jetzt voll von murmelnder Bewegung, Feuern und Schmutz und großen Motten, die im Schein der Flutlichter tanzten. Hätte er es in Basra gehört, so hätte er das Lied kaum bemerkt. Doch hier spürte er ein Anschwellen hinter seinen Augen, als der schwülstige Text in ihn hinein drang. Der roch nach *Heimat* – dem billigen Parfüm der kichernden Mädchen, Küchengerüchen und Radios aus tausend Porenbetonhäusern, den schmuddeligen Männern an der Ecke, die auf ewig an demselben heillosen Volkswagen herumschraubten, Gemurmel und Rauch aus den Kaffeehäusern, dem Hintergrundgeruch des Abwassers, der sich jeden Sommer gallig erhob. Vielleicht war dies das letzte Mal, dass er diese Art von Musik hörte, die Geräusche, die sein Leben begleitet hatten. Andererseits war es vielleicht nur angemessen, dass er ein solches Lied hier hörte, mitten in seinem Abenteuer, am Rande der ihm bekannten Welt und mit dem sternengespickten Himmel über sich, der wie eine Milliarde Möglichkeiten aussah. Als er dalag und in diese unermessliche Weite blickte, dachte er an alles und nichts.

Kapitel V
AUS DER VOGELPERSPEKTIVE

West London
Montag, 5. August

92 Minuten, nachdem die Gowts zum Strand aufgebrochen waren, sowie 259 Meilen in südlicher Richtung und Lichtjahre entfernt in Geschmack und Erwartungen, schlug John Leyden die Augen auf. Die Sonne strömte durch hohe, holzgerahmte Fenster herein und warf Bahnen der Hitze auf den gewachsten Fußboden, die Retromöbel aus Chrom und Leder, die Flaschen von gestern Nacht und verstreute Weltmusik-CDs. Im Stadtteil Maida Vale brach der Montag an.

Seine Sicht war ein wenig verschwommen, und er konnte noch immer Cannabis riechen – gar nicht mehr so angenehm wie noch vor ein paar Stunden, als träger Rauch und unbeherrschtes Lachen gemeinsam aus den weitgeöffneten Fenstern gerollt waren. Aber jetzt war es Zeit, aufzustehen und sich für die Arbeit fertigzumachen, und wie immer erregte ihn dieses Wort. Es war das Wissen darum, etwas zu bewirken.

Er stand zügig auf, woraufhin Janet ächzte, und stieg unter die Dusche, um den Schlaf abzuspülen. Als er rasiert und geschniegelt zurückkam, wühlte Janet benommen nach Klamotten – blond, wunderschön, schlank, nur mit einem Shirt bekleidet. Der Anblick war interessant. »Na, wen haben wir denn da…?« Sie entwand sich ihm mit einem Lachen und verschwand im Bad.

John blickte auf die geschlossene Tür. Wie lange konnte das noch so gehen? Sie waren jetzt – wie lange zusammen? Ein Jahr? Jedenfalls eine lange Zeit. Und so waren ihre Gespräche unvermeidlich vorhersehbar und irgendwie krampfhaft geworden. Er wusste, dass sie etwas Bestimmtes von ihm hören wollte. Aber er wusste auch, dass er es niemals sagen würde. Heiraten... Die schiere Vorstadtmentalität dieser Vorstellung verschaffte ihm das Gefühl müder Überlegenheit. *Vorstadtmentalität...* Er notierte das Wort im Kopf für spätere Verwendung.

Ihre Beziehung war lästig geworden, zumindest ihm. Für ihn war es in erster Linie um Sex gegangen – Janet war in jener Nacht das um Längen hübscheste Mädchen in der Galerie gewesen, und er hatte es genossen, sie all den anderen Männern vor der Nase wegzuschnappen, die um sie herumgeschwirrt waren. Körperlich war alles bestens gewesen und war es immer noch. Aber für die Zeit dazwischen fehlte ihr etwas. Wenn er sprach, konnte er manchmal erkennen, dass sie nicht in der Lage war, ihm zu folgen; ihr Blick wanderte unruhig umher, und sie schien sich (ganz offen gesagt) auf einer niedrigeren Ebene zu befinden. Oft erzählte er ihr von einer wichtigen politischen oder wirtschaftlichen Entwicklung, und wenn er ausgeredet hatte, fing sie von irgendwas völlig anderem an. Fast so, als hätte sie gar nicht zugehört.

Manchmal tat sie ihm leid. Er bemitleidete sie dafür, dass sie nicht in der Lage war, Dinge intuitiv zu wissen und von einer radikalen Perspektive aus zu betrachten, so wie er. Natürlich war sie von Grund auf kleinbürgerlich – wahrscheinlich hielt seine Mutter sie deshalb für nicht gut genug. Andererseits war Mummy *derart* versnobt... Daddy hatte natürlich keine Meinung dazu; er war immer so weit entfernt von allen weltlichen Dingen, dass er wahrscheinlich nicht einmal wusste, dass John eine Freundin hatte.

»Hrmpf!« sagte er laut. Weiber machten doch immer nur Schwierigkeiten. Janet machte allerdings mehr Schwierigkeiten als üblich, weil sie zusammenwohnten. Wenn er sie losgeworden sein würde, würde er zu seiner vernünftigen Angewohnheit zurückkehren, nur mit Frauen auszugehen, die ihre eigenen Wohnungen hatten.

Er zog sich mit subtilem Genuss an. Gute Kleidung auf guter Haut: Hemd und Chinohose von Mack, Socken von Evremode, Budapester von Cliveden. Er besah sich im Spiegel und grinste schief. Blau *war* seine Farbe, wie Janet so oft ehrfürchtig bemerkt hatte. Zufrieden horchte er auf die angenehmen Geräusche, die durch die Balkontür drangen – Vögel, ein Bus auf der Hauptstraße, das Klicken von Frauenabsätzen auf dem Fußweg. Er ging hinaus und sah eine schnittige Gestalt in Richtung Bahnhof verschwinden. *Die* kannte er noch nicht. John schaltete die Espressomaschine ein und schob Brot in den Retro-Toaster, genoss die anschwellenden Aromen und sah Amseln zu, die sich im Schmetterlingsstrauch zankten.

Er blätterte durch den aktuellen *Examiner* und war aufs Neue befriedigt, seine neueste Kolumne darin zu sehen. Er hatte »Abgas und Unterlass: Der Klimawandel und die Armen der Welt« gleich nach Erscheinen durchgelesen, wie er es immer mit seinen Kolumnen machte; ein zwanghaftes Suchen nach Korrektoratsfehlern, aber insgeheim auch, damit seine Sitznachbarn in der U-Bahn den Text bestaunen konnten und sich wünschten, selbst so schreiben zu können oder jemanden zu kennen, der es konnte. Manchmal hatte er Lust, diesen langweiligen Zeitgenossen zu sagen: »Ich bin's! Ich sitze neben dir!« Aber er gab sich nie der vulgären Versuchung hin.

Es war ein eitles Vergnügen, das nie abgenommen hatte, obwohl er mittlerweile seit sieben Jahren für den *Examiner* schrieb und noch in vielen anderen, ebenso angesehenen Blättern veröffentlicht hatte. Er lächelte, als er an den Unterhausabgeordneten dachte, der sich beschwert hatte, und an das Schreiben von den Anwälten der Ölfirma. Aber Nige, sein Redakteur, hatte nur lachend abgewunken, und die Mails waren ausschließlich positiv gewesen. John bekam im Durchschnitt 17 Prozent mehr Fanmails als jeder andere Autor des *Examiner*, und bei Facebook hatte er einen Vorsprung von 2567 Freunden vor seinem engsten Rivalen. Er fragte sich, was all die, die sich in der Schule so mies verhalten hatten, *jetzt* wohl sagen würden. Was hatten die überhaupt seitdem angestellt? Sein Name war der einzige, der bekannt geworden war – zumindest in den geschmackvoll eingerichteten Haushalten der *Examiner*-Leserschaft.

Geistesabwesend blickte er in den Garten hinunter, der wöchentlich von einem zusammengewürfelten Haufen Osteuropäer in Schuss gehalten wurde. In der Staudenrabatte trieben sich hin und wieder Füchse herum. Aber selbst hier waren die Nachtschwärmer unsympathisch: Eine Bierdose lugte unter den gestutzten Koniferen hervor, die das Haus gegenüber den anderen edwardianischen Villen entlang der Straße abschirmten. Sogar diese Gegend war manchmal ein wenig städtisch-grenzwertig – sie lag ein Stückchen zu dicht an der Hauptstraße, auf der nach Einbruch der Dunkelheit goldbehangene Jugendliche, die niemals jung gewesen waren, umherliefen oder -fuhren. Verdeckte Augen in kapuzenverhangenen Gesichtern tasteten die Cafés, Restaurants und Geschäfte ab, und die Leute schrumpften in sich zusammen, wenn sie vorbeistolzierten. Doch jetzt schien die Sonne freundlich auf die Autos, und glänzend schwarze, pummelige Amseln hopsten über das schimmernde Gras.

Er schlürfte seinen Espresso und schwelgte in dem fantastischen, flüchtigen Gefühl absoluter Klarheit, so als seien sein Gehirn und seine Augen zu groß für seinen Kopf. Er schnippte gegen die Fernbedienung – ein eleganter Zauberstab aus Chrom, passend zum Fernseher, beides von Future Furniture. Das Gerät machte sich gut in seiner Ecke unter dem Vonderhausen, den er als Geldanlage gekauft hatte. Tatsächlich eine sehr gute Geldanlage! Doch er wandte seinen Blick von dem großen Plastikdreieck ab, als der Fernseher eine ungewöhnlich erregte und schicksalsschwere Nachrichtensprecherin präsentierte.

Die hübsche Blondine von Channel 10 sprach aufgewühlt, während unter ihr weißer Text vorbeilief: »EILMELDUNG – Dutzende Leichen an Ostküste angespült – Schweres Schiffsunglück befürchtet.« Sie wiederholte, was der Lauftext preisgab, und verkündete die spärlichen Informationen auf ihre Herzen und Preise gewinnende Weise.

Verwackelte Kameraaufnahmen aus einem Hubschrauber lösten sie ab. Ein langer Strand, Dünen, zur Rechten eine weite silberne Fläche, auf der anderen Seite viele blaue Lichter und die Ausläufe von Feldern – übersät mit winzigen Gestalten, die emsig herumliefen… oder entsetzlich still dalagen, abgedeckt mit Planen und von Absperrungen umgeben. Ein untersetzter Mann in dunkler Uniform blickte zum Helikopter hoch und bedeutete ihm, dass er abschwirren solle. Ein Mann mit nordöstlichem Akzent rief –

»... jetzt vor Ort, Adelaide. In beide Richtungen liegen, so weit ich blicken kann, Leichen über den Strand verteilt. Es ist ein furchtbarer Anblick. Wir haben bisher 22 gezählt. Etliche wurden schon abtransportiert. Überall Polizei und Sanitäter, und da hinten im Nebel ist ein Schiff von der Küstenwache oder Marine zu erkennen. Die Air Force fliegt das Meer hunderte Meilen weit mit Such-und-Rettungshubschraubern ab. Mittlerweile ist das eine internationale Operation; die niederländischen, belgischen, deutschen und dänischen Behörden haben Flugzeuge und Marinekräfte mobilisiert. Fischkutter und Vergnügungsboote im Gebiet sind ebenfalls angehalten, nach Ungewöhnlichem Ausschau zu halten, und natürlich nach Überlebenden...«

Das Studio blendete über zu einer eilig zusammengestellten, beeindruckend forschen Expertenrunde – ein Spezialist für Schifffahrtssicherheit, ein Polizeiinspektor im Ruhestand und ein Flüchtlingsaktivist führten eine aufgeladene und ausschweifende Unterhaltung.

Janet stand – nur in Unterwäsche – hinter John und kämmte ihr lichtdurchflutetes Haar. »Die armen Menschen!« Aber John stand zu sehr im Bann der Symbolkraft dieses Ereignisses, um sie zu hören oder auch nur ihre spärliche Bekleidung zu bemerken. Eine leidenschaftliche, mächtige Kolumne nahm Gestalt an, und er musste diese Worte, diese Leidenschaft sofort niederschreiben.

Er kippte den Kaffee hinunter, schnappte sich Schlüssel und Laptop und stürzte ohne sein gewohntes »Bis dann« aus der Wohnung. Sekunden später fiel die Haustür krachend ins Schloss, und Janet sah vom Balkon aus zu, wie er wie ein kleiner Junge über die kleine weiße Gartenpforte hinwegflankte und eilig auf den Bahnhof zuschritt. Sie schmollte und ging zurück, um ihre Haare zu trocknen, während der Fernseher seine Furchtbarkeiten in die Leere abstrahlte.

Ganz in Gedanken drängelte sich John in einen Zug nach Osten, zwischen polnischen Bauarbeitern und einer indischen Großfamilie, die er gar nicht wahrnahm. Der Matriarchin trat er sogar auf den Fuß und blieb unberührt von ihrem zornigen Gujurati-Blick, während er gleichzeitig seinen Text entwarf und auf dem iPhone All Change hörte, die Band der Woche des *Recondite Rock*. Er tippte lebhaft mit dem Fuß zu schwirrenden Gitarren und dem etwas aufgesetzt wirkenden Estuary-Akzent in der Stimme eines ehemaligen Harrow-School-Schülers:»I hyte the wye we are today / Our lives are not our own / We must embryce the coming chynge / We're a million miles from 'ome.« Die Inderin sah ihn voller Abscheu an.

41 Minuten später stürzte er blinzelnd hinaus in das blendende Licht des Stadtteils Poplar, wo der Morgen zwischen überhöhten Fenstern hin- und hersprang und ihn sich mehrfach spiegeln ließ, als er die Bunyan Street entlang und vorbei an der Kirche Christopher Wrens zu Ehren des Heiligen Adalrich, dem Evremode-Geschäft, Bankhäusern und dem Cappuccinostand lief. Schließlich betrat er das kühle, aquamarinfarbene Bürogebäude des *Examiner*, das alle nur das »Aquarium« nannten, zog – blind für den lächelnden Pförtner aus Ghana – seine Karte über das Lesegerät am Einlass, fuhr mit dem verspiegelten Lift in den dritten Stock (das Hemd saß genau richtig) und glitt hinter seinen Schreibtisch. So gut wie alle in der Redaktion schienen die Nachrichten auf dem Großbildfernseher zu verfolgen. John ignorierte sie (obwohl ihm einige zunickten, weil sie es für politisch klug hielten, sich mit dem am hellsten aufsteigenden Stern des Blatts gutzustellen) und tippte rasend schnell, während sich auf seinem Kaffee langsam eine Haut bildete. Er war ganz eingenommen vom Bewusstsein seines Könnens und seiner Verantwortung.

Wenn er schrieb, hatte er immer das Gefühl, vor einem riesigen Panoramafenster zu sitzen, hinter dem sich eine farbige Reliefkarte der ganzen Welt erstreckte. Da gab es klinisch saubere, innerstädtische Gewerbegebiete, Vorstädte mit Ligusterhecken und überbevölkerte Favelas, Vorstandsetagen, rotgepolsterte Clubräume voll rotgesichtiger Männer, glücklose kleine Leute, politische Aktivisten und Sicherheitskräfte, Plakate, die erst aufgestellt wurden und dann unter Knüppeln und Stiefeln in den Staub sanken, vorrückende Kolonnen und zurückweichende Menschenmengen, Ungerechtigkeit und Inspiration, Strömungen und Gegenströmungen, geschichtliche Kräfte, die rücksichtslos über die Karte fegten und alles auf den Kopf stellten.

Es war ein erhebendes Gefühl, wie der Hubschrauber über der Küste hoch über dem Rest zu schweben, alles kristallklar zu sehen und das, was er sah, durch sein Schreiben zu verändern. Wenn er herabblickte, sah er – absurd weit entfernt und doch hochdetailliert – einen langen weißen Strand im Sonnenlicht, einen Strand wie eine Wüste, einen Vergnügungspark, der zur vordersten Front geworden war, die weiche Küste eines harten Landes. *Die weiche Küste eines harten Landes!* Und auf dieser weichen Küste lag, malerisch drapiert, der menschliche Seetang – von Stürmen entwurzelt, der Gnade höherer Gewalten ausgeliefert, angeschwemmt und vergessen. Die Nachrichtenredaktion verblasste, während geschliffene Sätze etwas Wunderschönes und Starkes herausmeißelten.

Bald hatte er viel mehr, als er brauchte, also filetierte er den Entwurf mit Routine, aber einem Gefühl der Reue; er ließ die Sätze übrig, auf die er besonders stolz war, und verschob den Überhang für kommende Gelegenheiten in ein leeres Dokument. Es war jetzt 11:15 Uhr. Wie ekelhaft kalter Cappuccino schmeckte! Er beobachtete die Brünette vom Wochenendteil, als sie an seinem Schreibtisch vorbeiging – er wusste, dass sie wusste, dass er sie ansah, und nichts dagegen hatte. Ihre Rückansicht erinnerte ihn auf angenehme Weise an dieses eine Mädchen in Oxford.

Er ertappte sich dabei, wie er weiter an die Zeit in Oxford dachte. Zweifellos eine Nebenwirkung des Alterns (nicht, dass *er* jemals gewöhnlich werden würde!). Berauschende Erlebnisse, an die er sich nur halb erinnern konnte, Indie-Konzerte voller verschwommener Gesichter, die er durch einen Schleier von Speed, Schweiß, Bier, Gras und Koks gesehen hatte... Abendgesellschaften in den südwestlichen Stadtteilen... Pakora in *Banglatown*, wo die Londoner Ziegel die Exotik im Zaum hielten... Geschmackvolle Ausstellungen in schneeweißen Räumen... Buchvorstellungen...

Spiele von Chelsea, bei denen er vor lauter Adrenalin die Absurdität dieses Zusammentuns mit den Proleten vergaß... Und natürlich Mädchen – sie lachten so angenehm, hingen auf erfreuliche Weise noch an seinen geschraubtesten Worten, gewährten ihm Zugang zu ihren Wohnungen, ihren Freundeskreisen, ihren weichen Mündern und blassen Schenkeln.

Aber Oxford war mehr gewesen als all das, das letztlich ja nur das Allgemeingut seiner ganzen Generation war. Den meisten hatten sie genügt, aber er hatte zumindest neben seinem Abschluss auch noch ein soziales Gewissen erworben.

Für ihn hatte Oxford auch die progressiven und radikalen Aktivistengruppen beinhaltet, Netzwerkarbeit, die ihm jetzt zugutekam, und – was das Aufregendste gewesen war – das Niederbrüllen christlich-demokratischer Unterhausabgeordneter, deren Wut und Angst man beinahe hatte schmecken können wie einen Tropfen Blut im Wasser... *Kein Podium, keine Anzüge, keine Gerechtigkeit, kein Friede...* Plakate und Reden von heruntergekommenen Genossen in billigen Klamotten, während er ungeduldig darauf wartete, *selbst* an der Reihe zu sein und die Zuhörer mit seinem erstklassigen Wortschatz und einschmeichelnden Akzent zum Seufzen und Aufschreien zu bringen, sie mit Angst oder Wut zu erfüllen, während er mit seinen leidenschaftlichen Dolchen direkt auf die Autoritäten einstach, die Bosse, das System, den verdorbenen Westen. Es machte ihn stolz, wenn er an den Rebellen dachte, der er damals gewesen war. Und die gleiche Wirkung, die gleiche Eindringlichkeit wie damals hatte er noch immer – doch sie war, wie er sich einredete, jetzt veredelt durch unermesslich viel mehr Wissen, Tiefe, Bandbreite und Verstand.

Ein entsetztes Murmeln riss ihn wieder in die Gegenwart zurück. Es war der Nachrichtensprecher von Channel 10, Mark Clark, der in einer berühmten Szene der Entzugsdokumentation *Celebrity Rehab* im Adamskostüm großzügig in einen Plastikeimer gekotzt hatte. Dieser vielgesehene Moment totaler Schutzlosigkeit hatte ihn reingewaschen und einen Weg zur Fortführung seiner Karriere geebnet, die nach seinem »kurzen Aussetzer« mit diesem Stricher auf Eis gelegen hatte. Die bereinigte Berühmtheit blickte düster in die Welt hinaus, so streng wie die Köpfe von Mount Rushmore: »... sogar noch verstörender. Wir schalten jetzt zu James Montmorency nach Crisby. Was kannst du uns Neues sagen, James?«

»Danke, Mark. Wir haben vom Sanitätspersonal erfahren, dass einige der Leichen Schusswunden aufwiesen. Das bedeutet, dass aus diesem furchtbaren Unglücksfall jetzt wahrscheinlich eine echte Mordermittlung werden wird. Es gibt auch ermutigende Hinweise darauf, dass mindestens ein Mann lebend geborgen werden konnte. Wenn das stimmt, wird es beunruhigende Fragen aufwerfen. So schrecklich es ist, diese Möglichkeit auch nur in Betracht zu ziehen – könnten *Anwohner* verwickelt sein? Ein furchtbarer Gedanke – aber natürlich wurde bislang nichts davon bestätigt...«

Im Aquarium und vielen ähnlichen Gebäuden brach helle Aufregung aus. Lidlose Kameraaugen richteten sich noch aufdringlicher und nun auch anklagend auf den belagerten Strand und das nicht mehr länger harmlose Dörfchen. John blickte hinunter, über die winzige Themse und die scharf geschnittenen Türme, und sah einen Flieger auf den London City Airport hinabsinken.

Mord! Mord *aus Rassenhass*! *Failed states*, Hunger, Angst, Armut, Rassismus, Unterdrückung, Krieg, Gangster, Waffen in der Nacht, Münder voller Seewasser, Hände, die nach Halt suchten, während sie tiefer, *tiefer* sanken. Hinausgezögerte Hoffnung, hinuntergesunkene Hoffnung, Süden und Osten, die über die Nordsee nach Westen gewollt hatten... Er wandte sich wieder dem Fernseher zu und hörte aufmerksam zu, was ein stämmiger, rotgesichtiger Mann in einem alten gelben Hemd zu sagen hatte.

Kapitel VI

SCHICKSALSGEFÄHRTEN

Irakische Grenze

Der dritte Tag auf der Straße begann mit massenhafter, stöhnender Bewegung, als Schläfer zu brummeln begannen, sich aufsetzten, streckten, kratzten und ausspuckten. Es gab lange Schlangen vor den Toilettenhäuschen, also erleichterten sich viele anderswo, was ihnen Beschwerden und Drohungen von denen einbrachte, die langsamer aufstanden. Jeder sah trübe aus, nur die Kinder spielten zwischen den noch Liegenden und den warmgelaufenen Fahrzeugen Fangen. Hohes Gelächter brandete auf; unpassend an einem solchen Ort des Abschieds.

Fabrikneue jordanische und irakische Flaggen wurden hochgezogen; Soldaten traten an und zerstreuten sich wieder. Ibrahim sah zu, wie Frauen ihre fröhlichen Kinder und traurigen Habseligkeiten zusammensuchten, während ihre bedrückt aussehenden Männer Streichhölzer anrissen und kauten. Mehrere Minuten lang war er ganz hingerissen von einem hübschen Mädchen in Jeanshemd und schwarzem Kopftuch, das sich vor einem Autofenster als Spiegel frischmachte, und fragte sich, wer sie sein und woher sie stammen mochte. Ihre Bewegungen waren so graziös, so unbeschreiblich weiblich, dass er sich beim Gedanken daran schämte, wie staubverschmiert und schmuddelig er aussehen musste. Als sie sich umdrehte, schaute er peinlich berührt zu Boden.

Knisternd ertönte ein Imam über die Lautsprecher – und bis auf die fremden Soldaten warf sich jeder in echter oder überzeugend gespielter Demut südwärts gen Mekka nieder, die Gedanken kurz abgelenkt von eher weltlichen Hoffnungen. Die verzerrte Stimme dröhnte und hallte über den verwunschenen Unrat und verlor sich dann, bis wieder nur noch bleiche Erde und Felsen übrig waren. Die gestrige Schlange bildete sich aufs Neue, mit Schubsereien, Streit und gekränkten Beschwerden bei der Polizei.

In der Nacht waren noch mehr Flüchtlinge angekommen, und hinter Ibrahim hatten sich bereits Hunderte angestellt. Tankwagen voller Kerosin rumpelten aus Jordanien heran; sobald sie die Grenze passiert hatten, gesellten sich US-Militärfahrzeuge zu ihnen und begleiteten sie in behäbigem Tempo auf ihrer Reise durch die aufgewühlten Provinzen hin zur umkämpften Stadt. Die Schlange schlurfte voran...

Stunden – weitere Stunden – endlos, heiß, grauenvoll selbst für Ibrahim, dessen Leben bislang gänzlich daraus bestanden zu haben schien, um Menschen und Ereignisse herumzuscharwenzeln. Er und die Familie aus Haditha, die durch Höflichkeit und Nummern aneinandergefesselt waren, begannen langsam, einander zu verabscheuen – obwohl sie einander noch immer höflich zunickten, wann immer ihre schonungslosen Blicke einander trafen. Schirme und Sonnensegel erhoben sich gen Himmel; die nie kleiner werdende Menge stand und litt mit dem Rücken zum Irak und der Vergangenheit.

Als die Sonne stieg, flauten die Beschwerden ab – sogar die Feindseligkeit verdorrte. Nur noch Spekulationen darüber, ob und wann man die Grenze überschreiten dürfen würde, erregten schwache Aufmerksamkeit, aber selbst solche ins Auge springenden Erwägungen verloren allmählich ihren Reiz, wenn sie zum 75. Mal erwogen wurden. Sanitäter in schlotternden Uniformen, die meisten von ihnen Ausländer, gingen die Schlangen entlang und boten Wasser, Essen, Mützen mit Firmenlogos und Sonnenschirme an. Ibrahim beobachtete sie mit Interesse, aber auch Enttäuschung – sie sahen längst nicht so cool und selbstbewusst aus wie die Amerikaner damals im Tanklager. Aber er nahm das, was sie anzubieten hatten, mit ehrlicher Dankbarkeit an: Mineralwasser, ein Sandwich mit Käse und Gurken, einen Schokoriegel. Vorboten all der schönen Sachen, die ihm blühten. Und während er anfangs misstrauisch, dann voller Genuss am Sandwich knabberte, fühlte er sich kurz, als sei er schon halb in der Freiheit angekommen.

Doch nach einer Weile sank er wieder in sich zusammen. Seine Augen verkrusteten, seine Lippen sprangen auf, seine Nase setzte sich zu und sein Magen rebellierte gegen die Diät der letzten Tage. Er bemerkte, wie sich in seinem Innern Druck aufbaute, und manchmal entwich dieser auf peinliche Weise. Er suchte die Toiletten nicht nur einmal auf – der Mann aus Haditha, mittlerweile gleichgültig statt mürrisch, hielt währenddessen seinen Platz in der Schlange frei. Eine greise Frau weiter vorn brach zusammen und wurde, begleitet von einer verzweifelten Tochter, zu einem Sanitätszelt hinübergetragen. Beide kamen nicht zurück. Ibrahim hatte ein wenig Mitleid, aber war unweigerlich auch froh, dass zwei Personen weniger vor ihm an der Reihe waren.

Aber die Schlange bewegte sich, und irgendwann – er wusste nicht mehr, wann – fand er sich selbst im gnädigen Schatten eines kleinen Vordachs am Fuße der Treppe wieder, die in das Geschäftszimmer führte. »In zehn Minuten werde ich es wissen, in zehn Minuten werde ich es wissen, in zehn Minuten werde ich es wissen…«, wiederholte er mechanisch in seinem Kopf und verzog über einer weiteren Magenkolik das Gesicht. Nach ein paar weiteren Minuten des Herzklopfens und Magengrummelns ließ ihn der Wachposten hinein. Während er eintrat, blickte er über seine rechte Schulter zurück und sah für einen Augenblick das Bild des ruhmlosen Endes des Irak – eine zerlumpte Schlange von Baseballkappen und Kandoras, die sich ohne Ende hinein in die brütende Hitze erstreckte. Die Frau hinter ihm fiel ihm ins Auge und trieb ihn dazu an, es hinter sich zu bringen.

Unter quietschenden Deckenlüftern und fluoreszierenden Lampen saßen verschmachtende Sachbearbeiter, die noch ausgetrocknetere Bittsteller über einen aufgebockten Tisch mit kleinen irakischen Flaggen hinweg befragten. Zahlreiche Polizisten faulenzten vor der Wand mit den Steckbriefen gesuchter Personen und taten so, als würde sie jeder Neuankömmling interessieren. Telefone klingelten, und hinter Trennwänden verborgene Menschen sprachen hinein. Eine Kamera schwenkte müßig über den Raum. Kaffee, Schweiß und Fußgeruch – in erster Linie Schweiß.

»Hierher«, sagte ein schweißgebadeter, halbrasierter Beamter und zeigte zuerst auf Ibrahim, dann auf den gerade freigewordenen Stuhl gegenüber. Der vorherige Inhaber des Stuhls, ein älterer Mann mit dicken Brillengläsern, lief knirschend hinüber zum Ausgang auf der jordanischen Seite. »Hierher!« ertönte es schärfer. »Nummer, Ausweis und Laufzettel!«

Ibrahim reichte die Dokumente nervös hinüber – mit fünf Zehn-Dollar-Noten versteckt zwischen Ausweis und Laufzettel, wie man es ihm als üblichen Handel nahegelegt hatte. Der ungerührte Schreibtischtäter warf die Nummer in einen Ablagekasten, aus dem sie für einen anderen Bittsteller herausgepickt werden würde, überflog den Ausweis, notierte etwas auf seinem Formular und tippte etwas in seinen Computer. Er sprach, ohne Ibrahim anzusehen. »Warum wollen Sie nach Jordanien?«

»Familie, *Haddsch*... Meine Schwestern leben dort!« Ibrahim sprach zu schnell, doch der Mann rieb sich nur die Nase.

»Wo werden Sie wohnen?«

»Meine Schwestern wohnen im Hostel Al-Azzawai in Zarqa; ich werde irgendwo in ihrer Nähe unterkommen. Im Moment habe ich natürlich noch keine genaue Adresse.«

»Wie viel Geld besitzen Sie für Ihren Unterhalt?«

»Fünfhundert Dollar.«

Er versuchte, nicht an das restliche Geld in seiner Tasche zu denken, weil er in einem Anflug von Aberglauben besorgt war, dass der Sachbearbeiter dessen Vorhandensein spüren könnte. »Ihnen ist bekannt, dass diese Aufenthaltserlaubnis nur 30 Tage lang gültig ist? Danach sind Sie ein Illegaler, eine Unperson, was Amman anbelangt. Wenn Sie Ihre irakische Krankenversicherung und Rentenansprüche behalten wollen, müssen Sie danach zurückkommen. Wenn Sie ein anderes Land ansteuern, verlieren Sie diese Anrechte.«

»Ich weiß, *Haddsch*«, antwortete Ibrahim friedfertig. Der Beamte machte »Hmmm...«, tippte weiter und pulte sich etwas aus den Zähnen – dann lehnte er sich zurück, bis der Plastikgürtel seiner Hose zu bersten drohte. Er gähnte und nickte. »In Ordnung. Geben Sie das hier dem Mann auf der jordanischen Seite und gehen Sie mit

Gott. Der Nächste!« Er gab Ibrahim Ausweis und Laufzettel zurück; die 50 Dollar fehlten, entnommen von Händen, die flinker waren, als sie aussahen.

Das war alles. Vier Minuten, 50 Dollar und ein wenig Schweiß, und Ibrahim hatte das Land seiner Geburt, der seiner Eltern und der von deren Eltern verlassen – den einzigen Ort, den er und seine Familie je gekannt hatten. Binnen einer weiteren Minute saß er in einem Bus und rollte bereits durch das Niemandsland, die näherkommende rot-weiß-schwarz-grün beflaggte jordanische Grenze über hängenden brünetten Köpfen vor Augen. Nachdem sie innerhalb von drei Minuten ein Durcheinander von Zelten mit symbolischen Absperrungen umfahren hatten (ein paar Kurden waren hier seit einem Jahr im rechtlichen Schwebezustand gefangen), saß er in einem weiteren Grenzposten-Fertighaus einem weiteren Sachbearbeiter gegenüber, diesmal unter dem Bild eines gutgenährten und befriedigt dreinschauenden Königs.

Die Fragen waren die gleichen wie auf der irakischen Seite; hinzu kam, ob er militärische Ausrüstung, Fleisch- oder Fischprodukte, Agrarerzeugnisse, historische Kunstgegenstände, verschreibungspflichtige Medikamente oder politische Literatur mit sich führe, und ob er jemals etwas mit einer von ungefähr 40 Gruppierungen zu tun gehabt habe, von denen Ibrahim nur Al-Qaida und die Baath-Partei überhaupt geläufig waren. Er verneinte all diese Fragen reinen Gewissens. Ein Polizist durchsuchte seinen Rucksack schnell, aber gründlich. Dann blieb nur noch die »Bearbeitungsgebühr« von 30 Dollar, nach deren Erhalt der Mann hinter dem Schreibtisch seufzte und abstempelte, dass ein gewisser Ibrahim Nassouf, irakischer Staatsbürger und von Beruf Gärtner, das haschemitische Königreich Jordanien für eine Zeitspanne von maximal 30 Tagen betreten durfte, um dort bereits wohnhafte Familienmitglieder zu besuchen. »Willkommen in Jordanien! Der Nächste!« Hatte er da Hohn herausgehört? Ibrahim war es egal; er trat vor die Tür und ins Ausland.

Die schnurgerade Straße nach Zarqa und noch viel, viel weiter lag ihm zu Füßen. Jetzt hatte er es *wirklich* geschafft. Mit einem gemurmelten Gebet auf den Lippen – langsam wurde das zur Gewohnheit – ging er auf einige sonnengebleichte Gebäude mit verwelkten Reklametafeln zu, die Essen, Geldwechsel, Zigaretten, Schuhreparaturen und Busfahrten anboten. Dutzende Neuankömmlinge schlenderten ziellos und verwirrt durch diese Karikatur einer Kleinstadt, blickten durch Schaufenster auf minderwertige, überteuerte Ware, umklammerten jordanische Zeitungen, schauten auf den riesigen Fernseher am Sammelplatz oder stellten sich an der Auskunft an.

Es sah aus wie im Irak, und doch war alles auf eine subtile Weise anders – Straßenschilder, Autokennzeichen, Markennamen, die Farben der Haustüren. Es gab ein größeres Warenangebot. Die Menschen benahmen sich sogar anders. Ibrahim blickte an sich hinab auf ein leuchtend grünes Hemd, khakifarbene Jeans und staubverkrustete Turnschuhe und kam sich schrecklich provinziell vor. Er wechselte an einem Kiosk 100 Dollar, bezahlte ohne Zögern die halsabschneiderische Gebühr und eilte dann zu den Toiletten, um sich gerade noch rechtzeitig in ein übelriechendes Loch im Boden zu erleichtern, das von aufgeweichten Zeitungen umgeben war. »Mein erster Schiss in einem fremden Land«, dachte er und grinste über die Absurdität des Gedankens.

Er kaufte sich Kaffee und etwas zu essen, dann wanderte er hinüber zu den neuen Bussen, die unter einer von Tauben besprenkelten Betonüberdachung warteten. Einer wollte gerade abfahren – also zahlte er und setzte sich auf den letzten freien Platz neben einen angespannt wirkenden Jungen von vielleicht 13 Jahren. Mit einem Zischen schlossen sich die Türen, und nach einem lachenden Gespräch mit einem seiner Kollegen parkte der Fahrer aus, drehte Radio Amman auf (die gleiche Musik wie bei Radio Basra, aber zu laut und mit schlechtem Empfang) und holperte auf die Schnellstraße, die bereits voller Flüchtlingsautos war. Das hochverstärkte statische Krachen ließ alle Insassen zusammenzucken und murmeln, aber niemandem war danach, sich zu beschweren. Sie alle waren müde und froh, aus dem Gröbsten heraus zu sein. Und immerhin war das hier nicht ihr Land.

Die Landschaft war eintönig: ebene Wüste, Felszungen, seltene Baumgruppen, Raubvögel hoch oben am Himmel. Doch für Ibrahim sah alles neu und aufregend aus. Mit jeder Sekunde entfernte er sich weiter von Basra als jeder Nassouf vor ihm – und kam Europa immer näher. Die Straße war gut instandgehalten, und der Bus rollte mühelos dem Horizont entgegen, vorbei an schemenhaften Tankstellen und scheinbar planlosen Siedlungen. Ibrahim fragte sich, was seine Schwestern wohl gerade taten, während er sich in seinem und ihrem Namen in die große, weite, hoffnungsvolle Welt aufmachte. Erinnerungen blitzten auf wie die Dörfer am Straßenrand – doch in diesem Moment erschienen sie bedeutungslos, und er schüttelte sie rasch ab. Es war zu früh für Innerlichkeit.

Den Großteil der Zeit über dämmerte er vor sich hin – auch wenn er immer wieder mit steifem Nacken und schmerzend gebeugten Knien hochschreckte aus Angst, Zarqa zu verpassen. Der Bus schnurrte kraftvoll der gleißenden Sonne entgegen; gegen den Schein war der Fahrer nur eine schwarze Gestalt. Die meisten Passagiere dösten. Sie hatten harte Tage und Nächte auf der Reise verlebt – und diese Tage und Nächte waren der Gipfelpunkt von Monaten und Jahren der Unsicherheit gewesen. Nun, da sie erstmals seit Jahren wirklich sicher waren, entspannten sich lange aufgezogene Federn. Es war köstlich, für eine Weile loszulassen.

Ein paar Stunden später war die Wüste von Industrieanlagen, Laternenpfählen, Gehwegen und hektischen Motorrädern abgelöst worden. Man hörte Hupen, Lastwagen und Fabriken, Fahrräder und Bettler. »Zarqa! Zarqa!« brüllte der Fahrer, und der Bus füllte sich mit schwirrendem Leben. Ibrahim fühlte sich klein und ängstlich, als er auf die pulsierenden Straßen blickte. In wenigen Minuten würde er wieder auf sich allein gestellt unterwegs sein und Entscheidungen treffen müssen.

Dann stand er benommen da und umklammerte seinen Rucksack, während sich Menschen ungerührt vorbeidrängelten. Nur wenige waren mit ihm ausgestiegen, und die schienen alle zu wissen, wohin sie gehen mussten. Er hielt einen von ihnen an – ein letztes heimatliches Gesicht. »Bitte, *Haddsch*... Ich bin neu hier. Kannst du mir eine gute Herberge empfehlen – nicht zu teuer?«

Der Mann fing an, ihm den Weg zu einem guten Laden zu beschreiben, von dem er gehört habe und der draußen an der Straße nach al-Mafraq liegen sollte. Aber Ibrahims Gehirn fühlte sich benebelt an, und die Sätze waren seltsam bedeutungslos. Er hatte noch nie von al-Mafraq gehört und keine Ahnung, in welcher Richtung es lag – deshalb waren all die Details darüber, an welchen Geschäften und Moscheen er vorbeigehen und wie viele Kreuzungen er überqueren musste, vollkommen nichtig. Ihm war, als könne er eine so komplizierte Stadt niemals durchblicken. Er schüttelte den Kopf, als ob das helfen würde, Ordnung zu schaffen. Es war der Versuch, einen klaren Satz zu formulieren. »Danke, Herr. Es tut mir leid, aber weißt du vielleicht auch, wo ich Leute finde, die mich in den Norden bringen können? Nach Europa?«

Der Mann sah ihn nun aufmerksamer an und pfiff leise. »Europa, hä? Respekt für deinen Schneid, junger Mann. Aber das ist ein weiter, weiter Weg, sehr gefährlich. Sicher, dass du das Richtige tust? Hier gibt es genug Arbeit. Ich arbeite in einer Fabrik, und da schreien sie nach neuen Arbeitern. Die kümmern sich auch nicht groß um Papiere. Ich habe eine Aufenthaltserlaubnis, aber da sind auch viele ohne – sogar einige aus meinem Dorf. Der Chef hat sie eingestellt, weil ich sie empfohlen habe. Vielleicht könnte ich dir da einen Job verschaffen. Woher kommst du? Was arbeitest du?«

Wie sollte Ibrahim – ohne respektlos zu erscheinen – diesem Mann, der es nur gut meinte, klarmachen, dass er nicht den ganzen Weg zurückgelegt hatte, um in einer *Fabrik* zu arbeiten – dass England für ihn Großes bereithielt? Er schüttelte lächelnd den Kopf. »Das ist ein sehr nettes Angebot, aber ich möchte wirklich nach England. Und ich komme übrigens aus Basra.«

»Ich wusste doch, dass ich den Akzent kenne! Ich bin aus Nassirija, also sind wir fast Nachbarn! Sieh an, sieh an. Da wird's schon schwer. Vielleicht hast du recht mit Europa. Da kriegt man einen Anwalt, ein gutes Haus und medizinische Versorgung. Man hat Rechte. Wenn ich jünger wäre, würde ich selbst gehen. Aber du siehst ja...«, er winkte in Richtung einer gelangweilten Frau und einer ebenso gelangweilten Halbwüchsigen neben sich.»... Egal. Ich an deiner Stelle würde mich in einen Zug nach Norden setzen. Die fahren von hier aus bis in die Türkei, vielleicht noch weiter. Wenn du in einen Frachtwaggon hineinkommst, wenn niemand aufpasst, und dich still verhältst, wird dich nie jemand entdecken. Die Regierung hier ist ganz froh, wenn unsereins ohne viel Aufhebens weiterzieht. Du müsstest nicht mal jemanden bezahlen. Und wenn du eine Wagenladung Obst findest, hast du sogar zu essen für die Fahrt. Der Bahnhof ist gleich dort drüben, und in den Güterbereich kommt man mit links. Aber an deiner Stelle würde ich diese Nacht noch hier verbringen. Morgen kaufst du ein paar Sachen für die Reise und schleichst dich dann in den Zug. Kinderspiel! Im Prinzip...« Er drehte sich um und hielt rasch Rücksprache mit seiner Frau. Die nickte und schenkte Ibrahim ein halbes Lächeln.

»Also abgemacht! Du kannst mitkommen und heute in unserer Wohnung übernachten. Ich habe meiner Frau gesagt, dass du aus Basra kommst und Gastfreundschaft brauchst. Morgen zeige ich dir, wo du hingehen musst.« Ibrahim konnte sein Glück kaum glauben und brachte das so lange zum Ausdruck, bis der Mann seinem Redefluss mit einer großzügigen Geste ein Ende bereitete.

Das war Bilal Gharab; seine Frau und Tochter hießen beide Sumira. Er war sehr redselig – es ging von Basra bis hin zum Krieg und dem aufregenden Tag, an dem Bomben dicht bei seinem Dorf gefallen waren, aber nur ein paar Ziegen getötet hatten. Diese Geschichte erzählte er nicht nur einmal. Er war Mechaniker gewesen, verdiente jetzt aber als Techniker deutlich besser. Die Familie lebte seit 2003 in Jordanien und war anerkannt worden. Sie waren gerade aus Nassirija zurückgekommen, wo sie Angehörige besucht und ihnen Waschpulver, Seife und andere Waren mitgebracht hatten, an die im Irak schwer heranzukommen war. Zahlreiche Anekdoten gingen im Lärm um sie herum unter, und Ibrahim verspürte (mit leichten Schuldgefühlen) Erleichterung darüber. Sie klangen ziemlich nervtötend, und davon abgesehen wollte er nicht an die Heimat denken.

Die Familie lebte in einer modernen Wohnung. Das Wohnzimmer barg einen Diwan, einen Tisch, zwei neue Stühle, einen geschnitzten Glücksbringer, einen kostbaren alten Teppich (ein Familienerbstück, wie man ihm stolz erklärte) und einen riesigen Fernseher. Durch die Fenster des dritten Stockwerks hatte man eine gewaltige und abstoßende Aussicht. Ja, Zarqa sähe bei Nacht besser aus, gab Gharab heiter zu. Seine Frau brachte Mezze, Couscous und gegrillte Lammspieße mit Zwiebeln und Paprikaschoten. Es war köstlich, und mittlerweile war Ibrahims Magen der Herausforderung wieder gewachsen. Es spürte verstohlene, prüfende Blicke von der jüngeren Sumira und dachte bei sich, dass er es hier auch noch länger aushalten könnte. Aber paradoxerweise fühlte er sich durch sie auch männlicher und abenteuerlustiger. Er lieferte eine blumig ausgeschmückte Schilderung seiner Wagnisse, genoss die Aufmerksamkeit der Familie, und nachdem sie alle früh zu Bett gegangen waren, lag er noch schier ewig wach.

Künstlich verstärkte Muezzinstimmen dröhnten zwischen den Gebäuden hindurch; die aufgehende Sonne enthüllte die Schäbigkeit ihres rissigen Betons. Ibrahim wachte auf und fragte sich, wo er war. Als es ihm wieder einfiel, zögerte er, das Bett zu verlassen, denn einerseits war es bequem, andererseits wusste er, dass mit dem Aufstehen ein weiterer Tag hektischen Treibens anbrechen würde. Aber er wusste, was er zu tun hatte, und als Gharab fröhlich den Kopf zur Tür hereinsteckte, war er bereits fertig. »Ha, endlich aus den Federn, Schlafmütze! Gut. Aber jetzt schnell, schnell – es ist fast so weit!«

Mit ihm drangen der Lärm des Verkehrs und die Verlockung von Kaffee herein. Es war gerade genug Zeit für ein paar Tassen – genau richtig süß und körnig – und Brot mit Honig (sowie die Ernüchterung darüber, dass die jüngere Sumira nicht anwesend war), ehe die beiden Männer auf die noch kühle Straße hinausgingen. Im Gehen erläuterte Gharab, wo Ibrahim sich mit Essen und Wasser bevorraten könne. Ein hastiger Dank, dann ließ sein Wohltäter ihn an einer geschäftigen Straßenecke stehen – und er fühlte sich noch verlassener als beim Aussteigen aus dem Bus.

Er kaufte Lebensmittel, und dann liefen alle Straßen auf den Bahnhof zu, den ein französischer Architekt 1860 im bereits damals veralteten neoklassischen Stil erbaut hatte und der zwischen all den einfacheren, einheimischen Bauten, die sich bis an seine einstmals aristokratischen Simse herandrängten, ausgesprochen deplatziert wirkte. Ibrahim ging um das Gebäude herum, wie man es ihm erklärt hatte, und lief neben den Schienen am Hauptterminal vorbei, bis er die Nebengleise mit abgestellten Zügen sehen und den Klang von Hämmern hören konnte. Einige Waggons standen dicht am Zaun – und dieser Zaun bestand nur aus ein paar rostigen Strängen mit weiten Lücken dazwischen. Die Straße war leer, die Mauer gegenüber fensterlos. Es brauchte nur ein paar Sekunden, um durch den Zaun zu schlüpfen und sich hinter einem Zug zu verstecken. Er probierte einige Türen aus – alle verschlossen! – und begann gerade, sich wie auf dem Präsentierteller zu fühlen, als Tür Nummer fünf lautlos zurückglitt und den Blick auf lange Reihen von Dattelkisten freigab. Perfekt!

Er warf seinen Rucksack in den Waggon, sprang hinterher und zog die Tür zurück an ihre Stelle – gerade noch rechtzeitig, denn nur Sekunden später kamen zwei Männer in Overalls um die Ecke und gingen schwatzend vorbei, nur ein paar Meter von der Stelle, an der er inmitten einer Aromawolke von neuem Holz und fernen Früchten hockte und sich den Mund zuhielt, damit sie seinen Atem nicht hören konnten. Nun konnte er nur noch abwarten und hoffen, dass der Zug gen Norden fahren würde. Lange Zeit rutschte er auf dem unbequemen, harten Plankenboden hin und her und lauschte, wie andere Züge ankamen und abfuhren, Autos auf der Straße vorbeifuhren, gelegentliche Rufe und ein Lachen erschollen – und wie etwas am anderen Ende des Wagens scharrte. Eine Ratte? Er würde sie aufstöbern, wenn der Zug losgefahren war. Es musste drei Stunden später gewesen sein, als er einen sachten Stoß bemerkte: Eine Rangierlok hängte sich vor den ersten der langen Reihe von Güterwaggons. Ein klirrendes Ankoppeln, noch mehr plaudernde Eisenbahner gingen vorbei – dann ein langes, metallisches Kreischen, und die Lok begann, aus dem Bahnhof hinauszufahren.

Endlich konnte er sich bewegen und Geräusche machen. Durch Lücken zwischen den Brettern der Seitenwände konnte er sehen, wie die trostlosen Vorstädte zurückfielen. Dann spie die Stadt den Zug in die Wüste aus; er beschleunigte, während er sich auf Syrien hin ausrichtete. Einmal über die Grenze, würde er vor Damaskus nicht mehr anhalten; danach kam die Türkei. Die Datteln waren für Europäer in irgendwelchen Fünf-Sterne-Hotels bestimmt. Er hätte keinen besseren Waggon erwischen können.

Nach ungefähr 30 Minuten bremste der Zug auf Schrittgeschwindigkeit herunter. Dann hielt er für eine ganze Weile an. Männerstimmen, Arabisch, unbekannter Akzent. Syrer? Er lugte durch die Bretter. Eine Gruppe Grenzpolizisten knirschte zusammen mit einem Zugwächter über den Kies des Bahndamms. Waggon für Waggon riss der Wächter die Tür auf, und die Polizisten schauten flüchtig hinein, hakten etwas auf einem Klemmbrett ab, schlossen die Tür wieder und befestigten dünnen Draht mit einem Bleisiegel. Ibrahim rollte sich zu einem atemlosen Ball zusammen, als sie in seinen Wagen hineinschauten. Durch eine Transportpalette hindurchschielend, konnte er für eine Sekunde den Kopf eines der Polizisten sehen. Dann sagte jemand etwas, und die Tür wurde zugeschlagen. Es gab ein kratzendes Geräusch, als Draht und Siegel zum Einsatz kamen, dann ein Räuspern und gehaltvolles Ausspucken, dann sich entfernende, knirschende Schritte. Zehn Minuten später fuhr der Zug ächzend und ruckelnd wieder an, und Ibrahim betrat das dritte Land innerhalb von 48 Stunden – ein doppelter Flüchtling, doppelt illegal, doppelt heilfroh und doppelt verängstigt. Er wäre sogar noch verängstigter gewesen, wenn er von den gewalttätigen Demonstrationen in Damaskus und anderen Städten gewusst hätte.

Als er hinausschaute, sah die Landschaft zwischen den vorbeihuschenden Telefonmasten wie der Irak aus: flach, durstig, unbelebt bis auf ferne Vögel und seltene Menschen mit Maultieren, scheinbar verödete Dörfer, Transformatorenhäuschen aus Beton. Der Anblick wurde bald langweilig, er begann, einzunicken – und fiel beinahe hintenüber, als sich am anderen Ende des Wagens eine Kiste zur Seite schob und, blinzelnd und verdreckt, ein junger Mann zum Vorschein kam.

»Hab dich in Zarqa reinklettern sehen. Aber ich hab mich still verhalten, bis wir über die Grenze waren. Bist du Iraker?«

Beide beäugten sich misstrauisch, aber insgeheim war Ibrahim froh, Gesellschaft zu haben.

»Wo soll's hingehen?«

»Türkei.«

»Für mich auch.«

»Wo soll's wirklich hingehen?«

»England.«

»Für mich auch. Hab einen Vetter in Manchester.«

Von Manchester hatte Ibrahim schon gehört, aber ihm fiel dazu nur eine einzige Sache ein. »David Beckham!« Sie lachten über das Klischee.

Der Name des Jungen war Maged el-Jannah; er kam aus Nadschaf. Vater und Mutter waren einer Bombe zum Opfer gefallen. Sein Bruder, ein Soldat, war verschwunden und wahrscheinlich auch tot. Er war selbst auch in der Armee gewesen, aber hatte einfach seine Waffe versteckt und war heimgegangen, als die Amerikaner Nadschaf erreicht hatten. Maged hatte niemanden mehr, aber er besaß ein paar tausend Dollar, angeblich aus dem Verkauf von Sachen, die er »gefunden« hatte. Ibrahim respektierte die Vagheit. Wer hatte denn schon keine Geheimnisse? Er würde bestimmt nicht anfangen, irgendwem von seiner Arbeit für Kemali zu erzählen. Maged war es, der redete. »Ich wär schön blöd gewesen, zu bleiben.

Dieses Chaos kann noch jahrelang weitergehen. Ich hab gehört, jeder kann nach England kommen, und das Risiko ist sehr klein, ausgewiesen zu werden. Ich hab auch gehört, stell dir vor, dass sie einem ein Haus geben, beim Lebensunterhalt helfen und dich bezahlen, auch wenn du gar nicht arbeitest! Und Schulen und Krankenhäuser kosten nichts! Und wenn man Lust hat, zu arbeiten, kann man reich werden! Und überhaupt, was ist mit diesen Mädchen los?«

Er redete über Frauen und viele andere Dinge mit einer scheinbaren Fachkenntnis, die Ibrahim ärgerlich vor Neid werden ließ. Während der Zug in Richtung Damaskus rasselte, redeten und dösten sie, bis ihr Gefährt schließlich abbog und quietschend zum Stehen kam. Beide nahmen ihre verborgenen Positionen wieder ein, während der Zug auf dem Rangierbahnhof stand. Jenseits des Bahnhofsgeländes standen hässliche Wohnblocks; Wäsche hing von Balkonen. Über den Hintergrundlärm des Verkehrs und etwas, was ein wenig wie Schüsse klang, hinweg spielte irgendwer sehr laut Choubi Choubi, gefolgt von einem Lied der lokalen Berühmtheit Abeer Foda, die auch im Irak beliebt war. »Von der werden wir in England nicht viel hören«, stellte Ibrahim nachdenklich fest. Keiner von beiden sprach noch ein Wort, bevor der Zug seine Fahrt wiederaufnahm und die nördlichen Vororte durchquerte.

Klappern und Quietschen, Klappern und Quietschen, Klappern und Quietschen, ein beruhigender, einschläfernder Rhythmus, während aus der weiten Wüste langsam Ackerland wurde. Ihnen gingen die Gesprächsthemen aus, also spielten sie Ratespiele. Sie brachen eine der Dattelkisten auf und erschlugen eine Tarantel, die als blinder Passagier mitgereist war; die kaputte Seite würde man von der Tür aus nicht sehen können. Der Tag ging zu Ende, und eine angenehme Abenddämmerung umfing sie, hin und wieder unterbrochen von den blinkenden Lichtern unbekannter Städte. Durch den Türspalt kam ein eisiger Luftzug herein. Der Boden war hart und unnachgiebig, und Ibrahim zog sich einen üblen Splitter in die Hand.

Gegen 23 Uhr wurde der Zug wieder langsamer. Die Grenze! Ihr Abenteuer könnte hier ein Ende finden, Entdeckung, dann

Abschiebung – *oder* sie könnten die letzte Hürde vor Europa nehmen! Sie stellten sicher, dass ihre Habseligkeiten versteckt waren. Sie standen auf und setzten sich wieder. Sie konnten nichts sehen, nur gelegentliche Lichter oder die Scheinwerfer eines nahen Autos. Dann zuckten sie im grellen Schein von Halogenstreifen zusammen, als der Zug in einen von Flutlichtern erleuchteten Bereich kroch. Zu guter Letzt hielt die Lok und schaltete den Motor ab. Zum ersten Mal in 24 Stunden stand der Waggon still. Es gab ein kurzes Gewirr von Stimmen und Schritten, dann war alles still. Die Grenze war geschlossen worden, und sie hatten noch einige Stunden des Scheintods vor sich.

Sie sahen einander durch die Dunkelheit hindurch angespannt an und tauschten gelegentliches Flüstern aus – in dieser Stille klang das Zischen fast genauso laut wie normales Sprechen. Doch draußen waren nur Zikaden und das Summen der Lampen zu hören. Eine Überwachungskamera drehte sich endlos um sich selbst, aber alles, was sie dem gelangweilten Wachmann in einem kilometerweit entfernten Kontrollraum zu zeigen hatte, waren ein paar Schakale, die verschlagen am äußersten Rand des Sichtbereichs herumschnupperten. Der Wachmann klopfte zum Takt von Radio Damaskus mit dem Fuß auf den Boden und bemühte sich, wach zu bleiben. In der Hauptstadt gab es wieder Ärger, und die Panzer waren hart rangegangen, aber hier draußen gab es nur angenehme Stille. Die Flüchtlinge waren immer nur zu den Straßenkreuzungen unterwegs.

Die Kälte wurde beißend, und die Reisenden saßen – in all ihre Decken eingewickelt – Rücken an Rücken, um sich warmzuhalten. Sie hatten versucht, den Türspalt so gut wie möglich mit ihren Rucksäcken zu verstopfen, doch der schneidende Luftzug kam von überall her, und sie konnten nicht aufhören, zu zittern. Ibrahim hätte eine ganze Menge für ein heißes Getränk gegeben. Trotzdem hatte er noch genug vom Gefühl des Abenteuers in sich, um zu versuchen, seinen Leidensgenossen aufzumuntern. »Bestimmt werden wir in ein paar Jahren an diese Nacht, diese kleine Episode zurückdenken und uns wünschen, wieder hier zu sein und dieses großartige Abenteuer mitzumachen!« Maged schnaubte und stieß einen lautlosen Fluch aus.

Es war eine übernächtigte Erlösung, als der Tag anbrach und das Gebrüll von Motoren, fröhliche Stimmen, Türenknallen und den Geruch von billigem Rasierwasser und Zigaretten mit sich brachte. Gleich nebenan starteten mächtige Lastwagen, und die Fahrzeuge, die es gestern nicht mehr über die Grenze geschafft hatten, rollten auf die Kontrollhäuschen zu. Ohne Vorwarnung erschollen plötzlich laute Stimmen nur wenige Meter entfernt, und grobe Hände rüttelten an der Tür:»Jawoll, der hier ist in Ordnung!« Dann verschwanden die Stimmen und tauchten einen Waggon weiter wieder auf, während die blinden Passagiere ihre Herzen wieder herunterschluckten und erleichtert lächelten. Die Lok erwachte zitternd wieder zu zähem Leben.

Ohne es zu wissen, waren sie Nutznießer des Endes eines Jahrzehnts des Misstrauens: Die Syrer gingen auf Distanz zu ihren kurdischen Günstlingen, und ein von Europa enttäuschtes Ankara suchte neue strategische Partner. Der Zug zuckelte voran. Als sie durch die Lücken in den Wänden spähten, konnten sie Bürogebäude sehen, eine lange Schlange von Lastwagen und zwei hohe Fahnenmasten, einer mit den panarabischen Farben Syriens, der andere mit einer roten Flagge, die Halbmond und Stern zeigte. Zwei Uniformierte standen dicht daneben; Ibrahim konnte Falkenabzeichen auf ihren grünen, spitzen Mützen erkennen. Er fragte sich, was das für Männer sein mochten, und wie es wohl in Syrien zuging. Plötzlich realisierte er, dass er ein ganzes Land durchquert hatte, ohne dessen Boden zu berühren, und der Gedanke beunruhigte ihn. Es fühlte sich nicht nach einer Reise an. Dann beschleunigte der Zug, und die Flaggen entschwanden in der Ferne, während Ibrahim und sein Weggefährte unbemerkt aus der arabischen Welt hinausschlüpften.

Kapitel VII

DIE STIMME DER GROSSSTADT

Aldgate, London
Dienstag, 6. August

Wie so oft, fasste Johns Artikel auch diesmal eine Empfindung zusammen.

Als die Welt gestern Morgen erwachte, sah sie sich unvermittelt einer tragischen Erinnerung an die Bösartigkeit der Abgrenzung gegenüber. Es ist zwar noch immer unklar, was genau den 37 Männern, Frauen und Kindern (und einem Überlebenden) zugestoßen ist, deren Leichen an der Küste von Eastshire angespült wurden. Klar ist aber, dass diese Menschen noch am Leben wären, würde diese Regierung nicht auf so zynische Weise die schmuddelige Agenda der Regenbogenpresse und den organisierten Rassismus der National Union befriedigen. Wie schon so oft haben Xenophobie und Ignoranz über Großmut und Menschlichkeit gesiegt.

Es gibt verstörende Hinweise darauf, dass einige der Opfer den Strand lebend erreichten – nur um ermordet zu werden, als sie hilflos dalagen. Das ist eine neue Form der Bösartigkeit, die auf den niedersten Emotionen gründet: Hass und Furcht vor »dem Anderen«, ein unmenschlicher Widerwille, die, die nichts haben, an unserem Reichtum und unseren Privilegien teilhaben zu lassen. Emotionen, die von Redakteuren und Politikern ausgenutzt werden, um Produkte zu verkaufen oder die Stimmen der Rassisten abzugreifen. Sie sollten sich schämen für das, was sie aus Gier und Ehrgeiz angerichtet haben – und wir sollten uns dafür schämen, solche widerwärtigen Grenzüberschreitungen im 21. Jahrhundert noch zu dulden.

Dies ist Teil eines weltumspannenden Musters kleinbürgerlicher, rassistischer, poujadistischer Vorurteile. Wie viele Leben soll es noch kosten, bevor endlich gegen die Fremdenfeinde vorgegangen wird? Wir müssen diejenigen erziehen, aufklären und einspannen, die sich noch immer nicht mit der veränderten Wirklichkeit abgefunden haben. Die Welt verändert sich. Die Welt ist in Bewegung. Die Welt kommt hierher. Ihre Ankunft ist kulturell wünschenswert und von essentieller wirtschaftlicher Bedeutung. Außerdem ist sie unvermeidlich – und sie sollte umarmt werden, nicht ausgeschlossen. Wer sich nicht umstellen kann, ist unser Feind.

Im Fernsehinterview hat irgendein fetter Bauer sogar gegrinst; er hat die tragischen Gestalten »Fremde« genannt und gesagt, »sowas kommt hier nicht alle Tage vor«. Aber seine Welt stirbt – und unsere wird geboren. Eine schwierige, aber aufregende neue Wirklichkeit wird geboren. Sie klettert aus tausend Flugzeugen, drängelt sich aus Lastwagen heraus, platzt aus den Laderäumen von Schiffen, wird aus dem Internet geladen, von den Medien verbreitet und in den Werken tausender Künstler belebt. Wir alle sind jetzt Ausgegrenzte.

Wir müssen uns mit der Veränderung abfinden. Wir müssen unmissverständlich klarmachen, dass wir das Unerträgliche nicht länger tolerieren werden. Die Polizei muss nicht nur dieses grauenvolle Verbrechen aufklären, sondern auch gegen Sende- und Redaktionsleiter vorgehen, die das Klima des Hasses verschärft haben. Die Meinungsfreiheit – die uns heilig ist – ist kein Freibrief für Widerwärtigkeiten. Der Gesetzgeber und die politischen Aktivisten müssen dringend anfangen, nicht nur über Menschenschmuggel zu debattieren, sondern auch über die Grenzen von *Hate speech* und darüber, ob ein moderner Nationalstaat überhaupt wirklich Einwanderungsbeschränkungen braucht. Denn die sind nicht nur geschichtlich und intellektuell zusammenhanglos – was sind schon »autochthone Briten«? –, sondern geben auch denen das Gefühl, im Recht zu sein, die die Verwundbarsten unserer Gesellschaft aufs Korn nehmen.

Sein Abschluss sollte weltweit zitiert werden:

> Möge dieser verheerende Vorfall ein Weckruf sein für unsere Politiker, Medienleute, Künstler, Lehrer, Beamten und für ganz Großbritannien – ein Weckruf, der vor der ganzen Welt verkündet, dass wir *wirklich* ein Land der Toleranz und Fairness sind. Möge die *Crisby Catastrophe* als ein Wendepunkt in die Geschichte eingehen, der den Moment markiert, in dem der Rassismus endlich beerdigt wurde. Wir müssen mit einer einzigen Stimme sprechen – NEIN zur Politik der Angst, JA zur Politik der Freiheit.

Es erregte ihn, seinen Namen quer über die obere Titelseite prangen zu sehen – weiter oben und größer gesetzt als der von Jan Hradčany, einem ehemaligen Priester, der dem antisowjetischen Untergrund angehört hatte. »Da wird der alte Staubfänger *durchdrehen*«, jubilierte John innerlich. Wen interessierte denn schon dieser ganze alte Geschichtskram, diese Bandwurmsätze und abstrusen Begriffe? *Das hier* – er schlug auf die Zeitung, und einige Umsitzende in der U-Bahn starrten ihn kurz seltsam an, ehe sie sich auf ihre Manieren besonnen –, *das hier* zählte wirklich. *Das hier* waren die Schlachtreihen heutiger und zukünftiger Kriege. Die Formulierung gefiel ihm, und er schrieb mit seinem Füllfederhalter »die Schlachtreihen heutiger und zukünftiger Kriege« in das kleine, ledergebundene Notizbuch, mit dem er sich von all den Klonen absetzte.

Im Büro warteten schon begeisterte E-Mails auf ihn. »Sowas von MUTIG! Kämpfen Sie weiter für die gute Sache!« – »Wie immer: streitlustig, aber unstrittig. Gut gemacht!« – »Richtig krass!« – »Der Kampf geht weiter!« Die beste Mail kam von einem Minister des Kabinetts: »Meine Glückwünsche zu einem couragierten Schriftstück, dem ich aus vollem Herzen zustimme. Seien Sie versichert, dass zumindest ein paar Leute hier in der Regierung genauso denken.«

Einige wenige anonyme Nachrichten gefielen ihm weniger: »Ihr Artikle is politische Korektheit am Durchdrehn!« – »Das ist UNSER Land – England 4 the English!« – »Wenn die so toll sind, dann zieh doch zu denen!« Als er sie löschte, fühlte er sich ein wenig sauberer – als hätte er einen verstopften Abfluss gereinigt. Wenn man doch nur diese widerlichen Schmierfinken genauso leicht beseitigen könnte.

Es gab auch eine Anfrage, ob er am Abend bei The Capital Today von 24/7 Media auftreten würde. Er mochte den Sender nicht. Die hatten neulich ein Stück eines Dramatikers ausgestrahlt, der in Johannesburg überfallen worden war und in einem wutschnaubenden Tagebucheintrag von diesem Einzelfall auf das große Ganze geschlossen hatte. John und viele andere hatten nicht glauben können, dass der Sender einfach nur das Stück zeigen würde, ohne die widerlichen Ansichten des Manns *ein einziges Mal* zu thematisieren. Die hatten auch eine Adaption von *Puck of Pook's Hill* im Kinderprogramm gebracht, ohne Rudyard Kiplings unerträgliche rassistische Klischees auch nur zu erwähnen. So wollte er im ersten Moment ablehnen. Andererseits hatte *TCT* ein Millionenpublikum. Das könnte eine der seltenen Gelegenheiten sein, das Medium gegen das Establishment einzusetzen. Und warum sollten Ansichten wie die seinen nicht im Fernsehen gebracht werden? Bloß weil sie kontrovers waren? Eigentlich kam es darauf sowieso nicht an, denn das Honorar käme in jedem Fall genau richtig – er liebäugelte mit dieser Neoninstallation von Mzoso für die dunkle Ecke neben dem Erkerfenster. Mzoso behielt immer seinen Wert. Und so schickte er seine Einwilligung hinaus, ehe er sich anderen Mails widmete.

Mummy, Janet, Charlotte, nochmal Mummy. Momentan war ihm nicht danach, mit seiner Mutter zu sprechen – wahrscheinlich nur noch mehr Gejammer über ihre Operation. In der Stimmung für Janet war er auch nicht. Das würde nur wieder auf Gequake hinauslaufen:»Wann kommst du nach Hause? Hoffentlich nicht wieder so spät!« Es war so typisch von ihr, nur an ihre eigenen Bedürfnisse zu denken. Aber Charlotte... Die hatte er seit *Wochen* nicht gesehen. Erregung kribbelte in ihm auf.

Später saß er in einem neuen Audi, der unerwartet verregnete Straßen entlangglitt, bequem und mit viel Platz neben dem Fahrer, während dieser den Wagen durch den stockenden Verkehr auf der Fleet Street auf das *TCT*-Studio im MediaHub von Whitechapel zunavigierte. Der Verkehr war noch schlimmer als gewohnt, und geduckte Menschen drängelten sich über überschwemmte Gehsteige oder huschten über die Straße in Richtung der Cannon Street und der stickigen Züge, die sie über schmutziggelbe Viadukte nach South London oder ins verfallene Kent bringen würden. Nur die Straßenverkäufer der *Nightly News* hielten stoisch an ihren Plätzen aus und zogen aufgeweichte Hefte unter Regenschirmen hervor – für die seltenen Kunden, die lange genug stehenblieben, um die sofort triefnassen Sportneuigkeiten abzugreifen.

Im Grand Theatre wurde *Privates* gegeben, das Musical über schwule Soldaten, das Janet sehen wollte; er aber hatte verkündet, nie wieder mit ihr ins Theater zu gehen, nachdem ihr im letzten Ibsen-Stück unbedingt hatte schlecht werden müssen und sie sich quasi *rennend* durch sämtliche Leute gedrängt hatte. Alle hatten sie angestarrt. Sie hatte allen das Stück verdorben. Traurigerweise war das absolut typisch für sie. Wenn sie sich doch wenigstens hin und wieder *bemühen* würde! Er musste sie wirklich loswerden, aber bei dem Gedanken an die Szene, die sie machen würde, sank sein

Mut. Er wünschte sich, ihr nie erlaubt zu haben, einzuziehen – aber seinerzeit hatte er sie nicht verletzen wollen. Beim nächsten Mal würde er seine Bedürfnisse voranstellen. Aber jetzt wollte der Fahrer irgendetwas. »In welcher Sendung treten Sie heute Abend auf?«

»*The Capital Today.*«

»Ah, *yeh*, die Sendung von Imogen Williams. Nie gesehen. Ich habe immer Dienst, wenn sie läuft. Aber ganz ansehnlich, die Frau!« Der Fahrer grinste ihn anzüglich an wie einen Mitverschwörer, und John zwang sich, zurückzulächeln. Ihm war nie ganz wohl bei Menschen, die sexistische Kommentare vom Stapel ließen. Aber irgendwie war es ja seine Pflicht, mit dieser Sorte Menschen zu interagieren, so schwer es auch sein mochte. Der Fahrer fuhr fort: »Schlimme Sache, das da oben in Eastshire.«

»Darum wird es heute Abend gehen. Ich habe ein wirklich übles Gefühl, dass die Regierung diese schwere Schuld zu tragen hat.«

»Oh? Warum das?«

»Nun, wenn es keine Zuwanderungsbeschränkungen gäbe, hätten diese Menschen keinen Grund gehabt, illegal hierher zu kommen, oder?«

»Äh… Naja… Wohl nicht, denke ich.« Ein schuldbewusster Seitenblick aus trüben Augen. »Aber braucht man die Zuwanderungsbeschränkungen denn nicht? Sie wissen schon, Terroristen, Drogenschmuggler… Und es dürfen doch auch nicht zu viele Leute einreisen. Der Verkehr ist auch so schon schlimm genug!«

John atmete geräuschvoll aus, und der Fahrer zuckte zusammen. Hier saß *er* also, dachte John: Hier saß der Große Feind höchstpersönlich, wenn man einen derart gefühllosen Trottel überhaupt als Person bezeichnen konnte; der große, ignorante, nutzlose Trottel, der Jahr für Jahr, Jahrzehnt für Jahrzehnt die Regierung wieder- oder manchmal sogar die National Union wählte – das Stimmvieh, das Ungerechtigkeit und Exklusion verewigte, die Regenbogenpresse am Laufen hielt, in Schnellrestaurants fraß und Filme über Auto-Verfolgungsjagden ansah.

Alles lag doch ganz offen zutage – aber nicht für diese Menschen, denen es in ihrer arroganten Trägheit so gut gefiel. Wie könnte einer wie der hier – mit seiner begrenzten Bildung – solche abstrakten Begriffe wie wirtschaftliche Notwendigkeit, kulturelle Bereicherung oder internationale Verpflichtungen begreifen? Wie könnte so einer verstehen, dass die Einwanderung bloß eine Facette eines viel größeren Problems war – Armut, Umweltzerstörung, Drittweltverschuldung, Rassismus, geschichtliche Schandflecken und Kriege um Ressourcen, alles ausgespien und durcheinandergeworfen an einem tödlich stillen Strand?

Dieser Fahrer, nein, alle Fahrer dieses Landes dachten niemals selbst nach, sondern verließen sich für Fakten und Meinungen auf Radiosendungen und Klatschblätter. Seine Familie war wahrscheinlich ganz genauso wie der hier, so wie zu viele Millionen anderer. John bemitleidete sie – so ahnungslos, so ausgebeutet, so viel Angst vor Veränderungen.

Dann aber erinnerte er sich daran, für wen das Mitleid reserviert sein sollte, und fühlte sich allmählich durch die Nähe dieses Mannes beschmutzt – körperlich so nah, intellektuell so fern. Pflicht oder nicht, es war die Mühe einfach nicht wert, diesem Mann mit seinen fetten Armen, dem schlechten Haarschnitt, diesem leichten Schweißgeruch und dem zu kleinen Nylonhemd irgendwas erklären zu wollen. So sagte er nur: »So einfach ist das nicht. Sehen Sie sich einfach heute Abend die Sendung an und… Ach, können Sie ja nicht!«

»Nein…«

Der Rest der Reise war totenstill bis auf das Quietschen der Scheibenwischer, den prasselnden Regen und vorbeidonnernde Busse. Dann lichteten sich die Schauer, man sah einen Streifen des Himmels, und ein plötzlicher Sonnenstrahl fiel auf das glitzernde Portland und endlose Fensterreihen – MediaHub/e1, der riesige »Kommunikationskosmos«, der gefühlvoll in eine überflüssige Kirche hineingebaut worden war und um den sich die pulsierenden bengalischen Siedlungen des Stadtrands scharten. Der Fahrer hielt unter einem Vordach. »Das war's, Kumpel!« John murmelte: »Ok, ›Kumpel‹…«, dann stieg er aus und schlug die Tür zu, um einen Schlussstrich unter die widerliche Erinnerung an die Fahrt zu ziehen.

Drinnen wartete eine dünne Frau mit lilafarbenen Haaren. Johns Blick analysierte sie im Schnelldurchgang. Schlechte Frisur. Flache Brust. Augen zu eng beieinander. Lesbe? »Mr. Leyden? Oh – *Dr.* Leyden. Entschuldigung, das hat mir niemand gesagt! Egal. Hallo. Ich bin Lesley.«

Er folgte ihr durch einen fensterlosen Flur mit hellen Teppichen, an dessen Wänden Fotos früherer Gäste der preisgekrönten Show hingen, in den Green Room. John erleichterte den lächelnden Kellner um ein Glas trockenen Weißweins und ging zu den anderen Teilnehmern hinüber. Weil er sie – oder zumindest die meisten von ihnen – kannte, würgte er Lesleys Vorstellung mit einem lässigen Winken ab.

Da war Richard Simpson, Parlamentsabgeordneter der Workers' Party für den ehemaligen Bergbaustandort Newtown, den man wegen seiner triefnassen Aussprache »Spitson« nannte – klein, pummelig, rotgesichtig, mit dicken Lippen und weißen Haaren, ein Spross der Gegend um die Themsemündung in einem abstoßenden grünen Anzug, der aussah, als sei er 1974 für einen schlankeren Mann hergestellt worden. Er gehörte zur alten Garde der Arbeiterpartei und war seinerzeit aus Sympathie mit der Koalitionsregierung der Reformisten mit der Fair Play Alliance eingetreten; ehemaliger Müllmann, ehemaliger Betriebsratsvorsitzender, früher non-konformer millenaristischer Methodist, heute militanter millenaristischer Atheist, ein unentwegt wütender Veteran von Anti-Fascist Front und Demonstrationen gegen den Kapitalismus.

Jede auch nur ferne Möglichkeit einer Annäherung an die Regierung war – ebenso wie sein Stand im linken Flügel der Workers' Party – unlängst geschrumpft, nachdem eine Angestellte seines Wahlkreisbüros ihn beschuldigt hatte, ein Sexist und Rassist zu sein, der Witze über Saris und Curry reißen würde. Der Fall war vor ein Parteitribunal gegangen – und von der rechten Presse weidlich ausgeschlachtet worden. Er war entlastet worden, doch das hatte seinen Preis gehabt. Und was noch schlimmer war: Die National Union verzeichnete in Umfragen Zugewinne in Newtown. Es gab auch Streit um eine Spesenabrechnung für den Hammer-

und-Sichel-Formschnitt im Garten seines Landhauses. Inzwischen wirkte der nicht mehr ganz so sehr wie ein guter postmoderner Witz wie damals.

Am Morgen hatte er sich im Radio zu Wort gemeldet und gefragt, ob der Innenminister die rassistischen Morde in Eastshire – die eine totaaal abstoßende Tragödie und ein Hohn auf die Meeenschenrechte seien – verdamme, und ob er auch die jüngsten Versuche von Oppositionspolitikern verdamme, die rassistische Stimmung im Volk für politische Zwecke auszunutzen. Das hatte er getan, weil er einerseits ernsthaft besorgt und andererseits entschlossen war, verlorenes moralisches Gelände zurückzuerobern. Doug McKerras, der Parteichef der Christdemokraten, hatte ihm, der sonst sein Gegner war, zugestimmt: Die Todesfälle in Eastshire seien in der Tat eine sehr große Tragödie, und die Instrumentalisierung von Ausländern für politische Zwecke sei Teil eines weltumspannenden Musters poujadistischer Vorurteile.

John betrachtete Menschen wie Simpson als eine Art notwendiges Übel, als grobe Hilfstruppen gegen die Reaktion, und schüttelte sich innerlich vor Ekel, als er bemerkte, dass Simpsons Polyesteraufschläge mit uraltem Speichel besprenkelt waren. Aber: Simpson hatte Johns Kolumne gelesen und sogar bemerkt, dass der Oppositionsführer seine Formulierung von den »poujadistischen Vorurteilen« aufgegriffen hatte. John konnte nicht anders, als Genugtuung zu empfinden – aber er stand ja auch außerhalb der Spuckweite Simpsons.

Es war noch ein zweiter Abgeordneter anwesend, Evan Dafydd von der Fair Play Alliance – ein ernsthafter Rechtsanwalt, der fließend Walisisch sprach, blond, kurzköpfig, makellos (wenn auch bescheiden) gekleidet und mit einem untadeligen Privatleben; ein glühender Verfechter des Völkerrechts und der sauberen Abläufe. Innerhalb der Koalition war er Sprecher für ethnische Transgender-Minderheiten, und als derzeitiger Inhaber des jährlich wechselnden Vorsitzes des Forums »Fair Play for Islam« war er erst kürzlich von einem großen Verlag damit beauftragt worden, den Koran ins Walisische zu übersetzen. Dafydd war ein notorischer Langweiler, aber immerhin ein Langweiler, der wahrscheinlich bald Minister des Kabinetts werden würde. Leser von seinem Schlage waren es, die John wollte, also lächelte er höflich und setzte sein Zuhörergesicht auf.

Dann war da noch der Quotenoppositionelle, Sir Stanley Symons, der sich nach dem Niedergang der letzten christdemokratischen Regierung dankbar auf die Hinterbank zurückgezogen und sein Ministerium während seiner dreijährigen Amtszeit weitgehend unverändert gelassen hatte. Heute hatte er keine Ambitionen mehr, aber verlernt, zu arbeiten – und so ließ er seine Anwaltskanzlei schleifen, während er auf der Oppositionsbank versauerte und seine hämischen, unansehnlichen Gesichtszüge den allgemeinen Eindruck bestätigten, dass die Opposition eine misanthropische, anachronistische Nachhut ohne Bezug zur Gegenwart sei. Er war ein korpulenter Mann mit großen Ohren und einem fleckigen Doppelkinn, das sich auf ekelhafte Weise bewegte, wenn er redete – und das tat er mehr als reichlich.

Aber, wie John immer zugegeben hatte: Man konnte über die Christdemokraten sagen, was man wollte – immerhin hatten sie ein Gespür für Kleidung. Symons trug erlesene Nadelstreifen; die Streifen waren angemessen schmal und hatten den richtigen Abstand. Nichtsdestoweniger schuppte er. Die Schultern seines Jacketts waren schorfig, mit dem dichtesten Gestöber unmittelbar unterhalb seiner beeindruckenden Ohrläppchen, die so lang waren, dass sie beinahe den Hemdkragen berührten. Die Witzbolde von Westminster nannten ihn »Dumbo« – zum Teil aufgrund dieser Attribute, aber auch wegen seiner mangelnden Beteiligung an Parlamentsdebatten.

An diesem Abend jedoch hatte er viel zum Nachdenken. Jemand hatte ihm gegenüber angedeutet, dass er Aussicht auf eine Erhebung in den Adelsstand hatte, und nun fragte er sich, ob das Auswirkungen auf das entzückend hochmütige Verhalten seiner neuen Sekretärin haben würde. Viele Frauen würden einiges tun, wenn sie glaubten, zu Ladies werden zu können. Er konnte an nichts anderes denken, während er Johns Hand drückte und keine Ahnung hatte, wessen Hand es war. »Hocherfreut, hocherfreut«, dröhnte er geistesabwesend und stieß überraschend widerwärtigen Atem aus, von dem John blinzeln musste.

Dann kamen angenehmere, gleichmäßige Gesichtszüge in Sicht: die von Dylan Ekinutu-Jones vom Forum for Racial and Ethnic Equality (FREE). Er war 29 Jahre alt, Sohn einer englischen Mutter und eines im Ausland ansässigen nigerianischen Geschäftsmanns, hatte einen Abschluss in Politikwissenschaft, dachte schnell, redete schnell, arbeitete als wissenschaftlicher Mitarbeiter für die Workers' Party und konnte es kaum erwarten, ins Parlament einzuziehen. Außerdem war er ein verkappter Homosexueller. Sein Vater hätte ihn *umgebracht*, wenn er davon gewusst hätte, und mehr als alles andere hatte Dylan immer das tun wollen, was sein Vater gewollt hätte. Als kleiner Junge hatte er sogar den Aberglauben gepflegt, sein Vater würde irgendwann wieder nach Edmonton heimkehren, wenn er nur alles richtig machte. Seine Überkompensation dieser peinlichen erotischen Ausrichtung war einer der Gründe, weshalb er gelernt hatte, sein Schwarzsein zu betonen. Es war ein akzeptableres Aushängeschild des Andersseins – und er entdeckte schnell, dass es ihm sofortigen Respekt einbrachte. Er war gerade erst zum Berater der Polizei in Kohäsionsfragen ernannt worden, ungeachtet gewisser jugendlicher Vergehen. Wie ihm ein Polizeiinspektor verraten hatte, waren sie ihm tatsächlich sogar eine Hilfe dabei gewesen, diesen Posten zu erhalten, weil sie ihm besondere Einblicke in die Entfremdung der Jugend in einer Ausschlussgesellschaft er-möglichen würden.

Als er John traf, einen seiner Lieblingsautoren, weiteten sich seine Augen – aber unerwarteterweise fehlten ihm die Worte. Er stand da und hörte sich Johns Binsenweisheiten mit einem hingerissenen Lächeln und bestätigendem Nicken an. John befand Dylan für sympathisch und eindeutig intelligent, also sagte er freundlich:»Wissen Sie, genau das hier ist der zwischenmenschliche Umgang, den sich Rassisten entgehen lassen.« Er drehte sich weg, um etwas anderes zu sagen, und bekam nicht mit, dass Dylan von der Bemerkung nicht gerade begeistert war. Beim einzigen Diskussionsteilnehmer, den John nicht erkannte, handelte es sich um Carole Hassan von der Muslim Alliance, die Tochter eines streng katholischen Straßenarbeiters, die 1965 aus dem County Mayo nach Leeds gekommen war. Sehr zur Bestürzung ihrer Eltern war sie zum Islam konvertiert, unmittelbar vor der gerade noch rechtzeitigen Hochzeit mit einem örtlichen Zeitungsverkäufer, der sie in seinem Vorratsraum auf Kisten voller abgelaufener Schokolade und alter Ausgaben von *Big Boobs* geschwängert hatte. Ihr Vater hatte sich mit der Vorstellung niemals abgefunden; er hatte das undeutliche Gefühl, dass dies alles noch schlimmer sei, als wenn sie Protestantin geworden wäre. Um ihrem neuen Ehemann und seiner despektierlichen Großfamilie zu gefallen, war sie schnell zu einer strengeren Muslima geworden, als die sich jemals hätten träumen lassen. Trotzdem hatte es nicht gereicht, um die Ehe zu retten. Ehemann und Ehefrau lebten jetzt einen Kontinent weit auseinander; er in Lahore, sie mit der gemeinsamen Tochter in West Dinsdale, wo sie als Gleichstellungsberaterin des Stadtrats hart arbeitete und durch das Verfechten eines weltweiten Islams ihre Schuldgefühle darüber kompensierte, keine Vollzeitmutter sein zu können. Damit war sie derart beschäftigt, dass sie jenseits der Arbeitszeit kaum das Haus verließ. Ihr blasses und teigiges Gesicht (zu viel Sitzen und stärkehaltige Nahrung) glotzte aus der schwarzen Röhre eines Hidschabs in eine Welt, die sie zwar nicht verstehen, aber gelegentlich beeinflussen konnte.

Sie nickte John zu, ohne zu lächeln, und ignorierte seine ausgestreckte Hand; John zog sie zurück und verspürte einen Stich der Wut auf sich selbst. Er hätte es besser wissen sollen. Sie mochte den *Examiner* mit all seinen ordinären Ausdrücken ohnehin nicht. Davon abgesehen war die intellektuelle Mühe des Tages bereits beträchtlich gewesen. Sie hatte früh das Haus verlassen, um in einem Hotel in Kensington – dessen eiscremeartiger, eleganter Regency-Stil einen beträchtlichen Kontrast zu ihrem Neubau gebildet hatte – auf dem europäischen Seminar »Marginalisierte Moslems – Das Leben in einer nördlichen Stadt« zu sprechen. John fühlte sich von ihrer mondgesichtigen Physiognomie leicht eingeschüchtert, wie sie defensiv aus ihrem zobelbraunen Kokon herausstarrte. Er hielt es für pervers, dass sich jemand derart von der Gesellschaft abgrenzen wollen und ernsthaft all diesen Quatsch über »den Propheten« glauben konnte. Gleichzeitig verspürte er jedoch auch eine gewisse neugierige Eifersucht. Sie war sowohl ein Überbleibsel sichererer Zeiten als auch ein Sinnbild der Zukunft. Er wandte sich wieder den anderen zu, zu denen Carole dezent Abstand hielt und sie um ihr männliches Gehabe, ihre Ausdrucksfähigkeit und ihre Selbstbeherrschung beneidete.

Symons entschuldigte sich mit einem anzüglichen Hinweis auf die Bedürfnisse seiner Prostata, und in seiner Abwesenheit sprang Simpson freudig ein. »Ne, Sie wiss'n ja, warum der Kerl hier is', nichwahr? Diese rassist'sche Referentin hat für ihn gearbeitet!«

Er bezog sich auf einen kürzlichen Vorfall, bei dem eine Angestellte der Christdemokraten ihre dienstliche Mailadresse benutzt hatte, um etwas, was verschämt als »beleidigende E-Mails« beschrieben worden war, an jemanden zu verschicken, der sie wiederum an ein Blog von Sympathisanten der National Union weitergeleitet hatte. Nachdem Doug McKerras sich umgehend distanziert hatte und sie von geheimnisvollen »älteren Kollegen« zusammengestaucht sowie von der Polizei befragt worden war, hatte sie sich entschuldigt und ihre Treue gegenüber dem *Christlich-Demokratischen Grundwert Nummer 1* betont, den alle Angestellten zu jeder Zeit verinnerlicht haben sollten: »Wir streben nach einer gerechten Gesellschaft, in der sich Vielfalt und Verpflichtung die Waage halten.« Doch es war viel zu wenig gewesen, und sie war immer zu spät dran gewesen; am nächsten Tag war sie spurlos aus dem Politikbetrieb verschwunden. Ein erleichterter Doug McKerras verkündete dem Unterhaus: »Unsere schnelle Reaktion auf diese Krise hat gezeigt, dass wir derart widerwärtige Anschauungen nicht tolerieren. Solche Meinungen sind in sich falsch und stiften nur Uneinigkeit. Es ist unsere Pflicht, den Rassismus in der Gesellschaft auszurotten. Wer einen von uns beleidigt, beleidigt uns alle!«, und der Premierminister hatte ihm für seine verantwortungsvolle Vorgehensweise überschwänglich gedankt. Der Fair-Play-Fraktionschef hatte das Haus daran erinnert, dass man wachsam bleiben müsse – und bis auf einen einzigen hatten alle 650 Abgeordneten den beiden einigen Staatsmännern »Hear, hear« zugerufen und mit ihren *Order papers* gewunken.

Dieser einsame Dissident war der neugewählte Unterhausabgeordnete der National Union gewesen, ein pummeliger Trinker, der entgegen aller Erwartungen in den West Midlands einen Sitz gewonnen hatte und nun einen Ein-Mann-Ausschuss bildete, der sich mit sich selbst in unangemessenen Ecken der Kneipen traf, während andere Abgeordnete demonstrativ über ihn hinweg lachten und plauderten – wie sie auch moralisch weit über ihm standen.

»Und Symons?« fragte Dafydd, der sich mit diesem Thema wie mit allen anderen auskannte.

»Stan is' schon ok. Wünschte, ich könnt' das von allen CDlern sag'n. Die rassist'sche Szene gehört zu der'n Kernwählerschaft. Wenn die nich' die CDler hätt'n, würd'n die NU wähl'n.«

John, der sich mit dem Thema ebenfalls auskannte, schaltete sich ein: »Solche Ansichten sollten aber von *niemandem* toleriert werden. Wenn die Christdemokraten mit Respekt behandelt werden wollen, müssen sie ihre Dinosaurier loswerden. Dann können sie dafür abstimmen, die NU zu verbieten, ohne um einen Teil ihrer Unterstützer bangen zu müssen.«

Dafydd war besorgt. »Ich möchte die NU genauso gern verbieten wie Sie, aber es gibt Schwierigkeiten mit den Menschenrechten. Sogar die haben Rechte – einige von denen behaupten, sie seien Menschen!«

Behagliches Gelächter von allen, nur nicht von Carole. Ebenso wie sie dachte auch John an Simpsons Tribunal; auch er selbst hatte Simpson kritisiert. Selbst wohlgesinnte Menschen trugen oft einen Schandfleck.

Lesley führte sie zu einer Tür, und plötzlich wurden sie von Scheinwerfern aufgespießt, während eine vielfarbige, verschwommene Menge von Gesichtern jenseits des Blendlichts herumwetzte. Imogen Williams kam herüber, um Hallo zu sagen; ein Techniker rückte das Mikrofon an ihrem klassischen blauen Anzug zurecht. Die gefeierte Moderatorin sah aus der Nähe müde aus, ihre Mascara war verkrustet und warf Falten um ihre ehemals fesselnden Augen.

Die Lichtbögen schimmerten auf der metallischen Spange, die nur unwesentlich weniger metallisches Haar zusammenhielt. Sie war in Glasgow geboren worden, aber hatte seither stets versucht, diesen Umstand vergessen zu machen – so erfolgreich, dass inzwischen die meisten Menschen davon ausgingen, sie käme aus den Home Counties. Diese gefühlte »Eleganz« machte ihre Beziehung mit Scum, dem berüchtigten »polysexuellen« Sänger von Atrocities Against Civilians, umso anziehender für die Klatschpresse.

»Alle zufrieden? Gut, gut. Sie kennen die Sendung? Ok. Heute geht's natürlich um die Leichen am Strand. Ich werde Sie nach Ihren Reaktionen fragen. Sie können genau einmal antworten – jeder hat ungefähr eine Minute. Im Anschluss kommt eine kurze Zusammenstellung der Videoberichterstattung. Dann Fragen und Antworten. Nach einer halben Stunde gibt es ein abschließendes Statement von allen. Gegen acht Uhr sollten wir mit allem durch sein und können heimgehen, um uns die Show anzusehen, wenn sie ausgestrahlt wird! Alles klar? Wunderbar!«

Schon hatte sie sich abgewandt und ließ ihr »Wunderbar!« verwaist in der angespannten Luft hängen. Dann saßen sie alle plötzlich vollverkabelt rund um einen Resopaltisch, auf dem die Silhouette von London mit kleinen roten Glühbirnen nachgezeichnet war, deren Schein zunahm, während die Deckenbeleuchtung gedimmt wurde. Die Bühnenlampen sprangen an, als der Klang blecherner Trompeten ertönte.

»Guten Abend und willkommen bei *The Capital Today*! Ich bin Imogen Williams. Heute Abend« – der leere Bildschirm im Hintergrund füllte sich mit einer Luftaufnahme des traurigen Strandabschnitts – »LEICHEN AM STRAND: Mord und Rassismus an einer ruhigen Küste – die Hochwassermarke des Hasses.«

Die Trompeten verklangen, und alle Augen drehten sich zu Imogen, wie sie hübsch und zierlich, klug und engagiert vor dem Bildschirm stand. Sie straffte ihre Schultern und nagelte die Kamera mit ihrem leidenschaftlichen Blick fest, dann begann sie: »An der Ostküste reiten Kinder auf Eseln am Strand aus, und die Leute tragen »Kiss-me-quick«-Hüte. Aber in dieser Woche wurde sie zu einem sehr, sehr düsteren Ort. Mindestens 37 Männer, Frauen und Kinder, offenbar Asylbewerber, sind bei dem Versuch, Großbritannien zu erreichen, ums Leben gekommen. Als ob das nicht furchtbar genug wäre, sieht es nun ganz danach aus, dass etliche dieser unglücklichen Menschen lebend das Ufer erreichten, nur um kaltblütig ermordet zu werden. Es ist beinahe unmöglich zu glauben, aber diese Schiffbrüchigen – verzweifelt, auf sofortige medizinische Hilfe angewiesen und voller menschlicher Würde – könnten durch Ortsansässige ums Leben gebracht worden sein.

Nur ein Mann kennt die Wahrheit, und heute Abend kämpft er im Krankenhaus um sein Leben. Heute Abend, während auf der Nordsee eine gigantische Menschenjagd weitergeht, forscht *The Capital Today* anhand dreier wahrer Geschichten nach: Wie ist es, ein Asylbewerber in der Festung Europa zu sein? Wir werden auch die schockierende und brutale Realität des ländlichen Rassismus erkunden. Und zu guter Letzt werden wir diskutieren, was all das für unser Einwanderungssystem bedeutet. Wie können wir verhindern, dass es noch mehr grauenvolle Tragödien gibt? Wie können wir den Hass in *Hoffnung* verwandeln?«

Sie wandte sich Kamera 3 zu.

»Vorläufige Nachforschungen deuten darauf hin, dass es sich bei den Opfern um Asylbewerber aus vielen Ländern handelt. Irgendwann im Laufe der Nacht von Dienstag auf Mittwoch wurden die Flüchtlinge, darunter Frauen und Kinder, von Schleppern über Bord geworfen. Die Polizei geht davon aus, dass die Schlepper ihre Passagiere eilig loswerden wollten – möglicherweise fürchteten sie, von den Zollbehörden oder der Küstenwache geentert zu werden. Doch die Geschichte wird noch schlimmer. Drei der Leichen, ebenso wie der überlebende Mann, wiesen Schusswunden auf. Die Polizei nimmt derzeit an, dass diese unglücklichen Menschen die Küste lebend erreichten, dort aber von einheimischen Rassisten angegriffen wurden. Um dieses entsetzliche Ereignis und seine Bedeutung zu diskutieren und zu entscheiden, was zu tun ist, haben wir eine Diskussionsrunde ausgewiesener Experten versammelt.« Simpsons rauer Ton wurde durch seine Nächstenliebe abgemildert.

»Danke, Imogen. Diese Sache, Dam'n und Herr'n, ist grau'nhaft, eines angeblich ziv'lisiert'n Land's unwürdig. Wir müss'n – ja, müss'n – radikal reagier'n. Das Krebsgeschwür des Rassismus muss aus uns'rer Gesellschaft ausgeriss'n wer'n. Die Regierung und ich ha'm uns're Differenzen, wie Sie alle wiss'n, aber hier sin' wir uns einig – wir müss'n uns're Einwanderungsgesetze irgendwie verbessern, damit so'ne Tragödie nie wieder passier'n kann. Rassismus muss ausgerottet werd'n. Wir brauch'n 'ne umfass'nde, breite Übereinkunft, dass wir uns're antiquiert'n Einwanderungsgesetze reformier'n und rigoros geg'n Schlepper vorgeh'n müss'n. Aber wir brauch'n mehr als das – wir brauch'n 'nen total'n Wandel der Einstellung, damit die Verletzlichst'n uns'rer Gesellschaft jetzt und für immer geschützt sin'.«

Begeisterter Applaus. Dann war Sir Stanley an der Reihe. Das Licht betonte seine rötliche Hautfarbe und leuchtete pink durch diese außergewöhnlichen Ohren hindurch.

»Richard hat vollkommen recht. Jeder von uns in den etablierten Parteien verdammt die Schlepper und all jene, die in dieses furchtbare, furchtbare Verbrechen gegen die Menschlichkeit verwickelt sind, ohne Vorbehalt. Es ist von essentieller Bedeutung, dass wir zusammenstehen, um diese gemeinsamen Feinde zu besiegen. Wir müssen die äußerste Härte des Gesetzes gegen diejenigen anwenden, die verantwortlich sind. Wir brauchen und wir wollen Einwanderung, aber es ist wichtig, auf eine farbenblinde, leistungsorientierte Gesellschaft hinzuarbeiten – mit einer nach oben orientierten, aber angemessenen Einwanderungspolitik.«

Für dieses abgeklärtere Statement gab es wahrnehmbar weniger Applaus – andererseits gab es grundsätzlich immer weniger Applaus für Christdemokraten, ganz gleich, was sie zu sagen hatten. Evan Dafydd war froh, als nächster an der Reihe zu sein, und unterstrich seinen attraktiven Akzent mit angemessenen Gesten. Er stammte aus einer Ahnenreihe von Protestanten, und Ausdrucksstärke lag ihm im Blut – nicht umsonst hatte er als Schüler den Spitznamen »Dafydd Blabla« getragen. Die Beleuchtung ließ sein blondes Haar wie einen Heiligenschein aussehen. Aneinandergelegte, sichere

Hände, mit den Handflächen nach innen und den Fingern auf das Publikum gerichtet, schickte er sich an, alles zu erklären und zusammenzufassen.

»Guten Abend, meine Damen und Herren. Niemand verdammt dieses grauenhafte Verbrechen mehr als meine Partei. Wir haben schon immer die Lockerung« – die Hände öffneten sich nach außen und oben, um die Freiheit zu umarmen – »unserer Einwanderungsgesetze unterstützt, einerseits aus wirtschaftlichen Gründen, andererseits, weil wir wissen, wie sehr die Gesellschaft von der Vielfalt profitiert. Wir haben schon immer ein strengeres Waffengesetz befürwortet, genauso wie die Verschärfung der Gesetze gegen Rassenhass. Wir wollen die Welt *umarmen*, statt sie auszuschließen.«

Seine Hände schlossen das schwerwiegende, aber überwindbare Problem ein. Dann griffen sie weit aus, voller Akzeptanz und Flehen. »Ich hoffe, dass diese Vorfälle eine gemeinsame Antwort aller Akteure und Interessenvertreter hervorbringen und ein Ansporn zur Veränderung werden. Vorfälle wie dieser unterstreichen unsere gemeinsame Menschlichkeit und verstärken das Bedürfnis nach radikalem Handeln – zu unser aller Wohl.«

Verdoppelter Applaus. Dann war Dylan dran, nervös, doch ruhig und beharrlich. Er blickte in die Kamera, während er am Tisch zupfte.

»Die unschuldigen Menschen, die am Dienstag ums Leben gekommen sind, wollten ein besseres Leben – fern von Gewalt und Aufruhr, ihrer eigenen Kultur und ihrem Volk entrissen. Dass sie so nah an dem, was sie für das Gelobte Land gehalten haben müssen, ein so grauenvolles Ende gefunden haben, ist von trauriger Ironie. Vielleicht hofften einige von ihnen darauf, hier zu Freunden und Familienangehörigen stoßen zu können. Wenn ich von solchen Vorfällen höre, frage ich mich immer: Was wäre, wenn einer dieser toten Menschen *mein* Vater gewesen wäre? Ich schäme mich für mein Land (ja, es ist MEIN Land), aus zwei Gründen: erstens, weil in unserem Land Gangster leben dürfen, die Flüchtlinge angreifen – aber genauso wichtig ist, dass diese Regierung es so sehr erschwert hat, einzuwandern, dass verzweifelte Menschen auf derartige Mittel und Wege zurückgreifen müssen, um ins Land zu gelangen. Ich hoffe, dass wir zusammenarbeiten können, um das niederträchtige Schleppergeschäft auszuradieren und den hiesigen Rassismus zu bekämpfen – und um aus der Festung Europa das FREIE EUROPA zu machen!«

Nun war Carole an der Reihe. Aus ihrem Kokon erklang ein matter West-Riding-Akzent, den viele Leute im Publikum für nicht zu ihrer Tracht passend befanden und sich sofort deshalb schuldig fühlten.

»Als Vertreterin der britisch-muslimischen Gemeinde denke ich an meine Brüder und Schwestern auf jenem Schiff – wie sie in der Hoffnung auf Sicherheit hierher kamen, aber nur den Tod fanden. Wir müssen diejenigen finden, die dafür die Verantwortung tragen. An diesem Abend wird sich in den muslimischen Gemeinden Unruhe ausbreiten. Das ist eine potentielle Gefahr, denn die britischen Muslime sind sowieso schon entfremdet durch institutionellen Rassismus, gesellschaftliche Ausgrenzung, Entbehrungen und die Einwanderungspolitik dieser Regierung. Diese Regierung muss die Gemeinschaft der Muslime beschwichtigen, indem sie nicht nur gegen die Profiteure menschlichen Elends durchgreift, sondern auch gegen die Rassisten in der Heimat.«

Bei ihrem Fokus auf den Islam wurde manch einem im Publikum unwohl. Ein Mann mit Turban, der in der ersten Reihe saß, blickte zu Boden und klatschte nicht.

Jetzt kam John. Er räusperte sich und blickte gebieterisch in die Kamera, der Inbegriff von Nüchternheit und Mitgefühl. Er trug vor, was er schon den ganzen Nachmittag über einstudiert hatte:

»Ich glaube, dass es in der Geschichte Zeitpunkte gibt, an denen plötzlich ganz klar wird, was zu tun ist – an denen sich die Gesellschaft zu radikalem Wandel veranlasst sieht. Dies ist ein solcher Zeitpunkt. Die toten Körper an diesem Strand sind die Vorboten einer Art von Revolution – einer Revolution gegen ein gleichgültiges System und gegen eine kleine Minderheit, die ebenso grausam wie dumm ist. Viel zu lange hat das Establishment Fremdenfeindlichkeit und Rassismus toleriert und radikale Stimmen ausgeblendet, die sich für Menschlichkeit ausgesprochen haben. Es ist Zeit, dass das ein Ende nimmt. Es ist Zeit, nicht nur unsere Gesetze zu reformieren, sondern unser ganzes Land und unsere Lebensart. Es ist Zeit, dass BRITANNIEN BESSER WIRD!«

Beim letzten Satz schlug er bei jedem Wort auf den Tisch, um die Bedeutung zu unterstreichen. Der Applaus übertraf sogar noch den für Simpson – den die Kamera eine Millisekunde lang mit ärgerlichem Gesicht einfing. Dann wurden alle Gesichter weich und offen, als sich der riesige Bildschirm mit einem großen Gesicht füllte. Eine junge Frau aus Ruanda sprach, und in ihrer sanften, untertitelten Stimme lag ein Universum des Leids.

Hinterher wallten aufgeregte Fragen und leidenschaftliche Meinungen auf. Unterschiedliche Akzente und Bildungsgrade, hastig und nervös, vornehm und selbstsicher, scharfsinnig oder naiv, ein warmes Bad der Sorge und Hilfsbereitschaft. Es gab allgemeines Bedauern für all jene, die gestorben waren – wie auch *sie* hätten sterben können, wenn *sie* auf diesem Schiff gewesen wären. Warum war das geschehen? Wer trug die Verantwortung? *Wer* konnte so etwas anderen Menschen antun? Was sollte nun passieren? Konnten die Regierungen, NGOs und internationale Organisationen noch enger zusammenarbeiten? Konnte unsere Regierung nicht mehr tun, um die Lebensumstände in den Ländern zu verbessern, aus denen die Einwanderer kamen? Konnte man mehr tun, um die Öffentlichkeit zu erziehen?

Die Diskutanten und das Publikum versicherten sich gegenseitig ihrer Empörung. Es war eine Erleichterung für die Menschen, die zu selten das Gefühl hatten, Teil von etwas Größerem zu sein. Die heutige Sendung habe demonstriert, verkündete Simpson, wie weit »wir als Nation« gekommen seien. Dylan bekundete, es sei an der

Zeit, Rassismus gesellschaftlich auszugrenzen. Die Wirklichkeit habe der Nation mitten ins schwabbelige weiße Gesicht geschlagen. (Einige schwabbelige Gesichter schienen sich da für ein paar Sekunden nicht so sicher zu sein, aber sie wussten, dass es nicht *ihre* Schuld war; *sie* konnten sich überwinden oder waren bereits dabei, es zu tun.) Die Lektionen der Vergangenheit seien zu offensichtlich, als dass sie noch erläutert werden müssten (was trotzdem geschah). Gegen das Vergessen. Nie wieder. Nicht mit *mir*.

Im Studio herrschte eine Gewissheit und Verbundenheit, ein Gefühl, dass – worüber auch immer man uneins sein könnte – dies ein gemeinsames Anliegen war, ein Vertrauen, das von den Menschenrechten, von Gott oder von einer Mischung aus beiden herrührte. Das Publikum, eben noch Fremde, hatte sich zu einer verschworenen Gemeinschaft gegen das Böse formiert. Dies war ein Treffen mutiger, individueller Geister. Die Formalia lockerten sich und flossen dahin; aus der Diskussionsrunde wurde ein Geplauder unter Freunden. Es fühlte sich instinktiv unangemessen an, zu lächeln – doch es gab zustimmendes Murmeln, wohlwollendes Aufstöhnen, aufbrandenden Applaus, unter andächtigen Kinnen höflich aneinandergelegte Fingerspitzen. Die Mitglieder des ausgewiesenen Expertengremiums stimmten ihren ausgewiesenen Gegenspielern zu. Heute Abend waren alle Freunde, alle zollten den Akteuren und Wortführern für Veränderung Respekt – und natürlich dem Heldenmut und der Vornehmheit aller vorgeführten Einwanderer, deren Erlebnisse als Staatenlose manch einem Auge Tränen der Wut entlockten. Sogar Imogen schien vom kleinen, weisen Koboldgesicht Jacobs berührt zu sein, als dieser auf dem Großbildschirm auftauchte und erzählte, was seine siebenjährigen Augen gesehen hatten und wie er sich gefühlt hatte, als der italienische Polizist ihn ganz allein, frierend und hungrig, im großen, sauberen Zug entdeckt hatte.

Den einzigen kurzen Misston gab es, als ein Mann aus Romford namens Daniel Williams eine kurzfingrige, schwielige Hand hob und mit einem drückenden Akzent wie eine Krähe krächzte: »Klar, mir tun die Leute leid, die gestorben sind und so, aber illegale Einwanderer sin' immer Risiken eingegang'n. Will nur sag'n: Das is' nicht uns're Schuld. Un' wir brauch'n Einwanderungsbeschränkungen. Wir ha'm schon seit Jahr'n fast keine mehr!«

Lautes Einatmen, entsetzte Blicke, Kopfschütteln. Wie konnte es unter uns solche Ansichten geben, die so deplatziert waren wie ein Neandertaler, der die Oxford Street hinabtrampelte? Diejenigen, die neben dem Fragesteller saßen, lehnten sich weg – niemand sollte sie für seine Freunde oder auch nur für stille Unterstützer halten. Junge Asiaten mit Kinnbärten rutschten wütend hin und her, während alle murmelten und starrten. Imogen Williams richtete sich sofort auf das Ziel aus, eine Großinquisitorin in Armani: »Das ist ja wohl eine sehr harsche Sichtweise auf diese Tragödie. Natürlich ist kein Gesetz es wert, dass Menschen dafür sterben, selbst wenn es sich um undokumentierte handelt. Hier sind Menschen gestorben, nur weil sie kein lächerliches Stück Papier besaßen, Herrgott nochmal!«

Einer der Asiaten sprach mit karibisch angehauchtem Akzent. »Is' scho' in Or'nung, dasser so re'et. Er's nie 'n Flüchtling gewes'n, er's nie vor Un'erdrückung gefloh'n, er's nie von Rassist'n angegang'n wor'n. So'ne Leute müss'n mit der Zeit geh'n. Ihr ve'steht scho', ne?« Laute »Yeh!«-Rufe und Jubel.

Ein junger Schwarzer schaltete sich ein: »Wir ha'm kein' Grund, den Bullen zu trau'n. Kanner ja mach'n, aber wir Schwarz'n trau'n den' nich.«

Eine junge schwarze Frau mit von Abneigung zerfurchter Stirn fiel ein. »Ich kann einfach nicht *glauben*, dass Leute immer noch so denken können. Jemand wie ich bedeutet ihm wenig oder gar nichts. Bestimmt liest er den *Sentinel*! Übrigens sind wir alle Einwanderer von *irgendwo* her. Komm schon, Mann – schließ dich der *menschlichen* Rasse an!« Anhaltendes Jauchzen, Klatschen und Trampeln.

Eine betagte Weiße, Sozialarbeiterin voller Selbstsicherheit (und zwei Gin Tonics), erklärte ihm über Hochrufe und Applaus hinweg: »Du tust mir *leid*, junger Mann. Du bist *so* vernagelt der Welt gegenüber!« Wieder Jauchzen und Jubel, zufriedenes Gelächter, trampelnde Füße. Der Mikrofongalgen schwenkte zurück zu Daniel Williams, und er versuchte es erneut: »Ich sag' doch nur: Ein Land muss die Kontrolle behalt'n, nichwahr? Man kann doch nich' einfach jed'n reinlass'n, nichwahr?«

»Wo bist *du* denn hergekommen, aus dem Zoo?« brüllte eine siegessichere westindische Stimme, und alle lachten. Williams versank in Schändlichkeit, war nicht einmal Verachtung wert, ausgestoßen und verloren. Sie waren taub, nicht nur für seine Argumente, sondern für seine ganze Existenz. Er schrumpfte zurück in den gleißenden Hintergrund, niedergeschmettert und nicht weiter beachtenswert. Die Dissonanz verflüchtigte sich, und ironischerweise ließ der Vorfall die Atmosphäre sogar noch angenehmer erscheinen: Sieh sich einer nur diesen kleinen, schlecht angezogenen, stammelnden, herumzappelnden Volksfeind mit Haarausfall an – aus der Zeit gefallen, ein passendes Aushängeschild für unhaltbare Ansichten. Die Affäre war beigelegt, die Stunde um, und Imogen Williams nahm Kamera 1 mit ihrem herausfordernden Blick gefangen. »Leider ist das alles, was wir diese Woche haben. Aber: Es gab eine tiefschürfende Diskussion über alle Fragen, die dieses tragische Ereignis aufgeworfen hat. Ich möchte unseren renommierten Diskutanten danken, unserem kundigen Publikum – und natürlich Ihnen zu Hause für's Zusehen! Wir sehen uns wieder bei *TCT*!«

Als die Titelmelodie ertönte, rafften die Studiozuschauer bereits ihre Regenmäntel und Rucksäcke zusammen. Danny Williams zog seinen Anorak an und schlurfte mit den anderen mit. Einige wenige Leute sahen ihn mitleidig an, als er in den Nachtbus der Linie E1 stieg – und als er wieder ausstieg, zupfte eine Frau an seinem Ärmel, blickte sich verstohlen um und murmelte gepresst: »Schön gesagt! Also *ich* sehe das genauso wie Sie!« Dann eilte sie davon, ohne sich umzudrehen, und er bekam nicht einmal ihr Gesicht zu sehen. Der Regen hatte aufgehört, auch wenn noch dicke Tropfen von den Dächern fielen, und eine gleißende orangefarbene Sonne stieß durch die aufbrechende Wolkendecke. Der Volksfeind stapfte heimwärts, vorbei an windgekräuselten Pfützen, in denen sich ein greller Himmel und zitternde Giebel spiegelten.

Kapitel VIII

KONTINENTALDRIFT

Türkei

Der Zug wandte sich nordwärts, und der kalte Waggon wurde warm und klebrig. Der Rhythmus der Schienen war nicht mehr beruhigend, sondern Übelkeit erregend. Ibrahim sehnte sich nach Stillstand und wurde beinahe vom Drang übermannt, aus dem Zug zu springen, nur um wieder Boden unter den Füßen zu haben. Die Türkei schien ein sehr großes Land zu sein; er wünschte sich, in der Schule besser aufgepasst zu haben. Maged hatte etwas mehr Ahnung von Geographie, und die Namen einiger Orte schienen ihm etwas zu sagen – aber das machte es nur noch schlimmer für ihn, weil er es nicht erwarten konnte, die nächste Landmarke abzuhaken.

Der Gleisverlauf stieg an; Weingüter, Pistazienplantagen und Tabakfelder am Wegesrand. Sie passierten Gaziantep ohne Halt – nur die Umrisse einer Festung, Schornsteine und der Geruch von Seife. Dann wurde die Strecke ebener, und sie taxierten ansehnliches Ackerland mit den Augen von Männern, die noch Ahnung von Boden hatten. Gegen zehn Uhr befanden sie sich inmitten dramatisch wirkender Berge voller Oliven und Orangen, niedriger Bäume und Seen. Ibrahim sehnte sich nach einer Orange. Ihm war noch immer mulmig, und er wünschte sich eine frische Brise. Die beiden Männer gingen einander allmählich auf die Nerven – sie zappelten herum, standen auf und setzten sich wieder und fielen beinahe um, wenn der Zug um eine Kurve taumelte. Maged pfiff durch die Zähne; Ibrahim hatte es schon immer gehasst, wenn jemand so pfiff.

Als die Außentemperatur sich bei ungefähr 30 Grad eingepegelt hatte und Mageds Digitaluhr 3:15 anzeigte, schnaufte der Zug dankbar in den Bahnhof von Konya. Die Fracht war für den Markt am nächsten Morgen vorgesehen. Die beiden versteckten sich und ihre

Taschen, leere Flaschen und Essensreste, und horchten aufmerksam auf den anschwellenden Lärm, der die Motorengeräusche abgelöst hatte – Lautsprecherdurchsagen, wichtigtuerische Stimmen, das Surren eines Gabelstaplers. Es war klar, dass die Waggons geöffnet und entladen wurden. Aber ihnen blieb nichts anderes übrig, als auszuharren.

Dann war es so weit! Ein Knacken, ein Klicken, dann riss ein sehniger Arm die Türen auf und arretierte sie. Ein kugelrunder Kopf mit Schnurrbart erschien und verschwand wieder. Man hörte einen Elektromotor, und die Zinken eines Gabelstaplers schoben sich wie die Stoßzähne eines Roboterelefanten durch die Türöffnung. Sie glitten präzise unter eine der Paletten, der Fahrer hob sie an und setzte mit geübter Mühelosigkeit zurück. Die Reisenden nickten sich zu, schlichen zur Tür und spähten hinaus. Bis auf den Gabelstapler, der auf ein Lagerhaus mit großem Tor mehrere hundert Meter weit entfernt zurollte, war niemand in der Nähe. Sie sprangen aus dem Waggon ins Unbekannte. Ibrahim strauchelte bei der Landung und wäre beinahe gefallen; nach dem unfreiwilligen Müßiggang waren seine Beine schwach und nicht mehr an die Festigkeit des Bodens gewöhnt. Maged stützte ihn, und als der Gabelstapler zurückkehrte, waren sie durch ein glücklicherweise leeres Büro geschlüpft – eine Tasse Kaffee dampfte auf dem Schreibtisch vor sich hin, und sie konnten jemanden lachen hören – und durch eine Tür in eine Sackgasse gestürzt, die randvoll mit Autos stand. Nur ein paar hundert Meter weiter sahen sie eine belebte Straße, auf der ein Trupp Schulmädchen in patriotischem Chic – braunen Blusen und roten Röcken – im Gänsemarsch hinter dem Lehrer herlief. Beide starrten die Mädchen sehnsüchtig an und grinsten einander dann in Komplizenschaft zu.

Je näher sie der Kreuzung kamen, desto auffälliger kamen sie sich vor. Mit der Heimat verglichen, sah hier alles so sauber und wohlhabend aus. Ihre Orientierungslosigkeit verschlimmerte sich durch die Werbetafeln mit ungewohnten Schriftzeichen. Alles unterstrich, wie weit sie von zu Hause entfernt waren und wie schwer es werden könnte, sich verständlich zu machen. Es war eine

Erleichterung, ärmlichere Gebäude zu entdecken, solche wie die, die sie gewohnt waren – und zu sehen, dass die Menschen ihnen nicht unähnlich waren. Aufmerksam wanderten sie weiter, stets darauf bedacht, keine Aufmerksamkeit zu erregen. Man hatte ihnen gesagt, dass die türkische Polizei ihnen nicht wohlgesonnen sei und sie sich, wenn sie in der Türkei Asyl beantragen sollten, mit ziemlicher Sicherheit im nächsten Zug zurück nach Syrien wiederfinden würden. Und selbst wenn nicht, würde ihr Asylverfahren Jahre dauern, in denen man sie in Lagern festhalten würde. Es gab üble Geschichten über diese Lager.

Voller Eifer, Brüssel zu beweisen, dass man in der Lage war, Europas potentiell weit überdehnte Grenzen zu *Failed states* zu kontrollieren, hatte Ankara vor einigen Jahren Befehle erlassen, wonach die Polizei illegale Einwanderer sofort über die Grenze zurückzuschicken hatte und in den Armenvierteln regelmäßige Razzien nach hartnäckigen Gästen durchführen sollte. Den Auffanglagern wurden die Mittel entzogen, um sie weniger attraktiv zu machen, und wenn Polizisten oder Wärter handgreiflich wurden, sah man weg. Doch dann war Ankara verblüfft, als die EU Menschenrechtsverletzungen bemängelte – und in einer Kabinettssitzung sprach ein entnervter Minister: »Na, wenn sie sie so sehr lieben, dann können sie sie haben!«

Danach hatte eine Kultur der Nichtvollstreckung und sogar der Begünstigung des Grenzübertritts nach Europa Einzug gehalten, während bestens gelaunte Delegierte internationale Vereinbarungen über Migration und Sicherheit unterzeichneten. Die Probleme wurden stillschweigend an wohltätige Flüchtlingsorganisationen in Istanbul weitergereicht, besonders an kurdische. Unter der Hand war auch allgemein bekannt, dass sich andere Flüchtlinge zu kleinen Küstenbuchten durchschlugen, von wo aus in der Nacht Fischkutter zu den griechischen Inseln hinüberfuhren. In einem berühmten Fall hatte ein örtlicher Polizeichef einen Anteil vom Beförderungsentgelt auf Booten abgezweigt, die von seinen Vettern gesteuert wurden. Das war als wenig subtil aufgefallen, und er war sehr öffentlichkeitswirksam degradiert worden. Manchmal fielen

Flüchtlingsboote dem Wetter zum Opfer oder wurden von der griechischen Marine aufgebracht. Umso besser, denn so waren sie kein Problem der Türkei mehr. Die Razzien in Einwandervierteln gingen weiter, aber nun konnten die Aufgegriffenen genauso gut nach Westen wie nach Osten abgeschoben werden.

Ibrahim hatte die ganze Zeit über angenommen, er würde über Istanbul reisen, doch nach einer langen Debatte hatten er und Maged beschlossen, dass sie eines der Boote auf die griechischen Inseln nehmen würden. Die griechisch-türkische Grenze war offenbar schwerbewacht, und keines der beiden Länder würde über ihre Anwesenheit erfreut sein. Zwischen all diesen Inseln hatten sie eine viel bessere Chance. Die griechische Marine konnte schließlich nicht überall sein.

Zuerst jedoch mussten sie dafür sorgen, dass sie weniger auffällig aussahen. Es schien, als müsse jeder ihre fleckigen und zerknitterten Klamotten bemerken. Schließlich stießen sie auf ein kleines Bekleidungsgeschäft, einen engen, langgestreckten Laden, in dem Popmusik dröhnte und billige Stoffe hingen – traditionelle Gewänder ebenso wie T-Shirts mit aufgedruckten Bandnamen, Fußballlogos oder beinahe englisch anmutenden Slogans wie »Sexy Beast Contained«. Auf die beiden Reisenden wirkten diese Kleidungsstücke fabelhaft elegant, und sie lachten, als sie die Aufdrucke lasen und die Fußballer aufsagen konnten. In einer dümmlichen Modenschau suchten sie mit Hilfe eines der Söhne des Ladenbesitzers eine Vielzahl an Stücken aus, während der Honoratior selbst vom Tresen aus argwöhnisch zusah. Er ahnte, wer diese ungepflegten Fremden mit ihrer Unruhe und ihren Rucksäcken waren. Das ging ihn nichts an, aber er kannte die Tricks, die sie vielleicht versuchen würden.

Sie hatten sich Hosen und Hemden ausgesucht, und Ibrahim fragte, wie viel sie in Dollar bezahlen müssten, indem er einen Schein hochhielt und fragend schaute. Der Ladenbesitzer schrieb eine Zahl auf einen Block und schob ihn über den Tresen. Er war angenehm überrascht, als Ibrahim den stark übertriebenen Preis ohne Zögern zahlte. Er lächelte und fragte laut, zuerst auf

Türkisch, dann in gebrochenem Englisch:»Ihr von Irak? IRAK?«
Es schien keinen Sinn zu haben, es abzustreiten, und so nickten
die beiden.»Ihr nach Europa? EUROPA?« Wieder nickten sie und
entspannten sich ein wenig. Der Besitzer redete mit seinem Sohn,
der daraufhin den Laden verließ.»Nein, nein, Freunde«, lächelte
der Türke – er wusste, wenn er die Polizei rief, dann würde die
alles andere als dankbar sein, die Migranten auf dem Hals zu haben,
und vielleicht müsste er das Geld zurückgeben, dass er ihnen gerade
abgeknöpft hatte.»Wir Freunde – Freunde! Jetzt jemand kommt,
Arabisch sprechen – ARABISCH SPRECHEN!« Er legte eine
Hand an den Mund und schnappte mit den Fingern, eine primitive
Sprachgebärde.

Eine unangenehme Stille machte sich breit, während die
drei einander anstarrten, bis nach ein paar Minuten der Sohn in
Begleitung eines älteren Mannes zurückkehrte. Das Arabisch des
Neuankömmlings war holprig, aber durch ihn konnten Ibrahim
und Maged dem Ladenbesitzer, seinem Sohn und seinen Töchtern
– die abschätzig hinter dem Vorhang hervorlugten – stockend ihre
Geschichten und Pläne vortragen.

»Ah, England!«, sagte der Händler.»Ich habe einen Vetter in
Birmingham. Naja… Einen entfernten Vetter. Er ist seit zehn Jahren
dort. Es ist leicht, reinzukommen, und wenn man einmal drin ist…
hehe. Hier, nehmt euch Tee! TEE!« Hinter dem Vorhang hörte man
Gewusel und das Klirren von Gläsern.

»Ich habe ein paar Jungs wie euch durchkommen sehen. Sagt
mal, habt ihr euch schon Gedanken gemacht, wo ihr von hier aus
hinwollt, hm? Antalya, da müsst ihr hin. Die Griechen oben an
der Grenze sind wachsam; die schicken die Leute zurück über den
Fluss und zerstören ihre Boote. Es heißt, die machen nicht viel
Federlesen. Aber Antalya ist sehr groß, geschäftig – jede Menge
Touristen, die Polizei hat alle Hände voll zu tun, also werden die
zwei flinke Burschen wie euch nicht bemerken. Viele Fischer, die
Bares brauchen. Da unten passen die Griechen nicht so gut auf,
weil die meisten Boote weiter im Norden ablegen. Ihr könnt bis
nach Rhodos kommen, vielleicht auch auf eine der kleineren Inseln.

Wenn ihr dort seid, geht auf eine Polizeiwache und sagt, ihr wärt kurdische Flüchtlinge – die kennen den Unterschied eh nicht. Die müssen euch ein Dach über dem Kopf und Essen geben. Dann schicken sie euch aufs Festland, und mit ein bisschen Glück gibt man euch Freigang, während eure Fälle geprüft werden. Und wenn ihr darauf nicht warten wollt – ihr wisst schon!« Er spreizte mit einem breiten Lächeln die Hände.

»Ich wünschte, ich wäre jünger, dann würde ich mitkommen!«, fügte er schelmisch hinzu, um seine ungerührte Frau zu ärgern, die mit dem Tee hereinkam; dann zwinkerte er seinen Gästen zu. Er genoss seine Rolle als Arrangeur und Lebensretter.

»In Ordnung. Erstmal müssen wir euch also dort hinunter bekommen. Hier gibt es fast jeden Tag einen großen Obstmarkt, und Lastwagen fahren nach Antalya und zig andere Städten. Ich wette, wenn ihr morgen früh dort hingehen würdet, würde sich ein offener LKW finden, oder einer mit erträglicher Kühlanlage. Ihr könntet sogar in der Kabine sitzen, wenn ihr einen freundlichen Fahrer findet. Es gibt genug; ihr werdet schon jemanden finden.«

Bis dahin würden sie ein Bett für die Nacht brauchen, und Mehmet, ein Vetter des Ladenbesitzers, der hilfreicherweise etwas Arabisch sprach, lebte in der Nähe des Marktes. Er würde sehen, dass sie in Ordnung waren, und ihnen nicht viel berechnen. Sie sollten besser unter dem Radar bleiben. Vielleicht suchte die Polizei schon nach ihnen.

Kurze Zeit später und um einiges ärmer, aber mit neuen Klamotten am Leib und dem pulverigen Geschmack von Apfeltee im Mund, machten sich Ibrahim und Maged unter der Führung des Sohns des Ladenbesitzers auf den Weg. Nachdem sie ihm ein großzügiges Trinkgeld gezahlt hatten – das erste Angebot hatte er verächtlich ausgeschlagen –, standen sie zehn Minuten später in einer modernen Wohnung, von der aus man auf ein Einkaufszentrum aus Beton und eine enge Straße mit einer Moschee am Ende blickte. Sie schlürften noch mehr Tee, während der Klang und Geruch der Busse zu ihrem Fenster aufwallte und sie versuchten, ihrem neuen Bekannten Mehmet – dessen Arabisch ein Witz war – etwas über den Krieg zu erzählen, während er sie durch dicke Brillengläser anstarrte und irritierenderweise Popel an der Armlehne seines Stuhls abwischte.

Dann ging er gnädigerweise zurück an die Arbeit, und es folgten friedliche, wenn auch langweilige Stunden, in denen Maged Fernsehen schaute, ohne etwas zu verstehen, während Ibrahim auf einem zu kurzen Sofa döste, schleierhafte Zeitungen durchblätterte oder einen Stich des alten Istanbul anstarrte. Die Stadt, die man von der Wohnung aus sah, war ein Mischmasch aus braunen und grauen Dächern mit Wäldern von Fernsehantennen, wasserfleckigen Wänden, Wäsche, dem Hupen von Autos, brüllenden Menschen und dem Geruch nach Abgasen, Abwässern und Kochstellen. Ibrahim dachte reumütig bei sich, dass der Ausschnitt der Welt, den er bislang gesehen hatte, nicht viel hergab, worüber er den Daheimgebliebenen hätte schreiben können.

Gegen 18:30 Uhr brachte Mehmet Essen und die Nachricht, dass er einen Lastwagenfahrer gefunden hatte, der am nächsten Tag nach Antalya fuhr und die beiden für jeweils 50 Dollar mitnehmen würde. Aber es kam noch besser: Für 100 Dollar obendrauf würde er ihnen jemanden vorstellen, der ein Boot besaß und Erfahrung mit ungewöhnlicher Fracht hatte. Ibrahim und Maged sahen einander zufrieden an.

Am gleißend hellen frühen Morgen nahmen sie aufgeregt schwatzend im Führerhaus neben dem stämmigen 50-jährigen Fahrer Platz. Nazim war mürrisch, doch das spielte keine Rolle. Sie waren jung und kamen endlich dazu, in einem mächtigen deutschen Lastwagen durch eine neue, weit offene Welt zu fahren – entlang gewundener Straßen nach Antalya, zum westlichsten Ende eines fruchtbaren Küstenstreifens, vor dem Wind geschützt von Bergen, deren Gipfel übersät waren mit den Überbleibseln von Achaiern, Ioniern, Byzantinern, Seldschuken und Kreuzfahrern. Als er die aufeinanderfolgenden Generationen zusammengesackter Mauern sah, spürte Ibrahim, dass der gesamte Landstrich von uraltem Kommen und Gehen widerhallte.

Der Fahrer sprach ein paar Worte Arabisch und war mit der Armee an der irakischen Grenze gewesen, was ihnen eine hochtrabende Unterhaltung ermöglichte. Schließlich brachte er zum Ausdruck, dass er einen Mann mit Boot (Ruderbewegungen) kannte, der ihnen eine Überfahrt verschaffen könnte. Er habe das schon öfter getan. Zwei andere Iraker im vergangenen Jahr – und ein Chinese (zumindest interpretierten sie das Grimassieren mit zusammengekniffenen Augen so). Es sei allerdings risikoreich, weil die Franzosen immer wachsam seien (die Hand über die Augen gelegt, die angestrengt in alle Richtungen starrten), und würde eine schöne Stange Geld kosten (aneinanderreibende Fingerspitzen). Wie viel? Achselzucken. Hundert Dollar? Zweihundert? Dreihundert? Der Fahrer zuckte erneut die Achseln und zündete sich eine Marlboro an. Dann, am späten Vormittag, erreichten sie die Vororte und fuhren einen schroffen Abhang hinab, während das Mittelmeer zum Horizont wurde. Es war das erste Mal, dass Ibrahim und Maged das Mittelmeer sahen, doch sie interessierten sich am meisten für den alten Hafen – jetzt war er leer, doch das würde sich über den Nachmittag ändern, wenn die Fischer zurückkehrten.

Nachdem Nazim seine Ladung abgeliefert hatte, lockte die drei fürs Erste ein Café – Raki, Kaffee, Dominosteine und das Spiel Galatasaray gegen Izmir. Nazim war ein Izmir-Fan, und das Café war voller Kameraden, die grölten und auf die Tische schlugen, als die Lokalmatadore die Istanbuler 3:0 schlugen. Nazim machte keinerlei Anstalten, irgendetwas zu bezahlen, und die beiden Reisenden wollten ihm nicht zu nahe treten, indem sie nachfragten. Er könnte sie einfach hier sitzenlassen oder sogar der Polizei übergeben. Sie brauchten ihn noch, und außerdem hatte er auf Vorauszahlung bestanden – also versuchten sie, seine umfangreiche Verköstigung als Investition zu betrachten.

Gegen 15 Uhr erreichten sie die Hafenanlagen. Mittlerweile war der Hafen beinahe voll; weitere Boote schoben sich zwischen den

Molen und Landungsbrücken entlang. Überall ratterten Motoren. Sturzbäche von Kühlwasser strömten in das Hafenbecken, Kisten randvoll mit schimmerndem Inhalt wurden aus Laderäumen gehievt und rutschten über den Kai; es gab vielfarbige Katzen und wagemutige Ratten, Schiffsausrüster, Männer mit Bewässerungsschläuchen, Snack- und Zigarettenverkäufer, ein paar Touristen und – direkt vor den Hafentoren – sogar ein paar Mädchen, die auf widerwärtige Weise für ihre finanzielle Unabhängigkeit sorgten. Plastikflaschen, Zeitungen und tote Fische dümpelten zwischen seltsam bezaubernden Dieselschlieren.

Der Fahrer führte sie zu einem dicken, wettergegerbten und erfahren wirkenden Mann mit breitem, viereckigem Schnurrbart, der im blauen Hemd und gebleichten Jeans auf dem Vordeck der *Fatima* stand und rauchte. Die *Fatima* war ein zwölf Meter langer Kutter, der ursprünglich für den Sardellenfang gebaut worden war, aber dessen Ausbeute ständig schrumpfte, obwohl ihr Kapitän bereits die engmaschigsten und am wenigsten legalen Netze verwendete, die er finden konnte. Deck und Seitenwände waren rostfleckig, und in Teilen der Aufbauten fand sich Lochfraß. Der aufgemalte Name und die Registriernummer des Boots waren (wie Ibrahim richtig vermutete, absichtlich) vor Rost, Salz und Fischschleim nicht zu erkennen. Doch unter der schmuddeligen Hülle verbargen sich ein erstklassig gewarteter Motor und eine erfahrene, wackere Mannschaft, die eisern zusammenhielt, weil sie gänzlich aus Vettern bestand. Radar- und Funkantenne hoben sich modern und neu vom plumpen, fleckigen Mast ab. Und hinter dem Brückenschott waren zwei Gewehre versteckt. Nazim, der seiner Pflicht Genüge getan hatte, wünschte den beiden Glück und ging – ein wenig wacklig – davon.

Der Kapitän hieß Selim Burnu und war ein Sohn, Enkel und Urenkel von Fischern dieses Küstenstrichs, der sich vor einiger Zeit entschlossen hatte, die Sardellen um lukrativere Fracht zu ergänzen, und damit einigen Erfolg hatte. Scharfsinnig taxierte er Ibrahim und Maged, während er einen Tabakfleck von seiner Unterlippe kratzte. Sein Arabisch war rudimentär, doch er konnte sich verständlich machen, indem er sehr laut und langsam sprach und gelegentlich auf Handzeichen zurückgriff. Inzwischen hatte er beträchtliche Erfahrung in dieser Art von Geschäften.

»Ein tausend fünf hundert Dollar für dich, für ihn auch. Nach Rhodos. Jeder fünf hundert jetzt. Zwei tausend wenn ihr da. Wenn wir nicht ankommen wegen griechische Marine kein Geld zurück.« Seine Stimme war heiser vom Tabak, und in seinem Schnurrbart war ein schwacher gelber Fleck.

»*Jeder fünfzehnhundert?*! *Unmöglich!* Wie weit ist es?«

»Zwei hundert Kilometer hier, zwei hundert zurück. Gefährliche Küste. Überall Küstenwache. Wenn ich geschnappt, dann zehn Jahre…«, seine Hände umklammerten ein imaginäres Gitter vor seinem Gesicht, »… viel Geldstrafe und Boot weg. In Antalya ihr findet nichts Besseres. Nazim hat euch gesagt, ich bin zuverlässig. Wenn ihr nach Griechenland kommt, ihr kommt nach überall in Europa. Ich fahre um neun Uhr heute Abend. Andere kommen auch, aber ich kann euch mitnehmen. Entweder, oder. Ihr wollt von mir, nicht ich von euch.« Als Schlussstrich spuckte er über die Reling.

»Wir müssen darüber nachdenken«, beharrte Ibrahim – mehr als Verhandlungsmanöver als weil er glaubte, eine Alternative zu haben. Selim zuckte die Achseln und drehte sich betont von ihnen weg, um sich irgendeinem Problemchen zu widmen, während Ibrahim und Maged den Kai auf und ab gingen und ihre Lage besprachen. Zusammengenommen hatten sie nur noch 6000 Dollar, und Maged hatte noch andere Bedenken.

»Mir gefällt sein Gesicht nicht, und ich vertraue ihm nicht. Woher wollen wir wissen, dass er nicht nach ein paar Stunden einfach umkehrt und behauptet, es sei zu gefährlich? Was, wenn er uns auf irgendeinem türkischen Strand abwirft und uns weismacht, es sei Griechenland? Sie könnten uns auf hoher See ausrauben und abmurksen! Ich habe schon von solchen Fällen gehört!«

Doch alles lief auf eine Frage hinaus: Was blieb ihnen anderes übrig? Sie sprachen kein Türkisch. Sie waren 400 Kilometer von Istanbul entfernt und wussten nicht, wie sie dort hingelangen sollten. Sie würden ohnehin bezahlen müssen, um von hier wegzukommen. Und selbst wenn sie es nicht nach Istanbul schaffen sollten, würden sie der Grenze noch näher sein und sich einer gut gesicherten Zone mit hartgesottenen Polizisten auf beiden Seiten gegenübersehen. Sie konnten einen anderen Hafen aufsuchen, aber dann würde alles noch länger dauern, sie wären dort in der gleichen Situation, und solche Unternehmungen erhöhten das Risiko, von der Polizei aufgegriffen zu werden.

Also schleppten sie sich betreten zurück zur *Fatima* und zum wenig überraschten Selim. Sie waren sich nicht zu schade, zu feilschen, und durch die Sprachbarriere ging alles viel schneller als ohne.

Binnen fünf Minuten hatten sie vereinbart, dass sie beide für insgesamt 2600 Dollar nach Rhodos gebracht werden würden – die Hälfte beim Ablegen, der Rest vor dem Absetzen. Sie erklärten sich bereit, um acht Uhr abends am Hafen zu sein, Selim spuckte in seine Hand und schlug ein, dann verabschiedete er sich mit einer scheinbar ernst gemeinten Geste des Saluts. Alles schien in Ordnung zu sein. Doch als sie wieder in der Stadt waren, betrat Maged ein Geschäft für Küchenbedarf und kaufte ein stabil aussehendes Messer. »Man weiß ja nie!« sagte er mit finsterer Miene.

Sie besorgten Kaffee und Kebab, setzten sich in den Stadtpark und genossen die Meeresbrise. Ein Polizist schien sie anzustarren, also spazierten sie zu einem anderen Park mit einer Gedenktafel für einen Mann mit Fes, wo Spatzen in einem mit Zigarettenstummeln gefüllten Brunnen herumflatterten. Anschließend gingen sie zurück auf die Hauptstraße und sahen sich neugierig die Touristen an. Ob wohl Engländer darunter waren? Oft waren sie enttäuscht – die Touristen waren fett, käsig oder verbrannt von der Sonne, mit Klamotten, die ihrer Ansicht nach nur Homosexuelle oder Prostituierte trugen. Sie mischten sich unter die Menschenmengen, äugten abwertend oder ehrfurchtsvoll umher – und dachten daran, dass sie bald unter Millionen solcher Leute sein würden, in der Heimat der »blassen Barbaren«. Maged erinnerte sich an diese Propagandasendungen, und beide lachten unmäßig.

Um acht Uhr bestiegen sie die *Fatima*, jeder um 1300 Dollar ärmer. Ein Besatzungsmitglied – sie sahen alle gleich aus – bedeutete ihnen, sie sollten unter Deck gehen. So kletterten sie eine schmierige Leiter hinab in einen stinkenden Laderaum, aus dem heraus sie nur noch den Himmel und einen Teil des rostfleckigen Steuerhauses sehen konnten.

Da waren noch zehn andere Menschen, darunter sechs Ägypter, die die vergangenen sechs Wochen lang auf ähnlichen Schiffen langsam die Levante entlang nordwärts gekrochen waren. Die übrigen Männer waren Sudanesen und sprachen nur ein paar Worte Arabisch. Sie waren monatelang unterwegs gewesen – wie lange genau, konnten sie nicht sagen. Die zwölf Männer standen da und blickten sich unbeeindruckt-verständnislos an. Aus der Bilge drang ein komplexes Gemisch von Fisch, Unrat und Diesel; Ibrahim verkniff sich das Erbrechen. Einige der Ägypter freuten sich über die neuen Gesprächspartner (das Verhältnis zu den Sudanesen schien angespannt zu sein), und beinahe entspann sich eine angeregte Unterhaltung, ehe ein Besatzungsmitglied ihnen befahl, sich ruhig zu verhalten.

Nach einer Stunde erwachte der Motor zum Leben, und die Crew zog eine Plane über die Ladeluke. Ibrahim war zum ersten Mal auf einem Schiff. Sein Magen hatte sich noch nicht ganz erholt, und als die Abdeckung das Aroma des Laderaums im Inneren hielt, nahm seine Übelkeit zu. Er versuchte, durch den Mund zu atmen, doch sogar so konnte er den Gestank immer noch riechen. Man hörte Rufe, das Geräusch eines Schiffstaus, das aufs Wasser schlug, und dann glitt das Boot zur Seite. Ibrahim schaffte es, sich zusammen-zureißen, bis der Kutter die Hafeneinfahrt verließ und ein langer, schwerer Wellengang, der all die Meilen von Ägypten herkam, gegen die Schiffswand zu schlagen begann. Er verlor das Gleichgewicht, sein Magen schlug einen Salto, und er konnte gerade noch seinen Kopf in Richtung einer Ecke drehen, ehe sich Erbrochenes zur Atmosphäre des Raums gesellte. Die Ägypter schienen das enorm komisch zu finden, und er starrte sie mit dumpfer Abneigung an, während er seine Stirn am kaltfeuchten Metall kühlte.

Doch erfreulicherweise wurde die Plane bald wieder zurückgeschlagen, und der aufsteigende Geruch der Kotze sorgte auf Deck für heiteres Gelächter. Oben brüllten sie »Ok!« und winkten den Migranten, sie sollten wieder heraufkommen. Sobald Ibrahim den Laderaum verlassen hatte, fühlte er sich bedeutend besser.

Achteraus wurde die prächtige Küste immer kleiner, eine aufgehäufte und erstaunliche Landmasse, deren Grün und Braun sich nun mit schwermütigem Blau vermischte. Die Lichter Antalyas erstreckten sich viel weiter, als Ibrahim gedacht hätte, und drüben im Westen, in der schmalen Ebene am Golf, gingen die Lichter anderer Siedlungen an, denen die Sonne bereits hinter den sie umsäumenden Bergen verlorengegangen war. Weiter im Süden schickte ein Leuchtturm seine suchenden, sachten Finger über die ruhige See. Im Osten lag das Land viel weiter entfernt und war noch sonnengefleckt, doch mehr und mehr Lichter stachen heraus. Da und dort, wenn auch nicht in der Nähe, sah man die Topplaternen, Steuerbordlampen und Kabinenlichter anderer Fischkutter, die alle in dieselbe Richtung strebten – hinaus in internationale Gewässer, ungefähr in das Gebiet, in dem sich gerade Linien, von Gelidonya Burnu aus nach Süden und von Kap Arnauti aus nach Westen gezogen, überschneiden würden. Bei aller Seekrankheit war Ibrahim bestürzt von der Schönheit und den zeitlosen, effizienten Bewegungen der Seeleute, die ihre undurchschaubaren Aufgaben vor dem Hintergrund einer solchen Pracht verrichteten. Er hatte von Männern gehört, die eine Sehnsucht nach dem Meer verspürten; jetzt wusste er, warum.

Selim wusste, dass die griechische Küstenwache ihn aufspüren würde, wenn er die kürzeste Route nach Rhodos nahm und die Küste entlangfuhr – die besten Chancen hatte er, wenn er um Kastelorizo einen weiten Bogen machte. Seit man mitten im Nichts diese Afrikaner – geklammert an ein Thunfischnetz – gefunden hatte, waren die Patrouillen dort unten extrem wachsam. Dort hatte es den dummen alten Seyyid Bafra erwischt. Er hätte die Fremden einfach aussetzen sollen. Jetzt saß er in irgendeinem dreckigen griechischen Gefängnis und würde seines Lebens nicht mehr froh werden. Sobald sie draußen im tiefen Wasser war, würde die *Fatima* langsam westwärts gleiten können, wie es Treibnetzfischer taten, und hoffentlich morgen bei Anbruch der Dunkelheit auf 20 Meilen an Rhodos herankommen – bereit für einen schnellen Vorstoß auf einen ruhigen Strand, den Selim kannte, in der tiefsten Dunkelheit des Folgetags. Sie hatten abnehmenden Halbmond, und der Wetterbericht hatte für die kommende Nacht Wolken vorhergesagt. Er ging im kleinen Steuerhaus auf und ab, schweigsam und nervös. Er brauchte die Karten nicht; trotzdem schaute er hin und wieder auf das alte GPS-Gerät mit den weißen Zahlen, die klickend weiterliefen, und horchte auf die Wettermeldungen. Als er eine Masse von Quellwolken sah, die sich weit draußen im Westen bildete, grunzte er zufrieden.

Das kleine Boot tuckerte behäbig voran, während sich ringsum die Nacht herabsenkte. Die Reisenden schliefen nach und nach auf dem Deck ein, zusammengekauert auf aufgewickelten Seilen und mit allem am Leib, was sie besaßen. Ein kalter Wind rauschte über das Deck, aber niemand wollte zwischen toten Fischen und Kieljauche im Frachtraum schlafen. Die unruhigen Bewegungen und das Gemurmel der Schläfer gingen im Brummeln des Motors unter. Maged gesellte sich schnell zu ihnen, doch Ibrahim konnte sich einfach nicht entspannen. Vielleicht lag es an der Bewegung des Boots, vielleicht war er auch einfach der Ansicht, dass immer einer von ihnen beiden auf der Hut sein sollte; er warf sich hin und her und konnte nicht anders, als sich zu fragen, wo er um diese Zeit in einer Woche, in einem Monat, in einem Jahr, in 20 Jahren sein würde. Oder auch in 30 Jahren. Er lächelte zu den Unmengen von Sternen hinauf.

Er döste und erwachte, döste und erwachte – und wurde sehr schnell sehr wach, als der Motor erstarb und der stillgelegte Kutter begann, sich langsamer und langgedehnter in der Dünung zu wiegen. Er konnte einzelne Wassertropfen hören, die im Laderaum aufschlugen, und kleine Wellen, die scharf und trommelartig gegen die leere Fläche der Schiffswand schlugen. Gab es ein Motorproblem? Nein, dafür war alles zu ruhig; Selim ging gähnend vorbei und in seine Koje. Der Kutter drehte einfach nur für die Nacht bei, nachdem er einen abstrakten Ort erreicht hatte, an dem sich zwei Linien auf der Karte kreuzten. Damit sie sich nicht überanstrengten (und um Diesel zu sparen), stellten die Schiffsführer bei gutem Wetter oft einfach ihre Maschinen ab und ließen das Schiff über Nacht treiben, während ein Deckarbeiter Wache hielt.

Diesen Wachposten konnte Ibrahim jetzt sehen, wie er auf dem Vorschiff stand und rauchte; wenn er inhalierte, erleuchtete die Glut sein Gesicht. Als nächstes sah Ibrahim, wie eine aufgerauchte Zigarette eine weißglühende Kurve hinein ins blassblaue Nichts beschrieb und erlosch. Der Himmel war übersät mit Sternen, viel mehr, als er in Basra mit seinen grell orangefarbenen Laternen jemals gesehen hatte. Während er hinaufblickte, begannen kleine Stückchen von ihnen, an der Erde vorbeizurasen – und für ein paar phänomenale Minuten war der kalte Ausblick gesprenkelt mit kleinen Punkten schwindenden Leuchtens, während der Meteoritenschauer in unvorstellbarer Höhe aufflammte und erlosch. Er lag da, staunte und fühlte sich persönlich besonders geehrt, als sei diese Sternenshow speziell für ihn aufgeführt worden.

Er hätte nicht wacher sein können, und die Natur machte ohnehin ihre drängendsten Ansprüche geltend. So stand er auf, stieg vorsichtig über die Schlafenden und ging zur Reling hinüber. Während er seine Hose öffnete, umklammerte er zwei Querstangen und richtete seinen mageren Hintern gerade noch rechtzeitig nach draußen in Richtung des schwarzen Wassers. Das Geräusch der Exkremente, die ins Meer klatschten, war verblüffend laut, doch niemand reagierte – bis auf den Posten, der sich überrascht zu ihm hin- und dann angewidert wieder wegdrehte. Ibrahim brachte seine Kleidung in Ordnung und schlenderte zu ihm hinüber. Er verspürte das Bedürfnis, mit dem einzigen anderen Menschen auf der Welt zu sprechen, der all *das hier* in diesem Moment mitbekam. Er nickte ihm zu; sein Nicken wurde misstrauisch erwidert.

Der Türke hatte ein breites, blasses Gesicht mit engstehenden Augen und einer dicken Nase; sein Kopf saß stabil auf einem kräftigen, untersetzten Körper. Gesichter wie seines hatten über diese Wasser gestarrt, seit seine Urahnen im 7. Jahrhundert von den Bergen herabgestürmt waren, um die fetten griechischen Städte der hellenisierten Küstengegend zu überfallen. Er summte irgendeine eintönige Melodie vor sich hin – ein Lied, das in Ibrahims Ohren klang, als sei es durchflutet von einer Ahnung der Meeresbrandung und von unerreichbaren Horizonten. Ibrahim schaute gemeinsam mit ihm in die blaue und graue Unermesslichkeit. Als er sich zum Steuerhaus umdrehte, konnte Ibrahim den grünen Schein der Positionslampe und – etliche Meter darüber – das geisterhafte weiße Ankerlicht sehen. Das war ein Anblick, der ihm nicht gefiel; das Licht gierte und stampfte zu sehr, weil sich kleinste Bewegungen der Wasseroberfläche durch die Aufbauten fortpflanzten und ganz oben am Mast ihren Ausschlag fanden. Weit draußen in der Ferne konnte er zwei ähnliche Lichter ausmachen, die anzeigten, wo sich ein anderer Fischer in den dunklen Stunden treiben ließ. Er fragte sich, ob auch dort Flüchtlinge an Bord waren. Bis auf diese waren nirgends Lichter zu sehen.

Noch nie zuvor hatte er sich so einsam gefühlt oder realisiert, wie riesig die Welt war. Jetzt gerade, in diesem Moment und an diesem Ort, befand er sich auf einem winzigen Boot voller Männer, die er nicht kannte, mitten auf einem unbegreiflichen Ozean, ausgesetzt in einem rostigen Kahn über schwarzen Tiefen voller alptraumhafter Kreaturen. Er und die *Fatima* waren hier fehl am Platz; sie waren extrem verwegen und extrem verwundbar. Er dümpelte zwischen verschiedenen Leben, zwischen verschiedenen Kontinenten, ja sogar zwischen verschiedenen Elementen. Die ungeheuerliche Tragweite des Ganzen brach plötzlich über ihn herein, und seine Gedanken suchten instinktiv nach einem kleinen Trost – Bilder seiner lachenden Eltern beim Fastenbrechen und von zu Hause, mit dem Klang von Gebeten, der sich aus der blau-weiß gekachelten Moschee erhob. Was würden seine Mutter und sein Vater sagen, wenn sie ihn jetzt und hier sehen könnten? Doch die Vergangenheit lag noch zu nahe; er wollte sich nicht selbst entmutigen.

Dann wurde seine schleichende Melancholie von etwas Wundervollem unterbrochen. Eine schwarze Beule durchbrach die Wasseroberfläche, dann versank sie wieder – aber ließ eine grünlich schimmernde Spur zurück. Dann tauchte eine weitere durchsichtige Spur auf, und dann noch eine, eine abgerundete, schimmernde Schnauze und eine weitere, als die Tümmler ihre Kunststückchen vollführten und wieder um den Bug verschwanden. Er und der schief grinsende Seemann beobachteten sie in völliger Stille ungefähr 15 Minuten lang, ehe sie wieder in den Tiefen verschwanden. Ibrahim starrte noch eine ganze weitere Stunde hoffnungsvoll hinaus, doch sie kamen nicht wieder zurück. Einmal allerdings tauchte aus heiterem Himmel ein kleiner Klumpen mattgrauen Leuchtens auf und schoss für ein paar Sekunden hin und her, ehe er erlosch. Irgendein Fisch. Ibrahim fragte sich, welche blinde Panik das kleine Tier in dieser undurchdringlichen Ödnis aufgescheucht haben mochte – welches in den flimmernden Schatten dräuende Unheil hatte den kleinen Fisch gezwungen, aus seinem Element hinauszuspringen, so wie Ibrahim aus seinem eigenen herausgesprungen war?

Nach einer unbestimmbaren Zeit kam ihm ein profaner Gedanke – aber andererseits war er vielleicht gar nicht so profan. Etwas an all diesem unermesslichen Raum mit seiner Schönheit und daran, jung zu sein und sich nicht einschränken zu lassen, ließ ihn endlich eine Entscheidung treffen, die er lange vor sich hergeschoben hatte.

Er zückte seine Papiere und schielte kurz auf das kleine Foto auf seinem Ausweis, das vor Jahren in diesem Studio im Zentrum von Basra aufgenommen worden war. Wenn er das Bild ansah, konnte er noch immer den Knoblauch im Atem des Fotografen riechen, der das stickige kleine Studio beherrscht hatte.

Man hatte ihm gesagt, dass es kontraproduktiv sein könnte, Papiere bei sich zu haben, wenn er Asyl beantragen wollte. Er sah sich selbst nicht als Flüchtling – das schien ihm zu verachtenswert zu sein. In Wahrheit war er ein Hasardeur, ein Glücksritter, ein Mann in einer männlichen Welt. Trotzdem: Übereinstimmenden Berichten zufolge waren die Erfolgsaussichten am größten, wenn man sich als Flüchtling ausgab. Und so schaute er, noch immer mit einem leichten Anflug von Scham, ein letztes Mal auf sein früheres Ich – dann warf er die Papiere über die Reling und verschrieb sich ganz und unumkehrbar der Sache. Der Wachposten hatte gesehen, was er getan hatte, und beobachtete ihn mit mäßigem Interesse. Ibrahim zog seine Knie bis ans Kinn heran und kostete die Entschiedenheit seiner Handlung aus. Er starrte weiter in die schwankende Nacht hinaus, bis ihn plötzlich ein Gefühl der Kälte durchfuhr. Er rollte sich wieder in einer möglichst warmen Position zusammen, doch es war unmöglich, es sich bequem zu machen: Noch durch all seine Kleidungsstücke und Decken hindurch konnte er das Deck spüren. Als die Morgensonne satt und strahlend in seine körnigen Augen drang, schlug er sich noch immer damit herum, wie ein weicher Körper am besten mit einer metallenen Oberfläche zu versöhnen sei.

Auf eine Nacht voller Entzücken und Unannehmlichkeiten folgte ein zäher, heimlichtuerischer Tag. Die *Fatima* kroch ein paar Kilometer westwärts, um dann wieder den Motor zu stoppen. Der Skipper hisste das Stundenglas, das »Schleppe Netze!« signalisierte, und schwenkte dann auch tatsächlich die Netze aus und manövrierte das Schiff tastend voran, um den Anschein echten Fischens zu erwecken. Es war zwar kein anderes Schiff in Sichtweite, aber vielleicht waren sie bereits auf einem Langstreckenradar aufgetaucht. Es rührte sich jedoch nichts, und bei jedem Schwenk befanden sie sich ein kleines Stück weiter im Westen − ein kleines Stück näher am Ziel.

Ibrahim war begeistert, als er an diesem Nachmittag einen knapp 30 Zentimeter langen, silbernen Fisch entdeckte, der aus dem Wasser sprang und das Schiff 50 hektische Meter weit begleitete. Er erkannte das Tier gleich − es musste ein Vetter des Flitzers in der Dunkelheit sein, des Fischs, der einen fantastischen Moment lang zwischen den Welten geschwebt hatte. Er erzählte Maged die Geschichte, und die beiden begannen einen Wettstreit, wer das nächste Exemplar erspähen würde. Aber ihre Augen wurden schnell müde von all den tanzenden, blinzelnden Lichtern und Strudeln und Dingen, die nur so schienen, als ob sie da seien. Viel mehr gab es nicht zu sehen. Eine junge Schildkröte schwebte unweit vorbei; sie zog Strähnen von Seetang und eine ganze Schar von Lotsenfischen hinter sich her. Zwei Besatzungsmitglieder in Bootsmannsstühlen hingen von der Reling herab und hantierten am Anker herum. Die leidgeprüften Migranten saßen zusammengesunken da oder tauschten sporadische, unangemessene Bemerkungen aus. Selbst Ibrahim, der seit letzter Nacht ein wenig in das Meer verliebt war, glaubte allmählich, dass sie schon immer hier draußen gewesen wären und inmitten der großen Leere nichts getan hätten. Es war mühsam, über Vergangenheit oder Zukunft nachzudenken. Sowohl Erinnerungen als auch Träume schienen überhaupt keine Unmittelbarkeit mehr zu besitzen. Er nuckelte an Wasser und knabberte an Essen, wollte und brauchte beides nicht und versank in überhitzter Apathie.

Als ein kleines Flugzeug zu hören war, gab es eine kurze Unruhe, und Selim ließ die Menschenfracht im Laderaum verschwinden. Doch der Flieger zog locker zwei Kilometer entfernt vorüber und kehrte nicht zurück. Gelegentlich schwebten Passagierflugzeuge tausende Meter über ihnen und brachten käsige Europäer irgendwohin, wo sie sich in chemisch blauen Pools im Schatten von Betontürmen suhlen oder pflichtbewusst die Ruinen von Ephesos begaffen konnten. Später erschienen zwei weitere Kutter am Horizont, und Selim schickte seine blinden Passagiere erneut hinab in den fischigen Abgrund, bis sie wieder verschwunden waren. Der Tag und die *Fatima* hielten den Atem an – und ihren jeweiligen Ort im Raum.

Um acht Uhr abends befanden sie sich so weit westlich, wie sich Selim bis Einbruch der Dunkelheit vorwagen wollte. Die internationalen Gewässer reichten nur noch ein paar Meilen, und das langsam näherkommende Fahrzeug, das er auf dem Radar entdeckt hatte, aber noch nicht sehen konnte, behagte ihm gar nicht. Er tuckerte ein wenig ostwärts, während er das Echozeichen des fremden Schiffs nicht aus den Augen ließ. Erst als es den Kurs wechselte, entspannte er sich. Wahrscheinlich doch nur eine Yacht! Bald war der Blip verschwunden. Doch der Vorfall hatte Selim nervös gemacht, und die *Fatima* nahm Kurs Süd-West, während sie beschleunigte. Er würde besser Kallea ansteuern; dort gab es einen abgelegenen Strand, den er noch nie genutzt hatte. Die Migranten spürten die neue Zielstrebigkeit des Boots und waren gleichermaßen erfreut und nervös.

Selim hätte sich keine Sorgen machen müssen. Nach einem verhältnismäßig herzlichen griechisch-türkischen Gipfeltreffen auf Zypern hatte Athen beschlossen, den Verhältnissen in der Ägäis ein neues Tauwetter zu gönnen. Schließlich waren Griechenland und die Türkei moderne Nationen mit dem gemeinsamen Ziel von Frieden und Wohlstand in der Region, hatten die Politiker erklärt. Die Minenfelder entlang der Grenze, in die schon so einige ehemalige Möchtegernmigranten von ihren im Voraus bezahlten Schleppern absichtlich hineingeschickt worden waren, sollten entschärft werden – und gleichzeitig sollten die (extrem kostspieligen) Marinepatrouillen verringert werden, um das neue Vertrauen zu verdeutlichen.

Die geschichtsträchtigen Unterschriften, die Handschläge und das Schulterklopfen ebenso wie die unzähligen Fotografien mit dem strahlenden schwedischen Zwischenhändler vor gekreuzten Flaggen hatten dazu geführt, dass auf dem glänzenden Patrouillenboot *Mithridates* lediglich ein paar wichtige Wartungsarbeiten durchgeführt wurden und die Mannschaft im Anschluss für diesen Samstagabend Landgang bekam. Politik und Logistik hatten sich verschworen, über die Nussschale hinwegzusehen, die über das rauschende Meer kroch.

Der Tag dünnte aus und färbte sich rot; die See war weich und glänzte bis auf die Stellen, die das Kielwasser der *Fatima* in

Unordnung brachte. Die schwimmende Republik von Schweiß, Diesel und Fisch hatte das dunkler werdende Universum ganz für sich. Die Wolken sanken gemäß Vorhersage herab, und Selim lächelte. Diesmal gab es kein beruhigendes Licht am Masttopp, kein grünes und rotes Leuchten unterhalb des Steuerhauses, und auf Deck waren Zigaretten verboten. Die Netze wurden eingeholt – sie waren so gut wie leer bis auf Gestrüpp, Quallen und ein paar unverkäufliche Fische, die zurück ins Wasser flogen. Alles wurde einsatzklar gemacht, und die Flüchtlinge bekamen Order, ihre Habseligkeiten auf dem Vorderdeck bereitzulegen.

Mittlerweile befand sich die *Fatima* weit in griechischen Gewässern. Noch immer gab es keinerlei Anzeichen, dass sie entdeckt worden wären, nur die Lichter irgendeiner Kleinstadt am Hang eines Hügels, die man eher erspürte als sehen konnte. Dann entfernte sich auch dieser Hauch der Zivilisation nach steuerbord, als Selim den Bug der *Fatima* Richtung Süden drehte, und verschwand schließlich hinter einer großen schwarzen Masse (bei Tageslicht: ziegenbevölkerte Hänge, bewachsen von Heidekraut und Oliven und aufgeteilt durch Steinmauern, über die die Skorpione schlichen). Der Radarschirm zeigte einen Näherungswert der zerklüfteten Umrisse der Inselgruppe, aber es gab nichts Bewegliches auf der schwarz-orangefarbenen Scheibe zu sehen. Es war 01:45 Uhr.

Sie waren jetzt fast da – noch drei Kilometer. Selim regelte den Motor herunter und schickte zwei Mannschaftsmitglieder zu den Migranten. Es war Zeit für sein restliches Geld. Er wollte nicht am Absetzpunkt herumtrödeln. Die Seemänner waren schroff, und ihre Passagiere wussten, dass sie still sein mussten, also zahlten sie widerspruchslos. Das Geld wanderte ins Steuerhaus, und Ibrahim konnte gerade eben Selims Kopf und Schultern sehen, als dieser sich über den Geldhaufen beugte.

Ein paar Minuten später ruckte sein Kopf nach oben, und die *Fatima* nahm wieder Fahrt auf. Das Schiff steuerte jetzt entschlossen auf eine schwarze Landzunge zu, an deren Fuß schaumige Blasen trieben. Es schüttelte sich unter der erhöhten Geschwindigkeit, was den Effekt des zwischen den Felsen hin- und herschwappenden

Wassers noch verstärkte. »Zwei Minuten!« zischte Selim, und einer seiner Männer ging mittschiffs, um schweigend zwei ausgestreckte Finger vor jedes der erwartungsvollen Gesichter zu halten. Maged blickte zu Ibrahim und grinste; Ibrahim blickte zurück, aber brachte kein Lächeln zustande. Das hier war zu furchtbar. Seine Hände krampften sich um seinen Rucksack und das Schandeck – der einzige feste Punkt in diesem schaukelnden, schlingernden Kosmos. Die Klippe ragte auf, man hörte das Wasser an den Felsen saugen, zwölf Herzen wollten schier explodieren – dann flüsterte jemand: »Jetzt!« Eine harte Hand schlug auf Ibrahims Schulter, und irgendwie flog er – halb gesprungen, halb gefallen – mit seinem Rucksack über die Bordwand in erschreckend kaltes Wasser. Hinter ihm plantschten und prusteten die anderen. Dann war da plötzlich die Silhouette eines langgestreckten, niedrigen Gebäudes, wo noch vor einer Sekunde nur undurchdringliches Indigo gewesen war. Das Wasser reichte nur bis zur Hüfte, der Meeresgrund war kieselig, und innerhalb einer halben Minute waren Ibrahim und die anderen an Land. Der Augenblick war zu süß; er wollte am liebsten weinen. Als er sich umdrehte, sah er gerade noch die *Fatima* aus der Bucht zurücksetzen (ein Mann stieß sie mit einem langen Bootshaken von den Felsen weg), um sich zurück in neutrale Gewässer zu flüchten. Mit etwas Glück würde sie binnen 15 Stunden zurück in Antalya sein – in Asien (zu Hause, dachte Ibrahim bei sich). Während Selim sein Schiff mit sicherer Hand zurück in tieferes Wasser steuerte, saß der dienstfreie Kapitän der *Mithridates* in einer Bar und erzählte von *seinem* Schiff, um eine Blondine aus Leicester zu beeindrucken.

Kapitel IX
EIN UNBEDEUTENDER EINBRUCH

City of London
Dienstag, 6. August − Donnerstag, 8. August

Albert Norman war der dienstälteste Kolumnist des *Sentinel*, einer alten und grotesk altmodischen Zeitung mit hoher Auflage und bescheidenen intellektuellen Ansprüchen. Er war 70 Jahre alt, fett, fast komplett kahl, und wenn sein Atem nicht nach Brandy roch, dann roch er nach Gemüse − er hatte den Job nur bekommen, weil sein Vater der Auslandsredakteur gewesen war.

Alle alten Kämpfer des *Sentinel* waren gestorben, und mit ihnen waren auch ihre rosenumwachsenen edwardianischen Villen und ihre Doppelnamen verschwunden − nun war nur noch er übrig, von der zurückweichenden Flut zurückgelassen wie ein prächtiges Wrack. Fast jeder, den er gekannt hatte, war von ständig wechselnden Journalisten ersetzt worden, die etwas zu leicht für seinen Geschmack von und zu anderen Blättern hin- und herschwammen, und von Herausgebern, denen es vor allem darum ging, die Leserzahlen zu maximieren, indem sie den Anteil an Prominenten hochtrieben und Werbeanzeigen für Telefonsex hereinnahmen.

Albert war ein Überbleibsel aus härteren Zeiten, in denen die Zeitung von Lloyd George verklagt worden war, die Brecher des Generalstreiks von 1926 ebenso wie Mussolinis Beschäftigungspolitik gepriesen und die Schaffung des National Health Service beklagt hatte, erst Enoch Powell und dann Maggie Thatcher unterstützte, sich gegen die Bilderberger positioniert und die EU eine »Fortsetzung des Dritten Reichs mit anderen Mitteln« genannt hatte. Diese Standpunkte waren einer nach dem anderen aufgegeben worden, und die Erinnerung daran war beinahe verschwunden, während immer neue Managementteams versuchten, die Beliebtheit des Blatts zu steigern. Wo früher informative, wenn auch parteiische Nachrichtenbeiträge, Verschwörungstheorien, Stadtklatsch und Beiträge über »Palast & Persönlichkeiten« gestanden hatten, fanden sich nun Horoskope, Gesundheitstipps, Fotos von Fußballspielern in tudor-elisabethanischen Neubauvillen und die Unterwäsche von Jasmine, der frechen Göre von Channel 11 (beziehungsweise die pikante Information, dass sie überhaupt keine getragen habe). Die harten Teile der Zeitung waren unter Lifestyle und Freizügigkeit vergraben worden – und diese Formel hatte sich für ihren derzeitigen Eigentümer ausgezahlt, einen russischen Oligarchen, der in der vergeblichen Hoffnung Medienunternehmen sammelte, sein grässliches öffentliches Ansehen zu verbessern und schließlich das einzuheimsen, was er »Sir-Titel« nannte.

Und doch, zweimal die Woche hockte wie eine Kröte – hässlich, doch beruhigend – in der unteren rechten Ecke der Nachrichtenüberblicksseite ein Überbleibsel des alten *Sentinel*: Alberts »Broadside«-Kolumne, die »Breitseite«, deren Name sowohl die Taktiken als auch die Einstellungen einer anderen Zeit heraufbeschwor. Manch ein peinlich berührter Herausgeber hatte versucht, ihn in den Ruhestand hineinzubezahlen oder die Kolumne innerhalb der Zeitung zu verschieben – doch es war eine entwaffnende Tatsache, dass sie die unter den Lesern beliebteste Rubrik war. Jede Neuerung wurde von den Loyalisten mit Protest begrüßt, und über die Redaktion brach eine Sintflut von Briefen herein, die beispielsweise mit »Ich bin schon seit frühester Kindheit Ihr Leser gewesen…« begannen und mit einer Variante von »Wie soll das alles enden?« schlossen. Im Mahlstrom der Veränderungen war Alberts fortdauernd bissige Präsenz für viele dem Gefühl nach konservative Leser des *Sentinel* ein Anzeichen dafür, dass noch nicht alles verloren war. Jedes Mal aufs Neue hatten ihre wütenden Reaktionen die Manager verängstigt, und so hatte ein Herausgeber nach dem anderen diese spezielle Entscheidung hinausgeschoben, bis er seinen goldenen Handschlag kassiert hatte und gegangen war, um bei anderen Blättern ebenso nichtige Eindrücke zu hinterlassen. Alberts Artikel waren das beliebteste Thema der Leserbriefe – fast alle waren auf seiner Seite, viele unbeherrscht, manche verrückt. Albert genoss die durchgeknalltesten und bewahrte die »Crème de la Crap« in seiner sogenannten Special Vintage File, das Verzeichnis der »besonderen Leckerbissen«, für Momente auf, in denen er sich mutlos fühlte. »Zuwachs für die SVF!«, rief er stets, und seine Teilzeitsekretärin Sally beförderte den jeweiligen Brief in den muffigen, überquellenden Aktenordner. Ab und an ließ sich der große Meister sogar dazu herab, einige der Briefe persönlich zu beantworten, und hatte diebischen Spaß daran, auf Warnungen vor Verschwörernetzwerken oder Verkündigungen der Ankunft eines Propheten oberflächlich höflich, doch unterschwellig bösartig zu antworten. Oft kupferte er Benjamin Disraelis Brief an einen aufdringlichen Korrespondenten ab: »Haben Sie vielen Dank für Ihren Brief. Ich werde keine Zeit damit verlieren, ihn zu lesen.« Manche Absender schrieben ihm schon seit 20 Jahren und hatten nie begriffen, dass ihre tiefempfundenen Stellungnahmen im Büro vorgelesen wurden und für Ausbrüche der Heiterkeit sorgten. Genau diese Leser waren es auch, die bereitwillig befriedigende Mengen an Krempel von den Inserenten des *Sentinel* kauften.

Früher hatte Albert einmal eine Agenda gehabt, wenn auch eine rein negative: Er sagte, *dies* und *das* und *jenes* sei ein großer Haufen Scheiße, aus dem niemals etwas Gutes erwachsen könne, selbst wenn der Haufen noch eine Million Jahre am gleichen Platz bliebe. Und ungefähr alle zehn Jahre einmal, in der Regel nach einem längeren Mittagessen als üblich, hatte er sich selbst den Glauben gestattet, eine umgekehrte Wirkung zu haben – dass also alles, was er unterstützte, zum Scheitern verurteilt sei. Diese Faustregel war so zuverlässig gewesen, dass er vor ein paar Jahren damit experimentiert hatte, einen besonders abstoßenden Abgeordneten der Workers' Party öffentlich zu empfehlen – nur um dann zusehen zu müssen, wie dieser Abgeordnete bis zum Premierminister aufstieg. Diesen Posten an der Spitze der »Sammlung aller Talente« hatte dieser Mann auch jetzt noch inne. Nach dieser Katastrophe hatte Albert sich enthalten; seine offensichtliche hellseherische Gabe war scheinbar nur für Sachverständige geschaffen.

So war Albert also in der Zeitung und auf der Gehaltsliste geblieben, während niedere Journalisten und eine Unmenge an Initiativen um ihn herumwirbelten, wie er massig und zynisch in seinem winzigen Büro im vierten Stock saß, das er sich mit dem Redakteur der Todesanzeigen teilen musste (im »Dead End«, wie alle den Raum nannten – in dieser belagerten Festung der Reaktion waren selbst die Witze ehrwürdig ergraut).

Das Büro, in dem sich Albert nur zweimal die Woche und dann jeweils nur für wenige Stunden aufhielt, bestand aus zwei Aktenschränken, deren Schlüssel verlorengegangen waren, zwei kümmerlichen Computern mit Bildschirmen voller Fingerabdrücke auf kaffeefleckigen Schreibtischen, der erforderlichen Anzahl an Drehstühlen (der von Albert beugte sich unter seinem mächtigen Gewicht, selbst wenn er nicht darin saß, und Schaumstoff quoll aus dem irreparabel eingerissenen Polster – das überdies vor lauter Krümeln knirschte) und Schneeverwehungen von Briefen, auf die niemals eine Antwort kommen würde. Durch das einsame (und immer regenfleckige) Fenster hatte man Ausblick auf einen nasskalten Raum, der aus den Glasfassaden moderner Gebäude und den Portlandzementfronten der Zwanzigerjahreblocks mit ihren undichten Regenrinnen, Klimaanlagentanks und toten Tauben bestand. Das Telefon klingelte nur selten und wurde in erster Linie von der Buchhaltungssekretärin benutzt, deren hübscheres, aber weniger vertrauliches Büro ein paar Türen den Flur hinauf lag. An den Wänden hing eine Pinnwand mit unregelmäßig erneuerten Geschäftsmemos neben einer Europakarte aus den 1980ern und einigen angeklebten Zeitungsausschnitten.

Diese Ausschnitte zeugten von Alberts sardonischem Humor – etwa ein Exposé dieses unheimlich beliebten afrikanischen Sozialisten, der – wenn er sich nicht gerade an Videoaufnahmen der Folterungen an seiner Rivalen erfreute – all das von den Genossenschaften seines Landes erwirtschaftete Geld klammheimlich auf sein Privatkonto in Genf verschoben hatte. Direkt daneben hing ein zusätzliches Bild, das eben diesen afrikanischen Sozialisten Arm in Arm mit einem triefäugigen Journalisten vom *Examiner* zeigte: Es war kein anderer als John Leydens derzeitiger Herausgeber. Dann war da noch die Geschichte einer idealistischen Amerikanerin, die in den Slums von Rio gearbeitet hatte und schließlich von einem Mann vergewaltigt und ermordet worden war, dem sie hatte helfen wollen – passend zum Bericht über den Umweltschützer, der von einem Hai genau der Spezies getötet worden war, für deren Erhaltung er eine Kampagne geführt hatte.

Eine Unterabteilung trug den Titel »Plattensprung-Preis« und enthielt kopierte Auszüge der abgedroschensten politischen Prosa, die er hatte ausgraben können. Hin und wieder hatte er in seiner Kolumne bekanntgegeben, welcher ehemalige Meinungsmacher sich diesen ausgesprochen glanzvollen Preis verdient hatte – doch das hatte er wieder aufgegeben, nachdem die schiere Anzahl der Anwärter nicht mehr zu überschauen gewesen war.

Der Gedanke, dass die Selbstgefälligkeit an dieser Wand ihr klebriges Ende fand, hatte Albert immer schon gefallen. Er nannte die Ausschnittsammlung seine »Mauer der Scheinheiligkeit« und behandelte sie zum Spaß wie eine religiöse Kultstätte – so wie die Klagemauer, die seine Vorfahren mit Ehrerbietung betrachtet hatten und an deren Anblick er sich aus seiner Kindheit erinnern konnte, als er bestürzt über die Homburg-tragenden Männer gewesen war, die in der unbarmherzigen Sonne nickten und murmelten. Er erfand Rituale für den Fall, dass es Neuzugänge an der Wand gab; Sally, die den Titel der »Vestalin 2.0« erhalten hatte, musste sich ehrfürchtig nähern und den sorgfältig ausgeschnittenen neuen Text an seinem Platz befestigen, während er auf einem Bein stand und den Anfang der *Ballade vom alten Seemann* rezitierte. Er glaubte, auf diese Weise noch schlimmeren Schwachsinn bannen zu können.

Seine Kolumnen waren gehässig, giftig, respektlos, höhnisch, reaktionär und voller Stolz auf ihre Spießbürgerlichkeit – obgleich er privat (ganz privat!) ein hingebungsvoller Weinliebhaber, Freund der Antwerpener Schule und ausgewiesener Kenner der Werke Henry Purcells war. Einige von dessen Liedern konnten ihn in seinem Kensingtoner Haus zu Tränen rühren, das er sich mit einem Kunsthändler aus Ghana teilte, den alle Anthony nannten und den er stets als »engen Freund« bezeichnete. Manchmal fragte er sich, was seine Leser wohl von seinen häuslichen Verhältnissen halten würden, wüssten sie davon, aber Sorgen machte ihm das nicht. Er fühlte sich in seiner Haut so wohl, wie jemand seines Persönlichkeitstypus sich nur fühlen konnte, und der Kontrast zwischen seinem Image und der Realität war einfach nur witzig. Er brauchte die Leser nicht; er brauchte nicht einmal das Einkommen. Mittlerweile war es einfach nur noch die Macht der Gewohnheit – zuzüglich der hämischen Freude über den Aufruhr, den er noch immer ab und an hervorzurufen vermochte. Einmal hatten sich Dutzende Menschen am Zaun vor der *Sentinel*-Redaktion angekettet, um gegen eine Kolumne zu protestieren, in der er die Prügelstrafe für Kinder zurückgefordert hatte. Ein Plakat war ihm in besonders liebender Erinnerung geblieben: »Albert Norman will deinen Sohnemann verdreschen!«

Albert hielt den Rekord als beschwerdenträchtigster Journalist der britischen Medienlandschaft; über viele Jahre hinweg war er als hochnäsig, elitär, herzlos, homophob, sexistisch und rassistisch angegriffen worden. Er war mächtig stolz auf diesen Rekord. In gewissen Kreisen stand sein Name synonym für all das, was unappetitlich an Großbritannien war, während er in größeren – aber seltener zu vernehmenden – Kreisen als Leitstern der gekränkten Alltagsvernunft galt (oder, wie Albert es nannte, »Seltenheitsvernunft«).

Oft war er sich selbst nicht sicher, ob er das, was er schrieb, wirklich glaubte oder nur im Mittelpunkt der Aufmerksamkeit stehen wollte. Er erinnerte sich gern daran, wie er einmal den *Examiner* dafür verklagt hatte, dass man ihn dort als Rassisten bezeichnet hatte (wohlgemerkt gegen den Willen des damaligen Eigentümers des *Sentinel*, der in seinem Herrenklub keine schlechte Stimmung haben wollte). Damals war er frohlockend aus dem Gerichtssaal spaziert und hatte die fragliche Ausgabe des *Examiner* über seinem Kopf geschwenkt. Der Batzen Geld, den diese Zeitung ihm als Entschädigung hatte zahlen müssen, hatte das Verhältnis nicht verbessert. Noch heute brachte der *Examiner* unentwegt Seitenhiebe gegen ihn und brütete über seinen Artikeln in der Hoffnung, dass er eines Tages »zu weit« gehen würde.

An den Wänden seines Büros hingen zahlreiche Artikel des *Examiner*, in denen es um ihn ging. Seine Lieblingsschlagzeile lautete: »Rassenunruhen! ›Extrem ausfälliger‹ Journalist wegen Roma-Beleidigung verwarnt!« Damals ging es um den geistigen Erguss eines späten Donnerstagnachmittags, der sich um »diese kesselflickenden Sozialschmarotzer« gedreht und für eine weitere Demonstration vor dem Redaktionsgebäude gesorgt hatte. Sogar ein Paket voller Fäkalien war eingegangen – doch der allzeit bereite Albert hatte es ungeöffnet aus dem Fenster und auf das darunter gelegene Dach geworfen, wo es wahrscheinlich noch immer lag, zwischen Tauben und Pfützen und außerhalb des Fensters der Buchhaltungsabteilung, das nie geöffnet wurde.

Dementsprechend war es völlig vorhersehbar, dass nach der Entdeckung der Leichen am Strand der *Examiner* Stellung beziehen und Albert das genaue Gegenteil postulieren würde. John Leyden war regelmäßig das Ziel von Alberts spitzen Bemerkungen. Er hatte oft behauptet, dass John in seinem ganzen Leben noch keine einzige echte Gefühlsregung gezeigt hätte. »Hör dir diesen absurden Scheißdreck an!« brüllte er Sally durch die offene Tür zu, und die lächelte höflich, während er den Artikel mit seinem üblichen Pathos voller Verachtung vorlas. Albert wäre wahrscheinlich überrascht gewesen, hätte er gewusst, dass John über mindestens eine authentische Gefühlsregung verfügte – einen tiefen Hass auf ihn, den er hinter dem Anschein belustigter Sorglosigkeit verbarg. Es machte John rasend, wenn jemand über ihn lachte, besonders wenn es sich dabei um Albert Norman handelte, der schlicht nicht zu ignorieren war.

John schlug den *Sentinel* immer auf der »Broadside«-Seite auf, um nachzuschauen, was der Dinosaurier diesmal wieder von sich gab. Natürlich war die Kolumne verachtenswert, aber er las sie jedes Mal mit einer gewissen Faszination. Dieser Mann, der so griesgrämig und so hartnäckig auf der falschen Seite der Geschichte (und darauf auch noch stolz!) war, hatte beinahe eine gewisse seltsame Erhabenheit. John war fast neidisch auf die eiserne Perversität Alberts; sie hatte einen skurrilen Stil. Zu schade, dass all diese Energie keinem besseren Zweck zukam! Oft enthielt die »Broadside« sogar kleine Schnipsel nützlicher Informationen, weshalb John und eine verblüffend große Anzahl anderer Journalisten sie für spätere Verwendungen archivierten – und dabei oft nicht einmal realisierten, dass sie beim meistgeschmähten Autor des Landes abkupferten. So ließ sich Albert beinahe mit einem Gefühl der Vorbestimmung nieder, um eine Erwiderung zu schreiben. Wenn er bis 12 Uhr fertig war, würde er noch seinen Stammplatz im Pub »Prussian Queen« beanspruchen können. Das war eine weitere *Sentinel*-Tradition, die er sich bewahrt hatte: mittags ein paar Pints English Bitter, jedes gefolgt von einem Single Malt. Er scherzte oft, dass er vertraglich dazu verpflichtet sei, alles zu unterstützen, das nach europäischen Adeligen benannt sei, was es sowieso viel öfter geben sollte. Nach einem Kratzen, einem Rülpsen und einem Schluck bereits abkühlenden Kaffees (eine weitere Ergänzung des klebrigen, braunen Musters einander überlagernder Olympischer Ringe auf seinem Schreibtisch) schrieb er:

Die Toten am Strand – Jammerschade,
aber nicht *unsere* Schuld!

Er bewunderte die Überschrift einige Momente, dann fuhr er schnaufend fort:

Man kann es niemandem verdenken, dass er nach Groß-britannien will. Sogar unter der jetzigen Regierung ist Großbritannien noch das beste Land der Welt. Wer lieber in irgendeinem Drittwelt-Rattenloch hausen will als hier, hat sie nicht mehr alle. Aber wenn Leute illegal hierherkommen und im Schutze der Nacht an der Küste landen, wissen sie, dass sie Risiken eingehen.

Diese so kläglich aufgereihten Toten am Strand hatten einfach Pech – sie waren entbehrliche Bauern in einem großen, verbrecherischen Katz-und-Maus-Spiel, das die ganze Welt umspannt. Aber zu oft enden solche Bauern hier in Großbritannien, der Müllkippe des Erdballs. Hätten diese Menschen mehr Glück gehabt, wären sie einfach an Land gewatet und in der düsteren Unterwelt unseres Landes verschwunden als Kriminelle unter Hunderttausenden anderer Krimineller. Niemand will die Untaten der Schlepper entschuldigen. Aber dieses Problem wurde in Whitehall geschaffen, und Whitehall ebenso wie die Quislinge in der Presselandschaft treiben es immer weiter. Das britische Einwanderungssystem ist überhaupt kein System, sondern ein Trümmerhaufen. Die sogenannte »Festung Europa« ist in Wirklichkeit ein schäbiger Bungalow, und der Schlüssel liegt unter der Fußmatte.

So machte er noch 482 Wörter lang weiter: bessere Einwanderungskontrollen, rigoroses Vorgehen gegen »Flüchtlingsprofiteure und hauptberufliche Heulsusen«, Abschiebung illegaler Einwanderer, Aufhebung der Gleichberechtigungsgesetze. Zwar schablonenhaft, aber stark. Er griff die etablierten Parteien an, die Polizei- und Einwanderungsbehörden, natürlich »die absolut unverantwortliche ›Zeitung‹ *Examiner*« – und dann schloss er mit einem Crescendo durcheinandergeworfener Metaphern:

Wir müssen den Stier bei den Hörnern packen und dafür sorgen, dass Großbritannien nicht zur Nation der Labradoodles wird!

Das musste reichen. Die »Queen« rief gebieterisch nach ihm. Er speicherte den Text auf einer CD (er hatte beschlossen, sich nicht mehr in die Handhabung von E-Mails einarbeiten zu müssen), steckte den Datenträger in einen braunen Umschlag mit der Aufschrift »Überblick« und watschelte hinaus, um seinen Beitrag in die Hauspost zu geben. Dann watschelte er weiter zum Fahrstuhl, während er – wie immer – Sally über die Schulter den einzigen Teil des *Ulysses* zurief, an den er sich erinnern konnte: »Wir wollen uns jedoch standhaft weigern, etwelchen starken Wässern zuzusprechen, nicht wahr? Ja, das darf nicht wahr sein. Unter gar keinen Umständen.«

Die Loyalisten des *Sentinel* waren nicht die einzigen Leser, die sich über Alberts Kolumne freuten. Auf der Seite 3 des *Examiner* gab es eine unschöne Lücke, die mit etwas Aufregendem gefüllt werden musste, und die Art und Weise, in der Albert den *Examiner* erwähnt hatte, machte das Ganze zu einer persönlichen Angelegenheit. Die Überschrift war allen Ernstes dreizeilig:

Rassenunruhen! *Sentinel* nennt Ertrunkene
›Kriminelle‹ und Großbritannien eine
›Nation der Labradoodles‹!
Aktivisten fordern Entlassung des
›Hassjournalisten‹!

Es gab ein großes Bild mit der Unterschrift: »Dylan Ekinutu-Jones fordert: *Sentinel* muss ›taktlosen‹ Kolumnisten abservieren!« Es gab einen O-Ton vom »new era institute«, einer Denkfabrik mit modischen Kleinbuchstaben als Initialen: »Dieser Artikel ist bestürzend und erinnert an die schlimmsten Beleidigungen der rassistischen und populistischen Bewegungen auf dem Kontinent. Er ist unerträglich, und viele Menschen fühlen sich beleidigt.« Der Artikel schloss mit einer offenen Drohung: »Ein Polizeisprecher sagte, dass rassistische Ausfälligkeiten ›besonders ernst‹ genommen würden, aber noch keine formalen Beschwerden über den Artikel eingegangen seien. Der *Sentinel* stand nicht für eine Stellungnahme zur Verfügung.«

Als er sich am nächsten Morgen in seinem Kensingtoner Bett aufsetzte und bitteren schwarzen Kaffee trank, konnte Albert sein Glück kaum glauben. Er bereute nur, den Artikel nicht noch schärfer formuliert zu haben. »Es geht wieder los«, rief er Anthony zu und wackelte mit seinen gichtkranken Zehen, als das Telefon zu klingeln begann.

Der erste Anruf kam vom Presseredakteur. »Was jetzt? Der Alte ist außer sich!« Der Mann war noch nicht lange im Dienst und kam von der Lokalpresse aus Cornwall, weshalb Alberts wiederholtes »Ruhig bleiben!« ihn nicht wirklich zu beruhigen vermochte. Dann legte er auf; an seine Stelle trat der Rechtsbeistand des *Sentinel*, der sehr verärgert darüber war, dass dringende Anrufe aus London seinen Urlaub auf Mauritius unterbrochen hatten, und der bestätigte, dass die Polizei eine Anzeige aufgenommen hatte und Nachforschungen anstellen würde. Alberts Lösungsvorschlag belief sich auf: »Scheiß auf die!«, und der Mann, der bereits zu einem ähnlichen Schluss gekommen war, lachte halbherzig und trollte sich zurück an den Strand. Dann waren da noch belustigte Anrufe von Freunden und einer von Sally, die ihm mitteilte, dass die Büroleitungen (zu seinen Gunsten) heiß liefen. Dann war nochmal der Presseredakteur an der Reihe: Er schlug vor, dass man vielleicht besser ein wenig zurückrudern sollte, und hatte sogar schon eine Textvorlage ausgearbeitet. Er sagte, es habe einige Beschwerden gegeben. »Das ist alles abgekartet! Gar nicht beachten!« antwortete Albert und weigerte sich, sich den vorgefertigten Text auch nur anzuhören. »Sagen Sie einfach weiter ›Kein Kommentar‹, dann wird denen schon langweilig!« war sein Rat. Später nahmen die Anrufe langsam ab und versiegten schließlich. »Siehst du? Man muss sich nur durchsetzen können«, sagte er zu Anthony.

Am nächsten Tag jedoch hatten sich die Rassenunruhen verlagert und ausgebreitet – vom *Daily Digest & Register* unerbittlich abwärts über *Chronicle* und *City News* bis ganz hinab zu *Tits & Bums*. Die noch immer bekümmerte Miene von Dylan drängte sich dem Geschäftsführer ebenso auf wie dem unvermittelbaren Arbeitslosen. Albert lungerte in seinem Morgenmantel herum und las alle Artikel mit klammheimlicher Freude. Er mochte das Gefühl, von einer Welt belagert zu werden, für die er nichts als Verachtung übrig hatte. Was auch immer *die* hassten, war *ipso facto* richtig. Naja, er glaubte das nicht wirklich, aber es tat gut, so zu tun, als ob.

An diesem Tag klingelte das Telefon andauernd, und nach einer Weile hielt Albert es für geboten, einmal abzuheben. Es war schon wieder der Presseredakteur, der fragte, wo zur Hölle er gewesen sei und was das bedeuten solle. Außerdem sei die Redaktion eine Irrenanstalt, und der Alte riefe ständig an und wolle wissen, was zum Teufel eigentlich los sei. Albert ließ den Mann seinen Frust in die Leitung schreien, während er geistesabwesend ein paar Einträge des Kreuzworträtsels löste (»Handlesekunst plus Vielschreiber«... Handfläche... *Palm*... PSALMIST!). Allerdings war ihm schnell klar, dass seine Kühle nicht die beabsichtigte beruhigende Wirkung auf den Redakteur hatte, der sich – laut Albert sogar ziemlich brüsk – weigerte, bei dem verzwickten Hinweis genau senkrecht in der Mitte des Rätsels zu helfen: »Kopfschmuck für notleidende Umweltschützer«. Das Telefonat endete damit, dass sein Gesprächspartner ihm sagte, dass der Alte um Punkt drei Uhr ein persönliches Wort mit ihm reden wolle und er den Anruf annehmen müsse. »Du wirst doch da sein, oder?« »Nur keine Angst, mein Herr. Ich werde da sein.« Das war alles, und ziemlich angeme... – WIGS ON THE GREEN! Allmählich schien es doch ein guter Tag zu werden – vielleicht sogar ein sehr guter.

Der »Alte« – der Herausgeber des *Sentinel*, den Albert nur ein einziges Mal gesehen und noch nie persönlich gesprochen hatte – war pünktlich um 15 Uhr in der Leitung. Tatsächlich war der »Alte« 32 Jahre jünger als Albert. Er hatte bisher vor allem mit Provinzzeitungen gearbeitet und noch nie einen solchen Skandal an den Hacken gehabt. Seine strapazierten Nerven ließen seine Nachricht knapper ausfallen, als er es gewollt hatte.

»Hallo, äh, Albert – Dougie hier. Wir haben uns noch nie getroffen, aber ich glaube, ich kenne dich von deinen Kolumnen. Ich weiß wohl, dass du einer von unseren Klassikern bist, und ich bin quasi erst seit fünf Minuten dabei.«

Ein halbherziges Kichern. »Netter Versuch«, dachte Albert – von Mann zu Mann, Karten scheinbar auf dem Tisch, klare Worte, die in Wahrheit nicht klar waren, unfreundliche Freundlichkeit – der Versuch, Mitgefühl für »Die-Lage-in-der-ich-mich-befinde« einzuheimsen. Das hätte wirklich glänzend funktionieren können, wenn Albert die richtige Persönlichkeit dafür gehabt hätte. Schon konnte er den Kerl ein ganz kleines bisschen besser leiden.

»Die Sache ist… Albert, deine letzte Kolumne – auch wenn sie natürlich glänzend geschrieben war – sorgt für mächtige Wellen.«

»Gutes Wortspiel!«

»Was? Oh, ach so… Hahaha, ja. Jetzt mal im Ernst. Albert, ähm, der Vorstand und ich haben deinetwegen den ganzen Tag Anrufe und Beschwerden reinbekommen. Und die Vermittlung und das Internetforum glühen schier durch. Es haben ein paar Unterstützer angerufen, aber viele andere, sehr laute Zeitgenossen halten dich für gefühllos und – tut mir leid, das sagen zu müssen, ich gebe nur Feedback weiter – rassistisch. Und ich muss sagen: Wenn ich die Kolumne jetzt nochmal lese, und ich weiß ja, was du sagen wolltest… Man kann schon nachvollziehen, weshalb dieser, äääh, Eindruck entstanden ist – sogar bei jemandem wie mir, der auf deiner Seite ist!«

»Ha!« dachte Albert bei sich.

»Ich frage mich, ob dir klar ist, welche Bedeutung dieser Vorfall hat und wie aufgebracht Leute – *sehr* viele Leute! – darauf reagieren.

Leider muss ich davon ausgehen, dass dir das vielleicht völlig egal war, als du diesen Text geschrieben hast.«

Dann war alles still. »Albert?«

»Ja, ich bin noch da. Tut mir leid, Dougie, aber ich halte das Ganze einfach nicht für rassistisch. ›Taktlos‹, ›beleidigend‹, kann sein, was auch immer die behaupten – aber dafür bin ich da. Und was die angeblich beleidigten Leute angeht – wer schert sich denn schon einen feuchten Kehricht um die?! Das sind alles Wichser, jeder einzelne von ihnen – die lesen uns sowieso nicht. Dylan ›Ich bin ein Arschloch‹ Ongobongo-Langweilig, diese dumme Nutte von irgendeiner bescheuerten Gruppe, und diese krankhaften Onanisten vom *Examiner* – wer ist denn sonst noch da? Das sind nur die üblichen Verdächtigen. In ein, zwei Tagen hat sich die Sache totgelaufen.«

Die Leitung brummte vor Spannung. Diesmal war Dougie dran damit, mehrere Sekunden zu schweigen. Als er wieder sprach, klang seine Stimme schärfer. Albert bedauerte ihn beinahe und begann, eine kleine Waldszenerie auf seinen Notizblock zu kritzeln. Der Block war voller Landschaftszeichnungen, manche sahen nicht einmal schlecht aus.

»Albert. Nochmal. Ich glaube, du begreifst die Lage nicht. Wir reden hier nicht von einem normalen Artikel. Diese Geschichte hat bei jedermann einen Nerv getroffen. Du musst das doch mitbekommen haben. All die Artikel, Fernsehberichte, das Parlament wurde aus dem Urlaub zurückgerufen… Das ist ein sehr, sehr sensibles Thema, und die Geschichte wird immer und immer weiter laufen. Der Vorstand und ich bekommen Druck von Lesern, Gesellschaftern, Geschäftspartnern…«

(Jetzt kommen wir der Sache schon näher. Die Werbepartner.)

»Und die Polizei sagt, bei ihr seien Anzeigen eingegangen und sie wolle Ermittlungen einleiten. Ganz im Ernst, Albert, das kommt zu einem sehr schlechten Zeitpunkt, wenn doch gerade Umstrukturierungen bevorstehen. Wenn wir schon interne Auseinandersetzungen haben, brauchen wir nichts weniger als die Polizei, die hier herumschnüffelt. Ich will dir nicht deine Meinungsfreiheit wegnehmen, aber ich denke, du solltest erklären, was du eigentlich aussagen wolltest. Wir halten dir auf der morgigen Medienseite Platz frei. Das sollte reichen. Ich weiß, das ist lästig und langweilig, aber es ist das richtige Vorgehen.«

»Pass auf, Dougie – ich würde gern mitspielen, wirklich, aber ich glaube nicht, dass ich irgendwas geschrieben habe, wofür ich mich entschuldigen müsste. Wenn du glaubst, dass die Kolumne übel war, hättest du mal die Erstfassung sehen sollen!«

»Albert, du machst es mir nicht leicht – *wirklich* nicht leicht. Dir ist völlig egal, was ich hier langsam für Druck bekomme – und es kann nur schlimmer werden. Ich habe dich den ganzen Tag lang verteidigt...«, Albert grinste wölfisch, »... aber diese Sache verschwindet nicht einfach, egal was du denkst. Ich will keine Entschuldigung von dir. Du sollst *erklären*, was du gemeint hast – du weißt schon, das ganze kontextualisieren. Ein alter Hase wie du wäre damit in zehn Minuten fertig, und dann bin ich zufrieden und du hast deinen Arsch gerettet, und alles ist gut.«

»Für mich nicht, Dougie, für mich nicht. Ich stehe zu dem, was ich geschrieben habe, und ich muss mich nicht entschuldigen – nenn' es, wie immer du willst, es wäre immer nur eine verheulte Entschuldigung. Die Leute, die uns hassen, haben uns schon immer gehasst und werden uns auch immer weiter hassen. Wir müssen sie einfach ignorieren. Die sind *Nebbich*, Deppen, Idioten. Wenn die ganze Welt durchdreht, ist es umso wichtiger, dass *wir* die Ruhe bewahren. Das erwarten unsere Leser von uns – ein bisschen Offenheit, ein bisschen Skepsis, ein bisschen Essig im süßen Wein des modernen Lebens.«

»Du begreifst es immer noch nicht, Albert. Wie gesagt, ich habe so viel Druck bekommen, wie es noch nie gab. Nur als Beispiel: Fonesco – wie du weißt, einer unserer besten Werbekunden – will vielleicht seine Anzeigen zurückziehen; anscheinend bekommen sie dort Druck von ihren Aktionären und Kunden, sich von uns zu distanzieren, solange wir uns nicht von deinen Ansichten distanzieren. Muss ich dir etwa erklären, dass eine Zeitung von ihren Werbekunden abhängig ist? Fonesco und die anderen zahlen deinen Lohn – und meinen. Ich kann denen nicht einfach sagen, dass sie sich verpissen sollen!«

»Wir können uns doch nicht von irgendeiner schäbigen Handyfirma erpressen lassen! Das sind doch nur Nutten, nichts weiter! Die brauchen uns genauso wenig, wie wir ihre beschissenen Werbeanzeigen brauchen! Wart's nur ab – selbst, wenn die ihre nächste Charge an Inseraten zurückziehen, sind sie eine Charge später wieder mit dabei.«

Genau so war es, und Dougie wusste das (auch wenn Albert nur gemutmaßt hatte). Aus einem unerfindlichen Grund waren Anzeigen im *Sentinel* für die Telefongesellschaft deutlich ertragreicher als in anderen Zeitungen. In diesem Jahr hatte Fonesco das komplette Werbebudget in den *Sentinel* investiert und diese Entscheidung nicht bereut – bis zum heutigen Tag, an dem sich zwei Kunden, die rasend vor Wut klangen, über die Inserate beschwert hatten. Natürlich wollte man die aufkommende männliche Minderheiten-Zielkundschaft nicht unnötig verärgern, aber die Anrufe bei ihrem Werbeagenten und dessen Anrufe bei seinem *Sentinel*-Ansprechpartner waren nur ein Sturm im Wasserglas. Fonesco hatte nicht wirklich die Absicht, die Werbeanzeigen zurückzuziehen, solange der Druck kontrollierbar blieb. Sie wollten nur ihre Ruhe haben. Dougie versuchte es nochmals.

»Albert, du machst einen Fehler. Und du bereitest mir *große* Probleme. Ich bin dem Vorstand, den Gesellschaftern, unseren Lesern und der Gesellschaft Rechenschaft schuldig. Es wäre unverantwortlich von mir, nicht auf unsere Leser zu hören...«

»Unsere Leser, hä? Ich frage mich, wie viele von denen sich beschwert haben. So, wie ich die Geschichte gehört habe, haben die Telefone ununterbrochen geklingelt, und fast alle Anrufer haben mich unterstützt.«

Dougie versuchte anscheinend, einen finsteren Blick durch die Leitung zu schicken. »Ich weiß nicht, wo du das gehört haben willst.«

»Ich muss meine Quellen schützen!« Albert versuchte, den Ton aufzulockern, um seinen Gesprächspartner zu beruhigen –

der klang, als würde er von einem Drehbuch ablesen. (In der Tat hatte Dougie sich im Voraus reichlich Notizen gemacht. Als seine Sekretärin später sah, dass sie immer noch an seinem Bildschirm klebten, lächelte sie verächtlich.)

»Schau, Albert... Ich wollte es nicht so sagen müssen, aber letzten Endes bin ich dein Herausgeber, und du bist mein Angestellter. Wenn es umgekehrt wäre, könntest du sagen, was immer du willst. Aber so muss ich das Wohl dieser Zeitung im Auge behalten. Und aus diesem Blickwinkel denke ich, dass wir uns von Vorurteilen wie denen in deiner Kolumne distanzieren müssen. Offen gesagt: Ich denke nicht, dass sie in dieser Zeitung und in dieser Zeit noch einen Platz haben.«

»Will heißen: Ich habe keinen Platz mehr beim *Sentinel*. Ist es nicht so?«

Dougie hatte noch nie solch ein Gespräch führen müssen – mit einem Mann, der so viel mehr Erfahrung als er hatte und darüber hinaus nicht nur der oberste (vielleicht der einzige) Aktivposten des Blatts war, sondern auch eine säuerliche nationale Institution. Beim *Mitham Messenger* war das Leben so viel einfacher gewesen; da hatten sie selbst Kleinigkeiten per E-Mail geregelt. Jetzt hatte er ein hübsches Büro im Dachgeschoß, mit St. Paul's in Sichtweite und einem ganzen Haus voller ehrfürchtiger Diener, die er allesamt per Knopfdruck oder Anruf sofort zusammenrufen (oder verscheuchen) konnte, doch er fühlte sich wie ein Lehrling, der in eine fremde Firma hineinspaziert war. Tröpfchen des Unwohlseins sprenkelten den fleckigen weißen Rücken seines einwandfrei handgearbeiteten Hemds. Er war nicht bereit für diese Konfrontation – noch nicht.

Und auch wenn der Vorstand nicht gerade glücklich über eine mögliche polizeiliche Ermittlung war, so waren dessen Mitglieder doch entspannter, als er es dargestellt hatte. »So ist Albert nun mal. Das ist sein Ding. Ich glaube nicht, dass wir momentan irgendetwas unternehmen müssen, oder, Gentlemen?«, hatte der Vorsitzende mit einem glitzernden Lächeln gefragt, bevor sie alle zu ihrem monatlichen gemeinsamen Mittagessen im »La Belle Cuisine« aufgebrochen waren. Und Dougie hatte es mit oberflächlicher

Duldsamkeit hingenommen, während die Vorstandsmitglieder, die er vor der Versammlung bearbeitet hatte (und die ihm recht gegeben hatten) das Lächeln des Vorsitzenden loyal erwiderten. Er war nicht bereit für diese Konfrontation – noch nicht. »Natürlich ist es nicht so, Albert. Versteh mich bitte nicht falsch. Du bist eine Institution, und wir wollen dich auf keinen Fall verlieren. Ich glaube, wir haben uns beide ein bisschen verrannt, findest du nicht auch? Ich habe ganz deutlich gesagt, dass ich nur den besten Weg für uns alle suche. Letzten Endes stehen wir doch auf derselben Seite!«

»Dougie, sowas hat es früher schon gegeben und wird es auch in Zukunft geben. Das alles wird in ein paar Tagen vergessen sein. Warte es nur ab. Nächste Woche ist das hier bereits graue Vorzeit.«

Als sie ihr Gespräch ein paar Minuten später beendeten, hätte man denken können, sie stünden einander angemessen freundlich gegenüber. Aber als sie aufgelegt hatten, saßen beide Männer da und starrten einen Moment lang ihr jeweiliges Telefon an. Das war die deutlichste Warnung gewesen, die Albert je bekommen hatte, und einen erbärmlichen Moment lang fragte er sich tatsächlich, ob er in der nächsten Kolumne einen Gang zurückschalten sollte.

Aber dann schob er den unwürdigen Gedanken zur Seite und machte sich daran, Kaffee zu kochen, während er *Wondrous Machine* vor sich hin summte. *Das* war vielleicht ein Lied! Es war so perfekt, dass es seine gesamte Arbeit ins rechte Licht rückte. Unterm Strich war er ein Lohnschreiber für eine der schlechtesten Zeitungen Englands, während Purcell ein instinktsicheres, alles übersteigendes Genie gewesen war.

To thee the warbling Lute,
Though us'd to Conquest,
must be forc'd to yield:
With thee unable to dispute.

»Mit dir lässt sich nicht streiten«, oh ja, armer toter Henry P. – der hatte sich mit 36 Jahren die Lunge rausgehustet und war gestorben, während Albert immer weiter und weiter machte. Aber an wen von beiden würde man sich stets erinnern?

Währenddessen trommelte ein weitaus weniger gefasster Dougie auf seinem Schreibtisch herum, während sich sein verkniffenes Gesicht allmählich entspannte und der Schweiß unter dem feinen Zwirn seines Hemds trocknete und kalt und ungemütlich wurde. Dann hob er das Telefon aufs Neue ab und rief in der Werbeabteilung an. Es war noch nicht vorbei. Es war noch lange nicht vorbei.

Kapitel X

EUROPA, HAUSNUMMER EINS

Kallea, Griechenland

Es war gerade erst kurz nach zwei Uhr morgens, und sie waren in *Europa*. Ibrahim ging, leicht verwirrt, ein Stück vor den anderen den Weg hinauf, der vom Strand weg- und an einem hässlichen Betongebäude vorbeiführte, in dem Elektrizität brummte. Von diesem Geräusch und dem der Wellen abgesehen, war alles still und erwartungsvoll – doch die Reisenden sprachen nur flüsternd miteinander. Sie konnten die Silhouette eines Bergs sehen, die sich vor den Sternen abzeichnete, die Lichter einer kleinen Stadt und die verstreuten Funzeln von Gehöften.

Von der abgelegenen Küste her kam eine schwache Brise, während sie sich dem unvermeidlichen Zusammentreffen mit den Europäern entgegenschleppten – mit den gefürchteten Behörden. Etwas, das alle zwölf gemeinsam hatten, waren üble Erfahrungen mit Regierungsorganen, und trotz all der Geschichten, die sie dazu angestachelt hatten, in diesem historischen Augenblick an dieser Küste zu landen, teilten sie die dumpfe Befürchtung, dass westliche Regierungen vielleicht nicht so wohlgesonnen sein könnten, wie man ihnen weisgemacht hatte.

Sie erreichten Hausnummer eins in Europa, einen einstöckigen, von pechschwarzen Geranien gefleckten Bungalow mit einer niedrigen Mauer zur einspurigen Straße hin. Drinnen bellte ein Hund erst vorsichtig, dann selbstbewusster; tiefe und schwerfällige Geräusche eines großen Tiers, die bei einigen der Immigranten unschöne Erinnerungen wachriefen. Sie eilten mit gesenkten Köpfen vorbei, und als die Hauseigentümerin endlich aufgestanden war, um nachzusehen, was ihren Hund so aufgeregt hatte, waren sie bereits hunderte Meter weit weg und im oliv-braunen Dunkel verschwunden – Phantome, die außerhalb jeder Wahrnehmung und unter aller Kritik vorbeihuschten. Sie zwangen sich instinktiv zum Schweigen und gingen so leise wie möglich, wann immer sie an einem der abgelegenen Häuser vorbeikamen, auch wenn diese oft unbewohnt aussahen. Ihre Herangehensweise an den sagenhaften Kontinent war alles andere als beeindruckend.

Nach ungefähr zwei Stunden hob sich der erste goldene Schein über den Horizont, und die Straßenlaternen, auf die sie zuliefen, schienen zu verblassen. Im Unterholz begannen sich Vögel zu regen, und über die Felder hinweg schlug ein junger Hahn tapfer Alarm. Zitronen- und Kirschbäume säumten die Straße, wenngleich die Früchte sich gerade erst ausbildeten. Mit anbrechendem Tageslicht begannen die Wanderer, eher zu sprechen als zu flüstern, und einer fing an, einen beliebten ägyptischen Popsong vor sich hin zu summen – es war eine eingängige Melodie, und schnell stimmten alle anderen ein. Es hatte keinen Sinn mehr, sich zu verstecken, und selbst wenn: Das Sonnenlicht enthüllte einen Landstrich ohne Deckung, ohne Straßen bis auf die, auf der sie liefen, und ohne Siedlungen bis auf die namenlose Kleinstadt.

Schließlich erreichten sie die Ungewissheit des Stadtrands – ein Gewerbegebiet, verschlossene Garagen, eine Baustelle mit allerlei Löchern, wo einmal Abwasserrohre und Laternenpfähle platziert werden sollten, zusammengestückelte Felder, die noch zur Bebauung verdammt waren, fliegenübersäter Müll, Glassplitter. Dieser Ort sah ausgesprochen enttäuschend aus. Von der Stadt her näherte sich ein Auto. Der Fahrer beglotzte den unerwarteten Anblick, insbesondere den Ägypter, der sich gerade in den baldigen Vorgarten eines baldigen teuren Ferienhauses erleichterte. Das Auto fuhr an ihnen vorbei, wendete dann und raste zurück, so als wolle es die Stadt aufwecken.

Als sich die Prozession, abgeschlafft von ihrer Wanderschaft, auf dem Stadtplatz niederließ, wartete bereits ein Polizist auf sie, der sich der Pistole an seiner Hüfte ungewöhnlich bewusst war und mit einer aufgebrachten alten Dame sprach. Von der Hauptstadt her näherte sich ein Minibus mit Touristen, die die Gruppe im Vorbeifahren anstarrten – käsige deutsche Gesichter, die den Anblick missbilligten und ihre eigene Missbilligung hassten. Schließlich kam ein Polizeibus, und die Reisenden wurden an Bord gehievt. Der Fahrer starrte sie alle einzeln an und öffnete mit Nachdruck sämtliche Fenster, als habe er einen besonders unangenehmen Geruch bemerkt, ehe er das Radio besonders laut aufdrehte. Dann fuhr er schneller als unbedingt notwendig davon, so als ob seine Passagiere jeden Straßenhuckel und jedes Schlagloch spüren sollten. Tröpfchenweise durchlief sie alle eine unheilvolle Vorahnung. Ibrahim bemerkte, wie Maged das in Antalya gekaufte Küchenmesser in der Seite eines der Sitze verbarg; er sah, wie Ibrahim ihn beobachtete, und grinste schwach.

Bald erreichten sie die Hauptstadt, die wie einer der übleren Stadtteile von Basra aussah, nur dass es hier anstelle der Minarette Kirchen und seltsame Werbetafeln gab, darunter eine mit einer beinahe nackten Frau. Maged stieß Ibrahim in die Seite und zeigte darauf; dann schielte er nach dem Bild, bis der Bus um eine Kurve bog. Die Stadt war sauberer als Basra, und ihre Schaufenster quollen über vor Waren. Trotzdem waren sie offensichtlich nicht im Paradies, und in Ibrahim verbreitete sich Unbehagen. Hatte er für *das hier* so viel auf sich genommen?

Männer zogen Sicherheitsjalousien hoch, und Autos schnurrten mutlos die engen Straßen entlang. Ein paar Einwohner bemerkten die fremden Gesichter, die aus den Seitenfenstern des Busses herausstarrten, und ein sehniger Mann mit Bart spuckte in den Rinnstein, als sein Blick den Ibrahims traf.

Die Kunde hatte sich bereits bis nach Athen verbreitet – und wurde von Regierungsbeamten, die gerade ihre Büros betraten, mit Aufstöhnen quittiert. Die Athener Abendzeitungen würden mit der Geschichte aufmachen, und ein junger Mitte-Rechts-Politiker begann eine glanzvolle, nutzlose Karriere mit der Rede, die er um 15:15 Uhr gab, während sich Schlussredakteure auf der ganzen Welt fragten, wo sie den kleinen Schnipsel aus Griechenland noch einschieben sollten. Unterdessen sang Selim in seinem Steuerhaus lüsterne Lieder, und seine Vettern fielen bei den Refrains mit ein, während sich die *Fatima* durch frisches und kristallklares Wasser auf die Heimat zuschob.

Auf der *Fatima* war ihnen die Zeit unbedeutend vorgekommen, doch nun wurden die Flüchtlinge klassifiziert und durchgereicht von den vereinten Kräften der Präfektur Dodekanes, Athens und – weit entfernt im unvorstellbar hohen Norden – hoher Büroräume, von denen aus man klassische, mit Statuen übersäte belgische Parks überblicken konnte. Ankara gab zu verstehen, dass man dort (natürlich) von nichts wusste, aber seine Sicherheitsverpflichtungen sehr ernst nehme und bereit sei, Millionen von Lira in diesen Sektor zu investieren. Dieses so sensible Thema bedürfe einer besseren Integration der Arbeitsprozesse, hieß es aus Ankara. Überall in der westlichen Welt nahmen Flüchtlingsaktivisten und Stiftungsmitarbeiter die Existenz der »Kallea 12« zur Kenntnis.

Das Ortsgefängnis von Kallea war für die gelegentlichen Dynamitfischer und betrunkene Touristen vorgesehen, und so fluteten die Neuankömmlinge bis in den Eingangsbereich der Polizeiwache hinein, wo sie unter den Augen des unbeeindruckten Wachhabenden Kaffee tranken. Er sprach kein Arabisch, niemand von ihnen sprach Griechisch, und scheinbar hatte niemand seinen Pass oder andere Dokumente am Mann behalten. Die zwei Parteien starrten einander unbehaglich an. Dann kam ein Arzt und behandelte einen der Sudanesen, der eine Platzwunde am Arm hatte, indem er ein großes Heftpflaster darauf klebte – eine rechteckige, beige Insel im ebenholzschwarzen Meer seiner Epidermis. Andere Polizisten schlenderten heran, schauten sich um, schüttelten die Köpfe, murmelten etwas oder neckten den Wachhabenden und gingen dann wieder. Die überbeanspruchte Latrine machte sich allmählich ausgreifend bemerkbar. Sandwiches wurden gebracht und waren schnell verschwunden; einige waren mit Frühstücksfleisch vom Schwein belegt, doch die Männer wussten es nicht, und es hätte sie auch nicht gekümmert. Durch die mit Jalousien versehenen Fenster war Straßenlärm zu hören. Gelegentlich war irgendwo im Gewirr der Räume jenseits der Rezeption die gereizte Stimme des Polizeichefs zu hören. Hoch oben in den früher einmal cremefarbenen Ecken der Wände tummelten sich Fliegen. Warm. Stickig. Ibrahim nickte ein, schreckte hoch, nickte wieder ein.

Ein paar Stunden später erschien ein forsch aussehender Zivilist zusammen mit einem Dolmetscher, und es entspann sich ein Frage-Antwort-Spiel mit den Männern, in dessen Verlauf diese herzhaft logen und höflich so taten, als würden sie einen Teil ihrer Geschichten selbst glauben. Um elf Uhr hatte der Zivilist eine E-Mail nach Athen geschickt, wonach die Neuankömmlinge – Staatsangehörigkeit fraglich – allesamt Asyl beantragten, und (sehr zur Erleichterung der Polizisten) empfohlen, sie nach Lavrio zu bringen. Bislang hatten die Menschenschmuggler Kallea nicht auf dem Schirm gehabt, und je schneller die unheilvolle Vorhut die Insel verließ, desto besser. Schnell kam man überein, dass das natürlich sehr schlimm für die Flüchtlinge sei, aber Kallea war eben einfach zu klein, um mit ihnen zurechtzukommen. Sie wollten nicht zum griechischen Lampedusa werden. Sie hatten weder die Infrastruktur noch die Ressourcen dafür, und die Fremden würden unter ihresgleichen in Athen besser dran sein.

Das Flugzeug würde erst am nächsten Morgen kommen, und so blieb die Sorge, Unterbringungsmöglichkeiten für die Nacht zu finden, an der Polizei hängen. Die Verhandlungen dauerten den ganzen Nachmittag, weil die örtlichen Hotels, Sport- und Gemeindehallen alle ungewöhnlich ausgebucht waren, und der herumtelefonierende Polizist sagte den Besitzern im Vertrauen, dass er es ihnen nicht verübeln konnte.

Schließlich wurde den Männern Unterschlupf in einer nahegelegenen Kirche angeboten. Den Priester, einen wortgewaltigen Unterstützer der sozialistischen Partei PASOK, grauste es insgeheim bei der Aussicht darauf, die Männer in seiner makellosen Kirche mit ihren berühmten byzantinischen Mosaiken zu haben – und er nahm es dem immer schlecht rasierten Polizeichef, der ebenso ein notorischer Gottloser war wie ein Unterstützer der Nea Dimokratia, sehr übel, dass der ihn mit einer spöttischen Bemerkung darauf hingewiesen hatte, dass es schließlich seine christliche Pflicht sei.

Er hasste sich selbst für seine Zurückhaltung, als er persönlich die selten benutzten Doppeltüren öffnete und den Migranten beim Aufbau der Feldbetten half. So viel Betriebsamkeit hatte die Kirche seit Jahren nicht gesehen. Der Priester entfernte das venezianische Silberkruzifix, den Abendmahlsteller und die Kerzenhalter vom Altar und eine wertvolle Ikone aus dem 17. Jahrhundert aus der Sakristei. »Die Sachen könnten im Weg stehen«, erklärte er dem beaufsichtigenden Polizeibeamten, »und außerdem will ich diese braven Seelen nicht reizen.« Der Polizist kräuselte voller Zynismus seine Lippen. Ibrahim bemerkte, was der Priester tat, und fühlte sich ein wenig beleidigt – aber andererseits gefiel ihm der Anblick dieser Sudanesen auch nicht.

Er war zum ersten Mal in einer Kirche. Diese war ein einfaches, gekalktes, extrem kaltes Gebäude, schmutzig weiß bis auf ein paar Bruchstücke von Fresken – das halbe Gesicht eines grünäugigen Heiligen oder Königs mit goldenen Haaren, eine winzige Basilika in seiner übriggebliebenen Hand – und mit rund überwölbten, glatten Wänden, in denen es kleine Oberlichter gab. Die Kirche stank nach Feuchtigkeit und Nichtbenutzung anstatt nach den muffigen Socken, die er mit seiner eigenen theologischen Tradition verband.

Dann tauchte ein Reporter der *Kallea News* auf, sehr zum Verdruss des Polizeichefs, der von der Zeitung oft kritisiert worden war. Er verweigerte ihm die Erlaubnis, mit den Männern sprechen zu dürfen, aber der Priester stimmte bereitwillig zu, Fotos von sich mit seinen »Gästen« machen zu lassen. Er erläuterte lang und breit, wie viel Mühe sich die Kirche gab, sie zu unterstützen, dass es sich hierbei »nicht um ein Problem, sondern um Vorsehung« handle, und betonte, dass die Kirche unbedingt den Bedürfnissen der modernen Welt entsprechen müsse, »weil wir doch irgendwo alle auf der Suche nach Zuflucht sind«. Reporter und Fotograf konnten zufrieden wieder gehen; das hier war ihre größte Story seit Jahren.

Ibrahim war die Aufmerksamkeit zuwider, und er war dankbar, als schließlich nur noch ein einzelner gelangweilter Polizist am anderen Ende der Kirche übrig war, der seinen Stuhl an die Wand lehnte. Der Dolmetscher hatte bekanntgegeben, dass man ihnen um acht Uhr morgens wieder Essen brächte und sie um neun Uhr abreisen würden. Die Flüchtlinge diskutierten ausgiebig darüber, wie es in Lavrio wohl weitergehen mochte, aber so faszinierend diese Mutmaßungen auch waren, wurden sie doch einer nach dem anderen vom Schlaf übermannt, und die Unterhaltung stockte, um schließlich ganz abzubrechen. Ibrahim lag noch eine Weile wach und starrte auf das hohe weiße Gewölbe oder hinüber zum Polizisten, der im Schein einer Taschenlampe seine Fingernägel mit einem Schlüssel reinigte. Er dachte wieder an Mädchen und sehnte sich danach, zu masturbieren. Doch hier befand er sich an einem heiligen Ort; es wäre eine Respektlosigkeit. Er hatte keine Ahnung von Gebeten, und aus Achtung vor diesem Ort versuchte er, die Lücke irgendwie zu füllen – einfaches, repetitives Gemurmel, Gemurmel, M-u-r-m-e-l…

Da war eine Bombe am Straßenrand, und alles rannte und schrie, und das Blut…

Es war eine beinahe überwältigende Erleichterung, mit einem Grunzen hochzufahren und sich an diesem Ort wiederzufinden, der von einem rauschenden Schnarchen erfüllt war – mittlerweile selbst vom fertig manikürten Polizisten. Ibrahim blickte mit zutiefst dankbaren Augen auf zur kaum erkennbaren Decke.

Ein eisiger Luftzug; lebhaftes Klappern von Sandalen auf Steinplatten; Klirren und Scheppern; Kaffee. Der Polizist mit den sauberen Fingernägeln scherzte mit zwei Frauen, die Rührei, Brot, Weinbeeren, Bananen und Kaffeetassen brachten. Ibrahim schlug die Augen auf und sah grelles Sonnenlicht außerhalb der offenen Türen, und Maged setzte sich mit einem gewaltigen Furz auf. Ibrahim sagte:»Ich kann nicht glauben, dass du das gesagt hast, Tariq!«, und beide lachten brüllend.

Nach einem hastigen Frühstück wurden sie nach draußen auf die Treppe geführt, an deren Fuß ein alter Bus wartete. In der Mitte des Platzes stand die Statue eines Mannes mit gezogenem Schwert, ein berühmter Verteidiger der Insel aus dem 15. Jahrhundert – ein Bollwerk des Wahren Glaubens, mit der Hilfe eines Verräters durch die Hintertür geschlagen und von johlenden Türken vor der geplünderten Stadt gekreuzigt. Sein Kopf war an die Hohe Pforte geschickt und dort in den Bosporus geworfen worden. Die Statue war unmittelbar nach der griechischen Unabhängigkeit errichtet worden, Tribut einer wiederauferstandenen Nation an heldenhafte Unzulänglichkeit.

Sie fuhren durch ein Ödland aus weißen und terrakottafarbenen Gebäuden, ehe ihr Bus durch die Absperrungen des Flughafens gewunken wurde. Die Männer brachte man in einen speziellen Warteraum, während ihr Gepäck durchsucht wurde (allerdings nicht ihre Körper) und ihre Namen mit dem unzuverlässigen Stammblatt abgeglichen wurden.

Auf dem Flugfeld wartete ein Militärtransporter, schwarz-grün gemustert bis auf je eine blau-weiße Kokarde auf jedem Flügel und blau-weiße Streifen am Heck; er war am Morgen von Kalamata her eingetroffen. Die Männer wurden gemeinsam die Laderampe hinauf und in den kühlen, hallenden Bauch der Maschine hineingeschickt, wo sie ein unwirscher Aufseher grob auf seitlich angebrachte Bänke schubste und ihnen das Sicherheitsgeschirr anlegte. In seinem Gesicht stand klar zu lesen, dass ihre Sicherheit nach seinem Da-fürhalten das Unwichtigste auf der Welt war. Als sie alle verstaut waren, drückte er einen großen gelben Knopf, und die riesige Heckluke schwang hydraulisch zu. Ibrahim sagte zu Maged, dass dies ihr letzter Blick auf ihren ersten Eindruck von Europa gewesen sei, und war sehr zufrieden mit seinem Wortspiel.

Sie alle waren zum ersten Mal in einem Flugzeug. Nachdem Maged ihn für seine Seekrankheit geschmäht hatte, bereitete es Ibrahim nun hämische Freude, wie Maged seinerseits immer angespannter aussah. Er selbst fühlte sich recht entspannt, aber betete trotzdem im Stillen, als die große Maschine ihren Rock anhob, tief Luft holte und Fahrt aufnahm. Ein paar von ihnen blickten sich an und versuchten zu lächeln; andere hatten ihre Augen fest zusammengekniffen, als das Flugzeug abhob. Die Rüttelei hörte auf, Ohrdruck baute sich auf und bahnte sich knackend einen Weg nach draußen, während sich die Maschine nach Nordwesten wandte.

Wann immer das Flugzeug eine Kurve flog, sahen sie durch die wenigen Fenster im Rumpf tief unter ihnen die altertümliche Geo-graphie krauser, verspukter Inseln, die über das silbrige Laken des Meers verstreut waren. Es war sehr kalt – die meisten von ihnen hatten nur dünne Kleidung am Leib –, und der Lärm ließ keine Gespräche zu, während einer der Ägypter Eier und Kaffee auf die Planken kotzte. Mit noch größerer Düsternis im Blick schaute der Aufseher weg und zog seinen gestiefelten Fuß vor dem dünnen Rinnsal zurück.

Nach einer knappen Stunde begannen sie ihren langen Sinkflug und sackten in einige Luftlöcher hinein – ein Gefühl, das Ibrahim gefiel, besonders als er sah, wie viel Angst Maged hatte. Auch der Ruck und die rückwärts rasenden Motoren beim Aufsetzen machten ihm nichts aus, aber trotzdem klatschte er gemeinsam mit den anderen in ehrlicher Dankbarkeit, Dankbarkeit für das menschliche Können und den göttlichen Schutz. Die Motoren kamen zum Stillstand, und der Flieger drückte erneut seinen gelben Knopf, um einen wachsenden Ausschnitt von Griechenland hereinzulassen. Er hatte die gesamte Reise über kein Wort gesagt. Seine Gäste wurden roh auf einen mit einer Plane abgedeckten LKW verschoben. Dann sprangen zwei behelmte Soldaten mit Gewehren und Abzeichen auf den Armen, die einen doppelköpfigen Adler zeigten, auf die Ladefläche, schlugen die Heckklappe zu und klappten die Schläge herab.

Die Fahrt zur Asylbewerberunterkunft in Lavrio dauerte über zwei Stunden – währenddessen stiegen die Dieselabgase durch den gerissenen hölzernen Bodenbelag des Lastwagens in den beinahe luftdichten Innenraum. Ibrahims Großspurigkeit darüber, der Flugübelkeit entgangen zu sein, wich Wellen des Brechreizes und der Kopfschmerzen, die nicht nur über die Flüchtlinge, sondern auch über die Soldaten hereinbrachen, als sich die Abgase überall festsetzten und sie mit einem Schmutzfilm zu überziehen schienen. Ihre Hintern schmerzten von den ungepolsterten Bänken, und sie waren entsetzlich durstig. Und zu allem Überfluss konnten sie nicht einmal nach draußen schauen. Am Ende jedoch kamen sie irgendwie in einem Büro in einem Fertighaus an und mussten sich in einer Reihe vor einem langen Tisch aufstellen, hinter dem ein müde aussehender Polizist, eine wunderschön gekleidete Frau mit zusammengebundenen, blondierten Haaren und einem großen Stapel Papiere sowie ein dicker und krank wirkender Übersetzer saßen. Letzterer erklärte ihnen, dass sie sich jetzt im offiziellen Flüchtlingsheim befänden und hier bleiben müssten, bis über ihren Status entschieden worden sei. Über die Einhaltung ihrer Menschenrechte würde eine Anwältin wachen, Mrs. Karatakis. Die gut angezogene Frau sprach durch den Übersetzer.

»Willkommen in Griechenland. Mein Name ist Ioanna Karatakis, ich bin Menschenrechtsanwältin. Ich weiß, dass Sie Mühen und Gefahren auf sich genommen haben, um so weit zu kommen, und ich bin entschlossen, Ihre unverbrüchlichen Menschenrechte zu wahren. Die Zustände hier sind unerfreulich. Das Heim ist überbelegt, und Sie werden kein Geld verdienen können. Sie werden mehrere Monate lang hier sein, vielleicht länger – ohne Garantie, dass Ihre Asylanträge Erfolg haben werden. Bitte seien Sie sich sicher, dass man Sie nicht vergessen hat, auch wenn sich alles sehr lange hinzieht. Viele, vielleicht alle von Ihnen *werden* die rosafarbenen Karten bekommen und das Recht haben, in Europa zu bleiben. Wenn Sie mich oder einen meiner Mitarbeiter zu sprechen wünschen, teilen Sie das einem der Wachmänner mit; die sind dazu verpflichtet, mein Büro zu benachrichtigen. Unterredungen mit mir oder meinen Kollegen unterliegen der Vertraulichkeit. Zusammen können wir dafür sorgen, dass Ihr Aufenthalt erträglich verläuft – und sicherstellen, dass Ihnen Ihre Menschenwürde bleibt.«

Im Anschluss stellte der Übersetzer jedem Asylsuchenden die gleichen Fragen und bekam die gleichen Antworten – Name, Nationalität, Geburtsort, Beruf oder Beschäftigung, Grund für den Aufenthalt in Griechenland, ob sie Asyl beanspruchten, ob ihnen klar sei, dass der unberechtigte Asylanspruch eine Straftat sei, ob sie vorbestraft seien, ob sie jemanden in Griechenland kennten, ob sie an übertragbaren Krankheiten litten, ob sie Medikamente bräuchten, ob sie jemals Mitglied dieser oder jener Gruppe gewesen seien.

Die Anwältin fuhr mehrmals scharf dazwischen, und zweimal musste der Polizist etwas ändern, das er gerade notiert hatte. Während das so ging, sahen die Reisenden sie voller leidenschaftlicher Mutmaßungen an. Ibrahim bewunderte ihre hübschen Kleider, ihre sauberen Hände und ihre grünen Augen, wie in einem der Kirchenfresken. Nach einer Weile erkannte er, dass sie sich der prüfenden Blicke der Migranten bewusst war – und sie genoss. Ihre Kombination aus Kühle und Zugänglichkeit erregte ihn.

Die Prozedur dauerte nicht lange; einige von ihnen sagten die Wahrheit, die anderen hatten ihre Geschichten gut gelernt. Ibrahims sorgfältig durchdachte Legende – Sympathisant der Marsch-Araber, ehemals von Saddams Polizei und noch heute von Loyalisten gesucht, Vater und Mutter hingerichtet, auf seine Unterstützung angewiesene Schwestern – war überzeugender als manch andere, und er war sich sicher, dass Mrs. Karatakis ihn mit besonderem Interesse gemustert hatte. Sie verließ schließlich den Raum – absichtlich aufreizend, wie für ihn feststand. Ibrahim war zwar nicht ganz klar, was Menschenrechte sein sollten, aber es fühlte sich gut an, sie zu haben.

Kapitel XI

ROHE AHNEN

Crisby St. Nicholas
Mittwoch, 5. August – Donnerstag, 8. August

Die Rettungswagen waren verschwunden und die Polizeipräsenz hatte sich verringert, auch wenn einige Bereiche des Strands noch immer abgesperrt waren. Crisby sah fast aus wie immer – doch das globale Dorf hatte noch lange nicht vor, wieder Normalität einkehren zu lassen. Crisby hütete Geheimnisse, die dringend ans Tageslicht gezerrt werden mussten.

Der nach links tendierende *Weekly Meteor* ritt die erste Attacke und erinnerte seine Leser daran, dass die Farmer ihre Waffen »... zu Hause und immer griffbereit haben – und ein solcher Griff ist extrem verlockend für gesellschaftlich Abgehängte. Die Regierung muss JETZT handeln und dieses tödliche Schlupfloch schließen!«

Das *Bugle* übertrumpfte seinen Konkurrenten noch, indem es Dr. John St. Germains – den »Promi-Seelenklempner«, der berühmter war als viele seiner Patienten – engagierte, um eines seiner gefeierten »Psychopathologischen Profile« zum Fall zu schreiben. Ein solcher Artikel war nicht nur angemessen, sondern auch nützlich: Der Herausgeber zählte darauf, dass ein klarer Standpunkt in dieser Sache positiven Einfluss auf eine laufende polizeiliche Ermittlung gegen das Blatt bezüglich eines kürzlichen Leitartikels über Moslems nehmen könnte.

»Psychopathologisches Profil #25: Der rassistische Redneck« kam untermalt von einem bearbeiteten Standbild aus dem Film *Wer Gewalt sät* daher, das einen blutbesudelten Kleinbürger mit Schrotflinte im Arm zeigte. Am Revers hatte er einen Anstecker mit Rotkehlchenlogo, wie man ihn bei der National Union trug – bloß war der Vogel sachte nachgebessert worden, um stärker wie ein gewisses deutsches Adlersymbol auszusehen. Quer über die geäderte, zornrote Stirn des Manns stand »HASS!!!« geschrieben, in einer Schriftart, die an tropfendes Blut erinnerte. St. Germains stieg mit einer Anspielung auf seine Kindheitslektüre ein:

Sherlock Holmes: »Nach meinen Erfahrungen bin ich fest überzeugt: Die verrufensten Gassen Londons liefern keine so reiche Ausbeute an Missetaten als dieses lachende Gelände hier.« Dr. Watson: »Das klingt ja ganz entsetzlich!«

Es klingt in der Tat entsetzlich – besonders dann, wenn man wie Holmes und Watson an einem perfekten englischen Sommernachmittag mit dem Zug durch den Lustgarten der Provinz fährt. Aber Holmes hatte wie immer recht. Die menschliche Natur bleibt die menschliche Natur, egal ob man sie nun auf der Straße oder auf dem Feld antrifft, und egal ob ihr Inhaber Turnschuhe oder grüne Gummistiefel trägt, ob er einen Jaguar oder einen Traktor fährt. Die Tragödie von Eastshire hat die haarsträubende Spukgestalt des rassistischen Rednecks hervorgebracht – eine schwärende Jauchegrube der Vorurteile, die umso hässlicher ist, weil sie im »lachenden Gelände« beheimatet ist.

Wir lieben die ländlichen Gegenden für ihre konservativen Werte und ihren Sinn für Identität. Aber was, wenn sie damit zu weit gehen? Was, wenn sich in der Einsamkeit irgendeines abgelegenen Bauernhofs, in irgendeinem trostlosen und windumtosten Marschland, in den Herzen einiger Ungebildeter oder Erfolgloser die Entfremdung aufgestaut hat? Wir professionellen Psychologen nennen das das Selkirk-Syndrom, nach dem realen Schiffbrüchigen Alexander Selkirk, der die Vorlage für *Robinson Crusoe* lieferte. Viele abgelegen lebende Farmer sind fast genauso gestrandet wie Alexander

Selkirk. Im 19. Jahrhundert beschrieb der Naturdichter John Clare, wie die Häusler »von ›Lonnd'n‹ reden wie vom Ausland« und »alles Neue mit Misstrauen ansehen«. In gewissen Landstrichen hat sich das nicht geändert. Von Ignoranz zu Abscheu ist es nur ein kurzes Stück. Tatsächlich wäre es eine Überraschung, wenn *nicht* irgendwer den letzten logischen Schritt vollzogen hätte. Erst im vergangenen Jahr hat Jake Jiggins, der am Selkirk-Syndrom litt, nur 43 Meilen von Crisby entfernt in einer ruhigen Allee seine Exfrau, ihren Liebhaber und zum Schluss sich selbst erschossen. Er hatte sich um finanzielle Unterstützung bemüht und sogar an den Landwirtschaftsminister geschrieben, aber keine Hilfe erhalten. Er war ein verschlossener und unartikulierter Mann, der den Großteil seines Lebens mit einsamer Arbeit verbrachte und manchmal tagelang niemanden zum Reden um sich hatte. Seine Familie war immer in der Landwirtschaft tätig gewesen, wortwörtlich im Schlamm steckengeblieben, und Jiggins war in seinem Leben nur ein einziges Mal im Ausland. Er war ein Trinker und wurde von der Polizei verwarnt, nachdem er seine Frau angeblich geschlagen hatte. Dann vergaß ihn die Polizei und erneuerte sogar seinen Waffenschein, nur zwei *Jahre*, bevor er seine Frau und ihren neuen Mann erschoss. Die Leute vom Land sind im wahrsten Sinne des Wortes marginalisiert, und viele haben den Eindruck, dass die Regierung gegen sie eingestellt ist. Sie sind nur allzu anfällig für Schuldzuweisungen – im Rahmen einer ironischen Überidentifikation mit der Gesellschaft, die sie abgeschrieben hat. Und welches Ziel wäre für sie naheliegender als die Angehörigen offensichtlicher Minderheiten, die als Verbrecher zu sehen sie von den Medien konditioniert wurden? Diejenigen von uns, die das Glück haben, in weltbürgerlichen Gegenden zu leben, können durchschauen, wie die Medien die Wirklichkeit entstellen – aber die Landbewohner haben keine solchen Möglichkeiten, die zahllosen negativen Darstellungen allseits bekannter Minderheiten zu entlarven. Jemand, der so desillusioniert und instabil ist, ist sehr anfällig für fremdenfeindlichen Extremismus. In Jiggins' Wahlbezirk errang die rechtsextreme National Union im vergangenen Jahr in einer Nachwahl 15,1 Prozent der Stimmen. Der verstorbene christdemokratische Unterhausabgeordnete dieser Region, Sir Barnaby Figgs, war einstmals Vorsitzender der ultrarechten Wahren Christlichen Demokratie. Unser mutmaßlicher Selkirk-Patient dürfte sehr wahrscheinlich von Kindesbeinen an rückständigen oder rassistischen Ansichten ausgesetzt gewesen sein – und im Brutkasten seiner Isolation wurden sie genährt. Sie konnten sich nur allzu leicht zu einer Rekorderne des Schreckens auswachsen.

Im Spätprogramm legte ein Professor der Sozialanthropologie die manikürten Fingerspitzen aneinander und seufzte, dass sich viele einfache Leute entrechtet und machtlos fühlten; deshalb sei es »… theoretisch möglich, dass eine Einzelperson in dieser Weise überreagiert haben könnte – wer weiß schon, was alles passieren kann, wenn eine Waffe in Griffweite ist? Ein Anflug des Wahnsinns, der zu einer grauenvollen Tat führen kann …«

Ungefähr zur selben Zeit war auf einem ganz anderen Sender der Bettgefährte von Imogen Williams zu sehen, Scum, der Pfarrerssohn, der bei Atrocities Against Civilians sang. Er legte die Karten auf den Tisch: »Irgendso'n scheiß Bauer hat die Bastarde umgelegt!«

Diese düsteren Unterstellungen tröpfelten bald ins leichtgläubige Crisby hinein. Selbst diejenigen, die schon immer in der Gegend gelebt hatten und jeden kannten, beäugten ihre Nachbarn nun abschätzig – besonders die, die sie noch nie hatten leiden können. Einige waren sich ihrer eigenen unterdrückten Gefühle allzu bewusst, und das spornte sie noch mehr an, nach äußeren Störungsquellen zu suchen. Natürlich war die Vorstellung lächerlich, dass

jemand aus Crisby etwas so Furchtbares getan haben könnte –
aber... Da war immer dieses *aber*, das wie eine Fledermaus über
allen Gesprächen flatterte. Es hieß, die Polizei von Eastshire krame
unter der Aufsicht speziell ausgebildeter Beamter aus London alte
Akten hervor. Touristen starrten die Einheimischen an und fragten
sich, wer von ihnen schreckliche Geheimnisse hüten möge.

Dan war fast vierzig Jahre lang ein Leser des *Bugle* gewesen,
wie schon sein Vater – normalerweise nur die Lokalnachrichten,
Fußballergebnisse und das Wetter (abgesehen von einem verschämten
Blick auf sein Horoskop, wenn Hatty gerade nicht hinsah). Doch nun
hatte er den unschönen Eindruck, dass »Der rassistische Redneck«
in schäbiger Weise auf ihn gemünzt war. Er dachte viel über seinen
unglückseligen Fernsehauftritt nach und wurde das Gefühl nicht los,
irgendeine unsichtbare Grenze überschritten zu haben.

Die Kommentatoren waren sich darüber einig, dass Eastshire
verarmt, sozial benachteiligt und diffus konservativ sei. Nirgendwo
in Eastshire hatte sich jemals ein Abgeordneter der Workers' Party
blicken lassen; der Landstrich hätte genauso gut die Gegend aus dem
Film *Beim Sterben ist jeder der Erste* sein können – weißer als weiß,
wischi-waschi, Roastbeef mit zweierlei Gemüse, fade wie Grießbrei,
unkultiviert, zerkocht, anspruchslos, reif für eine Bereicherung.
Was hielten die Ortsansässigen *wirklich* von Einwanderern? Was
hielten sie von der Moderne? Welche vorzeitlichen Impulse
hallten noch inmitten des Reets wider – welche Geheimnisse
lagen in diesen abgestandenen Sümpfen und passend benannten
Entwässerungsgräben versunken?

John spürte, dass er nur zu gut wusste, was es dort oben zu
entdecken gab, aber – wie er zu Janet sagte – er war immerhin
Journalist und konnte sich kein Urteil erlauben, bevor er die
Gegend nicht selbst gesehen hatte. Er bekam die Bewilligung, für

die Sonntagsausgabe einen »Politischen Frontbericht« einzureichen. Vor zwei Jahren hatte er sich einen Ausrutscher geleistet, als ihm das Adrenalin einer Story ein wenig zu Kopf gestiegen war und er einen überkandidelten Bericht von den Anti-G8-Ausschreitungen eingereicht hatte, ohne in Wahrheit die Hotelbar überhaupt verlassen zu haben. Nige hatte schließlich akzeptiert, dass John dem Geist der Proteste treu geblieben war, aber John wusste, dass er viel Glück gehabt hatte und sich eine solche Nummer nicht nochmal leisten konnte. Denn: Was sollte er denn tun, wenn er zurückgestuft oder gar gefeuert würde? Das Schreiben war sein Leben, und er hatte so viele und wichtige Dinge zu vermitteln! Die Aussicht darauf, ihm könnten dieses Medium und sein Publikum genommen werden, war so beängstigend, dass er tatsächlich schon mehr als einmal davon geträumt und Janet mit seinem ängstlichen Gemurmel aufgeweckt hatte. Beim ersten Mal hatte sie ihn aufgeweckt, um ihn der Heimsuchung seines Traums zu entreißen, was er zu schätzen gewusst hatte. Aber als er ihr erzählt hatte, was ihn so plagte, hatte sie unglücklicherweise gelacht: »Ist das *alles*?« Jene Nacht war es, auf die er seine Ernüchterung über sie zurückführte. Sicher würde er einen guten »Frontbericht«, vielleicht sogar einen *preisgekrönten* »Frontbericht« hinbekommen. Dann könnte er dieses persönliche Schreckgespenst endlich beerdigen (und etwas Gutes für die Gesellschaft tun).

Er hatte bereits einen Trick versucht, der sich früher ausgezahlt hatte, und Dan Gowt einfach angerufen. Der Gesuchte hatte selbst abgenommen, und John hatte geschmeidig einen Cockney-Akzent aufgesetzt und sich als ein Ben Jenkins aus London vorgestellt.

»Ich wollt' nur sag'n, dassich dir voll un' ganz zustimm', Kumpel. Wurde Zeit, dasswer den Niggern sag'n, dasse abhau'n soll'n. Un' nich' nur den Niggern – auch den Pakis, den Schlitzis, der ganz'n Bande. Die komm' hier her un' halt'n die Hand auf. Nehm' unser Geld un' geb'n es ihr'n Leuten. War froh, dich inner Glotze zu seh'n, wie du Klartext red'st. Zeit, den Kerl'n zu zeig'n, wo der Ausgang is', meinste nich?«

»Naja, ich…«

»Will sag'n, die komm' hier her mit ihr'n Familien un' krieg'n sofort 'ne Wohnung un' all die Stütze, die's gibt. Den'n haltense Jobs frei, un' trotzdem mach'nse nur in Verbrech'n un' Drog'n un' Knarr'n – allsowas. Wir müss'n die aus'm Land raushalt'n! Is' doch so, *oder?*«

»Mr. Jenkins, wissen Sie…«

»Is' doch p'litische Korrektheit am Durchdrehn, das isses. 's ganze Land dreht durch. Un' was macht'e Regierung? Nix! *Nada!* Na, da muss doch *irgendwer* irgendwas dagegen mach'n. Oder nich?«

»Mr. Jenkins, *bitte.* Ich habe nichts gegen Farbige – gar nichts. Und ich muss sagen, dass mir Ihr Ton überhaupt nicht gefällt. Es gehört sich nicht, unhöflich und respektlos zu sein; die können schließlich nichts dafür, wer sie sind. Ich muss jetzt auflegen, also gute Nacht!«

John beendete das Gespräch und lächelte reumütig. Bei so einem wie Dan Gowt konnte man es zumindest mal versuchen.

Nun schnurrte er an diesem sonnig-regnerischen Nachmittag in seinem BMW-Coupé butterweich die A1 hinauf. Es war ein großartiges Gefühl, aus der Stadt hinaus und in die Herausforderung hinein zu fahren – beinahe schon mittelalterlich, aber nicht unsensibel. Das Auto fuhr sich sehr gut, es zerrte wie ein blutrünstiges Schlachtross am Zügel, und die wogende Kraft unter ihm fühlte sich wirklich herzerfrischend an.

Er sollte sich mit Giles, seinem Fotografen, in Crisby treffen. Ihr Verhältnis zueinander war eine Mischung aus professioneller Hochachtung und persönlicher Abneigung – trotzdem hatten sie mit großem Erfolg zusammengearbeitet, der eine verließ sich auf die Fähigkeit des anderen, »dem scheinbar Sinnlosen Bedeutung einzuhauchen«. Diese Floskel entstammte dem Beitext zu ihrer gemeinsamen Entgegennahme des Hopkins-Preises. Sie hatten den Rassismus an einer Universität im Norden des Landes aufgedeckt, und das hatte für nicht weniger als drei ehemals »ausgezeichnete« Dozenten den Vorruhestand bedeutet. Außerdem hatten sie dafür gesorgt, dass die Öffentlichkeit von der Existenz eines vielversprechenden jungen Aktivisten des Studentenrats erfuhr (wobei es sich um niemand anderen als Dylan Ekinutu-Jones gehandelt hatte) und die Universität letzten Endes einen ausgesprochen detaillierten »Kodex des besten antirassistischen Verhaltens« verbindlich machte. Wie es seinerzeit hieß, war ihnen eine »wahrhaftig keimtötende Bestandsaufnahme der verwesenden Leiche des sogenannten ›westlichen Wissens‹« gelungen.

Der *Examiner* hatte eines der Fotos von Giles gebracht: der Himmel war geschmackvoll ruhig, Strand und Meer erstreckten sich bis jenseits der Seitenränder ins Unendliche und saugten das Auge des Betrachters in die Ewigkeit hinein – nur um von einem einsamen Schuh am Bildrand brutal zurückgerissen zu werden, einem sandgesprenkelten Plimsoll-Modell, über dessen Spitze ein kleiner Zweig Seetang drapiert war. Diesen Schuh hatte im vergangenen Sommer ein Tourist verloren, aber die gegebenen Anlässe waren wichtiger als die »Wahrheit« des Bilds.

Während die Schauer nachließen, sauste John an St. Erkenbrand vorbei und über immer leerere Straßen weiter ostwärts. Er war noch nie zuvor in Eastshire gewesen – ihm fiel nicht eine einzige Schlagzeile ein, die hier ihren Ausgang genommen hätte – und hielt die Augen nach Lokalkolorit offen, das er für seinen Bericht brauchen konnte. Selbst unter seinem akribisch nach Fehlern suchenden Blick sah alles arglos und bisweilen sogar einladend aus. Es gab einen Marktflecken mit goldenen Wetterhähnen auf den Dächern und Sandsteinmauern, die von Jahrhunderten geglättet worden waren (und sogar mit Gymnasium – was für eine Überraschung!). Er bog auf Nebenstraßen ab, auf denen er wegen der Traktoren und Pick-ups voller Heubündel und Jack Russells langsamer fahren musste.

Flache Hügel – abschüssige Felder voller Flachs, Raps, Wohlgemut und Weizen – gedrungene, zinnengekrönte Kirchtürme – zum x-ten Mal Altes Postamt, Alte Schmiede, Altes Depot – flechtenbewachsene Mauern – gusseiserne Zäune – rote Rinder, schwarzgesichtige Schafe und Baumgruppen – Fasane, die über ein Feld tippelten – ein Hase flitzte ein paar Sekunden lang neben der Straße her – alles sah satt und robust aus, wie eine Klischeevorstellung von der Provinz. John war seit Jahren nicht mehr an einem solchen Ort gewesen. Es erinnerte ihn an das Devon seiner Jugend. (»Jesses«, staunte er, »langsam werde ich *wirklich* nostalgisch!«) Einige dieser Häuser sahen mit ihren handgebrannten Ziegeln, Regency-Gittern, kunstvollen eisernen Laternen und Wirtschaftsgebäuden mit angenehm abblätternder Farbe wie Daddys Pfarrhaus aus. Eines Tages, wenn sein Werk vollendet sein würde, würde er vielleicht in einem solchen Haus leben.

Genau diesen intimen Moment suchte Janet sich aus, um ihn anzuklingeln. Sie unterbrach ihn *immer* in seiner Zeit für sich. Er hatte sie gewarnt, das bleiben zu lassen, also ließ er die Mailbox rangehen, um ihr eine Lektion zu erteilen. Sie klang sehr weit entfernt, und ein Bus rumpelte im Hintergrund vorüber. »John, geh bitte ran. Ich muss mit dir reden... Naja, anscheinend hast du zu tun, oder du hast dein Telefon mal wieder nicht an. Ich hoffe, dir geht es gut, du Glücklicher. Mir geht es nicht gut; um ehrlich zu sein, geht es mir *dreckig*. Egal. Ruf bald zurück. Ich liebe dich!«

Die Ruhe kroch langsam wieder heran, denn er erreichte einen weiten Landstrich voller grün-brauner Sandsteinkirchen, Ziegelscheunen, Krähenhorste und Wegweiser, die auf Landstraßen hin zu wunderlich benamsten Orten verwiesen – Castle Grisby, St. Anselm, Little Monkton, St. Nicholas-le-Marsh. Er genoss diese Namen und die wohltuenden, konstanten 120 km/h auf schnurgeraden, leeren Straßen – die schimmernde Sonne im Rückspiegel und den fliehenden Schatten des Autos, der ihm vorauseilte – die kreischende Gitarre und die avantgardistischen Texte aus der Stereoanlage. Heute eine Dorfkneipe – morgen die Chance, das Übel aufzudecken – und übermorgen alles verändern... Es fühlte sich an, als wäre er noch einmal 19. Das Land entfaltete sich, und er übertönte die CD mit seinem Gesang, als er auf die Küste und das Lob der Kritiker zusteuerte.

Als das Tageslicht schwand, stellte er seinen Wagen erleichtert in Thorpe Gilbert hinter dem weitläufigen ehemaligen Kutschergasthof aus dem 19. Jahrhundert ab.

Die Rückansicht des Hotels »Perseverance« war ein Chaos aus Mülltonnen und Getränkekästen; darüber lag der Geruch von feuchten Ziegeln, Katzen- und Menschenurin. Aber es war das einzige Hotel im Dorf, und mit seinen schiefen Kanten, niedrigen, breiten Türen und Lampen auf Fensterbrettern hinter alten, gekräuselten Fenstern hatte es seinen eigenen Charme. Er betrat einen Schankraum, der vor Stimmengewirr und Essensdämpfen vom Fleischbuffet brodelte. Fleischbuffet! Er schmunzelte über das Wort. Fonduebesteck, deutscher Blue-Nun-Wein, *Abigail's Party*. Ein pummeliges, unbeholfenes Mädchen, dessen Bluse nicht ganz lang genug war, um in ihrem Kunststoffrock zu halten, führte ihn zu seinem altbackenen, aber sauberen Zimmer.

Von dort aus blickte man auf einen Marktplatz, der umringt war von Metzgern (der einzige selbständige Fleischer, den es in London in seiner Nähe gab, war dieser widerwärtige *Halal-Laden* – Janet bestellte alle ihre Lebensmittel online), einem Gemischtwarenladen, Immobilienbüros und einer offensichtlich wenig benutzten schwarzen Tür, die – wie er später feststellte – zu Vermessungsbehörde und Zivilgericht führte. Es gab ein unabhängiges Kaufhaus, Addleways (wie aus einem Buch von Dickens!), dessen blaublütige Kunden an der Außenwand aufgelistet waren; außerdem alte Ladenfronten mit Erkerfenstern und Zahnschnitt sowie viktorianische Straßenlaternen, die natürlich nicht mehr gasbetrieben waren, aber noch immer einen milden Lichtschein warfen, den John zur Hälfte ansprechend fand. »Trollopesk«, schoss ihm durch den Kopf, obwohl er Trollope nie wirklich bewusst gelesen hatte. Kaum zu glauben, dass es noch solche Orte gab!

Nach einer definitiv verkochten Mahlzeit von einer Karte, die zwischen langweilig und überkandidelt schwankte, ging er in einen Pub namens »King's Head« und bestellte ein Pint von »Howden Beer – und dein Glas lacht mit dir« (»Reizend kitschig!«, vermerkte er). Der Barmann war auf eine routinemäßige Weise angenehm, und seine Augen wanderten immer wieder hinüber zu den Fußballern im Fernsehen. Nachdem klargestellt war, dass der heutige Abend eher ruhig war und Bosnien-Herzegowina mit einem Tor in Führung lag, fragte John ihn nach der Tragödie.

Klar, das sei furchtbar gewesen, bestätigte der Mann geistesabwesend. Er konnte sich nicht erinnern, schon einmal von so etwas gehört zu haben. In letzter Zeit seien sch...viele Leute über ihre Gegend hergefallen – sogar ein paar Farbige! (Er merkte nicht, wie sich Johns Pupillen weiteten.) »Und *sowas* kommt hier nicht alle Tage vor!« Dann ging er und bediente einen anderen Gast, und John untersuchte die Anschläge im Eingangsbereich – ein Stockcar-Rennen, Line Dance, die traditionellen Beetle-Drive-Runden, Treffen der örtlichen Landfrauengruppe, Verkaufsangebote für Wohnwagen und jemand, der Jack Russells verkaufte (»Gute Jungs – glaich abholen!«). John lächelte über den Schreibfehler. Das waren genau die Kleinanzeigen, die er erwartet hatte.

Zurück zum »Perseverance« spazierte er an geschwungenen Toren entlang und folgte mittelalterlichen Wunschlinien vorbei an Bleiglasfenstern, verziertem Putz (Datumsangaben und Initialen von stolzen Handwerkern aus dem 17. Jahrhundert; Blumen und Vögel, die kein Systematiker je gesehen hatte), überflüssigen ziegelroten Speichern, alten Bogengängen und stuckierten Häusern mit Oberlichtern, Buchsbaumhecken und Sonnenuhren. Vor einem Haus, das größer als die anderen war, stand ein treudoofes, aber beeindruckendes Löwenpaar aus Kalkstein, das sich die letzten 431 Jahre hindurch in die Luft oberhalb der Torpfosten gekrallt hatte. Eine große, rotbraune Katze lag zusammengerollt auf dem Fensterbrett dessen, was wie eine private Bibliothek aussah – das wohlgefällige Wahrzeichen der Grafschaft.

Die schiefe Spitze der Blasiuskirche war nicht von überall in der Stadt zu sehen. Direkt von unterhalb betrachtet, schien die Kirchturmspitze leicht im Wind zu schaukeln. Nässe und Gnitzen stiegen vom feuchtkalten Gras des Friedhofs auf, und der tief ausgetretene Pfad zwischen den aufgehäuften Toten war von Grabplatten gesäumt – geschmacklose Cherubim und Handwerkszeug, Inschriften von formal –»A.M. 1818« – bis dramatisch –»Von feiger Mörderhand / Verfrüht an seines Erlösers Seite erhoben«. John las einige von ihnen und erschauerte unwillkürlich. Er klappte seinen Hemdkragen hoch, um einen bislang unbemerkten Luftzug abzuwehren, und stiefelte in Richtung Wärme und Licht davon.

Gegen halb neun am nächsten Morgen, nachdem er das »Full English Breakfast« mit einem mäkeligen Kopfschütteln abgelehnt hatte, raste John über eine teilverheerte Ebene – zu wenige Bäume, weite Felder, Campingplätze, Windräder. Aber durch das offene Fenster strömte die sauberste Luft herein, die er je eingeatmet hatte, und wieder übertönte sein Gesang die CD. Manchmal wünschte er, Gitarrespielen gelernt zu haben. Wie sich das *anfühlen* musste, auf der Bühne zu stehen und von allen bejubelt zu werden!

Er glitt nach Crisby hinein, am Alten Zollhaus vorbei, das jetzt irgendjemandem als Zweitwohnsitz diente, und parkte den Wagen vor dem Ortswappen, einer viktorianischen Scheußlichkeit mit schwarz gestrichenen Traufbrettern aus Kiefernholz und enkaustischen Kacheln, von denen einige fehlten. Giles wartete schon, bewusst schäbig angezogen wie immer und mit zwei Kameras um den Hals. Ihr kurzes Gespräch bestand hauptsächlich aus dem Wort »Hi«, aber im Anschluss gab es zahlreiche professionelle Aufnahmen zu arrangieren.

Gemeinsam entschieden sie, dass Crisby nicht viel hermachte – es gab einen Pub, eine nutzlose Kirche, ein tudor-elisabethanisches Gemeindezentrum, das 1919 in Gedenken an den Sohn eines Gutsbesitzers gebaut worden war, ein paar Wohnwagen und Bungalows und ein paar hübschere Häuser, allesamt von Plastik-fenstern verunstaltet. Zwei Reihen von Dünen schützten die Siedlung vor dem Meer. Im Norden, Westen und Süden lagen Felder, schwer von Raps oder just abgeerntet, die mit Deichen abgetrennt und übersät von Gehöften waren, mit sanften blauen Hängen in der Ferne, dort, wo das Land halbherzig versucht hatte, sich über den durchschnittlichen Meeresspiegel zu erheben. John konnte von hier aus die Kirchturmspitze von St. Blasius in Thorpe Gilbert sehen, ein elegantes Ausrufungszeichen über der weiten Eintönigkeit. Kleine rote Rinder bewegten sich gemächlich über eines der Felder, vollkommen geräuschlos bis auf ein schwaches Schmatzen, wenn sie das satte Gras abrissen.

Die beiden wanderten auf den Strand zu und ließen das Lokalkolorit in sich hineinströmen – Hecken voller Geißblatt, gelber Weizen, ein Fasanenhahn, der über ein Stoppelfeld pirschte, ein alter Ziegelhof am Ende eines gewundenen Pfads. Alles sah sehr friedlich und langweilig aus. Doch John spürte, dass es hier Vorurteile gab; es gab *immer* Vorurteile – zusammengekniffene Augen, die aus zusammengedrängten Häusern starrten.

Sie erklommen die Dünen, und John fand sich bestürzt vor der schimmernden Leere wieder. Das Licht war beinahe zu grell, die Weite zu unbegrenzt. Die Sonne auf dem Sand schmerzte ernsthaft in seinen Augen, und die Meilen ohne jeden Orientierungspunkt waren zutiefst verwirrend. In diesem gewaltigen Gesamtbild mussten die Toten winzig und bedeutungslos gewirkt haben.

Und wenn dieser Ort jetzt schon beunruhigend war, wie musste es dann erst in den Monaten aussehen, in denen die Winde von Osten her wie ein aufgebrachter Mob auf die flache Küste einstürmten, brennenden Sand herumwehten und den Strand ummodellierten, neue Dünen auf- und wieder niederwarfen, Schnee über die Dornen deckten, angespülte Plastikflaschen dahinjagten und heiser protestierende Möwen ins Taumeln brachten? Das hier war nicht ganz das behagliche Ufer, das John sich vorgestellt hatte.

Er verstand jetzt, wie ein solcher Ort eine Heimstatt der Verbitterung sein konnte, denn die Einwohner würden sich immer unterschwellig bewusst sein, dass sie hier nur geduldet waren – dass jeder Wind und jeder Winter sie einfach verschlingen konnte, wie schon andere Häfen und Orte entlang derselben Küste verschlungen worden waren. Es war eine unbeständige Küste, der zerfressene Rand eines sich zusammenziehenden Landes – ein Grenzraum ebenso wie eine Nachhut.

Die See hatte öfters unwillkommene Besucher in diese abgeschiedenen Gemeinschaften an den Enden langer, einsamer Straßen getragen... Plünderer, Invasoren, Zwangsrekrutierer, tote schleimige Viecher. Ein paar hundert Yards entfernt lag ein flechtenüberzogener Pillbox-Betonbunker. Wie mochte es gewesen sein, hier 1940 Postendienst zu schieben? Das war die wahre Natur Crisbys und dieses Küstenabschnitts – Wachsamkeit und Misstrauen. Es war eine Skelettküste – ein Gebiet der Vergänglichkeit und des Todes. John fand eine Stelle, um sich hinzusetzen und umzublicken, während seine Augen sich an das harte Leuchten gewöhnten, und bald zog er seinen Laptop hervor und begann, zu schreiben. Giles machte ein Foto von ihm bei der Arbeit, dann zog er weiter, um auf eigene Faust Schnappschüsse zu machen. Nach zehn Minuten gingen sie wieder und betraten – vom Klirren der Türglocke begleitet – den Dorfladen. Herrgott, dachte John, dieser Laden war *fabelhaft*, er verbreitete ein großartiges Gefühl der 1950er – Feueranzünder, Kerzen, Kekse, ein Postschalter. Vor einem derart selbstvergessenen Hintergrund war es surreal, Regale voller Zeitungen mit Schlagzeilen über das an genau diesem Ort passierte Unglück zu sehen. Die wasserstoffblonde Frau hinter der Theke unterbrach ihr Gespräch mit der einzigen Kundin.»Kann ich Ihnen helfen?«

»Hallo. Ich hoffe es. Mein Name ist John Leyden, das hier ist Giles... ähm... und wir kommen von der Zeitung *Examiner*. Wir arbeiten an einem Artikel über die Tragödie. Es wird ein Meinungsbeitrag, deshalb würden wir uns über Stellungnahmen der Ortsansässigen freuen. Wir haben gehofft, Sie würden uns ein paar Fragen beantworten.«

»Naja, ich glaube nicht, dass ich Ihnen irgendwas Nützliches erzählen kann. Ich interessiere mich nicht für Politik.«

»*Ich* auch nicht«, warf die andere Frau mit einem leichten Schaudern ein.

»Die Ansichten unpolitischer Leute sind *viel interessanter.*
Davon abgesehen müssen Sie in Ihrer wichtigen Position doch
mitbekommen, was all die Anwohner so erzählen. Wie hat sich die
Tragödie im Dorf ausgewirkt?«

»Natürlich waren alle sehr geschockt. Sowas ist hier noch nie
passiert, wobei Tim – das ist unser Heimatforscher hier – erzählt
hat, dass es hier im Krieg einen großen Schiffbruch gegeben hätte
und damals auch Leichen am Strand angespült wurden. Natürlich
weiß *ich* nichts über so alte Zeiten – und das war ja auch etwas
anderes, nicht wahr?«

»Wie meinen Sie das, *etwas anderes?*« Bildete er es sich nur ein,
oder war die Frau leicht nervös?

»Ach, wissen Sie, im Krieg rechnet man doch mit sowas. Und
damals waren es Deutsche – keine *wirklich* Fremden. Ich weiß
wirklich nicht mehr. Sie sollten gehen und Tim fragen, der kann
Ihnen alles genau belegen.«

Wieder schaltete sich die andere Frau ein. »Es war furchtbar.
Wir alle werden noch lange, lange Zeit davon sprechen. Vielleicht
kommt das Dorf dafür in die Geschichtsbücher.«

»Ich denke, das wird es wirklich! Sagen Sie – gehört Dan Gowt
zu Ihrer Kundschaft?«

»Dan Gowt? Ja! Er kommt hin und wieder vorbei. Reizender
Mann, nette Familie. Hatty – das ist seine Frau – und ihre Tochter
kommen auch manchmal. Sie sind ehrbare Leute, wissen Sie. Mein
Mann ist mit Dan im Rotary Club, und ich bin mit Hatty in der
Landfrauenschaft.«

»Tja, anscheinend haben Sie nicht gehört, was er im Fernsehen
über die toten Menschen gesagt hat. Das werden Sie ja wohl nicht
verteidigen wollen!«

Distanziert beobachtete er ihre Verunsicherung und unterdrückte
ein Lächeln. Giles bewunderte sein Geschick.

»Ich… Ich finde nicht, dass ich es verteidigt habe – aber wie
gesagt, ich interessiere mich nicht für Politik. Das müssen wir
auch nicht. Ich weiß nicht mehr, was er gesagt hat. Ich weiß nur,
dass er in die Kirche geht, auf seine Familie achtgibt und nie in

Schwierigkeiten gerät. Sie wissen schon, ehrbar eben. Wenn Sie wissen wollen, was er gesagt hat, sollten Sie ihn besser selbst fragen. Er wohnt einfach nur die Straße runter, Home Farm, Sie können es gar nicht verfehlen. Die Sea Lane runter, links den Hügel hoch, an der Kurve rechts, und schon sind Sie da – das große, alte Haus am Ende des Pfads.«

Sie schlenderten die Sea Lane hinunter und gingen den »Hügel« hinauf, eine kaum wahrnehmbare Steigung hin zur örtlichen Anhöhe von 4,25 Metern über dem Meeresspiegel, die von makellosen Weizenfeldern und buckligen Weiden für die Holstein-Rinder überzogen war. Von der Spitze des Hügels aus bot sich ein Panorama wie auf einem Gemälde von Rowland Hilder – und dann war da noch ein roter Holzbriefkasten, auf den in Weiß »GOWT – HOME FARM« gepinselt stand. Es war das alte Gehöft, das ihnen schon zuvor aufgefallen war. Keiner von beiden hätte sich für »Wainman's Bump« interessiert, das Hügelgrab aus der Bronzezeit, oder für den Entwässerungsgraben, den die Römer gegraben hatten, oder für den Schutzgraben der Burg, die einmal dort gestanden hatte, wo jetzt die Farm war. Das alles fiel ihnen schon gar nicht mehr auf.

Hatty warf einen verstohlenen Blick aus einem Fenster im Obergeschoß. Sie vermutete, dass es sich um Reporter handelte, und zuckte in leichter Panik zurück. Aber John hatte sie bemerkt, setzte sein freundlichstes Lächeln auf und winkte. Sie hatte kaum eine andere Wahl, als herabzukommen, die Tür zu öffnen und sich ihre Vorstellungsfloskeln anzuhören – und die hartnäckigen Besucher 60 Sekunden später hereinzubitten. Plötzlich saßen sie in ihrem Wohnzimmer und nippten an grässlichem Kaffee. John merkte an, wie schön das alte Haus war und wie gut die Tapete zum Raum passte. Hatty – die froh war, dass sich endlich jemand für ihre Verschönerungsbemühungen interessierte – ließ ihn wissen, dass die Rolle nur 8,99 Pfund gekostet hatte. »Sieht gar nicht danach aus... Da sieht man mal, was alles möglich ist, wenn man Geschmack hat!«, spielte John den Verblüfften.

»Wir sind für einen Meinungsbeitrag hier, darüber, wie dieser ganze Wirbel das Dorf beeinflusst hat. Ich hoffe, Sie haben nichts dagegen, wenn ich Ihnen ein paar Fragen stelle.«»Natürlich nicht, aber ich kann Ihnen nicht versprechen, dass ich irgendetwas Interessantes zu sagen habe. Politik ist nicht so mein Fall! Wir sind alle total geschockt. Ich meine, sowas kommt hier nicht alle Tage vor. Wir werden noch *Jahre* davon sprechen!«

»Es scheint hier eine sehr ruhige Gegend zu sein. Und ich nehme an, dass Sie nicht viele Fremde zu Gesicht bekommen – oder sollte ich sagen: Ausländer?«

»Naja, es stimmt schon, wir treffen nicht viele Leute von außerhalb. Natürlich ist da der Campingplatz, aber da gibt es keine Probleme. Gott sei Dank ist es die anständige Sorte von Campingplatz. Manche Camper in Williamstow sind nicht so angenehm. Ich weiß, ich sollte das nicht sagen, aber viele von denen sind... naja... Roma, und Sie wissen ja, wie *die* so sind.«

»Tatsächlich? Was treiben die denn so?«

»Ach... Die müllen alles voll, stehlen, betrinken sich am helllichten Tag, was nicht alles. Letztens erst habe ich einen in Thorpe Gilbert gesehen – der hat besoffen unter dem Marktkreuz geschlafen. Viele von denen leben von Sozialhilfe.«

Der Klang fremder Stimmen hatte Clarrie von ihrer Lernarbeit weggelockt, und sie kam in diesem Moment herein. »Oh! Tut mir leid!«

»Hallo, Liebling. Keine Sorge, die beiden Gentlemen kommen von der... ähm... Verzeihung... vom *Examiner*. Mr. Leyden und Mr.... Die beiden sind gekommen, um über das Unglück zu sprechen. Das ist meine Tochter Clarissa.«

John erhob sich und stellte sich und Giles vor. Clarrie war ein ziemlich steiler Zahn, dachte er bei sich, während er ihr mitten ins errötende Gesicht lächelte. Sie ihrerseits wünschte, sie könnte so reden wie er. Sie hatte ihren geschmacklosen Eastshire-Akzent nie leiden können und bemühte sich sehr, ihn loszuwerden, seitdem sie studierte – sehr zum Missfallen ihres Vaters.

»Was denken *Sie* über das Ganze?« fragte John Clarries Brüste.

»Oh, hihi, ich weiß nicht! Ich bin nur über die Ferien hier. Ich studiere in Milton... Psychologie. Seit dem Unglück ist keiner von uns mehr am Strand gewesen, also, wirklich keine Ahnung, was ich Ihnen erzählen könnte. Aber klar, ist eine ganz schlimme Sache.«

»Ganz schlimm. Aber es scheint so, als hätte Ihr Vater – Ihr Gatte, Mrs. Gowt – seine eigene Meinung zu diesem Thema. Wir haben ihn im Fernsehen gesehen. Er scheint ein Mann mit klaren Ansichten zu sein.«

»Naja, ich denke schon, obwohl er sich eigentlich normalerweise nicht besonders für Politik interessiert. Ich glaube, er ist ein bisschen überrumpelt worden!«

»Mir wäre es lieber, wenn er nicht gesagt hätte, was er gesagt hat. Wissen Sie, Papa ist eigentlich nicht so.«

»Wie?« fragte John scheinbar arglos.

»Ach... Intolerant, voreingenommen, bisschen rassistisch. Er ist wirklich nicht so. Das ist einfach so eine Sache seiner Generation.«

Giles seufzte andächtig, als John ganz beiläufig antwortete.

»Naja, jeder macht mal einen Fehler. Machen Sie sich keine Sorgen. Und natürlich sind sehr viele Immigranten im Land, da gibt es Spannungen. Manchmal frage ich mich, wohin das alles führen soll.«

»Das stimmt allerdings, Mr. Leyden. Wussten Sie, dass in Thorpe Gilbert Moslems leben? Wir sagen schon immer, dass die als Nächstes bestimmt bald eine Moschee bauen wollen!«

»*Bitte*, Mama! Du kannst heutzutage nicht mehr so daherreden!« Clarrie sah John an und rollte die Augen, als seien sie Teil einer Verschwörung der jungen Generation, aber sie lächelte auch.

»Na, du weißt schon, was ich meine, Liebling. Die *sind* nun mal anders als wir, nicht mehr und nicht weniger. Ich kann Mr. Ali drüben in Thorpe gut leiden – seine Frau ist auch ganz reizend. Und dann haben sie so ein bezauberndes kleines farbiges Mädchen, mit diesen großen braunen Augen! Das sehen hier alle so, Mr. Leyden – leben und leben lassen. Aber die sind trotzdem anders.«

»*Mama!*« Giles war derart unaufdringlich und John ein so guter Zuhörer (und so wohlgesittet und gutaussehend), dass sie bereits wie alte Freunde miteinander lachten, als Dan eine halbe Stunde später durch die Hintertür hereinkam. Er hatte den Kopf voll mit

Arbeitsdingen und war verärgert, Fremde auf *seinem* Sofa sitzen zu sehen, zumal ihm klar war, dass es sich um Reporter handeln musste – und das erinnerte ihn an Dinge, die er lieber endlich vergessen würde. Außerdem nahm er ihnen ihre teuren Klamotten übel, ihre sauberen Schuhe, ihren Akzent. Allein der Gedanke, dass Clarrie am liebsten so wäre wie diese... diese... *Knaben!* Johns Herz dröhnte beim Auftritt dieses Zurückgebliebenen mit seinen großen Händen. Er war im Nachteil – das hier war Dans Territorium, mit Dans hässlichem Teppich unter Dans ererbter Standuhr (die, wie John sich dachte, eigentlich das einzige erträgliche Möbelstück im Zimmer war) und Dans Instantkaffee und Custard Creams auf Dans Tisch. Und doch: Er schüttelte Dans Hand so fest und war derart höflich, dass der Mann aufzutauen begann. »Wissen Sie... Ich bin es einfach nicht gewöhnt, dass sich die Medien für mich interessieren«, sagte Dan zögernd.

Aber er gewöhnte sich überraschend schnell daran – vor allem an den Gedanken, sich gegenüber diesen erfreulich aufmerksamen Herren auslassen zu können, und das in der Behaglichkeit und Sicherheit seines Hauses, wo er einen selbstverständlichen Moralvorteil hatte. Hier zu sein, auf seinem Grund und Boden, gab ihm das Selbstbewusstsein, seine Meinung offen und mit Nachdruck zu vertreten. Bald hatte er John und Giles erklärt, dass die Ereignisse tragisch gewesen seien, dass die Situation der Menschen in diesen Ländern mit ihren furchtbaren Regierungen bedrückend sei, ja, unsere Regierung, auch furchtbar, es gibt furchtbar viele Immigranten in Großbritannien, die sind ganz anders als wir, so sehen das alle hier, irgendwann knallt's, merkt euch das!

Während John und Giles ihre Reise zurück nach London antraten, setzten sich die Gowts zum Abendessen zusammen, und Dan war bester Laune. Im Ernst, sagte er später beim Fernsehen zu Hatty, er wusste gar nicht mehr, weshalb er sich so viele Sorgen gemacht hatte. Hatty pflichtete ihm bei – so nette junge Männer, *gar* nicht so, wie man erwarten würde. Clarrie saß oben und versuchte, sich zum Arbeiten anzutreiben – und sie schämte sich, als sie sich dabei ertappte, an das interessierte Blau der Augen von John zu denken.

Kapitel XII

BRÜDER JENSEITS DER GRENZEN

Lavrio, Griechenland

Ibrahim lag auf seiner Koje und starrte die Wand an. Der Reiz Europas als gelobter Kontinent hatte sich abgenutzt, nachdem er schon hundert Tage in diesem winzigen Zimmer mit drei Betten zugebracht hatte – mit einem übelriechenden Marokkaner auf der einen Seite und einem Chinesen auf der anderen, dessen Schnarchen die anderen beiden oft stundenlang wach und wütend daliegen ließ. Einmal waren sie vor lauter Frust mitten in der Nacht über ihn hergefallen und hatten ihn aus dem Bett auf den Boden geworfen – das hatte das Problem zwar kurzfristig gemildert, die Stimmung im Zimmer aber sehr angespannt werden lassen.

Bis auf ein paar unbestimmbare Flecken und eingekratzte Sprüche in einer Vielzahl von Sprachen hatte die angestarrte Wand nichts zu bieten – und im Raum gab es nur die Betten sowie einen Resopalschrank mit wenigen armseligen Habseligkeiten, die nicht einmal die Insassen von Lavrio (oder »Kunden«, wie Miss Karatakis sie nannte) stehlen würden. Wie jeder andere auch, trug Ibrahim seine Dollars immer am Körper – in seinem Fall in der Socke, fest um seinen rechten Fuß gewickelt und mit einem Gummiband gesichert – und hatte mit Maged abgemacht, dass der eine auf die Sachen des anderen aufpassen würde, während der unter der Dusche stand. Der fast gänzlich nutzlose Deckenventilator quietschte unerträglich beim Versuch, gegen das Miasma im Zimmer anzukommen. Diese Luft war zu oft geatmet worden.

Er und Maged hatten sich voneinander entfernt; teils weil sie in unterschiedlichen Zimmern untergebracht worden waren, teils weil sie nichts mehr zum Reden hatten. Trotzdem waren sie einmal Weggefährten gewesen, in der Not vereint, und das zählte etwas. Vom heutigen, öden Standpunkt aus wirkten ihre Zugodyssee und der freie Nachmittag in Antalya beinahe so weit weg wie Kindheitserinnerungen an unerreichbare Zeiten des Abenteuers und der Hoffnung. Der Alltagstrott dieses trostlosen Ortes mit seinem entsetzlich groben Personal setzte über kurz oder lang jedem zu, und die Insassen wanderten entmutigt hin und her zwischen ihren Zimmern, den Latrinen, der Kantine, dem Fernsehzimmer und dem unbeschatteten Innenhof – dem einzigen Ort, an dem es frische Luft und etwas jenseits des Asylheims zu sehen gab. Doch selbst dort musste man sich mit der Rückansicht von Industriebauten hinter einem hohen Stacheldrahtzaun begnügen und wurde ununterbrochen von Wärtern beobachtet.

Die Tage verliefen immer gleich – nach drückenden Nächten unerholt aufstehen, sich für Mahlzeiten anstellen (die dank Miss Karatakis sogar *halal* waren), am Kioskwagen mit einer schwindenden Menge an Wertmarken Süßigkeiten oder Seife kaufen, den Fernseher anglotzen, auf Bänken oder Betten herumlümmeln. Für Aufregung sorgten nur das gelegentliche Fußballspiel im Hof, wenn es nicht zu heiß war, Diebstähle, Streitereien und eine üble Schlägerei zwischen drei Kurden und einem Mann aus Falludscha, nach der dem letzteren widerlicherweise das rechte Auge an einem Muskelstrang aus der Höhle hing. Der Verletzte wurde ins Krankenhaus gebracht und kehrte nie wieder ins Heim zurück. Die Kurden – eine finstere Bande, die immer zusammenhockte – blieben noch ein paar Tage, ehe eines Tages plötzlich Ägypter an ihrem Tisch saßen. Auch die Kurden kehrten nie zurück.

Es gab da einen Sudanesen namens Mandur, der tiefe Narben auf den Wangen hatte – er war klein, sah gemein aus und schielte leicht aus Augen, die sich in verschiedene Richtungen wölbten. Er sprach wenig und starrte die Leute nur beunruhigend an; wenn sie klug waren, suchten sie still das Weite. Selbst die anderen Sudanesen mieden ihn. Einer hatte sich bei den Wärtern über ihn beschwert; der endete mit gebrochenen Beinen auf der Krankenstation.

Mandurs Narben seien Erkennungszeichen einer Gang, hieß es – andere behaupteten indes, eine Sprengladung habe sein Gesicht erwischt. Wann immer er einen Raum betrat, wurden die Menschen still oder gingen, bis er wieder auf seiner endlosen Streife weitertrottete, um anderer Leute Zimmer nach Wertgegenständen zu durchsuchen.

Er schien sich für Ibrahim zu interessieren – vielleicht weil der meist für sich blieb, oder vielleicht auch nur, um herauszufinden, ob er irgendetwas Stehlenswertes besaß. Warum auch immer – es machte Ibrahim eine Heidenangst.

Eines Nachmittags trafen sie im Flur frontal aufeinander. Ibrahim versuchte kleinlaut, sich an Mandur vorbeizuschieben, doch der versperrte ihm den Weg, indem er seinen Arm bedrohlich gegen die Wand stemmte. »Mein Freund, du gehst mir aus dem Weg, hä?«

Seine Stimme war eigenartig hoch, sein Arabisch mit Dialekt durchsetzt – alles nur noch bedrohlicher.

»Ich gehe dir nicht aus dem Weg.«

»Ich glaube, du magst mich nicht. Warum?«

»Wie gesagt... Ich gehe dir nicht aus dem Weg. Also, Mandur, wenn du mich entschuldigst...«

»Ganz ehrlich: nein, tue ich nicht. Was hast du in den Taschen – oder vielleicht in den Schuhen?«

»Nichts... Schau, ich will keine Schwierigkeiten...«

»Es gibt keine Schwierigkeiten, mein Freund. Gib mir einfach, was du in deinen Taschen und Schuhen hast, dann kannst du gehen.«

»Ich habe nichts. Also bitte...«

»Nennst du mich etwa einen Dieb? Ernsthaft? Einen *Dieb*?!« Er lächelte, doch sein ganzer Körper spannte sich an, und er umklammerte etwas in seinem Hemd. Ibrahim rang sich ein Lächeln ab. »Das habe ich nicht gesagt.« »Oh doch, das hast du. Ich gebe dir noch eine Chance...«

In diesem Moment bogen zwei Ägypter um die Ecke und stießen beinahe mit den beiden Männern zusammen. Ibrahim versuchte, in ihrem Gefolge zu entwischen; Mandur drehte eine Pirouette und sprang hoch, während er einen angeschliffenen Metalldorn aus seinem Hemd zog – wohl aus einem der Bettgestelle. Er schrie »Gib mir dein beschissenes Geld!« und hob die Waffe, um sie abwärts in Ibrahims Schulter zu rammen. Der jedoch hatte sich reflexartig abgewandt, wodurch der Stoß ins Leere ging und Mandur strauchelte, so dass Ibrahim seine Hand mit dem Dolch zu fassen bekam. Sie stürzten übereinander auf die Fliesen; Mandur, der unten zu liegen kam, wehrte sich mächtig und versuchte zeitgleich, zu stechen, zu treten, zu brüllen und zu beißen. Ibrahim konnte sehen, wie die Spitze des Dolchs näher kam und die Augen seines Gegners vor Anstrengung weiter und weiter hervortraten, während dessen Zähne und Zunge tatsächlich nach seiner Kehle schnappten. Der Sudanese stank nach Schweiß und Bratfett, und Ibrahims Blick blieb an einem nässenden Furunkel an seinem Hals hängen. Zwar war Ibrahim der Größere von beiden, aber diesem irren Eifer konnte er nicht lange standhalten. Er wartete bereits auf den stechenden Schmerz des eindringenden Dolchs, als endlich die Ägypter dazwischengingen – einer der beiden trat Mandur das Metallstück aus der Hand, während der andere den Zorn aller kanalisierte und dem Sudanesen mit seinen Stiefeln mehrmals heftig in den Schritt trat, was dessen Augen in noch abenteuerlichere Richtungen rollen ließ. Dann hörte Mandur unerwartet rasch auf, sich zu rühren, und nur noch die Gewalt seiner Angreifer entlockte seinem Körper Bewegungen.

Als sie es endlich leid waren, auf ihn einzutreten, standen sie keuchend da und blickten mit matter Überraschung auf ihr Werk hinab. Mandur lag mit dem Gesicht nach unten; sein zusammengekrümmter, blutiger Körper wurde von Wimmern und Flüchen geschüttelt. Ibrahim und die Ägypter sahen sich an, schweißüberströmt und völlig zerzaust. Dann lachten sie und klatschten einander ab im Angesicht des totalen Untergangs ihres Feindes. Zum einzigen Mal während seines Aufenthalts im Flüchtlingsheim war Ibrahim einfach nur glücklich.

Am nächsten Tag wurde Mandur weggebracht und kam nicht mehr zurück; in Lavrio kehrte wieder die Langeweile ein. Ibrahim begann, diesen Ort zu hassen, wie er noch nie einen anderen gehasst hatte. Er hasste seinen Geruch – Desinfektionsmittel, Toiletten, kochendes Gemüse und schmutzige Kleidungsstücke. Er hasste das Essen. Er hasste den klebrigen Film auf den ewig ungewischten Tischen. Er hasste das Geplärr von Fernseher und Radio, sämtliche anderen Insassen (bis auf Maged) und die Wärter. Er hasste es, eingesperrt zu sein. Er hasste die Spannungen, die sich in den schmuddeligen Fluren und Gemeinschaftsräumen aufbauten. Er war angeekelt von dem sudanesischen Jungen, der Oralsex gegen Wertmarken anbot. Sogar das Sonnenlicht wurde gefiltert und besudelt von verschmierten Fenstern, hinter denen apathische Männer rauchten oder Domino spielten.

Das Bild von Miss Karatakis kehrte häufig und lüstern wieder. Sie war das einzig Aufregende, das mit diesem grässlichen Ort zusammenhing. Grässlich *aufregend*, das war sie. Außerdem schien sie an ihm interessiert gewesen zu sein. Einmal hätte er Maged beinahe geschlagen, als der einen flapsigen Spruch über sie vom Stapel gelassen hatte – hinterher war er über die Heftigkeit seiner Reaktion selbst erstaunt gewesen.

Ohne wirklich zu wissen, was er tat oder was er sagen wollte, ließ er sich einen Termin bei ihr geben – und verbrachte die folgenden zehn Tage damit, an nichts anderes mehr zu denken und sich selbst im Toilettenspiegel zu begutachten, während er seinen Bart glättete, wuchernde Haarbüschel abschnitt und seinen Bizeps anspannte.

Als der heißersehnte Termin endlich gekommen war, fand er sich an ihrem übervollen Tisch sitzend und mit der örtlichen Dolmetscherin sprechend wieder – einer betagten Viertelaraberin, deren Großvater in den zwanziger Jahren in Piräus von einem Frachtschiff getürmt war. Miss Karatakis war noch bezaubernder, als er sie in Erinnerung gehabt hatte, obwohl ein schärferer Kritiker vielleicht den wenig überzeugenden Farbton ihrer Haare oder den sich unter ihrem dicken Make-up deutlich abzeichnenden Damenbart getadelt hätte. Für Ibrahim sah sie in diesem Moment jedoch wie der Inbegriff Europas aus. Er atmete tief ein, so als wollte er sie sich durch seine Nasenlöcher einverleiben, und sie sah ihn fragend, aber amüsiert an. Erneut spürte er, dass sie derartige

Aufmerksamkeit genoss. Sie bedeutete der Dolmetscherin, dass diese sich ans andere Ende des Raums setzen solle, und bat Ibrahim, sich auf den Stuhl ihr gegenüber zu setzen. Von dort aus konnte er ihre Knöchel nicht sehen, aber sehr wohl die Kurven ihres Oberkörpers, und ein hoffnungsvoller Genuss bereitete ihm ein flaues Gefühl im Magen. Und dann war sie ihm auch noch so nah – gerade einmal ein halber Meter trennte seine kaltfeuchten Hände und seine hungrige Gier von ihrer seidigen Haut. Sie schenkte ihm ein breites Lächeln, und er war gleichermaßen ihr Sklave wie ihr Möchtegern-Herr. Das war vielleicht eine *Frau*... Und was für eine Mutter sie abgeben würde! Er konnte sich vorstellen, wie ihre gemeinsamen Kinder aussehen würden – die Mädchen hätten allesamt ihre Hautfarbe und ihre Augen, und sie würden eines Tages genauso die Herzen der Männer verwüsten, wie ihre Mutter es gerade mit seinem tat. *Sie* war definitiv das Schönste, dem er jemals so nahe gewesen war.

Außerdem gab sie ihm das Gefühl, als seien sie allein, obwohl alles Gesagte über die Dolmetscherin lief. Natürlich hatte sie seine Akte gelesen. Ganz offensichtlich war sie voll von ehrlichem Mitgefühl für ihn. Sie fragte nach seinem familiären Hintergrund und seiner Kindheit. Er erzählte ihr von seiner Flucht aus dem Irak und der *Fatima*, während sie zuhörte und sich Notizen machte. Er starrte ihre großen Ohrringe an, das rhythmische Heben ihrer Brust unter dem engen Sakko, das sanfte Grün ihrer Augen, und er war neidisch auf ihren Stuhl und selbst ihre Computertastatur. Sie sah ihn doch auch auf eine ganz bestimmte Weise an! Er konnte sein Glück nicht fassen; das war das einzige, was ihn davon abhielt, aufzuspringen und nach ihr zu greifen. Der Gedanke daran war aber fast so gut, wie der tatsächliche Akt bald sein würde. Genau *deshalb* war er in den Westen gegangen!

Sie erläuterte ihm die Probleme, während er halbherzig zuhörte und sich alle möglichen expliziten Szenen vorstellte. Ihn kümmerte nicht wirklich, was sie sagte, solange sie nur weiterredete. Jede Silbe, die diesen sinnlichen Mund verließ, war ein samtenes Band, das sie beide noch enger verband. Sie sagte, die Regierung möge keine Flüchtlinge und sei dafür von den Vereinten Nationen kritisiert worden. Es könnte Monate dauern, ehe sein Fall gerichtlich verhandelt wurde, und er könne leicht scheitern und abgeschoben werden. Da draußen gebe es Rassisten ohne Sinn für Gerechtigkeit oder Menschlichkeit. Sogar die Polizisten seien Rassisten, die ihn am liebsten zurück in die Türkei schicken würden. Gegen ungerechte Gerichtsbeschlüsse würden jedoch immer Einsprüche eingelegt. Sie und andere würden sich stets für Menschen wie ihn einsetzen. Es gebe auch gute Leute außerhalb – idealistische Studenten und Aktivisten, die alles tun würden, um die unveräußerlichen Menschenrechte zu schützen. Wirklich *alles* – und das bedeute auch, eines Tages gegen die Bullenschweine und die Banker zu kämpfen. Wenn er sich jemals einsam und allein in Athen wiederfinde, brauche er nur eine beliebige Universität zu betreten und nach den Anarchisten zu fragen; die Polizei dürfe ihn nicht dorthin verfolgen. Diese letzte Auskunft schaffte es, sich einen Weg durch seinen sinnlichen Tagtraum zu bahnen; zum ersten Mal begriff er, dass Europa tatsächlich ein gänzlich anderer Kontinent war. Solch eine nüchterne Unverfrorenheit hätte man in der Heimat niemals zugelassen. Einen Moment lang spielte er mit dem Gedanken, doch der entglitt ihm schnell wieder und schwamm hinaus aufs Meer mit allen anderen Sorgen bis auf das Leitmotiv, sie ANZUFASSEN. Er atmete tief durch und versuchte, ihre Essenz im Ganzen aufzunehmen.

Dann war seine halbe Stunde um. Er hatte die ganze Zeit über fast nichts gesagt, und sie hatte ihn nicht einmal gefragt, warum er gekommen war. Sie hatte es ganz offensichtlich viel zu sehr genossen, mit gerade *ihm* zu sprechen – ihm etwas zu erklären. Bei irgendeinem anderen hätte sie sich sicher nicht so viel Mühe gemacht. So unglaublich es auch sein mochte: Dieser Engel hatte ihn aus all den vielen Männern in diesem Flüchtlingsheim, in der ganzen Welt als ihren Mann auserkoren! Einzig die Anwesenheit der Dolmetscherin hielt ihn davon ab, ihr seine ewige Liebe zu gestehen, und sie davon, sie züchtig zu erwidern. Er ertrank in der feinen Perlenkette der Feuchtigkeit entlang ihrer Oberlippe…

Zum Abschluss der Begegnung erhoben sie sich gemeinsam. Sie reichte ihm die Hand zum Abschied, wundervoll westlich, noch immer das schelmische Lächeln auf ihren Lippen. Er streckte seine Hand nach ihrer aus... Die Dolmetscherin blickte gelangweilt zur Seite... Ihre Hände berührten sich, die Funken flogen, und ohne zu wissen, was er tat, kopflos vor Begierde, umklammerte er ihre beiden Hände und stieß mit seinem Gesicht nach dem ihren, wie er es die Filmstars hatte tun sehen...

... und dann war aus seinem Engel plötzlich ein Drache geworden, und seine linke Wange brannte, und dieser eben noch liebliche Mund SCHRIE vor Empörung, und die Worte purzelten hässlich und sinnlos in alle Richtungen... SEXIST, BELÄSTIGUNG, SCHANDE, BESCHISSENER MACKER, SCHWEIN, SAU, WIE KANN ER ES WAGEN, MENSCHENRECHTE...

Er bebte vor Schreck und Scham, als die Dolmetscherin ihn von Miss Karatakis wegzerrte, und wehrte sich nicht, als er aus dem Büro geworfen wurde. Er fühlte sich, als sei er für alle Zeit aus dem Paradies verbannt worden...

Dann fiel ein paar Wochen später, an einem noch trüberen Tag als sonst, die Klimaanlage aus, und die Temperatur staute sich auf, bis selbst die trägen Schmeißfliegen zum Fliegen zu überhitzt zu sein schienen – sogar dazu, vor den zusammengerollten arabischen Zeitungen zu flüchten, die jede Woche eingeflogen wurden. Ibrahim hätte nie gedacht, dass es in Europa so heiß werden konnte.

Der fette, grobe Wärter Nummer 114 trampelte mit einer noch ungefälligeren Miene als sonst durch die Gemeinschaftsräume. Der eine Fernseher zeigte ein torloses Fußballspiel in der griechischen Super League, auf dem anderen lief das Nachrichtenprogramm – große Bombenexplosion in Bagdad, Waldbrände in Korinth. Auf einem in Gelb und Orange gehaltenen Diagramm des Balkans symbolisierten wabernde bunte Linien mehr und mehr Hochdruckgebiete, und eine stilisierte Sonne machte unmissverständlich klar, dass auf diese Hitze nur weitere Hitze folgen würde. Gelangweilt und reizbar saßen Männer 21 verschiedener Nationalitäten und zweier islamischer Konfessionen nebeneinander und fächelten sich Luft zu.

Und dann beschuldigte ein Syrer einen Libanesen, beim Dominospiel geschummelt zu haben; eine grundlose Anklage, die wütend zurückgewiesen wurde – unglücklicherweise jedoch inklusive einer ausführlichen Kritik an den Vorfahren des Syrers. Eine verschwommene Bewegung, und schon schoss dem Libanesen ein Sturzbach von Blut aus der Nase – laute Rufe, und schon war der Aufenthaltsraum voller Fäuste, Füße und Stühle. 114 stürmte herein und blies in seine Pfeife – aber jemand verpasste ihm einen Schlag in den Magen, und er ging zu Boden, wo Füße Monate der Erniedrigung an seinem Gesicht abreagierten. Ein Fenster ging zu Bruch, und jemand schrie. Jemand anderes schleuderte einen Stuhl auf den Fernseher, der in eine ansehnliche blaue Glaswolke zerplatzte.

Die große, breite Wärterin mit den gefärbten Haaren eilte mit einem ihrer Kollegen hinzu, doch beide wurden vom plötzlich vereinten Mob wieder hinausgedrängt. Sie zogen sich hinter die verstärkten Glastüren zurück, aber ihnen waren Männer auf den Fersen, deren ursprüngliche Streitigkeiten hinter ihrem Groll gegen die Staatsmacht zurückgeblieben waren. Ibrahim stand unschlüssig im Hintergrund und sah, wie die unansehnliche Nase der Frau brach, als das Gewicht von vier Männern sie gegen die Tür drückte – deren Hände sie noch begrapschten, während sie ihr Gesicht ruinierten. Mehr Fenster gingen in Scherben, und draußen schrillte der Alarm. Grölende Männer rannten durch Flure, die auf einmal ihnen gehörten, und alle waren in Bewegung und schrien, warfen Feuerlöscher durch Fenster, brachen in Büros ein, warfen Aktenschränke um und räumten Schreibtische ab. Einige Männer durchsuchten Schubladen und jauchzten vor Freude, während sie Kugelschreiber, Taschenrechner, Batterien und Hartgeld einsackten. Schautafeln flogen von den Wänden, Telefone und Computer aus ihren Steckdosen. Plötzlich schossen Flammen aus einem Papierkorb, und die Männer heulten ekstatisch auf. Dann zog der Ansturm weiter, und alle verließen fluchtartig den Raum – alle bis auf einen extrem fetten Burundier, der gierig unter den Rock der Wärterin schaute, und Ibrahim, dem eine fantastische Idee gekommen war. In seinem Kopf war ein Bild aufgeblitzt – ein ganz bestimmtes Stück durchhängenden Zaunes, dahinter eine Gasse. Noch während die Wärterin sich aufsetzte, nach ihrem ehemaligen Gesicht tastete und versuchte, ihre stämmigen Schenkel zu bedecken, schnappte Ibrahim den Schlüsselbund von ihrem Gürtel. Der Burundier bekam seinen Schlüsselraub nicht einmal mit; er streckte seine Pranken aus einem ganz anderen Grund nach der niedergestreckten Frau aus. Ibrahim hörte sie schreien; dann schnitt die Brandschutztür das Geräusch ab.

Er rannte muffige, leere Flure entlang. Die Sirenen, das Geschrei, die zerbrechenden Gegenstände – all das war kaum noch zu hören. Er war auf dem Weg zum Hof und dem beschädigten Zaun, der ihm aufgefallen war, ohne dass er es selbst wirklich bemerkt hätte.

Während er rannte, dachte er bei sich, dass er diesen Korridor jetzt zum letzten Mal sehen würde. Er stürmte in sein Zimmer mit den verstreuten Klamotten und übervollen Aschenbechern, tauchte unter dem Metallbett nach seinem Rucksack, zog ihn in einer geschmeidigen Bewegung hervor und plünderte die Schubfächer, in denen seine gewaschenen Kleidungsstücke lagen. Armvoll um Armvoll landete im Gepäck. Dann schnappte er sich ein paar Socken und Unterwäsche von seinem chinesischen Zimmergenossen; sie beide hatten ungefähr die gleiche Größe. Es waren nur 60 Sekunden vergangen, ehe er sich durch weiterhin verlassene Flure wieder davonmachte.

Eine halbe Minute später hatte er die Glastür erreicht, die auf den Hof führte, und spähte nervös nach draußen. *Alles leer!* Mit flinken Fingern stöberte er den Schlüsselbund durch, fand den gesuchten Schlüssel und riss die Tür auf.

Die unbewegte Luft hatte etwas Hoffnungsvolles, als er die hundert Meter auf den Zaun zuspurtete. Gelobt sei Allah – da war er, er hing noch immer durch, und dahinter lag die Gasse und flimmerte still vor sich hin. Alle Wärter waren ins Innere des Heims gestürmt. Hinter ihm schwoll der Krawall zu einem neuen Höhepunkt an. Ibrahim warf seinen Rucksack hinüber auf den Weg, nahm zehn Meter Anlauf, sprintete auf den Zaun zu und sprang. Er bekam die herabhängenden obersten Drähte zu fassen – sie hielten! Ein kräftiger Zug aus dem Oberkörper, dann suchte sein Bein Halt auf dem sich biegenden Drahtgestell. Gefunden! Und schon war das andere Bein drüben, und dann er selbst. Beinahe fiel er hin, als er seinen Fuß nicht schnell genug freibekam, und blickte einen Moment lang auf die Gebäude zurück, in denen er so lange verschmachtet war.

Dann sah er den anderen Mann, der ebenfalls auf den Zaun zurannte – auch dieser schleuderte eine große Tasche herüber, wagte den Hochsprung und kletterte über den aufbegehrenden Draht. Es war einer der Männer, die Ibrahim zwar gesehen, aber nie mit ihnen gesprochen hatte – einer aus Marokko, wenn er sich recht erinnerte. Sie sahen einander einen Augenblick lang an und grinsten; zusammengewürfelte Gesetzlose, listenreiche Brüder jenseits der Grenzen. Ohne etwas sagen zu müssen, hoben sie ihre Taschen auf und stürzten die Gasse hinunter. An der Ecke, wo diese auf die Straße traf, hielten sie kurz inne und spähten rasch in beide Richtungen. Da kam ein Polizeiwagen mit eingeschaltetem Blaulicht! Sie duckten sich gerade noch rechtzeitig zurück, und das Auto raste auf das Haupttor in der nächsten Straße zu.

Ibrahim und der Marokkaner sahen sich noch einmal um, lächelten halbherzig und nickten einander zu; dann gingen sie schnell in entgegengesetzte Richtungen davon und sollten einander nie wiedersehen. Ibrahim hatte das seltsame Gefühl, dass sie Freunde hätten werden können, wenn sie miteinander gesprochen hätten, und sollte sich hinterher noch manches Mal fragen, was wohl aus dem anderen geworden sein mochte.

Jetzt aber war es das Wichtigste, aus Lavrio zu verschwinden. Bis nach Athen waren es 90 Kilometer. Er hoffte, dass der Aufruhr noch eine ganze Weile andauern und die Polizei so beschäftigen würde, dass ein oder zwei Ausreißer nicht auffielen. Er durfte keine

Aufmerksamkeit erregen und zwang sich dazu, langsamer zu gehen und einen lässigen Eindruck zu machen. Hoffentlich waren sein Gesicht und seine Kleidung nicht zu schmutzig, und hoffentlich bemerkte niemand sein fremdes Aussehen.

Er machte sich zu viele Sorgen. Das Vorhandensein des Asylheims hatte dafür gesorgt, dass in den umliegenden Straßenzügen eine Art Minighetto mit Fachgeschäften und mehreren inoffiziellen Moscheen entstanden war. Nun musste er nur noch versuchen, ein paar Leidensgenossen aus Basra zu finden – was nicht so leicht werden würde, denn er wusste, dass es sich bei den Irakern in Griechenland hauptsächlich um Sunniten aus dem Norden handelte. Er schlenderte so zwanglos wie möglich an schmuddeligen Kiosken und noch schmuddeligeren Cafés vorbei.

Endlich entdeckte er einen Lebensmittelladen, in dessen Schaufenster ein Farbfoto – sein Herz schluchzte auf – des guten alten Basra mit einem Ruq'a-Schriftzug im Hintergrund lag. Ein kahlköpfiger Mann mittleren Alters saß hinter dem Tresen des ansonsten leeren Geschäfts. »Salam.«

»Salam. Kannst du mir helfen? Ich komme aus Hayyaniyah und will nach Athen.«

Der Mann blickte ihn unverbindlich an. »Schwierigkeiten mit der Polizei?«

»Ich bin aus dem Flüchtlingsheim abgehauen. Ich will nach England.«

»Ach, *deshalb* die ganzen Sirenen? Ei, ei, ei… Moment.«

Der Mann ging zur Tür und prüfte die Straße, dann kam er zwinkernd und verschwörerisch lächelnd zurück. Ibrahim gefiel sein Blick nicht. Diese Schweinchenaugen betrachteten ihn abschätzig und schienen verachtungsvoll.

»Du kannst nicht hierbleiben. Die Polizei wird kommen. Du musst abhauen, so schnell wie möglich. Hast du Geld?«

In Ibrahims Schuh befanden sich über zweitausend Dollar. »Ein bisschen«, gab er argwöhnisch zu. Der andere warf die Hände in die Luft.

»Ok, Ok – sag nichts. Ich will es gar nicht wissen! Ich habe mich nur gefragt, ob du dir eine Mitfahrgelegenheit nach Athen leisten kannst – oder besser nach Piräus. Mein Nachbar Nassim hat ein Auto. Er kommt auch aus Basra, also wird er sicher großzügig sein. Es sind 85 Kilometer, und wenn sie ihn schnappen, kommt er ins Gefängnis. Du müsstest sein Benzin bezahlen, seine Zeit – und dann noch ein bisschen, weil er sich in Schwierigkeiten bringt. Er würde es für zweihundert Dollar machen.«

»*Zweihundert*!«

»Tja, mein Freund, so läuft das – und denk dran, du musst dich schnell entscheiden. Bald wird es auf dieser Straße vor Polizisten wimmeln. Und wenn sie dich zurückbringen, dann wanderst du in Einzelhaft, Kumpel. Dann kannst du es dir abschminken, hier einmal legal leben zu dürfen. Zweihundert – nimm das Angebot an oder lass es. Das Geld würde auch meine Verschwiegenheit abdecken, für die ich andernfalls nicht garantieren kann.«

Er grinste bösartig und trottete davon, um ein paar hässliche Früchte im Schaufenster zurechtzurücken. Ibrahim blieb keine Wahl. »Ok! Können wir gleich zu ihm gehen?«

»Zuerst das Geld, Freundchen!«

Ibrahim zog das Geldbündel aus seinem Schuh und zog ein paar sehr knittrige und etwas müffelnde Scheine heraus, die er dem Ladenbesitzer vor die begeisterten Augen hielt. »Warte hier«, sagte der und ging hinaus.

Er blieb ungefähr fünf Minuten lang weg – in der Zwischenzeit war Ibrahim übel. Er rechnete jeden Moment halb damit, Polizeisirenen zu hören und Streifenwagen um die Ecke rasen zu sehen. Das Radio hinter dem Tresen spielte arabisch klingende Musik, und Ibrahim erinnerte sich, wann er zum letzten Mal solche Musik gehört hatte – im Zug, bei der Fahrt durch Damaskus. Damals hatte sie ganz normal und traurig geklungen; hier klang sie blechern und unglaublich fehl am Platz. Dann kam der Mann zurück; er wirkte grimmig-befriedigt.

»Ok, alles geklärt. Du kannst ihn in fünf Minuten an dieser Ecke da treffen, und er bringt dich dann nach Piräus. Er heißt Nassim. Zweihundert für ihn, fünfzig für mich.« Er hielt die Hand auf.

»Von einem Honorar für dich war nicht die Rede.«

»Tja, so ist das nun mal. Denk dran, was du für den Fünfziger bekommst. Ist doch besser, wenn die Polizei nicht weiß, wohin du unterwegs bist und mit wem, oder?«

Ibrahim dachte daran, wie es sich angefühlt hatte, Mandurs Gesicht einzutreten, und ballte die Fäuste – dann atmete er tief durch und gab dem Erpresser das Geld. »Klug von dir, sehr klug. Jetzt geh und warte an der Ecke, mein Freund. Er hat einen blauen Ford. Geh mit Gott!«

Ibrahim schlüpfte aus dem Laden und knallte die Tür hinter sich zu. Er hatte schon beinahe erwartet, dass Nassim nicht kommen würde, doch da stand ein blauer Ford und wartete. Ein fetter Mann saß hinter dem Steuer und rauchte. »Nassim?« Der Mann öffnete lautlos die Beifahrertür. Sobald Ibrahim sich gesetzt hatte, fragte er: »Geld?« Ibrahim zeigte ihm die Dollarnoten und fragte zurück: »Piräus?« Nassim nickte und bog auf die Straße nach Athen ein.

Über eine Stunde lang fuhren sie ohne ein Wort. Die hässliche Kleinstadt verschwand, ohne dass sie vermisst würde, und dann waren sie auf offener Straße, über der sich die Wolkendecke schloss. Es war wundervoll, wieder unterwegs zu sein. Ibrahim summte ein Lied vor sich hin, das er im griechischen Fernsehen gehört hatte, und trommelte mit den Fingern, während sie kleine Städte, Dörfer, Felder und Industrieparks passierten, hin zu breiten Straßen, an denen neue Häuser aufgereiht waren, die allmählich älter und immer dichter bewohnt wurden. Sie befanden sich bereits in den Athener Vororten, und noch immer hatte Nassim nichts gesagt. Ibrahim starrte nach draußen und betrachtete die absolut identischen Häuser mit ihren cremefarbenen Wänden und Olivenbäumen, und kurz hatte er den Eindruck, wieder in Basra zu sein. Erste große Tropfen warmen Regens klatschten auf die mit Insektenresten verschmierte Windschutzscheibe. Die Luft kochte vor statischer Elektrizität. Dann endlich sprach Nassim, so abrupt, dass Ibrahim zusammenzuckte.

»Ich lasse dich in der Innenstadt von Piräus raus. Großer Hafen – viel internationaler Verkehr. Du kannst dich auf ein Boot nach

Italien schleichen; es gibt dort Männer, die für ein paar tausend Euro einen Moment lang weggucken. Oder du suchst dir selbst etwas – deinen ganz persönlichen Lastwagen. Von hier aus wird jede Menge Zeug nach Norden und Westen gekarrt – Obst, Fleisch, Schuhe, Klamotten, Öl. Die haben dort auch ein Café, wo du Männer treffen kannst, die dich in einen Laster Richtung Norden setzen. Ich werde es dir zeigen.«

Dann verfiel er wieder in Schweigen. Ibrahim murmelte »Ok« und wusste nicht, was er noch sagen sollte. Nassim hatte ihn an die Hindernisse erinnert, die noch vor ihm lagen, und nun fühlte er sich müde und klein. Nach allem, was er durchgemacht hatte, war er noch immer auf der Flucht – er schlich sich wie ein Dieb in Länder hinein, ja in einen ganzen Kontinent.

Es donnerte, und das Wetterleuchten erhellte ein abscheuliches Panorama – Fußballstadion, überfüllte Doppelfahrbahnen, die einander überkreuzten, graffitiüberzogene Fabrikgebäude und schmuddelige Wohnblocks. Nassim bog auf eine andere Fahrbahn ab und fuhr dann eine Ausfahrt hinunter, die in eine zwielichtige Gegend voller Bars und Cafés führte, mit LKW-Parkplätzen, eingezäunten Feldern voller unregistrierter Fahrzeuge und Bürogebäuden für erfolglose Unternehmen mit großspurigen, weltgewandten Namen. Er parkte vor einer Spedition – zumindest stand das auf dem abblätternden Schild über diesem braunen Lagerhaus mit zerbrochenen Scheiben und nachts scheinbar freilaufenden Wachhunden. Ibrahim wunderte sich, weshalb ein solcher Ort bewacht wurde. Noch immer fiel schwerer Regen, obwohl das Gewitter vorübergezogen war – er machte die Luft ein wenig süßlich. Nassim deutete auf ein verwahrlostes Café. »Das da. Frag nach Abdul Aziz. Und jetzt...«

Er hielt die Hand nach dem Geld auf. Dann zählte er nach, schob es in seine Hosentasche und starrte im Anschluss bewegungslos durch die Frontscheibe. Ibrahim nahm seinen Rucksack und rannte durch den Nieselregen auf das Café zu – schrecklich allein in einer üblen Gegend in einem unfreundlichen Land, von der Polizei gesucht und fremder Gnade ausgeliefert.

Kapitel XIII
DIE SONNTAGSZEITUNGEN

London
Sonntag, 11. August

Die Toten hatten in mehrfacher Hinsicht das Festland erreicht. Sie seien Menschen des Volks gewesen, verkündete ein Kolumnist, der zuvor am meisten dafür bekannt gewesen war, dass er um drei Uhr morgens vor einem Nachtclub beim Versuch eines Interviews von einem Schauspieler niedergeschlagen worden war. Aber der Satz ging noch weiter: Wer kein Mitgefühl für diese Menschen des Volks aufbringe, der gehöre nicht mehr zu diesem Volk. Eine andere Journalistin hatte mit echten Tränen zu kämpfen, als ihr Kameramann an einen vom Salzwasser durchtränkten Teddybären heranzoomte, der langsam die Brandungskante entlangtrieb – denn für diese Aufnahme würde sie mit Recht den diesjährigen *Excite!*-Preis für soziales Verantwortungsbewusstsein (früher nach dem Namen seines Stifters als Thanatos-Pesticides-Schild bekannt) gewinnen!

John und ein paar wichtigen anderen Leuten brachte diese Woche ein Wechselbad der Gefühle – Entsetzen, Schuld, moralische Gewissheit, die Befriedigung darüber, recht behalten zu haben, und das Gefühl, dass große Ereignisse irgendwie ins Rollen gekommen waren. Für sie waren die am Strand Liegenden ein ständiger Vorwurf, ein Symbol für alles, das sich ändern musste. Sie waren Beweisstücke in einem Prozess gegen all das, was falsch lief. Sie waren schillernde Pilger, Martin Luther Kings für die Generation Xbox, die Che Guevaras von heute, ertrunkene James Deans, Rebellen und Märtyrer, gestorben im Namen der Liebe, geheiligt durch ihr Schweigen, verehrt dafür, dass man sie nie hatte kennenlernen dürfen. Sie waren Enzyme des Wandels. Sie repräsentierten eine

Milliarde Lebenswirbel, die wieder und wieder vorüberzogen, von Süden nach Norden, von Osten nach Westen, von der Ersten in die Zweite in die Dritte Welt, von Arm nach Reich, von Frisch nach Schal, von Aufstrebend nach Vergreist. Menschen wie du und ich (aber moralisch besser als du und ich) – auf der Flucht vor Krieg, Hunger, Armut, Seuchen und der quälenden Tradition, in Richtung unserer niedergehenden Sonne schlurfend, hustend, weinend, stöhnend und unterwegs sterbend, nur um vom unermesslichen Strom der Nachrückenden zertrampelt zu werden, die nichts besaßen außer ihrer Glaubwürdigkeit und immer kranken Kindern in den immer abgezehrten Armen. Sie waren ausgedörrte Vogelscheuchen, die darauf warteten, zum Leben erweckt zu werden – eine Armee, die in Frieden kam und auf ein paar Brotkrumen von den ächzenden Tafeln derjenigen hoffte, deren Autos sie waschen würde, deren Kinder sie behüten und deren Altersheime sie mit Personal füllen würde. Sie brachten Farbe und Lebenskraft, Erleuchtung und Volksweisheit, die Rettung des Sozialstaats und niedrige Löhne. Unsere Welt lag im Sterben. Die Gezeiten hatten gewechselt, und die Sehnsucht nach der See erfüllte alle mit dem Wunsch, die weit offen liegenden Länder des Nordens zu sehen. Die ganze Welt setzte ihre *Die* in Marsch.

Aber es gab auch noch einige, die das nicht verstehen konnten und *alles* tun würden, um ihre Privilegien zu bewahren. Quer zur Geschichte hatte sich eine perverse Allianz zusammengefunden – Geschäfts*männer*, Banker, Grundbesitzer, das Militär, spießige Urlauber, die unbekümmert am Strand entlangflanierten und das Flehen ignorierten, populistische Politiker, pummelige Provinzler. Sie alle hatten garstige Barrikaden gegen die Zukunft errichtet – Furcht und Formulare, Vollstreckungsbeamte und Verwaltungsverfahren, Waffen und indirekte Diskriminierung, Tränengas als Antwort auf Tränen.

Andere versuchten, zu verstehen, aber konnten sich nicht von ihrem Alter und ihrer Klasse freimachen. John verbuchte seine eigenen Eltern unter dieser Kategorie. Um seine Unzufriedenheit mit der Schule irgendwie überzukompensieren, hatte John immer schon über die Plattitüden seines Vaters – die er später »Schlappitüden« taufen sollte – gespottet und sogar demonstrativ in der vordersten Kirchenbank die Augen gerollt und gegähnt, während sein Vater von der jakobinischen Kanzel in der Kirche des Hl. Botolph Reden schwang und wie die göttliche Milde selbst auf dahinschwindende, in Polyester gehüllte Kirchgänger hinabstarrte, ehe er sie in Choräle überleitete, die weder bekannt noch interessant waren. Rückblickend erkannte John, dass Daddy stets integer, aber durcheinander gewesen war, zu sehr in die anglikanische Kirche verstrickt und gemäßigt, um dem ketzerischen Erbe der Familie gerecht zu werden.

Die Leydens hatten mindestens seit dem 15. Jahrhundert in ihrer Ecke von Devon gelebt und über die Jahrhunderte hinweg, die unter anderem auch sie turbulent gestalteten, protestantischen Fundamentalismus mit politischem Radikalismus vereint – »ein erblicher Makel des demokratischen Revoluzzertums«, wie es ein Tory des 19. Jahrhunderts in der *Quarterly Review* genannt hatte. Einige Leydens hatten für ihre Überzeugungen ihre Leben aufs Spiel gesetzt; zwei Brüder waren tatsächlich unter Königin Maria der Blutigen zu Märtyrern geworden, und ihr verwahrlostes Denkmal stand noch immer im nahegelegenen Marktflecken. Aber keiner hatte jemals widerrufen. Auch wenn er Atheist war, so war John doch stolz auf die zielgerichtete Gefährlichkeit seiner Vorfahren und sah sich selbst in ihren Fußstapfen wandeln. Strenggenommen war das die einzige Tradition, zu der er sich bekannte. Wie sie, so hatte auch *er* keine Angst davor, unliebsame Standpunkte zu vertreten, auch unter beträchtlichen persönlichen Opfern.

Heute sah er die Bibelkommentare seines Vaters in einem etwas milderen Licht, waren sie doch gut gemeint und poststrukturalistisch inspiriert – aber sie waren nichtsdestoweniger *Bibel*kommentare, niedergeschrieben in einem blauregenbewachsenen Pfarrhaus neben einer Kirche aus dem 14. Jahrhundert, ganz am Ende eines von Eichen umsäumten jungsteinzeitlichen Pfads. Was für ein Risiko oder was für eine Bedeutung barg *sowas* schon? Wie jeder in seiner Generation und Klasse, so hatte auch Daddy keine Vorstellung davon, wie sich der Schmerz sozialer Ausgrenzung anfühlte. Er faulte immer noch in Devon vor sich hin, nun allerdings in Leyden Hall (nachdem er sich aus dem Kirchenamt zurückgezogen hatte), schrieb immer noch Leserbriefe an die *Times*, die sich mit Themen vom moralischen Verfall über Kürzungen des Sozialetats bis hin zum großartigen spirituellen Beispiel des Dr. Martin Luther King befassten und von denen einige abgedruckt wurden.

Seine bequeme Sturheit fand sich ergänzt durch Mummys Kissenstickerei und Entspannungsmusik. Ihr ganzes Verständnis davon, sich um irgendetwas zu kümmern, erschöpfte sich darin, ihr Gewissen mit dicken Schecks für diverse Wohltätigkeitsvereine zu erleichtern. John hatte nie den Fehler gemacht, einfach nur Geld an karitative Organisationen zu überweisen. Was gebraucht wurde, war revolutionäre Reform anstatt Palliativmedizin. Alles hing mit allem zusammen; alle U-Boote mussten zur selben Zeit auftauchen. Seine Eltern hatten sich nie mit solcher Tiefenanalyse befasst oder versucht, die Übel der Welt als unterschiedliche Aspekte desselben universalen Problems zu betrachten. Er hatte sich oft bemüht, es ihnen verständlich zu machen, aber das war nur Zeitverschwendung gewesen.

Er hatte all das hinter sich gelassen, so schnell er konnte, und als er seinen Abschluss in Oxford machte, fühlte er, tatsächlich aus seiner kompromittierenden Klasse ausgetreten zu sein und sich der Verschwörung der *Wir* angeschlossen zu haben – der wachsamen, liberalen, offenen, edlen, großzügigen, kultivierten, engagierten und tapferen, nur eine kleine Gruppe, die den Durchblick hatte, und deren Mitglieder mutig genug waren, zu sagen, was gesagt werden musste. Er hatte niemals einen Blick zurückgeworfen, allerhöchstens in vagem Zorn.

Heute sah er seine Eltern nur noch selten, aber sprach ziemlich oft mit seiner Mutter – meistens ging es dabei um Geld. Mittlerweile jammerte sie aber auch manchmal über ihre Gesundheit und fragte, wann er sie einmal wieder besuchen würde. Ihre geschmacklose moralische Erpressung amüsierte ihn sehr – genauso wie der Versuch der beiden, über ihre jährliche Zahlung an ihn finanzielle

Kontrolle auszuüben. Sie hatten ihm sogar seine Wohnung gekauft, in der schamlosen Hoffnung darauf, damit seine Gunst zu erwerben. Aber er war ein viel zu unabhängiger Geist, um sich so einfach einwickeln zu lassen – und überhaupt, gab es nichts Wichtigeres zu tun? John war sich im höchsten Maße darüber im Klaren, dass er ein gutes Werk tat, und während seine Hände federleicht über die Tastatur flogen, summte er vor sich hin.

Dylan Ekinutu-Jones befand sich in seiner im afrikanischen Retrofolklorestil eingerichteten Wohnung, blickte über die Fläche, die einmal das Marschland von Hackney gewesen war, und lauschte mit halbem Ohr einem Drama namens *Die Illegalen*. Der »Kulturzar« des *Examiner* hatte es empfohlen – »ein funkelnder, mitfühlender, frecher, gerissener, uriger und vorurteilsloser Bildungsroman, der die Schicksale von sechs Papierlosen auf ihrer Achterbahnfahrt durch die Schattenseiten Europas verfolgt. Eine mutige Fabel für unsere Tage.«

Er persönlich fand das Stück wenig überzeugend (der Autor war ein Schotte niederen Adels, der sich als Glasgower aus der Arbeiterklasse ausgab), und seine Gedanken kreisten ruhelos um das wahre Drama drüben im unwahrscheinlich fern klingenden Crisby St. Nicholas.

Wie John, so betrachtete auch Dylan die Opfer als Symbole, aber er verspürte ebenso ein unlogisches Mitgefühl mit den Toten. Eine Reaktion, die auf einem deplatzierten Gefühl der Blutsverwandtschaft beruhte. Er dachte sich: »Das hätten auch ich oder mein Dad sein können!« Plötzlich schoss ihm ein seltsamer Begriff durch den Kopf: Es war ein *Blutpakt*. Er spürte, die Toten waren wie er gewesen – unerwünscht, unwillkommen, ungeliebt. Sie hatten den Kampf gegen die Vorurteile und die Verfolgung, gegen den heuchlerischen, verhassten, ersehnten, beneideten Westen verloren. Den gleichen Kampf, den er stets gekämpft hatte, noch immer kämpfte und so lange weiterkämpfen würde, bis er – so wie sie – beim Sturm auf die Festung fallen würde. Wieder und wieder las er die Einzelheiten der Tragödie, und ihm schossen heiße Tränen in die Augen. Es war alles so *unfair*!

Das Unterhaus war zurückberufen worden, um die Krise zu diskutieren, und die ganze Woche über trugen die Abgeordneten den Ärger über ihren Urlaubsabbruch zur Schau, indem sie miteinander darum wetteiferten, wer die Geschichte auf die übertriebenste Weise bemühen würde.

Vom Parlament aus flog auf parteiübergreifenden Flügeln eine Stellungnahme durch das Land, die »den inhumanen Handel mit menschlichem Leid« und »den Rassismus, der Leben zerstört und uns alle mit Scham erfüllt«, verdammte. Der energische Beitrag Richard Simpsons zur Eröffnungsdebatte war wundervoll charakteristisch: »Mr. Präsident, g'ehrte Abgeordnete, jetzt ist nicht die Zeit für Trauer, sondern für *Wut*. WUT! Wir müssen durchgreif'n und sicherstell'n, dass sowas nie wieder passiert. Wir brauch'n eine umfass'nde Untersuchung, und zwar *SOFORT*!«

Er setzte sich, während Beifallrufe aufbrandeten und die Abgeordneten hektisch mit ihren Papieren wedelten. Der Saal rauschte und tönte wie Bäume im Sturm. Leidenschaft und Entschiedenheit lagen in der Luft und stiegen den Parlamentariern zu Kopf wie ihr Bordeaux. Der Premierminister hatte zwar mit angemessener Ausdrucksstärke pariert, aber als er die wogenden Ränge sah, wurde ihm bewusst, dass er die Stimmung längst nicht so gut wie Simpson eingeschätzt hatte. »Simpson, dieses Arschloch«, dachte er. »Er genießt jede Sekunde.«

Am Freitagabend hatte Jim Moore, der »Perry Como von Pinner«, im kastanienbraunen Anzug, Minnesänger der Frauen aus der unteren Mittelschicht und der schwulen Kitschliebhaber, seine ausverkaufte Show im West End unterbrochen und sein Publikum um eine Schweigeminute »für alle Unwillkommenen dieser Welt« gebeten. Bei vielen Zuschauern, die ohnehin nahe am Wasser gebaut waren, wallten die Emotionen auf, als der goldene, mit Putten verzierte Theatersaal in unruhiger Stille versank – bis auf tausende Geister, die sie bedrängten. Die unmittelbar bevorstehende, verschmähte Zukunft fragte: »*Warum?*«

Danach setzte er sich an den Stutzflügel, schlug die ersten Akkorde von »A Babe is Born« an und summte die ersten Verse. Und als das Bühnenlicht sein schönes Haar und hübsches Hemd umschmeichelte und seinen Augen einen besonderen Glanz verlieh, brachen alle Dämme – der Saal ertrank in Hysterie, und tausende tränennasse Gesichter schimmerten im Licht unzähliger Sicherheitsfeuerzeuge, die vor der Show verteilt worden waren.

»Das war wirklich Jim Moores *Best of*«, würde ein einfühlsamer Kolumnist später schreiben, »ein Moment, der durch Mark und Bein ging und in dem man fühlte, dass das gute alte Mitgefühl noch immer Berge versetzen kann. Moores Aufrichtigkeit ist ergreifend, und er hat fast zu viel Herz, als gut für ihn ist.«

»Moore fesselt alle«, schrieb der *Meteor*. »Jim mit dem großen Herz hat sein Publikum gestern Abend zu TRÄNEN gerührt, als er sang, um Spenden für die Toten am Strand zu sammeln. Im vornehmen New Parnassus Theatre im Londoner West End SCHLUCHZTEN die Fans, als der millionenschwere Sänger den BRECHEND VOLLEN Saal aufforderte, mit ihm ›A Babe is Born‹ anzustimmen. Und alle griffen tief in ihre Taschen und brachten FAST 80 000 PFUND für Flüchtlinge auf. Gut gemacht!«

Ebenfalls am Freitagabend hatten Atrocities Against Civilians, berüchtigt für ohrenbetäubende Lautstärke, depressive Texte,

Drogengeschichten und die »Polysexualität« ihres Sängers Scum (mit der Imogen Williams unlängst enttäuschende Erfahrungen gemacht hatte), in einem großen umgebauten Lagerhaus am Rande der Stadt ihre Hymne »Dead God« nach der Hälfte unterbrochen und bekanntgegeben, dass sie nur weiterspielen würden, wenn das Publikum mindestens 70 000 Pfund zusammenkratzen würde, »für diese armen Schweine da am Strand, die nur ein besseres Leben für sich und ihre Kinder wollten. Ham'wa uns verstanden?«

Das jubelnde und trampelnde Publikum – Büroangestellte, die sich für den heutigen Abend in Schwarz gekleidet hatten – hatte ihn verstanden und griff nach den Kreditkarten, während das Schlagzeug beharrlich zu wummern begann und Scum abwechselnd weiterpredigte und Kokain von einem Verstärker schniefte. »Kommt schon, ihr Wichser! Lasst mal euer Scheißgeld sehen! Kein Geld, keine Musik!« Die Zuhörer stöhnten und wogten hin und her, während sie zahlten. Fast eine halbe Stunde lang zogen gehetzte Tresenkräfte durch die Menge und sammelten Bankdaten und Bargeld ein, während der Schlagzeuger der Atrocities seine Felle mit unnachgiebiger, amphetaminverstärkter Energie bearbeitete. Dann knallten die Trommeln plötzlich zurück in den vertrauten Rhythmus, die Gitarren knurrten, die riesigen Deckenfluter flammten auf, und »Dead God« begann in all seiner irrsinnigen Gewalt von vorn. Scum stand auf der Bühne mit rudernden Armen und verschmiertem Mund wie ein knochiger Antichrist.

Am Ende, nachdem die Band mit einem letzten Hagel von Fäkalsprache und Schweiß die Bühne verlassen hatte und die Zuhörer wieder an Babysitter dachten, die ausbezahlt werden mussten, zeigte der große Bildschirm hinter der Bühne einen Zähler an: »81 045 Pfund, Auszählung läuft weiter…« Müder, undeutlicher Jubel verbreitete sich unter den schwindenden Fans und geriet ins Stocken, als sie durch die geöffneten Türen die kalte Nachtluft erschnüffelten.

Die Massen vor dem Petersdom neigten ihre Häupter, als der Papst *Urbi et orbi* anflehte, für alle verlorenen Seelen zu beten – aus ihren Leben herausgerissen von Krieg und Unrecht, ständig heimgesucht von Gefahren – denn wir alle sind Reisende auf der gefährlichen Pilgerfahrt des Lebens – Gleichgültigkeit ist ein Gefühl, das menschliche Wesen sich nicht erlauben dürfen. Unter dem gestrengen Blick der steinernen Heiligen donnerten die Worte der kleinen, zerbrechlichen Gestalt über den Platz und weit hinaus in die Welt, um katholische Herzen von Coimbra bis Cusco zu durchbohren.

Auch wenn er dem Namen nach Katholik war, war Dylan weniger beeindruckt und kommentierte in seinem Blog: »Seine weiße Heiligkeit und seine ach so weiße Kurie sind Teil des Problems, nicht die Lösung. Sein Appell wurde in keine einzige asiatische oder afrikanische Sprache übersetzt. Was vermittelt das für eine Botschaft? Was Rassismus angeht, ist der Vatikan genauso weltfremd wie beim Thema »Wert der Familie«. Bei dieser brennenden Sache kommen sie alle ins Schwimmen. Rom braucht ein neues und repräsentativeres Establishment.«

Währenddessen richtete der Dom von Williamstow in Eastshire einen Gedenkgottesdienst aus. Sehr sorgfältig ausgewählte Schulkinder trällerten ein Lied, das just in dieser Woche entstanden war. Ein Pfingstler hatte »A Land That's Free to Make Us Proud« am Tag, an dem die Leichen gefunden worden waren, in nur wenigen Minuten zusammengeschrieben, und in einer Fügung des Schicksals war ein Radioproduzent gerade rechtzeitig an jener Kirche in West London vorbeigekommen. Das Stück war sofort professionell vertont und seither immer und immer wieder gespielt worden; es wurde gerade zum modernen Klassiker:

> *We're sending out a message to all people,*
> *From mosque and dome to synagogue and steeple.*
> *We're sending out a message to the world –*
> *The flag of Jesus' love has been unfurled.*
> *Now it's time to send our love out to the stars,*

And raise our voices clear and high and loud –
It's time to shout our passion near and far
And build a land that's free to make us proud!

Die Worte stiegen salbungsvoll in die normannischen Bögen des Kirchenschiffs auf und hüpften um die bizarren Kapitelle, die acht Jahrhunderte lang auf gelangweilte Katholiken, danach auf gelangweilte Anglikaner hinabgestarrt hatten. Die Radiosendung *The Rite Stuff* übertrug die Andacht live in die Häuser tausender Jungfern, die neben ihre Regale voller Ratgeberliteratur Kalender mit schlafenden Kätzchen in Blumenkübeln gehängt hatten. Der gefällige Klang berieselte gütige Heimchen, die Roastbeef und Yorkshire-Pudding für den traditionellen *Sunday roast* garten oder aus PVC-Gewächshäuschen auf makellose Gärten mit Kunststoffstatuen blickten.

Crisby setzte mit einer beispiellosen ökumenischen Veranstaltung noch einen drauf, bei der Dekan Jimmy an einem ungewöhnlich feuchtkalten Nachmittag einen gemeinsamen Gottesdienst mit Vertretern der Methodisten, Baptisten, Calvinisten, Unitarier und Katholiken abhielt. Alle waren da: die lokalen Abgeordneten, Vertreter der Rettungsdienste, die Pfadfinder und Pfadfinderinnen, die Landfrauen, die Ausschüsse für Gemeindesaal und Sportplatz, die örtlichen Zeitungen und fast alle Einwohner, inklusive der Gowts. Auch der hiesige Unterhausabgeordnete Roger Swithin war aufgekreuzt, stand drüben bei den Kameras des Coast Channel und blickte sehr fromm drein; auch wenn jeder wusste, dass er normalerweise nicht mit sonntäglicher Anwesenheit in den örtlichen Kirchen glänzte, weil er zu sehr mit Wahlkreisangelegenheiten beschäftigt war – in Form der verheirateten Frau, die dem Bezirksrat vorsaß. Auch etliche Schwarze und Asiaten waren da – die ersten, die Dan seit denen am Strand zu Gesicht bekam. Er machte sich selbst Vorwürfe dafür, dass ihm das auffiel.

Dann waren da noch fünf Fremde, die sich selbst die »Bruderschaft des Fischs« nannten. Sie trugen dünne Roben mit stilisierten Fischsymbolen, und ihre bloßen Füße waren an den Knöcheln mit echten Ketten aneinandergefesselt. Außerdem hatten sie handbemalte Schilder mitgebracht: »Wallfahrt gegen Vorurteile« und »Wir pilgern um die Welt, damit sie aufwacht«. Dan fiel auf, dass einer von ihnen unkontrolliert zitterte; in seinen Augen lag ein beunruhigendes, fernes Funkeln, so als würde er die Ufer des Jordan sehen. Dan fand Religion ganz in Ordnung – es tat ihm gut, hin und wieder in die Kirche zu gehen, und außerdem machte man das halt so. Er fand auch eine gewisse Beruhigung darin, alte Kirchen zu besuchen, aber ihm hatte nie eingeleuchtet, was Leute dazu brachte, durch das Land zu ziehen und sich – bei dem Gedanken fühlte er sich schuldig – lächerlich zu machen. Er fragte sich, wie gottgefällig der Ertrag jeder seiner Arbeitswochen – all die Feldfrüchte, und gute obendrein, um die Menschen sattzumachen – im Vergleich zur »Arbeit« dieser Fischmenschen sein mochte.

Hinter der »Bruderschaft« stand die Schule von Crisby – dreiunddreißig zappelige Kinder, mürrisch und peinlich berührt, insbesondere die Jungen. Sie alle hielten rosafarbene Luftballons in Herzform mit angebundenen kleinen Teddybären.

Zur Untermalung waren zwei Gitarristen, ein Flötist, ein Keyboarder mit seinem eigenen kleinen Verstärker sowie zwei Tambourinspieler aufgefahren worden; zusätzlich hatte man zwei Hornisten bei der örtlichen Heilsarmee ausgeliehen. Sie führten die Gemeinde erst durch »Eternal Father, Strong to Save« – starke Darbietung, von Herzen gesungen –, dann durch »Psalm for the Poor«, das ursprünglich für Schulen geschrieben worden war, aber schnell wieder zurückgezogen wurde, weil man es für zu christlich befand. Der Refrain war im afro-karibischen Calypso-Stil gehalten und lautete:

This is a psalm for the poor,
A song for all the world –
And let the sun shine through –
The su-uu-u-un shine through.

Diesmal schien die Sonne nicht durch, stattdessen fielen vereinzelte große Regentropfen lautlos auf den Sand. »Auch gut, die Ernte ist eingeholt und verstaut«, dachte Dan bei sich. Musik und Gesang waren stümperhaft, aber die Geistlichen bewahrten die Fassung und klopften im Takt mit den Füßen, während der Regen Sand auf ihre Schuhe und die Säume ihrer Soutanen spritzte. Dan fragte sich, wie es sich anfühlen musste, zu ertrinken. Er erschauderte und versuchte, sich auf den Text zu konzentrieren. Aber dieses Lied war nicht so gut wie das andere, das er so oft im Radio gehört hatte... Irgendwas mit »A Land That's Free«.

Jeder der Kirchenmänner hielt eine kurze Rede vor der Trauergesellschaft, die unter farbenfroh gestreiften Regenschirmen Schutz suchte. Ihre konfessionellen Unterschiede waren aufgehoben und gingen in der größeren Geschichte einer Riesenwelle des Elends unter, die durch die heißen Länder schwappte, um ihre mittellosen Opfer auf das schlechte Gewissen des Nordens zuzuspülen. Alle miteinander seien ja Kinder Gottes, das sei doch ein Trost, oder etwa nicht, und die trauernden Verwandten der Toten wüssten es in dieser schwierigen Zeit bestimmt zu schätzen, dass die ganze Welt im Schmerz mit ihnen vereint war. Sie alle beteten hier für die alle dort draußen. Die Fischbrüder pilgerten um die Welt, damit sie aufwachte, und würden sich über reichliche Spenden freuen.

Und so ging es weiter bis zum Höhepunkt – man ließ die Ballons los, die die Seelen repräsentieren sollten, die nun zu einem besseren Ort aufstiegen. Alle sahen milde interessiert zu, wie die Ballons mit ihren kleinen pelzigen Ballonfahrern dem Sprühregen entgegenstiegen und von einer Brise aufs Meer hinausgetrieben wurden. Es folgte ein Amen im Namen der internationalen Gemeinschaft, dann ein Gewusel in Richtung der Autos. Hatty und Clarrie schlossen sich der Menge an, doch Dan blieb einen Augenblick stehen und blickte über den aufgewühlten Strand – auf die dunklen Wolken, die langsam vorbeizogen, die entschwindenden Ballons und den zerfurchten Sand. »Arme Schweine!« sagte er laut. Dann drehte er sich um und ging langsam hinter den anderen her.

Der *Examiner on Sunday* brachte ein hastig in Auftrag gegebenes Gedicht namens »Leaving the Craft« von Emanuele le Sage, der ersten weiblichen Hofdichterin von Antigua und Barbuda:

Is it time, then,
To leave the craft?
To step into the coldness and the rain?
Isn't it time, friends,
To calm the seas
Of change that rush and rise, to conquer pain?
There are no strangers, we are all strangers,
Each to other –
Each other's brother,
Each other's mother.

Darunter fand sich die Zeichnung eines Manns mit Bürstenschnitt und vorstehenden Zähnen, der mit einer Mistgabel versuchte, eine Masse unterschiedsloser, aber offensichtlich »nichtweißer« Gesichter auf Abstand zu halten. John hatte volle fünf Seiten bekommen für seinen »Frontbericht: Im Spannungsfeld zwischen *Dad's Army* und *Mein Kampf*. Vor diesem Rassismus versinken die Shires in Scham«, und unser Kulturkritiker las ihn voller Stolz in der Bahn zur Tate Gallery. Sein Genuss wurde nur leicht getrübt von einer lärmenden Bande schwarzer Jugendlicher, von denen einer (John war sich ganz sicher) ein Auge auf sein MX-Telefon mit LAN, WAN, i-Info, FreeRoam™ und NASA-patentiertem, extraleichtem Metallgehäuse samt Lack-Zierstreifen in British Racing Green geworfen hatte. Er schob den Apparat in seine Hosentasche und vergrub das Gesicht in der Zeitung, um einen riskanten Blickkontakt zu vermeiden.

In Thorpe Gilbert kann man noch an England glauben. An Trollope und die Landschaftsbilder auf Millionen von Postkarten erinnert die Stadt mit ihren kleinen Geschäften, hübschen alten Häusern und pittoresken

Straßen, über denen der hohe Turm der Blasiuskirche aufragt, die seit dem späten 15. Jahrhundert den Mittelpunkt des Gemeindelebens bildete. Die Straßen sind emsig und fröhlich, und es gibt ein merkliches Gefühl von Zugehörigkeit und Gemeinschaft. Es ist eine nostalgische Wunschvorstellung von einer Stadt sowohl für die Einwohner als auch für Besucher, die an einem Ort wie Thorpe Gilbert Nachklänge des Englands finden, nach dem sie sich sehnen. Eines Englands, das behaglich ist, tröstlich, sauber, strukturiert, beruhigend – und rassistisch.

Man muss nämlich nicht lange an der Oberfläche der »Traditionspflege« kratzen, um eine ganz andere Stadt freizulegen – eine Stadt des Misstrauens und der eingewurzelten Verschlossenheit, die sich bisweilen in Fanatismus und Gewalt entlädt. Im Mittelalter war Eastshire eine Bastion des Widerstands gegen die Reformation, und ungebildete Bauern marschierten auf London, um ihren Aberglauben und ihre Privilegien zu verteidigen. 1788 hielt der nonkonforme Prediger »Glory« Gibbons eine Ansprache vor der Kirche und verursachte einen Aufruhr, bei dem ein prominenter ortsansässiger Katholik brutal zusammengeschlagen und seine Privatkapelle niedergebrannt wurde.

Heute kommen der Ultrakonservatismus der Gegend und ihre Furcht vor »dem Anderen« subtiler daher, hinter der Maske der Scheinheiligkeit, aber sie sind immer noch da – unter der lieblichen Oberfläche brodelt eine Kloake. Wir haben es hier mit dieser Sorte Stadt zu tun, in der eines dieser üblichen Wochenblätter, der *Thorpe Gilbert Intelligencer*, noch vor ein paar Jahren einen mutmaßlichen Straftäter als »afrikanisch aussehend« beschrieben hat.

Ich habe mich mit Rizal Shah getroffen, dem Leiter der Arbeitsgruppe gegen ländlichen Rassismus, die im vergangenen Jahr ein Büro in Thorpe Gilbert eröffnet hat und den bahnbrechenden Bericht *Warum sollte es England für immer geben? Kontinuität und Wandel in den Grafschaften* von Saffron di Montezuma und Ben Klein veröffentlichte.

Rizal, ein leise sprechender und müde wirkender Mann, der 1960 aus Kaschmir zu uns kam, hat langjährige Erfahrung in diesem Feld (Wortspiel beabsichtigt). Er erzählte mir:»Es gibt besondere ländliche Formen des Rassismus, die auf Unwissenheit basieren. Zu diesem massiven Problem kommt noch hinzu, dass es in ländlichen Regionen eine institutionelle Verweigerungshaltung gegenüber der Begegnung mit ethnischen Minderheiten gibt. Die Ansicht ist weit verbreitet, dass dort, wo nicht viele Minderheitenangehörige leben, kein Bedarf an Antirassismuserziehung und interdisziplinärem Multikulturalismus bestehe. Uns geht das Geld aus. Wir brauchen eine positivere Einstellung gegenüber Vielfalt, damit gemeinschaftlicher Zusammenhalt entstehen kann. Deshalb arbeiten wir mit Gewerkschaften zusammen, mit der lokalen Schulbehörde, mit der Polizei und mit anderen Schlüsselinstitutionen, um eine Strategie zur Veränderung auszuarbeiten und diese Grafschaft auf die Herausforderungen unserer vielfältig ineinandergreifenden Welt vorzubereiten. Wir wollen aufzeigen, wie unvermeidlich und wünschenswert der Wandel ist – ein Wandel, den wir steuern und vorantreiben können.«

Goldene Worte, aber wenn man sich einen klareren Eindruck von ländlichem Rassismus verschaffen will, dann muss man Amir Khan fragen. Amir kam mit seiner Familie vor fünfunddreißig Jahren nach Thorpe Gilbert. Am alten Viehtor eröffneten sie ein Restaurant – ein Bollwerk des guten Essens in einer Stadt voller Fish 'n' Chips. Amir erinnert sich noch heute an die Sonntagnacht 1987, als der Terror Einzug in die Stadt hielt.»Es war 03:15 Uhr, und wir haben alle geschlafen. Dann wurden unten die Fenster eingeworfen, und dann waren da plötzlich Leute, die gebrüllt und gelacht haben, und es roch nach Rauch. Ich bin nach unten gelaufen, alle Fenster waren kaputt, der Vorhang brannte, aber die Männer waren weg. Ich habe dann die Polizei gerufen und den brennenden Vorhang heruntergerissen und auf die Straße geworfen. Meine Frau und die Kinder haben geschrien. Es war ganz schlimm. Und die Polizei hat die Männer nie gefunden, die diesen rassistischen Angriff gemacht haben. Ich werde ihnen nie vergeben.«

Amirs Gesicht verzerrt sich vor Leid, dem Leid eines anständigen Manns, dem die Ungerechtigkeit der Welt unverständlich ist. Seine Frau blickt ihn in stummer Verbundenheit an, als er fortfährt:»Als wir hierher kamen, war es wie ein Traum – sauberes, nettes Land, nette Leute, wir waren glücklich. Aber seit dieser Nacht haben wir immer Sorgen, immer Fragen. Seit dieser Nacht wissen wir, was hinter den freundlichen und lachenden Gesichtern steckt.«

Ich nicke mitfühlend. Was soll ich sonst tun? Wie soll ich jemandem wie Amir erklären, dass in einer Stadt wie dieser Fremde niemals zu Freunden werden können – dass die furchtbaren Erlebnisse seiner Familie mit den religiösen Unruhen der Vergangenheit zusammenhängen; mit den Radaranlagen auf dem Hügel über der Stadt, aufgestellt zum Schutz vor russischen Raketen, die nie kamen; mit der kulturellen Verschmelzung von »Blut und Boden« mit ländlicher Idylle und Beständigkeit, die Re-tro-Geschirrtücher und die Mächte des Konservatismus heraufbeschworen haben? Als ich das enge Reihenhaus der Familie verlasse, fühle ich, dass nichts auf der Welt jemals das Vertrauen aufwiegen kann, das Amir in jener Nacht verloren hat.

Wenn aber schon Thorpe Gilbert hoffnungslos bäuerlich ist, wie steht es dann um Crisby St. Nicholas, jenes kleine

Dorf, das diese Woche so schwer in Verruf geraten ist? Nun – im Vergleich zu Crisby ist Thorpe Gilbert eine pulsierende, weltbürgerliche Metropole.

Zehn Meilen entfernt von Thorpe, am Ende langer Straßen, die mehr und mehr zu Schleichpfaden werden, dort liegt es hinter Mauern aus Bäumen, hat sich von Land und Leben abgewandt und starrt argwöhnisch auf das Meer hinaus – eine Handvoll Häuser und eine Kirche, die jemand auf dem Rand Englands fallengelassen hat. Dieser Ort ist der Moderne ausgewichen. Dieser Ort war immer schon misstrauisch gegenüber Fremden, Behörden (im 18. Jahrhundert war es eine Brutstätte des Schmuggels) und aufgeklärten Einflüssen aller Art. Fernsehsendungen und Zeitungen könnten ebenso gut von einem anderen Planeten kommen und sind bedeutungslos gegenüber den Veranstaltungen der Landfrauenschaft, den Sitzungen des Gemeindesaalausschusses und dem Abferkeln preisgekrönter Säue.

Hier verstummen die Leute, wenn sie einen Unbekannten sehen, und nennen jeden Menschen von außerhalb ganz unverblümt »Ausländer«. Hier gelten unverbesserliche Rassisten als brave Mitbürger, weil sie dem Rotary Club angehören. Hier bedeutet der bloße Umstand, dass jemand »nicht aus der Gegend ist«, dass er nichts Gutes im Schilde führen kann. Im Dorfladen enthüllt die Stimme des Volks im noch so oberflächlichen Gespräch mit einem beliebigen Einwohner einen Abgrund der Unwissenheit und der Unfähigkeit zum Mitgefühl. Es gibt eine Kulturgemeinschaft des lässigen Chauvinismus.

Wie so viele Orte auf dieser vereiterten Insel ist auch Crisby eine kulturelle Wüste. Es gibt keine Theater, keine Konzerthallen, keine Kunstgalerien, nicht einmal ein gutes Restaurant – nichts als Stockcar-Rennen, Wohnwagen, Bungalows, kilometerweit Kohlköpfe, Imbissbuden und ein Pub, in dem das Bier aus Stahlfässern kommt. Das einzige, was hier wie Kunst wirkt, sind die falsch geschriebenen Anschläge, mit denen Sharon ihren Kurs in Line Dance bewirbt.

Giles hatte ein Foto beigesteuert, auf dem ein krankhaft übergewichtiges Paar in Trainingsanzügen an einem Bingosaal vorbeiwatschelte.

Und wenn Crisby an sich bereits eine Sackgasse ist, lebt der ortsansässige Bauer Dan Gowt am Ende einer Sackgasse innerhalb einer Sackgasse – eine mehr als treffende Beschreibung für den alten Familienhof, den er mit seiner Frau und seiner Tochter bewohnt.

Mrs. Gowt gestand, dass ihr christdemokratisch wählender Gatte »manchmal ein bisschen jähzornig« sei, aber bestand darauf, dass sie regelmäßige Kirchgänger seien, die oft Geld für Wohltätigkeitsorganisationen in der Dritten Welt gespendet hätten – eine Bemerkung, die nur verdeutlicht, wie sehr dörfliche Ansichten von Medienklischees geprägt werden, die letztendlich dem Rassismus der Kolonialzeit entstammen. Ihre Tochter Clarrie, eine 22-jährige Psychologiestudentin, denkt erfrischend unabhängig und gab zu, dass ihr Vater ein »bisschen rassistisch« sei – eine Einschätzung, die der Nachbar Charlie Davies bekräftigte. Er erzählte uns, dass er sich oft mit Mr. Gowt streite und dieser »sehr intolerant« sei: »Immer beschwert er sich über irgendwas.«

Dan Gowt war schroff, aber es dauerte nicht lange, bis wir feststellten, dass er sein berüchtigtes Interview nicht in geistiger Umnachtung gegeben hatte. Wir fragten ihn, ob es seiner Meinung nach zu viel Einwanderung gäbe. Ein kaltes »Ja!« war die Antwort. Sollten die Illegalen wieder abgeschoben werden? »Ja«, bellte er mit Nachdruck. Diese Giftigkeit, nur ein paar hundert

Meter vom unglückseligen Strand entfernt. Gowt zeigte eine überwältigende Gefühllosigkeit – um so surrealer, als er uns in einer sonnendurchfluteten englischen Stube voller Einrichtungsirrtümer aus den 1980ern mit ihr konfrontierte, während Vogelgesang durch das Fenster drang und der Duft von Rosen in der Luft lag. Wir fühlten uns niedergeschlagen und beschmutzt, als wir gingen.

John kam zum Schluss.

Crisby ist alles andere als ein Einzelfall. Überall auf den britischen Inseln gibt es ähnliche Orte, die in der Vergangenheit leben, die die Zukunft fürchten, die sich in Selbstgefälligkeit und heimlichem Faschismus suhlen. Diese Nester stehen sinnbildlich dafür, wie England früher war, vom Klassenkampf geplagt, mörderisch zurückgeblieben wie die Leute aus Hartlepool, die einen Affen aufknüpften, weil sie ihn für einen Franzosen hielten, und jetzt lassen sie ihren Zorn an verzweifelten Flüchtlingen aus. Auf eine seltsame Weise können sie einem leidtun, diese Leute vom Lande, deren Horizont sich nicht weiter als ihr Grundbesitz erstreckt. Irgendwo sind auch sie Opfer der Bildungseinsparungen.

Man kann sich damit beruhigen, dass sie immer weniger repräsentativ sind und dass der Dorfladen, der sich rühmt, sieben Könige kommen und gehen gesehen zu haben, bald auch das alte England gehen sehen könnte, wenn wir in einen neuen Abschnitt unserer gemeinsamen Geschichte eintreten. In seinem berüchtigten Fernsehinterview sagte Dan Gowt über Flüchtlinge: »Sowas kommt hier nicht alle Tage vor.« Nun, er hätte sich besser rechtzeitig an sie gewöhnen sollen. Denn sie gehören jetzt zum »hier« – wo auch immer »hier« sein mag. Die Toten sind nicht umsonst gestorben, wenn es ihnen gelungen ist, ein Licht auf die Schande Englands zu werfen. Noch aus dem Jenseits können uns die Toten Toleranz, Selbstüberwindung und Wahrhaftigkeit lehren.

Der Regen hatte aufgehört, und Home Farm lag saubergespült und hübsch im Licht des späten Nachmittags. Dan und Hatty, müde nach einer Woche langer Nächte und frühen Aufstehens, hatten sich gerade für eine Episode *Detective Inspector Davies* zusammengesetzt, als das Telefon klingelte. Hatty ging, um abzuheben, und Dan sah gähnend einer Drossel zu, wie sie keck über die triefnasse Wiese hüpfte. Er sollte sich noch lange an diesen friedlichen Augenblick erinnern.

»Dan, jemand vom *Messenger* ist dran. Was wollen *die* denn nun von uns?«

»Nicht schon wieder... Werden uns diese Leute nie in Ruhe lassen? Ich bin nicht da!«

»Zu spät – ich habe schon gesagt, dass ich dich ans Telefon hole. Jetzt musst du mit ihm reden. Er klingt sehr nett. Bestimmt dauert's nicht lange.«

Stöhnend schlurfte Dan in den Flur. Die Stimme in der Leitung klang nach Südengland; er hatte den Akzent schon immer »schnöselig« genannt.

»Mr. Gowt, hier spricht Nick Vittorio von *The Messenger* in London. Tut mir leid, Sie an einem Sonntag zu stören. Ich wollte Sie fragen, wie Ihre Reaktion auf den Artikel im heutigen *Examiner* aussieht.«

»Ach herrje, das hatte ich ganz vergessen. Es war eine anstrengende Woche.«

»Oh, also haben Sie ihn nicht gelesen. Das ist jetzt etwas peinlich. Ich habe ihn vorliegen und kann Ihnen ein paar Auszüge vorlesen. Sie tauchen nur in einem kleinen Abschnitt auf, aber... nun ja... Sie kommen ziemlich schlecht dabei weg.« Dan stöhnte auf. »Na gut, wenn es Ihnen nichts ausmacht, Mr.... ähm... Wie war Ihr Name?«

»Vittorio. Ich fürchte, es wird Ihnen nicht gefallen.«

Dans Herz hämmerte, und es war schwer, zu begreifen, was er hörte.

»Mr. Gowt? Sind Sie noch dran?«

»Ähhh… Ja. Tut mir leid. Ich bin ganz durcheinander. Er hat uns da entsetzlich falsch dargestellt!«

»Leider sieht es wirklich schlecht aus. Aber was werden Sie jetzt machen? Sie können das einfach so stehenlassen, wie er es dargestellt hat, oder Sie können dagegen vorgehen.«

»Ich muss darüber nachdenken, bevor ich Ihnen irgendetwas sagen kann, und ich würde gern den ganzen Artikel lesen.«

»Ich verstehe. Wäre es in Ordnung, wenn ich Sie später nochmal anrufe?«

»Jaja, Mr.… äh… Egal. Wiederhören.«

Wenig später blickten er und Hatty fassungslos auf die Zeitung. Hatty hatte eine Hand auf seine Schulter gelegt, die andere über ihren offenstehenden Mund. In ihren aufgerissenen Augen stand Ratlosigkeit. »Das ist *entsetzlich*! Was sollen wir nur machen?« Dan war sehr dankbar für das »wir«, und er schlang seinen Arm um ihre noch immer schlanke Taille.

»Ich weiß es nicht, Hat. Ich weiß es nicht. Ich werde diesen anderen Kerl fragen, wenn er wieder anruft.«

Hatty sah bereits vor sich, wie Gespräche verstummen würden, wenn sie dazukam, wie sich Bekannte von ihr abwenden würden, und all das gespielte Mitgefühl, wo insgeheim Abscheu sein würde.

»Wäre es nicht am besten, das zu ignorieren? Niemand hier draußen liest diese Zeitung.«

»Aber die *können* nicht so über mich schreiben, Hat. Es ist einfach nicht *richtig*! Bestimmt haben Leute das schon gelesen. Charlie Davies zum Beispiel hat bestimmt eine Ausgabe. Er wird da drin erwähnt. Du kannst dir denken, was *er* daraus machen wird! Nein, ich *muss* diese Sache richtigstellen.«

»Aber Dan, du kannst dich nicht mit einer Zeitung aus *London* anlegen!«

»Ach nein? Kann ich nicht? Die werden schon sehen, dass sie sich mit dem falschen Mann angelegt haben. Tut mir leid, Hat, ich habe mich entschieden. Hier ist ein großer Fehler gemacht worden, aber nicht von mir. Ich sage es dir, die haben sich den Falschen ausgesucht! Wart's nur ab, die werden sich bei mir entschuldigen. Die halten sich da unten in London vielleicht für sonst was mit ihren Anwälten und so weiter, aber sie haben es zu weit getrieben – und sie werden einen Rückzieher machen, bevor ich es tue!«

Hatty hatte ihn selten so wütend gesehen, und sie wusste, wie stur er sein konnte. Also schüttelte sie nur schicksalsergeben den Kopf und zog sich zu *Detective Inspector Davies* zurück, auch wenn sie kaum etwas von der Handlung mitbekam. Ihr Mann sprach mit dem *Messenger* und regte sich dabei immer und immer mehr auf, und als er schließlich aufgelegt hatte, klingelte das Telefon sofort wieder.

Nachdem er knapp zwei Stunden später mit dem Telefonieren durch war, verbrachte Dan fast drei weitere Stunden damit, einen offenherzigen Brief an den *Examiner* zu schreiben. Er hatte die Zunge zwischen die Lippen geklemmt, eine Kassenbrille aus den Siebzigern vor seinen müden Augen, einen steifen Nacken und Schmerzen im Handgelenk von der ausgiebigen Benutzung des goldenen Füllfederhalters seines Vaters, den er zwischen Geräteteilen und abgelaufener Tierarznei aus dem alten Sekretär hervorgekramt hatte. Er hatte instinktiv gespürt, dass sein gewohnter Kugelschreiber für diese ernste Sache nicht angemessen gewesen wäre.

Als er fertig war, war er stolz auf sein Werk – er hielt es für die richtige Mischung aus würdevollem Kummer und Empörung über die »Freiheiten«, die sich der Autor herausgenommen hatte. Der Brief würde gewiss bei jedem Leser mit einem Hauch von Anstand seine Wirkung entfalten. Natürlich wurde er nie veröffentlicht, aber am Dienstag sollte Dan bereits ganz andere Sorgen haben.

Kapitel XIV
AUF DUNKLEN STRASSEN

Piräus, Griechenland

Der Laden bestand aus Schatten und Geschrei. Die Vorhänge waren zugezogen, und das Licht war ausgeschaltet. Als sich Ibrahims Augen daran gewöhnt hatten, war er überrascht, bis auf zwei Araber an einem verschlissenen Resopaltisch und einen dritten hinter der Theke niemanden vorzufinden. Sie alle sahen sich auf einem großen Bildschirm ein Fußballspiel an; der Lärm kam von den Fans im Stadion.

»*Salam*. Ich muss mit Abdul Aziz sprechen.«

Der Tresenmann blickte unwillkürlich zum Tisch hinüber, dann fragte er mürrisch: »Was willst du von Abdul Aziz?«

»Es geht ums Geschäft.«

»Welches Geschäft?« Die respekteinflößende Stimme kam von einem stämmigen, älteren Mann am Tisch. Sein Sitznachbar starrte durchdringend herüber.

»Bist du Abdul Aziz?«

»Wer bist du und was willst du?«

»Das ist Privatsache.«

»Sprich dich aus, ich bin Abdul Aziz.«

»Ich komme aus Basra und will nach England. Es heißt, du kannst mir helfen.«

»Das ist illegal. Natürlich kenne ich Leute, die so etwas arrangieren. Aber es ist illegal – und deshalb teuer. Woher aus Basra kommst du? Wer ist dein Vater?«

»Hayyaniyah. Mein Vater ist tot. Verschwunden. Er war gegen Saddam.«

Aziz pulte nachdenklich mit einem Zahnstocher in seinem Mund herum. »Wie ist dein Name? Wie bist du hier gelandet?«

Ibrahim nannte seinen Namen und erzählte von seiner Reise. Er verschwieg nur Lavrio, weil er Aziz nicht mit der Aussicht auf eine polizeiliche Menschenjagd beunruhigen wollte. Aber auch so schlich sich bereits widerwillige Anerkennung in Aziz' Blick. Er bedeutete Ibrahim, sich zu setzen. »Du machst einen ehrlichen Eindruck. Du musst verstehen, dass wir vorsichtig sein müssen. Die Griechen mögen uns nicht. Sie denken, wir wären wie die Türken – sie wissen nicht, dass wir noch viel schlimmer sind!«

Ibrahim lächelte höflich.

»Ich denke, ich kann dir helfen – vor allem kann ich dich mit Leuten in Verbindung bringen. Hast du Geld?«

»Nicht mehr viel, mittlerweile.«

»Zu schade. Die Leute, die ich dir vorstellen werde, sind nicht wie wir; sie sind hart, gierig, keine echten Anhänger des Propheten, gelobt sei sein Name. Es sind Albaner, und sie haben ihre Finger überall drin. Ich mache nicht gern Geschäfte mit solchen Menschen, aber wir haben nicht so gute Verbindungen wie sie. Wenn dich irgendjemand nach England bringen kann, dann sie. Komm vor dem Abendgebet wieder her.«

Als Ibrahim ging, hatte der Regen aufgehört. Ihm war leichter, aber er fragte sich, wie er hier vier Stunden herumbekommen sollte. Er kaufte einen Kebab und eine Flasche Coca-Cola, die er sich im Gehen einverleibte. Wenn er an einem Ort blieb, könnte er Aufmerksamkeit erregen. Ob die Polizei sein Verschwinden bemerkt hatte?

Die Straßen waren zum Gotterbarmen. An manchen Stellen war der Asphalt so abgenutzt, dass man alte Pflastersteine und Schienenstränge sehen konnte. Es gab Müllkippen und Bauruinen, auf denen räudige Katzen maunzten; alte, aufgegebene Lagerhäuser mit zugenagelten kleinen Fenstern; Nutten in Hauseingängen; Straßenarbeiter, Bürohengste und Marinerekruten in weißen Uniformen; Mauern voll von politischen Anschlägen, Postern von Rockbands und Graffiti von der letzten Demo gegen die Sparpolitik am vergangenen Wochenende; geschlossene Kirchen; Kräne, die seit den 1970ern nicht mehr bewegt worden waren; blitzsaubere neue Bürogebäude, die auf ihre ersten Mieter warteten (die nicht so bald erwartet wurden); ein Strom von Lastwagen, die Wellen braunen Wassers aus frischen Pfützen hochschießen ließen; Züge der grünen Linie fuhren in die Vorstädte. Es gab Metzger und Bäcker, manche *halal*, manche nicht, mit viel zu blassem Fleisch und fliegenübersätem Brot in den Schaufenstern. Über die Dächer der Häuser hinweg konnte er die Schornsteine von Schiffen sehen – und dann, ein einziges Mal, konnte er zwischen zwei Häusern hindurch einen wunderschönen Augenblick lang den plötzlich von der Sonne erleuchteten Bogen dieses Hafens sehen, den schon die alten Griechen und selbst die Wikinger gekannt hatten; sie hatten Runen in die steinernen Löwen eingekratzt, die einmal die Stadttore bewacht hatten, ehe man sie im Zuge der Plünderungen nach Venedig verschleppt hatte. Fähren fuhren im glitzernden Licht hin und her, und es gab einen Hauch von elegantem Grau aus der Militärwerft auf Kea (wo die *Mithridates* gebaut worden war). Weiter in der Ferne sah man eine quälende Andeutung des magischen Europa, das zu entdecken er gehofft hatte – durcheinandergeworfene, felsige Landspitzen mit großen Villen und noch weiter dahinter blaue Inseln.

Und dann war er zur abgemachten Zeit wieder am mittlerweile geschlossenen Café, wo ihn Aziz abholte. Sie gingen mehrere Straßen hinunter, ohne viele Worte zu wechseln, dann durch einen blassblauen Eingang und ein langes, teppichloses Treppenhaus hinauf. Ein Zeitalter zuvor, 1867, war dies das prestigereiche Haus eines neureichen Händlers gewesen, mit einem gesicherten Lagerraum im Keller und Spuren neoklassizistischer Pracht in den Deckenfriesen. Unter Schichten weißer Farbe, die von unzähligen Fingerabdrücken grau und schmierig geworden war, lagen echte Mahagonitüren verborgen. Mittlerweile war es unterteilt, untervermietet, untergeordnet worden. Legale und illegale Durchreisende teilten sich das knarrende, bröckelnde Gebäude mit Drogensüchtigen, alleinerziehenden Müttern und einem ehemaligen Hafenarbeiter, der ganz heimlich und verzweifelt immer das wählte, was gerade die rechtsextremste Partei auf dem Stimmzettel war.

Einer der Räume – früher ein Esszimmer, dessen Akanthusfries überlebt hatte – diente in dieser armseligen Zeit mal als Fernsehraum für eine irakische Großfamilie, mal als schiitische Moschee. Der blaue Nylonteppich war fleckig und abgenutzt, tagsüber eine statisch aufgeladene Schnellstraße für Füße in Hausschuhen, nachts ein üppiges Jagdrevier für Schaben, denen wiederum Mäuse nachstellten, von denen es hinter den losen Fußleisten wimmelte. Große, vorhanglose Fenster gaben den Blick frei auf wasserfleckige Wände, abgerissene Dachrinnen und überquellende Mülleimer – und auf ein Panorama des Vorgebirges, Kulisse für zweieinhalb Jahrtausende attischer Seefahrt.

Der Raum füllte sich mit einer Vielzahl von Dialekten, als Männer zum Gebet hereinströmten und ihre Hände und Füße in Plastikwannen wuschen. Die Frauen und Mädchen beteten im kleineren Zimmer ein Stockwerk tiefer. Man sah Jeans und T-Shirts, Roben und Mischformen beider Kleidungsstile, Iraker, Saudis, Kuwaiter, Ägypter, Jemeniten und noch viele mehr. Ibrahim war fasziniert von den helleren Hauttönen – die ersten weißen Moslems, die er je gesehen hatte. Aziz flüsterte ihm zu:»Da hast du sie! Diese Weißen da, das sind die Albaner! Die können dir helfen. Sie haben viele Freunde, und für Geld machen die alles. Menschenhandel, Drogenhandel, Waffenhandel… Alles, was sie kriegen können. Unter uns gesagt, das ist Abschaum, aber du bist auf sie angewiesen!«

Ibrahim fragte sich, wie sich die Angehörigen dieses»Abschaums« gegenseitig auseinanderhalten konnten. Sie trugen neu wirkende europäische Kleidung und beachteten ihre arabischen Glaubensbrüder kaum. Gerade zückte einer ein teuer aussehendes Mobiltelefon und nahm einen Anruf entgegen. Aber ein anderer hatte auch Gebetsperlen dabei, und als der Imam an die Stirnseite des Zimmers zum angepinselten Mihrab ging, knieten sich die Illyrer wie alle anderen hin, verneigten sich und setzten sich wieder auf, scheinbar ebenso gewissenhaft wie der Rest.

Hinterher strömten die meisten Gläubigen wieder hinaus, doch Aziz ging hinüber zu einem kleinen, schlanken, schwarzhaarigen

Albaner um die Fünfzig mit tiefen Kratern in den Wangen, der Jeans, ein sportliches Sakko und ein schwarzes Stehkragenhemd mit weißer Krawatte trug. Das war Lekë Kruja, ehemaliger Unteroffizier der UÇK und prominentes Mitglied eines Clans aus Veliki Trnovac. Er war ein anerkannter Flüchtling und besserte seine staatlichen Hilfsgelder mit dem Transport von Fracht quer durch Europa auf, ohne den Auftraggebern irgendwelche Fragen zu stellen. Während Aziz ihm die Situation erklärte, starrte er Ibrahim prüfend an, und der fühlte sich selbst auf diese Entfernung beunruhigt. Aziz kam zurück und nahm ihn beiseite.

»Sie können dich mit einem Lastwagen an die Küste bringen, der morgen abfährt. Dort setzen sie dich in ein Boot nach England. Die Reise kostet dich 1700 Dollar und dauert vier Tage. Das Boot ist eingerechnet. Deine Verpflegung musst du selbst mitbringen. Es wird unbequem, aber es ist wohl der schnellste und einfachste Weg. Außerdem ist es günstiger, als ich erwartet hatte. Du musst dich aber jetzt entscheiden.« In einer Woche in England! Aber damit wäre er sein ganzes Geld los. Und die Albaner hatten Augen wie Skorpione. »Was schlägst du vor, Aziz? Wenn ich bezahle, habe ich kein Geld mehr übrig. Und mir gefällt nicht, wie diese Leute mich ansehen.«

Aziz warf einen Blick über die Schulter. »Diese Kerle sind Schmutz. Aber sie wissen, was sie tun. Und sie halten ihre Versprechen, das gehört zum Geschäft. Die Polizei kann ihnen nichts anhaben, weil sie in ganz Europa Verwandtschaft haben – im Kosovo, in Serbien, in Italien, in Deutschland. Sie nennen es *Kanun*, Familienehre, und *Besa*, Verschwiegenheit. Niemand legt sich mit denen an. Natürlich, es ist viel Geld, aber alles hat seinen Preis. Und es ist der schnellste Weg. Nimm meinen Rat an und steig in diesen Lastwagen – und in einer Woche trinkst du deinen Chai mit der Queen!«

Und so leistete Ibrahim eine Anzahlung von 100 Dollar. Die nächsten 100 würde er zahlen, wenn er den Laster bestieg, und den Rest in Rotterdam. Kruja nickte, bellte Aziz Anweisungen zu und stapfte dann die blanken Treppenstufen hinunter. Der Lärm erinnerte Ibrahim daran, dass er für diese Nacht noch keinen Platz zum Schlafen hatte. Geld hatte er auch nicht mehr, und die Straßen waren feucht. Aber Aziz schien Gefallen an ihm gefunden zu haben. »Wo wirst du unterkommen, mein Freund?« »Nirgendwo. Kannst du mir eine möglichst billige Bleibe empfehlen?«

»Ich habe ein freies Zimmer!«

»Aber ich habe kein Geld mehr!«

»Vergiss das Geld; nennen wir es den *Kanun* von Basra!«

Ibrahim war tief gerührt. Er hatte nicht erwartet, auf seiner Reise solch selbstlose Hilfsbereitschaft zu erleben. Er fühlte sich dazu verpflichtet, ehrlich zu sein.

»Du bist sehr freundlich. Aber ich muss dir etwas gestehen. Ich bin aus Lavrio abgehauen. Es gab einen Aufstand – und ich hatte die Chance, mich davonzustehlen. Es kann also sein, dass die Polizei jetzt nach mir sucht. Ich will dich nicht in Schwierigkeiten oder Gefahr bringen.«

Aziz lachte und schlug ihm auf den Rücken. »Keine Schwierigkeiten! Du bist nicht der erste junge Mann, dem ich begegne, der Kontakt mit der Polizei vermeiden möchte. Diese Bullen sind Rassisten und Ungläubige. Wen interessieren sie und ihre unreinen Gesetze schon? Nein, mein Freund, ich habe dir meine Gastfreundschaft angeboten, und du sollst sie haben. Die Polizei... Pah! Die sollen sich um ihren eigenen Dreck kümmern!« Er schnalzte voller Verachtung mit den Fingern, dann griff er Ibrahim am Arm und schob ihn die quietschende Treppe hinunter auf die lärmende Straße.

Aziz wohnte in einem Neubau mit seiner Frau und seinem zehnjährigen Sohn, die letztes Jahr im Zuge des Familiennachzugs in Athen zu ihm gestoßen waren. Sie teilten sich ein Lammpilaw, während Ibrahim von seiner Odyssee berichtete. Aziz hingegen redete offenbar nur ungern darüber, wie er aus dem Irak hinausgelangt war, und es wäre unverschämt gewesen, darauf zu bestehen. Ibrahim fragte sich, was er verbergen mochte oder zu vergessen versuchte. Irgendetwas war hier im Busch.

Aber was auch immer im Leben des Abdul Aziz geschehen war, ob es ihm Schmerz oder Scham bereitet hatte, die heimelige Gastfreundschaft der folgenden 24 Stunden erfüllte Ibrahim mit noch größerem Eifer, die Familie nicht in seine Schwierigkeiten zu verstricken. Deshalb war er – auch wenn er es aufrichtig bedauerte – erleichtert, am folgenden Abend Abschied nehmen und Aziz zur U-Bahn-Haltestelle begleiten zu können.

Er war zuvor noch nie mit einer U-Bahn gefahren, doch er hatte nicht viel Zeit, um das Erlebnis zu genießen, denn der Treffpunkt lag nur eine zehnminütige Schussfahrt entfernt. Sie stiegen an einer beinahe verwaisten Straße aus, umgeben von alten Fabriken und neben einem Zaun, auf dessen anderer Seite Dutzende Lastwagen in einer von Flutlichtern bestrahlten Einfriedung warteten. Einige hundert Meter entfernt stand ein rauchender Schemen. »Das muss unser Mann sein«, grunzte Aziz und ging voran.

Auf dem Weg erklärte er: »Du wirst in einem dieser Laster mitfahren, Ibrahim. Das wird nicht bequem werden, aber es sollte zuverlässig sein. So oder so, es dauert ja nur ein paar Tage – und du wirst nicht allein sein. Ist ja wohl klar, dass sie diesen kleinen Ausflug nicht nur für dich machen!«

»Ich weiß, Aziz. Ich werde schon zurechtkommen.« Aber so sicher war er sich da gar nicht.

Der wartende Mann war Kruja. Als sie sich näherten, blickte er auf seine Uhr und dann die Straße hinauf und hinunter. »Da seid ihr also. Gut.«

»*Salam.* Hier ist der junge Mann.«

»Wir müssen los. Aber vorher muss ich dich durchsuchen.«

»Mich durchsuchen? Wonach?«

»Aufnahmegeräte, Kameras, Waffen.«

Während Ibrahim stehenblieb, filzte Kruja ihn fachmännisch und sah seinen Rucksack durch. Dann ging er; offensichtlich erwartete er, dass Ibrahim ihm folgen würde. Der wandte sich zu Aziz um.

»Tausend Dank für deine Großzügigkeit. Ich werde dir eine Karte aus England schicken. Lebwohl!«

»Haha, das lässt du besser! Aber leb wohl, und geh mit Gott!«

Der Albaner war schon fast 20 Meter entfernt und stampfte auf einen Einlass im Zaun zu; Ibrahim musste sprinten, um ihn einzuholen. Er war verblüfft, als er sah, wie Kruja einfach am

Posten im Wachhäuschen vorbeiging, der nicht einmal von seiner Zeitung aufblickte, als Kruja und Ibrahim unter dem rotweißen Schlagbaum durchtauchten. Der Wächter war ein armer Mann, und das kleine Bündel Euroscheine, das er jeden Monat in der Schreibtischschublade fand, konnte er gut brauchen.

Die beiden Männer gingen über den Parkplatz, ohne jemandem zu begegnen. Trotzdem blickte der Albaner sich unablässig um. Sie blieben neben einem großen, brandneuen Kühllaster stehen, auf dem das Logo einer Fleischfabrik in Athen prangte. Kruja sah sich ein letztes Mal um, dann schloss er eine der Hecktüren auf. Ein Schwall kalter Luft schoss heraus. Ibrahim sah ihn überrascht und misstrauisch an. Der Albaner sagte in einem abscheulichen Arabisch: »Is gut. Warm in. Geheim Raum.«

Er kletterte hinein, und Ibrahim folgte zögerlich. Reihen von Rinderhälften hingen an Haken. Der Innenraum war in Abschnitte aufgeteilt, die mit Türen abgetrennt waren. Der Albaner schaltete ein Licht an und ging zwischen den Tierhälften zum Ende des ersten Raums, wo er die Tür öffnete, ein weiteres Licht anknipste und weiterging. Die Tür blieb offen stehen. Ibrahim war angespannt und erwartete irgendeinen Trick. Langsam folgte er den Fußstapfen des Albaners in den zweiten Abschnitt, an weiteren toten Rindern vorbei – und toten Schweinen! Abergläubisches Grauen ließ ihn erzittern.

Kruja fummelte am Schott an der Rückwand des Raums herum – und irgendwie schaffte er es, eine kleine, verborgene Tür freizulegen. Jetzt erkannte Ibrahim, dass der zweite Abschnitt kürzer war als der erste; eine verborgene Kammer war geschaffen worden, indem man auf halber Strecke eine falsche Wand eingezogen hatte. Die Tür war mit äußerster Sorgfalt ausgeschnitten und abgetarnt worden. Ein trübes blaues Licht schien heraus, und der Albaner winkte Ibrahim zu sich.

Der Geheimraum hätte überraschend geräumig sein können – wären da nicht die elf Menschen gewesen, die mit Taschen neben sich an das Schott gelehnt saßen; einige hatten ihr Bettzeug schon ausgerollt. Zwei batteriebetriebene Funzeln erleuchteten den

Raum. Es roch nach chemischer Toilette, vermischt mit Fußschweiß. Neben dem Abort waren Wasserflaschen aufgestapelt, und es gab eine winzige Klimaanlage, die an verborgene Lüftungsrohre angeschlossen war. Es war eine beeindruckende Unternehmung. Ibrahim atmete tief ein und wollte hineinsteigen, doch Kruja hielt die Hand auf und sagte:»Einhundert Dollar.« Er prüfte die angebotenen Scheine mit einem Vergrößerungsglas.»Ok«, sagte er und zog seinen Arm zurück, so dass Ibrahim eintreten konnte.»Wir fahren in Stunde. Bleib still.«

Mit einem nervösen Lächeln schlängelte Ibrahim sich hinein und fand einen Platz in einer Ecke, unbequem gegen einen rechten Winkel des Schotts gelehnt. Er rollte seine Decken aus und versuchte, einen kleinen Bereich für sich allein zu schaffen. Er fühlte sich schon jetzt beinahe klaustrophobisch und konnte sich nicht bewegen, ohne jemanden zu berühren. Der fette Schwarze schien glücklicherweise zu schlafen. Der Araber auf der anderen Seite stierte ihn an und rieb sich demonstrativ das Bein.»Tut mir leid! Ok!« sagte Ibrahim auf Arabisch und lächelte begütigend. Der Mann lehnte sich mit einem gequälten Gesichtsausdruck zurück und schloss die Augen, während er eine schwarze Polyesterjacke über seinen empfindlichen Körper zog.

Nachdem sich seine Augen an das Dämmerlicht gewöhnt hatten, konnte Ibrahim mehr Details erkennen. Ihm gegenüber saß ein indisches Paar mit einem sehr jungen Baby; die Füße des Manns berührten beinahe die seinen. Es gab noch zwei weitere Männer, die wie Araber aussahen. Außerdem fünf Afrikaner, darunter ein hübsches Mädchen, und vier junge Chinesen. Einige hatten dicke Rucksäcke dabei, andere nur eine Plastiktüte. Der Raum war völlig überfüllt. Es war stickig und beklemmend. Er dachte gerade daran, es sich nochmal anders zu überlegen, als Kruja zurückkam und auf Arabisch und dann noch einmal auf Englisch sagte:

»Noch zehn Minuten. Jetzt Türen zu. Türen bald wieder auf. Viel Luft und Wasser. Keine Zigaretten. Kein Reden wenn nicht fahren.«

Dann schlossen er und ein anderer Mann die Geheimtür mit einem furchtbar endgültigen Krachen. Das grelle Licht und die Kühle des Gefrierraums wurden draußengehalten, und Ibrahim verkrampfte sich in Panik, die er wütend und überrascht von dieser unerwarteten Angst unterdrückte. Kindisch! Erbärmlich! Er steckte sich die Finger in die Ohren, um nicht das Geräusch von Schrauben hören zu müssen, die eingedreht wurden. Dann erklang das gedämpfte Fauchen eines Schweißbrenners, als die Albaner den Wagen versiegelten. Der Lärm erlosch, und man hörte, wie die Männer schwere Gegenstände über den Boden schleiften und gegen das Schott lehnten. Die Insassen des Abteils lauschten fasziniert. Ibrahim dachte nur noch an Grabkammern, bis er irgendwo in sich einen Rest an Leidensfähigkeit fand, um dem Dschinn der engen Räume entgegenzutreten.

Er versuchte, sich mit den Arabern zu unterhalten, aber das Gespräch schleppte sich nur dahin. Die Afrikaner redeten in einer Sprache, die Ibrahim nicht erkannte, während die Chinesen in sich versunken dasaßen. Das Baby schrie, und die Mutter schien nicht in der Lage zu sein, dem Krach ein Ende zu bereiten. Man hörte die Hecktüren des Lasters zuschlagen, dann wurden sie verriegelt. Der Motor startete; der Lastwagen rumpelte durch die geöffnete Absperrung, wurde vom Wächter abgefertigt und bog Richtung Norden auf die Straße.

Beinahe unerträgliche Stunden vergingen fast ohne Licht, abgesehen vom bläulichen Schein der Funzeln, der allen das Aussehen von Leichen verlieh. Zeit verlor alle Bedeutung in diesem eintönigen Licht, inmitten dieser unbeweglichen Gesichter, während sich in allen Ecken Feuchtigkeit und Kohlendioxid sammelten. Ihr verworrener, erbarmenswürdiger Leidensweg bestand aus dem ständigen Wechsel zwischen Knarren und Klappern, Dösen und Wachen, fehlgeschlagenen Gesprächsversuchen, Flüstern, Kopfschmerzen, kleinen Portionen von Nahrung und Wasser, der Geruch dessen, was über den Rand der Toilette schwappte, sowie des Erbrochenen des Kinds, das sich in einem Zustand stillen Elends befand. Die Mutter gab unsinnige Laute von sich, während der Vater hilflos vor sich hinstarrte und sich dafür schämte, was er seiner Familie angetan hatte. Die Mutter versuchte, ihrem Kind die Brust zu geben – anfangs sittsam weggedreht, doch schließlich ganz offen. Doch der Säugling schrie weiter, und das Gesicht der Mutter war verschmiert von Schmutz und Tränen.

Kruja und der Fahrer wechselten sich am Steuer ab, untermalt von zotigen Gesprächen, Zigaretten und aller Rockmusik, die das Radio hergab. Städte, Landkreise und Länder erhoben sich und verschwanden wieder unter den deutschen Reifen, während der Motor sie unermüdlich durch Südosteuropa trieb – mal starrten die Fahrer in die Dunkelheit hinein; mal blinzelten sie in die gleißende Sonne, die in ihren müden und verkrusteten Augen brannte; mal erklommen sie Gebirgspässe; mal donnerten sie über das flache Land. Sie passierten Schauplätze wichtiger historischer Ereignisse, aber ignorierten sie; sie fuhren desinteressiert vorbei in ihrer Monotonie, in der sich eine Straßenkreuzung an die vorangegangene reihte.

Alle paar Stunden hielt der Wagen, und wer auch immer gerade fuhr, ging sich erleichtern oder Essen kaufen. Jedes Mal schauten die versteckten Passagiere hoffnungsvoll auf – nur um in Apathie zurückzusinken, wenn der Motor wieder startete.

Unbemerkt von seiner Fracht wechselte der Laster von Griechenland nach Bulgarien über, wurde an der Grenze durchgewunken und hielt für die Nacht an einem Motel nahe Sandanski. Die müden Albaner ließen sich zu einem ausgiebigen Essen und einigen Bieren nieder. Sie waren entfernte Verwandte und hatten in der gleichen UÇK-Brigade gedient. An einem gewissen sonnigen Nachmittag auf einer kleinen Lichtung im Umland von Novi Sad waren sie beide mit ihren anderen Kameraden dabei gewesen – damals, an jenem denkwürdigen Tag, als sie es den Serben heimgezahlt hatten. Sie lachten und schwelgten in

Erinnerungen, während ihre »Kunden« verschmachteten und sich bemühten, Schlaf zu finden. Als irgendwann, an irgendeinem Tag, der Motor stotternd wieder zum Leben erwachte, waren sie über alle Maßen froh. Doch auch dieser Tag verging wieder stickig und zusammengepfercht ohne Vorkommnisse, während ihre verkaterten Fahrer durch das westliche Bulgarien rumpelten, durch die Vororte von Sofia, dann über die Donau und die rumänische Grenze hinein in die Walachische Tiefebene. Geplant war, in Turnu Severin eine kurze Pause zu machen und später in der Nähe von Lugoj zu schlafen. Bei dieser Gelegenheit wollten die Albaner den Zustand ihrer »Ware« überprüfen.

Im Abteil wurden der Geruch und die Atmosphäre unerträglich. Selbst die abgehärtetsten Passagiere waren mittlerweile ganz benommen vom Gestank. Der Zustand des Kinds wurde mehr und mehr besorgniserregend; es litt eindeutig an Durchfall, wenn nicht gar an der Ruhr. Die Mutter streichelte dem Jungen unablässig durchs Haar, murmelte in sein makelloses Ohr, bemühte sich um die Aufmerksamkeit ihres armseligen Ehemanns und entschuldigte sich bei allen anderen auf Arabisch. Jedermann hatte Kopfschmerzen und war krank vor Kohlendioxid, Langeweile und Frust. Ibrahim ertappte sich bei der Hoffnung, das Kind möge aus einem seiner seltenen Schlummer nicht mehr erwachen – dann schämte er sich für den Gedanken. Das arme kleine Würmchen!

Als der gähnende Kruja schließlich vor dem Lugojer Motel parkte, kam unter den Passagieren Freude auf: Sie hörten, wie Kisten von dem Schott weggerückt wurden, und dann das Zischen des Schweißbrenners. Ibrahim hatte noch nie ein Geräusch so sehr genossen. Als die Albaner hereinspähten, sahen sie wie hässliche Engel aus.

Alle kämpften sich mühevoll auf ihre Füße und strömten hinaus, voll schmerzhafter Gier nach *Luft*. Kruja warnte sie, ruhig zu bleiben und sich nahe am Wagen zu halten, außer Sicht der Straße. Zuletzt erschien die Familie, und der Mann ging zu den Albanern hinüber. Sie standen in der dunkelsten Ecke des Parkplatzes, neben einer breiten und hell erleuchteten Straße, über die sich ein steter Strom von Lastwagen wälzte. Zwischen ihnen und der Fahrbahn lag eine kümmerliche Hecke niedriger Eichen, in denen Zikaden zirpten und an deren Stämmen vorbeigewehter Müll hängengeblieben war. Mehrere hundert Meter entfernt lagen langgestreckte, niedrige Gebäude – Motel, Tankstelle, Geschäfte, Kleingewerbe. Sie hätten überall und nirgendwo sein können.

Ibrahim fühlte sich benommen und betäubt, überwältigt von all der giftigen Luft und diesem nächtlichen Kontinent der unfreundlichen Metropolen, die schier unmöglich weit auseinanderlagen und zwischen denen ununterbrochen übermotorisierte Trucks hin und her rasten. Er schüttelte den Kopf; immerhin war er jung und belastbar und hatte schon einiges überlebt. Außerdem gab es Kaffee und Kuchen, von ihren Reisebegleitern mit dem Geld der Passagiere gekauft (und natürlich grotesk überteuert).

Es gab auch gute Nachrichten – die beiden Inder mit dem Baby hatten sich entschlossen, auszusteigen und ihr Glück mit den Rumänen zu versuchen. Die Albaner waren wütend und betonten, dass das das Entdeckungsrisiko für alle anderen vergrößern würde. Der Streit wogte hin und her, aber schließlich gaben die Albaner der Beharrlichkeit der Kindsmutter und der anderen Reisenden nach. Der Vater gab ihnen schließlich die Hälfte der vereinbarten Beförderungssumme und versprach, dass sie sich bis Mittag verstecken würden, wenn der Laster bereits die Grenze passiert haben sollte.

Sie schliefen im Abteil, mit geöffneten Hecktüren und abgeschalteter Kühlanlage. Jemand war so umsichtig gewesen, den Inhalt der randvollen Toilette unter der Hecke auszuschütten, wo er in eine Schicht aus Flaschen, benutzten Servietten und Essensverpackungen hineinsickerte. Auf einmal herrschte ein allgemeines Mitgefühl mit dem Kind, und die Mutter lächelte zum ersten Mal.

Um fünf Uhr morgens wurde die Abteiltür wieder versiegelt; sie schloss sich vor einem ungleich saubereren und ruhigeren Raum. Die Familie war mit der Ermahnung, bis Mittag außer Sicht zu bleiben, zurückgelassen worden. Als der LKW anfuhr, schaute Kruja in den Rückspiegel und fluchte; er konnte die drei dunkel und deplatziert am Rande der Fahrbahn stehen sehen. Aber es sollte noch Stunden dauern, bis ein Streifenwagen kam, um einer Meldung über »Schwarze« auf dem Seitenstreifen nachzugehen, und da war der Laster bereits ein Problem der Ungarn. Die Zugmaschine brachte die Kilometer mit Leichtigkeit hinter sich – Temeswar, Arad, dann die Grenze zu Ungarn. Dort wurde das Fahrzeug flüchtig vom Landwirtschaftsministerium überprüft. Von den versteckten Passagieren unbemerkt, kletterte ein Beamter in weißem Kittel in den Laderaum, schaute mit einem Gähnen in das zweite Segment hinein, unterschrieb ein paar Formulare und ging wieder.

Die Geheimfracht bekam nichts von den Ländern mit, die sie durchquerte, und den beiden Männern, die sie sehen konnten, waren sie egal. Der Wagen folgte alten Einmarschrouten, vorbei an geschleiften Burgen, düsteren Dörfern, Adelssitzen, aus denen mittlerweile Hotels geworden waren – doch alles, was die Aufmerksamkeit der Menschenhändler erweckte, waren Abzweigungen und Tankstellen.

Die Große Ungarische Tiefebene führte sie nach Pest, und sie fuhren die Kettenbrücke vorbei am funkelnden Parlamentsgebäude. Touristen schauten verträumt von der Fischerbastei herab, während der Wagen den Sprung über die Donau wagte. Dann wich Buda abschüssigen Straßen und dem elfenbeinernen Esztergom, ehe die immer dichter frequentierte Fahrbahn dem Grenzverlauf folgte und schließlich über Österreich in die Slowakei hineinführte. Man konnte Westeuropa beinahe schon riechen, und die Albaner erzählten schlüpfrige Witze, während sie türkische Zigaretten rauchten. Sie hatten bereits mehr als die Hälfte des Weges hinter sich, und von hier an waren die Straßen breit und schnell befahrbar. Sie heizten weiter und weiter; der Fahrer nickte zweimal ein und schoss dann hellwach in die Höhe, als der Wagen über den Randstreifen ausscherte. Als sie schließlich für die Nacht anhielten, blieben nur noch vierzig Kilometer bis Wien – andere an ihrer Stelle hätte vielleicht interessiert, dass sich ihr Rastplatz genau dort befand, wo 1683 eine türkische Armee voller Furcht vor dem Löwen von Lechland gelagert hatte.

Im Inneren des Wagens war die Atmosphäre deutlich angenehmer, denn mittlerweile hatten die Afrikaner unter Leitung des fetten Äquatorialguineers einen Singsang angestimmt. Niemand anderes kannte das Liedgut, aber alle lauschten ehrfürchtig seiner vollen Stimme, während er traditionelle Stücke von Liebe, Kampf und Vertreibung sang, an die er sich noch aus seinem Dorf weit in der Ferne, zwischen hohen Bäumen und an einem breiten Fluss, erinnerte. Seine Freundin sang auch ein Lied und begleitete sich selbst dabei, indem sie auf einer Plastikbox trommelte, und alle lächelten und klatschten. Der Mann in der Polyesterjacke gab in sauberem, wenn auch nasalem Tenor ein zartes algerisches Liebeslied zum Besten, und die Chinesen trugen einen vulgären Kanon bei, den nur sie selbst verstehen konnten. Als man ihn einlud, vorzusingen, schüttelte Ibrahim schüchtern den Kopf.

Der Wagen raste in strahlendem Sonnenschein die Autobahnen entlang. Regensburg, Nürnberg, Würzburg, Offenbach, Bad Godesberg – Platzregen, prasselnde Schauer, dann wieder alles trocken – Köln – atemberaubende Kirchtürme, die man von der Ringstraße aus sah – Aachen. Ein Gewitter hing über Limburg, dann kamen die Industrieparks von Eindhoven, die die Stadt des Lichts als Strahlenkranz umgaben. All die Lichter spiegelten sich in schwarzen Grachten, die still und gleichmäßig dahinflossen. Vorbei an Herzogenbusch, über die Maas, an ihrem Nordufer entlang, um Dordrecht herum nordwärts, und schon waren sie in den scheußlichen Vorstädten Rotterdams. Der Laster wurde langsamer, während sich der Verkehr verdichtete, und der Fahrer spähte nach einer Nebenfahrbahn, während Kruja telefonierte. (In Temeswar saß unterdessen eine indische Familie zusammengesunken da, während sich ein Polizeikommissar fragte, wie er sie loswerden könnte.)

Dann war die Nebenfahrbahn offen, und die Passagiere bemerkten die langsamere Fahrt und die veränderten Straßengeräusche. »Wir müssen fast da sein!« Ibrahim sah seinen Mitreisenden in die Gesichter und wünschte, er hätte sich bemüht, sie etwas besser kennenzulernen. Ein namenloser Afrikaner erwiderte seinen Blick und grinste, als der Motor endgültig zum Stillstand kam. Es war 03:20 Uhr morgens. Die Albaner lächelten sich erschöpft an, stiegen in den Frachtraum und machten sich an der Zwischenwand zu schaffen, während auf der anderen Seite ungeduldiges Zappeln vorherrschte. Und nur kurze Zeit später hörte die gebeutelte, blinzelnde »Ware« aufgeregt die Schreie der Möwen und sog tiefe, frostige Züge eines salzigen Windhauchs ein.

Kapitel XV
DAS ENGLISCHE UNBEHAGEN

Crisby St. Nicholas
Dienstag, 13. August – Sonntag, 18. August

Der Küchentisch quoll vor Zeitungen über, auf dem Boden lagen noch mehr – und in den meisten von ihnen war Dan. Der saß entsetzt neben der verbissen schweigenden Hatty und kaute an seinen Fingernägeln, während er Geschichten über einen Mann las, der so aussah, so redete und sogar ein wenig so dachte wie er. Auf der Suche nach Trost schlug er den *Messenger* auf, nur um dort zu lesen: »Ein erbitterter Papierkrieg ist zwischen dem *Examiner* und Dan Gowt ausgebrochen, dem Bauern, dem seit dem Fund der Leichen an seinem örtlichen Strand Rassismus vorgeworfen wird. Dem *Messenger* sagte Mr. Gowt: ›Das ist politische Korrektheit am Durchdrehen.‹ Gleichzeitig weigerte er sich, sich für seine extreme Ansichten zu entschuldigen: ›Diese Leute kannten das Risiko, und ich verstehe nicht, warum wir jetzt schuld sein sollen.‹ John Leyden vom *Examiner* erwiderte darauf: ›Die Welt verändert sich, und Mr. Gowt sollte aufwachen und den fair gehandelten Kaffee riechen.‹« So ging es noch ein langes Stück weiter. Dan zählte nach, wie viele seiner eigenen Worte im Artikel enthalten waren: 87 im Gegensatz zu 334, die der Gegenseite eingeräumt worden waren. Das hatte dieser Bastard also gemeint, als er am Ende des Telefonats fröhlich gesagt hatte: »Keine Sorge – wir sorgen dafür, dass die Leser keine Zweifel mehr an Ihnen haben werden.«

Er stieß die Zeitung unwirsch von sich und nahm als Nächstes den *Register* zur Hand (seine Mutter hatte immer den *Register* gelesen), aber dessen Schlagzeile war noch schlimmer: »Strandrassist benahm sich wie Ranjid-Verdächtige«. Das war eine Anspielung auf den indischen Studenten, der vor fünf Jahren von einer weißen Gang totgetreten worden war und für einen Aufschrei in einem Dorf oben im Norden gesorgt hatte. Dem Artikel zufolge hatte Dan in seinem Fernsehinterview »seltsam nach etwas geklungen, was der Mörder Ebenezer Lampard sagte. […] Es kam einem so vor, als seien Gowts Worte dem abscheulichen Hassausbruch Lampards ganz ähnlich« – auch wenn der Journalist widerwillig zugeben musste, dass Dan keinerlei Vorstrafen hatte. (Meilenweit entfernt lag Albert wie eine groteske Karikatur von Poseidon lesend in der Badewanne und schnappte angesichts der nicht justitiablen Unterstellung mitfühlend nach Luft.) Dan suchte hartnäckig weiter, während all die Zeitungen zu einer großen zu verschmelzen schienen. Er hatte ein Vermögen dafür ausgegeben, sie alle zusammenzukaufen, und das war ein beinahe ebenso großes Ärgernis wie das, was in ihnen stand. *The Clarion* stach heraus, weil man dort einen riesigen Aufwand betrieben hatte: Der Artikel hieß »Tantisemitismus – Die faschistischen Wurzeln des Rassisten« und war von nicht weniger als fünf Autoren verfasst worden. Es gab große Fotos von Mussolini, Oswald Mosley, Dan (ein ganz neues Bild, aufgenommen aus großer Entfernung, von ihm auf seinem Traktor und – wie er fand – mit einem bemerkenswert dummen Gesichtsausdruck)… und von einer männlich aussehenden Frau mit Stupsnase und ondulierten Haaren in einer unvorteilhaften schwarzen Uniformjacke. Großtante Elsie!

Dan hatte sie nie kennengelernt, denn sie war 1942 verstorben, und er hatte auch nicht gewusst, dass sie einmal der British Union of Fascists angehört hatte. Alles, woran er sich erinnern konnte, war, dass seine Mutter einmal gesagt hatte: »Die arme Elsie war immer… du weißt schon… ein bisschen komisch im Kopf.« Damit hatte sie nicht ihre politische Ausrichtung gemeint, die – soweit Dan wusste – nie Thema gewesen war, sondern dass sie sich einer Abspaltung der Calvinisten angeschlossen hatte, die glaubte, dass an Neujahr 1960 die Welt untergehen würde. »Elsie hatte Glück, dass sie so früh gestorben ist; so wurde sie nicht enttäuscht!«, hatte seine Mutter einmal gesagt und mit ihrem sanften Halblächeln nach draußen geschaut, wo der Regen schräg in den längst vergangenen Garten gefallen war.

Als Dan Gowt sagte, dass die tragischen Toten am Strand »Farbige« und »dumm« seien, war die Nation empört. Nun können wir, dank einer speziellen Untersuchung der *Clarion*, EXKLUSIV aufdecken, dass seine Familie eine lange Vorgeschichte des aggressiven Rassismus hat. Elsie Edmundson, Dan Gowts Großtante, war in den 1930ern eine Führungspersönlichkeit der Wilburtham-Ortsgruppe der rassistischen und antisemitischen British Union of Fascists, der Privatarmee von Sir Oswald Mosley, die nach dem Vorbild von Hitlers Braunhemden aufgebaut war. Unser Rechercheteam hat ein Bild von 1937 gefunden, das Mrs. Edmundson bei einem Aufmarsch im Stil von Nürnberg zeigt, der in Piddle Hole stattfand.

Der Text leitete über zur »Terrornacht von Wilburtham«, in der die Fenster einer Synagoge eingeworfen worden waren, und zu Elsies Eintritt in das Schwesternkorps der Armee, durch den sie angeblich »ihre geheime Schande vergessen machen« wollte. Der Leitartikel stimmte mit ein:

Rassisten wird es immer geben; nur ihre Ziele verändern sich. Es ist Zeit, dass die Regierung endlich reagiert und dieses Schwarzhemden-Gehabe auf den Müllhaufen der Geschichte wirft!

Dan hatte sich schon immer gefragt, wie weit es mit der Wahrheitsliebe der Zeitungen wirklich her sei, aber an die guten Absichten der meisten Journalisten geglaubt. Er konnte nicht begreifen, weshalb eine angesehene Zeitung wie die *Clarion* sich solche Mühen machen sollte, um eine Frau zu beleidigen, die sich nicht mehr verteidigen konnte – offensichtlich hatte sie ein paar sehr dumme Sachen gesagt, aber trotzdem war sie ein anständiger Mensch gewesen. War das alles heutzutage gar nichts mehr wert? Er dachte voller Mitleid und Mitgefühl an sie.

Er ging all die Kommentar- und Leserbriefspalten durch und war in erbärmlicher Weise dankbar für jeden Verfasser, der ihn nicht erwähnte oder weniger unfreundlich war, als er erwartet hatte. Die Stimmung insgesamt war jedoch furchtbar eindeutig: unangemessen, Querulant, beleidigend, hat keinen Platz in unserer Gesellschaft. Gnädigerweise waren Dan die Blogs und Internetkommentare unbekannt, in denen er als geistiger Kuhfladen verflucht wurde, als ein schweinedummer, toxischer, übelkeiterregender, unerträglicher, gleichheitsfeindlicher, ewiggestriger, kolonialistischer, hochnäsiger und privilegierter weißer Mann. Leute drohten damit, ihn bei der Polizei und der Gleichheitskommission anzuzeigen – und ein anonymer Nutzer schrieb einen (schnell wieder gelöschten) Kommentar auf der Internetseite des *Bugle*, in dem es hieß:»Dieser Scheißfaschist sollte besser gut auf sich aufpassen!«

Es war Ben Klein gewesen, der »die Trüffel über diesen Rassisten Gowt ausgegraben« hatte, wie er auf seinem Blog frohlockte – dank eines bemerkenswerten Archivs und einer Hartnäckigkeit, die ans Pathologische grenzte.

Er war Gründer und alleiniger Inhaber des »Antifaschistischen Freiheitsengagements«. Trotz all seines Ruhms bestand AFFE aus nicht viel mehr als 31 Aktenschränken voller Zeitungsausschnitte, Fotos, Broschüren, Flugblätter, Bücher, Gerichtsakten, Plakate, Aufkleber, Mitschnitte und Momentaufnahmen über die politische Rechte, alles katalogisiert nach einem versponnenen, aber zuverlässigen geistigen Ordnungssystem. Viele Unterlagen hatten nie einen Platz in den Schränken gefunden, sondern lagen in schwankenden Stapeln auf Tischen, Stühlen und Fensterbänken; farbige Klebezettel wiesen darauf hin, wo ein Thema anfing und wieder aufhörte. Das kleine Haus im Stadtteil Golders Green mit seinen vergitterten Fenstern und der Videoüberwachung beinhaltete sogar mehr Hass, Verschrobenheit und Besessenheit als das Büro Albert Normans, und täglich kam mehr hinzu.

Ben memorierte Namen, Gesichter, Schwachstellen, Fehltritte, peinliche Vorfälle, finanzielle Mogeleien, Querverbindungen und lange Auszüge aus Zeitungen, Büchern und Gerichtsakten. Dank der Spenden von nervösen Privatspendern und Gewerkschaften sowie der Zuschüsse aus Regierungs- und EU-Töpfen hatte er seinen Buchhalterjob aufgeben können, um seine Zeit ausschließlich dem Aufdecken von Rassismus zu widmen.

Seither hatte er über alle möglichen Leute »die Trüffel ausgegraben«, von satanistischen Nazirockern bis hin zu christdemokratischen Parlamentariern (einschließlich aller Zwischenschattierungen der Intoleranz), und war eine vielbemühte Quelle für Journalisten, die eine Geschichte für das Ressort »Rechtsextremismus« brauchten und wussten, dass er binnen kürzester Zeit ein Exposé über einen Prominenten mit dunkler Vergangenheit oder einen Hooligan ohne Zukunftshoffnungen liefern konnte. In den letzten Jahrzehnten hatte er vielen, vielen Journalisten geholfen – außer natürlich diesem Schwein Albert Norman. Ben hatte sich nie einen Reim darauf machen können, was *den* motivierte. Selbsthass? Angstzustände? Es war seltsam, dass ein so kluger Mann nicht einsehen wollte, dass er niemals akzeptiert werden würde, egal wie sehr er sich anzupassen versuchte.

Einmal hatte er versucht, Albert auf diese Tatsache hinzuweisen, nachdem sie sich vor Jahren zufällig auf einer Dinnerparty begegnet waren (das war ihr einziges Zusammentreffen gewesen – ihre Kreise berührten sich nicht allzu oft), aber Albert hatte nur gelacht und das Gespräch in eine andere Richtung gelenkt. Ben konnte nicht verstehen, wie dieser Kerl so wenig kritikfähig sein konnte, genauso wenig wie seine Besessenheit von all dieser langweiligen klassischen Musik – immerhin war das Musik, die für Tyrannen und absolute Monarchen geschrieben worden war und die Massen von der Sozialen Frage ablenken sollte. Außerdem: Wer war Albert Norman denn schon? Bloß ein schweinischer (und perverser) Dinosaurier, der sich nicht von einer sterbenden Welt abwenden mochte. Trotzdem war ein Teil von ihm neidisch auf Alberts Geheimwissen – scheinbar hatte Bens Vater sowohl die Synagogenmusik als auch Klezmerstücke mit Talent und Leidenschaft gesungen, und er hätte sicher gewollt, dass sein einziger Nachkomme sich für solche Dinge interessierte. Doch Ben verehrte den Schatten seines Vaters auf eine leidenschaftliche, wichtigere Weise. Sein Büro war in Wirklichkeit eine Art Schrein – eine Möglichkeit, die Vergangenheit des Manns zu erfassen, den er nie hatte treffen können, eines gelehrten und gütigen Manns, der an einem sonnigen Frühlingsmorgen des Jahres 1943 auf der Hauptstraße eines weißrussischen Schtetls von Angehörigen einer Einsatzgruppe über den Haufen geschossen worden war – nachdem er gerade erst seine schwangere Frau in einem Sturmkeller versteckt hatte, die dort einen ganzen Tag lang unentdeckt liegenblieb, ehe sie wieder hervorkam und in die sehr reale Hölle schwelender Häuser und verstreut daliegender Nachbarn hineintrat, während über dem öligen Rauch und dem Gestank verbrannter Haut Lerchen flogen und sangen.

Mutter – und Ben, der zwei Monate später geboren wurde – hatte sich dank der Gunst eines von der SS angewiderten Oberstleutnants der Wehrmacht durch die Folgejahre mogeln können und sich und ihr Kind durchgebracht, indem sie als Hausmeisterin einer gewaltigen hölzernen Kirche mit Zwiebeltürmen auf einer grasumsäumten Insel in einem See voller Großtrappen gearbeitet hatte. Als die Sowjets die Gegend überrannten, war kein Platz mehr für Mönche, und so zog sie westwärts, ganz allein bis auf den kleinen Benny. Sie erzählte ihrem Sohn von seinem Vater, dem Leben, das sie gehabt hatten, und der unvergänglichen Widerwärtigkeit von Deutschen und Russen. Niemand sonst sollte je erfahren, welche Entbehrungen und Erniedrigungen sie durchgemacht hatte (sie war eine stolze Frau). Später waren sie von Finnland über Schweden schließlich nach London gelangt, und dort war sie beinahe umgehend gestorben – ausgezehrt, aber geborgen im Wissen, dass der kleine Benny in Sicherheit war. Der war tatsächlich in Sicherheit, wenn auch von seinen jüdischen Wurzeln abgeschnitten, und er kam bald nach Verlassen der Schule mit Marx in Kontakt. Jahrzehnte später sollte er einsehen, dass der Marxismus nicht funktioniert hatte, aber das würde er den Russen statt der Ideologie anlasten. Und überhaupt, die Mängel des Marxismus verblassten gegenüber der Alternative – dem Kapitalismus mit seinen inneren Widersprüchen, dem Opium von Fahnen und Glauben, einem Deutschland in neuem Aufschwung, Mosley, der wieder durch London marschierte, geschützt von seinem »Recht« auf »Redefreiheit«. Manchmal ging Ben mit ein paar Genossen hin, um Steine auf die Mosley-Leute zu werfen – das waren Zwischenspiele von beinahe sexueller Ekstase mit Fäusten und Springmessern, wo sie Cockneys und Teddy-Boys in die Eier traten, ihre Plakate herunterrissen und ihre Transparente als Trophäen nach Hause trugen. In seinen Aktenschränken lag noch einiges an verblichenem Tand des Union Movement, und gelegentlich bekam er durch Zufall eines dieser Souvenirs in die Hände – dann streichelte er sie und erinnerte sich, wann und wie er sie gewonnen hatte.

Hinter diesem noch immer gefährlichen Europa stand ein Amerika, das auf widerwärtigen Fundamenten ruhte – ein Land, das er sich aus Prinzip stets zu besuchen geweigert hatte. Ihm wurde speiübel vom Imperialismus, der Ungleichheit und dem von ehemaligen Nazis betriebenen Raumfahrtprogramm, während zeitgleich die Enkel der Sklaven in Bretterbuden hausen mussten – an diesem Ort, wo der klischeehafte tumbe Nigger Jim Crow mit den Hexenprozessen von Salem und der Shoppingmeile Madison Avenue zusammenkam.

Je weiter sich Ben von seinem Glauben entfernte, desto schwerer wog seine Schuld – das Gefühl, seine Eltern betrogen zu haben, weil er nicht an das glauben konnte, woran sie geglaubt hatten und wofür sie gestorben waren, weil er keinen Zugang zu dieser ausgerotteten Kultur hatte. Es war die Hoffnung darauf, dieses Gefühl lindern zu können, die ihn schließlich dazu bewogen hatte, sein Leben dem »Wehret den Anfängen!« zu widmen.

Er war unverheiratet (unsicher über seine Neigungen, hatte er beschlossen, sich nicht damit aufzuhalten), glatzköpfig, aber mit einem dünnen, lockigen, rotgrauen Bart und erfahrenen blauen Augen, die scharf aus einem dünnen Gesicht auf einem dünnen Körper von nur 163 Zentimetern Höhe herausstarrten. Seine Finger waren immer in Bewegung, blätterten rastlos durch Papiere, schnippten, falteten, folgten dem Text, wenn er sich dicht darüber beugte und – wie Albert Norman – durch den Mund atmete, während er in einem kaum hörbaren Gemurmel laut las und draußen der Verkehr vorbeiströmte. Manchmal sprach er laut in den leeren Raum: »Ha!« oder »Sieh an, sieh an…« oder »Hab' ich dich!«.

Er war allein, aber bestens vernetzt, suchte und fand Faschismus fast überall, während die Regierungen auf- und wieder abstiegen und die jüdischen Delikatessengeschäfte am nahegelegenen Exerzierplatz kurdischen Kebabläden weichen mussten. Manchmal fand der Faschismus auch ihn, und zweimal waren seine schlimmsten Befürchtungen wahr geworden, als Skinheads die Fenster des Hauses eingeworfen und hasserfüllte Parolen auf die Vorderwand geschmiert hatten. Seitdem war sein Haus an das Alarmnetz einer privaten Sicherheitsfirma angeschlossen, und hin und wieder kam die örtliche Polizei vorbei und sah nach dem Rechten.

Er hätte den Gedanken wütend zurückgewiesen, aber es war die eigenartige Wahrheit: Er hatte so viel über seinen Feinden gebrütet, dass er von ihnen abhängig geworden, ja, ihnen sogar ein wenig *ähnlich* geworden war – verschwörerisch, defensiv, zornig über die Rolle, die ihm das Schicksal zugewiesen hatte. Die immer schon kleine Zahl seiner Freunde nahm stetig ab, während der Kreis seiner Kontakte wuchs. Sein klobiges, in Leder gebundenes Adressbuch beinhaltete eine ungewöhnliche Mischung von Namen, von Schlägern aus dem East End über bezahlte Provokateure bis hin zu Universitätspersonal, Unterhausabgeordneten, Hochadligen, Polizisten, Medienunternehmen, Aktiengesellschaften und Regierungen in Übersee. Zwischen diesen oft bemühten Namen verbargen sich – wie ein ausgelöschter Ghettofriedhof – die mit Tipp-Ex ausgetilgten Angaben von abgelegten oder verstorbenen Freunden. Manchmal, in der relativen Stille der frühen Morgenstunden, wenn Ben im grauen, schmuddeligen Bett in seinem schimmelfleckigen Schlafzimmer lag und den Scheinwerfern zusah, die sich an der Decke abzeichneten, dachte er mit leichtem Schmerz an einige dieser Freunde und Orte, an denen er vor Jahren gewesen war. In den Arbeitsstunden des Tages jedoch sperrte er diese Gedanken wieder aus – wie Herbstlaub waren sie schön, aber verloren, notwendige Opfer der historischen Gerechtigkeit.

Die Aktenschränke an den Wänden waren nicht nur Möbel, sondern Befestigungen, und manchmal sogar ein bisschen wie Menschen. Ben hatte sogar jedem von ihnen einen Spitznamen gegeben, zum Beispiel »Dreißiger-Kram« oder »Große Grauzone«. Sie waren sein geheimer Kraftquell, sein Grund, jeden Morgen aufzustehen und sich »an die Quatschmaschine« zu setzen, wie er es im East-End-Slang ausdrückte. Ganze Tage und Wochen vergingen, in denen er sein Büro kaum verließ, das einmal ein elegantes edwardianisches Wohnzimmer gewesen war, außer um in einem seltener benutzten Schrank in einem der kalten anderen Zimmer zu wühlen.

An den Wänden hingen keine persönlichen Bilder, nur Wandkalender, Tabellen und Karten, Fotos von ihm mit Prominenten – einschließlich eines mit dem Premierminister, das erst vor ein paar Wochen bei diesem großen Dinner aufgenommen worden war, wo sie sich wirklich sehr nett unterhalten hatten. Für den derzeitigen Premier hatte er viel übrig. Dann waren da noch ein Schnappschuss von Ben in einem Fernsehstudio, wo ihm die Anrede »Britanniens mutigster Aktivist« die Röte ins Gesicht getrieben hatte (hinterher hatte er sie auf seine Visitenkarten prägen lassen), und Zeitungsausschnitte über seine Leistungen dabei, parlamentarische Anfragen zu erzwingen, Organisationen zu säubern, Veranstaltungen absagen zu lassen, Gerichtsprozesse zu gewinnen… Einmal hatte er sogar einen uralten Zisterziensermönch als ehemaligen Ustascha-Milizionär enttarnt und dafür gesorgt, dass dieser mit Schimpf und Schande aus dem Kloster gejagt worden war, in dem er sich seit 1946 versteckt und mit heuchlerischer Wohltätigkeit einen Ruf als Beinahe-Heiliger aufgebaut hatte. Über eine Kopie der Traueranzeige für den Mann stand in großen roten Lettern »YES!!!«

geschmiert. Jetzt schnitt Ben seine Stücke aus den aktuellen Zeitungen aus, um sie seinen Akten hinzuzufügen, während seine stechenden Augen schon das nächste Blatt analysierten. Vielleicht war es noch zu früh, um dieses dumme Bauernschwein als einen weiteren Erfolg zu verbuchen, aber: Abwarten! Er schnitt aus und fühlte sich frisch und frei, während der Verkehr Tag und Nacht unablässig vorüberrauschte.

Dan nahm das Telefon argwöhnisch ab und wurde von einem Mann mit starkem ländlichen Akzent begrüßt. »Mr. Gowt? Mein Name ist James Lyle. Ich bin der Vorsitzende des Ortsverbands der National Union.«

»Ja?«

»Ich wollte Ihnen nur mitteilen, dass wir alle auf Ihrer Seite sind. Wir sind der Meinung, dass es sehr tapfer von Ihnen war, sich dieser politischen Korrektheit entgegenzustellen. Gut gemacht! Es braucht Mut, der PC-Tyrannei zu widerstehen.«

Dan hatte den vulgär aussehenden, scheinbar immer herumbrüllenden und von zornigen Menschenmengen umgebenen Führer der National Union im Fernsehen gesehen. Er war sich schmerzhaft bewusst, dass die Partei sehr extrem war, und hatte nie für sie gestimmt oder – soweit er wusste – mit einem ihrer Mitglieder gesprochen. Er fragte sich, warum sie in Eastshire präsent sein sollte, wo es kein Rassenproblem gab. Oder – aha! – vielleicht war genau das der Grund.

»Wir würden Sie gern für nächsten Samstag zu einem Treffen in Eastport einladen. Wir hoffen, dass Sie vielleicht einen kleinen Vortrag über Ihre Erlebnisse und den größeren Zusammenhang halten könnten. Sie sind mittlerweile ziemlich bekannt! Wir würden uns sehr gerne anhören, was Sie zu sagen haben.« »Danke, Mr. Lyle. Das ist sehr freundlich von Ihnen, aber die Antwort lautet nein. Ich habe mit Politik nichts am Hut, und so soll es auch bleiben.«»Ich kann verstehen, dass Sie sich von der Politik fernhalten möchten, Mr. Gowt. Aber in gewisser Weise stecken Sie bereits mittendrin. Ich wette, dass Sie noch eine ganze Menge sagen möchten!«

»Es bleibt bei einem Nein. Ich bin kein politischer Mensch und mehr oder weniger irrtümlich in diese Sache hineingeraten. Um ehrlich zu sein: Je schneller Gras über das alles wächst, desto besser.«

»Nun, Mr. Gowt, das ist sehr schade. Leute wie wir müssen zusammenhalten. Zumindest sehe ich es so. Aber wenn Sie sich sicher sind, dass ich Sie nicht überzeugen kann...«

»Nein danke. Wie gesagt, ich möchte, dass das alles vorübergeht, damit ich wieder einfach nur ein Bauer sein kann – und wir wieder in Frieden leben können.«

»Ich denke, das möchten wir alle, Mr. Gowt – ich habe selbst zwei Töchter, fünf und sieben Jahre alt. Manchmal frage ich mich, in was für einem Land sie aufwachsen werden...«

Dan erkannte, in welche Richtung Lyle ihn locken wollte. »Bitte, hören Sie auf, mich einwickeln zu wollen. Ich habe Ihnen schon gesagt, dass ich mich entschieden habe, also muss ich Ihr Angebot ablehnen. Wenn das dann alles war...«

»Das war alles, Mr. Gowt... Das war alles. Es ist trotzdem schade.«

»Gute Nacht, Mr. Lyle. Danke für den Anruf.«

»Gute Nacht. Wenn Sie es sich anders überlegen...«

»Danke!« Dan legte auf und hatte zum ersten Mal seit zwei Wochen das Gefühl, eine vernünftige Entscheidung getroffen zu haben.

Aber so leicht sollte er nicht aus dem Schneider sein. Am nächsten Nachmittag pflügte er gerade sein Fünfzig-Morgen-Feld, als er einen etwas zu sauberen Geländewagen zögerlich über den

Feldweg heranrollen sah – über den *privaten* Feldweg. Sein Gesicht verzog sich vor Ärger, und er stoppte den Motor. Dieser Einbruch sollte besser einen guten Grund haben. Er erkannte weder den verstockt dreinschauenden Fahrer noch den Mann mit der Kamera – aber er hatte den blonden, untersetzten Mann im Anzug schon mal anderswo gesehen. Der Fremde ging mit einem gekünstelten Lächeln auf ihn zu – genau über das Stück Acker, das Dan gerade umgepflügt hatte! Der Kameramann lief hinterher, den Blick nach unten gerichtet; zumindest war er umsichtig genug, nicht die Furchen zu zertreten. Der Griesgram lehnte in der sanften Wärme am Auto, aber sah sich ununterbrochen nach allen Seiten um. Dann erkannte Dan den blonden Mann, und Wut stieg in ihm auf.

»Das ist ein Privatweg – und ich habe das Stück da gerade umgepflügt!«

»Ach so? Tut mir furchtbar leid, das wussten wir nicht. Sorry, dass wir Ihr Feld durcheinandergebracht haben.«

Die Stimme des Manns war so angenehm wie die eines Autoverkäufers, und er legte eine Hand über die Augen, als er zu Dan aufblickte.

»Mr. Gowt, nehme ich an? Mein Name ist James Fulford. Ich bin der Vorsitzende der National Union. Das da ist unser Ortsvorsteher James Lyle; ich glaube, Sie haben schon mit ihm telefoniert.«

»Das habe ich, und ich weiß auch, warum Sie hier sind. Ich habe schon gesagt, dass ich kein Interesse an Politik oder Ihrer Partei habe, und auch an keiner anderen.«

»Aber Mr. Gowt, lassen Sie mich doch erklären… Wir haben in diesem Land ein ernstes Problem, verursacht durch die Einwanderung. Sie führt zu…«

Dan hob die Hände. »Hören Sie, ich habe mich entschieden. Ich will nichts damit zu tun haben.«

»Aber es wird sie genauso betreffen wie alle anderen auch, und jemand, der so im Fokus der Medien steht wie Sie, ist in der Lage…«

»Hören Sie, ich sage es nochmal. Ich habe mich entschieden. Und jetzt verlassen Sie bitte mein Grundstück… Sie können da drüben wenden und den Weg hinunterfahren, dann biegen Sie rechts ab. So kommen Sie zurück ins Dorf. Jetzt aber gute Fahrt, und ich möchte Sie nicht noch einmal auf meinem Land sehen.«

Er schlug die Tür des Führerhauses zu und fuhr los – einen gedemütigten Fulford zurücklassend, der im Rückspiegel langsam kleiner wurde, während James Lyle insgeheim darüber feixte, dass sich das Geprahle seines Obersten darüber, dass er Dan schon überreden würde, in heiße Luft aufgelöst hatte. Er hielt dem erröteten Fulford die Wagentür auf und verkniff sich ein Lächeln, ehe sich das Auto auf den Weg zurück über den Feldweg machte. An der Abzweigung parkte der Wagen eines Korrespondenten des *Midland Mercury*, der gerade telefonierte, als der Geländewagen vorbeirollte. Der Mann sah hin und erhaschte für einen Sekundenbruchteil den unverkennbaren Anblick von Fulford, der auf dem Rücksitz finster vor sich hinstarrte. Er atmete ein genüssliches »Aaah!« aus, und seine Augen wanderten den Pfad hinauf, auf dem der Wagen gekommen war. In der Ferne sah man einen Traktor in der Sonne schimmern.

Und so kam es, dass eine kleine Ortszeitung ihre erste landesweite Enthüllungsgeschichte hatte und ein junger Reporter seinen großen Durchbruch mit dem Bericht darüber, dass der Parteichef der National Union geheime Gespräche mit dem Strandrassisten Dan Gowt geführt hatte.

Doch Dan war nur ein Baustein in einer Geschichte, die sich in alle Richtungen ausbreitete. Wie es John Leyden in einer Radiosendung so einprägsam ausgedrückt hatte: »Nur ein Soziopath kann sich hier nicht schuldig fühlen. Wir alle müssen hier, auf den viel zu weißen Klippen, unsere Rucksäcke voller Vorurteile ausleeren.«

Channel One konnte nur mühsam dazu gebracht werden, das Gerücht zu unterdrücken, dass keine geringere Berühmtheit als Adenya Ukingo, der Erhabene Lotse ganz Afrikas, den Ort des Geschehens besuchen würde. Sein Slogan »Jedem Dörfler eine

Stimme – Jedem Menschen einen Kochtopf« war einst von einem damals noch mehr oder weniger jugendlich frischen Albert Norman (wirklich frisch war er nie gewesen) folgendermaßen parodiert worden: »Jedem Kraal eine Kalaschnikow – Jedem Menschen Armut«. Damals war Ukingo noch der Pancho Villa seines Teils von Afrika gewesen, ein länderübergreifender Revolutionär mit einer fanatischen Gefolgschaft, über die es Geschichten von bedauerlichen Exzesstaten gab. In den 1990ern hatte er dem bewaffneten Kampf jedoch zugunsten von »Local Love« abgeschworen – und nun gab es von Nordkorea bis Greenwich Village überall LL-Gruppen. Es schien, als sei ein Besuch von ihm das perfekte Heilmittel gegen lokalen Hass. Aber der berühmte Mann nahm an einem großen Palaver über Sklavereientschädigungen in Ozangwe (ehemals New Croydon) teil und musste von dort direkt weiter, um eine sehnlich erwartete Präsentation vor der UNO zu halten; er würde keine Zeit haben, dem Schauplatz der Tragödie die Ehre zu erweisen. Zur Entschädigung veröffentlichte sein Büro ein Ukingo-Sonderkommuniqué, das den Verlust der »Hoffnungssucher, Hoffnungsgeber, Lehrer und Bereicherer« beklagte.

Aber es gab auch ermutigende Neuigkeiten. Die Agora für Globale Gerechtigkeit sollte eine Notfall-Sondersitzung der UNO zum Thema Euronativismus ausrichten, und ein mehrfach ausgezeichneter indonesischer Wissenschaftler würde nach Großbritannien geschickt werden, um sich einen Überblick über die Situation hinsichtlich Fremdenfeindlichkeit, Asyl, rassistischer Kriterien bei Polizeikontrollen, Polizeigewalt gegen Minderheiten und die Lage auf dem Arbeitsmarkt zu verschaffen.

Auf der Pressekonferenz sagte Dr. Mansur Tiakara in exzellentem Englisch: »Die jüngsten Ereignisse an der britischen Küste machen mich zutiefst besorgt um die Situation der Unregistrierten und Unterprivilegierten im Vereinigten Königreich und in Europa. Soziale und ethnische Gerechtigkeit müssen Hand in Hand gehen. Mein erster Besuch in Ihrem schönen Land wird in vielerlei Hinsicht ein Wendepunkt sein.« Die britische Ministerin antwortete darauf, dass Mansurs Besuch mutig und längst überfällig sei (woraufhin der edle Gelehrte gütig nickte) und er mit aller nur erdenklichen Unterstützung von Schauspielern, Interessenvertretern und gesellschaftlichen Vermittlern rechnen dürfe. Sie sei zuversichtlich, dass sich die Einstellung der Briten gegenüber Einwanderern entlang traditioneller britischer Werte wie Toleranz und *Fair play* sowie an den weltweiten Regelungen ausrichten lasse, und sie danke ihm schon vorab. Dr. Tiakara schaute etwas skeptisch drein.

Ein Fernsehkomiker hatte Fotos von Dan nachbearbeitet und ihm einen dunkleren Hautton verpasst; nun zeigten sie ihn als »Dantor Gopinder« und »Dan G'tondo«. Davon inspiriert, telefonierten Werbeunternehmen ihre größten Kunden ab und buchten hastig eine Reihe von TV- und Printwerbesegmenten unter der Rubrik »Marketing versöhnt die Welt«. Die Anzeigen selbst waren bereits bekannt, nur hatte man alle abgebildeten Weißen durch Nichtweiße ersetzt. Eine Autowerbung, die eine lächelnde weiße Familie und den Slogan »Schalten Sie im Leben mal einen Gang hoch!« gezeigt hatte, kam nun mit einer asiatischen Familie daher – darüber die Parole: »Zeit, den Rassismus zur Strecke zu bringen!« Einer bekannten Blondine aus einer Shampoowerbung wurde digital dichtes schwarzes Haar verpasst, so dass der Slogan »Auf die Schattierung kommt es an!« eine ganz neue Bedeutung bekam. Ein anderes berühmtes Model ging mit einem »Heilungsblog« online, um »das Ungleichgewicht im Karma zu überwinden«.

Die renommierte New Yorker Wochenzeitung *These Days* veröffentlichte eine Sondernummer unter dem Titel »Vereinigtes KKKönigreich – Land voller Hass und dummer Bauern«. Das Titelbild zeigte einen hohlwangigen Mann mit rasiertem Kopf in übergroßen Stiefeln, einem Union-Jack-Unterhemd und mit einem Bowlerhut, der eine geifernde Bulldogge an einer Kette führte. Der reichlich bebilderte, 6000 Worte lange Leitartikel erklärte, dass der UK, Inc. das moralische Kapital ausgegangen sei. Es sei an der Zeit, dass Großbritannien »einen Schlussstrich unter die Vorurteile« setze. Die Briten mochten vielleicht daran mitgewirkt haben, die Sklaverei abzuschaffen, aber es sei herablassend gewesen, anzunehmen, dass die Afroamerikaner sich nicht selbst befreit haben würden. Dieses traurige Vermächtnis wirke weiterhin fort: »Man sieht nur wenige braune oder schwarze Gesichter auf Londons Laufstegen. Wer darauf wartet, dass die öffentliche Modewelt hier wahrhaftige Vielfalt widerspiegelt, wird sich wohl noch eine ganze Weile gedulden müssen. Andererseits ist Rassendiskriminierung kaum überraschend in einem Land, in dem Konservatismus und Klassendenken grassieren. Die Nationalhymne ›God Save the Queen‹ mit ihren Aufrufen, die Briten mögen ›ihre Feinde zerstreuen und zu Fall bringen‹ und ›ihre schurkischen Pläne durchkreuzen‹, lässt die bedrängten britischen Liberalen vor Scham zusammenzucken. Die Regierung wird noch immer von Privatschulen entsprungenen »weißen« Männern aus der Mittelschicht beherrscht, und es gibt noch immer exklusive Londoner Clubs, die keine Frauen als Mitglieder zulassen. Es gibt sogar Restaurants, die in ihren Karten keine Preise abdrucken, und Leute, die sich an den Wochenenden in ihre Landhäuser davonmachen und Tierschutzgesetze brechen. Snobs und Sexisten, Sadisten und Rassisten – die unschöne Wirklichkeit dieser vereiterten Insel.«

»Es ist gut, dass wir zu den Amis ein besonderes Verhältnis haben«, scherzte Albert gegenüber Sally, »wer weiß, was die sonst noch geschrieben hätten!«

Der *Weekly Monitor* vom Samstag brachte eine bahnbrechende Untersuchung von Wanda Lo, der »*La Pasionaria* von Luton«, die in ihren Zwanzigern durch ihre vernichtende Enthüllung des Rassismus innerhalb der Glasgower Polizei schlagartig berühmt geworden war und für den Rücktritt von elf Polizisten gesorgt hatte. Das war ein verheißungsvoller Anfang gewesen. Sie war nicht einfach nur Journalistin, sondern eine künstlerische Aktivistin und – dem *Examiner* zufolge – »ein junges nationales Kleinod«. Schriftliche Würdigungen bevölkerten die Wände und Kaminsimse des Gehöfts in Eastshire, das sie mit ihrem englischen Ehemann bewohnte, der von den wenigen Menschen, die sein Vorhandensein bemerkt hatten, »Mr. Lo« genannt wurde. Ein paar Jahre zuvor, nachdem Wanda die unerfreuliche Bekanntschaft eines Straßenräubers gemacht hatte, hatten sie den Londoner Ortsteil Islington verlassen und den ehemaligen Bauernhof in der Nähe von Williamstow bezogen. Deshalb war sie in der Lage gewesen, als eine der ersten landesweit bekannten Autorinnen vor Ort zu sein.

Sie war mit scharfem Blick durch die Menge gestreift und hatte Ausschau gehalten nach scheinbar unbedeutenden Bemerkungen, flüchtigen Gesichtsausdrücken, entlarvender Körpersprache, nach Dingen, die sonst niemandem auffielen. Ihre Antennen waren so fein eingestellt, dass es ihr manchmal fast Schmerzen bereitete, sich unter weniger aufmerksamen Menschen aufhalten zu müssen. Nur wenige konnten in Sachen Beobachtungsgabe und Intuition mit ihr mithalten. In diesem neuen Artikel hatte sie sich sogar selbst übertroffen, indem sie eine bis dato ungeahnte Art von Widerwärtigkeit aus unverdächtiger Quelle entdeckt hatte.

»Tote Menschen und Schinkenbrot« war der vom Korrektor ausgesuchte Titel für einen Text, der die Rettungssanitäter attackierte – für ihre »widerwärtige, verstörend respektlose Sprache und, was noch frappierender war, sie kauten *Schinken*brötchen, während sie mit den tragischen Opfern hantierten, von denen viele der muslimischen Glaubensgemeinschaft angehörten.«

Ich fragte wiederholt einen der leitenden Sanitäter, James Brown, ob er die angeblich ›professionelle‹ Vorgehensweise unter diesen heiklen Umständen für angebracht halte. Waren denn die tragischen Opfer nur Fleischstücke, bereit zur Weiterverarbeitung? Ich habe ihn und seine Kollegen mehrmals gefragt, ob es angemessen sei, dass sie die sterblichen Überreste berührten, nachdem sie sich an Schinkenbrötchen schadlos gehalten hatten. Woher wollten sie denn wissen, fragte ich sie, dass die tragischen Opfer in ihren Händen nicht vielleicht Moslems gewesen waren? Was für eine Botschaft vermittelten sie damit? Ich bekam keine stichhaltige Antwort – aber ich hatte offensichtlich einen Nerv getroffen, denn schließlich kam Brown bedrohlich auf mich zu – er ist ein stattlicher Mann von 1,93 Metern und sicher 95 Kilo, und ich bin 1,52

Meter groß und wiege 50 Kilo – und sagte mir, ich solle mich mit meinen ›dummen Fragen verpissen‹. Das war ein eklatanter Versuch, in die Pressefreiheit einzugreifen, und ich war deshalb gezwungen, beim örtlichen Erstversorgungsbezirk anzufragen, ob Browns aggressives Verhalten im Einklang mit der dortigen Haltung stünde.

Sie hatte wieder einen Treffer gelandet. Der Bezirk hatte Brown für die Dauer der Ermittlungen suspendiert, und der hatte daraufhin sofort gekündigt. Außerdem hatte der Bezirk einen speziellen Beamten für Öffentlichkeitsarbeit ernannt und würde neue Verhaltens- und Verfahrensregeln aufsetzen, inklusive des neuen Wahlspruchs »Mit ausdrücklichem Respekt«. Die Caterer der Sanitätsdienste würden ab sofort eine ganze Palette anderer Mahlzeiten zur Auswahl anbieten, darunter auch *Halal*-Gerichte sowie koschere, glutenfreie und vegetarische Optionen. Die Rettungswachen würden Gebetsräume für Muslime zur Verfügung stellen, denn auch wenn ihnen bislang das Glück versagt geblieben war, diese zu ihren Mitarbeitern zu zählen, so wollten sie doch aktiv dazu beitragen, dieses Unrecht wiedergutzumachen. John nannte dieses Ergebnis auf seinem Blog »*Wanda-full*« – »wir können uns wirklich glücklich schätzen, so viele brillante Antidiskriminierungsprofis zu haben!« John erwähnte in seinen Depeschen auch die unermüdliche Arbeit von Jensen Johnson, dessen letzte Kolumne im *East of England Courant* ebenfalls eine weitere Perspektive gewählt hatte:

Ist es denn so verwunderlich, dass der Rassismus allgegenwärtig ist, wenn das politische Klima von der Agenda einer schmierigen Boulevardzeitung geprägt wird – und wenn die Journalisten selbst aus einer unrepräsentativen Clique weißer, mittelständischer Männer kommen? Weder werden afrikanische Geschichten von Afrikanern bearbeitet, noch asiatische Geschichten von Asiaten – das ist eine Schande. Wir brauchen vielfältige Belegschaften, um ein gutes Verständnis des *gesamten* Medienpublikums

zu garantieren. Momentan werden die schwarzen Er-
fahrungswerte herausgestrichen. Wir können nicht
zulassen, dass die Presse dem Antirassismus den Finger
zeigt. Wir brauchen mehr Minderheitenvertreter in den
Chefetagen der Medien.

Später sollte Albert in sich hineinlachen: »Eine sehr vorteilhafte
Lösung!« Jensen, den er öfters getroffen und der ihm gut gefallen
hatte, war immer eine zuverlässige Quelle glühender Empörung –
ohne dass es jemals eine Knappheit an Skandalen gegeben hätte, um
ihn auf Touren zu halten.

Ganze 51 herausragende Soziologen unterzeichneten gemeinsam
einen mutigen offenen Brief an den Premierminister, in dem es hieß,
die Vorfälle entstammten der »Verharmlosung eines verborgenen,
rassenübergreifenden Hybridbewusstseins und der entsprechenden
Kultur. [...] Unser Verständnis von ›Rasse‹ wurde konstruiert, um
das Rassenübergreifende zu unterdrücken, und befördert von einer
Regierung, die zur Durchsetzung ihrer Agenda lieber auf Angst als
auf Fakten setzt. Rassismus ist mehr als Vorurteile plus Macht; er
ist zum Teil auch ein Krankheitsbild, das durch den Untergang von
Denkzentren im Stirnlappen verursacht wird. Wir können ihn nur
aus unseren Handlungen ausmerzen, wenn wir ihn aus unserem
Denken ausmerzen.«

Die Gemeinde der Vielfaltsbefürworter war über diesen Brief
geteilter Meinung, aber alle waren sich einig über die Entgleisung
von LuvSex aus Estland – die umso unglücklicher war, als die
Band erst kürzlich noch anlässlich des 70. Geburtstags von Adenya
Ukingo im Madison Square Garden aufgetreten war. Aber ihr Lied
»Blacks on the Beach« schlug alle nur möglichen Misstöne an.

Offene schwarze Münder
In schwarzen Gesichtern
Schwarze Aussichten
Für unbeliebte Rassen
Oh yeah

Der »Kulturzar« des *Examiner* war fassungslos: »Das hatte all den unbeschwerten Charme der Atrocities Against Civilians und das soziale Bewusstsein der Republik von Salò... Geschmacklos, geschmacklos, geschmacklos.« Wanda Lo quälte sich im *Suburban Shopper*: »Was haben die sich dabei *gedacht*? Wie konnten sich vier großartige Jungs aus der angesagtesten Stadt Europas diesen Hitlerjugendtext ausdenken? Beschämend, stigmatisierend, *unglaublich* beleidigend. ›Schwarz‹ ist schon schlimm genug, aber ›unbeliebte Rassen‹ stammt direkt aus der Zitatensammlung von Auschwitz!«

Die Band entschuldigte sich und spendete den Gesamterlös aus dem Download ihres neuen Albums antirassistischen Organisationen. Ihre nächste Veröffentlichung sollte in Zusammenarbeit mit einem Sänger aus Mali und einem Londoner Gospelchor entstehen. »Blacks on the Beach« würde schließlich rehabilitiert werden und ein Jahr später auf Platz 42 der »50 bedeutsamsten Lieder« eines Radiosenders landen. »Ist vielleicht nicht politisch korrekt, das zu sagen, aber der Song hat eine Generation geprägt«, würde Scum in einer großzügigen Würdigung erklären – umso großzügiger, weil es sein eigenes Lied »Don't Diss De Dead« nicht auf die Liste geschafft hatte.

Die Stiftung »Educating 4 the Future« veröffentlichte eilig ihren mit Spannung erwarteten Bericht *Eine Welt voller Möglichkeiten – Wege zur ethnischen Erziehung*. Die neun Autoren sprachen längst überfällige Empfehlungen aus, etwa Schulen zu verbieten, die Arbeiten von Asylbewerbern zu benoten, weil dadurch »bedeutungslose Hierarchien weiterleben, wonach ›Leistung‹ mehr wert sei als die Menschenwürde«.

Sie schlugen vor, Französisch und Deutsch als Fremdsprachen durch Mandarin und Marathi zu ersetzen; die »weiße« Lehrerschaft solle dazu ein Rollenspiel veranstalten.

Was für ein großartiges Beispiel für unsere Kinder das wäre, wenn das weiße britische Lehrpersonal zu muslimischen Feiertagen in Salwar Kamiz und Dupatta auftreten würde! Und zu hinduistischen Feiertagen könnte man die Lehrer dazu ermuntern, Dhotis zu tragen und Workshops zur Chakrenlehre anzubieten! Und wie ließen sich afrokaribische Kinder besser integrieren als durch die Anrede in ihrer eigenen Sprache? Ein Schnellkursus in »Straßenenglisch« könnte Teil des Staatsexamens werden. Es gibt so viele Wege, aus »praktisch« »*fun*ktionell« zu machen.

Doch Eastshire sei auf dem besten Wege, wie die Vorsitzende der örtlichen Schulaufsicht betonte. Auf allen Ebenen des Lehrplans sei Antidiskriminierung »das Allerwichtigste für unsere Kinder«, ließ sie ärgerlich verlauten. Das sei ja alles schön und gut, antwortete Roger Swithin im Namen der Christdemokraten, aber in Bezirken, in denen seine Partei die Schulaufsichten stelle, sei dieses Programm viel schneller eingeführt worden.

Kameras zogen in die Grundschule von Crisby ein, in der Dan unterrichtet worden war (wie in jedem Bericht betont wurde); sie filmten die Lehrerin dabei, wie sie auf ihre Schutzbefohlenen herablächelte und sie dazu ermunterte, sich vorzustellen, wie das wohl sein musste – wenn man heimatlos war und Familie und Freunde zurücklassen musste, oder wenn man im Krieg lebte und alle Familienmitglieder und Freunde im Himmel waren. Wie würde es sich anfühlen, nicht genug zu essen zu haben? Oder kein Zuhause? Wie würdet ihr euch dabei fühlen? Jetzt malt ein paar Bilder darüber, was ihr denkt. Am besten nehmt ihr Schwarz für die Dunkelheit und Rot für Blut, hm? Und wie wäre es mit Blau für das kalte Meer? Ja, Kylie, Haie sind auch in Ordnung. Nächste Woche gibt es eine besondere Aufführung für eure Eltern, und dann singen wir alle »A Land That's Free to Make Us Proud«. Habt ihr da nicht alle Lust drauf? Es wird euch gefallen. Und jetzt denken wir alle zusammen an unsere Asylbewerberfreunde!

Die Puppen aus dem Set »Der Frosch hüpft vor Freude« beschäftigten sich anschließend mit den »Sachen, die uns vor Wut HÜPFEN machen«. »Oh, Mr. Springy, warum habe ich meinen Teich nur verlassen? Alle Frösche hier sind so gemein zu mir!« »Sie machen das nicht mit Absicht, Jumpy Jim – sie denken nur nicht nach, sie denken nur nicht nach.«

Um nicht abgehängt zu werden, nahm der akademische Betrieb die Herausforderung heimlich, aber mit Nachdruck an. *Ethnizität und Schwimmbadzugang in Nordostengland*, der Capital-University-Klassiker von 1990, war ein Meilenstein der Diskriminierungsforschung gewesen, und seitdem hatten sie immer einen Vorsprung gehabt. Zufällig hatten sie für dieses Wochenende ohnehin ein Symposium zum Thema »Unterschiede in der Rassifizierung und die Sprache der Herkunft: ›Rasse‹ und ›Nation‹ im postmodernen Diskurs« geplant, und Channel One griff zu der ungewöhnlichen Maßnahme, einen Teil der Sportübertragungen zu streichen, um die Konferenz live senden zu können. Der schwule Moderator des Senders, Mark Clark, wurde dafür gerügt, dass er im Kinderfernsehen witzelte, angesichts des wichtigen Themas sei nicht einmal er traurig darüber, diesmal keinen Männern beim Spielen mit ihren Bällen zusehen zu können.

Der Leiter der Weltflüchtlingsagentur hielt die leidenschaftliche Grundsatzrede der Konferenz: »Was ist nur mit eurem Land los, dass ihr glaubt, die Afrikaner unentwegt verunglimpfen zu müssen? Ich wünschte so sehr, Adenya Ukingo – dem ich letzte Woche die Hand schütteln durfte – könnte eine Zeit lang in eurer Regierung mitentscheiden! Er würde euch Weisheit und Versöhnlichkeit lehren. Wir haben in Afrika schon dörfliche Demokratie praktiziert, da habt ihr euch noch mit Indigo angemalt! [Gelächter.] Wir erinnern uns noch gut an die Schilder »Keine Hunde, keine Neger, keine Iren«, die in den 1950ern überall in London hingen, sogar an den Toren eures Buckingham-Palasts. Ich habe darüber einiges in meinem Buch *Die Tasche voller Vorurteile* geschrieben – das könnt ihr heute hier zum Sonderpreis kaufen oder auf meiner Internetseite bestellen. Bis zum heutigen Tage stellen eure Nachrichtenprogramme Afrika immer im schlechtestmöglichen Licht dar, so als ob das Leben in Afrika nur aus Krieg, Hungersnöten und Seuchen bestehen würde. Ist das nicht auch ein Beispiel für krassen Rassismus? Wir müssen an einem vielfarbigen Völkerkunstwerk arbeiten, das die Zeiten überdauert. Die Gobanda haben ein Sprichwort, das ich mit euch teilen möchte: Wir alle sind Mühlräder im Strom des Lebens.«

John gab auf seinem Blog der besonders einsichtigen Predigt des Bischofs von Blackpool über »Transphobie und Tropen der Unterscheidung« eine seiner begehrten »Zwei-Daumen-hoch«-Bewertungen.

»Nichts ist hier und jetzt, zu diesem Zeitpunkt, wichtiger, als alle Klassifizierungen neu zu klassifizieren. Das wäre ein Akt wahrhaftiger liberaler Vorstellungskraft gegen die gefräßigen Ansprüche der nationalen Identität – Daniel in der Löwengrube. Einige mögen sagen, dass ein solcher Umbau zu einer eigenen Form der Verewigung der Unterschiede führen könnte. Das sind die gleichen Leute, die behaupten, ›hier‹ sei wichtiger als ›dort‹. Aber wo ist ›dort‹? Auf eine gewisse Weise sind wir alle ›hier‹, und wir sind alle ›dort‹ auf einem winzigen Ball, der sich im Weltraum dreht. Wir alle sind Flüchtlinge, so wie Jesus es war. Wir alle sind Aktivisten. Es gibt keine ›Mehrheiten‹ oder ›Minderheiten‹, nur Menschen. Im Zeitalter der Globalisierung ist nichts von sich aus national. Der Rassismus ist nicht mehr und nicht weniger als eine direkte Folge der Linearität und ›schlechten Unendlichkeit‹ der Newtonschen Physik und der Ontologie der Aufklärung. Ihr Fehler ist schwerwiegend, aber taucht immer wieder auf, denn er beruht auf einer falschen und spalterischen Auffassung von der ›Natur des Menschen‹ (was auch immer *das* sein soll). Wir brauchen einen radikalen Wandel des gesellschaftlichen Gedächtnisses. Wir müssen den Mut haben, ›die Grenzen zu überschreiten‹, so wie Jesus gegen das Establishment ›die Grenzen überschritten‹ hat.«

Der gewissenhafte Albert hatte sogar das gelesen, allerdings mit leichten Kopfschmerzen. Es war etwas überraschend, dass ein solches Symposium von Sentinel Media gesponsert wurde – aber andererseits war Sentinel Media der Hauptanteilseigner von *Sub-Dom* und *Lady-Boys*. Albert bezweifelte, dass die meisten *Sentinel*-Leser etwas von dieser Kehrseite ihres netten konservativen Unternehmens wussten. Zu Lord Thornleys Zeiten hätte es sowas nicht gegeben – das schien er sich in diesen Tagen andauernd zu sagen. Er lächelte säuerlich – aus ihm war eine Karikatur geworden. Aber das spielte keine Rolle, solange er noch gehasst wurde.

Das Telefon. Verdammt nochmal! 05:03 Uhr. Schräge Sonnenstrahlen. Die verfluchten Dohlen rumorten im Kamin. 05:03 Uhr. Am Sonntag. DAS TELEFON! Ein Notfall! Dan hastete taumelnd die Treppe hinunter, band unterwegs seinen Bademantel zu, fiel auf halbem Wege fast über die Katze und nahm den Hörer ab, als es zum zwölften oder dreizehnten Mal läutete.

»Dan Gowt?« Eine kalte Stimme mit Cockney-Akzent.

»Am Apparat. Wer ist dran, bitte? Stimmt etwas nicht?«

»Du stimmst nicht, Dan – du stimmst ganz und gar nicht, du rassistischer Scheißkerl. Du beschissener Penner – weißt du was, Dan? Wir beobachten dich, dich und deine Familie, den ganzen beschissenen Tag lang. Wir wissen alles von dir und deinen Nazifreunden. Eines Tages, wenn du gerade nicht aufpasst... Bald, Dan. *Sehr* bald!«

Er legte lachend auf und ließ Dan mit klopfendem Herzen und offen hängendem Bademantel stehen, während die Katze um seine Beine strich, Sammy in der Küche fragend grummelte und von Hatty auf dem Treppenabsatz besorgte Fragen auf ihn einprasselten.

Später gab es eine hastig organisierte Großkundgebung in der Speakers' Corner, der ein Marsch vom Parliament Square aus vorausgegangen war. Die Polizei hatte ihr zuerst die Zulassung verweigert, weil sie so kurzfristig angemeldet worden war und es Probleme gab, Personal zum Schutz dorthin zu bringen – aber der bald zur Wiederwahl stehende Bürgermeister hatte persönlich beim Polizeichef angerufen, um sicherzustellen, dass der Fünfe gerade sein lassen würde.

Alle wichtigen Gewerkschaften und Gruppen jeder Größe waren dort – darunter »Arbeiter gegen Rassismus«, »Stoppt die National Union«, die Gemeinschaftsfront East London, »North London sagt NEIN zu Rassismus«, »Zerschlagt das System!«, »Kwa-Zulu-Solidarität«, der kurdische Christenrat, die Anglikanische Aktion, die Afroislamische Liga, »Global Love«, »Local Love UK«, »Kommunistische Herausforderung«, die Vereinigten Papierlosen, der afroasiatische Beamtenbund, die Moslemallianz, das Schalom-Menschenrechtszentrum, die Schwarze Liberale Partei, der Christdemokratische Schulterschluss, »Genug ist genug«, »Afroasiatische Stimme«, »Mütter gegen Schusswaffen«, »Irak-Abzug jetzt«, »No2BorderZ« und die »Vereinigte Internationale Entrüstung« mit ihren faustförmigen Spruchbändern und »V-I-E«-Parolen.

Auf dem Weg zum Hyde Park hatte es Unannehmlichkeiten gegeben. Die Polizei hatte einen jungen Mann festgenommen, der eine Flasche durch das Fenster eines der älteren Clubs am St. James Palace geworfen hatte, und zwei andere Männer, die im Streit über Israel aufeinander eingetreten hatten. Außerdem hatten ein paar Statuen und Autos Graffiti abbekommen.

Solcher Überschwang trübte leicht den Eindruck von Richard Simpson, einem der 20 Parlamentarier, die an der Spitze der Kolonne liefen und ein Banner hielten, auf dem stand: »ES IST ZEIT! ZUSAMMEN GEGEN RASSISMUS!« Währenddessen erklärte er (keuchend) einem (keuchenden) Reporter, dass er es hasste, wie gewisse Leute tragische Ereignisse für ihre politischen Karrieren ausnutzten.

Einige weniger Radikale waren aus der Parade ausgeschieden, aber sie waren noch immer mehrere Tausend, als sie den Park erreichten – beaufsichtigt von hunderten Polizisten. Sowohl die Demonstranten als auch die Polizei standen in fast unerträglicher Hitze unter einem kleinen Wald aus Transparenten – »Grenzen sind Faschismus« – »Keine Grenzen, keine Angst« – »Gekommen, um zu bleiben« – »Bäuerlichen Rassismus ausrotten« – »Kampf den Homophoben« – »Nein zu rassistischen Kontrollen – Grenzen auf jetzt!« – »Nein zum US-Imperialismus« – »Nein zu Sozialkürzungen« – »Freiheit für Mumia«. Sie standen, schwitzten und lauschten den Reden von Abgeordneten, Gewerkschaftern, Studentenpolitikern und Minderheitenvertretern, die über ein leicht verzerrtes Lautsprechersystem zu ihnen sprachen, während Tauben mit schimmeligen Zehen zwischen ihren Füßen umherwackelten. Richard Simpson, mit erdbeerfarbenem Gesicht in einem glänzenden Anzug, durchnässte den Schaumstoff des Mikrofons, während er eine seiner üblichen endlosen Reden hinausbrüllte.

»Jed'n Tag wer'n Leute ausgewies'n un' ins Elend gestürzt, weil'se nich' auf'nthaltsberechtigt sind. Jed'n Tag wer'n Leute mies bezahlt un' müss'n unter leb'nsbedrohlich'n Bedingung' schuft'n, weil'se nich' auf'nthaltsberechtigt sind. Jed'n Tag ster'm Leute, weil'se versuch'n, durch künstliche Grenz'n zu komm'. Das sind die Schatt'nmensch'n – menschliche Wes'n, die wir brauch'n un' die uns brauch'n. 'S MUSS NICH' SO SEIN! Also, Freunde, pack'n wir's an!«

Er vollführte einen Schlag in die Luft, wie er es seit seiner Studentenzeit nicht mehr getan hatte, und trat einen Schritt zurück, begleitet von Pfiffen, Stampfen und begeistertem Applaus. Er hatte die Messlatte hoch angelegt.

Nach seiner einflussreichen Studie *Unglückliche Umstände oder Was ihr wollt? Der Rassismus im britischen Theater* hatte man Lord Chimbay, der wie eine Schildkröte aussah, zum »führenden jamaikanischen Gleichheitstheoretiker Großbritanniens« hochgejubelt. Albert Norman hatte ihn damals in einer Kolumne unter dem Titel »Abgang, gefolgt von Spott« niedergemacht, was noch immer schmerzte. Jetzt griff er den *Sentinel* an für seine »Verlogenheit, Verschlagenheit, seine herablassenden Taschenspielertricks... Ungehobeltes, lautes, rassistisches Gegrunze beherrscht mehr und mehr den öffentlichen Raum. Genau dieses Programm hat uns die Apartheid gebracht, und Hitler!« Das Publikum schwankte hin und her und stöhnte auf, und jemand schrie »Scheiß auf die!«. Chimbay sprach weiter von der schmierigen Agenda der Zeitung, von der eine gerade Linie zu Todeslagern führte, und schloss damit, dass die Christdemokraten Dachau den Weg bereiten würden. Lautes Geschrei, »Nein!«-Rufe, eine La-Ola-Welle von Transparenten.

Unglücklicherweise war ausgerechnet Wayne Smith vom Christ-demokratischen Schulterschluss als nächster dran, ein Jüngling mit schlechter Haut, frisch von der Uni, der die unangenehme Angewohnheit hatte, zu brabbeln und zu glucksen. Aber er bemühte sich redlich, lehnte Staatsgrenzen als Behinderung des freien Handels ab und sagte, dass die Menschen, die herkommen wollten, in Wahrheit die patriotischsten von allen seien, weil sie das britische Wohlwollen gegenüber Existenzgründern zu schätzen wüssten. Die Menge gärte und murmelte. Ein paar Demonstranten schrien »Ihr Faschisten!«, und dann schwoll ein langsames Klatschen immer mehr an, während der junge Mann immer panischer wurde und schließlich vom Podium floh, begleitet von Verhöhnungen, rauem Gelächter und sogar einigen halbherzigen Wurfgeschossen.

Der Mann von der guatemaltekischen Aktionsgruppe sprach ein paar Worte mit üblem Akzent – kaum jemand konnte verstehen, was er sagte, zumal just in diesem Moment ein Düsenflugzeug vorbeiflog. Schattenmenschen... *Los rotos*, die Gebrochenen und die Schwarzköpfe... CIA... spanische Ausbeuter... Holen wir uns zurück, was uns gehört! Aber er stand offenkundig auf der richtigen Seite und bekam rasenden Applaus, bevor ihn der Sehr Ehrenwerte Lord Chimbay von Tulse Hill mit einem Faustcheck beglückwünschte.

Als nächstes war Mekka Morrow dran, der Hitzkopf der Nation of Islam. Matthew Morrow, ein Pfingstler, war für fünf Jahre ins Gefängnis von Brixton eingefahren und als Mekka wieder herausgekommen, frei von Drogen und aufgequollen vor lauter Muskeln und Malcolm X. Sein Auftritt bereitete einigen jüdischen Demonstranten leichte Magenschmerzen, weil sie von einigen seiner Reden vor anderem Publikum gehört hatten. Eine kleine, aber entschlossene Gruppe militanter Mitstreiter stellte jedoch sicher, dass alle Mekka gut zuhörten. Dessen Sonnenbrille funkelte, als er in die Luft schlug, und seine Ansteckfliege hing leicht schief. Eine armselige Zierde für einen derart muskulösen Hals – nicht, dass irgendjemand es gewagt hätte, darüber zu lachen. Doch Mekka war in einer beruhigend nachdenklichen Stimmung.

»Brüder, wenn ich mir das Land heute so ansehe, dann spüre ich Angst vor der Zukunft. Was sag'n wir unseren Kindern? Welche Botschaft bring' wir rüber? Ich sehe unsere Straßen, voller Hoffnungslosigkeit und Angst. Ich sehe diese reichen Rassisten, wie sie sagen, dass sie keine Einwanderer mehr in ihrer Nachbarschaft haben wollen. Wenn ich die Worte ›Schwindel‹ und ›fluten‹ höre, dann läuft es mir kalt den Rücken runter. Ich sehe, wie die Polizei unsere Leute verprügelt. Ich sehe, wie die National Union ihren Schwachsinn verbreitet und überall im Land gewählt wird. Der Islamhass in diesem Land hat einen Punkt erreicht, an dem ich kotzen möchte, versteht ihr? Hinter all dem steckt das internationale kapitalistische System, die verschwindende, gescheiterte weiße Welt, die sich an ihren Privilegien festklammert, weil sie genau weiß, dass WIR, Brüder und Schwestern, dass WIR siegen! Ja, wir siegen, dank der Macht von Allah und der Gerechtigkeit unserer Sache. Aber wie viele von unseren Leuten müssen noch sterben, bevor die Weißbrote endlich in ihren Country Club im Himmel abhauen? Wie viele kleine Kinder müssen noch leiden? Wie viel Terror noch? Brüder, ich sage euch, bewahrt euch die Hoffnung! Gebt niemals auf! Spürt die Kraft, die uns durchströmt. Machen wir ihnen ein Ende, MIT ALLEN ERFORDERLICHEN MITTELN!«

Hemmungsloses Hurrageschrei und Drängeln in der Menge – und ein paar Menschen an den Rändern gingen unruhig auf Abstand. Zuletzt sprach der Bischof von Milltown, der praktisch zum Inventar derartiger Veranstaltungen gehörte, weil ihm seine geistlichen Verpflichtungen viel freie Zeit ließen. Es kursierte der Witz, dass er immer sein eigenes Mikrofon mitbringen würde, wobei er sowieso keines bräuchte, um zu *seinen* Gemeindemitgliedern zu sprechen. Er servierte angemessene Worte in flötendem Ton. »Was wir hier tun, ist, Weltbürger zu schaffen. Ich bin nicht sicher, wo nationale Identität dabei ihren Platz hat. Haben wir überhaupt noch eine nationale Identität? *Sollten* wir eine nationale Identität haben? Was bedeutet ›national‹? Wir sind größer als Nationen, größer als Weltreiche. Es gibt ständig wechselnde Auffassungen des ›Anderen‹ – bald wird es nichts ›anderes‹ mehr geben, nur noch ›uns‹. Bald wird es kein ›wir gegen die‹ mehr geben, nur noch ›wir‹. Wir brauchen Toleranz, Transzendenz und Wahrheit. Aber denkt vor allem anderen daran – der heutige Tag wird in die Geschichtsbücher eingehen. Ich will, dass ihr alle euch an diesen Augenblick erinnert. Erinnert euch daran, wie es sich anfühlt. Denkt an die Leidenschaft. Schaut auf all die Londoner, die zusammengekommen sind, um zu sagen: GENUG – IST – GENUG!«

Der Jubel, das Trampeln und das Winken ließen die Tauben in den Himmel flüchten. Die Veranstaltung war vorbei, und die Redner machten sich davon – doch viele in der Menschenmenge hatten keine Eile, sich zu zerstreuen. Die Polizei schob sich ein wenig näher heran, als aus der Mitte der Menge ein neuer, rauer und rhythmischer Ton erklang, ein Stampfen und das Aneinanderschlagen von Knüppeln.

Kapitel XVI

ÜBERFAHRT NACH ENGLAND

Rotterdam

Die Reisenden folgten ihren Führern durch Schlangen von Bussen, an denen Städtenamen standen, die sie noch nie gehört hatten, und Telefonnummern mit zu vielen Stellen. In der Ferne gab es sehr hohe Gebäude, und der Himmel war erfüllt von hunderttausenden Lichtern. Bis auf das Sausen des Verkehrs auf der Ringstraße schien alles ruhig zu sein.

Sie gelangten an eine verwaiste Straße voll von alten und ungünstig gelegenen Lagerhäusern, von denen einige noch verblasste Namen aus dem 19. Jahrhundert trugen. Hoch oben an einer der Mauern hing eine Überwachungskamera, doch sie zeigte in die falsche Richtung und schwenkte nur sehr langsam. Lange bevor sie sich ihnen träge zugewandt hatte, waren sie schon über die freie Durchgangsstraße in eine nach Katzen stinkende Seitengasse getürmt und hatten dabei das Stelldichein eines Katers und seiner Herzdame unterbrochen, woraufhin die Tiere fauchend hinter einigen Mülltonnen verschwunden waren. Am hinteren Ende der Straße bot sich ein breites Panorama der Stadt über einen glatt und pechschwarz daliegenden Kanal der Nieuwe Maas hinweg, mit hellerleuchteten, dröhnenden Schiffen im Vordergrund, die entlang eines langen, geraden Kais lagen, der von rostigen Geländern umgeben war und zwischen dessen Pflastersteinen Unkraut wucherte.

Als sie gerade den Schutz der Gasse verlassen wollten, bog ein Wagen der Hafenpolizei um die Ecke, und alle blieben wie angewurzelt stehen – doch der gelangweilte Fahrer suchte im Handschuhfach nach einer CD, und sein Blick wanderte achtlos über die Schatten vor dem nur leicht dunkleren Hintergrund der Seitenstraße hinweg. Als er um die Ecke bog und verschwand, gab Kruja das Zeichen, zu warten; dann rannte er über die Straße und die Gangway eines mehrere hundert Meter den Kai hinunter liegenden, ramponiert aussehenden Fischkutters hinauf. Am oberen Ende des Aufgangs löste sich eine große Gestalt aus den Schatten, und die beiden verschwanden für einige sehr lange Minuten im Bauch des Schiffs.

Die Wartenden kamen sich entsetzlich auffällig vor. Aber der Hafenverkehr war fast vollständig stromabwärts gewandert, nachdem die Containerschiffe zu groß geworden waren, um so weit den Fluss hinaufzufahren; dieses Areal gehörte nun weitgehend den Schiffsbedarfshändlern, Reparaturarbeitern und ein paar Füchsen, die sich an Ratten und Abfall schadlos hielten. Sogar der Sexshop, der früher so gut an den Seeleuten aus zugeknöpfteren Ländern verdient hatte, war längst geschlossen worden. Es gab ganze Hektare solchen Hafengeländes, die gerade noch so oft genutzt wurden, dass man sie nicht zu Wohnblöcken umgestaltete; patrouilliert von Wächtern in acrylfarbenen Uniformen, mit Haaren bis über den Kragen, die nur selten ihre Autos verließen, und überwacht von Kameras, deren Aufnahmen sich nie jemand ansah. Das Augenmerk der unterbezahlten Hafenpolizei lag auf anderen Seelenverkäufern und kläglichen Lagerhäusern. Und so lag der Kai in knisternder Leere, als die Reisenden auf Kujas Zuruf hin die steile Gangway hinauftrampelten und -stolperten. Der Kutterfahrer bedeutete ihnen schweigend, im Frachtraum zu verschwinden, und zählte sie durch, während ihre Füße zaghaft nach den eisigen Sprossen der Metallleiter tasteten. Ibrahim wurde schlecht, als er seine Bekanntschaft mit verdorbenem Fisch und konzentriertem Diesel erneuern musste. Dass ein derart verschmutzter Kahn seine Fahrkahrte ins hygienisch reine Paradies sein sollte!

Eine Leuchtstoffröhre flackerte auf und erhellte eine salzverkrustete Höhle, die sich über den Großteil der Länge des Schiffs erstreckte. Die Albaner erleichterten ihre Kunden um die letzte Rate ihres Honorars, wie auf der anderen Seite eines Kontinents und scheinbar vor gefühlten Jahren vereinbart worden war. Die Reisenden hatten sich Geschichten über 20 Minuten ununterbrochenen Maschinengewehrfeuers in der Nähe eines gewissen serbischen Dorfs angehört und bezahlten ohne Murren. Mit Kruja legte man sich nicht an; außerdem hatte er sie nicht hängenlassen.

Die *Sint Niklaas Enterprise*, 1963 in Vlissingen vom Stapel gelaufen, war einer der letzten in den Niederlanden gebauten hölzernen Fischkutter. Sie war bereits 1981 veraltet gewesen, als ein Deckarbeiter zur Feier des zehnten Jahrestags der Verleihung des Stadtrechts eine kindliche Flagge und eine Heiligengestalt auf das Hinterschiff gemalt hatte – eine einsame Andeutung früheren Stolzes auf dem rostigen alten Gaul. Bemannt war er mit zwei holländischen Matrosen und dem großen Mann, der die Migranten in Empfang genommen hatte und der gleichzeitig Eigentümer und Kapitän war. Irgendwo in den Eingeweiden des Schiffs gab es auch noch einen gesichtslosen Maschinisten. Wenig später schaltete dieser mysteriöse Arbeiter die noch immer kraftvollen Eindhovener Motoren des Schiffs ein. Von oben hörte man zielstrebige Geräusche und die geschäftsmännische Stimme des *Kap'tein*. Die Ladeluke wurde geschlossen; triefnasse Taue schlugen gegen die Schiffshülle und wurden an Bord gezogen, dann schob sich die *Enterprise* in den Mittelstrom, wie sie es schon tausende Male zuvor getan hatte.

Sie bewegte sich langsam flussabwärts zwischen Ufern, die vor lauter Straßen funkelten. Fahrzeuge rasten unbarmherzig die Küstenstraße entlang, unterwegs von oder zu Wohnhäusern, Fabriken, Flughäfen, Endbahnhöfen, Galerien, Konzerten, Ehefrauen, Ehemännern, Prostituierten, Philosophie, Schlägereien, Coffeeshops, Treffen der Erweckungsbewegung, Maassluis, Utrecht, Breda, Tilburg, Deutschland, Belgien, Frankreich und sonstwo. Kräne arbeiteten oder standen still, Männer blickten herüber oder waren desinteressiert, Bojen blinkten ihre Rhythmen und die Scheinwerfer ferner Leuchttürme strichen über die ringsum liegende Fläche, um die Zusammenkunft von *Land* und *Zee*, zu vermeidende Gefahren und zu erobernde Küsten anzuzeigen. Es war eine Szenerie der ununterbrochenen Bewegung, die noch immer ab und an das trockene Herz des *Kap'tein* aufgeregt schlagen ließ.

Eine Stunde später ging die *Enterprise* still vor Anker, ein paar hundert Meter vor der Küste eines Dorfs an der Nordküste, das erstmals 1336 auf einer Karte verzeichnet worden war, ziviler Träger eines Triton-Wappens in Delfter Blau, das einstmals gegen die *Tercios* des Eisernen Herzogs in die Schlacht getragen worden war; nun aber fand sich der Ort beinahe erdrückt von Industriegebieten und ironischerweise hellerleuchteten Vorstädten, die deren Bewohner nur zum Schlafen aufsuchten. Die Motoren lagen gestoppt, und Ibrahim und die anderen machten es sich in der tropfenden Klammheit so bequem wie möglich.

Ein paar Stunden danach brummte eine Barkasse geschäftsmäßig über den Kanal, angefüllt mit Köpfen, die vor der Helligkeit dahinter schwarz erschienen. Beinahe schwappte das Wasser in sie hinein, so schwer wogen die Sprösslinge von Sierra Leone, Somalia, Kappadokien, Kurdistan, Guangzhou und anderen Orten im Osten und Süden, die ein nur halb realisierter Drang und die organisatorischen Fähigkeiten eines albanischen Kartells auf dieses Boot geführt hatten.

Kruja tauschte mit einem bärtigen Clanbruder am Bug der Barkasse gemurmelte Grüße aus, dann machte er die fachmännisch geworfene Fangleine fest. Der Barkassenmann befestigte sein Schiff mit einem Bootshaken an der Strickleiter der *Enterprise*, während seine Passagiere unbeholfen hinaufkletterten. Eine junge Frau aus Sierra Leone bekam die Panik und weigerte sich, auf die Leiter zu steigen. Sie musste erst mehrere Minuten lang bedroht und gestoßen werden, ehe sie sich endlich auf die Sprossen wagte und den ganzen Weg nach oben über laut schnaufte und stöhnte, ehe sie schließlich keuchend wie ein aus dem Netz gefallener Schweinswal auf das Seitendeck platschte. Die Barkasse legte dann ab, um neue Menschenfracht abzuholen, und diese letzten paar Ergänzungen der

Ladung kamen mit großen, wasserdichten Paketen an Bord. Ein paar halblaute Verabschiedungen, dann brummte die Barkasse zurück in die Dunkelheit, während sich im Frachtraum die ursprünglichen Bewohner grummelnd zusammenkauerten, um Platz für weitere 25 Möchtegern-Briten zu schaffen. Ibrahim saß privilegiert ein paar Meter beiseite, mit seinem Rücken gegen ein schmieriges Schott gelehnt, und beobachtete mit Missfallen einen dicken und schwerfälligen schwarzen Mann mit farbenfrohem Hemd und Jeans. An seiner Seite hatte er seine schreiend bunt angezogene Frau und ihr gemeinsames Kind, das Familienpanorama eingerahmt von Plastiktüten. Sie spuckten halbzerkaute Pistazienkerne auf den Boden und unterhielten sich laut und ausgiebig in einer Sprache, die Ibrahim nicht kannte, aber die ihm tendenziell eher nicht gefiel. Er spürte, dass das nicht die Sorte Mensch war, die er sich als Wegbegleiter auf diesem wichtigen Boot ausgesucht hätte.

Der Maschinist legte irgendwo ein paar Schalter um, an Deck wurden Befehle erteilt, und dann rasselte die Kette die Ankerklüse hoch, während die *Enterprise* ihren schlammigen Halt aufgab. Sie schob sich zurück in den Kanal und tuckerte mutig in Richtung der offenen See. Dabei hielt sie sich streng an die Verkehrstrennung, um keine Aufmerksamkeit zu erregen; ein Besatzungsmitglied steuerte anhand der gelegentlichen Anweisungen des Kapitäns, der auf dem Seitengang des Ruderhauses stand und gegen die Kälte (und sein schlechtes Gewissen) Kaffee mit einem ordentlichen Schuss Cognac trank.

Als die *Enterprise* die Lotsenstation passierte, an der ununterbrochen Barkassen mit starken Scheinwerfern ein- und ausfuhren, versteckten die Albaner sich. Aber die Lotsen ignorierten das Schiff und bestätigten lediglich via Funk seine Vorüberfahrt. Ihr Horizont war dicht bevölkert mit Schiffen, die auf die Gezeiten und einen Führer warteten... Liberianische Containerschiffe mit chinesischen iPods für holländische Einkaufsmeilen, japanische Tanker voller Öl vom Golf, damit die *Ringstad* weiter bis zu den Satelliten hinauf erstrahlen konnte... und sie waren wenig interessiert an einem so gewöhnlichen Anblick wie der traurigen alten *Sint*.

Die Wasserstraßen mündeten aus. Helle Ufer waren schwarz geworden, von Vögeln bevölkerte, schilfbestandene Inseln inmitten von Schlamm, und jetzt rückten auch sie immer weiter auseinander und in die Ferne. Die *Enterprise* begann, das Schaukeln der See zu spüren. Sie flitzte sauber zwischen zwei Tankern hindurch, die sie wie riesige Klippen überragten – und dann entledigten sich die Regierungs- und Hafenbehörden Rotterdams ihrer Verantwortung für die *Enterprise* mit einem letzten Salutblinken der Bojen.

Die Luke war geöffnet worden, aber nun kam die einzige Beleuchtung von einer Sturmlampe am Schott. Bis auf Schnarchen und seltsame gemurmelte Wortwechsel war der Lärm abgeklungen, doch Ibrahim war einmal mehr hellwach. Von der leichten Übelkeit einmal abgesehen, war dieses Gefühl zu gut, um es zu verpassen – die letzte Etappe auf dem Weg nach England. Wenn er alt und grau sein und bequem in seinem wunderschönen Londoner Zuhause sitzen würde, dann würde er auf diese Nacht zurückblicken!

Er hoffte, er würde Enkelkinder haben, um ihnen davon erzählen zu können, wie er, ein ungebildeter Arbeiter, eines Frühlingstages mit nur ein paar Sachen in seinem Rucksack alles Bekannte hinter sich gelassen hatte – wie er ein im Chaos versunkenes Land durchquert hatte, heimlich quer durch den Nahen Osten geschlichen war, über Meere voller schimmernder Tiere gesetzt hatte, Aufstände mitgemacht und Zäune überklettert und in der Luft, auf Autobahnen und zu Fuß vorangekommen war, bis er schließlich den endgültigen Sprung über diesen letzten Schutzgraben gewagt hatte.

Es war wie eine der großen Odysseen der Vorzeit, Sindbad auf dem neuesten Stand, und am Ende würde die Verwirklichung einer lebenslangen Wunschvorstellung stehen. Er fühlte sich überlegen und stark – ein Mann, der alles riskiert hatte und unbeschadet durchgekommen war. Und er fühlte sich mehr als unbeschadet – er war stärker und weiser geworden. Er spannte seine Bauchmuskeln an und genoss ihre Straffheit; er krümmte und streckte seine starken Finger und Zehen. Jeder Teil seines Körpers tat genau das, was er sollte, im Einklang mit seinem furchtlosen Willen, der ihn über alle Schwierigkeiten hinweg hierher getragen hatte.

Er trug seine Habseligkeiten, die sich bald deutlich vermehren würden, mit festem Griff und wachem Bewusstsein den Niedergang hinauf. Auf Deck war es genau so angenehm, wie er gehoffte hatte – eine kalte Brise, kälter als die auf der Fahrt von Antalya, aber wohltuend nach all den alten Fischen und neuen Menschen, und eine bläulich-violette See vor der strahlenden Küste, die sie achtlos entkommen ließ. Er konnte jemandes beruhigende, kräftige Silhouette – die des *Kap'tein* – hinter der Scheibe des Steuerhauses erkennen – zwar kein normaler Seemann, aber dafür eine Art Erlöser. Der Plan des großen Taktikers war es, erst nordwärts zu fahren und dann nordwestlich auf die Doggerbank zuzuhalten, um dann in 26 Stunden seine Ladung an einem menschenleeren Sandstrand abzuladen, den er schon vor Wochen auf der Karte ausgewählt hatte. Filip Duplessis hatte viele Jahre lang rechtschaffen gefischt, aber die Fangbeschränkungen und sein Verlangen nach einem hübscheren Haus hatten ihn schließlich dazu getrieben, sich riskanteren Einkommensquellen zuzuwenden. Dass er vor ein paar Monaten einen Mann getroffen hatte, der jemanden kannte, der von jemandem gehört hatte, der in England gewisse verschwiegene Geschäfte abwickeln wollte, war von daher ein glücklicher Zufall gewesen. Er zog es vor, nicht über die Details dieser Geschäfte nachzudenken, sondern versuchte stattdessen (ohne Erfolg), sein Schamgefühl zu beruhigen, indem er sich sagte, dass die Migranten schließlich Flüchtlinge seien, die bloß einem Krieg zu entgehen versuchten. Würde er selbst nicht das Gleiche getan haben?

Derartige Rechtfertigungen waren zwar an und für sich leicht, aber der Auftritt Krujas hatte sie untergraben. »Ein *schlechter* Mensch«, hatte er bei sich gedacht, als er den rundköpfigen Kunden mit der vernarbten Stirn und den kleinen, stechenden braunen Augen zum ersten Mal betrachtet hatte. Und einige der

Migranten sahen auch nicht gerade wie Flüchtlinge aus. Einer von ihnen, ein Araber, wanderte gerade draußen auf dem Deck herum – wahrscheinlich suchte er nach etwas, das er stehlen konnte. Er sah zu gut genährt und untraumatisiert aus, um ein echter Flüchtling zu sein – beinahe so, als würde er sich freuen.

Aber mittlerweile steckte Filip zu tief drin. Er sagte sich, dass dies das erste und das letzte Mal sein würde. »Ich werde zu alt für diese Scheiße. Oder, Jan?« Der Wachhabende lächelte loyal zurück, und im Schein des Kompasshäuschens waren kurz seine Zähne zu sehen.

Der Radarschirm war angenehm leer, bis auf einen Tupfer in der Größe eines Fischerboots, der befriedigend weit weg lag. Nach einer Weile schaltete Filip den Autopiloten ein, gab Jan ein paar Anweisungen und trollte sich in seine Kabine. Der Wachhabende lief unentwegt im Steuerhaus auf und ab, mit einem Seemannsgang, wie ihn der Kapitän hatte, suchte den Horizont ab und überprüfte gelegentlich Autopilot und Radar – ein genialer blonder Wachhund, der sich Europop anhörte, der von Rotterdam über die breiter werdende Leere hinweg gesendet wurde.

Ibrahim lehnte sich über das Achterdeck und betrachtete das gebrochen weiße Kielwasser. Wie weit er gekommen war, und wie einfach es im Grunde gewesen war! All diese glückhaften Begegnungen – die Zufälle und Querverbindungen – die Prüfungen, die er bestanden hatte – die irakischen Grenzbeamten, denen alles egal gewesen war – die Wächter, die in die falsche Richtung geschaut hatten – das perfekte Timing des Aufstands in Lavrio – die kaputte Stelle im Zaun und der namenlose Marokkaner, der zusammen mit ihm darübergeklettert war, und wie sie einander strahlend angelächelt hatten, was für gute Freunde sie hätten werden können.

Unglaublich, all das mitgemacht zu haben, dachte er bei sich – und nun so kurz vor England zu sein. Schon konnte er die Straßen von morgen beinahe anfassen. Er hoffte, die Polizei und die Menschen würden freundlich sein. Aber warum sollten sie nicht freundlich sein? Ihnen musste doch klar sein, dass er diese Reise nicht leichtfertig angetreten hatte. Er kam, um zu arbeiten; er würde sich alles eigenhändig verdienen. Er würde dankbar sein; er würde die Sprache lernen und auch anderen helfen, sie zu lernen; er und die anderen würden sich anpassen. Er würde ein hübsches Mädchen berühren, und sie würde voller Liebe und Ergebenheit zurücklächeln. Das war nur richtig so. Die Engländer waren ein schönes und tolerantes Volk, ein Volk, das sich über seine Bereitschaft definierte, Menschen mit allen möglichen Hintergründen aufzunehmen, wie ihr abstoßend aussehender Premierminister einmal in einer Fernsehübertragung gesagt hatte, die Ibrahim vor Jahren an einem atemlosen Nachmittag in Basra in einem Schaufenster gesehen hatte.

Auf dem Deck war es zu frostig, also stieg er zurück in den Laderaum und rollte sich in seinen mittlerweile definitiv fischigen Wechselklamotten und Decken zusammen. Die afrikanischen Nussfresser, die sich zusammen eingewickelt hatten, flüsterten gestikulierend untereinander und tauschten hallende, gezischte Äußerungen mit dem fetten Äquatorialguineer aus, der im Lastwagen so schön gesungen hatte. Aber ihr Lärm störte sie jetzt nicht mehr. In gewisser Weise war es beruhigend, zu wissen, dass andere hellwach waren, während er hilflos war – und über ihnen allen im Laderaum gab es noch den ruhigen, schlaflosen, fast engelhaften Wächter im Steuerhaus. Bald schlief er ein, während das Geflüster weiterging.

Der Morgentau kniff seine Wangen zusammen. Er war geblendet und freute sich, direkt in den rechteckigen Ausschnitt eines ungetrübt sonnigen Morgens aufzublicken – eine unbefleckte Schönheit jenseits des engen Verschlags, in dem offensichtlich einige Passagiere im Laufe der Nacht zu faul gewesen waren, sich am Oberdeck zu erleichtern.

Er stieg nach oben und streckte sich. Ringsum lag die Nordsee, leer und glatt. Der *Kap'tein* stand auf der Brücke, lief hin und her und trank Tee, betrachtete die Sonne tankenden Migranten und die

Albaner, die achtern rauchten. Er konnte diese scheußlichen Leute nicht früh genug loswerden. Dies würde definitiv das letzte Mal sein.

Der Tag war langweilig, aber blieb warm und hell bis zum Abend, als der Kapitän begann, die *Enterprise* näher an die britischen Gewässer heranzusteuern. Ein Vorsprung von England lag an Backbord am Rande des Radarschirms, aber noch außer Sicht, und die *Entersprise* fuhr einen schnurgeraden, langsamen Nordnordwestkurs, der es dem Maschinisten gestattete, zu dösen. Der Kapitän hatte seinen Kurs klug gewählt.

Das Radio hatte Nebel angekündigt, und gegen 16 Uhr rollte eine tiefhängende graue Wand gehorsam von Osten heran. Der Wachhabende weckte den Kapitän, der befriedigt nickte und »Perfekt« murmelte, während er den zusammenschrumpfenden Horizont inspizierte. Er hatte viel Geld in die *Enterprise,* gesteckt und wollte keine Risiken eingehen. Manchmal lag ihm das alte Mädchen ziemlich am Herzen.

Die Temperatur sank schlagartig, als das Grau den Kutter einschloss. Das schwarze Haar der Migranten war feucht vor Wassertröpfchen, und die Farbe wich aus ihren Gesichtern. Die *Enterprise* tuckerte durch seidiges Wasser, unter einer matten Tagesdecke, die immer undurchdringlicher wurde, während sich der Tag zum Abend und der Abend zur Nacht wandelte. Möwen tauchten plötzlich auf und verschwanden wieder. Ibrahim kaute Schokolade und genoss es, keine Übelkeit zu verspüren. Die Geräusche schienen lauter zu werden, als der Himmel sich verengte und zusammenschrumpfte. Der Kapitän bildete sich nervös ein, dass man jeden noch so kleinen Ton in England hören könnte, und zuckte bei jeder lauten Stimme und selbst Motorengeräuschen zusammen. Sie waren tief in Hoheitsgewässern, und dies war die gefährlichste Phase. In zwei Stunden würden sie an Land gehen, gegen Mitternacht, wenn die Tide am niedrigsten war und er die Fracht hunderte Meter weit draußen abladen konnte, von wo aus sie den Rest der Strecke durch hüfthohes Wasser über einen Kilometer Sand waten würde. Und dann so schnell wie möglich nach Hause – nach Hause in ein warmes Bett und zurück in die Legalität.

Nachdem man ihnen mehrmals befohlen hatte, still zu sein, wussten alle, dass sie kurz vor dem Ziel sein mussten. Sie überprüften wieder und wieder ihre Habseligkeiten, tauschten Geflüster aus und unterdrückten ein Kichern. Die Frage kam auf, was jeder als erstes tun würde. »Ich werde sowas von gut scheißen gehen!«, sagte ein Araber, und wer die Sprache verstand, grölte – und der Lärm ließ den Kapitän aufspringen und Kruja vorschicken, um die Passagiere hinunter in den Laderaum zu schicken, bevor er die Luke schloss, um weitere Ausbrüche abzuwürgen. Unter Deck baute sich erwartungsvolle Stille auf, Flüstern und Kichern, pochende Herzen und feuchte Handflächen. Joshua aus Äquatorialguinea saß neben Ibrahim, und hin und wieder tauschten sie ein angespanntes Lächeln aus. Sein feistes Gesicht war voller Vorahnung, und das hübsche Mädchen mit der Brille umklammerte seine Hand fest.

Der Kapitän war sich jetzt *sicher*. Es konnte kein Irrtum sein. Seit sie vor 30 Minuten für den letzten Abschnitt der Strecke den Kurs angepasst hatten, hatte das Radar hartnäckig ein sich schnell näherndes Objekt angezeigt. Er hatte versucht, sich einzureden, dass es ein Fischerboot sein könnte, aber es war zu groß und zu schnell. Er sah gefesselt zu, wie es immer näher kam; jeder Umlauf des Schirms zeigte es etwas dichter bei ihnen an. Dann erwachte das UKW-Gerät auf dem Rufkanal knisternd zum Leben, und es war das Schlimmste, was hätte passieren können.

»Küstenwachschiff *Hector* ruft unbekanntes Schiff auf Position …, Küstenwachschiff *Hector* ruft unbekanntes Schiff! Bitte identifizieren Sie sich! Over!«

Die *Hector* hatte an diesem Morgen den Hafen verlassen, um der Meldung eines Seglers über eine mysteriöse Explosion nachzugehen. Nachdem nichts gefunden worden war, hatte man die Suche schließlich als falschen Alarm abgeblasen und war gemächlich zurück zur Basis geschippert. Dann hatte der junge Kommandant der *Hector* ein unidentifizierbares Fahrzeug auf dem Radarschirm entdeckt, und sie waren herangefahren, um es zu untersuchen – weniger aus ernsthaftem Misstrauen, als um der neuen Besatzung ein wenig Übung zu verschaffen.

»So eine Scheiße!« rief der Kapitän, und er und Jan sahen sich einen Augenblick lang verstört an. Der Kapitän blickte zum tausendsten Mal auf die Karte. Sie waren noch acht Kilometer von der Küste entfernt – *acht!* Hoffnungslos. Sie hatten keine Chance, vor einem Küstenwachschiff Reißaus zu nehmen. Er lehnte sich aus dem Steuerhaus und rief nach Kruja. Der Rufkanal wiederholte seine Ansage, und diesmal sickerte eine gewisse Schärfe in die Aufforderung.

»Küstenwachschiff *Hector* ruft unbekanntes Schiff! Küstenwachschiff *Hector* ruft unbekanntes Schiff! *Bitte identifizieren Sie sich!* Over!«

Kruja erschien auf der Brücke, ein zu allem bereites, untersetztes Kraftpaket. Im Vergleich zu seinem Tatendrang wirkte der Kapitän schwächlich, fast wie ein Kind. Kruja erahnte das Problem sofort und sprach englisch.

»Sind wir entdeckt?«

»Ja. Küstenwache.«

»Wie weit sind wir?«

»Acht Kilometer. Zu weit!«

»Wir können nicht abhauen?«

»Keine Chance.«

»Dann müssen sie weg.«

Kruja sprach so klar und überzeugt, dass der Kapitän kurz froh war, dass ihm die Entscheidung abgenommen wurde. Dann wurde ihm klar, was Kruja gesagt hatte.

»*WAS?!*«

»Müssen weg. Über Bord. Briten sammeln sie auf, wir hauen ab. Dann setzt du uns an Land ab. Wenn zu gefährlich, zurück nach Rotterdam.«

»Du kannst diese Leute nicht über Bord werfen! Die ertrinken!«

»Die ertrinken *nicht*. Die Briten werden für sie stoppen. Sag ihnen, Leute im Wasser, und die sammeln sie auf. Die müssen. Ist Gesetz. Dann können wir abhauen. Ist ganz leicht. Dann sind diese Leute, wo sie hinwollen, du behältst Boot und keiner von uns kommt in Knast. Okay?«

Das ging gegen alle Prinzipien, von denen der *Kap'tein* jemals gehört hatte – einschließlich des Gesetzes des Meers. Er war immer stolz darauf gewesen, trotz allem, was er sonst getan hatte oder tun würde, niemals dieses Vertrauensverhältnis gebrochen zu haben. Aber *jetzt*, heute Nacht, wo es schon so weit gekommen war – mit Schande, Vorstrafen, Gefängnis, Beschlagnahmung, dem Ende des hübscheren Hauses, dem Ende von *allem* vor Augen – schien dieser strahlend weiße Ehrenkodex weniger befriedigend. Und während er noch mit seinem Gewissen rang, hatte die andere Hälfte seines Geists bereits Rechtfertigungen parat. Der scheußliche Albaner hatte sicher recht. Natürlich würden die Briten stoppen. Das machten sie immer. Sie waren ein faires Volk. Es war eine laue Nacht, und die Gewässer waren sicher. Ja, der Albaner hatte recht. Was hatten sie schon für eine Wahl? Und warum sollte er sich überhaupt um diese Leute scheren?

Und dann war da noch ein anderer Gedanke – *falls* er sich weigern sollte, so hatten die Albaner Waffen und würden ihn ganz sicher zwingen. Er würde verletzt, vielleicht sogar getötet werden, wenn er nicht ihr Spiel mitspielte. So oder so, der Albaner *bekam* recht. Wenn er sich nur nicht auf diesen schmutzigen Auftrag eingelassen hätte! Das hier würde *definitiv* das letzte Mal sein! Und so, nach einer qualvollen Minute, nickte er knapp, hasste die Albaner und sich selbst und starrte auf seine Bootsstiefel, als die *Hector* sie wieder anfunkte: »Identifizieren Sie sich *sofort*, oder wir werden Sie abfangen und entern. Over!«

Er riss den Maschinentelegrafen herum, um das Schiff stoppen zu lassen. Kruja war bereits über das Deck gesprintet und hatte die Ladeluke aufgerissen. »Alle hoch, sofort! Schnell! Schnell! Wir sind da!«

Das neue Leben! England! Sie stürzten sich auf die Leiter, traten auf die Hände und Gesichter derjenigen unter sich, ließen ihre

Taschen fallen und hoben die falschen wieder auf, schubsten ein Kind gegen ein Schott und verpassten ihm eine Platzwunde im Gesicht, und bis auf seine Mutter waren alle zu aufgeregt, um sich um seine Schreie zu kümmern. »Alle raus! Alle raus! Schnell! Wir sind da! Schnell!«

Innerhalb von weniger als zwei Minuten standen alle oben auf dem dicht bevölkerten Deck, starrten in den dichten Nebel und hielten sich an Ankerwinden, Davits oder einander fest, um nicht hinzufallen. Die *Enterprise* rollte nun, da sie keine Fahrt mehr machte, lang und sanft hin und her. Der *Kap'tein* blickte schuldbewusst auf seine ehemalige Fracht hinab, ging dann zurück ins Steuerhaus, schloss die Tür hinter sich, wie um die Verantwortung von sich zu weisen, und schaute starr auf das orangefarbene Abbild seiner näherkommenden Nemesis. Ein Matrose schloss die Luke über dem nun leeren Laderaum, und Kruja brüllte in einem scheußlichen, aber weitgehend verständlichen Kauderwelsch aus Englisch und Arabisch:

»Über Bord! Jetzt! Wir sind fast da! Ist nur bis zur Hüfte! Ist sicher! Springt!«

Die Migranten standen wie angewurzelt da und schauten entsetzt auf einander, auf das kalt aussehende Wasser, dann zurück auf die Albaner, dann suchten sie nach irgendeiner Andeutung von Land, zitternd vor Aussicht auf die Kälte und einsetzender Angst.

»Über Bord! Wir sind fast da! Ist nur einen Meter tief! Springt! Ist sicher!«

Und Joshua aus Äquatorialguinea, stark und einfach gestrickt, küsste das Mädchen mit der Brille, zog seine Schuhe aus, schob sie in seinen Rucksack, nahm diesen fest in seine eine Hand und umfasste mit der anderen die Reling, ehe er sich in bedenkenlosem Gehorsam – nach Monaten des bedenkenlosen Gehorsams gegenüber vergleichbaren Befehlen von vergleichbaren Menschen auf dem ganzen Weg von daheim – abstieß und fallen ließ. Seine mutige und anmutige Handlung spornte einen seiner Landsleute – und dann noch einen – an, seinem Beispiel zu folgen. Aber fast schon bevor sie mit einem Geräusch, das nach deutlich mehr als

Hüfthöhe klang, auf das Wasser schlugen, hatten die anderen den Betrug durchschaut.

Von unten hörte man Stimmen um Hilfe rufen, Gliedmaßen schlugen und traten um sich. Die auf dem Deck Verbliebenen standen wie gelähmt da. Dann hielt einer der Albaner plötzlich eine abgesägte Schrotflinte in der Hand, die er mit einer geschmeidigen Bewegung unter seinem Mantel hervorgezogen hatte, und Kruja hielt eine automatische Pistole der jugoslawischen Armee – seinen Glücksbringer. Die wussten, wie man damit umging, dachte Ibrahim, während sein Hirn raste und sein Magen sich umdrehte. Kruja sprach ganz ruhig, ein vernünftiger Mann, der um Kooperation bat. »Meine Freunde, beruhigt euch! Wir *sind* fast am Strand. Nur paar Meter weiter da drüben. Wenn kein Nebel wäre, würdet ihr sehen. Englisches Marineschiff kommt, und wir warten nicht auf Festnahme. Aber ist sehr nah, und *wird* für euch stoppen. Wir haben gesagt, ihr seid hier, und sie haben gesagt, sie sammeln euch ein. Machen Briten immer. Haben eh keine Wahl, ist Gesetz. Die sammeln euch ein, wir hauen ab. Ihr kommt nach England, wir kommen weg, alle sind glücklich. Passt auf, wohin ihr springt, und bleibt zusammen, dann seid ihr in paar Minuten da raus. Wir werfen paar Westen und Zeug zum Festhalten. Aber macht *jetzt!* Wenn ihr jetzt nicht springt, fangen die euch und schicken euch zurück nach Holland, und dann in welches Drecksloch auch immer, wo ihr herkommt! Wollt ihr *das? Na? Na* los – habe ich euch einmal im Stich gelassen?«

Ob sie ihm nun tatsächlich glaubten oder sich bloß daran gewöhnt hatten, Befehle zu befolgen, oder ob sie Angst vor den Waffen hatten – weitere Migranten gingen über Bord. Ehemänner und Väter hoben ihre Lieben samt Gepäck über die Reling und sprangen dann hinterher. Ibrahim staunte über einen schnauzbärtigen Mann, der seine zitternde Frau und seinen Sohn küsste und sie dann vorsichtig ins Wasser hinabließ, während er beruhigende Geräusche von sich gab, und der dann auf einen Pfosten stieg und mit einem Kopfsprung hinterherhechtete, so unbekümmert, als würde er in eines der Schwimmbecken seiner Kindheit in Kerela springen. Viele waren bereits über Bord gegangen – dann fast alle – aber Ibrahim und einige misstrauische Übriggebliebene standen noch immer an Deck, die Reling im Rücken, und sahen sich nun ungeschminkten Drohungen ausgesetzt.

»Springt, oder ihr seid tot! Springt! Flaches Wasser. Engländer stoppen für euch. Ach, fickt euch, SPRINGT!«

Es gab eine stümperhafte Bewegung auf einen der Albaner zu, aber sie endete so plötzlich, wie sie begonnen hatte. Es gab zwei Blitze, eine kleine und eine große Explosion, und ein Ägypter und ein Sudanese sackten zusammen. Die anderen rührten sich nicht vom Fleck. Offensichtlich stand Widerstand nicht zur Debatte – und vielleicht lag England ja *wirklich* nur ein paar Meter entfernt. Schließlich hatten die Albaner sie noch nie im Stich gelassen. Sie waren quer durch Europa gelangt, ohne dass sie ihr Wort gebrochen hatten.

Fluchend, drohend und weinend sprangen mehr über Bord, bis das Wasser voller Körper war, die Richtung Westen paddelten, mit beschuhten Füßen den Grund suchten und hofften, Wellen an die ersehnte Küste schlagen zu hören. Ibrahim und ein harter Kern von drei anderen blieb vor der Heckreling zurück; sie blickten zornig in die Mündungen der Waffen. Kruja sprach jetzt noch sanfter:

»Kommt schon, Jungs – ihr wisst, dass ihr müsst. Ganz ehrlich, wenn ihr nicht springt, knallen wir euch ab. Da draußen habt ihr eine Chance. Mit uns habt ihr keine. Macht es uns nicht schwer und verschwendet nicht unsere Zeit!«

Das taten sie nicht. Alle schwangen sich über die Reling und sprangen verzweifelt um ihr Leben – bis auf Ibrahim, der einfach nicht fassen konnte, dass sein Abenteuer ein solches Ende nehmen sollte. Krujas glühende braune Augen musterten ihn, und er sagte ganz ruhig: »Los. Bist der Letzte. Rüber da, und gute Landung!«

Ibrahim öffnete den Mund – ob nun zu erklären oder zu flehen. Dieser ölige Nebel, dieses rostige Deck, seine schmutzigen Hosen, seine verschmierten Turnschuhe, die Gesichter dieser Killer – das würde das Letzte sein, was er sehen würde, und sein Blick wanderte gierig über jedes Detail, um es sich einzuprägen, bis er zuletzt das schwärzeste aller schwarzen Dinge in seinem Leben sah – die kleinen runden Löcher der nebeneinanderliegenden Läufe dieser Schrotflinte. Und da, ganz tief drin! Ein kleines Feuer, ein winziger Blitz von wunderschöner Brillanz.

Als die Schrotkugeln in seine Flanke einschlugen, spürte er gar nichts, aber trotzdem schien es richtig zu sein, zusammenzubrechen. Als er fiel, ergriffen Hände seine Knöchel und Handgelenke. Er wurde einmal geschwungen und dann geworfen – wie damals, wenn sein Vater ihn spielerisch geschwungen hatte, bevor er ihn lachend auf einen Sandhaufen geschmissen hatte. Er fühlte sich seltsam abgeschnitten von allem. Selbst als das Wasser über seinem Kopf zusammenschlug, fühlte er nur ein gewisses Kitzeln – so als hätte er einen unzerstörbaren Kern, den selbst die größte Kälte und der schlimmste Schmerz niemals erreichen konnten.

Er sah seinen Vater, die Statue von Saddam, das Nest der Wiedehopfe, Leuchtspurgeschosse aus Kalaschnikows über dem Iran, die Sternenpracht über der Grenze, Maged im Zug, die fliegenden Fische, Mandurs brechende Nase, als er sie mit einer Geraden voll traf, das Durchbiegen des Drahts, als er den Zaun in Lavrio überwand, die Sänger in diesem stinkenden Lastwagen, die Strahlkraft des zurückbleibenden Hollands, den Schemen des großen, breiten und zuverlässigen *Kap'tein* hinter der Scheibe des Steuerhauses, die halbwestlichen Kinder, die er nun nie mehr zeugen würde. Würde Ms. Karatakis jemals erfahren, wie seine Geschichte geendet hatte?

Was für ein schönes Abenteuer das alles gewesen war, was für ein furchtloser Versuch, und wie schade es war, dass niemand je davon erfahren würde. Er schwebte schwerelos, angenehm und mit einem prickelnden Gefühl im klaren Ozean. Als er beiläufig von einer Seite zur anderen schaute, sah er seine Haare ausgebreitet, sich wie Seetang wellend – und da waren seine Hände und Füße. Andere trieben vorbei; ihre Füße traten Wasser, und ihre Münder öffneten und schlossen sich, aber er konnte sie nicht hören, weil der Ozean in seinen Ohren war. Irgendwo leuchtete eine Flamme auf, und er wusste, dass die Albaner hinunter ins Wasser schossen. Aber es war ihm egal, weil es jetzt nichts mehr gab, was sie tun konnten, und es war zu spät, sich noch für irgendetwas zu interessieren. Es gab nur noch die Frische und Kühle der Dinge, und sein Mund war vom Salz verkrustet. Der Kutter war eine Küste, dann war die Küste weg, und es gab nur noch den Nebel, der herabsank und all die Dinge verdrängte, die – aus Gründen, an die er sich nicht mehr erinnern konnte – einmal interessant und wichtig gewirkt hatten. Er spürte die Liebkosung der Wolke, und sie erinnerte ihn daran, wie kalt sich sein Gesicht an einem klaren Morgen vor vielen, vielen Jahren angefühlt hatte.

Er tanzte und drehte sich auf dem Wasser und blutete vor sich hin, und dann glitt er jenseits aller Wahrnehmung in ein unermessliches, glühendes Universum.

Zweiter Teil

WILLKOMMEN IN EUROPA

*…und wir stehn hier wie auf dem dunklen Pass,
wo, voll verwirrten Rufs von Flucht und Schlacht…*
(Matthew Arnold: *Der Strand von Dover*)

Kapitel XVII

KURZZEITPFLEGE

Elmcaster, Eastshire
Dienstag, 13. August – Donnerstag, 29. August

Seife und Putzmittel. Ein dunkles Gesicht, das gütig in seines blickte. Sonnenlicht dahinter und drumherum. Bequemlichkeit, Trägheit, Sauberkeit. Das Gesicht verschwand wieder, und dann waren da Stimmen – welche Sprache? Englisch? Englisch! Ibrahims Kehle war zu trocken und wund, um zu sprechen, auch wenn er es wiederholt versuchte. Wieder das dunkle Gesicht, dann ein helles, blasses, mit kalten grauen Augen – ein sehr *englisches* Gesicht, entschied Ibrahim für sich. Der Mund öffnete sich.

»Hallo, willkommen in Großbritannien! Sprechen Sie Englisch?«

Ibrahim starrte hoch, genoss den klaren Klang, die Gesichtszüge der Frau, die sauberen, glatten Laken. Er fühlte sich auf eine köstliche Weise hilflos. Er riet mehr, als er verstand, und schüttelte den Kopf. »Kein Englisch! Kein Englisch! Irak!« Quälender Husten. Als der wieder weg war, blieb Ibrahim matt und mit Schmerzen zurück – und dann riss er voller Erinnerungen die Augen auf.

Er fühlte wieder, wie ihn etwas *dort* getroffen hatte – dort, wo er gerade zum ersten Mal dumpfen Schmerz und ein Jucken gespürt hatte –, und er erinnerte sich wieder daran, wie er in das ruhige Meer gefallen war, sah wieder den dunklen Schiffsboden vor dem nur ein wenig helleren Hintergrund, hörte wieder das dumpfe Wummern des Motors, als der dunkle Schemen sich außer Sicht zurückzog, fühlte, wie er tiefer und tiefer sank. Da gab es noch eine plötzliche Erinnerung – entsetzliche Kälte, als sein Kopf aus dem Wasser schoss, ebenso viel Salz wie Luft in seinem Mund, wie er daran würgte. Aber wie lange war das her?

Und wie war er hierher gekommen? Wo waren all die anderen? Er trieb verwirrt, aber ruhig in die Vergangenheit zurück.

Worte, die er hörte, aber nicht verstand: »... kommt zu den Schusswunden noch schwere Hypothermie, und er war vorher schon längere Zeit unterernährt. Er ist sehr schwach, aber ich hoffe, dass er sehr bald ein paar Fragen beantworten kann. Aber nicht zu viele!« Neugierige Gesichter kamen in Sicht und verschwanden wieder. Sanfte Finger linderten seine Schmerzen; seine Zehen wackelten im Genuss der Sauberkeit; seine Arme waren schwach, aber das war egal. Es war vollkommen egal.

Es wurde Abend und die Sonne sank, doch durch das Fenster zu seiner Linken konnte er noch einen hartnäckigen zinnoberroten Streifen sehen. *So* wunderschön, so unerwartet.

Sein Hirn hatte sich im Schlaf regeneriert. Er wusste jetzt, dass er angeschossen worden war, dass man ihn auf wundersame Weise aus dem Meer geklaubt hatte, und dass das hier dementsprechend England sein musste. E-N-G-L-A-N-D. Er genoss den harmonischen Klang des Worts.

Eine andere Krankenschwester schwebte in sein Blickfeld. Das schwarze Mädchen musste heimgegangen sein. Diese hier war weiß, älter, brünett. Sie lächelte ihn müde an. »Hallo. Wie fühlen Sie sich?« Ibrahim lächelte zurück und schüttelte in höflichem Unverständnis den Kopf. Er formte mit den Lippen ein »Hallo«; es war das einzige Wort, das er verstanden hatte. Die Schwester hob seinen Kopf an und steckte ihm einige Tabletten in den Mund, gefolgt von einem wohltuenden Schluck Wasser. Sie schüttelte seine Kissen auf, lächelte und ging – nur um ein paar Minuten später zusammen mit einem fetten, arabisch aussehenden Mann zurückzukommen. »Salam«, sagte der. »Salam«, brachte Ibrahim mühevoll hervor. Es war schön, das vertraute Wort zu hören, aber die Aussicht auf ein längeres Gespräch machte ihn müde.

»Mein Name ist Mustafa Sayyid. Ich bin Dolmetscher. Wie heißen Sie? Und woher sind Sie gekommen? Nur keine Eile – ich weiß, dass Sie noch schwach sind.«

Ibrahim musste einige Dinge wissen. Schließlich – »Wo bin ich?«

»Im Krankenhaus von Elmcaster, an der Ostküste Englands. Sie wurden vor über einer Woche gefunden, angeschwemmt an einem Strand in der Nähe. Es tut mir leid, aber ich muss Ihnen sagen, dass Sie der einzige Überlebende waren. Sie haben wirklich sehr viel Glück gehabt.«

Der einzige! All diese Menschen im Laderaum… Die aufgeregten jungen Männer, die gelacht und gesungen hatten… Der dicke Äquatorialguineer… Das Mädchen aus dem Sudan. Er sah eine Zigarettenkippe durch die klamme Dunkelheit fliegen und hörte wieder das Geflüster in diesem kalten und fischigen Mief. Er berührte seine schmerzende Flanke.

»Und die Albaner?«

»Welche Albaner?«

»Die Killer.«

»Ich weiß nichts von irgendwelchen Albanern. Aber Sie hören jetzt besser auf, zu sprechen, denn die Polizei wird hören wollen, was Sie zu sagen haben. Wenn Sie mir jetzt alles erzählen, müssen Sie es denen nochmal erzählen. Also: Wenn ich Sie wäre, würde ich jetzt etwas essen – keine Sorge, es ist halal – und dann weiterschlafen. Konzentrieren Sie sich darauf, wieder zu Kräften zu kommen. Die Schwester bleibt in der Nähe, wenn Sie irgendetwas brauchen. Ich habe ihr ein paar wichtige Wörter beigebracht. Wenn Sie also auf die Toilette möchten oder etwas Wasser trinken wollen, sollten Sie beide einander verstehen können. Nun denn, gute Nacht.« Er verschwand, aber wurde bald durch die Schwester und den Geruch einer warmen Mahlzeit ersetzt. Sie half ihm, sich aufzu-setzen, und behielt ihn im Auge, während er eine kleine Portion Lamm mit Karotten aß. Sie wischte einige Krümel und etwas verschütteten Fruchtsaft auf. »Toilette?« fragte sie und ließ das Wort beinahe arabisch klingen. Ibrahim hatte noch nie mit einer Frau über solche Dinge gesprochen, und es war ihm entsetzlich peinlich. Sie war mit männlicher Zimperlichkeit vertraut und bewahrte einen neutralen Gesichtsausdruck. Er nickte kurz, aber konnte ihr nicht in die Augen sehen. Überraschung paarte sich mit Scham, als sie gewandt die Decken auf ihrer Seite anhob und ihm eine Bettpfanne unterschob. Er konnte nicht glauben, dass sich eine westliche Frau um seine schmutzigsten Körperfunktionen kümmerte. Er wollte verzweifelt seinen Darm entleeren, aber nicht so, und nicht vor den Augen einer Frau. Sie spürte seine Anspannung und ging außer Sicht – und bald hatte er getan, was er tun musste. Als sie kam, um die Bettpfanne mitzunehmen, starrte er an die Wand. Sie verschwand wieder, seine Geniertheit klang ab, und die dunkle Wärme schloss ihn wieder ein.

Er konnte wieder fühlen, wie sich sein Blut bewegte und in Beine und Füße hinabrauschte. Aus dem Schmerz war Steifheit geworden. Er aß gut und durfte schließlich allein auf die Toilette, solange er eine Gehhilfe benutzte – und er durfte aus dem Fenster schauen, über den Parkplatz des Krankenhauses und düstere, von Satellitenschüsseln überwucherte Vorstädte hinweg. Diese Aussicht war alles andere als das, was er sich erwartet hatte.

Über mehrere stockende Tage hinweg erzählte er der Polizei seine Geschichte, während die Medien der ganzen Welt vor dem Krankenhaus kampierten. Mustafa kam jeden Tag vorbei, zeigte dem Patienten einige der Zeitungen und las Auszüge vor. Ibrahim staunte über das Ausmaß der Berichterstattung – und über die Ungenauigkeiten. Die irakische Presse hatte sich zumindest nicht selbst widersprochen. Er hörte von Liedern, Schulversammlungen, Fernsehsendungen, Konzerten, Demonstrationen, Parlamentsdebatten, Gipfeltreffen und sogar von Ausschreitungen, und er verstand nur die Hälfte. All diese Menschen, von denen er noch nie gehört hatte, und sogar ein paar, von denen er gehört *hatte*, und sie alle schienen nur noch über *ihn* zu reden! Über *ihn*, einen armen Mann aus einer armen Stadt in einem armen Land, unwichtig und unbedeutend – und nun im Zentrum derartigen Aufsehens! Es machte ihm Angst, daran zu denken, dass er diesen Ort bald verlassen würde – und dann diesem vieläugigen Monster ins Gesicht sehen müsste. Er konnte sie nur enttäuschen.

Eine Zeitung brachte ein Bild von Dan, auf dem er fett, verwirrt und verschlagen aussah. »Dieser Mann«, erklärte Mustafa und spießte das Bild mit seinem Zeigefinger auf, »ist ein Rassist. Er lebt unweit von hier. Er will alle Menschen mit dunkler Haut nach Hause schicken. Aber er bekommt ganz schön schlechte Presse! Geschieht ihm recht, würde ich sagen!« Ibrahims Blick glitt achtlos über das Bild. Dan sah nicht wie ein interessanter Mann aus, dachte er. Bald fiel die Zeitung zu Boden und war vergessen.

Die öffentliche Reaktion verwirrte ihn und bereitete ihm Sorgen. Sie passte nicht zu dem Bild von England, das er all diese tausenden Meilen mit sich herumgetragen hatte. Er hatte nicht erwartet, dass die Engländer auf diese Weise reagieren würden. Er fragte sich, ob seine Landsleute sich genauso benommen hätten, wenn tote Engländer an einem irakischen Strand angespült worden wären; ihm blieb nur der Schluss übrig, dass sie das wahrscheinlich nicht getan hätten, und seltsamerweise schämte er sich dafür. Das Verhalten der Engländer hatte irgendetwas Edles.

Aber vielleicht war diese ganze angebliche Sorge auch irgendein ausgeklügeltes Spiel, ein Ritual, das abgespult werden musste, bevor die weniger freundlichen Menschen kommen würden. Kemali war immer gern übertrieben höflich gewesen und hatte lange, gewundene Komplimente gemacht, bevor seine kleinen Augen hart und schmal wie die eines Schakals geworden waren. Seine Männer hatten immer gesagt, dass er in solchen Momenten am allergefährlichsten war.

Auch Saddam konnte höflich sein, sogar nett – unmittelbar vor oder nach einem Ausbruch entsetzlicher Grausamkeit. Vielleicht ging das hier in die gleiche Richtung. Ibrahim grübelte lange über diese Möglichkeit nach.

Eines Morgens wurden seine Gedanken auf die angenehmste Weise unterbrochen, als Aisha in sein Zimmer stürmte und vor Freude aufschrie, als sie sich überglücklich auf seine zusammengekauerte Gestalt warf. Der Aufprall ließ ihn zusammenzucken, aber was war schon das bisschen Schmerz, verglichen mit der Freude darüber, seine Lieblingsschwester wiederzusehen und zu hören, was zu Hause passiert war? Die Briten hatten sie eigens eingeflogen und kümmerten sich um die anderen. Bis weit in den Abend hinein tauschten sie Neuigkeiten und lange Umarmungen aus, bis schließlich die Schwester hinzukam und Ibrahim Ruhe verordnete. Seine und ihre Reise hätten unterschiedlicher nicht sein können – eine verstohlen, eine ganz offen, eine gefährlich, eine luxuriös. Sie hatte von dem Unglück gehört und sagte, dass sie alle gespürt hätten, dass er auf diesem Boot gewesen war. Es sei eine furchtbare Zeit gewesen, voll von Wehklagen und bangen Fragen, bis vor zwei Tagen ein sehr höflicher junger Mann aus Großbritannien mit einem Dolmetscher und einer Militäreskorte vor der Tür gestanden habe, um ihr zu sagen, dass Ibrahim lebend aufgefunden worden sei und ein Flugticket erster Klasse bereitläge, wann immer sie ihn sehen wolle. Alle hätten vor Freude geweint, und das ganze Dorf sei mit Aufregung aufgeladen gewesen. Vor der Reise sei sie nervös gewesen, aber es war nicht so schlimm – und natürlich wartete am Ziel Ibi auf sie! Und die Engländer hatten sie in einem Hotel in der Nähe untergebracht – ihre Augen weiteten sich vor Staunen, als sie all den Komfort und die Annehmlichkeiten ihrer Drei-Sterne-Unterkunft beschrieb. Aber Ibrahims Freude über das Wiedersehen und die Berichte aus der Heimat wurde geschmälert durch das Wissen, dass er bald keinen Grund mehr haben würde, im Krankenhaus zu bleiben. Was dann? Wo sollte er hingehen? Würde er in England bleiben dürfen? Er war immerhin illegal eingereist und verfügte über keinerlei Fachkenntnisse. Und sein Geld war restlos weg. Mustafa versuchte, ihn zu beruhigen; es gäbe jede Menge Medienleute, die mit ihm reden wollten – und sie würden für dieses Privileg bezahlen. Die Höhe der Summen bereitete Ibrahim Kopfschmerzen.

Mit diesem Schatten über sich stellte er sich schamlos krank, um in seinem lieben, sicheren Bett bleiben und die gefürchtete Entlassung herauszögern zu können – auch wenn er sich schlecht fühlte, die Schwestern und Ärzte anzulügen, die alle so gut zu ihm gewesen waren. Doch eines Tages konnte er in ihren Gesichtern lesen, dass ihm die Entschuldigungen ausgegangen waren. Und so nahm er es apathisch auf sich, die Klamotten anzuziehen, die sie ihm bereitgelegt hatten. Das waren sehr hässliche Kleidungsstücke – Trainingshosen, Shirts, ein Kapuzenpullover, Turnschuhe –, aber sie waren die besten, die er jemals besessen hatte, und auf einigen fanden sich Firmenlogos, die er zuvor nur in Magazinen gesehen hatte. Er stand vor dem Spiegel, strich sich den Bart und starrte seinen mondänen Doppelgänger an.

Die Interviewanfragen, die Mustafa ihm brachte (und jedem Bewerber eine Vermittlungsgebühr abknöpfte), bereiteten ihm große Sorgen. Er hatte in seinem ganzen Leben noch nie mit einem Zeitungsmann gesprochen oder an einer Fernsehsendung teilgenommen. Dann brachte ihm Mustafa auch die Antwort – eine kleine rechteckige Karte, schwer und mit einem stattlichen Wappen darauf, das hübscheste kleine Ding, das Ibrahim je in der Hand gehabt hatte. Darauf fanden sich bloß eine Adresse im Londoner Stadtteil Chelsea und der Schriftzug: »Jakob von Groenestein, Medienvermittlung«.

Mustafa erklärte, dass Groenestein ein echter deutscher Adliger war, eine Art Diplomat, der für Privatkunden mit Zeitungen und Fernsehsendern verhandelte. Ibrahim hatte noch nie von solchen Leuten gehört, zu wissen, dass es sie gab, ließ ihn einmal mehr feststellen, wie seltsam dieses neue Land und seine Kultur waren. Warum sollte ein Adliger solche Arbeit machen? Mustafa legte ihm dar, dass Medienvermittlung tatsächlich eines der wichtigsten und angesehensten Betätigungsfelder sei, die es im Westen gab. Jeder Moment im Westen sei ein entscheidender Moment. Ibrahim bräuchte kein Geld im Voraus zu zahlen; Groenestein würde einfach einen gewissen Prozentsatz aller Einnahmen für sich behalten. Und so willigte er ein, auch wenn es sich anfühlte, als würden die Ereignisse seiner Kontrolle entgleiten. Aber hatten sie das nicht schon immer getan? Und wenn dieser Mann ihm etwas von seiner Last abnehmen würde, wäre es für ihn eine gute Investition.

Der Deutsche stand lächelnd vor Ibrahim. Er trug, was selbst Ibrahims ungeübtes Gespür für Kleidung als einen sehr teuren Anzug erkannte, und eine Brille, die aussah, als sei sie mit echtem Gold gerahmt. Jetzt glaubte Ibrahim, dass er ein echter Adliger war – und bei dem Gedanken, dass ein westliches Blaublut für ihn arbeitete, durchfuhr ihn eine heitere Hochnäsigkeit. Als er hörte, dass Jakob – er bestand darauf, beim Vornamen angeredet zu werden – einmal einen seiner Lieblingsfußballer vertreten hatte und nur 30 Prozent seiner Einnahmen für sich beanspruchte, konnte Ibrahim nur noch in staunendem Einverständnis nicken.

Dann waren die gefürchteten Medien schließlich da, aber zumindest wurden sie von Jakob gebändigt, dessen Blick voller Verachtung durch den brechend vollen Aufenthaltsraum des Krankenhauses streifte. Ibrahim beneidete den Deutschen um seine stille Überlegenheit. Was ihn anbetraf – er war vor Angst wie gelähmt.

Jakob hatte für später ein »weltexklusives« Gespräch mit einem der Boulevardblätter ausgemacht, für das, was Ibrahim für eine absurde Menge Geld hielt (wobei er noch nicht einmal wusste, dass der tatsächliche Betrag viel höher war), und versprochen, dass die Pressekonferenz kurz und geschäftsmäßig ablaufen würde. Doch Ibrahim blieb trotzdem nichts anderes übrig, als in den heißen und grell ausgeleuchteten Raum hinauszugehen und zu sehen, wie sich ihm eine zischelnde Menge neugieriger Gesichter zuwandte – in das Artilleriefeuer der Kameras zu blicken – die Aufregung zu hören und zu wissen, dass dies alles nur an seiner Anwesenheit lag. Nur an ihm, niemandem sonst, einem einfachen Mann aus einer hässlichen Straße in einer heruntergekommenen Stadt.

Das vom ganzen Erdball angestarrte Podium bestand aus Ibrahim, Jakob, einem Oberarzt und einem hochrangigen Polizisten – plus Mustafa, leicht seitlich versetzt. Der Polizist und der Arzt legten die forensischen Fakten dar, und dann prasselten Fragen auf Ibrahim ein wie Geschosse aus einer Kalaschnikow – aber weich, mit abgefeilten Spitzen, delikate kleine Dum-Dum-Geschosse, gefüllt mit Sprengladungen aus Mitgefühl.

Wie lange waren Sie unterwegs? Wie sind Sie gereist? Welchen Weg haben Sie genommen? Mit wie vielen anderen sind Sie gereist? Welche Gefahren haben Ihnen gedroht? Anfangs antwortete er schüchtern, knapp und fast zu leise, fasste sich aber nach und nach ein Herz, als er bemerkte, wie nett alle waren. Ihm wurde klar, dass sie wollten, dass er gut herüberkam, auf ihre Leser anziehend wirkte, dass er Mitleid und Ehrfurcht erregte. Was für wunderbare Menschen! Er verspürte eine große Sympathie für sie, und so, als wolle er ihnen unterbewusst danken, wurden seine Erklärungen länger und ausführlicher. Sie nickten ermutigend und lächelten, als er antwortete, und keuchten dort auf, wo sie es sollten – und er wollte, dass sie hier blieben, genau hier, ergriffen von seiner Geschichte, und ihn drängten, weiterzuerzählen.

Er erinnerte sich an immer mehr und lebhaftere Details – müde aussehende amerikanische Soldaten an den Kontrollpunkten, Explosionen in der Ferne, das Bild des jordanischen Königs am Grenzübergang, die funkelnden Sterne über der Wüste, die grünlich leuchtende See und die lange, gemächliche Brandung der Ägäis, den Schweißgeruch im Lastwagen, den vollgekotzten Frachtraum des

Kutters und natürlich die Nacht des Ertrinkens – und schmückte ein paar von ihnen weiter aus, während Jakob ihn hochaufmerksam ansah und die Weltöffentlichkeit ihn still bewunderte.

Können Sie uns bitte ein wenig über Ihren Hintergrund erzählen, Mr. Nassouf? Er sagte, er würde gern, aber da gebe es nichts allzu Aufregendes. Aber die waren sich sehr höflich sicher, dass es das gebe, so höflich, dass er den tiefen Wunsch verspürte, sie zufriedenzustellen und ihnen etwas zu geben, das ihnen weiterhelfen würde. Also erzählte er ihnen von seinen Eltern, dem Haus seiner Familie, der Gartenarbeit, seinem Job im Tanklager, seinem Dienst in der Armee. Aber seiner Geschichte fehlte die Würze.

Just, als er sich das dachte, kam die Frage: »Waren Sie an politischen Aktivitäten gegen Saddam beteiligt?« Er wusste, dass ihnen das gut gefallen würde, nur der Vollständigkeit halber – und so hörte er sich »Ja« sagen, fast ohne es zu wollen, und das ließ sich jetzt nicht mehr wieder zurücknehmen.

Nun brachte er Details auf, die er auf der Straße aufgeschnappt hatte. Während er sprach, breitete sich eine berauschende Erregung im Raum aus. Jakob blickte ärgerlich herüber, und für eine Sekunde bereute Ibrahim seinen Leichtsinn. Aber dann sah er das hingerissene Gesicht einer Journalistin von Channel One – ein brünetter Engel, so lieblich wie Ms. Karatakis – und spürte, dass es zu spät war, einen Rückzieher zu machen.

Ja, sagte er, er habe ein paar Flugblätter verteilt, an ein paar Treffen teilgenommen, Leute getroffen, Pläne gemacht, sei ins Visier der Geheimpolizei geraten – und dann sei er natürlich zur Befragung einbestellt worden. Es sei eine *sehr* unangenehme Befragung gewesen. Ja, man *könnte* von Folter sprechen. Er hatte noch das Bild des in der Garage an seinen Armen hängenden Mandäers vor seinem inneren Auge und war gerade im Begriff, es auf sich selbst zu übertragen – doch just in dem Moment schaltete sich Jakob mit der Erinnerung ein, dass sein Klient noch immer sehr schwach sei und es ihm nicht bekommen würde, zum gegenwärtigen Zeitpunkt über diese traumatischen Erlebnisse zu sprechen, während er Ibrahim heftig grimassierend bedeutete, still zu sein. Ibrahim, schlagartig entsetzt von seinem bislang unbekannten Talent im Märchenerzählen, gab sofort nach und war dankbar, dass ihn jemand zum Schweigen gebracht hatte, bevor er zu weit gegangen wäre. Die Konferenz flachte zur Belanglosigkeit ab: Wie fühlen Sie sich jetzt? Was halten Sie von England? »Alle Leute hier sind so nett, und es ist so ein schönes Land – auch wenn Sie verstehen werden, dass ich noch nicht viel von ihm gesehen habe.« Mitfühlendes Gelächter. »Ihr Land ist sehr sauber, ruhig und angenehm.« Er wisse nicht, was nun mit ihm geschehen würde, und verlasse sich auf die berühmte Großzügigkeit des englischen Volks und auf Premierminister Smith. Aber er vermisse seine Familie. Er sei glücklich darüber, dass seine Schwester Aisha schon zu ihm gekommen war, und vielleicht könne eines Tages auch der Rest seiner Familie in dieses wunderschöne Land kommen.

Ein anständiger Mann, sollten die Journalisten später einhellig befinden – ein guter Mann, ein Opfer der Umstände, ein Symbol für das Gute im irakischen Volk, in allen Völkern. Und ein solches Vorbild war für seine Ansichten gefoltert worden! Er war ein Jedermann – und ein Held. So bescheiden, so ein nettes Lächeln, so gutaussehend. Konservative Kommentatoren sollten behaupten, dass die Sehnsucht nach freien Märkten und gleichen Chancen hell in den irakischen Herzen brennen würde – während ihre sozialdemokratischen Gegenstücke es vorziehen würden, seine vergewaltigte Menschenwürde und die Misere all der anderen hervorzuheben.

»Scheiße nochmal, warum hast du mir das alles mit der Geheimpolizei nicht erzählt? Hast du eine Ahnung, was so eine Geschichte wert ist?«, fragte hinterher ein aufgebrachter Jakob, und auch Mustafa, der sich für eine Vertrauensperson gehalten hatte, strahlte Verstimmtheit aus. Ibrahim kam sich dumm vor, aber rebellisch – und außerdem konnte er jetzt nicht mehr zugeben, sich das alles nur ausgedacht zu haben. Sie konnten ihm nicht beweisen, dass es reine Erfindung war. Nur Aisha würde es erraten, und er würde ihr erklären, wie es in diesem grellen Lichtschein gewesen war – wie ihm seine Zunge einfach davongelaufen war, so wie bei den wandernden Geschichtenerzählern, die sie beide noch aus ihrer Kindheit kannten. Zumindest *sie* würde ihn verstehen, und nur darauf kam es an. Wen kümmerte schon, was *diese Leute* dachten, dachte er und sah Jakob und Mustafa mit einer Art von Ekel an. Er habe gedacht, es sei nicht wichtig, erklärte er ihnen; es sei ihm einfach rausgerutscht; es sei schon Jahre her. »Ok, ok, ok« hatte Jakob gesagt und auf den Tisch getrommelt, während er fieberhaft nachdachte. Dann stellte er einige detaillierte Fragen, auf die sich Ibrahim (noch immer selbst erstaunt über seinen Erfindungsreichtum) glaubhafte Antworten ausdachte; Jakob legte genauestens fest, wie Ibrahim sich im Interview mit dem *Globe* verhalten sollte.

Das Interview sollte für die bestverkaufte *Globe*-Ausgabe des Jahres sorgen. Auf der Titelseite prangte ein bezauberndes Foto von Ibrahim und Aisha, wie sie lächelnd dasaßen, ihr Arm um die noch schmaler als sonst wirkenden Schultern ihres Bruders gelegt. Das Kopftuch umrahmte ihr besorgtes, stolzes Gesicht und verlieh Ibrahims müder und angespannter Physiognomie mehr Kontrast und Tiefe, während sich die beiden schüchtern in die Herzen der Briten hineinlächelten.

Der *Globe* verzichtete gleich von Anfang an auf Subtilität:

EXKLUSIV: UNGLAUBLICHE GESCHICHTE – DER WUNDERMIGRANT SPRICHT

Folter, Krieg, Mord, Armut, eine Familie zu versorgen, eine geheime Reise durch einen abgeriegelten Kontinent — die außergewöhnliche Geschichte des Ibrahim Nassouf, nur im Globe.

Der politische Gefangene Ibrahim Nassouf verließ ein vom Krieg zerrissenes Land und machte sich auf den langen und gefährlichen Weg in den Westen – einen Weg, der beinahe in Katastrophe und Tod sein Ende gefunden hätte. Und doch hat er überlebt, allen Schwierigkeiten zum Trotz. Heute können wir EXKLUSIV enthüllen, wie der mutige Iraker es mit der Geheimpolizei, mit dem Krieg, mit Mördern und mit Rassismus aufnahm – um seine hungernde Familie zu ernähren und im Westen ein neues Leben anzufangen.

Es ist eine der größten Abenteuergeschichten unserer Zeit. Ibrahims unglaubliche, mehr als 6000 Kilometer lange Reise begann im Südirak und führte ihn durch Jordanien, Syrien, die Türkei, Griechenland, Bulgarien, Rumänien, Ungarn, Slowenien, Österreich, Deutschland, Holland und schließlich über die Nordsee. Er reiste zu Fuß, in PKWs, Bussen, Bahnen, Flugzeugen, griechischen Armeelastern, versteckt in einem Kühlwagen und am Ende auf einem Fischerboot, wo er als einziger von 43 unschuldigen Papierlosen dem Ertrinken und Mord aus Rassenhass entgehen konnte – auf der Türschwelle des Landes, zu dem sie so weit gereist waren. Für sie sollte die Verheißung nicht das Paradies sein, sondern ein Grab – das Grab all ihrer Hoffnungen und Träume.

Der zurückhaltende Ibrahim, 28, oben mit seiner geliebten jüngeren Schwester Aisha zu sehen, spielt seinen außerordentlichen Heldenmut und seine Widerstandskraft herunter. Er erzählte mir: »Das war nichts, gar nichts, bis auf das Ende – das war wirklich grauenhaft und schrecklich. Der ganze Rest war bloß ein Abenteuer und eine Erfahrung – und ich hatte ja sowieso keine Wahl. Zu Hause saßen meine Schwestern, vielleicht hungerten sie, vielleicht hatte der Krieg sie eingeschlossen. Ich hatte eine Pflicht ihnen gegenüber.«

In der Tat, ein anständiger und bescheidener Mann, aber

mit einer unglaublichen Geschichte im Gepäck – einer Geschichte über Hoffnung und Mut, Entschlossenheit und Glauben im Angesicht des Bösen.

Der anständige und bescheidene Mann saß in einer sonnigen Ecke des Krankenzimmers, während Mustafa ihm den Artikel vorlas, und schnaubte vor Verlegenheit. Aber Aisha rang die Hände und rief:»Ist das nicht wundervoll?« Ibrahim grunzte nur, aber insgeheim war er sehr zufrieden. Und der Artikel hatte nichts über die Geheimpolizei und all dieses ganze Zeug gebracht, weil Ibrahim nicht auf das Nachbohren des *Globe* zu diesem Thema eingegangen war. Der Reporter war enttäuscht gewesen, und Jakob hatte finster dreingeschaut, aber Ibrahims Unwille, seine Falschaussage zu erweitern, wurde ihm als Unverwüstlichkeit statt als Schauspielerei ausgelegt.

Ibrahim wollte lieber nicht darüber sprechen, was ihm in dieser Basraer Polizeiwache passiert ist – der Schmerz sitzt zu tief. Alles, was er sagen wollte, war:»Irgendwie ist der ganze Irak gefoltert worden, und wir alle tragen Saddams Narben. Aber vielleicht können wir jetzt alle unsere Leben wiederaufbauen.« Dazu kann diese Zeitung nur voller Leidenschaft sagen: Amen.

Die Medientortur war vorüber – aber nur bis auf weiteres. Nun war es Zeit, zu gehen – und er konnte nirgendwo hin. Seine Reise, so lang und gefährlich sie bereits gewesen war, hatte noch kein Ende gefunden.

Kapitel XVIII
POLITISCHES TAKTIEREN

City of London
Donnerstag, 29. August

Albert lachte verächtlich und warf den *Examiner* quer durchs Büro auf den Stapel der zerknüllten restlichen Zeitungen des Tages. »Mit sowas müssen wir uns herumschlagen, Sal.« Er blickte reumütig auf die lockigen grauen Härchen, die sich unter ihrer recht zurückhaltenden Blondierung zeigten, und schwelgte im Luxus, sich gegenüber einer Person auslassen zu können, die niemals nörgeln oder widersprechen würde.

»John Leyden, dieser puritanische Musterknabe *par excellence*, an der Spitze eines schleimigen Systems der Spießigkeit, einer scheinheiligen Verschwörung gegen den gesunden Menschenverstand – und im Zentrum ein eher einfach gestrickter, verängstigter Bauer, der Prügelknabe der ganzen westlichen Welt. Die Stimme der beschissenen Zukunft! Scheußlich, oder?«

»Ja, Albert«, sagte Sally höflich. In der Regel ignorierte sie das meiste, was er sagte, weil es sie an eine eher skurrile Volksversammlung erinnerte. Und sie hatte sein ständiges Gefluche noch nie gemocht. Sie versuchte, sich auf seine Ausgaben zu konzentrieren; das war aufgrund seines Widerwillens gegen das Aufbewahren von Belegen immer eine komplizierte Angelegenheit. Die Beträge waren immer bescheiden; Albert ging mittlerweile selten in gute Restaurants, weil er niemanden mehr zu beeindrucken brauchte. Sally war sich nicht sicher, ob er jemals irgendjemanden beeindruckt hatte. Er gehörte nicht zu der Sorte Mensch, für die sich andere leicht erwärmten. Er war so arrogant, bissig und erbarmungslos negativ gegenüber allem und jedem eingestellt, und seine Kolumnen und Gespräche waren durchsät mit allen möglichen finsteren Anspielungen. Sie fragte sich, ob er sich auf den Ruhestand freute, der sicher nicht mehr lange auf sich warten lassen würde, und das ließ sie an ihre eigene bevorstehende Obsoleszenz denken.

Sie würde den gewohnten Trott vermissen, ihn zu sehen und zu hören (nicht: ihm zuzuhören) – dieses Grübeln über zerknitterten, fleckigen, überzogenen und unvollständigen Rechnungen würde sie allerdings nicht vermissen, oder dieses versiffte Büro, das sie schon so lange sehnlichst saubermachen wollte, aber sich nie getraut hatte. »Kaffee? Aha, *das* hast du gehört! Bitte sehr, ein Kelch der dungfarbenen Götterspeise… Trink ihn lieber, solange er noch lauwarm ist!« Er stellte ihre Tasse mit Nachdruck auf ihrem Schreibtisch ab, trampelte anschließend hinüber zu seinem eigenen und verschüttete dabei Kaffee auf dem Boden, so wie er es seit Jahren jeden Tag getan und so eine verblichene, getüpfelte Linie von Tisch zu Tisch gezogen hatte. Dann begann er, zu tippen: »Spießigkeit-on-Sea«. Die Überschrift mit ihrer grimmigen Anspielung auf die typisch englischen Küstenstadtnamen machte ihn sehr zufrieden, und während er sie betrachtete, ließ er seine stiltonkäsefarbigen Fingerknöchel krachen.

Im gestrigen *Examiner* wurde eine neue Taktik im Krieg gegen England vorgestellt. Unser alter Kumpel John Leyden hat sein angesagtes Londoner Revier verlassen und sich dazu herabgelassen, einen Landesteil zu besuchen, in dem echte Menschen echte Leben leben. Diese Hingabe an uneigennützige Recherche ist lobenswert. Aber was er dort findet, das erschreckt und verletzt ihn. Er entdeckt – *O tempora, o mores!* –, dass normale, anständige, hart arbeitende Menschen seine Ansichten nicht teilen, dass echte, normale, anständige, hart arbeitende Steuerzahler lieber Angelsachsen als Afrosachsen sein möchten, dass es vielen (wenn nicht den allermeisten) eigentlich ziemlich gut gefallen würde, Englands jetzige Identität zu bewahren. Seine Beschreibung von Crisby – und im weiteren Sinne der gesamten Provinz – als ein beginnendes

Auschwitz muss Millionen von Menschen Erstaunen und Kummer bereiten, die nichts von sich selbst oder ihrem England in dieser schändlichen Karikatur wiedererkennen werden. Leydens angebliche Erkundungsmission war für ihn nur ein Mittel, um seine Vorurteile über die Menschen zu verfestigen, die sich entscheiden, sich von den zweifelhaften Wonnen der Londoner Innenstadt fernzuhalten, die christdemokratisch wählen, die echter, harter Arbeit nachgehen (beispielsweise die Nation zu ernähren). Johnny-Boy hat Kings Cross oder Notting Hill auf das gesamte Land projiziert – ein Versuch, unabhängig gesinnte Menschen vom Lande in einen gewissen Stereotyp hineinzuzwängen.

Seine *Ad-hominem*-Attacke auf den Charakter und die Ansichten – ob nun echt oder vermutet – Mr. Daniel Gowts ist in Wirklichkeit ein Angriff auf jeden, der nicht seine Ansichten teilt. Wir haben hier einen offenbar anständigen Bauern, der in Dinge hineingeraten ist, die er nicht begreifen kann, und der in einem Moment der Verwirrung etwas von sich gegeben hat. Dafür ist er vor das Standgericht der »akzeptablen« Meinung gestellt und als ein Sinnbild des bösen »Rassismus« verdammt worden. Mr. Gowt derart an den Pranger zu stellen, ist eine eklatante Ungerechtigkeit von einem Autor, der sich selbst liberal nennt. Ein derart unverantwortliches und hasserfülltes Vorgehen kann nur dazu beitragen, die ohnehin schon überhitzte öffentliche Meinung zu entzünden und vermutlich beinahe unerträglichen Druck auf Mr. Gowt und seine Familie auszuüben.

Dann wechselte er das Thema. Es gab noch all die anderen üblichen Dinge herumzuwerfen und aufzuspießen – nicht, dass die Objekte seiner liebevollen Fürsorge jemals wirklich Kenntnis davon zu nehmen schienen, und wenn sie es doch taten, dann kümmerte es sie nicht. Sein Geist schweifte ab, während seine Finger unablässig über die Tastatur wanderten, doch besonders oft schnellte er hinüber zum Bild eines alten Hauses und seines sogar noch unzeitgemäßeren Besitzers, weit weg am durchbrochenen Schutzwall ihrer Küste.

Die Minister hatten darüber beraten, wie mit diesem besonders heiklen Fall umzugehen sei. Grundsätzlich war die Regierungskoalition pro Einwanderung eingestellt. Gleichwohl hatten politische Strategen berichtet, dass die Dinge in einigen Stadtgebieten alles andere als gut liefen und sich ein möglicher Stimmenzuwachs für die National Union oder sogar noch schlimmere Parteien abzeichnete. Im vergangenen Monat hatte die Workers' Party einen ehemals sicheren Parlamentssitz in Birmingham beinahe an die NU verloren, deren Kandidat besorgniserregende 31 Prozent eingefahren hatte. Es gab Wahlbezirke, für die noch üblere Ergebnisse zu erwarten waren. Glücklicherweise bewegte sich Richard Simpsons Gesetzesvorlage zum Verbot der Partei mit Unterstützung der meisten Unterhausabgeordneten rasch durch die Instanzen. Aber auch die Christdemokraten machten Fortschritte in Sachen Einwanderung, obwohl bis auf ihre Wählerschaft jeder wusste, dass ihr Interesse ein rein rhetorisches war.

Die Regierung wusste, dass man ihr zu große Nachgiebigkeit gegenüber illegalen Einwanderern vorwerfen würde, wenn Ibrahim im Vereinigten Königreich bleiben dürfte. Wenn man ihn aber des Landes verwiese, würden die Hinterbänkler der Regierung, die Modernisierer der Christdemokraten und die Medien zum Angriff übergehen. Dann waren da noch die EU, die UNO und all die afrikanischen Regierungen, die man nicht verärgern durfte, wenn die Commonwealth Games im kommenden Jahr ohne Boykotts ablaufen sollten. Die Regierung hatte noch immer am Fall einer Frau aus Ruanda zu kauen, einer siebenmal verwarnten

Illegalen, die schließlich mit Gewalt abgeschoben werden sollte, nur um dann im Verlauf dessen, was der inzwischen ehemalige Einwanderungsminister so unglücklich als »unrechtmäßige Gegenwehr« bezeichnet hatte, den Erstickungstod zu sterben. Premierminister Wilberforce Smith war sehr groß und hatte einen walisischen Einschlag. Sein fast quadratischer Kopf war gekrönt von dichtem, welligem Haar, das einmal schwarz gewesen war und allmählich weiß wurde – dieses scharf geschnittene Haupt thronte auf einem stämmigen Körper, der wie ein großes D aussah, das auf zwei Baumstümpfen balancierte. Er stand übellaunig (und sich seiner Hämorrhoiden schmerzlich bewusst) vor einem Fenster hoch oben im Palace of Westminster, hauchte gegen die Scheibe und zeichnete primitive Gesichter in den Dunst, während er seinem politischen Chefberater zuhörte. Sie waren die einzigen Menschen im Büro. Er sah hinab in das tiefe Tal zwischen den beiden Türmen – ein düsterer, schmutziger Bereich spitzer Dächer, der Architektur Pugins nachempfundener – aber benutzerunfreundlicher – klein unterteilter Fenster, voller Baugerüste und Tauben und Wagen, die 30 Meter tiefer irgendwelches Zeug anlieferten, und mit einem farblosen Streifen der Themse dahinter. Nach und nach gingen Lichter an, um die in den nasskalten, wirbelnden Brunnen aufkeimende Dunkelheit zu vertreiben. Diese Aussicht ließ ihn jedes Mal an Gotham City denken.

Der Berater hatte seinen Bericht abgeschlossen, und der Premierminister sprach, ohne sich umzudrehen.

»Verdammte Scheiße… Warum konnte er nicht einfach auch ertrinken?«

»Wilber… Herr Premierminister?!«

»Du sagst, wenn wir ihn rausschmeißen, sind wir angeschissen – wenn wir ihn nicht rausschmeißen, sind wir angeschissen – und wenn wir keines von beiden machen, sind wir auch angeschissen.«

»Nun, ich… Ja, ich fürchte, das trifft es ziemlich genau.«

James, der Berater, würde sich nie daran gewöhnen können, wie sehr sich Wilberforce verändert hatte, seitdem sie zusammen an der Universität Oxford gewesen waren. Manchmal hatte er regelrecht *Angst* vor ihm – Angst vor diesem großen Liberalen in Wartestellung, dem Studenten, den er als so voller Ideale gekannt hatte, mit diesem ungewöhnlichen Vornamen, der wohltönende Anklänge der Reform mit einem Familiennamen verband, der eine die Wähler ansprechende Gewöhnlichkeit transportierte.

Der Premierminister dachte ebenfalls an die Vergangenheit und redete grüblerisch vor sich hin. »Letzte Woche um diese Zeit habe ich zwischen einem schwarzen Pfingstler und diesem widerlichen kleinen Scheißhaufen Ben Klein auf dem Dinner der New World Foundation gesessen und den Antirassismusschild vorgestellt. Dieser Klein rückt einem immer so *nahe* – offen gesagt: da bekomme ich Gänsehaut. Aber egal. Er hat mich mit seinem kleinen Grinsen daran erinnert, dass meine allererste Parlamentsrede von der Hinterbank – damals, 1983 – sich um das Internierungslager in Little Chipping drehte. Erinnerst du dich noch an das alles? In dem Jahr hat mich die *Liberal Voice* zum Fackelträger der ›Freiheit‹ gekürt. Wahrscheinlich habe ich die beschissene kleine Urkunde immer noch irgendwo herumliegen.

Gut, wie dem auch sei. Wenn wir diesen irakischen Burschen rausschmeißen, wie wir es tun sollten – die Foltergeschichte ist übrigens Blödsinn –, dann wird all das vergessen sein. Es wird heißen: ›Regierung übernimmt rassistische Politik‹, ›Premier ködert Wähler mit zynischem Trick‹ und so *fucking* weiter. Und die UNO wird uns noch mehr Sonderbeobachter wie diesen indonesischen Kaffer schicken, Brüssel wird im Dreieck springen, und alte Freunde werden mich wie Luft behandeln. Also, erstens: Was ist besser – sich das jetzt alles anzutun, oder im nächsten Jahr die Kernschmelze zu riskieren? Und zweitens: Wieviel Zeit können wir schinden? Offensichtlich können wir ja ohnehin erstmal gar nichts machen, solange Wieauchimmererheißt noch im Krankenhaus ist.«

»Übermorgen ist er fällig.«

»Zwei Tage. Schade, dass sie ihn nicht noch ein bisschen länger behalten. Was sagen nochmal die Umfragen?«

»Nichts Gutes. Die Christdemokraten liegen acht Punkte voraus, und die NU fährt teilweise 20 bis 30 Prozent ein – aber das wird sich natürlich ändern, wenn Wichsson mit seinem Gesetz durchkommt. Da ist etwas, das deinen Zeitplan tangieren könnte: McKerras will am Mittwoch eine neue, strengere Einwanderungspolitik verkünden. Hier sind die Details. Wenn du beantragen willst, Mr. Nassouf auszuweisen, wäre dann eine dementsprechende Ankündigung kurz vorher...?«

»Puuuh.« Mehr Hauchen und Zeichnen auf der Scheibe und eine ungewöhnlich lange Pause. Der Premierminister starrte noch immer durch das Fenster nach draußen, so dass James sein Gesicht nicht sehen konnte, aber als er sprach, klang er eigentümlich alt.

»Weißt du was, James? Ich bin vielleicht ein ziemlicher Pfuscher – vielleicht sogar ein ziemlicher Scheißkerl. Nein, nein, sag nichts. Ich weiß, was ich bin, und du weißt es auch – vielleicht besser als jeder andere. Jetzt mal nur unter uns – das darf *niemals* diesen Raum verlassen: Ich verspüre ein furchtbares *Unbehagen*, was die Einwanderung anbelangt. Ich denke, wir – alle Politiker, alle Parteien – haben einen großen Fehler gemacht und machen ihn immer noch.«

Er unterbrach sich eine halbe Minute lang und sammelte seine Gedanken. »Weißt du noch, wie ich ziellos in Peckham herumgelaufen bin? Du wirst nicht überrascht sein, zu erfahren, dass ich währenddessen im Kopf ganz woanders war – aber es könnte dich überraschen, woran ich gedacht habe.

Ich blickte auf die überfüllte Straße und verglich sie mit einem alten Foto vom Park Peckham Rye in den 1920ern, das ich besitze. Mein Großvater wurde in Peckham geboren – wusstest du das? Wie du weißt, bin ich zu einem Viertel Engländer, und dieses Viertel war er. Sein Geburtshaus steht noch immer dort. Er ging dort in eine örtliche Schule, die irgendein elisabethanischer Händler und Abenteurer gegründet hatte – die ist jetzt komplett weg, sogar das alte Gebäude, das ich noch gesehen habe, als ich so klein war.

Egal. Er hatte jedenfalls eine Eisenwarenhandlung und machte in seiner Freizeit gerne Fotos – überhaupt ein technisch sehr versierter Kerl. In der Zeit, in der ich ihn erlebte, war er schon in seinen Achtzigern, aber selbst da schraubte er noch andauernd in seinem Schuppen an Maschinen herum. Als er gestorben ist, hat er mir all seine Fotos vererbt, weil ich mich immer für sie interessiert hatte – und ich habe sie immer noch. Ich ertappe mich immer öfter dabei, wie ich sie mir ansehe. Ich finde diese alten Szenen nicht nur unglaublich atmosphärisch, sondern auch in zunehmendem Maße attraktiv. Und es sind nicht nur die hübschen alten Gebäude oder die gut gekleideten, selbstbewusst aussehenden Menschen – da war noch etwas anderes, das wir achtlos weggeworfen haben – und dann frage ich mich: Was, verdammte Scheiße nochmal, haben wir als Gegenleistung bekommen? Unehrlichkeit und Zersplitterung, Balkanisierung und *Bullshit*...«

Er schüttelte den Kopf, und weitere 30 Sekunden vergingen, ehe er seine Schultern straffte und sich in den Raum hinein umdrehte. Er schien sein altes, forsches Selbst zurückgewonnen zu haben. James, der von diesem Mann niemals solche Aussagen erwartet hatte und bestürzt gewesen war, verspürte Erleichterung. Er hatte gedacht, er schätze Vertraulichkeit, aber der Tenor dieses konkreten Monologs hatte ihn verunsichert. Er war froh, dass niemand sonst anwesend war. Wenn das nach draußen durchdränge... Nicht auszudenken. Er hoffte, dass sich gerade kein unbesonnener öffentlicher Ausbruch angekündigt hatte. Wilberforce war immer so vorsichtig gewesen. Er betrachtete ihn genau und war froh, keine offensichtlichen Anzeichen von Verstörtheit zu finden.

Dieser umsichtige Staatsmann blickte auf seine (auffällig billige) Uhr – neben den Konfektionsanzügen und den kunstvoll ungekämmten Haaren eines seiner Markenzeichen, die zeigten, dass er »einer von euch« war. Er musste eine Entscheidung treffen. In 33 Minuten musste er einen Vortrag vor irgendeiner Kirchengruppe halten, die noch abstoßender war als der Durchschnitt dieser Klientel, »Bruderschaft des Fischs« oder so ähnlich. »Na gut, Jim. Ich muss gleich gehen und mich mit diesen Fischfressen treffen. Mit Meister McKerras werden wir folgendes anstellen.« Der Premierminister setzte sich an den Tisch, und die Köpfe der beiden Männer rückten näher zusammen, während die Lichter draußen langsam heller wurden, aber nicht einmal annähernd hell genug.

Zwei Tage später wollte der noch ziemlich junge, an Privatschulen ausgebildete Chef der Christdemokratischen Partei, Doug McKerras, gerade zur Pressekonferenz aufbrechen, auf der er die neue Einwanderungspolitik seiner Partei (die dritte innerhalb von zwei Jahren) verkünden würde – diesmal unter dem hervorragenden Titel »Wir mischen die Karten neu – Für Alt- und Neubürger« –, als ihm sein parlamentarischer Privatsekretär eine dringende Nachricht schickte. Der Premierminister habe soeben angekündigt, dass Ibrahim unmittelbar nach seiner Entlassung aus dem Krankenhaus in ein Flüchtlingsheim überstellt werden würde, wo dann sein Asylantrag bearbeitet würde. Er habe hinzugefügt, dass er daran glaube, »die Karten für Alt- und Neubürger neu zu mischen«.

»*Scheißescheißescheißescheiße*«, rief der Führer Seiner Majestät Loyaler Opposition, während er die langen, eichenholzvertäfelten Korridore entlanghastete und verzweifelt versuchte, sich ein paar gute neue Formulierungen einfallen zu lassen. Er war rhetorisch übers Ohr gehauen worden, und diese Konferenz würde auch so schon schwierig genug werden. Pressekonferenzen zum Thema Einwanderung waren immer schwierig, ganz egal, wie viele schwarze Gesichter neben einem selbst auf dem Podium saßen.

Unglücklicherweise war eine alte Geschichte wieder hochgekommen. Dem *Examiner* war aufgefallen, dass eine Freundin der Parteireferentin, die diese berüchtigten rassistischen Mails verschickt hatte, auf der Kandidatenliste der Christdemokraten stand. Man hatte sie umgehend gestrichen, aber das war zweifellos ein Ärgernis und eine Peinlichkeit gewesen. Er hatte gehofft, diese Diskussion durch seine neue Politik in eine hilfreichere Richtung umleiten zu können.

Aber auf der Konferenz fragte der *Examiner* bloß: »Was halten Sie von der Regierungsentscheidung, das Folteropfer Ibrahim Nassouf abzuschieben?« Er konnte kaum glauben, so glimpflich davonzukommen, und antwortete: »Auf mich wirkt diese Vorgehensweise unmenschlich und, offen gesagt, bizarr. Sie ist offensichtlich von verkommener politischer Berechnung motiviert. Es ist erbärmlich, aus den Toten politisches Kapital schlagen zu wollen.« Damit brachte er es am Folgetag auf die Titelseite des *Examiner* – das erste Mal, dass ein christdemokratischer Parteichef auf Seite eins dieser Zeitung zustimmend zitiert wurde. Es war ein ziemlicher Coup für McKerras, wie er die Mitglieder seines Schattenkabinetts wissen ließ.

Andere Zeitungen waren ebenso betrübt:»Von Überlebensfreude zu Abschiebungsgefahr« – »Unverzeihlich, unvorstellbar und unmenschlich« – »Plan des Premiers, Ibrahim auszuweisen« – »Premier beugt sich Druck von Rechtsaußen« – »Abstoßender Abschiebungsplan« – »Wundermigrant steht vor Ausweisung« – »Muss Katastrophenüberlebender zurück nach Bagdad?« – »Er rührte unsere Herzen. Jetzt soll er gehen.«

Wanda Lo beschrieb den Lesern des *Suburban Shopper* genau, was sie fühlte.»Ich schäme mich für mein Land – denn es ist auch mein Land, genauso wie für jeden mit einem sogenannten ›Geburtsrecht‹. Ibrahim erzählte von unvorstellbarem Grauen. Die bescheidene Weise, in der er sich präsentierte, hat ihn zu mehr als einem Märtyrer werden lassen. Wir sollten schockiert und angewidert sein, dass im 21. Jahrhundert ein Premierminister aus der Arbeiterpartei den Rassisten stellvertretend Genugtuung verschafft. Es kann einer zivilisierten, wohlhabenden Gesellschaft niemals angemessen sein, einen kranken Mann aus seinem Krankenbett zu werfen und ihn in ein Flugzeug in Richtung einer sehr düsteren Zukunft zu setzen. Eine verantwortungsbewusste Regierung würde sich auf die *Chancen* der Einwanderung konzentrieren, nicht auf ihre Schwierigkeiten. Demokratie ist bloß Heuchelei, wenn sie darauf hinausläuft, faschistische Taktiken gegen die verwundbarsten Mitglieder unserer Gesellschaft anzuwenden. Wenn sie sagen ›Bürger der Dritten Welt‹, dann meinen sie in Wahrheit ›Bürger dritter Klasse‹. Dies ist eine Zeit, in der wir uns selbst hassen sollten!«

Der *Sentinel* brachte eine Sondernummer über das Asylwesen und die Flüchtlinge mit Kurzbeiträgen von der Linken der Workers'

Party bis zur Linken der Christdemokraten. Eine unerwartete und (für Albert) erfreuliche Verbindung zu vergangenen Zeiten war ein entzückend weitschweifiges Zitat des derzeitigen Lord Thornley, Sohn des ehemaligen Eigentümers der Zeitung. Albert hatte komplett vergessen, dass Thornley einen Sohn gehabt hatte. Dieses Kind war nun in seinen Achtzigern, und sein liebenswürdiger Beitrag gab nicht ganz den Zeitgeist wieder. »Mir tun diese Leute mit all ihren furchtbaren Problemen schrecklich leid. Ich habe sehr glückliche Erinnerungen an meine Kindheit in Kenia und kann Ihnen sagen, dass Afrikaner in Krisenzeiten prächtige Burschen sind. Unsere Diener hatten stets eine authentische Art, die Europäern fehlt.« Das alles hatte eine Note von Vorkriegszeit, die Albert besonders mochte, und er schnitt den Text für seine Sammlung aus.

Fragestunde an den Premierminister – raschelnde *Order papers*, mit denen man sich auf den vollbesetzten, quietschenden Parlamentsbänken Luft zufächelte. Wilberforce blickte voller Verachtung auf die Christdemokraten auf der Gegenseite, dann wandte er den Kopf, um über die Schulter seine »Kollegen« anzusehen. Da saßen sie alle – McKerras zappelte herum und sah noch aufgedunsener als sonst aus. Er sah aus, als könne er eine lange Pinkelpause vertragen. Dann diese Lesbe, die für die Grünen im Unterhaus saß – wie war *ihr* Name nochmal? – und unentwegt von »Mischkultur« quatschte. Und sie hatte ihre Freunde in Fair Play Alliance und Workers' Party, die sie unterstützen würden – die giftige Kröte Luke Jones, den wohlgesinnten, aber dummen Bob Paine, diesen Vollarsch Evan Dafydd und all die *fucking* anderen. Das alles war nur zu vorhersehbar, und von den meisten von ihnen war nur zu befürchten, dass sie einen zu Tode langweilen könnten. Er fing den Blick von Innenminister Alan Clough ein und zwinkerte ihm zu. Clough sah überhitzt und verschwitzt aus. Vielleicht war das Innenministerium nicht das

Richtige für ihn. Wie wäre es mit Claydon Peters? Ein bisschen jung vielleicht, aber schlau, und an einem Tag wie dem heutigen wäre es in einer solchen Position hilfreich, schwarz zu sein. Es war doch wirklich lächerlich, all diese ethnische Selbstdarstellung, aber man kam heutzutage nicht drumherum.

Was den Premierminister am meisten störte, war der Anblick des einsamen Abgeordneten der National Union, wie immer durch den üblichen *Cordon sanitaire* von zehn Zentimetern grünen Leders von seinen mäkeligen Sitznachbarn – den Parlamentariern der Grünen – getrennt. War klar, dass der sich dieses Schauspiel nicht entgehen lassen würde! Kein Zweifel, der würde die Vorgehensweise der Regierung unterstützen. *Darauf* konnte der Premierminister verzichten. Er überlegte, was er Geistreiches sagen könnte, um sich von dieser ungewollten Unterstützung zu distanzieren. Sieh sich einer diesen billigen Anzug an – Poujadismus in Pricenice! Das war nicht schlecht, zumal Pricenice an die Christdemokraten spendete. Aber andererseits... Wahrscheinlich trugen viele Wähler der Arbeiterpartei Pricenice, also vielleicht doch keine so gute Idee. Und war Poujadismus nicht ein wenig finster? Möglicherweise, aber er würde damit McKerras auf dem falschen Fuß erwischen, der wahrscheinlich gar nicht wusste, was es bedeutete. Er war nicht der Hellste. McKerras erhob sich auf der anderen Seite der *Dispatch box*, großspurig wie der General einer zahlenmäßig überlegenen Armee, und ein erwartungsvolles Einatmen erfüllte den Raum. Die christdemokratische Fraktionsspitze bereitete sich darauf vor, zu spotten oder zu lachen.

»Ist es moralisch richtig...« (Vorhersehbar, dachte der Premierminister. Der Kerl war wirklich eine Knallcharge.) »..., dass ein Mann ohne Dach über dem Kopf und einen Penny in der Tasche, der außerdem das Opfer eines Mordversuchs war, dazu verdammt werden soll, den unmenschlichen und erniedrigenden Asylprozess zu durchlaufen? Würde mir mein Sehr Ehrenwerter Freund nicht zustimmen, dass Menschenrechte und Naturrecht wichtiger sind als gewonnene Zwischenwahlen?« Von allen Seiten kam ein Tosen der Zustimmung und trampelnder Füße. »Ruhe, Ruhe!«, rief der

Speaker; er war neu auf seinem Posten, aber er kam zurecht. Die Pressevertreter starrten von ihren Rängen herab wie kreisende Turmfalken. Das gedehnte Sprechen des Premiers schnitt durch den versiegenden Lärm.

»Der fragliche junge Mann wurde gut behandelt und wird auch weiterhin gut behandelt werden, mit aller angemessenen Würde und Zuvorkommenheit. Wir fühlen mit ihm hinsichtlich seiner furchtbaren Erlebnisse beim Versuch, in das Vereinigte Königreich zu gelangen. Seine unorthodoxe Einreise hat nichtsdestoweniger gegen geltendes britisches und europäisches Recht verstoßen, und er muss deshalb im Einklang mit dieser Rechtsprechung weiterbehandelt werden. Ich möchte das Haus daran erinnern, dass die eigene Partei meines Sehr *Ehrenwerten* Freunds im vergangenen Jahr gegen unsere Versuche gestimmt hat, die Einwanderungsgesetze zu liberalisieren und es für Einwanderer – die es verdienen – einfacher zu machen, in dieses Land zu kommen.«

Die Unterstützung fiel verhalten aus. Als er zur Seite blickte, konnte der Premierminister sehen, dass der Fraktionsspitze seiner Partei sehr unbehaglich zu sein schien. Diese Bastarde. Er hoffte, die Fraktionsführer würden sorgfältig mitzählen.

Dann wieder McKerras: »Diese Partei hat gegenüber Gesetzesreformen immer eine verantwortungsbewusste Haltung gepflegt. Aber diese Frage übersteigt die Parteipolitik und berührt die Bereiche menschlicher Anständigkeit und Würde. Ich werde meine Frage wiederholen – beantragt mein Sehr Ehrenwerter Freund hier, einen gefolterten, schwer verwundeten Mann zurück in ein Kriegsgebiet zu schicken?«

»Nein, nein!« »Ganz sicher nicht!« »Nicht in *unserem* Namen!«

Die Zwischenrufe kamen sowohl von hinter dem Premierminister als auch von der Gegenseite. Diese *Bastarde*! Wo wären sie denn ohne ihn? Sie würden in irgendeinem Kommunalbüro Papiere hin und her schieben und versuchen, bei der Kaffeefee zu landen – oder in Kentish Town eine zweitklassige Rechtsberatungsmasche abziehen. Er würde sich später mit ihnen befassen – er brannte schon seit langem auf eine ordentliche Auseinandersetzung mit der

Unterhausfraktion. Aber jetzt war da erstmal dieser laut lachende Hohlkopf McKerras auf der Oppositionsbank, breitbeinig dasitzend wie die schlechte Imitation eines seiner unermesslich bedeutenderen Vorgänger, der mit seinen Internatsfreunden kicherte und scherzte. Wilberforce lächelte höhnisch, und der Hohn war echt:

»Ich habe den Sehr *Ehrenwerten* Herrn bereits darüber in Kenntnis gesetzt, dass der fragliche Flüchtling pfleglich behandelt werden wird – im Einklang mit dem Gesetz, das seine eigene Partei im vergangenen Jahr mitverabschiedet hat. Die ungewöhnlichen und unerfreulichen Umstände, unter denen dieser junge Mann ins Vereinigte Königreich gelangt ist, dürfen nicht als Entschuldigung missbraucht werden, um die Gesetze dieses Landes zu untergraben. Wir sind auf ethnische Gleichheit eingeschworen, wie ich bereits in der vergangenen Woche klargemacht habe, als ich unsere neue Kampagne ›Völkerhort statt Völkermord‹ mit ihrer eindrücklichen, schwarz-weiß gestreiften Ansteckschleife vorstellte. Darf ich das Haus außerdem daran erinnern, wie erst in der letzten Woche enthüllt wurde, dass die Partei dieses Sehr Ehrenwerten Herrn noch immer den schlimmsten rassistischen Vorurteilen Unterschlupf gewährt?«

Das war ein Treffer, einer, den McKerras überraschenderweise nicht hatte kommen sehen. Der Premierminister konnte sehen, wie dieser Trottel stotterte und auf einen Notizzettel glotzte, den ihm sein Schatten-Innenminister soeben gereicht hatte – das wahre Hirn der Partei. Das hier war alles viel, viel zu leicht, dachte der Premier und hätte beinahe gegrinst, bevor er sich an die Kameras erinnerte. Er durfte nicht grinsen, solange *dieses* Thema verhandelt wurde.

McKerras erholte sich wieder, aber die Luft war raus – und bald schweifte er zu weniger gefährlichen Themen ab. Schließlich räumte er das Podium, und der Premierminister saß gähnend da, während Luke Jones, Bill Paine und andere »Verbündete«, an deren Namen er sich nicht erinnern konnte, ihre Fragen stellten. Es bereitete ihm keine Schwierigkeiten, diese Fragen zu parieren, aber er musste wissen, welche Stimmung auf den Hinterbänken herrschte. Die Frage des Vertreters der National Union war weniger schlimm, als er gefürchtet hatte. »Wir beglückwünschen die Regierung zu ihrem resoluten Vorgehen, das zweifellos von unserer Partei inspiriert worden ist. Ist sich der Premierminister aber der vielen eklatanten Missbrauchsfälle des Asylsystems bewusst, die sich jeden Tag in diesem Land ereignen? Warum wird dagegen nicht vorgegangen?«

»Diese Regierung hat immer eine robuste, aber gerechte Politik im Umgang mit echten Flüchtlingen verfolgt – eine Politik, die die Partei dieses *Herrn* zu ihrem eigenen Wohl übernehmen sollte, anstatt weiter ihr Schema der poujadistischen Vorurteile und des schmierigen Gossenrassismus zu pflegen. Die Welt verändert sich. Die Welt ist in Bewegung. Die Welt kommt zu uns. Ihre Ankunft ist kulturell wünschenswert und wirtschaftlich überlebenswichtig. Niemanden interessieren *Ihre* rassistischen Litaneien.«

Hochrufe und Lachen von allen Seiten, vor allem von den Bänken hinter ihm. Der NU-Mann stand auf, um zu antworten, aber die Redezeit war um, und der Premierminister durfte sich nicht zum Treffen der britisch-naruischen Handelskammer verspäten. Er verneigte sich zum *Speaker* hin und verließ inmitten einer Aura von Mitarbeitern und düsterer Macht das Parlament. Als die Kammer begann, sich zu leeren, blickte der Unterhausabgeordnete der National Union auf seinen glänzenden Anzug hinunter. Er hatte oft das Gefühl, den Erwartungen seines Wahlbezirks Milltown West nicht gerecht zu werden – geschweige denn denen des Landes und der Zivilisation, von denen er vage geglaubt hatte, sie quasi auf sich allein gestellt retten zu können – bloß dadurch, dass er eine Stimme in diesen heiligen Hallen war, die selbst jetzt noch widerhallten. Aber er war gescheitert, und er wusste, dass man ihn bald hinausbefördern würde. War es überhaupt den Versuch wert gewesen? Er stand langsam auf und zupfte seine Polyesterkrawatte zurecht, obwohl es gar nicht nötig war; dann schleppte er sich traurig hinter all den anderen her.

Der Premierminister hatte einen technischen Sieg davongetragen. Darin stimmten all die loyalen Textmitteilungen seiner Fraktionsspitze überein. Aber insgesamt schien Konsens darüber zu bestehen, dass McKerras am besten weggekommen war – nicht aufgrund seines Auftretens, sondern weil so viele Hinterbänkler der Workers' Party im Anschluss vor die Presse getreten waren, um ihrer Unzufriedenheit mit der eigenen Regierung Ausdruck zu verleihen. Außerdem war es für jeden, der etwas zu sagen hatte, *völlig selbstverständlich*, dass Ibrahim bleiben müsse und werde.

Es quälte John, jetzt die Regierung anzugreifen, deren Amtsantritt er so rege begrüßt hatte, aber er sah sich zu der Schlussfolgerung gezwungen, dass der Auftritt des Premierministers vom »schäbigen Kalkül Ängste der Wählerschaft gegen moralisch Richtiges« motiviert gewesen war. Der *Register*, normalerweise standhaft auf der Seite der Workers' Party, kommentierte auf seine unnachahmlich herzliche Weise: »Tut uns echt leid, Sir, aber diesmal liegen Sie falsch! Lassen Sie den Burschen hierbleiben! Er ist durch die Hölle und wieder zurück gegangen!«

Seit dem Vorfall hatte Downing Street täglich Protesteingaben von Lobbygruppen zu verzeichnen. Das hatte so lange zugenommen, bis die Website des Premierministers unter den massenhaften Zugriffen zusammengebrochen war. Die beliebte Rundfunksendung *Relevant Radio mit Roger Roberts* wurde zum Aushängeschild der öffentlichen Stimmung; zu ihren Höhepunkten gehörte der erschütternde Anruf eines anonymen Mädchens aus Ghana, das sich illegal im Land befand, »irgendwo in den *Midlands*«: »Wir haben alle so viel Angst. Wenn wir zurückgeschickt werden, dann werden wir ganz bestimmt sterben – so wie meine Schwester gestorben ist, und meine Mutter auch. Als die Soldaten… Als die Soldaten gekommen sind … Sie haben uns alles weggenommen… Gebt mir mein Gold zurück, habe ich gesagt… Und dann…«

Roger Roberts antwortete so behutsam, wie er konnte: »Lass dir Zeit, meine Liebe, lass dir Zeit. Wir können uns denken, wie schwer das für dich sein muss. Gott segne dich! Wir bringen jetzt erstmal ein Lied, und dann bist du wieder dran. Also, Leute, während unsere Freundin hier erstmal ein bisschen durchatmet, gibt's für euch da draußen noch ein ›Liebliches Liedchen‹, diesmal ausgesucht von Barbara aus East Wickie, die unsere fantastische Runderneuerung von Preen Cosmetics gewonnen hat – sie ist jetzt in der Leitung. Bist du da, Babs?«

»Hallo, Rog. Dieses *aaaaarme* Mädchen! Ich hoffe, sie weiß, dass wir alle an sie und diesen Gentleman aus dem Irak denken. Deshalb habe ich mir heute diesen Song ausgesucht. Ich wünschte, wir würden wissen, wer sie ist, dann könnte sie an meiner Stelle das *Makeover* haben. Sie kann es bestimmt besser gebrauchen.«

»Gott segne dich, Babs – und welches Lied hast du heute für uns ausgesucht?«

»Es ist Nigel Phibbs mit ›Why is the World so Sad, I'd Like to Know?‹.«

»Eine ausgezeichnete Wahl, meine Liebe. Könnte nicht besser sein. Das hier geht raus an all die Opfer von Krieg und Gewalt. Und danach sprechen wir mit unserem ganz besonderen Gast Mekka Morrow von der Bürgerrechtsorganisation Nation of Islam.«

Zusammen mit tausenden anderen sang er die opulenten Klänge der berühmten Einstiegszeilen mit:

Why is the world so sad, I'd like to know.
There's no reason why it should be so,
Why can't we hope and not despair?
Why can't we share a globe that's fair?
God must know that we've sunk low.
Build Paradise below,
Build Paradise below.

Hatty hörte mit stoischem Gesichtsausdruck zu, wie sie es immer tat, wenn sie bügelte. Eine Wissenschaftlerin wies darauf hin, dass es sich beim Rassismus nicht bloß um Ungerechtigkeit handele; dass in ländlichen Gegenden Minderheiten kaum vertreten seien, komme einer »ethnischen Säuberung durch Unterlassung« gleich. Sie trat dafür ein, an Orten, wo es im Moment keine oder zu wenige Angehörige der muslimischen Glaubensgemeinschaft gab, »Zielmoscheen« zu errichten, um die Gegend einladender zu gestalten und die Einwohner an das Leben in einer multikulturellen

Gesellschaft zu gewöhnen. Vielleicht könne man auch ein paar Orts-
namen ändern – all diese Endungen auf »-church« und irgendwelche
Heiligennamen waren doch ziemlich wenig inklusiv, oder? Sie habe
sogar von einem Pub in Eastshire gehört, der »Saracen's Head«
heiße; was für eine Botschaft übermittele denn das? Sorry, wenn
das zu kontrovers ist, Roger, aber es ist unsere Verantwortung als
Wissenschaftler, auszusprechen, was wir sehen, komme, was da
wolle.

Roger fragte: »Was denkt *ihr* da draußen im Hörerland? Ist das ein
dringend notwendiger Beitrag zu einer heiklen Debatte – oder ist
es ›politische Korrektheit am Durchdrehen‹? Sagt es uns nach dem
nächsten Lied – aus dem Musical *Der arme kleine Panda*, jetzt wieder
im West End zu sehen! Viel Spaß!« Hatty wartete nicht, um sich
»Bamboozled by Your Love« anzuhören; sie schaltete das Radio aus
und bügelte weiter.

Man hörte ein Auto, und Hatty ging ans Fenster, um durch den
warmen Nieselregen hinauszuspähen. Clarries Fiat kroch die steile
Auffahrt hoch, an den Pappeln vorbei. Als sie zur Tür hereinkam,
war sie sehr still und ernst. In letzter Zeit war sie oft still und ernst
gewesen.

»Hallo, Liebling. Hast du alles bekommen?«

»Hmm? Oh, ja. Alles bekommen.«

»Was ist denn los, Liebling?« Hatty setzte sich zu ihrer Tochter
und streichelte ihr den Kopf. »Was ist passiert?«

»Ich habe Annie Pridlow getroffen – und sie ist einfach an mir
vorbeigelaufen! Ich weiß, dass es wegen dieser Sache mit Dad ist.
Elaine hat mir hinterher erzählt, dass Annie *jedem* damit in den Ohren
gelegen hat – wie furchtbar es ist, dass jemand so denken kann wie
Dad, warum sich noch nie jemand vorher darüber beschwert hat,
und dass *ich* vielleicht auch so sein könnte!«

»Oh nein, Clarrie – das ist ja *schlimm*! Aber sie ist doch deine
Freundin! Vielleicht solltest du einfach mit ihr reden und ihr erklären,
dass…«

»Ach, Mum! Das ist lieb von dir, aber du *weißt*, dass das nichts
bringt. Außerdem geht es nicht nur um sie. Letzte Woche ist noch

ein Haufen anderes Zeug passiert, von dem ich dir gar nichts erzählt habe. Viele Leute gucken mich komisch an – ich meine, es ist *so klar*.«

»Naja… Ich kann dazu nur sagen, dass Annie Pridlow keine besonders gute Freundin sein kann, wenn sie sich so benimmt. Ich meine, sie hat dich gar nicht nach deiner Version der Geschichte gefragt! In Zeiten wie diesen findest du heraus, wer deine wahren Freunde sind. Mit Elaine und Jemima ist doch alles in Ordnung, oder?« Clarrie nickte, aber sie verspürte keinen Trost. Sie war immer ein Mädchen gewesen, das sich bemüht hatte, freundlich und aufmerksam zu sein, und sie ertrug es nicht, dass irgendjemand so furchtbar über sie denken könnte. Clarrie liebte ihren Vater über alles, aber noch mehr, als sie ihn liebte, hasste sie es, einer moralischen Minderheit anzugehören.

Dan hatte Tage wie diesen immer geliebt – lauer, leichter, hauchfeiner Nieselregen, die durchscheinende Sonne, alles warm, hell und frisch gereinigt. Der Hof sah reizend aus in diesem milden, *alten* Licht. Er summte vor sich hin, als er die Zufahrt hochstapfte, und seine Sorgen wurden beinahe ausradiert vom unruhigen Pfeifen der Buschrohrsänger, dem pfeffrigen Geruch des feuchten Grases, Regenflecken auf der Sonnenuhr, Sonnenlicht, das von gekräuselten Fenstern zurücksprang, einem adretten Sumpfhuhn, das am Deich entlangschnellte, Admiralfaltern auf dem Sommerflieder. Er hatte die schreckliche Lage fast vergessen.

Aber dann nahm ihn Hatty in Empfang und erzählte ihm, was passiert war – und vor Mitleid drehte sich ihm der Magen um. Er ging und klopfte an die Tür zu Clarries Zimmer. Von drinnen war leise Musik zu hören. »Herein!«

Und da war sie, 22 Jahre alt, aber da drinnen versteckte sich die geliebte kleine Dreijährige. Sie saß an ihrem Schreibtisch und schlug eilends ein Notizbuch zu, als er eintrat. Ein drolliges Mädchen. Sie hatte immer ihre Geheimnisse gehabt, aber nie für allzu lange. Am Ende würde sie ihn immer mit ihren großen grünen Augen ansehen und ihm alles erzählen. Sie hatten in stiller Verschwörung gegen Hatty gestanden – zumindest so lange, bis Clarrie zwölf oder so geworden war und begonnen hatte, mehr mit ihrer Mutter als mit ihm zu besprechen. Sie waren mit Frauensachen beschäftigt, an denen er nicht teilhaben konnte; das war ein Teil des Erwachsenwerdens, über den er sich nie geärgert hatte. Und noch immer kam es vor, dass sie mit ihm zusammen über Hatty lachte oder ihm einen Kuss auf die Wange gab oder mit ihrem Arm um seinen Hals gelegt stand, und er würde sich zurückerinnern an die Zeit, als er sie draußen im Garten an den Handgelenken gehalten und im Kreis geschwungen hatte, während sie vor sorgloser Freude geschrien hatte. Jetzt sah sie abgespannt und gereizt aus. Er hatte sie noch nie so gesehen, und in ihm staute sich das Mitleid auf. Wie konnte es jemand *wagen*, seinem kleinen Mädchen so etwas anzutun?

»Ich habe gehört, was heute passiert ist. Es tut mir so leid!«

»Es ist nicht deine Schuld, Dad.«

»Ist es wohl – natürlich ist es das. Ich wünschte nur…«

»Bitte, Dad! Es ist ok! Wirklich! Das ist nur eine dumme Gans.«

»Ich weiß nicht, was ich sagen soll, Clarrie – ich weiß es wirklich nicht. Natürlich hätte ich das alles nicht sagen sollen, aber ich wusste doch nicht, was passieren würde.«

»Natürlich konntest du das nicht wissen, Dad. Es ist nicht deine Schuld. Es ist einfach so passiert – niemand hat Schuld. Ich komme schon klar. Ist kein Ding.«

»Kein was?«

»Kein Ding.«

»Oh. Aber es muss doch irgendwas geben, was ich tun kann! Soll ich mit Pete Pridlow reden?«

»Nein – bitte nicht. Am Ende machst du es nur noch schlimmer – sei mir nicht böse, dass ich das sage. Ich komme damit zurecht. Aber es ist lieb von dir.«

Er bohrte noch ein wenig länger, aber sie war hartnäckig und wollte jetzt eindeutig in Ruhe gelassen werden. Und so ging er nach einer

Weile wieder, ohne beruhigt zu sein. Sie hatte sich schon wieder über ihr Notizbuch gebeugt, ehe er leise die Tür geschlossen hatte.

Weder er noch Hatty sahen jemals, was sie schrieb, doch es wurde zwei Wochen später als offener Brief im Rundschreiben der Studentenschaft veröffentlicht.

Dan Gowt, der seit ein paar Monaten in den Medien ist, ist mein Vater. Ihr habt sicher alle die verletzenden Schlagzeilen gesehen. Das hier schreibe ich einerseits, weil die Leute so ekelhaft zu ihm gewesen sind, aber andererseits auch, weil einige behauptet haben, dass ich seine Ansichten teile – was ich nicht tue. Mir wurde nahegelegt, das klarzustellen. Und ich mache es gern, weil ich meine Freundschaften mit vielen Menschen verschiedener kultureller Hintergründe, mit unterschiedlichen Fähigkeiten und Wegen des Glaubens und der Lebensführung schätze.
Die Ansichten meines Vaters sind inakzeptabel, aber viele Angehörige seiner Generation denken so. Sie sind Abbilder einer Gesamtgesellschaft, die über Jahrzehnte hinweg solche Meinungen vertreten hat. Ich bin mir sicher, dass ich nicht die einzige Studentin bin, deren Eltern inakzeptable Ansichten pflegen. Das entschuldigt diese Ansichten nicht, aber ich hoffe, dass es die Äußerungen meines Vaters ins rechte Licht rücken wird. Mein Vater ist kein schlechter Mensch, nur ein missverstandener – aber er teilt dieses Missverständnis mit Millionen anderen. Wir müssen einen Ausgleich zwischen der Loyalität gegenüber unseren Eltern und unseren Verpflichtungen gegenüber der Zukunft finden.

Es liegt an unserer Generation, die beleidigenden und einfach nur falschen Ansichten vergangener Zeiten abzulehnen und unsere Mitmenschen immer und immer weiter zu erziehen, um eine bessere Welt aufzubauen. Vielen Dank fürs Lesen.

Ihre Verteidigungsrede zog eine maßvolle Antwort des Herausgebers nach sich (der schon lange heimlich in Clarrie verschossen war):

Clarries Brief ist eine mutige Reaktion auf eine belastende Situation. Nur sehr wenige Menschen sind ganz frei von Rassismus, und wir können nichts für unseren familiären Hintergrund. Clarries Hingabe an die heutige und zukünftige Bekämpfung der Intoleranz ist wundervoll. Wir möchten in dieser Sache den Anfang machen und unsere Verpflichtung wiederholen, eine gleichberechtigte und sichere Lernumgebung für ALLE Studenten zu schaffen. Außerdem rufen wir die Universität dazu auf, ein intensiveres *Diversity*-Training durch spezialisierte Ausbilder zu finanzieren, das von einer unabhängigen, externen Stelle kontrolliert wird, und einen rigorosen Beschwerdeweg einzurichten, über den derzeit noch unbekannte Fälle rassistischer Diskriminierung bekanntgemacht werden können – Fälle, in denen die Opfer vielleicht nicht einmal bemerken, dass sie Opfer sind. Diese Sache ist wichtiger als die Weltmeisterschaft – und das heißt: WICHTIG. Haltet die Augen offen und die Uni sauber!

Clarrie hatte eine zweite Chance bekommen – aber sie ahnte, dass es keine dritte geben würde.

Kapitel XIX

ZEIT DES ERWACHENS

London
Donnerstag, 29. August – Dienstag, 2. September

Der Bericht des Rechtsmediziners mischte sich unaufdringlich, aber mit Nachdruck in die Geschichte. Die Vorstellung, dass Ortsansässige irgendetwas mit den Toten zu tun gehabt haben könnten, verschwand schnellstens aus allen Gehirnen – bis auf einige wenige, besonders unabhängige, etwa das von Scum, der ein Jahr später in seinem letzten Interview auf die Sache zurückkommen und seinem speichelleckerischen Gesprächspartner erklären würde, dass das Ganze »irgendwie« eine Vertuschung gewesen sei, der geheime Staat beschützt seine Jungs, nur ein paar Rebellen wissen Bescheid, »weißt schon, was ich meine, verstehste?« Als der Sänger ein paar Tage später nach einem leichtsinnigen Experiment mit Heroin und Brechmitteln tot in einer Lache aus Exkrementen und Blut gefunden wurde, tuschelten einige, dass er zu viel gewusst habe.

Als er auf *Curt's Comfy Couch* interviewt wurde, lachte Dr. John St. Germains über Curts Behauptung, dass er in seiner *Bugle*-Kolumne rassistischen Rednecks die Schuld gegeben habe. Aber seine schwarzen Augen wichen nicht eine einzige Sekunde von seinem viele Male aufgespritzten und gestrafften Gastgeber ab, ein Blick der tiefsten Abneigung, verstärkt durch »mitteleuropäische« Flaschenboden-Brillengläser. »Natürlich habe ich das nicht getan, Curt, und wenn ich ehrlich bin, ist es ein wenig unredlich von Ihnen, das zu behaupten. Lassen Sie es mich so sagen: Ich bin Träger des Temple-Preises und Autor von drei Bestsellern über positive Psychologie. Wenn Sie den Artikel richtig gelesen hätten – was allerdings vielleicht ein bisschen anstrengend für Sie gewesen wäre –, dann hätten Sie verstanden, dass das alles rein theoretisch und hypothetisch war, ein Was-wäre-wenn-Szenario, aber eines auf dem neuesten Stand der Wissenschaft. Sie versuchen hier, meine Erkenntnisse und Thesen verzerrt darzustellen. Ich weiß, Sie machen solchen – pardon – Schwachsinn in dieser Sendung, aber *ich*, Curt, *ich* bin Wissenschaftler!« Das Publikum grölte und jauchzte, und Curt zwinkerte in die Kamera.

Ein weiteres Detail, das die Theorie zu Fall brachte, war die Nachricht, dass drei niederländische Staatsangehörige unter dem Vorwurf des Menschenschmuggels verhaftet worden waren.

Der schweigsame Deckarbeiter hatte seinem Ruf keine Ehre gemacht. In einer Kneipe unten an den Docks hatte er alles ausgeplaudert – zuerst gegenüber dem *Kap'tein*. Dann, nachdem der Alte gegangen war – selbst schon arg hinüber und mit einem kameradschaftlichen Schulterklopfen für Jan –, war da dieses Mädchen gewesen, das Zigaretten gekauft hatte – hohlwangig, schmallippig, aber was für ein Körper! Also hatte Jan ihr gesagt, wie hübsch sie sei, gefragt, was sie so mache, erklärt, dass er ein kleines Geschäft abgeschlossen und ein bisschen Geld auszugeben habe, Trink-doch-was-kein-Haken-an-der-Sache-versprochen, Gott-siehst-du-gut-aus, Ich-arbeite-auf-einem-Kutter-aber-wir-fischen-nicht-mehr-wir-sind-zu-schlau, Heutzutage-gibts-viel-Interessanteres-im- Meer, Lachen, Glotzen, Hand auf ihrem Knie, scheint sie nicht zu stören, auf ihrem Oberschenkel, immer noch nicht. Schließlich zog sie ihn aus der warmen und wirbelnden Bar hinaus auf die Straße und vorbei an Laternenreihen und Geschäften voller Zeug, die um sie herum schwankten und wackelten, während sie den ganzen Weg zurück zu ihrem von Fertiggerichtverpackungen übersäten Appartement liefen, und sie hatten sich geküsst, sobald sie zur Tür herein gewesen waren, und endlich hatte er seine Hände unter ihrem Rock gehabt, und hinterher hatte er reden wollen, weil er sich wirklich ein bisschen schlecht wegen all dem fühlte, was passiert war. »Ich sag's dir«, hatte er gesagt, »aber das muss unter uns bleiben. Schwörst du?« Halb gelangweilt, halb belustigt hatte sie zugestimmt. Sie lag nackt neben ihm und rauchte, aber nach einer Weile vergaß sie das Rauchen, während sich ihre Augen vor Entsetzen weiteten. »Und-dann-war-da-all-das-Geschrei-und-Leute-zappeln-im-Wasser-und-diese-Albaner-diese-scheiß-Albaner-weißt-du-was-die-gemacht-haben-die-haben-die-armen-Idioten-abgeknallt-ist-mein-Ernst-*ABGEKNALLT*!-peng-peng!-arme-Schweine-hatten-keine-Chance-und-dann-haben-die-uns-gesagt-dass-sie-mit-uns-das-Gleiche-machen-wenn-wir-jemals-plaudern-haben-uns-gut-bezahlt-aber-ich-kann-die-Menschen-im-Wasser-immer-noch-sehen-und-hören-arme-Bastarde-ich-kann-nicht-mehr-schlafen-furchtbar-armselig-oder...«

Als er endlich zu einem leisen Röcheln überging, zog sie sich eilig an und schlich nach draußen, um die Polizei zu rufen.

Das *East Eastshire Echo* hatte berichtet, dass die Regierung darüber nachdenke, in Thorpe Gilbert ein neues Asylzentrum zu errichten – dort, wo das alte Hospiz stand. Das war nicht nur eine gesellschaftliche Notwendigkeit, sondern auch eine Wohltat – und es würde neue Arbeitsplätze schaffen. Doch die Beschwerden strömten trotzdem herein. Natürlich war keiner der Beschwerdeführer ein Rassist, *aber...* die Infrastruktur war unzureichend, es war zu teuer, das Hospiz wurde mehr denn je gebraucht, es würde Verkehrsprobleme geben, die Tierwelt würde gestört werden, und die Flüchtlinge wären unter ihresgleichen doch viel glücklicher. Der ehrgeizige junge Herausgeber sah finster drein; wie sollte er mit solchen Zuschriften ein ausgewogenes Meinungsbild herstellen?

Seine geniale Antwort war *Ethnic Eastshire*, eine farbige Beilage, die auf einer glanzvollen Veranstaltung in Thorpe im Beisein von Landes- und Kommunalpolitikern, Minderheitenvertretern, bürgerlichen Würdenträgern, Kirchenleuten und all jenen, die auf dem Lande Kulturbegeisterten am nächsten kamen, vorgestellt wurde.

Wanda Lo war mit ihrem schwächlich grinsenden »Mr. Lo« da, dann noch Dick Barge aus *D. I. Davies*, Phebe Moody, die enorm erfolgreiche und enorm vollbusige Autorin von *Agenten umwerben zweisam* und 36 sehr ähnlichen Büchern, Lord Chimbay, der »führende jamaikanische Gleichheitstheoretiker Großbritanniens«, und Isaac Ringrose, der in all den großen Bands der Sechziger aushilfsweise Schlagzeug gespielt hatte. Sie alle speisten von der Molekularküche-Karte und hielten die Multimediashow der örtlichen Schulkinder durch. Es gab ökumenischen Segen vom Bischof von Eastshire und anderen Führern irgendwelcher Bekenntnisgemeinschaften, einschließlich einer bewegenden Grußbotschaft des Obersten Scientologen. Es gab Ansprachen auf Arabisch, Pandschabi, Urdu, Ewe und Mandarin, eine Videobotschaft von keinem anderen als Wilberforce Smith, ein Feuerwerk, einen Zauberer und ein Gratiskonzert von Thorpes aufstrebenden Musikern (Isaac Ringrose kam zu ihnen auf die Bühne, um ein herablassendes Crescendo zu spielen).

Es war ein denkwürdiger Abend, und der Herausgeber war mit Recht stolz auf seine flehentliche Beilage, die der Zeitung sogar noch einiges an Werbeeinnahmen von progressiven lokalen Geschäften eingebracht hatte, wo man sein großes Herz auf dem Ärmel des Arbeitskittels trug: »Smiths Delikatessen – Wir laden *JEDEN* ein, unser erstklassiges Fleisch und unsere feinen Lebensmittel zu kaufen. Diese Woche im Angebot – Lammfleisch mit Minze *NUR* fünf Pfund das Kilo! Burger *NUR* ein Pfund!«

Dan spürte, dass Fremde ihn anstarrten. Sogar die Nachbarn und seine ältesten Freunde lächelten ihm wissend zu oder redeten betont über alles außer Politik. Einer oder zwei redeten überhaupt nicht mehr mit ihm, und ein vorteilhaftes Heulagegeschäft war ohne Begründung abgeblasen worden. Sein alter Intimfeind Charlie Davies hob im Vorbeigehen den Arm zum Hitlergruß, ehe er boshaft lachte. Einmal, als er in Williamstow gewesen war, war ein Auto an ihm vorübergerast, und der unbekannte Fahrer hatte wie wild gehupt, während der Beifahrer »Rassist!« gebrüllt und ihm den Finger gezeigt hatte. Und so packte er einen Stapel Zeitungen zusammen und brachte sie nach Thorpe zu Tom Spaggart, seit Jahrzehnten Anwalt der Familie – obwohl das eine angeberische Bezeichnung für den Mann war, dessen Dienste seit mindestens zehn Jahren nicht mehr nötig gewesen waren.

Das Büro im ersten Stock über dem Zeitschriftenladen war vollgestopft und stickig. Gerahmte Fotos und Urkunden rangen an den lange nicht mehr gestrichenen Wänden mit einer grünen Pinnwand und einem Kalender lokaler Sehenswürdigkeiten – leere Kirchen, blühende Rapsfelder, schneebedeckte Wiesen, boxende Hasen, menschenleerer Strand – um Platz. Auf der Hauptstraße fuhren Autos hin und her und ließen glitzernde Rauten über die Decke schießen. Dan stellte mit Erstaunen fest, dass die georgianischen Fensterrahmen über dem teuer aussehenden Bekleidungsgeschäft auf der anderen Straßenseite verfaulten und die Fenster mit Karton abgedeckt worden waren; und die eiserne Ablaufrinne schien undicht zu sein, der grünen Schmierspur nach zu urteilen, die sich unterhalb des Knicks wie ein Fächer ausbreitete. Ungepflegte Stare beobachteten die Szenerie von einem kotverkrusteten Fenstersims aus.

Spaggart war winzig klein und schmächtig. Er hatte die gepflegtesten Hände und Nägel, die Dan jemals an einem Mann gesehen hatte. Er war 1965 hergekommen, um als Sachbearbeiter zu arbeiten, und hatte die alte Kanzlei übernommen, nachdem seine Chefs ihrem Alter und dem Scotch unterlegen waren. Er trug immer den gleichen Dreiteiler, der zur Feier seines Studienabschlusses 1964 in der Londoner Jermyn Street für ihn maßgeschneidert worden war und noch immer ohne eine einzige Falte passte. Das machte ihn nach hiesigen Maßstäben zu einem schmucken Kerl, obwohl der viel zu enge 1960er-Stil des Anzugs mit seinen unzähligen Knöpfen ihm in London manch einen seltsamen Blick eingebracht hätte. Dan hatte ihn seinerzeit rein zufällig an einem freien Tag getroffen, als er in den Hügeln, meilenweit von jedem Ort entfernt, spazieren gegangen war, und war sprachlos darüber gewesen, dass sie beide den gleichen Anzug trugen. Spaggart war ein Mann, der sich nicht um seine Umgebung oder den Zeitgeist zu kümmern schien. Es war ihm offensichtlich ein wenig peinlich, Dan zu sehen, doch er schüttelte ihm die Hand und fragte, wie der Stand der Dinge sei.

»Oh ja, mir geht es gut – danke, Tom. Das heißt: Mir geht es gut, aber ich habe ein kleines Problem, bei dem du mir hoffentlich helfen kannst. Hast du die hier schon gesehen?« Er fächerte die kränkenden Zeitungen auf, und die Augen seines Gegenübers weiteten sich, als er sie durchblätterte und sein Gesicht immer rötlicher wurde. Er atmete tief ein und machte kleine, schnalzende Geräusche der Missbilligung. »Nun ja, ein paar davon – ein paar. Meine Güte, ich wusste nicht, dass es so viele davon gab. Das ist doch alles einfach nur schlimm, oder? Sogar das *Three Es* macht mit.« Er hielt das *Ethnic Eastshire* kurz mit spitzen Fingern in die Luft, ehe er es abfällig wieder auf den Schreibtisch fallen ließ.

»Du kannst dir sicher denken, was ich wissen will, Tom. Was kann man rechtlich dagegen machen? Kann ich diese Leute vor Gericht ziehen?« »Wenn du mich so fragst, Dan – da bin ich der falsche Mann. Ich bin nur ein einfacher Landanwalt und hatte noch nie mit Verleumdung zu tun, oder in diesem Fall mit Politik. Alles, was ich über Beleidigungsprozesse weiß, ist, dass das ein *sehr* trickreiches Geschäft ist – ein wirklich zweischneidiges Schwert. Da musst du dich an einen Spezialisten wenden. Scales & Scales sind vielleicht ein guter erster Ansprechpartner. Ich kenne Arnold Scales gut; ich werde ihn für dich anrufen.« Er hob den Hörer ab, während Dan schwitzte und die rautenförmigen Lichtflecken der Autos über die Decke jagen sah.

»Arnold? Hallo, Tom Spaggart hier. Wie geht's? Mit Marjorie alles in Ordnung? Hahaha! Hör zu, ich habe einen möglichen Klienten für dich. Jemand aus Crisby, ein Bauer. Ich regele die Angelegenheiten seiner Familie schon seit Jahren. Ich denke, du wirst überrascht sein, um wen… Ok, ich werde dich von deinen Qualen erlösen. Es ist Dan Gowt… Ja, genau!«

Er lächelte zu Dan herüber und zog die Augenbrauen hoch. »Um ehrlich zu sein, bin ich ein bisschen überrascht, dass du von ihm gehört hast. Ich wusste nicht, dass du dich für Politik interessierst... Hm? Ha, naja, ich schätze schon. Es geht darum, dass die Zeitungen ein paar ziemlich üble Sachen über ihn geschrieben haben, und er möchte wissen, was er für Chancen hat. Das ist viel eher dein Ding als meins! Kann ich ihn bei dir vorbeischicken? Er ist gerade hier bei mir und... Wie bitte?«

Plötzlich schien er die Regenrinnen am gegenüberliegenden Haus hochinteressant zu finden. Dan versuchte, etwas aus seinem Profil herauszulesen. Normalerweise achtete er nicht so sehr auf die Gesichter der Menschen, und ihm fiel zum ersten Mal auf, dass Tom Spaggart extrem alt war. Dicht unter seinem adretten, sogar dandyesken Auftreten verbarg sich ein zerbrechliches, nervöses Trugbild der nahen Zukunft, dessen eingeschweißte Haut sich langsam um seinen ganzen Körper zusammenzog. Dan konnte sehen, wie seine adrige Hand um den Telefonhörer leicht zitterte, so als könnte er ihn jeden Moment fallen lassen. In diesem totenstillen Büro mit seinen Regalen und Aktenschränken, die vor trockenem Papiermüll überquollen, wirkte Spaggart wie ein übergroßes Insekt. Sein berühmter Anzug war beinahe wie ein Exoskelett. Das war ein etwas furchteinflößender, aber alberner Gedanke, und Dan war überrascht von seinem eigenen Vorstellungsvermögen. Auf diese Weise über den Anwalt zu denken, ließ ihn sich schuldig fühlen.

Der Anwalt redete noch immer. »Ja, ja, ich verstehe schon, dass... Ich verstehe. Wenn ich ehrlich bin, kann ich es dir nicht verübeln. Schmutziges Geschäft, sehr schmutzig... Wie war das? ... Meinst du? ... Das überrascht mich... Ja... Ja... Absolut... Ich bin sicher, er wird das verstehen... Nein, nein, natürlich, werde ich nicht. Ok, trotzdem danke, und grüß bitte Marjorie von mir. Wir sehen uns. Vielleicht mal zum Mittagessen? Ok, danke.«

Er wandte sich wieder dem Raum zu, saß einen Moment nachdenklich da und wollte gerade etwas sagen, als Dan ihn unterbrach. »Ich habe das Wesentliche schon verstanden. Er hat kein Interesse.«

»Oh, *Interesse* hat er, sogar Mitgefühl, aber er meint, dass es wahrscheinlich keinen Streitgegenstand gibt. Er sagt, dass die

Berichterstattung, von der er weiß, sich gerade so im Bereich der Legalität bewegt hat. Es sind eher Andeutungen als Anschuldigungen. Diese Kerle halten sich immer den Rücken frei – so hat er es formuliert. Er hat auch nur eine kleine Kanzlei und ist beschäftigt – sogar sehr beschäftigt...«

»Und?«

»Na gut. Es *gibt* ein ›und‹. Ich sage es dir, weil wir uns schon so lange kennen, aber nur unter der *ausdrücklichen* Bedingung, dass es diesen Raum nicht verlässt, verstanden? Gut. Er hat ganz offen gesagt, dass es ihm lieber wäre, dich nicht zu vertreten – selbst, wenn er nicht so viel zu tun und ein Prozess gute Aussichten hätte. Zum einen hat er keine Erfahrung mit politischen Fällen, die noch viel komplizierter sind als andere Arten der Verleumdung. Zum anderen hat er das Gefühl, dass der... ähm... *Fallout* eines Verfahrens, in dem er dich vertreten würde, ähm... karriereschädigend sein könnte. Wie gesagt, ich wiederhole nur, was *er* gesagt hat!«

Dan saß still da und sah Tom Spaggart weniger an als durch ihn hindurch. Er hatte schon erwartet, dass es irgendwelche Ausflüchte geben würde, um nichts zu tun. Die Zeitungen hätten sich sicher keine offene Flanke für gerichtliche Gegenwehr geleistet. Dass das Recht nicht fähig oder willens war, ihm zu helfen, passte zu vielen anderen Dingen, die er in letzter Zeit gelernt hatte.

Er war sich nicht sicher, ob er eine Klage überhaupt durchgezogen hätte. Wie jeder Mensch aus der Provinz, so hatte auch er immer ein leicht grimmiges Misstrauen gegenüber dem Rechtssystem, der Steuerbehörde, der Polizei und den Ärzten verspürt. Hatty hatte seine Abneigung gegenüber allen Autoritätsfiguren nie verstanden – aber alles, was er in letzter Zeit gesehen und durchgemacht hatte, hatte seine ursprüngliche Überzeugung nur verstärkt. Die Welt gehörte nicht Menschen wie ihm, sondern Leuten wie *denen* – Leuten, die ihr scheinheiliges und überkompliziertes Spiel nur zum eigenen Vergnügen spielten. Selbst ein Mensch wie Tom Spaggart, der so viel klüger war als er, konnte bloß auslegen und vollstrecken.

»Es tut mir sehr leid, Dan – wirklich sehr leid. Ich werde es nochmal bei ihm versuchen, oder vielleicht fällt mir auch noch jemand anderes ein. Du könntest in London jemanden finden, aber selbst dort wirst du wahrscheinlich Schwierigkeiten haben. Diese ganze Angelegenheit ist... naja, *schwierig*.«

Dan schüttelte die gepflegte, trockene Hand und ging. Er bemerkte, dass Spaggart sich dafür schämte, ihm nicht helfen zu können, während ihm gleichzeitig seine Anwesenheit peinlich gewesen war. Er konnte es ihm nicht wirklich verübeln; er hatte ganz richtig gespürt, dass der Landanwalt – genau wie er selbst – unsicher war und nicht in diese Welt gehörte. Als er die Southgate entlangging, die hasserfüllten Zeitungen schwer unter seinem Arm, bemerkte er, dass ihn an der Straßenecke eine Gruppe Teenager gierig beäugte. Er hörte, wie einer flüsterte: »Ok, er ist es!« Dan nickte ihnen steif zu, sie nickten zurück, dann war er vorbei. Ein Mädchen mit schief gescheitelten, gebleichten Haaren kicherte, und die Gruppe steckte die Köpfe zusammen, eine Verschwörung der Jugend gegen das mürrische Alter.

John grübelte in ganz ähnlicher Weise über die Ungerechtigkeiten des Lebens nach. Die erste und schlimmste war, dass Janet am vorvergangenen Abend beschlossen hatte, ihm vor *allen* eine Szene zu machen. Die Redaktion wurde immer *en bloc* zu den Buchvorstellungen ihres Chefs eingeladen, aber es kam selten vor, dass so viele von ihnen auftauchten. Angesichts der ganzen Umstrukturierungen hielten es die Leute offensichtlich für empfehlenswert, sich sehen zu lassen. Es passte genau zu seinem üblichen Glück, dass so viele dort gewesen waren, just als Janet die Zeit für perfekt hielt, um genau *jetzt* Natasha aufzubringen. Woher nahm sie überhaupt das *Recht*, *sein* Telefon durchzugehen? Er hatte noch nie einen Blick in ihres geworfen – wobei sie sowieso nie irgendjemanden von Interesse anrief. John konnte immer noch sehen, wie seine Kollegen – *alle* seine Kollegen – grinsten und es offenbar kaum erwarten konnten, jedem davon zu erzählen, der diesen köstlichen Anblick verpasst hatte. Wahrscheinlich noch ein paar *Freunden*!

Er und Janet waren jetzt, am Abend, in der Wohnung – aber in unterschiedlichen Räumen, mit einer wuchtig zugeschlagenen Tür dazwischen. Sie hatten seit jenem Abend nicht mehr miteinander geredet; jeder hatte bloß in der Küche getan, was getan werden musste, dabei demonstrativ überall hingeschaut, nur nicht auf den anderen, und sich so schnell wie möglich in sein eigenes Zimmer zurückgezogen. Das war eine seltene Zurschaustellung von Unabhängigkeit. Er hatte erwartet, dass sie schnell und schluchzend wieder zurückkommen würde, wie sie es zuvor schon getan hatte – und es ärgerte ihn, dass er sich verrechnet hatte.

Er lehnte sich auf dem Sofa zurück, aber fand keine Entspannung; er trank ein Bier, doch ohne Genuss, und hörte dabei eine Jazz-Funk-Samba-Fusion auf voller Lautstärke. Das musste ihr auf den Geist gehen (er hielt selbst nicht viel davon), und das war besser als nichts. In Zeiten wie diesen wünschte er, er hätte sie nie in seine Privatsphäre hineingelassen. Aber damals war sie süß und liebevoll gewesen, und er konnte ihr nicht verübeln, dass sie nicht in Hackney hatte bleiben wollen. Auch er hatte es gehasst, von der Bahnstation vorbei an den ganzen herumgammelnden Jugendlichen zu ihrer alten Wohnung laufen zu müssen – besonders wenn die Laternen mal wieder kaputtgeschlagen worden waren, es überall nach Pisse stank und in jedem Schatten die Gefahr lauern konnte. Es legte ein trübes Zeugnis über die Gesellschaft ab, dass die Menschen in Hackney so wenige Chancen im Leben und keinen vollen Zugang zu öffentlichen Dienstleistungen hatten. Kein Wunder, dass sie frustriert waren und sich dem Verbrechen zuwenden mussten.

Er hatte gedacht, es würde nett sein, ein hübsches und anspruchsloses Mädchen wie Janet zu haben, zu dem man heimkommen konnte – ein Mädchen, das ihn nicht intellektuell anöden würde, dem er seine Artikel vorlesen konnte, das kochen und die Wohnung in Schuss halten würde. Janet hatte einen niedlichen Eindruck gemacht, und er hatte geglaubt, ihre Gesellschaft über längere Zeiträume ertragen zu können. Es brauchte einige Monate des Zusammenlebens, bis er begonnen hatte, ihre lästigen Angewohnheiten zu bemerken. Sie trank nicht nur zu viel, sondern sie hörte auch nicht auf ihn, als er sie ermahnte. Sie fing sogar Streit an, nachdem er ihre Schnapsflaschen weggeschüttet hatte. Dann war da noch ihre gelegentliche erschreckende Spießigkeit. Ein paar Male war sie allen Ernstes unsensibel genug gewesen – man stelle sich das vor! – *einzuschlafen*, während er ihr etwas vorgelesen hatte.

Und dennoch – obwohl er sich mit all dem irgendwie arrangierte, bekam er keinen Dank von ihr zurück. Stattdessen gab es diese kleinbürgerlichen Banalitäten wie Misstrauen und Türenknallen und laut aufgedrehtes Fernsehen, um ihn abzulenken. Und er war allein und gelangweilt. Allein – einer wie er, der so viel zu bieten und einen ansehnlichen Kontostand hatte, allein in London an einem Abend wie diesem. Kurz überlegte er, ein paar Leute anzurufen und zu fragen, ob sie etwas unternehmen wollten, aber ließ es bleiben – er wollte nicht bedürftig erscheinen, und außerdem fiel ihm auch niemand ein, den er hätte anrufen können. Wirklich ironisch, dass gerade er, der sein Leben der Verbesserung der Gesellschaft gewidmet hatte, so einsam sein sollte. Aber vielleicht ging es Menschen wie ihm immer so. Schon vor langer Zeit hatte er festgestellt, dass ihn nicht viel mit anderen Menschen verband. Wie lautete noch dieses Zitat von Emerson, das ihm immer schon gefallen hatte? Ach ja: »Nicht Süßes ist des Helden Lab – Von seinem Herzen beißt er ab«. Der Gedanke tröstete ihn.

Wann immer er die Musik abstellte, um zu lauschen, konnte er hören, dass sich Janet *Hospital of Hope* ansah – oder wahrscheinlich eher so tat, als würde sie sich der Sendung widmen, während sie in Wahrheit heulte. Bevor sie gestern heimgekommen war, hatte er gesehen, dass der Papierkorb da drin voll mit nassen Taschentüchern war. Sie war jämmerlich. Er wusste nicht mehr, was er jemals in ihr erblickt hatte. Sie war immer schon verbittert, misstrauisch, verklemmt und bürgerlich gewesen. Er hatte gedacht, sie hätten sich immer irgendwie verstanden. Er hätte nichts dagegen gehabt, wenn sie ihn... Naja, vielleicht doch, aber eigentlich ging es doch darum, dass sie seinen beträchtlichen Lebensstil einengte. Er öffnete sein drittes Bier aus Singapur (alle anderen Marken waren aus Prinzip unter seiner Würde) und starrte niedergeschlagen auf das gegenüberliegende Dach. Diese Sache mit Janet war sehr, sehr unangenehm, aber es gab einen noch schlimmeren Rückschlag zu verkraften.

Just an diesem Nachmittag war bekanntgegeben worden, dass die stellvertretende Redaktionsleitung – der Posten, auf den John geschielt und mit dem er, ehrlich gesagt, fest gerechnet hatte – von allen in Frage kommenden Leuten ausgerechnet an *Gavin Montgomery* gegangen war! Gavin war erst seit ein paar Jahren bei der Zeitung, und er schrieb weder so oft noch so gut wie John. Er war immer schon eher Redakteur als wirklich kreativer Autor gewesen – ein Generalist, der zwar sehr sauber schrieb, aber nur wenige Ideen und genauso wenig Initiative an den Tag legte. Keine Konkurrenz. Kein Antrieb. Keine Eier. Anfangs hatte es John überrascht, dass eine derartig charakterlose Karikatur eines Mannes ihm einen Dolchstoß verpassen sollte – aber andererseits waren hinterlistige Menschen eben so.

John hatte große Pläne gehabt, und er hatte das Gefühl, dass ihm für all seine Vorschläge Anerkennung zustand. Über Monate hinweg war er über all die unumgänglichen Stöckchen gesprungen – und er hatte gedacht, es allen wichtigen Leuten recht gemacht zu haben. Er hatte sich eindeutig verrechnet. Vielleicht war es – so musste es sein! – einmal mehr seine offene Art, die ihm seine Chancen verbaut hatte. Er war nicht der diplomatische Politikertypus.

Er hatte wertvolle Arbeitszeit daran verschwendet, durchzuplanen, wie er die zusätzlichen 20.000 Pfund ausgeben könnte. Ihm stand eine Auszeit zu, um endlich einmal abzuschalten, vielleicht in irgendeinem ruhigen Ashram in Kerala. Er liebte solche Orte, wo er traditionelle Gemeinschaften in all ihrer Vielfalt besuchen konnte, mit ihren starken Traditionen, der Verbundenheit zu ihrer Heimat, ihrer Harmonie mit der Natur. Das waren unverdorbene Menschen an unbefleckten Orten. Und er hätte seine spirituelle Seite frei ausleben können – die Balance zwischen Arbeit und Leben herstellen – sich vom Kampf erholen. Und er hätte Janet auskaufen können. Aber nein, nun war es *Gavin*, der an Autos, Weiber und Urlaub dachte. Glücklicher Schweinehund – und er würde es nicht einmal zu schätzen wissen. Gavin war immer schon von Grund auf ordinär gewesen.

John hatte versucht, zu gratulieren, aber die Worte fielen ihm unerwartet schwer. Letzten Endes hatte er einen gezwungenen halben Witz daraus gemacht – »Ich schätze, du willst ab jetzt Mr. Montgomery genannt werden?« Gavin hatte mit einem ganz ähnlichen halben Witz geantwortet und versucht, den Slang von Brooklyn nachzuahmen: »Pass bessa auf, was'de sachst, Leyden, sons' bist'e raus hier!« Sie hatten einander gequält angegrinst, und dann war John an seinen alten Schreibtisch zurückgekehrt, der jetzt noch minderwertiger aussah, während Gavin sein neues Büro mit den gläsernen Wänden und diesem herrlichen großen Sessel bezogen hatte. Er hatte sogar eine *Sekretärin* – eine hässliche zwar, aber immerhin eine Sekretärin. John lief ein paar Male vorbei und konnte sehen, wie Gavin telefonierte oder auf seinem neuen Computer herumtippte. Was brütete er aus? Zu seinen neuen Aufgaben gehörte unter anderem die »Rationalisierung« der Abteilung...

Vielleicht hatte Janets kleine Szene ihm geschadet. Es konnte ihm jedenfalls nicht geholfen haben, so offensichtlich mit potentiell ablenkenden Dingen beschäftigt gesehen zu werden – und scheinbar die Gewohnheit zu besitzen, eindeutige Textmitteilungen an unbesonnene Frauen zu verschicken. Beim *Examiner* gab es einen Hang zur Tadelsucht in moralischen Dingen, ein Überbleibsel der Wurzeln des Blatts in den nördlichen, von der anglikanischen Staatskirche abweichenden Glaubensgemeinschaften, und es konnte gut sein, dass diese Sache Nige und die anderen unterbewusst zu der Entscheidung beeinflusst hatte, Gavin den Job anzubieten. (Mr. Beschissen Perfekt war natürlich verheiratet und hatte Kinder.) Und als ob das alles nicht genug Gegenwind für jeden Menschen gewesen wäre, hatte auch noch Albert Norman mal wieder zum Schlag gegen ihn ausgeholt. John war in der Regel halb zufrieden, wenn Norman ihn kritisierte. Wenn derartige Reaktionen von jemandem wie Norman kamen, gefielen sie ihm (beinahe). Von einem berüchtigten Faschisten bezichtigt zu werden, ein gefährlicher Radikaler zu sein, war eine große Auszeichnung.

Wenn ein Mann nach seinen Feinden beurteilt wurde, dann war Norman der beste aller möglichen Feinde – moralisch unerträglich, aber klug genug, um ernst genommen zu werden. Wenn Albert Norman auf jemanden losging, dann bedeutete das, dass das Establishment sich *wirklich* Sorgen machte. Aber die diesmalige »Broadside« hatte ihn getroffen.

John Leydens *Examiner*-Kolumnen über die Tragödie von Crisby haben ihre übliche Mischung aus Überspanntheit und Verantwortungslosigkeit an den Tag gelegt, zu der er jetzt auch noch Ungerechtigkeit gegeben hat. Mit seinen unprovozierten Angriffen auf einen Bauern aus Eastshire und damit alle Einwohner dieser altehrwürdigen Grafschaft wegen ihrer konservativen Werte hat er einen neuen Tiefststand erreicht.

Indem er tausende Menschen ganz bequem als Bauerntölpel und Psychopathen über einen Kamm schert, mit seinen wilden Mutmaßungen und seinem unbeherrschten Tonfall wirkt sein neuester Text wie eine grässliche Umkehrung des *Stürmer* oder der Leninschen Brandreden gegen die Kulaken. Leyden hat sich des gröbsten Rufmords schuldig gemacht, und das wegen nichts weiter als ein paar etwas unglücklichen Bemerkungen eines bestürzten und sprachlosen Bauern, der noch nicht einmal ganz wach war.

Rein technisch gesehen, hat Leyden Mr. Gowt nicht verleumdet – aber die Folgerungen sind klar. Dies alles ist ausgesprochen kleingeistig für einen Journalisten, dessen Berufsethos angeblich auf Fairness und Anstand basiert – und schrecklich verantwortungslos angesichts all dessen, wozu es führen könnte. Obwohl wir mittlerweile wissen, dass keine Ortsansässigen in die Morde verwickelt waren, gibt es da draußen eine Menge verrückter Leute, und wir leben in extrem aufgeladenen Zeiten. Man erinnere sich an Theo van Gogh und Pim Fortuyn. Es ist nur zu einleuchtend, dass irgendjemand den Entschluss fassen könnte, Mr. Gowt sei ein legitimes Ziel für eine ›direkte Aktion‹. Dringende Mitteilung für John Leyden – denken Sie ein einziges Mal in ihrer schief dahergegrinsten Karikatur von Leben daran, was für *Auswirkungen* Ihre Schreiberei haben könnte!

John hatte vor Empörung geschäumt. Er war noch nie mit den Nazis verglichen worden. Mummy war der einzige Mensch, der es jemals gewagt hatte, so mit ihm zu reden, und selbst sie hatte damit aufgehört, sobald ihr fünfjähriger Sohn seine flinke Zunge und harten kleinen Fäuste ausgebildet hatte. Und er hatte *kein* schiefes Grinsen – alle hatten immer übereinstimmend gesagt, was für ein nettes Lächeln er habe. Er sah es sich ein weiteres Mal in dem Einwegspiegel über dem Kamin an. Der Anblick beruhigte ihn, und er begann mit der Komposition eines vernichtenden Gegenschlags.

Es ist vermutlich ein Kompliment, dass ich – einmal mehr – zum Ziel einer Attacke von Albert Norman geworden bin, des wichtigsten ultrakonservativen Sprachrohrs des Establishments. Mein Handeln hat zu einer Gegenreaktion der Neo-Nativisten geführt. Ich bin daran gewöhnt, von solchen Leuten radikal und revolutionär genannt zu werden; für mich ist es ein Kompliment. Wenn man das Richtige verteidigt, dann wird aus Radikalismus Rechtschaffenheit. Ich werde beschuldigt, schlecht über die Landbevölkerung zu reden – und gemein zu dem wortwörtlichen Bauerntölpel gewesen zu sein, der diese mittlerweile berüchtigten Äußerungen getätigt hat. Albert Norman besitzt die Frechheit, meine Kommentare mit Julius

Streichers ekelhaftem *Der Stürmer* zu vergleichen –
ganz schön gewagt für eine Zeitung, die früher einmal
Franco und Mussolini unterstützt hat. Was die angebliche
Verleumdung der Provinzler angeht, so verweise ich Mr.
Norman auf die Studentenzeitung *Oxford Omen* vom 14.
Juni 1994, Seite 23, wo ich ausführlich über die Ursprünge
des ländlichen Rassismus geschrieben und klargestellt
habe, dass nicht die einzelnen Menschen daran die Schuld
tragen, sondern das System der Klassenhierarchien, das in
den Grafschaften länger als in Ballungsgebieten bestand.
Ich habe dieses Thema auch in meiner Dissertation *Wege
zur harmonischen Gemeinschaft – Eine nationale Suche nach
postnationalen Bindungen* bearbeitet, insbesondere auf den
Seiten 15 bis 21. Des Weiteren empfehle ich die Lektüre
meiner Artikel im *New Horizon* vom 13. September 2000,
15. Oktober 2001, 1. Mai 2004 und 1. Juni 2004, meine
Gastkolumnen in *Forwards to the Future* vom Februar 2006
und Mai 2007, Heft 4 des 21. Jahrgangs von *Radical
Prospectus*, Heft 1 des 23. Jahrgangs von *The Gracchite*
sowie die Nummern 45, 46 und 67 von *Views & Visions*.
Alle diese Texte sind problemlos über meine Website
– leydenlore.net – abrufbar und lassen sich sogar zusammen mit einem Vorwort Professor Sam Sundays
von der Capital University herunterladen. Sie wurden
außerdem in 14 Sprachen übersetzt; Norman hätte sie
also in jeder beliebigen Sprache lesen können, da ihm
Englisch offenbar etwas schwerfällt. (An dieser Stelle
fügte John die ISBN ein.)
Angesichts dieser Beweislage ist die Anschuldigung,
dass ich den Nöten der Landbevölkerung ignorant oder
gefühllos gegenüberstehen würde, schlicht lächerlich.
Und was die Lieblosigkeit gegenüber Dan Gowt anbelangt – *er* war es, der alles andere als einfühlsam mit
den unschuldigen Toten umgesprungen ist, und dass ihn
jetzt der loyalste Kampfhund des Establishments derart

aggressiv in Schutz nimmt, zeigt nur, dass ich auf der richtigen Spur bin. Zu guter Letzt möchte ich mich nicht selbst loben, aber ich denke, dass meine gemeinnützigen Tätigkeiten für sich sprechen. Allein in diesem Jahr habe ich nicht weniger als fünf Artikel über globale Armut verfasst. Albert Norman irrt sich, wenn er glaubt, dass mich sein infantiler Gossenjournalismus davon abhalten wird, auch weiterhin zu sagen und zu tun, was richtig ist. Das alles ist moralische Piraterie von einem Dunkelmann aus dem letzten Aufgebot, eine letzte verzweifelte Salve gegen den Anstand. Am besten ignoriert man ihn einfach.

Doch John war bewusst, dass er seinen eigenen Rat nicht befolgt hätte.

Kapitel XX
GEMEINSCHAFTSGEIST

City of London
Donnerstag, 29. August – Donnerstag, 25. September

Das Ganze war *sehr* gut gelungen. Es hatte einen herrlichen Hauch von klammheimlicher Verschlagenheit. Albert bewunderte die Art und Weise, in der dieser Bursche Dougie alles gehandhabt hatte. Es war giftig, aber es war perfekt.

Die »Broadside« befand sich an ihrem üblichen Platz, mit dem üblichen Bild eines dekadent aussehenden 21-jährigen Albert (in der Tat, er *war* dekadent gewesen), der wissend auf eine Welt herabsah, die nach seinem Dafürhalten längst den Bach runtergegangen war. Und sein Text war vom üblichen bissigen, kompromisslosen Schlag, immer mit dem Gefühl eines großen geheimen Witzes dahinter. Aber in dieser Ausgabe war das alte Schlachtschiff ausmanövriert und überwältigt worden. »Tsushima!«, bemerkte Albert laut; Sally dachte, er habe geniest, und antwortete geistesabwesend: »Gesundheit!« Direkt über seiner Kolumne befand sich eine Rubrik namens »Ansichten eines Gasts. Ein VIP zum Thema des Tages«, die über die Jahre von Hochadligen, Parlamentsabgeordneten, Generälen im Ruhestand und Popstars bespielt worden war; letztere waren immer misanthropischer geworden, während ihre Musik immer mehr aus der Mode kam. Dieses Mal handelte es sich beim VIP um Dylan Ekinutu-Jones, der im *Sentinel* – einer Zeitung, die er oft für seine harscheste Kritik hergenommen hatte – sein Debüt gab.

Er hatte schlagkräftige Truppen an der Kolumnengrenze mit »Broadside« aufgefahren, seine taktischen Atomwaffen des Rassismus gegen Alberts patriotische Knallpistolen gerichtet und gut ausgebildete Sturmdivisionen gegen ein paar zerlumpte Regimenter des gesunden Menschenverstands gestellt. Es war ein ungleicher Kampf – die anschwellende Flut der Geschichte ergoss sich in die abgestandenen Pfützen der Tradition, um sie aufzufrischen und schlussendlich zu ersetzen. Albert überflog den Artikel, der ihn an so viele andere erinnerte – aber einen Satz las er Sallys Hinterkopf laut vor.

»Und so weiter, und so weiter, bla... Aha! ›Gewisse Kapitalinteressen in den Medien, die sich auf rassistische Rhetorik spezialisiert haben und Auflagenhöhe über gemeinschaftliche Beziehungen stellen...‹ Was hältst du davon, Sally? Ein spürbarer Treffer unseres jungen afroenglischen Freunds!«

»Hmmm? Oh, ja, ja, Albert. Haha!«

Links unten auf der Doppelseite befand sich der übliche redaktionelle Kasten, das selten beachtete Wachhäuschen, die »Sentry Box«. Sie wurde von den Mitarbeitern liebevoll »Mental Pox« genannt, Hirnbrand, und wurde für gewöhnlich von einem bebrillten und gelangweilten Theologieabsolventen namens Tristram geschrieben, der wegen unzüchtigen Umgangs mit einer 15-Jährigen (tatsächlich ein Mädchen, zur angenehmen Überraschung seiner Mutter) aus dem Priesterseminar ausgestoßen worden war. Seine Texte waren in der Regel entsprechend unaktuell und irrelevant, und oft richteten sie sich nach Alberts danebenliegender Kolumne. Von daher war Albert immer gut mit ihm zurechtgekommen. Aber dieses Mal hatte den Text entweder Dougie selbst geschrieben oder jemand anderes nach Dougies Anweisung. Er forderte »die schrittweise Austilgung des diskreditierten Geraunes von Rasse und Nation. Es ist Zeit, sich weiterzuentwickeln und den gewohnten Rassismus zurückzuweisen, für den nicht nur die National Union, sondern auch die selbstzufriedenen angeblichen ›Orakel‹ der Massenmedien stehen. Die Zeiten haben sich geändert; es ist an der Zeit, tolerant zu werden.«

Die »Massenmedien« – ein elitärer Touch. Albert musste schmunzeln. Sie hatten sorgfältig ausgesuchte Leserbriefe abgedruckt: einer sprach sich zu seinen Gunsten aus, die anderen griffen ihn an oder ignorierten ihn. Normalerweise druckten sie einfach die obersten auf dem Haufen, sofern sie nicht ein bisschen zu durchgeknallt waren.

Aber das wohl Putzigste an all dem war die ganzseitige, farbige Werbeanzeige von Fonesco auf der gegenüberliegenden Seite – wenn man die Zeitung zuklappte, kam sie auf seiner Kolumne zu liegen. Ein gutaussehender Schwarzer und ein hübsches blondes Mädchen blickten sich inmitten eines Blumenfelds tief in die Augen, darüber der Spruch:»Zeit, wen ganz Spezielles aufzureißen? Chattastisch!« Die Gesichtsausdrücke waren perfekt herausgearbeitet, und die Preise waren konkurrenzfähig. Es war an der Zeit, sich ein neues Telefon zuzulegen (und Geschichte zu schreiben). Die Leser griffen schon nach ihren Kreditkarten, und Dylan las seinen Beitrag noch einmal und bewegte stolz die Lippen zu Formulierungen wie »Auflagenhöhe über gemeinschaftliche Beziehungen«, während er nachprüfte und sicherging, dass dieser rassistische Abschaum nur ja nichts herausgestrichen hatte.

Es hatte eine Zeitenwende beim *Sentinel* gegeben, wenn auch nur eine unterschwellige, und bislang hatten nur die klügsten oder aber wütendsten Leser sie bemerkt. Deutlich mehr bemerkten sie beim nächsten Erscheinen der»Broadside«. Nach Jahren der herausgehobenen Position auf der Nachrichtenüberblicksseite war sie urplötzlich an eine neue Stelle verschoben worden, viel schwerer zu entdecken, mit einer kleineren Überschrift, auf einer linken Seite und viel weiter hinten in der Zeitung, fast schon im Sportteil – auch dies ein Affront gegen Albert, der aus Prinzip alles hasste, was mit Sport zu tun hatte.

Früher einmal wäre Albert wegen solcher Änderungen vorher gefragt worden; diesmal war er ebenso überrascht wie seine Leser. Er rief Jack Cummins im Layout an, nur um von einem gelangweilten Mädchen zu erfahren, dass Jack im vergangenen Jahr in Rente gegangen sei. Die Stimme wusste nicht, warum etwas geändert worden war, nur dass man ihr vor ein paar Tagen gesagt habe, wie die Seite in Zukunft auszusehen hätte. Albert bedankte sich und legte auf; er fühlte sich nun noch isolierter als sonst.

Am selben Tag kam eine Mitteilung, dass die Wartung der Klimaanlage anstehe und sie »vorübergehend« in ein viel kleineres und ungünstig gelegenes Büro umziehen müssten. Albert war empört. Ganz abgesehen davon, dass er alle Veränderungen hasste, selbst die zum Besseren: In seinem Büro wurde die Klimaanlage nicht einmal benutzt, weil er ihr misstraute. Er hatte immer gewitzelt, dass er selbstbefeuchtend sei und es vorziehe, im eigenen Saft zu schmoren – und manches Mal schmorte er wirklich. An heißen Tagen kam es vor, dass ein Großteil des Stockwerks von Alberts olfaktorischer Präsenz eingenommen wurde; sein Bouquet drang sogar bis zum Aufzug und ließ diejenigen, die in eine andere Etage unterwegs waren, frohlocken, *dass* sie in eine andere Etage unterwegs waren.

Er spürte, dass diese Arbeiten unnötig waren, Teil eines Plans, um ihn rauszuekeln. Er beschloss, die Andeutung zu ignorieren und die Mitteilung für bare Münze zu nehmen. Nichtsdestoweniger tat es weh, nach all diesen Jahren seine eigenen Wurzeln aus »seiner Erde« zu drehen und dabei zu wissen, dass er nie wieder dieses Büro betreten oder durch das schmutzige Fenster auf dieses trübe, aber irgendwie liebliche Panorama der Stadt und der Welt blicken würde.

Mit einem Gefühl, als würde er seinen eigenen Schutzpanzer abreißen, begann Albert, zusammen mit Sally Dinge wegzuwerfen, angefangen mit den ältesten unbeantworteten Briefen und bis hin zu – wie bedeutungsschwanger – den einstmals heiligen Briefen in der Special Vintage File. Reumütig blickte er auf die überquellenden Mülleimer, die ein kaugummikauender, unwirscher Jungspund in sein Büro gefahren hatte.

Alles weg – die unterstrichenen und mit reichlichen Anmerkungen versehenen Warnungen vor ausländischer Infiltration und subtilen Machenschaften; alles weg – die privat gedruckten Pamphlete; alles weg – die abscheulichen Cartoons und aufwendigen Diagramme; alles weg – die wilden Behauptungen und unflätigen Beschreibungen. Die ganze einzigartige Schublade voll von Unsinn, die zahllose Stunden der suspekten Existenz irgendwelcher Fremden repräsentierte, fand ihr unrühmliches Ende in grauen Plastikbehältern. Albert und Sally blickten traurig auf die Bescherung; sogar dem Todesanzeigenmann tat es leid, die Sammlung so enden zu sehen, war er doch in einige dieser langen Witze eingeweiht gewesen. Er zog in ein neues, dauerhaftes Büro am anderen Ende des Flurs, und so blieben nur Albert und Sally, um abgezehrt und besitzlos in ihren neuen Raum zu verlegen. Sie würden neue Computer, Stühle und Tische bekommen, aber Albert trauerte schon jetzt seinem bequemen, halb zerfallenen Drehstuhl hinterher. Dies alles war so verunsichernd wie nur irgend möglich; und zwar mit Absicht, davon war er überzeugt. Eine der sehr wenigen greifbaren Anhaltspunkte waren die geretteten Ausschnitte von der »Mauer der Scheinheiligkeit«. Sie gehörten zu den wenigen Beweisen, dass es Gerechtigkeit geben konnte. »Das ist unser heiliges Vermächtnis«, erklärte er Sally weihevoll. »Wir sind es der Nachwelt schuldig, dass ein paar unserer Stammesikonen vor der herankriechenden Welle der Barbarei gerettet werden.«

Sie hatten traurig gelacht, als sie ihre kargen Habseligkeiten zusammenräumten und in den viel zu wenigen Kisten verstauten. Albert befestigte einen Namensaufkleber an seinem Stuhl und stellte ihn zu den Kisten, um ihn abholen zu lassen, aber er kam nie am Bestimmungsort an – und eine Woche später entdeckte er ihn in einem Container hinter dem Gebäude, der umgestürzte Thron eines verbannten Herrschers. Er dachte an die große und abstoßende Statue Saddams, die nach der Einnahme Bagdads durch die Amerikaner umgestürzt worden war; an Seilen in die Horizontale heruntergezerrt, aber an den Füßen noch immer mit dem Sockel verbunden, der Schreckliche herabgesunken, der Unaussprechliche zum Gespött der Unbedeutenden geworden.

Das neue Büro war klein, dunkel, blickte auf ein verschimmeltes Pappdach und lag zu weit entfernt von den Toiletten, dem Aufzug, der Kantine, den Redaktionsbüros, einfach von allem – abgesehen vom Büro der Anzeigenabteilung, aus dem ein ununterbrochener Tumult drang: laute Stimmen, klingelnde Telefone und Menschen in offenen Hemden oder sogar T-Shirts, die »Halbe Seite für BigBank!«

oder »Jaaaa!« brüllten. Wenn man an der immer offenstehenden Tür vorüberging, konnte man die Anzeigenverkäufer und -verkäuferinnen sehen, wie sie mit den Füßen auf den Tischen in ihren Sesseln herumlümmelten und gelegentlich vor gieriger Freude in die Luft boxten. Jeder da drin, sogar die Weibchen (Albert weigerte sich, sie als Frauen zu bezeichnen), war ein »Kumpel«. Oft standen sie direkt vor Alberts Büro herum und unterhielten sich laut über Ziele, Kampagnen, Budgets und Präsentationen. Es tat Albert beinahe körperlich weh, ihre Privatschulakzente solche Begriffe benutzen zu hören – und er stand jedes Mal schwerfällig hinter seinem Schreibtisch auf, trampelte zur Tür und schlug sie zu.

Er hätte solches Gerede von niemandem gerne gehört, aber vom Ausfluss der besten Schulen Englands klang es unheilvoll. Diese Leute hatten abbekommen, was noch vom Wissen der Welt übrig war – und das nur, damit sie irgendwelchen Trotteln Zeug verkaufen konnten, die kein Mensch bei klarem Verstand jemals haben wollen würde. Bei ihnen handelte es sich um eine neue und extrem ansteckende Unterart, und Albert bewegte sich sehr ungern und halb verachtungsvoll, halb mitleidig unter ihnen – er bemerkte nie, dass diese Gefühle auf ihn zurückfielen, wenn diese noch immer gesunden und hoffnungsvollen jungen Leute über Alberts Dreiteiler, seine Taschenuhr und sein in der Mitte gescheiteltes graues Haar kicherten. Kaum einer wusste überhaupt, wer Albert war – obwohl die Position gegenüber seiner Kolumne eine der begehrtesten Stellen für Anzeigenkunden war. Er befand sich in einem inneren Exil – aber andererseits war er dort immer schon gewesen.

Albert reagierte nicht auf diese Provokationen. So oder so gab es nichts, was er hätte tun können. Hätte er das Thema gegenüber einem »Kollegen« – eine skurrile Bezeichnung für Menschen, die er verachtete oder ignorierte und die ihn verachteten, wenn sie ihn auch nicht ganz ignorieren konnten – angesprochen, so hätte der gesagt, dass er es sich nur einbilde. Zumindest Sally hatte Mitleid – auch wenn sie sich bereits fragte, welcher Abteilung sie zugeteilt werden würde, sobald Albert gegangen wäre. Sie mochte ihn mehr und kannte ihn besser als jeder andere Mensch im Gebäude, und er schenkte ihr jedes Jahr etwas Kleines, aber Teures und Exquisites zum Geburtstag, aber sie musste zweckmäßig denken.

Noch immer thronte Albert wuchtig auf seinem Stuhl, redete und verschüttete Kaffee und las seine nach wie vor umfangreiche Post, aber er antwortete fast gar nicht mehr auf Zuschriften und vergaß sogar, seine neue Special Vintage File mit neuen Briefen zu füttern – obwohl die Leserbriefe dieser Tage einige seltene Proben mitbrachten, etwa den Mann, der Albert darüber aufklärte, dass er eindeutig zum Ziel eines jüdisch-freimaurerischen Pädophilenkults geworden sei (und – wenig beruhigend – hinzufügte, dass er seit vielen Jahren ein großer Verehrer von Alberts Arbeiten sei). Albert hätte einen solchen Brief noch vor ein paar Wochen niemals übersehen; Sally konnte undeutlich spüren, dass ihr so viele Jahre lang legendärer Bürokollege sich ablöste, seine Leinen eine nach der anderen losmachte wie ein Schiff, das seinen Heimathafen zum letzten Mal verließ.

Er ging weiterhin zwei Tage pro Woche ins Büro, um mit Sally und Polly zu plaudern, der National Union wählenden Putzfrau aus dem East End. Er benutzte sie als Messlatte der öffentlichen Meinung, während sie ihrerseits einmal Sally gesagt hatte, sie halte ihn für »einen sehr seltsamen Gentleman, aber einen Gentleman«. Aus Alberts Sicht waren sie drei die letzten Vertreter des alten *Sentinel*, Überlebende aus der Zeit, als Lord Thornley die Zeitung als persönliches Fürstentum und Plattform für seine eigenwilligen Ansichten geleitet hatte. Albert musste unwillkürlich an den berühmten Krach zwischen Lord Thornley und dem damaligen Herausgeber – wie hatte er nochmal geheißen? – denken, als der Eigentümer einen Leitartikel einbringen wollte, in dem ein gewisser L. Ron Hubbard empfohlen wurde. Der Herausgeber hatte angedroht, eher zu kündigen, als diesen Text zu drucken, und schlussendlich hatte Lord Thornley nachgegeben. Kurz darauf war er gestorben, im sicheren Wissen, dass seine Seele die Ewigkeit auf einem fernen Planeten zubringen würde, der ein wenig wie die Erde war, aber von deren Widerwärtigkeit gereinigt. Sein Sohn hatte die Zeitung an ein Konsortium verkauft und damit

Jahrzehnte der konstanten Veränderungen und der fortschreitenden Aushöhlung und Aufweichung der zahnlosen Bestie eingeläutet. Albert war mittlerweile der einzige Mensch dort, der noch zu Thornleys Zeiten an Bord gewesen war (und auch er nur knapp), aber er tat gegenüber Sally und Polly so, als sei er ganz vorne mit dabei gewesen und würde sich glasklar erinnern; sie waren ihm gegenüber gerne nachsichtig, wenn sie sich einmal zum Zuhören durchringen konnten.

Und so erschienen aus dem ungünstigen Büro zwischen dem Geschrei aus dem Anzeigenvertrieb und zwischen starkem Kaffee und Selbstgesprächen weiterhin die gewohnten Breitseiten – sehr zur Freude der Leser und zum Verdruss von Dougie, der gehofft hatte, Albert hinreichend zum Eintritt in den Ruhestand provoziert zu haben. Die Kolumne, die Albert nach der Pressekonferenz mit Ibrahim schrieb, würde Jahre später als ein Klassiker des Samisdat angesehen werden.

Wie jeder in diesem Land, so habe auch ich mir das berühmte Fernsehinterview mit dem »Wundermigranten« Ibrahim Nassouf angesehen. Wie anscheinend jeder in diesem Land, so fand auch ich seine Geschichte faszinierend und verspürte großes Mitgefühl für seine Not und die von Millionen anderen Irakern, für die das Leben so furchtbar ist, dass sie ihre Leiber und ihre Leben Gangstern anvertrauen und heimlich an Bord von Lastwagen und Schiffen nach Europa hineinströmen. Aber mit Ibrahim stimmt etwas nicht.

Bevor er loslegte, von seinen politischen Aktivitäten zu sprechen, war ich ganz bei ihm. Als er aber davon anfing, wie ihn die Geheimpolizei aufgegriffen habe, veränderte sich sein ganzes Verhalten. Seine Stimmlage wurde höher, er blickte viel auf den Tisch hinunter, er fummelte nervös mit einem Stift herum – und schräg hinter ihm veränderte sich das Gesicht des widerwärtigen Jakob von Groenestein. Er war ebenso überrascht wie jeder andere im Raum. Von Groenestein ist ein Gauner, ein Winkeladvokat, ein Krämer, ein Schmarotzer und ein Förderer minderwertiger Kultur, aber er ist nicht dumm. Er würde einen Klienten niemals vor die versammelte Pressemeute setzen, ohne ihm vorher alles von Wert aus der Nase gezogen zu haben. Er hätte diesen Blickwinkel nicht übersehen. Und in dem überlangen *Globe*-Interview, das gestern erschien, wurde die Folterthematik dann seltsamerweise kaum thematisiert. Aus den genannten Gründen habe ich den Verdacht, dass der junge Ibrahim diese ganze Geschichte mit der Geheimpolizei erfunden hat. Nennen Sie es eine Ahnung, nennen Sie es engstirniges Vorurteil (was, fürchte ich, viele tun werden), aber ich persönlich denke, dass der »Wundermigrant« uns auf den Arm genommen hat.

Aber nach einem Blick in meine unfehlbare Kristallkugel sage ich hiermit voraus: Man wird ihm glauben, und seine Leidensgeschichte wird dazu benutzt werden, seinen fortdauernden (illegalen) Aufenthalt in England zu rechtfertigen. Und selbst wenn man ihm nicht glaubt, wird er trotzdem bleiben. Seine Schwester ist schon hier. Wie lange es wohl dauern wird, bis seine sonstigen Verwandten im Rahmen irgendeines Programms der »Familienzusammenführung« auch hier ankommen, können wir alle nur vermuten – aber es wird nicht lange dauern. Ibrahim ist nicht der einzige, den man hier aufs Kreuz gelegt hat.

Die Website des *Sentinel* brach zusammen und brachte die Zeitung zurück in die Vorabendnachrichten. »WIE KÖNNEN SIE ES WAGEN?!?!?!?!?!« war die Betreffzeile der ersten Mail, die in Alberts Posteingang aufleuchtete und auf die – zu seinem großen Entzücken – Hunderte mit ähnlichen Anliegen folgten. Er lachte laut auf und rieb sich die Hände, dann begann er eine fortlaufende Strichliste der geläufigsten Beleidigungen. Er war zuversichtlich, seinen Zähler vom letzten Mal übertreffen zu können. Sally war zufrieden, ihn endlich wieder fröhlich zu sehen, und so lächelte sie und schüttelte Polly gegenüber den Kopf.

Dougie war weniger entzückt. Nicht einmal zum Mittagessen war er gekommen; er war zu beschäftigt damit gewesen, mit dem Vorstand zu reden, mit Aktionären und mit dem Herausgeber einer anderen Zeitung, der über eine lukrative gemeinsame Reklame nachgedacht hatte, aber plötzlich sehr viel weniger begeistert von der Idee war. Das alles war schon schlimm genug, aber es hatte noch eine unheilvolle neue Entwicklung gegeben.

Eine Gruppe namens »Grenzen weg jetzt!« – das Ausrufezeichen gehörte zu ihrem Logo; es sah aus wie ein empörter Penis, mit dem sie der Welt zuwinkten – hatte zu einem Massenprotest gegen Rassismus in den Medien aufgerufen, und es sollte heute in einer Woche mit einer Mahnwache vor dem *Sentinel* losgehen. Vergrößerte Auszüge aus Alberts Artikeln fanden sich überall auf ihrer Website, versehen mit Verknüpfungen zu Infoseiten über den Ku-Klux-Klan und den Zweiten Weltkrieg. Alberts Behauptung, dass Ibrahim gelogen habe, war der Funke an diesem Pulverfass gewesen.

Ihre Parole war »Befreiungsfreiheit geht vor Meinungsfreiheit«, und sie kündigten an, dass sich Hunderte von Antifaschisten mit Pfeifen, Klappern und Spruchbändern vor den Büros des *Sentinel* versammeln würden, um ein Zeichen zu setzen: »Nein zum Rassismus in den Medien! Nein zu rassistischen Kontrollen!«

Die Polizei hatte Dougie gewarnt, dass der Protest schnell hässlich ausarten könne. Es hatte Gerüchte gegeben, dass die National Union einen Gegenprotest abhalten würde, und James Fulford hatte diese Gerüchte durch eine prahlerische Rede genährt, in der er verkündet hatte, seine Partei werde »alles in unserer Macht Stehende tun, um die Meinungsäußerungsfreiheit des ausgezeichneten Journalisten Albert Norman zu schützen«. Der Gedanke an hunderte Militante von beiden Seiten, die vor dem Redaktionsgebäude aufeinandertrafen – und daran, dass die National Union auf derselben Seite der Barrikaden stehen würde wie der *Sentinel* –, ließ Dougie erblassen. Und was war mit den rechtlichen Konsequenzen? Könnte der *Sentinel* haftbar gemacht werden, wenn es Ausschreitungen gab? Er fühlte sich, als würde sein Kopf platzen, und je länger er mit der Rechtsabteilung, dem Vorstand und der Polizei telefonierte, desto verwirrter und furchtsamer wurde er. Sogar die willkommene Neuigkeit, dass die NU letztes Endes doch überhaupt nichts geplant hatte, linderte seine Ängste nur wenig. Da wären immer noch all diese scheußlichen Menschen, die brüllen und schreien und vielleicht mit Sachen werfen würden – und alles nur, weil eine vollkommen überholte alte Schwuchtel schon vor Jahren den Anstand gehabt haben sollte, abzutreten! Albert würde sicher verstehen, dass es unvernünftig wäre, die Sicherheit der *Sentinel*-Mitarbeiter und zufälliger Passanten zu gefährden – und vielleicht konnte eine etwas gemäßigtere Kolumne für morgen die ganze Sache noch abwenden.

Albert fluchte, als die Vorladung kam. Er hatte sich gerade einen Kaffee geholt und freute sich darauf; er brauchte einen Ausgleich zu den Exzessen der vergangenen Nacht. An diesem Morgen hatte er still dasitzen und irgendetwas nur vage Missgelauntes schreiben wollen; nun musste er gehen und den lächerlichen Bengel aufsuchen. Er würgte einen Schluck vom Kaffee hinunter, verbrannte sich die Zunge und verschüttete einen Teil auf seine Weste, dann trampelte er zum Aufzug. Zwei Minuten später saß er Dougie gegenüber, der hinter seinem teuren Schreibtisch ein wenig verloren wirkte. Mickey Mouse als Mussolini verkleidet, dachte Albert und lächelte im Stillen. Nach außen hin wahrte er einen Gesichtsausdruck höflichen Interesses.

Dougie begrüßte ihn überraschend freundlich und bot Kaffee an – den Albert annahm. Er nahm alles an, was umsonst war. Dann las Dougie die Pressemitteilung von »Grenzen weg jetzt!« vor. Nachdem er geendet hatte, blickte er auf.

»Da kommt noch mehr, Albert. Die Polizei sagt, dass eine gewalttätige Gruppe, die sich selbst ›Freiheit vom Faschismus‹ nennt, in die Demonstration einsickern könnte. Wenn das passiert, könnte es üblen Ärger geben. Die Polizei wird anwesend sein, aber sie kann nur wenige Beamte entbehren, und es ist immer möglich, dass alles außer Kontrolle gerät. Wenn diese Aktion stattfindet, dann werden die Polizei und ich uns ausschließlich um die Sicherheit der Mitarbeiter, der Anwohner und der in der Nähe Arbeitenden kümmern. Ich denke nicht, dass wir das Recht haben, die Sicherheit anderer aufs Spiel zu setzen.«

»Naja, Dougie, natürlich möchte ich nicht, dass unschuldige Menschen zu Schaden kommen, aber ich glaube, dass du und die Polizei die mögliche Gefährdung übertreibt – und wie du gerade selbst gesagt hast, wird die Polizei sowieso vor Ort sein. Meine Meinung zu diesen Dingen – und das hier ist nicht das erste Mal, dass es wegen meiner Kolumnen Proteste gegeben hat – ist, dass man solchen Drohungen nicht nachgeben darf. Was du gerade vorgetragen hast, ist bloß eine von der Polizei aufgeworfene Möglichkeit, und du weißt, dass diese Jungs gerne anpreisen, wie unentbehrlich sie doch sind. Das alles wird sich mit ziemlicher Sicherheit als viel Lärm um Nichts herausstellen. Erinnerst du dich an die Demonstration gegen… Ach, nein, natürlich nicht.«

Dougie war verärgert darüber, dass ihm Unerfahrenheit unterstellt wurde, doch er behielt sein Lächeln bei. »Es geht hier nicht um vergangene Demonstrationen, an die ich mich zugegebenermaßen nicht erinnern kann, weil ich zu jung bin. Es geht um *diese* Demonstration, jetzt, in einer Zeit voller Spannungen, in der die gesellschaftliche Stimmung explosiv ist und die Emotionen hochkochen. Es geht um eine Demonstration von einer Gruppe polizeibekannter Schläger mit einem ellenlangen Vorstrafenregister für Gewalttaten. Ich will nicht, und du offensichtlich auch nicht, dass unschuldige Passanten oder Polizisten zu Schaden kommen. Die Polizei befindet sich momentan an der Grenze ihrer Belastbarkeit. Diese Angelegenheit könnte sehr leicht außer Kontrolle geraten, und wir wären moralisch verantwortlich für was auch immer dann passiert.«

»Das sehe ich überhaupt nicht ein. Wenn es diese Leute aufregt, was ich schreibe, dann ist das ihr Problem. Niemand *zwingt* sie, es zu lesen.«

Dougie fühlte, wie die Wut in ihm hochstieg, aber es fiel ihm schwer, die Oberhand über diesen ausgesprochen entspannt wirkenden Mann zu gewinnen, der so viel gerissener, erfahrener und beherrschter war als er selbst. Wie er dasaß und ihn über den Rand seines Bechers hinweg gelassen ansah. Nicht einmal die Kaffeeflecken auf seiner Weste lenkten von Alberts beeindruckender Aura ab. Trotzdem nahm Dougie einen neuen Anlauf.

»Albert, du verstehst das alles nicht. So einfach ist das nicht. Heutzutage kommt man nicht einfach davon, wenn man die Dinge sagt, die du sagst. Du findest es vielleicht amüsant, jede Woche dazusitzen, dir neue Gemeinheiten und Scheußlichkeiten auszudenken und damit die Gefühle der Menschen zu verletzen, aber die Zeiten haben sich geändert. Die Menschen haben sich geändert. Heutzutage nehmen die Leute nicht mehr hin, was du schreibst. Und ihre Gefühle sind vollkommen nachvollziehbar. Wir leben in einer multikulturellen, multiethnischen Gesellschaft, und du musst dich damit arrangieren. Der Rest der Zeitung – tatsächlich unsere ganze Mediengruppe – hat das auch geschafft, also warum kannst du es nicht? Ich will das nicht aussprechen, aber du zwingst mich dazu, diesen Weg zu gehen – wenn es hart auf hart kommt, bin unterm Strich ich der Herausgeber, und ich habe das letzte Wort darüber, was in der Zeitung gedruckt wird, die im Grunde *meine* Zeitung ist.« Albert antwortete beinahe, bevor der jüngere Mann ausgeredet hatte. »Das heißt also, dass du um der Toleranz willen nicht tolerieren wirst, was ich zu sagen habe? Dass du dich illiberal verhalten wirst, um den Liberalismus abzusichern? Kurzum: Du willst, dass ich mich selbst zensiere – dass ich mich um die Wahrheit herumdrücke, weil ein paar verpickelte Kinder mit Skimasken ein paar Steine werfen *könnten*.«

»Du redest von dem, was *du* für die Wahrheit hältst.«

Albert lächelte halb; ein Knabe wie Dougie *musste* ja mit solch einer banalen Entgegnung daherkommen.

»Nun, Albert, du musst doch zugeben, dass es am wichtigsten ist, dass niemand verletzt wird, wenn es sich vermeiden lässt. Ich bitte dich doch nur, die Kolumne ein wenig abzumildern, die Schärfe herauszunehmen. Es gibt verschiedene Weisen, um das Gleiche zu sagen; wir müssen nicht willkürlich beleidigend sein.«

»Es *gibt* verschiedene Weisen, aber meine Weise ist meine eigene, meine Ansichten sind meine eigenen, und ich kann nicht begreifen, warum ich mich irgendeiner lächerlichen Mode oder irgendeiner ekelhaften Form von Zensur unterwerfen sollte. Und wie dir bewusst sein dürfte, scheint mein Stil das Wohlwollen der Mehrheit der *Sentinel*-Leser zu genießen.«

»Niemand weiß besser als ich, wie beliebt deine Kolumne bei einem Teil unserer Leserschaft ist. Aber wenn wir eine Verantwortung und eine Treueverpflichtung dir gegenüber haben, dann hast du auch eine Verantwortung uns gegenüber.«

Er verschränkte allen Ernstes seine Finger, um Zusammenarbeit zu signalisieren. Körpersprache für Anfänger, dachte Albert; Sally hätte das lustig gefunden.

»Ich habe vor allem eine Verantwortung meinem Gewissen und – auch wenn es altmodisch klingt – diesem Land gegenüber. Diese Strandmenschen werden als politisches Werkzeug benutzt, um England zu attackieren. Du glaubst doch nicht *wirklich*, dass sich all diese herumlärmenden Leute einen Dreck um diese Flüchtlinge scheren! Oder etwa doch? Warum sollten sie? Es ist nichts weiter als ein lächerlicher Kult, so wie um Diana oder Hitler. Hör zu, Dougie, ich habe es dir schon einmal gesagt: Unsere Leser halten zu uns, weil wir unser Fähnchen nicht in jeden Wind drehen. Sie mögen unsere Beständigkeit. Sie möchten gerne glauben, dass sich unter all dem anderen Scheiß, den wir drucken, ein gewisser Konservatismus des gesunden Menschenverstands verbirgt – auch wenn das selbstverständlich nicht der Fall ist.«

»Als grundsätzliche Linie ist das ja alles schön und gut, aber es geht darum, dass Extremisten morgen in einer Woche vor diesem Gebäude demonstrieren wollen und unschuldige Menschen verletzt werden könnten. *Du allein* hast die Macht, hier ein wenig Druck vom

Kessel zu nehmen und in der morgigen Kolumne zu signalisieren, dass du die gesellschaftliche Stimmung verstehst.«

»Ha! Die gesellschaftliche Stimmung! Den Geist der Zeit – den Scheiß-Geist. Wer ist ›die Gesellschaft‹, und was wissen *die* schon? Die Gesellschaft besteht aus Herdentieren. Das ist alles Schwachsinn, und du weißt das genausogut wie ich, sonst wärst du kein Zeitungsherausgeber!«

Dougie hatte noch nie über solche Fragen nachgedacht. »Naja, ich… Ich meine…« Eine scharfe, kurze Stille setzte ein.

Albert dachte darüber nach, wie sehr sich Großbritannien verändert hatte, nicht einmal in seiner gesamten Lebenszeit, sondern in den letzten paar Jahren. Er dachte an die Emotionalität, die mittlerweile unentwegt wie Autoabgase in der Luft hing – die knisternde Spannung, die die Medien durchzog, sogar den *Sentinel* (außerhalb seiner Kolumne). Er erinnerte sich an die Parolen skandierenden Kinder, die er unlängst im Fernsehen gesehen hatte, Klassenräume voller spontaner Scheinheiligkeit und empörten Futterklappen, die traurig singenden Kinder des Komsomol. Er dachte an die kommenden öffentlichen Massenwohltätigkeitsveranstaltungen und den nächsten »Sichere-Zuflucht«-Spendenmarathon, von dem jeder sagen würde, dass es noch nie einen so großen gegeben habe, die in Ketten gelegten Büßer auf der »Wallfahrt gegen Vorurteile«, die demonstrative Entrüstung, die aalglatten, gefühlvollen Gesichter der Fernsehmoderatoren, die »Musiker« auf ihrem Kreuzzug gegen alles, was er je geliebt hatte. Und plötzlich sah er ganz scharf vor sich tote Menschen, die hingeworfen auf einem kalten Strand lagen. War es richtig, diese Toten als Metapher zu verwenden, selbst in der guten Absicht, Großbritannien zu retten? Und war es überhaupt möglich, Großbritannien zu retten? Wenn es möglich war, war es denn wert, gerettet zu werden? Einmal mehr erkannte er die Vergeblichkeit seines Widerstands – ein betagter und ungläubiger Autor, dessen Kräfte schwanden, gegen all *das*.

Nach einer Minute, in der Dougie ihn von der Seite ansah und er selbst in die Ferne starrte, kehrte Albert bekümmert zurück zu diesem Stuhl in diesem Büro in dieser hässlichen Welt und sprach wieder, urplötzlich gebeugt von der Unabänderlichkeit der Dinge. »Hör zu, Dougie. Ich habe viel mitgemacht, und ich habe diese Schwachsinnigkeiten kommen und gehen sehen. So gut wie das einzige, was ich über Politik gelernt habe, ist, dass es jede Menge Kollateralschäden gibt. Mich graust zwar bei der Vorstellung, dass wir den Drohungen von ein paar Kindern nachgeben. ABER... Ich möchte nicht, dass irgendjemand wegen irgendetwas, das ich geschrieben habe, verletzt wird, wenn ich die Macht habe, es zu verhindern – wovon du anscheinend überzeugt bist. Die Kolumne für morgen ist fertig, und ich habe sie schon in die Redaktion gegeben. Aber damit du deinen Willen bekommst, werde ich über meinen Text für nächste Woche nochmal nachdenken und schauen, ob ich einen Weg finde, ihn weniger aggressiv zu formulieren, ohne mich selbst zu verraten. Mehr kann ich dir nicht versprechen. Wenn das also alles ist...«

Dougie war verblüfft. »Ich... Ich bin dir sehr dankbar, Albert – wirklich sehr dankbar. Um ehrlich zu sein, ich hatte nicht erwartet, dass du...«

»..., dass ich umfallen würde?«, fragte Albert sardonisch.

»..., dass du *zustimmen* würdest.«, sagte Dougie mit Nachdruck. »Aber ich bin hocherfreut, dass du es getan hast, hocherfreut. Du wirst feststellen, dass es die richtige Entscheidung war. Wie du weißt, würde ich normalerweise keinen unserer Autoren um so etwas bitten, schon gar nicht unseren größten Aktivposten. Aber der Schlüssel ist, nicht zur Spannung beizutragen. Hab' vielen Dank, Albert; ich werde das nicht vergessen.«

Albert sah dem jüngeren Mann bei seinen Lobhudeleien zu und verspürte amüsiertes Mitleid. Die arme Sau würde immer überfordert sein, egal womit. Er hob eine abwehrende Hand. »Gar kein Problem. Ich denke aber, ich sollte mich jetzt wieder an die Arbeit machen.«

»Natürlich, natürlich. Danke nochmal, Albert.«

Dougie kam um seinen Tisch herum und brachte ihn liebenswürdigerweise bis zur Tür, während er über einen Großteil der Strecke hinweg gierig seine Hand drückte und die ganze Zeit schmierig lächelte. Als er ging, blickte Dougie ihm liebevoll hinterher. Albert ging den Flur hinab und dachte an andere Herausgeber, die er gekannt hatte. Das waren wenigstens Männer gewesen, aber der hier... Pah! Er fädelte sich zwischen Anzeigenverkäufern hindurch, setzte sich auf seinen zu unnachgiebigen Stuhl an seinem neuen, sauberen, ungünstig platzierten Schreibtisch in dem zu sauberen Büro und dachte ein paar Minuten lang scharf nach. Dann loggte er sich ein und begann, der erwartungsvollen Maschine seine neuerdings verantwortungsbewussten Gedanken darzulegen. Währenddessen telefonierte ein erleichterter Dougie mit dem Chefredakteur:»Harold, kannst du mir bitte einen Abzug der ›Broadside‹ von nächster Woche schicken, bevor ihr sie in den Druck gebt? Es kann sein, dass da noch etwas geändert werden muss. Besten Dank. Mach's gut!«

Albert fand es ungewöhnlich schwer, diese Kolumne zu schreiben. Der Schwung, die Bosheit, der schwarze Humor, die er immer verspürt oder sich zumindest eingebildet hatte – sie alle blieben beunruhigenderweise aus. Er mühte sich unter Qualen durch die gesamte Länge des Texts und fühlte sich, als würde er schlammverklebte Stiefel tragen oder einen Konzernlagebericht schreiben. Der Eimer senkte sich und kam immer wieder schwer nach oben, aber alles was sich in ihm fand, waren Schlamm und Abfall. Ein ums andere Mal löschte er große Textabschnitte und starrte den Bildschirm bewegungslos an. Oder er holte sich einen Kaffee und tigerte dann auf und ab, während er die Flüssigkeit achtlos auf den brandneuen Teppichfliesen verteilte. Normalerweise hatte er seine Kolumne spätestens um 14:30 Uhr fertig; diesmal mussten die Redakteure fast bis um 16:30 Uhr warten, ehe ein Ausdruck dessen, von dem Albert sehr genau wusste, dass es das Schlechteste war, was er je geschrieben hatte, mit einem dumpfen *Plumps* in ihrem Posteingang landete.

Bis zu diesem Augenblick hatte Albert nicht realisiert, wie stolz er eigentlich auf sein Schreiben war. Er hatte es immer nur als Job angesehen, eine trügerische Form von Talent, etwas, was er tun konnte, ohne nachzudenken, und die Leute waren dumm genug, um es zu bewundern, ja sogar dafür zu bezahlen. Nun, als es fast zu spät war, hatte er zum ersten Mal das Gefühl, etwas Lohnendes getan zu haben, einen notwendigen Ton angeschlagen zu haben. Dieser letzte Text war nicht *er*; das war *Groupthink*, korrumpiert und mittelmäßig, nicht nur gegen jeden Verstand, sondern gegen jede Zivilisation. Er wünschte, sein Name würde nicht damit in Verbindung gebracht werden. Er saß in der U-Bahn, fühlte sich erbärmlich und blickte ausdruckslos durch die zufälligen Gesichter auf der gegenüberliegenden Seite hindurch, während sie ausdruckslos zurückblickten.

In der Zwischenzeit beendete Dougie seine Lektüre des Abzugs und nickte erleichtert. Ihm war nie zuvor aufgefallen, was für ein exzellenter Autor Albert sein konnte. Es schien, als habe Albert unter all seinen Eigenheiten, seinem steifen Auftreten, all diesen altmodischen Krawatten, seinem anzüglichen Vokabular und seinen zweifelhaften Anspielungen doch ein gutes Herz. Und er hatte sich als überraschend vernünftig und flexibel erwiesen – hatte er sich schließlich doch Dougies besseren Argumenten und seiner überlegenen Ausdrucksweise gebeugt.

Ganz im Ernst, dachte Dougie, das war ein wichtiger Sieg gewesen – nicht nur für seine Autorität, sondern in gewisser Weise für die gesamte britische Kultur und Gesellschaft. Mit ein paar geringfügigen Anpassungen könnte die Kolumne der nächsten Woche ein Meilenstein werden – zustimmungsfrei, ohne dass man ihr nicht zustimmen konnte, nachdenklich, ohne provokativ zu sein, konstruktiv anstatt negativ. Sie könnte eine wesentliche Verbesserung werden, ein Schlussstrich unter die Bösen Alten Zeiten der »Broadside« als des letzten medialen Außenpostens vorsintflutlicher Ansichten. Albert konnte sich nicht wohl in seiner Haut fühlen, sinnierte Dougie mit einem Anflug von so etwas wie Mitleid. All die verschwendeten Möglichkeiten seines alten, verklemmten, voreingenommenen Denkens, sein Geist derart verschlossen gegenüber der Kultur. Das Objekt seines ungebetenen Mitleids lehnte sich in diesem Moment auf seinem klagenden Sofa zurück, trank seinen dritten Brandy und grinste schräg über die seltsam passenden Worte des verfolgten Verseschmieds aus *The Fairy-Queen*: »Ich bin ein schmieriger Dichter.«

Kapitel XXI

UNTERSUCHUNGEN

Thorpe Gilbert, Eastshire
Montag, 29. September

Die Ständehalle hatte seit kurz vor dem Bürgerkrieg in der Stadtmitte von Thorpe Gilbert gestanden, Geschenk von und Andenken an eine mittlerweile ausgestorbene Familie, deren einziger Sohn 1643 beim Angriff auf eine Kolonne der *Roundheads* vor der Stadt gefallen war. Mit ihrem Wetterhahn, den hohen Fenstern, von Musketenkugeln vernarbten Blendarkaden und Sandsteingottheiten mit abgeschliffenen Armen voller Weizen oder mit vom Wind abgerundeten Rindern an der Leine bildete sie den elegant verwitterten Abschluss einer verschlafenen Straße voller geschlossener Fensterläden.

Heute war das alte Gebäude ungewöhnlich stark bevölkert, denn das Leben verlangte Auskunft über den Tod — Beamte und Sicherheitsleute, Journalisten und Politiker und natürlich Gemeindevertreter. Heute war der Tag, an dem die Untersuchung eröffnet werden würde. Es würde keine komplette behördliche Untersuchung werden, dafür war es noch viel zu früh, aber der Wundermigrant würde sich zum ersten Mal in der Öffentlichkeit zeigen. Außerdem sollte es eine vorläufige Aussage vom Kapitän eines Küstenwachschiffs geben, das in jener Nacht in der Gegend gewesen war.

Menschen strömten durch hohe, blaue, mit Nägeln beschlagene Türen aus Pechkiefernholz und den großen Treppenaufgang hinauf, um sich unter den gläsernen Augen dutzender Kameras in die Eastshire Suite hineinzudrängen und sich zwischendurch immer wieder umzudrehen, um diejenigen anzufunkeln, die von hinten nachdrängten. Absolut jeder war da, vom *Three Es* bis hin zu *Money & Markets*. Misslungene Ölgemälde einstiger Oberbürgermeister starrten mit schrägen Augen aus ihren vergoldeten Rahmen auf die Besetzer des Parketts hinunter, das so oft die bruegheleske Last der Jungbauern und ihrer Ehefrauen *in spe* getragen hatte. Für die zweite Septemberhälfte war es atemberaubend heiß, obwohl alle Fenster geöffnet waren und das Zwitschern der Spatzen in den Regenrinnen hereinließen. In den Fluren und bis auf den Bürgersteig und die Straße hinaus drängten sich noch mehr Fotografen und Journalisten schmachtend und fluchend herum und wurden selbst zu Objekten der erregten Aufmerksamkeit der Anwohner.

Just die Straße aufwärts vom Gebäudeeingang fand eine kleine Demonstration der »Ethnischen Aktion Eastshire« statt, die durch die Polizei von der Straße in die Einfahrt eines baufälligen Lagerhauses aus dem 18. Jahrhundert abgedrängt wurde.

Ungeachtet des Gruppennamens waren nahezu alle Demonstranten von außerhalb gekommen, und die Organisation selbst existierte erst seit zwei Wochen. Als ihre Minibusse aus London, Manchester und Birmingham eine Stunde zuvor ihre Insassen am Busbahnhof ausgespien hatten, hatten die Passanten sie angestarrt. Im Gegensatz zur nun vorherrschenden Meinung hatten sie nicht gestarrt, weil die Neuankömmlinge Schwarze oder Inder gewesen wären (was ohnehin so gut wie gar nicht der Fall war), sondern wegen der aggressiv-selbstbewussten Weise, in der sie sich benommen hatten mit ihren im Arm gehaltenen Spruchbändern und Plakaten und ihrem ohrringbehangenen und zungengepiercten Auftreten. Sie wirkten trotz ihrer hängenden Schultern sehr sicher, als sie sich über die engen Bürgersteige in Bewegung setzten und Anwohner zwangen, ihnen den Weg freizumachen. Einige trugen Kapuzen und Schals und hatten ungewöhnliche oder unkenntliche Fahnen dabei – große As, Hammer und Sichel, geballte Fäuste, Regenbogenstreifen, ein paar irakische Flaggen. Sie sahen unglaublich fremd aus. Ein älterer Herumtreiber stieß seinen Sitznachbarn an und sprach für viele andere: »Womit verdien' die Jungs wohl ihr Geld?« Beide kicherten hinter vorgehaltener Hand.

Einige der Besucher hatten offensichtlich auf der Fahrt getrunken und strömten sogleich ins »Queen's Arms« gegenüber vom Busbahnhof – währenddessen sprachen die scheinbaren Organisatoren mürrisch mit der Polizei, oder sie schrieben Textmitteilungen und Tweets, während sie die mittelalterlichen Straßen zur Halle hinuntertrotteten. Ladenbesitzer schauten neugierig und leicht beunruhigt auf, als sie vorbeizogen, aber sie erschienen höflich genug, und ihnen wurde im Gegenzug höflich genug begegnet. Die Gespräche wurden jedoch zweifellos von ihrem Einfall beeinflusst – Ladenbesitzer und Stammkunden tauschten mit hochgezogenen Augenbrauen wortlos ihre gemeinsamen Eindrücke aus, wenn sie das Gefühl hatten, dass die Fremden nicht hinsahen, auf den Gesichtern gefror das Lächeln, und die Unterhaltungen kehrten zurück, wenn die Besucher die Läden verlassen hatten, aber nicht, bevor sie nicht außer Hörweite waren.

Dylan Ekinutu-Jones schlenderte verträumt durch das Treiben, mit den Neuankömmlingen gekommen, aber doch kein Teil von ihnen. Er sah sich voller Staunen und paradoxem Neid um. Hier war die Zeit stehengeblieben! Und wie die Gesichter der Menschen aussahen – sie waren ebenso aus der Zeit gefallen wie ihre Häuser, einige trugen Tweed oder fleckige Arbeitskleidung, es gab einige extravagante Backenbärte, ein Mann rauchte eine Pfeife. Solche Gesichter hatte Dylan zuvor nur ein einziges Mal gesehen, und das war auf einer Demonstration von Jagdbefürwortern in London gewesen. Er hatte auf der Seite einer Gegendemonstration von Tierschützern gestanden, aber ein Teil von ihm hatte sich den Jägern anschließen wollen, hatte sich England anschließen wollen, auch wenn er über die zurückgebliebenen Dinosaurier des alt gewordenen Landes gelacht hatte. Er erinnerte sich mit Wonne an den die Whitehall hinab schallenden Klang ihrer Hörner, als seien es Kriegsfanfaren der Wikinger gewesen.

Dieser Ort erinnerte ihn an all die Bücher, die er über England gelesen hatte; alles war so alt, so malerisch, so fachwerkverziert, so sanft verfallend, so ganz anders als überall sonst. Metzger, Gemüseläden, Marktbuden, ein altes Kaufhaus, spitze Türme, verzierte Giebelbretter, hohe Fenster mit Butzenscheiben, Männer in schlammverkrusteten Pick-ups voller Strohballen und Terrier.

Dieser Ort bedurfte dringend einer Überarbeitung, er musste bedeutsam gemacht werden – und doch kam ihm gleichzeitig der unsinnige Gedanke, dass man ihn vielleicht genau so lassen sollte, wie er war. Aber dafür war es jetzt zu spät. Er sah sich mit einer Mischung aus Stolz und Unwohlsein nach seinem Anhang von Modernisierern um.

Er hatte die treuesten Anhänger der Avantgarde mitgebracht – ein aknezerfressenes Mädchen aus Roedean namens Arabella, Jim McTeague, den kahlköpfigen Anarchisten, dessen Gesicht so steinern aussah wie die der Rotröcke in der Schlacht um Rorke's Drift, diese verrückte Armenierin, die andauernd falsch geschriebene Plakate mitbrachte und nach Katzen stank. Das England von heute und morgen lief durch das Trugbild eines Englands, das überall sonst längst verschwunden war und auch hier nicht mehr lange bestehen würde. Nun sangen sie alle – »All Change« – und bliesen in ihre Trillerpfeifen; ihr Kriegsgeschrei schwang sich auf und brachte die kreischenden Mauerschwalben zum Schweigen.

Die progressive Phalanx bewegte sich auf die Halle zu und hielt nur gelegentlich kurz inne, um Flugblätter zu verteilen oder sich gegenseitig mit emporgereckten Bannern vor dem Kriegerdenkmal, der Blasiuskirche, dem Spital aus der Tudorzeit und dem Marktkreuz zu fotografieren. Die Stadt und ihre Einwohner waren das reizende Hintergrundbild, vor dem sie ihr modernes Moralstück aufführen würden.

Ein faulenzender Anwohner namens Simon Tranter lehnte übellaunig am Fenster der Bausparkasse, rauchte mit intensiver Konzentration seine dritte Zigarette in dieser Stunde und unterbrach seine offenkundig verdrießlichen Gedanken nur, um der Geschäftsführerin der Bausparkasse den Finger zu zeigen, als sie herauskam, um sich zu beschweren. Er blieb dort stehen, ohne die aufgebrachten Mitarbeiter zu beachten – ohne überhaupt irgendetwas zu beachten bis auf das dumpfe Gefühl, dass er sein ganzes Leben lang gegen Fenster wie dieses gelehnt dagestanden hatte. Als er den ersten Lärm der herannahenden Befreiungsarmee hörte, schaute er interessiert auf, und als sie um die Ecke bog, stellte er das Rauchen ein und starrte gierig hinüber. Irgendwas an ihrem Auftreten gefiel ihm, und so warf er seine Zigarette fort und stampfte hinüber, um sich anzuschließen.

Er sagte ihnen, er sei auf ihrer Seite – Thorpe Gilbert, eigentlich das ganze beschissene Land sei ein grauenhafter Ort voller beschissener Arschlöcher. Sie freuten sich, ihn begrüßen und eingliedern zu können, diesen aus dem Feuer geretteten Scheit, dieses Sinnbild dafür, dass die Aufklärung selbst über diesen Ort hinwegspülen und die Trümmer der Vergangenheit mit sich fortreißen würde. Andere Ortsansässige, die es gewohnt waren, Simons schlaksige, blondierte, in Tarnkleidung gehüllte Gestalt finster dreinblickend durch Thorpes Straßen trotten oder seinen Namen in Verbindung mit einer weiteren Gerichtsverhandlung im *Three Es* stehen zu sehen, waren nur wenig überrascht, ihn nun an der Seite dieser Fremden zu sehen, wie er ihnen die Hände schüttelte und auf die Schultern klopfte, ihren edlen Idealen grinsend zustimmte, Flugblätter verteilte, ein Schild mit der Aufschrift »Ibrahim MUSS bleiben!« hochhielt. Wieder und wieder lief er von den Auserwählten hinüber zu den Normalsterblichen, die Arme voll mit klingenden Forderungen auf Recyclingpapier, während er die ganze Zeit mit blitzenden Augen nach Emily-Rose Ausschau hielt. Ein nutzloser Wichser sollte er sein? Der Schlampe würde er es schon zeigen.

Die Besucher hatten ihre Stimmen, ihre Trillerpfeifen und ihre Megafone gefunden, und zum ersten Mal seit den Korngesetzen des 19. Jahrhunderts hörte man in Thorpe Gilbert wieder den Aufschrei der Unterdrückten.

»Hände weg vom Menschenrecht!«

»NEIN zu Nazigesetzen!«

»Nicht nur Weiße haben Rechte!«

»Ibrahim bleibt!«

Simon war begeistert, mitten in der Stadt straffrei herumbrüllen zu können, und während er die frohe Botschaft hinausbellte, starrte er die Passanten herausfordernd an. *Jetzt* sollten sie sich mal über ihn lustig machen!

Er und seine neuen Freunde, überhitzte Polizisten und Beamte, fieberhafte Medienvertreter, engagierte Einwohner, verwirrte Arbeiter, die aus Läden hinausschauten, die berühmten weißen Tauben der Stadt auf den Mauersimsen – sie alle befanden sich zwar in ununterbrochener Bewegung, aber waren doch auch in diesem Augenblick gefangen. Einige von ihnen warteten auf den Untersuchungsrichter, Sir Smedley Cutting, Baronet, aber die meisten warteten auf Ibrahim, den Zeugen eines abscheulichen Augenblicks in der Geschichte, der jeden Moment *hier* eintreffen musste, im kleinen Thorpe am schläfrigen Rand Englands. Es war ein Zusammenprall mit der Geschichte, eine Gelegenheit, in Abscheu gegen den Rassismus zusammenzukommen, wie Mark Clark bei sich dachte, während er zwischen den Menschen umherwanderte – der Star, der herabgestiegen war, um für ein paar glanzvolle Sekunden Stars aus gewöhnlichen Menschen zu machen.

Und da war er! Eine schmächtige, watschelnde Figur, dunkelhaarig, in einem braunen Jackett und Jeans, scheu von links nach rechts blickend, wurde er durch die gleichen hohen blauen Türen und die gleiche Treppe empor in die stickige Suite mit all ihren würdevollen Gemälden halb geschoben und halb gezerrt. Auf der Treppe stießen die Menschen einander vorwärts, so als wollten sie seine Kleider berühren, und ein Gewittersturm von Kameras ging los, während er auf einer Flutwelle von Blitzlichtern, Dunkelheit und dann wieder Blitzlichtern aus hohen Fenstern vorangetragen wurde, bestürmt von einem Donnerwetter an Stimmen. Der flüchtige Anblick des Wundermigranten trieb die Demonstranten zu doppelter Anstrengung an, und schnell waren sie heiser von all ihrer gebrüllten Unterstützung.

Sir Smedley erschien als allerletzter, dünnhaarig, schmallippig und mit kleinen Ohren, adlernasig, ohne dabei grausam auszusehen, und mit grauen Augen, die mit derselben Leichtigkeit freundliche Zustimmung, höfliche Skepsis und hochmütige Verachtung ausdrücken konnten. Mit einer abgewetzten braunen Ledertasche unter dem Arm, die er von seinem Großvater geerbt hatte, schlängelte er sich in einem feinen Savile-Row-Anzug und Church's-

Schuhen durch die Menge und stieg die Treppe hinauf. Nun, da das letzte Puzzleteil an seinem Platz war, ebbte das Geschrei ab und die Demonstranten kauerten sich hin, um das Ergebnis abzuwarten – alle Aussagen würden über Lautsprecher an die Außenwelt übertragen werden.

Ibrahim zitterte, als er den hohen Raum sah, und vor allem angesichts des Großinquisitors, der so voll und ganz in diesen Raum, in diese Stadt, in diese Kultur zu passen schien. Aber hinter der amtlichen Schroffheit des Baronets verbarg sich Mitgefühl. Er trug seine Fragen mit solcher juristischen Behutsamkeit vor, dass Ibrahim kaum bemerkte, wie eindringlich sie waren. Sir Smedley betonte, er sei nicht hier, um sich mit seinem Asylstatus zu befassen – nur die Fakten, was in der Nacht des Soundsovielten zwischen dannunddann und dannunddann passiert ist, in Ihren eigenen Worten, lassen Sie sich Zeit, Sie sind hier nicht angeklagt.

Langsam öffnete sich Ibrahim gegenüber diesem überkorrekten Fremden. Er offenbarte ihm mehr, als er selbst bemerkte, mehr als sich selbst. In einer kaum vernehmbaren Lautstärke, oft pausierend, damit der Dolmetscher mitkam, hob er an.

»Wissen Sie, mein Lord Smedley, ich bin so weit und durch viele Länder gereist, um nach England zu kommen – zu Fuß, per Lastwagen, in PKWs, in Booten, Zügen, sogar per Flugzeug. So ein langer Weg, und es war schwer – sehr schwer.«

Sir Smedley lächelte und lehnte sich vor wie ein freundlicher Windhund. Die Suite wurde totenstill und alle Geräusche klangen gedämpft, während Ibrahim immer flüssiger vom Hunger, der Müdigkeit, seiner kranken Schwester, dem Krieg, dem Schmutz, der Unterdrückung, der Hoffnung und seiner Pilgerfahrt berichtete. Dann die letzten Akte… die Leiter hoch aus dem verschmutzten Laderaum, erwartungsvolle Blicke über die Reling, die qualvolle Erkenntnis, dass es ein Trick war, die verschlossenen Gesichter der Killer, das Mündungsfeuer ihrer Waffen, wie er über Bord geworfen wurde und sich überschlug, wie die Wellen weit über ihm zusammenschlugen, der Schock, als er zurück an die Oberfläche kam, wie seine Sinne schwanden, und zuletzt, die schwächste all der schwachen Wahrnehmungen, ein beinahe unmerkliches Gefühl von Festigkeit unter seinen verkrampften Händen, undeutliche Schemen, die sich bewegten und herabbeugten, bevor er – viele, viele Jahre später – im Krankenhaus wieder zu vollem Bewusstsein kam.

Als er schließlich geendet hatte, schien der Raum – unaussprechlich erschöpft von all den Gefühlen – auszuatmen, und dann gab es einen erhabenen Moment, in dem irgendwo jemand mit brennenden Augen zu klatschen begann. Sein Nachbar fiel ein, und binnen weniger Sekunden applaudierte und jubelte jeder im Saal mit Ausnahme von Sir Smedley und den Beamten – und selbst ihnen schien es schwerzufallen, professionell zu bleiben. Eine junge Frau aus dem Büro des Untersuchungsrichters gab den ungleichen Kampf auf und klatschte und johlte mit all den anderen; sie verstreute ihre Papiere überall, aber wollte nicht von diesem Augenblick ausgeschlossen sein. Selbst von der Straße draußen war eine ungestüme Beifallsbekundung zu hören. Ibrahim glaubte sogar, ein Stocken in Sir Smedleys Stimme zu hören, als dieser ihm dankte.

Ibrahim plumpste zurück auf seinen Platz, während um ihn herum alle Leute gierig schienen, ihn zu berühren, ihm ein Zeichen ihrer Wertschätzung zu geben, einen Talisman ihres Mitleids und ihrer Menschlichkeit. Er wandte sich ihnen allen zu, lächelte und drückte ein paar glückliche Hände, und dieses Lächeln auf diesem Gesicht, das derartiges Leid gesehen hatte, löste bei einigen weiblichen Journalisten besonders tiefe Gefühle aus.

Den Rest des Tages über gab es unregelmäßige, böige Bewegung im Publikum, wie Wellen in einem Hafenbecken, die eingehegt, aber dennoch mit einem Sturm hinter dem Horizont verbunden waren. Der widerhallende Raum hörte Aussagen von Neil Parrish, der die Leichen als erster gesehen hatte, sowie von Polizei- und Rettungskräften. Die einzige neue Information kam vom jungen Kapitän der *Hector*. Er setzte das mucksmäuschenstille Publikum darüber in Kenntnis, dass sein Schiff in der Nacht, in der es zu den Todesfällen gekommen war, ein unidentifiziertes Wasserfahrzeug verfolgt habe. Er habe die Überprüfung abgeblasen – hätte er damals nur gewusst, was er heute wusste! –, weil ihr Treibstoff knapp wurde, das andere Schiff nicht das Festland erreicht und sich, so oder so, mit mäßiger Geschwindigkeit wieder aus britischen Gewässern entfernt hatte. Es sei zugegebenermaßen ungewöhnlich, aber nicht gänzlich unerhört gewesen, dass es auf seine Funksprüche keine Antwort gegeben hatte. Er sei davon ausgegangen, dass der Grund ein beschädigtes UKW-Gerät wäre. Nein, es habe niemals einen Grund zu der Annahme gegeben, dass an diesem Küstenabschnitt Menschenschmuggel vonstatten gehen, weil er so weit vom Kontinent entfernt und das Hinterland von jedem Ballungszentrum und selbst größeren Straßen abgeschieden sei. Außerdem sei die Hauptaufgabe seines Schiffs der Schutz der Fischereigewässer. Nichtsdestoweniger – und er blickte zu Ibrahim hinüber – bereue er bitterlich, die Flüchtlinge im Stich gelassen zu haben. Wenn sie nur gewusst hätten… In seinen ehrlichen Augen schimmerte es feucht. Der Saal seufzte auf.

Stimmen ebbten auf und wieder ab, auf und wieder ab, auf und wieder ab – in der Hitze hatte das eine einschläfernde Wirkung. Ibrahim ertappte sich mehr als einmal dabei, wie er aus dem Schlaf hochschreckte, und verpasste große Teile der Aussagen trotz der unermüdlichen Anstrengungen des Dolmetschers. Schließlich aber zog Sir Smedley, der beinahe als einziger englische Klarheit bewahrt hatte, sein Resümee. Sein klares Verdikt über die widerrechtliche Tötung von geschätzten 42 unidentifizierten Personen durch unbekannte Angreifer, deren Umstände noch gesondert zu untersuchen seien, überraschte niemanden, aber war dennoch ernüchternd – und mehr als ein Mensch im Raum schauderte im Halbschlaf, so als habe man ihm Meerwasser ins Gesicht gespritzt.

Als alle anfingen, herumzurutschen und nach ihren Koffern und Taschen zu suchen, fand sich ein schwindliger Ibrahim geradezu emporgehoben und aus der Suite mit den hohen Wänden und seltsamen Bildern hinausgetragen, zurück die Treppe hinunter durch dünner werdende Menschenmengen, an der schreienden und klatschenden Demonstration vorbei, hinein in das neu riechende Auto und dann weg, sanft aus der Stadt hinaus- und durch die funkelnde Landschaft hindurchgleitend, zurück nach Long Shore Camp. Er saugte den Moment in sich auf und genoss den Luxus, einfach nur dazusitzen und hinauszuschauen, während sich ein üppiges Panorama nach dem anderen entfaltete – anschwellende Felder überquellenden Grüns, die ruhig auf den Horizont und ferne Kirchtürme zuliefen, hübsche Häuser, weit darüber kreisende Bussarde, fettes Weidevieh, das knietief im Ampfer stand und träumte, Bäume, die ihn mit herabhängendem Laub grüßten, alles von der Sonne beschienen. Das hier war ENGLAND, und es war viel zu schön, um wahr zu sein. Er weinte eine Weile still vor sich hin, und der Dolmetscher tat so, als würde er es nicht bemerken.

Zurück in der aufatmenden Stadt waren alle weitaus weniger hinaus- als hereingeströmt und hatten die überfüllte Suite leer zurückgelassen bis auf ein paar Männer, die die Stühle zusammenstellten, Angestellte, die vorsichtig aus unbedeutenden Büros herausschielten oder anfingen, das Treppenhaus zu säubern, noch während die letzten Eindringlinge vorbeihasteten. Draußen leerten sich die Straßen, und die Ladenbesitzer schickten sich an, ihre Geschäfte zuzuschließen.

Eine auffällige Ausnahme von der neuen Ruhe waren der umherschwirrende harte Kern der Demonstranten und ihr neuer Verbündeter Simon – letzterer zögerte, seine neue Welt der großen Politik aufzugeben, um zu seinem langweiligen Reihenhaus und seiner keifenden Mutter zurückzukehren. Sie würde heute doppelt wütend sein, weil er am Morgen 60 Pfund aus ihrer Geldbörse genommen hatte. Folglich bot er sich seinen neuen Freunden als Berater an, was Kneipen und Imbisse anging. Außerdem war er entschlossen, in der Nähe von Arabella zu bleiben, deren wohlklingenden Südküstenakzent er fesselnd fand. Wenn es dunkel war, würde ihre Haut weniger schlimm aussehen. Emily-

Rose war eh keine so große Nummer – ziemlich gewöhnlich eigentlich im Vergleich zu dieser Mieze. Er war sehr erfreut, als sie ihn einlud, sich ihnen zum Essen anzuschließen. Er fing an, ihnen vom Burgerladen vorzuschwärmen, aber ihm fiel auf, dass etliche von ihnen gequält dreinblickten – also lotste er sie stattdessen in Richtung »Constitution Arms«, wo es das gab, was er persönlich für »Veggiescheiße« hielt, und wo er glücklicherweise noch kein Hausverbot hatte.

Jemand gab ihm ein Bier aus, und dann saß er in einer Ecke mit Arabella (hin und wieder konnte er ihr in den Ausschnitt schauen) und einigen anderen – diesem schwarzen Typen, Dylan, dann noch diesem Skinhead und irgendeinem Mann, der an einer Universität lehrte. Es freute ihn, am gegenüberliegenden Ende des schäbigen Tresens Leute zu sehen, die er kannte, und er nickte ihnen gönnerhaft zu.

Jemand gab ihm noch ein Bier aus, dann kam von irgendwoher ein drittes. Während die verschwanden, lehnte er sich immer näher zu Arabella hinüber, aber die redete die meiste Zeit über mit Dylan. Simon konnte mit der scheinbar hochintellektuellen Konversation nicht mithalten, und so unterhielt er sich stattdessen mit dem Skinhead, der wie er eher ein Mann der Tat als der vielen Worte war. Schnell wurde er weniger mürrisch. Das war wirklich ein netter Kerl, sie hatten viel gemeinsam – Fußball, Musik und Weiber. Sie stießen aufeinander an, redeten lauter und lauter, derber und derber, bis Arabella schließlich den taktischen Rückzug antrat und sich in ihre organisch geführte Frühstückspension zurückzog, um sich von einem für das Gute verbrachten Tag zu erholen. Simon bemerkte ihr Verschwinden nicht einmal, weil er und sein neuer Freund Jim sich zu diesem Zeitpunkt schon angeheitert in den Armen lagen und oft unkontrolliert lachten. Als ihm schließlich auffiel, dass sie gegangen war, führte das nur zu noch mehr Trinksprüchen, diesmal über die Tücke der Weibsbilder.

Als der Laden schloss, waren die beiden und ein halb abwesender Dylan, der noch nicht in der Stimmung war, schlafen zu gehen, die einzigen übriggebliebenen Demonstranten; der Rest hatte sich nach und nach verabschiedet. Die seltsame Männerrunde ging hinaus auf die, wie Dylan fand, schlecht beleuchtete Straße voller Autos und gemütlicher Häuser. Es war ein Anblick, der Simon besser gefiel, als ihm selbst recht war. Er hatte diese Straßen aus jedem denkbaren Blickwinkel gesehen, zu jeder Tages- und Nachtzeit, und seit seinem achten Lebensjahr war er sie oft spät in der Nacht entlanggewandert, während seine Mutter im Drogenrausch vor dem Fernseher geschnarcht oder sich in ihrem Zimmer um verschiedene »Onkel« gekümmert hatte. »Was für'n Kaff – was für'n b'schiss'nes Kaff!«, rief er, während er auf all die Villen und Bungalows starrte – Eastholme, Baobab, The Laurels, Darjeeling, Shimla, Luxor. Jim war still – aber halt, was machte er da?

Die beiden anderen Männer sahen erregt zu, als der Liverpooler geübt die Straße entlangspazierte, den linken Arm lässig in Richtung der geparkten Autos ausgestreckt, und während er ging, gab es einen scharfen, kratzenden Ton, als seine Schlüssel über die gesamte Länge des Weges den Lack zerkratzten. Simon bewunderte die Schamlosigkeit der Tat, diesen perfekt abgestimmten Protest gegen die Ungerechtigkeit; Jim war eindeutig ein stilvoller und ressourcenbewusster Mann. Er sah sich um; noch schaute niemand aus dem Fenster, aber das würde sich jeden Moment ändern. Er ergriff Dylans Arm, und beide hasteten Jim hinterher; alle drei bogen um die Ecke und waren in Sicherheit. Bei Emily-Rose öffnete niemand die Tür, obwohl sie bestimmt zehn Minuten lang klingelten und dagegenschlugen. Schließlich lud Simon die anderen auf ein Bier zu sich nach Hause ein.

Dylan war hin- und hergerissen, ob er die Einladung annehmen sollte; er spürte, dass ihn nichts mit diesen unartikulierten Ra-bauken verband, aber etwas an ihrer lapidaren Entschlossenheit gefiel ihm. Und wenn er nur daran dachte, dass sie das für Menschen wie ihn taten! Unter ihrem ungehobelten Äußeren verbargen sich eindeutig edle Herzen. Der Vandalismus an diesen Autos war erschreckend – aber er war auch aufregend gewesen, der perfekte stumme Protest gegen schlichtweg alles. Jim hatte wortwörtlich einen Eindruck hinterlassen, viel grundlegender, als Dylans Blogs und Medienauftritte es vermochten. Es war ein grober Akt, der sie auf die falsche Seite des Gesetzes stellte – aber es war ein gesellschaftlich wirksames Sgraffito und eine Erinnerung an den Tag, an dem das Morgen Einzug in die Stadt gehalten hatte. Er spürte, dass sogar noch größere Ereignisse bevorstehen könnten. So kam es, dass drei sehr unterschiedliche Männer, die von Ereignissen zusammengewürfelt worden waren, die viel größer waren als sie selbst, zusammen vor einem großen Fernseher saßen (seine Mutter hatte ihren eigenen Fernseher in ihrem Zimmer, wohin sie sich mit einem »Onkel« zurückgezogen hatte). Sie rauchten Gras und hörten die Atrocities Against Civilians – weitere Vorlieben, die Simon und Jim miteinander teilten, während Dylan etwas melodischere Musik bevorzugte. Sie waren jung und gelangweilt, und Simon fragte Jim, ob Arabella »zu haben« sei. Jim zuckte die Schultern und erklärte ihm, dass sie sich bisher nur mit Typen eingelassen habe, die »du weißt schon, politische Sachen machen – die sich bewiesen haben«.

Das war der Moment, in dem Simon eine großartige Idee kam, und er teilte sie den beiden anderen in wenigen beißend riechenden Sätzen mit. Jim lachte achtlos und sagte, dass er definitiv dabei sein würde, wenn Simon es ernst meinte. Dylan brauchte ein wenig mehr Überzeugungsarbeit, aber das Cannabis verlieh ihm das Gefühl einer glorreichen Unbekümmertheit, so als sei er wieder 18 Jahre alt und ließe sich auf eine unvernünftige, aber unwiderstehliche Liebelei ein, die alle Sinne befriedigen und selbst das Fallen angenehm erscheinen lassen würde.

Zum Zeichen der Solidarität schlugen sie ein, rauchten noch mehr Gras, und Simon holte einige Sachen aus dem Geräteschuppen. Sie würden noch einige Stunden warten müssen. Ihre Musik wummerte durch die dünnen Wände, sehr zum Zorn der Nachbarn.

Dan fragte sich schläfrig, warum Sammy so seltsam knurrte. Vielleicht ein Dachs oder ein Fuchs. Eulen? Oder vielleicht träumte Sammy einfach nur von seiner Welpenzeit, während seine grauhaarigen Beine ausschlugen und sein Traum-Selbst Kaninchen über verschwundene Wiesen hinweg in ihre Traumbehausungen verfolgte...

Dann gingen unten die Fenster zu Bruch, aus dem Knurren wurde wütendes Bellen, und raue Stimmen brüllten aus einem anderen Universum – »RASSISTENSCHWEIN! RASSISTENSCHWEIN! B'SCHISS'NES RASSISTENSCHWEIN! B'SCHISS'NES RASSISTENSCHWEIN!«

Mehr splitterndes Glas, dann fiel etwas um. Die Uhr! Das Wohnzimmer! Das Haus! *Oh Gott!* Hatty schrie, Clarrie auch, und Sammy jaulte und sprang gegen die Eingangstür, während Dan halb fiel und halb sprang, um aus dem Bett zu kommen, und nach seiner Hose griff. Schon hörte er schwere Schritte, die sich schnell durch den Vordergarten zurückzogen. Er riss die Vorhänge auf und konnte im Mondlicht noch den Rücken eines Mannes sehen, der um die Kurve rannte, während unten am Weg ein Motor startete und jemand rief: »LOS DOCH! SCHEISSE NOCHMAL, LOS! JIM! DYLAN!«

Dan rief »RUFT DIE POLIZEI!«, während er die Treppe hinunter und in die Küche stolperte. Dort öffnete er die Hintertür für Sammy, der sofort hinausstürmte, und wühlte in einer Schublade nach dem Schlüssel zum Waffenschrank. Da! Er suchte im Schrank nach Patronen, den grimmigen Klang des beschleunigenden Motors und mehr Geschrei im Ohr. Seine Feinde entkamen ihm, während Hatty und Clarrie oben nach Luft rangen. Warum bekam man nie das zu fassen, was man suchte...

Letzten Endes fertig ausgerüstet, aber mit noch immer offenen Schnürsenkeln trat Dan in die kühle, silbrige Nacht hinaus und rannte auf die Wegbiegung und das Motorengeräusch zu, so schnell es seine Lebensjahre zuließen. Irgendwo weiter voraus konnte er Sammy schmerzhaft aufjaulen hören (diese Schweine hatten ihn *getreten!*), dann bellte er wieder und übertönte selbst das gewaltsame

Heulen des Motors, das sich jetzt schnell den Weg hinabbewegte. Wenn er über den Vorsprung von Home Field abkürzte, könnte er vielleicht noch einen Schuss auf die Schweine abgeben, wenn sie an Fisher's Corner abbogen.

Aber er konnte nicht mehr so rennen, wie er es früher gekonnt hatte, und er war erst halb über das Feld, als er die Lichter des Autos an der Ecke auf die Küstenstraße einbiegen sah. Just in diesem Moment trat er auf sein Schnürband und schlug der Länge nach auf, verletzte sich Knie und Hand und ließ das Gewehr fallen, das sich gefahrlos in die Luft entlud. Atemlos und fluchend lag er da, während das Auto der Sicherheit entgegenfuhr. Er versuchte, aufzustehen, doch sein Knie war verdreht und begann bereits, anzuschwellen.

Er lag noch immer würdelos und keuchend da, als Sammy den Weg herauf zu seinem Herrchen humpelte. Dan setzte sich unter Schmerzen auf, klopfte ihm auf den Kopf und kraulte seine Ohren. Sammy war es nicht gewöhnt, von Dan mitten in der Nacht auf offenem Feld gekost zu werden. Doch er genoss es, drückte seinen Kopf gegen Dans Hände und leckte sie mit wedelndem Schweif und grummelnd vor Freude. Mühevoll erhob Dan sich, bemerkte den stechenden Schmerz in seinem Knie und machte sich auf den Rückweg zum Haus. Dort wartete der übelste Schreck von allen auf sie.

In großen, stümperhaften weißen Buchstaben stand auf der gesamten Vorderwand des Hauses, zwischen den zerbrochenen Wohnzimmerfenstern und quer über die Sonnenuhr gesprüht: »HIER WOHNT EIN RASSISTENSCHWEIN«, und »RASSISMUS AUSLÖSCHEN«. Er starrte die Schriftzüge entsetzt und ungläubig an. Es war, als würde er im Gesicht eines Familienmitglieds eine Narbe entdecken. Überall im Haus waren die Lichter an, und Hatty und Clarrie diskutierten hektisch und atemlos im Wohnzimmer miteinander. »Oh mein Gott, sieh nur, was sie getan haben!«

»Oh nein!«

Langsam und niedergeschlagen ging er über Gras, Glas und Schotter zu den Fenstern hinüber, lehnte sich – vorsichtig die gezackten Kanten vermeidend – hinein und sah sie mit weit aufgerissenen Augen zurückstarren. Der Teppich war mit Scherben und Steinen bedeckt, und die alte Standuhr lag kopfüber auf dem Boden in einem Meer aus Glas und Ziegeln. Einer der Steine musste sie am unteren Ende getroffen und auf die unnachgiebigen Kacheln des Kaminbodens umgestürzt haben, wobei ihr 200 Jahre altes Ziffernblatt zerschellt war. Das Telefon klingelte und klingelte.

»Dan! Bist du in Ordnung? Hast du sie gesehen? Was ist passiert?«

»Ich bin ok, aber die Schweine sind abgehauen. Ich bin nicht an sie rangekommen. Sammy, der Gute, hat's versucht. Die haben ihn *getreten*! Aber die hatten ein Auto. Sind Richtung Thorpe weg. Habt ihr die Polizei gerufen?«

»Sie haben gesagt, sie kommen sofort her. Aber wie sollen sie die kriegen? Es sind über 16 Kilometer!«

»Die kriegen sie nie. Das muss der Rückruf der Polizei sein. Clarrie?«

Clarrie nahm das Telefon ab und sprach mit hoher, aber kontrollierter Stimme, während Dan Hatty an die Hand nahm, sie auf die Wiese hinausführte und ihr die Verschandelung zeigte. Sie stand da, genauso erschüttert wie er, schaute auf die schmierigen Buchstaben und dann mit tränenden Augen zu ihm. »Oh, Dan!«, war alles, was sie sagen konnte, und er legte seinen Arm um sie, um sie und sich selbst zu trösten.

Er zitterte leicht, als er daran dachte, was alles hätte passieren können. In gewisser Weise hatten sie Glück gehabt. Was, wenn die das Haus angezündet hätten – oder wenn sie eingestiegen wären, um sie anzugreifen? *Jesus*. Nicht auszudenken. Die Erkenntnis, dass noch Schlimmeres hätte passieren können als diese... Schändung... erfüllte ihn mit dem entsetzlichen Gefühl, seine Familie und seinen Grund nicht verteidigen zu können. Das war etwas, das ihm nie zuvor in den Sinn gekommen war – das er nie zuvor hatte bedenken müssen. Durch seine haarsträubende Dummheit hatte er sie alle in Gefahr gebracht, und jetzt war er beinahe machtlos, um sie zu beschützen.

Er wies Hatty und Clarrie an, nichts anzufassen und alles genau so für die Polizei liegenzulassen. Sie zogen sich an, und Hatty bereitete das Frühstück zu; sie zitterte leicht, als sie den Tee eingoss. Dan begab sich in den Hof, um alles zu überprüfen. Es wirkte alles normal, aber... War da Bewegung unten auf der Straße? Er stöhnte auf, als ihm klar wurde, dass das Ochsengatter offenstehen musste. Zurück im Haus griff er sich die Autoschlüssel, setzte Hatty in Kenntnis und rumpelte dann im Land Rover den taunassen Pfad hinunter, wobei er die ersten Saatkrähen des Morgens aufscheuchte.

Das Tor stand weit offen und blockierte eine Seite der Fahrbahn. Gottlob war die Straße ruhig, und die Tiere mussten sich am anderen Ende des Felds aufhalten, denn nur wenige waren entwischt und standen jetzt zusammengedrängt auf dem Seitenstreifen, so dass nichts Schlimmeres passiert war. Aber was wäre gewesen, wenn Verkehr auf der Straße gewesen wäre? Wer auch immer das getan hatte, hatte genau gewusst, wie man einen Bauern am besten peinigen konnte.

Er stellte den Land Rover ab, um die Zufahrt zu blockieren, und hatte keine Schwierigkeiten, die Tiere zurück auf das Feld zu treiben. Gerade wollte er das Tor schließen, als ihm klar wurde, dass sich vielleicht Fingerabdrücke daran befinden würden, also behalf er sich mit seinem Ärmel, um es zuzuschieben und den Riegel umzulegen. Just als er fertig war, kam ein Streifenwagen die Straße herauf und hielt an. Dan kannte keinen der beiden Beamten; heutzutage wurden sie regelmäßig ausgetauscht.

»Sind Sie Mr. Gowt? Wir fahren jetzt weiter zum Haus. Aber vorher noch etwas: Sind Ihre Schafe grün-gelb markiert?« Dan musste zugeben, dass das der Fall war. Sie hatten ungefähr 40 dieser Schafe die Hauptstraße hinunterwandern sehen und eine Meldung an die Leitstelle abgesetzt. Dan bat darum, die Tiere einfangen zu dürfen; dann klingelte er Ted Fisher aus dem Bett und verabredete sich mit ihm an der Kreuzung.

Er brauchte nicht lange, um die Tiere zu lokalisieren, die neugierig an den Feldergrenzen entlangspazierten und vom Sauergras und den Weidenröschen probierten. Vor Teds Ankunft konnte er nicht viel machen, also schaltete er nur die Warnblinker ein und versuchte, die Schafe von der Fahrbahn fernzuhalten. Dankbarerweise kam nur ein einziges Auto vorbei; der Fahrer war rücksichtsvoll und schlich an Dan vorüber, während der die Tiere in Schach hielt. Aber eines der Tiere fehlte doch, oder?

Nach einigen Minuten der Suche fand er das, was einmal ein gutes Mutterschaf gewesen war, im Straßengraben. Es sah aus, als sei es sofort verendet, als der Wagen es niedergefahren hatte; sein Kopf war halb zerschmettert. Dan wurde schlecht. Es bereitete ihm keine Probleme, Tiere zum Verzehr zu züchten oder sie selbst zu essen, aber er konnte trotzdem noch sentimental werden. Außerdem hasste er jede Verschwendung und, was das Schlimmste war, verspürte tiefen Groll darüber, dass irgendein dreckiges Schwein ihn wie einen Vollidioten dastehen ließ.

Dann kam Ted, und Dan war unsagbar froh über seine Hilfe ohne irgendwelche lästigen Fragen – und für den mitfühlenden Klaps auf die Schulter, den Ted ihm gab, nachdem sie die Tiere zurück auf ihr Feld gebracht hatten. Es schien, als habe er noch immer ein paar Freunde – ein wenig Ansehen und Würde.

Er fühlte sich alt und ausgebrannt, als er zurück über den Pfad rumpelte. Der verunstaltete Hof mit dem Polizeiauto davor sah seltsam fremd aus, und der umliegende Grundbesitz wirkte entsprechend unpersönlich, so als seien sein Anspruch darauf und sein Platz darin viel schwächer, als er es sich je vorgestellt hatte.

Die Polizisten tranken Tee und nahmen Aussagen auf. Sie wirkten unverhofft mitleidslos, fast schon gelangweilt. Das kränkte Dan und ließ ihn sogar sarkastisch werden, worunter die Atmosphäre noch weiter litt. Der große, dunkelhaarige Polizist fragte ihn über die genauen Abläufe aus und darüber, was er mit dem Gewehr vorgehabt hatte. Sie wollten seinen Waffenschein sehen, obwohl sie alles darüber bereits von ihrer Zentrale wussten. Sie belehrten ihn sogar darüber, dass er die Waffe nicht in der Küche hätte liegenlassen dürfen, als er hinausgegangen war, um nach den Tieren zu sehen. Dann sagte der Große:»Wissen Sie, unter solchen Umständen kann es sogar zum Problem werden, eine Waffe im Haus zu haben. Es gibt immer die Versuchung, sie zu benutzen, und dann eskalieren die Dinge. Jemand hätte in dieser Nacht verletzt werden können.«

»Ha! Ja, *jemand* hätte verletzt werden können, und es wäre dem Schwein recht geschehen. Wenn die jemals zurückkommen oder ich die irgendwo erwische, dann sorge ich dafür, dass die nie wieder...«

Der Polizist hob eine schmale, blasse Hand.

»Seien Sie jetzt besser still, Mr. Gowt. Ich muss Sie warnen: Sie dürfen niemandem mit körperlicher Gewalt drohen. Das ist eine Straftat, und wenn Sie auf die Angreifer geschossen hätten, während die sich außerhalb Ihres Hauses befanden und weder Sie noch Ihre Familie unmittelbar bedrohten, dann würden wir Sie jetzt festnehmen, anstatt Ihnen zu helfen.«

»*Das* nennen Sie ›helfen‹? Warum sind Sie nicht da draußen und versuchen, diesen Abschaum zu finden, anstatt uns zu belästigen? *Wir* sind es, die angegriffen wurden, nicht die! Sie sitzen hier nur herum wie ein Pärchen von... von... was auch immer, während eine Gruppe gefährlicher Gangster wahrscheinlich inzwischen bis nach Thorpe gekommen ist. Es ist ja nicht Ihre... Ach, eigentlich ist es doch Ihre Schuld, Sie sitzen sich an irgendwelchen Radarfallen die Ärsche platt, während echte Kriminelle machen können, was sie wollen. *Wofür* bezahlen wir denn eigentlich unsere Steuern?«

Der große, dunkelhaarige Polizist sagte, es gebe keinen Grund, so patzig zu werden, und erklärte dann in einer sehr herablassenden Weise, dass es nicht einfach werden würde, die Täter zu finden, da sie wahrscheinlich von außerhalb gekommen seien. Außerdem könnten sie momentan unglücklicherweise keinen Polizeischutz anbieten; das Haus bekäme aber eine Direktverbindung zur rund um die Uhr besetzten Polizeiwache in Williamstow. (An dieser Stelle lachte Dan kurz trocken auf.) Dann kam dem Polizisten etwas Außergewöhnliches über die Lippen.

»Wissen Sie, Mr. Gowt, das wäre alles nicht passiert, wenn Sie damals nicht diese provokanten Bemerkungen vom Stapel gelassen hätten. Wenn ich ehrlich bin, dann können Sie von Glück reden, dass Ihre Äußerungen nicht Gegenstand einer behördlichen Untersuchung geworden sind – zumindest *noch* nicht. Wir nehmen diese Art von Bemerkungen sehr ernst. Die Polizei ist der Gleichberechtigung verpflichtet und kämpft gegen Vorurteile.«

Dan hätte sich beinahe an einem Schluck von Hattys stärkstem Tee verschluckt. Er öffnete den Mund und schloss ihn wieder, als ihm die enorme Tragweite klar wurde, während ihn der Polizist mit düsterer Befriedigung beobachtete und glaubte, dass seine Aussage einen Nerv getroffen habe. Dan hatte sich gerade eben so erholt, als der stillere der beiden Streifenpolizisten tatsächlich vorschlug, sie könnten doch alles verkaufen und wegziehen – so als sei die Home Farm einfach nur ein Haus. *Dieser Ort*, den Gowts erbaut und an dem sie immer gelebt hatten, an dem Männer wie er seit wann auch immer überdauert hatten, von derselben Sonnenuhr die Zeit abgelesen hatten, die gleichen Arbeiten auf dem gleichen Boden verrichtet hatten, den gleichen Sonnenschein erblickt hatten, den gleichen Seetang gerochen hatten, die Eulen wie in jedem Winter rufen gehört hatten – all *das* gegen irgendein anonymes neues Haus und den durchschnittlichen Schrecken auf irgendeinem Vorstadtgrundstück einzutauschen!

Dan begriff instinktiv, dass es keinen Sinn haben würde, *denen* irgendetwas erklären zu wollen. Wahrscheinlich lebten die in genau solchen Häusern, zumindest sahen sie so aus. Er glühte für die letzten Minuten der unnützen Befragung still vor sich hin. Auf seinen Armen und den Rücken seiner großen Hände wölbten sich die Venen hervor; sein Herz schlug bis in seinen Kopf hinein – so laut, dass es seine Worte, ihre Worte, seine Welt, ihre Welt und die ganze Wirklichkeit des Daseins in diesem gefährdeten Haus an diesem vergewaltigten Morgen zum Schweigen brachte.

Schließlich fuhren die Polizisten – ganz bewusst ohne auch nur die kleinste Zusicherung – davon, und Dan atmete auf. Er hatte immer gedacht, dass die Polizei auf seiner Seite und auf der Seite aller anständigen Menschen sei, aber diese katastrophale Vernehmung hatte ihm gezeigt, wie sehr er sich immer schon geirrt hatte. Es war erschreckend, festzustellen, dass er hochoffiziell ohne jegliche Freunde dastand. Hatty lehnte sich an Dan, als er einen starken, aber nutzlosen Arm um sie legte, und dann schluchzte sie erschaudernd in das Hemd von gestern. Er hätte noch einen Arm für Clarrie freigehabt – aber die zog es vor, gegen die Küchenarbeitsplatte gelehnt dazustehen und schwarzen Kaffee zu trinken. Sie blickte zu ihren Eltern hinüber, ohne sie wirklich wahrzunehmen, und trat unentwegt von einem Fuß auf den anderen, während ihre lackierten Fingernägel angespannt auf den Becher klopften. Diese angespannten Gesichter unterstrichen Dans Unzulänglichkeit. »Es tut mir *so* leid«, mehr konnte er nicht sagen.

Kapitel XXII

HEUTE IM PARLAMENT

Westminster
Dienstag, 30. September

Es würde ein denkwürdiger Tag für die Menschenrechte werden. Richard Simpson würde seinen Gesetzesentwurf einbringen, um die National Union von diesem und allen zukünftigen Parlamenten auszuschließen, und das Unterhaus würde über diesen bereits rege erwarteten Vorstoß debattieren. Natürlich würde er durchkommen. Aber es würde nichtsdestoweniger ein fieberhafter Tag werden.

Die Debatte würde mit einer großen parteienübergreifenden Kundgebung auf dem Trafalgar Square zusammenfallen – dort sollte neben anderen Rednern auch Dylan sprechen, dessen Vorfreude sich mit Müdigkeit mischte, weil er erst an diesem Morgen von seinem Ausflug nach Thorpe Gilbert zurückgekehrt war. Und es war nicht nur Müdigkeit, sondern auch Niedergeschlagenheit und Sorge. Der Überfall letzte Nacht war so wundervoll aufregend gewesen und er so zugedröhnt und betrunken (ein bisschen war er es immer noch), dass er für eine ganze Weile nicht ernsthaft darüber nachgedacht hatte, was er getan hatte und wie die möglichen Folgen aussahen.

Als sie unmittelbar nach dem Angriff mit rasender Geschwindigkeit aus Crisby weggefahren waren und der bekiffte Simon sie überraschend meisterhaft die schmalen und gefährlichen kleinen Marschstraßen mit den Deichen an beiden Seiten entlangnavigiert hatte, war die Atmosphäre im Wagen dynamisch und ausgelassen gewesen. Es war, als wäre er wieder ein Teenager in Peckham und würde mit seinen Gangbrüdern den Bus vollqualmen – ein elektrisierendes Erlebnis, ein Bewusstsein der Gesetzesübertretung, ein köstliches Gefühl, das er absichtlich abgeschüttelt hatte, als er sich von all dem abgewandt hatte, um ein bedeutungsvolles Leben aufzubauen und seinen Beitrag zu leisten, anstatt nur zu nehmen. Ihm war nie zuvor klargeworden, wie sehr er diese unkomplizierte Emotion vermisst hatte – der Genuss, keine Zweifel zu haben. Diese beiden waren auf eine gewisse, abstraktere Weise auch seine Brüder – und er liebte sie in diesem Augenblick mehr, als er jemals irgend jemand anderen geliebt hatte. Jim hatte ein neues Bier geöffnet und ließ die Flasche herumgehen, und dass sie ihm gegen die Schneidezähne schlug, als das Auto im fünften Gang um eine Kurve bog, kümmerte ihn nicht die Bohne.

Sie hatten es tatsächlich getan! Die drei Musketiere hatten dem Schurken einen Schlag versetzt – und waren damit davongekommen! Sie waren still und klug an den gefährlichen Ort vorgedrungen, an dem der Faschist seinen fetten, dummen Kopf bettete, und hatten eine edle Visitenkarte in Form der leuchtenden Buchstaben quer über die selbstgefällige konservative Fassade hinterlassen. Sie frohlockten und grölten in heidnischer Siegesstimmung, und Simon drehte die Heavy-Metal-CD auf volle Lautstärke, was die Tiere des frühen Morgens alarmiert von der Straße stieben ließ, noch bevor der Wagen auch nur in Sichtweite kam, und Dutzende verärgerter Anwohner der Bahnstation hochschrecken ließ, an der sie Dylan gerade noch rechtzeitig absetzen, so dass er den ersten Zug nach London erreichte.

Erst in dem Moment, als Dylan auf seinem Sitz im Zug zusammensank, wurde ihm die Tragweite der Geschehnisse klar, und er war perplex über seinen eigenen Leichtsinn. »SCHEISSE!«, rief er laut – und sah sich rasch um, nur um festzustellen, dass er den ganzen Waggon für sich allein hatte. Er starrte hinaus auf die grell beschienenen Felder, schilfumsäumten Flüsse und sein Spiegelbild in der Fensterscheibe. Die gleißende Sonne schmerzte in seinen Augen, und er beschirmte sie mit einer Hand.

Was war *das* gewesen? *Was* habe ich getan? Seht mich an, ich bin 31 Jahre alt, ein bekannter Intellektueller, Kulturkritiker, Kolumnist, Gemeinschaftsarbeiter, Talkshowgast, Freund von Parlamentsabgeordneten, Polizeiberater, Hypothekengläubiger, verantwortungsvoller Besitzer eines Sportwagens – und unter all diesen Hüllen bin ich immer noch ein 14-jähriger krimineller Radaubruder, der jeden vollgesoffenen Augenblick lebt, die Gegenwart verachtet und nichts hat, weswegen er die Zukunft herbeisehnen oder fürchten sollte – und schon sind alle Klischees bestätigt... Ich war voll, ja, und stoned, aber *warum, warum* war ich voll und stoned? Ich war seit Jahren nicht mehr voll und stoned. Ich war betrunken, Euer Ehren. Ich muss leider zugeben, dass ich zur Entspannung Drogen genommen hatte, Euer Ehren. Nein, ich kann es nicht erklären, Euer Ehren. Ich bin normalerweise abstinent. Das war alles überhaupt nicht meine Art, und ich bereue meine Taten zutiefst. Als mildernden Umstand kann ich nur meinen natürlichen Drang nennen, die Welt zu verbessern, der mich ein wenig übereifrig hat werden lassen... Die hochgekochten Emotionen des Tages, die gerechte Sache... Es tut mir leid, wenn ich die Sache in ein schlechtes Licht gerückt haben oder all die Menschen enttäuscht haben sollte, die eine so hohe Meinung von mir haben und zu mir aufschauen. Ich hoffe, ich kann dieses Gericht verlassen und zu meiner Beschäftigung im Kolumnenschreiben und Brückenbauen zurückkehren. Es wird nicht wieder vorkommen, Euer Ehren... Aber warum ist es überhaupt so weit gekommen, Mr. Ekinutu-Jones? Ihre Ziele mögen ja löblich sein, aber ihre Methoden waren völlig inakzeptabel. Mir bleibt keine andere Wahl, als Sie... Es musste ihn nur ein einziger Mensch gesehen haben, als sie ihn am Bahnhof abgesetzt hatten... Er war prominent, und selbst hier draußen könnte ihn jemand erkannt haben.

Den ganzen Weg bis nach London kämpfte er abwechselnd mit der Beunruhigung und mit dem Schlaf.

Die Menge war kleiner als erwartet und übersät mit Plakaten: »Hände weg vom Menschenrecht!« – »NEIN zu Nazigesetzen!« – »Einwanderung ist Menschenrecht« – »Ibrahim bleibt in England!«

Ein peinliches Schild mit der Aufschrift »Schaiß aufs Fascho Süstem« stach unangenehm weit heraus, angestrengt emporgehalten von einem verwahrlosten, irisch aussehenden Mann, der leider immer zu Veranstaltungen wie dieser aufkreuzte. Dylan sah, wie ein grinsender Kameramann von Channel One an genau dieses Schild heranzoomte. Man sah Gewerkschaftsbanner, Hämmer und Sicheln und die schwarzen Fahnen der Anarchisten, während der Lärm ihres Geschreis und ihrer Pfeifen gelegentlich sogar in die Central Lobby des Parlaments vordrang, wo sich Abgeordnete in Grüppchen sammelten und aufgeregt wieder auseinandergingen.

Am Rande der Kundgebung gab es Handgemenge, als angespannte Polizisten um sich beißende und spuckende Studenten unter dem elektrischen Schnalzen der Kameras anderer Demonstranten zu Boden rangen. Dann lachten ein paar angetrunkene Rugbyfans über das Schild mit »Schaiß aufs Fascho Süstem«. Der Mann, der es trug, benutzte es, um einen von ihnen zu schlagen, dann packte ihn ein Polizist, beide stürzten, und ein junger Mann mit Skimaske schrie: »Die Schweine greifen unsere Leute an!« Innerhalb von Sekunden drängten sich mehrere Dutzend um das Duo am Boden, und in der Menge brandete Panik auf (die kurzzeitig die Aufmerksamkeit von Dylans unterdurchschnittlichem Schlusswort ablenkte), ehe das Getümmel dadurch aufgebrochen wurde, dass der Ire k.o. ging. Ein entsetztes Keuchen lief durch die Kundgebung; alle Kameras surrten.

Im Unterhaus saß zum voraussichtlich letzten Mal in seinem Leben der Anlass der ganzen Kontroverse schwitzend auf Pugins Werk. Nach drei Jahren des Hohns und der Verachtung hier hatte er gedacht, er verfüge über ein undurchdringliches Fell, und er bemühte sich, den Anschein des spöttischen Draufgängertums zu wahren. Innerlich jedoch fühlte er sich ausgedörrt, *müde* vom endlosen Kampf gegen alles und jeden. Sogar die Polizei des Palace of Westminster, die sonst so höflich und professionell gewesen war, schien in den letzten Tagen kurz angebunden zu sein, so als ob man dort wüsste, dass er nicht mehr lange Schwierigkeiten machen würde. Dies würde mit an Sicherheit grenzender Wahrscheinlichkeit die letzte Debatte sein, an der er in der Mutter aller Parlamente teilnehmen würde.

»*Debatte!*«, schnaubte er. Ein schönes Wort! Er hatte nicht einmal eine Gelegenheit bekommen, sich zu verteidigen – und das war auf paradoxe Weise seine schärfste Waffe, weil die eklatante Ungerechtigkeit dieses Gesetzentwurfs eine ganze Menge Parlamentsabgeordnete beunruhigte, sogar einige von der Arbeiterpartei. Einer von denen, ein älterer Extrotzkist, hatte ihm das tatsächlich so gesagt, als sie sich früher an diesem Tag zufällig auf der Toilette begegnet waren – und die unerwartet freundlichen Worte hatten ihn mehr berührt, als er erwartet hätte.

Die beiden Männer hatten sich an benachbarten Becken die Hände gewaschen und einander verstohlen im langgestreckten Spiegel beobachtet. Der Mann von der Workers' Party hatte sich furchtsam im Spiegel umgeschaut, um sicherzugehen, dass sie unter sich waren; dann hatte er so unverhofft das Wort erhoben, dass sein Gegenüber fast zusammengeschreckt wäre. Er war erstaunt, dass ihn Mr. WP beim Vornamen anredete.

»Wissen Sie, ähm, Dave, mir gefällt nicht, wie diese Debatte abläuft. Es gefällt mir gar nicht. Abgesehen davon, dass Sie nicht sprechen dürfen, geht das alles viel zu schnell und in einer Atmosphäre der Panik vonstatten. Die ganze Selbstdarstellerei riecht nach Angst. Wenn die toten Flüchtlinge nicht gewesen wären, hätte man das Ganze aufgeschoben und Ihnen die übliche Höflichkeit gewährt, glaube ich. Es hätte Ihnen natürlich kein bisschen geholfen – aber zumindest wäre es anständig gewesen. Man kann sowas so oder so handhaben. Ich muss Ihnen sagen, dass ich nach wie vor gegen Sie abstimmen werde, aber es wird mir keine Freude bereiten. Meiner Meinung nach ist das Ganze eine Drecksarbeit, aber wir müssen sie hinter uns bringen.«

Er unterbrach sich für einen Moment und sah nachdenklich aus, während sie beide ihre Hände mit weißen Tüchern trockneten.

»Ich bilde mir nichts darauf ein. Mir ist klar, dass Ansichten wie die Ihren überraschend weit verbreitet sind. Mir fallen Leute in meiner eigenen Familie ein, die tatsächlich für Ihren Haufen stimmen, und einer meiner Cousins sitzt für Ihre Partei in einem Rat, obwohl ich es wahrscheinlich nicht zugeben sollte. Ist ein netter Kerl. Wenn ich ihm auf Familientreffen begegne, dann kommen wir gut miteinander aus. Die Ansichten meiner Mutter über unsere farbigen Freunde passen nahtlos zu Ihrem Haufen. Aber es bleibt dabei, dass Ihre Ansichten nicht nur seit mindestens einem Jahrhundert überholt sind, sondern auch immer zu furchtbaren Dingen führen. Kennen Sie die Familiengeschichte von Ben Klein? Ich kenne sie, und ich kann dazu nur sagen, dass ich ihm seinen kleinen Privatkreuzzug kein bisschen übelnehme.«

»Das tue ich auch nicht – aber er ist auf dem Holzweg. Wir sind nicht *so*.«

»*Sie* vielleicht nicht, ich weiß es nicht, aber ein Haufen Leute in Ihrer Partei *sind* so, und wenn Ihre Partei jemals nach oben kommt, dann wird das zu so üblen Ereignissen führen wie denen, die den armen Ben Klein quälen. Ich kann ihm seine Zwanghaftigkeit nicht verdenken. Und das ist der Grund, warum Sie, Dave, heute Abend von diesem Laden hier«, er wedelte mit der Hand, um den gesamten Gebäudekomplex einzuschließen, »extrem schlecht behandelt werden und ich und einige andere uns dafür ein wenig schämen werden. Aber letzten Endes werden wir die richtige Entscheidung treffen. Sie sind ein Teil der Vergangenheit, Kumpel, und je schneller Sie das begreifen, um so besser ist es für alle Beteiligten. Es ist nichts Persönliches, aber, ohne aufgeblasen klingen zu wollen: Heute Abend erledigen wir die Arbeit der Geschichte. Alles Gute für Sie!«

Er warf das Handtuch in den großen Weidenkorb und ging. Nicht zum ersten Mal im Laufe seiner Parlamentskarriere fielen dem Mann von der National Union gerade zu spät viele brillante Dinge ein, die er hätte sagen können. An diese Unterhaltung dachte er jetzt und schaute zu seinem vormaligen Gesprächspartner hinüber, der jetzt den Blickkontakt vermied. Er gab es auf und schaute hinauf zur Public Gallery. Die einzigen Verbündeten, die er in diesem ganzen großen Gebäude hatte, saßen auf der Galerie – seine Ehefrau, der Parteichef James Fulford und einige andere NU-Funktionäre einschließlich Daniel Williams, der zumindest in Parteikreisen für seinen kürzlichen Cameo-Auftritt bei *The Capital Today* angesehen war.

Nicht alle auf der Galerie waren Unterstützer – keine zehn Meter vom NU-Chef entfernt saß (was für ein Zufall) kein anderer als Ben Klein und grinste so breit, wie es sein nicht an diesen Ausdruck gewöhntes Gesicht nur vermochte.

All seine politischen Kontakte hatten ihm ihre Unterstützung zugesichert – im Falle zweier christdemokratischer Abgeordneter wider besseres Wissen, aber sie wussten, dass Ben interessante Einzelheiten über ihre politischen Aktivitäten als Jugendliche wusste. Davon abgesehen stand das Ergebnis längst fest, und sie zogen es vor, auf der richtigen Seite der Gesellschaft anzufangen und aufzuhören. Keiner der Fraktionsführer würde sich zum Gesetzesantrag äußern, weil keiner von ihnen dieses Vorhaben nur eine Woche, bevor die Hauptstadt den Internationalen Kongress für Meinungsfreiheit ausrichten würde, öffentlich unterstützen wollte. Genauso wenig würden sie an der Abstimmung teilnehmen. Aber sie hatten ihren Abgeordneten klargemacht, dass sie von jedem erwarteten, den Antrag zu unterstützen. Ben genoss die Gewissheit, dass seine Gegenwart den Führer der National Union beunruhigte, und einmal winkte er ihm sogar sarkastisch zu und forderte ihn dazu heraus, etwas zu tun oder zu sagen, das ihm einen Rausschmiss einhandeln würde.

Auch die wolfsähnlichen Gesichtszüge John Leydens ließen sich im Publikum ausmachen. Er war gekommen, um die Debatte zu verfolgen und anschließend auf eine Dinnerparty zu gehen, und dementsprechend in voller Abendgarderobe. Er sah aus wie einer der trägen Aristokraten, bei deren Abschaffung er half, und war sich dessen vergnüglich bewusst. Er nickte Ben zu, bevor er das aufgedunsene Gesicht von James Fulford zwischen seinen schlecht gekleideten Handlangern bemerkte. Er setzte sein kleines, überlegenes Lächeln auf, das die Weiber so wahnsinnig attraktiv fanden, und studierte das schlaffe Gesicht und die noch schlafferen Klamotten des rechtsextremen Führers. »Poujade in Primark« dachte er und notierte sich den Satz sogleich.

Während sich der NU-Abgeordnete die bombastischen Reden anhörte, war er auf erbärmliche Weise dankbar für diejenigen Kollegen, meist von der Fair Play Alliance, die seine Rechte verteidigten und gleichzeitig seine verabscheuungswürdigen Absichten verurteilten – und auf teilnahmslose Weise wütend auf die Christdemokraten, von denen viele dafür bekannt waren, im Privaten die gleichen Ansichten wie er zu hegen, und einige angeblich selbst einmal Mitglieder der National Union gewesen waren. Er blickte zu Ben Klein hinauf – *der* wusste bestimmt, um wen es sich dabei handelte! Er sah sich in der gerammelt vollen Kammer um, versuchte, sich jeden Gesichtseindruck einzuprägen, und fragte sich, ob von ihm erwartet wurde, nach der Abstimmung sofort aufzustehen und zu gehen. Wahrscheinlich. Und im Kopf entwarf er schon einmal die Route dessen, was die Zeitungen zweifellos den »Weg der Schande« oder so ähnlich nennen würden. Die Aussicht war keine angenehme; er konnte nur hoffen, dass er es wie ein Mann hinter sich bringen und diesen Wichsern nicht das Vergnügen der Gewissheit verschaffen würde, dass sie ihn fertiggemacht hatten.

Richard Simpson stand breitbeinig da, als stemme er sich gegen einen Sturm, einen kämpferischen Finger in die Luft stoßend, und ließ kleine Speichelbrocken auf die große, ledrige Welt hinabregnen. Er amüsierte sich großartig und war sich der Kameras sehr bewusst – des Kicherns einiger anderer Abgeordneter allerdings nicht. Es war ein meisterhafter Auftritt, mal sarkastisch, mal empört, mit dem er metaphorischen Unrat über dem NU-Mann ausschüttete, den Simpson nicht ein einziges Mal beim Namen nannte. »... rassist'sche, sexist'sche, islamfeindl'che un' schwul'nfeindl'che Agenda is' unverei'bar mit Paragraph 2 des Dignity Act un' der Charta der Meeensch'nrechte. Un' zu dies'n intellektuell'n

Gründ'n will ich noch ein' hinzufüg'n – die Anwes'nheit dieser eeekelhaft'n Organ'sation an dies'm Ort is' 'ne Bedrohung für Angestellte hier, die einer Minder'eit angehör'n. Un' darum, Mr. Speaker, beantrag' ich den Ausschluss des Abg'ordnet'n für Milltown West un' den Bann seiner Organ'sation von dies'n Räumlichkeit'n, die der Grun'würde un' den unveräuß'lich'n Recht'n aller menschlich'n Wes'n g'weih' sin'.«

Als nächster Stand Evan Dafydd auf der Rednerliste, blond und adrett, voll stiller Selbstsicherheit, ein Verwalter, der Zerstreuung verbreitete und mit durch und durch vernünftigen Argumenten eine durch und durch uninteressante Philosophie verfocht.

»Mr. Speaker, niemand in diesem Raum verurteilt die schändliche und niederträchtige Politik der National Union mehr als unsere Partei. Nichts kann ihre abstoßenden Ansichten oder ihre Gossentaktik des Teile und Herrsche entschuldigen. Trotzdem bleibt es unbestreitbar, dass dieser Mann in einer freien und gleichen Wahl als Abgeordneter einer zugelassenen politischen Partei gewählt worden ist, und deshalb hat er – leider – das uneingeschränkte Recht, hier in dieser Kammer zu sein, seine Wähler zu vertreten und zu sagen, was er will, solange es im Einklang mit dem geltenden Recht steht. Der Ehrenwerte Abgeordnete auf der Gegenseite liefert sehr starke Argumente für einen Ausschluss, indem er sich auf die tatsächlich abscheuliche, spalterische Agenda dieser Partei bezieht. Ich werde die Geduld dieses Hauses nicht auf die Probe stellen, indem ich Martin Niemöllers berühmten Aphorismus ›Als sie die Kommunisten holten…‹ ins Gedächtnis rufe. Das Gleichnis stimmt nicht ganz, aber Toleranz sogar den hasserfülltesten Ansichten gegenüber ist die Grundessenz unseres demokratischen Systems, das sich in Jahrhunderten der Not herausbildete…«

Stanley Symons war so gelangweilt wie nie zuvor. Er konnte auf eine 31-jährige Karriere unerträglicher Debatten zurückblicken, zu denen er manches Mal beigetragen hatte, und er hatte entschieden, dass diese hier eine der schlimmsten war. Und diese ganze bescheuerte Abstimmung nur wegen all der Neger, die vor der Ostküste ersoffen waren. Wenn man ihn fragte, dann war das hier alles eine große Show, mehr nicht – aber ihn hatte nie jemand gefragt, und wenn doch, dann hatte er eine so ausweichende Antwort gegeben, dass der andere sie schon vergessen hatte, noch bevor er ausgeredet hatte.

Er streckte seine in Nadelstreifen gehüllten Beine gerade vor sich aus (die gerade noch sichtbaren rosafarbenen Socken zeugten von einer inneren Extravaganz) und legte seinen Kopf mit den großen Ohrläppchen in den Nacken, um sich die tonnengewölbte Decke anzusehen, wobei ein sachter Regen von Schuppen auf seinem Anzug niederging. Dieser Pugin hatte schon das eine oder andere gekonnt. Nach diesem Affentheater (lange konnte es nicht mehr dauern) würden sie sich endlich alle nach Hause trollen können.

Später füllte Dan angestrengt ein Schadensformular für die Versicherung aus, während das Radio leise lief. Er legte den Stift beiseite und hörte zu.

»Heute Abend hat das Unterhaus einen Antrag angenommen, den einzigen Abgeordneten der rechtsextremen National Union auszuschließen und der Partei die Teilnahme an zukünftigen Parlamentswahlen zu verbieten. Der Urheber des Antrags, der Abgeordnete Richard Simpson, sprach im Anschluss mit Channel One: ›'s freut mich, dass's Haus zug'stimmt hat – 's ist 'n großer Tag für die Meeensch'nrechte. Un' jetz' seh'n wir en'lich ein bess'res Morg'n für all uns're Bürger.‹

Als der Beschluss verkündet wurde, gab es Raufereien und Geschrei – ›Judasse!‹, ›Verräter!‹, ›So viel ist eure Demokratie wert!‹ – auf der Public Gallery, die von Beamten geräumt werden musste. Ein Mann wurde festgenommen, ein anderer kam mit leichten Verletzungen ins Krankenhaus. NU-Führer James Fulford, der ebenfalls auf der Galerie gewesen war, wurde später von der Polizei verwarnt.« Der Bericht wühlte Dan auf. Natürlich hatte er mit solchen Extremisten nichts am Hut – aber Demokratie war nun mal Demokratie. Und wenn missliebige Ansichten nicht im Parlament geäußert werden konnten, wo dann? Er seufzte ratlos auf; das machte alles einen düsteren Eindruck.

Als bekanntgegeben wurde, dass die Mehrzahl der Abgeordneten mit »Aye« gestimmt hatte, hatte Ben die Fäuste hochgerissen und »*Jaaaaa!*« geschrien. Aufgrund der Verderbtheit der Fair Play Alliance war der Abstand kleiner, als er gehofft hatte, aber alle anwesenden Christdemokraten hatten korrekt abgestimmt, und das hatte den Ausschlag gegeben.

Er schaute schadenfroh zu James Fulford hinüber und sah, dass dieser selbst für sein übliches ungesundes Aussehen aschfahl war, während einer seiner Kumpane – Ben erkannte Daniel Williams von der Ortsgruppe aus Romford, der sich bei *The Capital Today* dermaßen zum Trottel gemacht hatte – tief geschockt aussah. Da war auch noch ein Kerl mit einem Fußballtrikot, den Ben nicht kannte, seinem Gesicht und Körperbau nach wahrscheinlich ein Leibwächter. Das Gesicht dieses Mannes war von Zorn verzerrt, und er brüllte »Verräter!«, während sich erste Beamte auf ihn zubewegten. Dann sah der Mann sich um, den bevorstehenden Rauswurf ahnend, und unglücklicherweise traf sein Blick den von Ben in genau dem Moment, als dieser gerade zwei tapfere Mittelfinger in die Höhe reckte und der NU-Delegation ein »*Fuck you!*« zurief. Der Fußballfan brauchte nur ein paar Sekunden, um – unberührt von Fulfords »NEIN!« – den zwischen ihnen liegenden Raum zu durchqueren, den Armen eines Saalordners auszuweichen und eine tribünenerprobte Gerade *WUMM* in Bens noch immer grinsendem Gesicht zu versenken. Die Folge war ein halber Purzelbaum rückwärts über die Stuhllehne, und sein Kopf landete mit beträchtlicher Wucht auf der dahinterliegenden Bank.

Die Parlamentsabgeordneten schauten nach oben, Stanley Symons grinste über die erfreulich unkonventionelle Wende – und John Leyden, der nahe dran war, aber nicht in die Auseinandersetzung hineingezogen wurde, konnte sein Glück nicht fassen. Richard Simpson hatte schnell geschaltet und war schon auf den Beinen – der Fußballfan hatte ihn in triumphaler Weise bestätigt. »Die Herr'n Abgeordnet'n seh'n selbst, warum wir die richt'ge Entscheidung getroff'n ham. Die Extremist'n ham sich selbst verrat'n mit dem, was grad auf der Gall'rie passiert is'...« Die Ordner griffen durch.

Carole Hassan hatte den gleichen Bericht gehört, und die Neuigkeiten hatten ihr kurz Auftrieb gegeben. Sie waren ein Anzeichen dafür, dass die Zukunft ihrer Tochter sicherer sein würde, wenn solche Leute nicht mehr bei Gesetzen mitzureden hätten.

Ihre Tochter war im Bett, und sie hatte ihren Hidschab abgelegt, unter dem sich plattes und fettiges graues Haar und ein Oval elfenbeinfarbener Haut rund um ihr deutlich dunkleres Gesicht verbargen. Sie sah sich reumütig im billigen Spiegel über dem falschen Kamin an. Früher einmal hätte sie sich geschämt, sich selbst so heruntergekommen zu erblicken. Aber jetzt schien es keine Rolle mehr zu spielen, weil es niemanden gab, mit dem sie sich hätte treffen oder sprechen können – und erst recht niemand, der sie *angefasst* hätte.

Sie rauchte – eine Angewohnheit, die sie aufgrund der Missbilligung ihres Ehemanns aufgegeben, aber mittlerweile aus reiner Langeweile wieder aufgenommen hatte. Und es kam noch schlimmer: Sie hatte ein paar Gläser Bier getrunken. In Nächten wie dieser, die sich häuften, sagte sie sich immer selbst, dass sie es halt hin und wieder brauchte, ok? Es war ja nicht so, als ob sie nicht tagsüber genug für den Islam tun würde. Allah würde schon verstehen; sie konnte sich auch nicht erinnern, dass im Koran von

Rauchen die Rede gewesen wäre. Na gut, sie sollte definitiv nicht trinken – aber ihr Ehemann hatte auch manchmal getrunken. Es war nach einem solchen Gelage gewesen, dass er heimgekommen war und ihr so hart ins Gesicht geschlagen hatte, dass zwei ihrer Zähne abgebrochen waren – und in dieser Nacht hatte sie ein paar Sachen gepackt und war mit ihrer Tochter unter dem Arm ins Frauenhaus gegangen. Trotz all seiner Drohungen war sie nie zu ihm zurückgekehrt, und sie war in der Unterkunft geblieben, bis sie gehört hatte, dass er gedemütigt nach Pakistan zurückgekehrt war. Das war jetzt fast zwei Jahre her, und seitdem hatte es keinen Mann mehr gegeben.

Nachts war es viel zu still, wenn all der Aktivismus erledigt war und es nur noch das triste Haus in der trostlosen Wohnstraße gab, 40 identisch schlecht gebaute Häuser mit Schimmel in den Küchen und etwas bedrohlichen, sich bewegenden Schatten vor den Türen. Meistens war es Nacht, wenn sie sich ihre eigenen Entscheidungen vorwarf und eine glühende Sehnsucht nach den Menschen und Dingen ihres Mädchenlebens verspürte, danach, wieder in die Welt hinausgehen und tun zu können, was andere Frauen in ihrem Alter taten – danach, etwas aus diesem noch immer begehrenswerten Körper und ihrem Verstand zu machen, bevor es zu spät war. Sie stellte sich vor, wie es sein würde, wieder mit einem Mann zu sprechen und Leidenschaft statt Unbehagen in seinen Augen zu sehen – vielleicht so ein Mann wie dieser Wundermigrant, über den die Medien so hässliche islamfeindliche Dinge sagten.

Jim Moore befand sich in »seinem liebreizenden Haus« (*Society Style*) in einem der Distrikte von Hertfordshire, die nur durch ein paar Stoppelfelder und Fetzen von Blasiertheit von London getrennt sind. *Society Style* hatte sein nach der Art einer Hazienda gebautes und am Ende einer neuen und unspanischen Sackgasse mit Blick auf einen preisgekrönten Golfplatz gelegenes Haus *angebetet* – und auch er selbst war stolz darauf, ebenso wie auf sich selbst, weil er es nur mit Hilfe des Zaubers seiner Stimmbänder in die Realität umgesetzt hatte. Es stand voll mit neuen Möbeln im Sheraton-Stil, und die weißen Wände zwischen den riesigen Fenstern hingen voller Platinscheiben und Fotos von Jim mit einfach jedem, von der Queen und dem Premierminister bis hin zu den Atrocities Against Civilians.

Er besaß fliederfarbene Teppiche, Kaffeetische, auf denen sich wunderschöne, völlig unlesbare Bücher wie *Toskanischer Stil* oder *Wunder des Universums* stapelten, und auf einem Ehrenplatz auf dem fast zehn Meter langen Glastisch unter einer gläsernen Glocke einen Filzhut, der einst Frank Sinatra gehört hatte – dafür hatte er eine Summe bezahlt, bei der ihm noch heute leicht schwindlig wurde. Aber war er nicht der vielgelobte, vielgekaufte »Sinatra von Suburbia«? Jim wusste: Hätte Frankie herabgeschaut, dann hätte er zugestimmt.

Alles im Raum war verdrahtet, so dass er Luftzufuhr, Temperatur, Lautstärke, Satellitenfernsehen, Sicherheitstore, Garagentüren, Überwachungskameras, Außenlichter, Schwimmbecken, Pagenklingeln und sogar die kaum benutzten Öfen von jedem Zimmer und selbst vom makellosen italienischen Garten aus regulieren und bedienen konnte. Gerade war seine Frau irgendwo da draußen, außer Sicht, und zeigte seinem neuen, jungen Produzenten den Garten. Die beiden waren schon seit einer Ewigkeit weg; was *trieben* die nur?

Manchmal fragte er sich... Nein, an so etwas *durfte* er nicht denken. Es war schlecht für sein Herz. Immerhin hatte sie ihm noch nie den kleinsten Anlass gegeben, an ihr zu zweifeln – und doch, sie war so hübsch, und er... Was auch immer! Murmelnd wanderte er auf und ab; die Spannungsschmerzen in seiner Brust waren an diesem Abend schlimm.

Mit Hilfe des technischen Zauberstabs drehte er das Radio sehr laut auf, genoss die Leichtigkeit, mit der das ging (zu dem Preis sollte es auch leicht sein!), und horchte interessiert auf die Nachrichten.

Hatten sie diese Bande also verboten – wenig überraschend, eigentlich. Eher schon lustig – er kannte Leute, die sie gewählt hatten. Mum zum Beispiel. Sein Nachbar wählte sie noch immer. Sie dachten alle, dass sie damit das Land retten würden, oder so. Aber die Welt drehte sich weiter... Der Schmerz in seiner Brust ließ ihn zusammenzucken.

Dylan schaute erschöpft aus seinem Fenster auf die große, schwarze Leere des Hackney-Marschlands. Wer wusste schon, welche Schrecken sich darin verbargen, welche Vorurteile, welche verwilderten Jungs, die nur darauf warteten, aus mittelständischen Joggern Hackfleisch zu machen. Andererseits war er selbst letzte Nacht ein ziemlich verwilderter Junge gewesen mit diesem Husarenstück gegen das Haus der Gowts, das vorhin sogar kurz Thema in den Fernsehnachrichten gewesen war.

Aber nun musste er dafür bezahlen – körperlich, weil er seit fast 36 Stunden nicht geschlafen hatte, und geistig, weil er mittlerweile krank vor Sorge war und halb damit rechnete, dass gleich die Polizei läuten würde.

Es ärgerte ihn, seine Leidenschaften nicht so sehr im Griff zu haben, wie er gehofft hatte. Er war schließlich ein ernsthafter Mensch, der ernsthaften Geschäften nachging. Letzte Nacht war das erste Mal gewesen, dass er so etwas getan hatte – und es würde das letzte Mal gewesen sein, für immer. Wie es sich für einen ernsthaften Menschen gehörte, hörte er sich mit einem schmallippigen Lächeln die Nachrichten an. Die NU verboten! Ein weiterer Meilenstein war erreicht, ein weiterer logischer Schritt vollzogen, das Gesetz lernte von der Straße, wie schon so oft.

Aber es gab noch viele Schritte auf dieser Leiter zu tun, die keine oberste Schwelle hatte. Es würde neue Ungerechtigkeiten geben, neue Herausforderungen. Er hatte da von einem christdemokratischen Abgeordneten gehört, der ein paar *interessante* Sachen gesagt hatte... Dann waren da noch all diese Geschichten über die Angelsächsische Allianz, eine neue militante Organisation. Die Berichte über sie, die er gerade gelesen hatte, waren alarmierend gewesen – »40 Mitglieder einer Motorradgang vollzogen HEIDNISCHE Zeremonie, um OKKULTE Mächte zu beschwören [...]. Sie saßen herum und verströmten HASS.« Die Abendnachrichten waren hervorragend, aber da draußen lag noch immer ein weites, verhülltes Land, in das kein Lichtstrahl der Vernunft drang – ein Land, das immer einer Reinigung bedürfen würde.

John hatte es auf seine Dinnerparty geschafft und war zuerst ein wenig verärgert gewesen, von allen Leuten dort ausgerechnet neben Gavin Montgomery gesetzt zu werden. Aber das Unbehagen hatte sich gelegt; Gavin war so wortkarg wie immer gewesen, also hatte John die Bühne gestürmt und ihm die Show gestohlen, wie schon auf so vielen Feiern zuvor. Und heute Abend hatte er einen besonderen Vorteil – alle Gäste hatten seine Geschichte vom Angriff auf den armen Ben Klein geliebt, auch wenn sie sie mit Abscheu erfüllte.

Aber mittlerweile war es sehr spät, und die meisten anderen Leute waren heimgegangen oder hatten sich heimlich aus dem Staub gemacht, um einen Ort zu finden, an dem sie ihre jeweiligen berauschenden Getränke ausschwitzen konnten. Die meisten waren in Betten oder auf Sofas gelandet, aber ein paar lagen dort, wo es sie überwältigt hatte. Ein Mädel, das in einer Kunsthalle arbeitete, war am anderen Ende des Zimmers auf einem Stuhl weggetreten und entblößte unfreiwillig ein verlockendes Stück Oberschenkel. John empfand das als große Ablenkung, während er versuchte, sich Scherze auszudenken, mit denen er seinen neuen Vorgesetzten erfreuen konnte. Das Cannabis war eine große Hilfe. Sie waren auf einem Niveau angelangt, auf dem sie über alles lachten – selbst über die Tatsache, dass ihre Fliegen sich gelöst hatten und sie nicht mehr auf eigenen Beinen stehen konnten. Ihre Gastgeberin war ins Bett gegangen, zusammen mit einem Börsenmakler, der sich gerade von seiner dritten gescheiterten Ehe erholte.

John und Gavin hatten die Kunstdrucke an den Wänden unter die Lupe genommen; sie zeugten von so schlechtem Geschmack, dass sie auf ironische Weise wirklich gut ausgewählt waren. John hatte Gavin in ausschweifender Detailverliebtheit alles über die Künstler erzählt. Aber ihm selbst, der stets sensibel war, was Inneneinrichtung und ihren Symbolcharakter für die Gesellschaft anging, schien die Empfindsamkeit, mit der sich solche Bilder mit ironischem Amüsement betrachten ließen, aus der Mode gekommen zu sein. Er erklärte Gavin, dass die Bewegung der Neuen Ernsthaftigkeit genau zur richtigen Zeit gekommen sei. Ich kenne das alte Schlachtross, das den Laden schmeißt – guter Freund von mir, klasse Typ. Wenn du willst, schreibe ich mal was über ihn für den Kunstteil.

Gavin hatte freundlich genickt, und wie leicht er sich fügte, ließ John aufs Neue auflachen. Was für ein Trottel! Er könnte jemanden wie Gavin locker in die Tasche stecken. Sie redeten über die Feier und die gewesenen Gäste – den Kolumnisten vom *Meteor*, den Börsenhampel, der jetzt mit der *Über*-Schlampe Louise im Bett war, und den hünenhaften Afrikaner, der so jämmerlich ausgesehen hatte, dass der bloße Gedanke an sein Gesicht ihnen neues Gelächter verschaffte. Der Große hatte den ganzen Abend über still dagesessen und war überfordert gewesen; er wusste nicht, wer gerade was wo ausstellte, wer mit wem vögelte, welche Bands angesagt waren und welche definitiv nicht. Er hatte nicht einmal von der Neuen Ernsthaftigkeit gehört. Das einzige, worüber er redete, war Politik – und seine Familie, die noch immer in Zaire war, oder Sambia, oder Sansibar, wo auch immer. Niemand konnte sich erinnern. Fing jedenfalls mit Ssss an. Die Leute waren schnell von ihm gelangweilt gewesen, weil es immer wieder um den Krieg ging. John wusste nicht viel über die Situation vor Ort, also hatte er das Gespräch schnell in eine andere Richtung gelenkt.

Nur ein einziges Mal hatte der Afrikaner etwas Interessantes gesagt, und zwar, als er einen prominenten Raumausstatter als »Schwuchtel« bezeichnet hatte – und das war auf die falsche Weise interessant gewesen. Besteck fror mitten in der Luft ein, es gab eine oder zwei hochgezogene Augenbrauen, Blicke aus Augenwinkeln, das eine oder andere Räuspern – und dann liefen die Unterhaltungen eiskalt weiter. Der Kerl war schon vor Stunden verschwunden, und er war eine erstklassige Schlaftablette gewesen, wie John laut feststellte. Der Afrikaner war so beschissen *ernsthaft* gewesen, dass er ihn tatsächlich zu verabscheuen begann.

Angespornt von Gavins scheinbarer Zustimmung tat der inzwischen heillos verstrahlte John etwas, das überhaupt nicht seine Art war – etwas, das er nie getan hätte, wäre da nicht all dieses gute Zeug in seiner Lunge und Blutbahn gewesen. Mühsam richtete er sich zu voller Größe auf, schaute so unheilvoll drein wie möglich, versuchte möglichst tief und hallend zu klingen und imitierte die Stimme des Afrikaners (mit einer gehörigen Portion Übertreibung).

»Heute in meinem Land, gibt große Krise von Legitimität, viel Unruhe. Viel Sorge um Familie in Provinz Matuba!«

Seine Nachahmung kam dem Original sehr nahe, aber selbst, wenn dem nicht so gewesen wäre, hätten er und Gavin genauso laut gelacht. In einer entlegenen Kammer seines Gehirns fragte er sich flüchtig, ob eine solche Karikatur rassistisch sein könnte. Aber andererseits war er es *natürlich* nicht, wie er Gavin erklärte. Er behandelte den schwarzen Knaben nur wie ein menschliches Wesen – durch die Haut hindurch in das Individuum hineinschauen, weißte Bescheid, Kumpel? So wie, weißte, wenn man Klischees abbaut, indem man sie übertreibt. Postrassischer Realismus. Außerdem weiß *jeder*, wo ich stehe! Und so fuhr John mit der Imitation fort, und beide lachten weiter. Der Akzent war ansteckend, und John übertraf sich wieder und wieder selbst, indem er berühmte Filmzitate mit diesem rumpeligen afrikanischen Zungenschlag vortrug.

Er hatte gerade »Da Name is' Bond, James Bond« gesagt, als er einen geisterhaften, runden schwarzen Schemen in der Mitte einer Wand wahrnahm. Er versuchte fahrig, nachzuvollziehen, wie er dort hingelangt war, ganz allein auf dieser senkrechten Fläche, und dann wurde ihm klar, dass es ein Spiegel war, und dass dieser Spiegel den Flur hinter ihm abbildete. Er taumelte herum, und seine Lippen verzogen sich instinktiv zu seinem Gewinnerlächeln. Der Sambier stand ausdruckslos da, und selbst durch den Rausch hindurch wurde John nervös. Das war immerhin ein großer Kerl. Er wollte etwas sagen, um die Situation zu entschärfen, aber ihm fiel nichts ein.

»Oh, äh, hi..?«

Dann erklang diese tiefe Stimme – sie klang wirklich ganz so wie Johns Nachäffen. »Ich wollte euch nur sagen, dass ich jetzt heimgehe. Alle anderen scheinen entweder weg oder zugedröhnt zu sein. Natasha liegt in der Küche – bewusstlos, auf dem Boden. Ich hätte sie ja auf einen Stuhl gesetzt, aber die sind alle belegt. Es geht ihr jetzt besser, aber könntet ihr hin und wieder nach ihr sehen? Ich will nicht, dass ihr etwas passiert. Sie ist ein nettes Mädchen.«

»Yo, Kumpel, *no problemo*. Also... Du haust jetzt ab?«

Der Mann nickte und wollte sich zurückziehen, aber John sprach zu schnell. Er war vielleicht komplett bekifft, aber es gab da etwas zu klären.

»Ich denke, ich weiß, was du denkst. Du denkst, ich hab' dich nachgemacht. Aber da irrst du dich. Hab' ich nicht. Also... Wenn du das gedacht hast, dann hast du falsch gedacht... SCHEISSE!«

Das letzte Wort kam daher, dass durch den Drogentraum ein kristallklares Licht geschnitten und sein Gebrabbel nur zu hell erleuchtet hatte. Der Afrikaner sagte gar nichts; er stand nur da und schaute regungslos zwischen John und Gavin hin und her.

»Ich glaube, wir haben uns nich' vorgestellt...?« Noch immer keine Regung.

»Pass auf, Kumpel, Sache ist die, ich bin John Leyden. Vielleicht kennt ihr mich nicht in... wo auch immer du herkommst... aber in diesem Land kennt man mich. Ich schreibe Artikel und so 'ne Scheiße, und ich will nur sagen, dass ich *niemals* rassistisch zu so einem wie *dir* sein würde. Kannste glauben – *niemals*!«

Er schlug mit der flachen Hand auf den Tisch (und das tat weh, denn der Tisch stand viel näher, als er gedacht hatte), um seinen

Worten Nachdruck zu verleihen. Sein Herz quoll über vor plötzlicher Liebe für alle Afrikaner – so wie diesen hier, der so geduldig und höflich dastand, weise vorausdachte, so authentisch.

»Daran zweifle ich gar nicht, Mr. – äh, Layburn. Also, wenn das alles war…«

»LEYDEN! L-E-Y-D-E-N. John Leyden. Nee, das war alles, Kumpel. Wollte nur für Klarheit sorgen! Und nun ist es an der Zeit, Adieu zu sagen.«

Johns abschließender Überschwang – inklusive einer Handbewegung, als würde er ein lästiges Insekt verscheuchen – sollte lustig sein. Die Beunruhigung war verschwunden, und mit ihr ihr spiegelbildlicher Avatar. Ein paar Sekunden später hörten John und Gavin die Eingangstür zuschlagen, und sie sahen einander wieder an, lachten und lachten und genossen die plötzliche Freiheit von der Scheu. Draußen vor dem offenen Fenster schüttelte der Afrikaner traurig und angewidert den Kopf, ehe er sich in Richtung Morgendämmerung davonmachte.

Albert hatte oft Probleme, einzuschlafen; dann blieb er die ganze Nacht lang wach, hörte Musik, las oder sah sich alte Filme an. Als der Sambier die Party verließ, goss sich Albert gerade ein Glas Portwein ein und wuchtete seine rohe, in Seide gehüllte Körpermasse auf das Sofa. Er hatte das beinahe zu üppig möblierte, beinahe zu traditionsreiche Zimmer für sich allein. Ihm war bewusst, dass es zu üppig möbliert war und zu englisch, um wirklich englisch zu sein, aber er genoss den feinen Hauch von Exotik und Fremdheit, der darin mitschwang. Er brachte ihn in fernen, tröstenden Kontakt zu seinen Vorfahren, die ebenfalls verschwenderisch gelebt hatten, in, aber nicht immer *aus* ihren Ländern, und deren unermüdliches Bestreben, sich einzufügen, wo immer sie waren, sie so oft zu bloßen Verdachtsobjekten derjenigen gemacht hatte, die keinen Anlass verspürten, sich zu beweisen. Anthony war schon vor Stunden ins Bett gegangen und hatte Albert alleingelassen, damit der zu den Klängen von Purcell ins Leere hineindirigieren konnte. Er war immer froh, allein zu sein, ohne dass ständig jemand geistreiche Sprüche von ihm erwartete, was er mittlerweile schon bei Anthony zu spüren glaubte – zumal ihn die Nachrichten des heutigen Abend noch niedergeschlagener als sonst gemacht hatten.

Es war nur eine Frage der Zeit gewesen, seit dieser scheußliche Simpson es im vergangenen Jahr erstmals angesprochen hatte – aber Albert hatte es gewagt, entgegen der Erfahrung seines gesamten Lebens darauf zu hoffen, dass *irgendwo* in den tiefsten Adern wenigstens *eines* Unterhausabgeordneten ein Mindestmaß an moralischer Stärke übriggeblieben sein könnte. Aber wenn dem so sein sollte, dann war es nicht genug gewesen, und jetzt war die Sache gelaufen. Die letzte legale politische Ausdrucksform des Nationalcharakters, den Albert gleichzeitig missbilligt und verteidigt hatte, so lange er denken konnte, war aus dem politischen Leben getilgt worden.

Diese letzten, nicht ins Parlamentsprotokoll aufgenommenen Rufe von der Galerie – dieses »Judasse!« und »Verräter!«... Vielleicht waren das die letzten Rufe von Engländern gewesen, die sich *als Engländer* in ihrem eigenen Parlament geäußert hatten. Und all diese stumpfsinnigen, geschichtslosen Gesinnungslumpen, diese Simpsons, Smiths und McKerrasse – fast jeder in den Medien – fast jeder der Hörer dieser späten Abendnachrichten... Sie alle würden gar nicht bemerken, gar nicht wissen, sich gar nicht darum kümmern, dass sie früher an diesem Abend England hingerichtet hatten.

Einige der dümmsten und abstoßendsten Menschen im Parlament würden sich sogar gerade in irgendeinem verdreckten Pub gegenseitig dazu gratulieren, sich mit Bier oder Mischgetränken ordentlich volllaufen lassen, Hände schütteln, sich auf die Schultern klopfen und einander um den Hals fallen, während sie sich wieder und wieder in näselndem Ton sagten, dass sie im Namen des bald neu zu ordnenden Universums einen erstaunlichen Schlag gelandet hätten. Er spielte mit dem ältesten und finstersten all seiner Tagträume: Wie er geschmackvoll gekleidet und groß neben einer immer länger werdenden Reihe gefesselter Verräter stand, bereit, den Befehl zu geben, sie alle miteinander niederzumähen und achtlos liegenzulassen; die Mörder Englands nun selbst hingemordet.

Der Anfall ging vorüber, wie schon so oft, und einmal mehr war er reumütig und nachdenklich; nur seine Lippen verzerrten sich noch zu einem zynischen halben Lächeln angesichts der herrlich grotesken Vorstellung. Er nahm die Fernbedienung zur Hand und schaltete zwischen den Liedern hin und her, bis er die gesuchten Abschiedsworte gefunden hatte – einen unbeschreiblich traurigen, schwindenden Grund von Barockgitarre und Theorbe, eine erregend klare Frauenstimme, und die Klage Didos, die Aeneas Lebewohl sagte:

> *Wenn ich in der Erde liege –*
> *Mögen meine Verfehlungen dich nicht bekümmern.*
> *Denk an mich! Denk an mich!*
> *Doch ach! vergiss mein Schicksal...*
> *Denk an mich! Denk an mich!*
> *Doch ach! vergiss mein Schicksal.*

Auch Karthago war einmal eine Großmacht gewesen.

Kapitel XXIII

VOM NUTZEN DER LITERATUR

City of London
Donnerstag, 2. Oktober

Der Tag war gekommen – Alberts langersehnte »kooperative« Kolumne würde erscheinen. Der große alte Behemoth war zurück an seinem angestammten Platz und bekam seine übliche Prominenz – und als er den Text bei seinem ersten dünnen entkoffeinierten Kaffee des Tages las, verspürte Dougie echten Stolz. Das war das Beste, was er je vollbracht hatte – oder zumindest mit-vollbracht hatte. Ein bisschen Mut, ein wenig Führungsqualität war alles, was es gebraucht hatte, und er hatte über seinen respekteinflößenden Gegner triumphiert. Er hoffte, Albert würde einsehen, dass er recht gehabt hatte; er spielte mit dem Gedanken, dass der alte Griesgram ihn vielleicht sogar anrufen könnte, um sich zu bedanken. Er konnte beinahe schon das Stocken in der Stimme des alten Sacks hören, während er dankbar ins Telefon grummelte.

In Wahrheit aber las der Autor – oder vielmehr Ko-Autor – seine Kolumne mit ganz anderen Gefühlen – mit beinahe körperlichem Schmerz. Der Jungspund hatte sogar die Überschrift geändert, von »Sturmabteilung der Liebe« zu »Progressive zweifeln an der ›Meinungsfreiheit‹«. Albert hasste die Anführungszeichen rund um »Meinungsfreiheit« – und dass um »Progressive« keine standen. So gab der Text die Auseinandersetzung schon auf, bevor sie überhaupt begonnen hatte. Was ihn aber wirklich fuchsteufelswild machte, war die Managementsprache: »Diese Zeitung hat immer Partei für Chancen- und Profitgleichheit ergriffen, aber das bedeutet nicht, dass es keine legitimen Fragen gäbe, die man hinsichtlich der Methodologie stellen könnte, die zum Erreichen von Schlüsselansprüchen genutzt wird.« Dougies Korrektor hatte sogar

»Moslems« und »Schwarze« durch »Angehörige gesellschaftlicher Minderheiten« ersetzt, weil Dougie das für weniger kontrovers gehalten hatte. Es störte Albert nicht wirklich, für ein Ekel gehalten zu werden, aber er hasste es, dass man ihn nun für den Schuldigen an derartigen Sprachverbrechen halten würde.

Die *Sentinel*-Loyalisten lasen die Kolumne mit leichter Enttäuschung und dem Gefühl, Wasser bekommen zu haben, obwohl sie Bier erwartet hatten (auch wenn die meisten diesen Eindruck nicht in Worte hätten fassen können). Aus der halb erhofften, halb befürchteten Kanonade war ein Knallfrosch geworden. Das war Albert, aber irgendwie auch nicht – so als sei er beim Schreiben krank und fiebrig gewesen. Früher war die »Broadside« mit ausgefahrenen Klauen von der Seite gesprungen, aber diese Teillieferung plumpste als Totgeburt auf den Boden. Ein paar Leser kamen nach langem Nachdenken zu der überkomplizierten Schlussfolgerung, es müsse sich um einen Scherz handeln – einen, den sie nicht verstanden.

Dougie aber störte nur, dass der abgemilderte Ton und die Wortverdrehungen in dieser Kolumne anscheinend überhaupt keinen Unterschied gemacht hatten, was die geplante Demonstration anging. Die Vorsitzende von »Grenzen weg jetzt!« (es war Arabella von der Demonstration in Thorpe Gilbert) wurde in den Morgennachrichten interviewt, und Albert tat es mehr denn je leid, dass er zugestimmt hatte, seine Kolumne zu zensieren. Er erinnerte sich wieder daran, dass er echte Macht hatte – eine seltsame Zauberei, die scheinbar vernünftige Fremde in aller morgendlichen Herrgottsfrühe aus ihren kondomübersäten Schlafzimmern riss, damit sie den ganzen Tag herumstehen und sich im Namen irgendwelcher Menschen, die sie nie gekannt hatten und wahrscheinlich nicht einmal mögen würden, die Seele aus dem Leib zu schreien. Sein Ärger wuchs, als er sich im Schlafzimmer die Nachrichten ansah; er gab am Telefon einen Livekommentar an Anthony durch, der in der Galerie war und nur halb zuhörte, während er versuchte, einen Geschäftsbrief zu schreiben. »Sieh sie dir an – oh, ich hab' vergessen, dass du keine Glotze hast.

Ein Haufen hochgebildeter Kinder, alles Scheckbuchhippies, eingebildete Dummköpfe, die ihrer eigenen Enteignung zustimmen und ihr großes Herz herausbrüllen, so wie ein Bettler den Passanten seine schwärenden Wunden zeigt! Die sind eine Art Hautkrankheit, nur lebensbedrohlich... Nein, das ist nicht ekelhaft... Ich bin ganz sachlich. Du weißt, wissenschaftliche Objektivität ist mein zweiter Vorname... Und du solltest hören, was die sagen. Ein bisschen Mao, ein bisschen Managementlehrbuch und Spuren von methodistischer Predigt. Dabei sieht das Mädchen nicht mal schlecht aus, wenn sie nur ihren Mund halten würde. Zumindest im Dämmerlicht, mit ordentlichen Klamotten und einer Frisur – aber vor allem, wenn sie still wäre! Ha, ha. Wirklich scheißwitzig. Wenigstens mache ich mich nicht jedes Mal zum Idioten, wenn ich mein großes Maul aufreiße. Zumindest nicht durchgängig! Ist ja gut, ist ja gut, du kannst gehen und ein paar naive Hauptstädter ausnehmen.«

Er legte auf und widmete dem Fernseher seine volle Aufmerksamkeit. Arabella redete noch immer in ihrem schlecht unterdrückten Zungenschlag der oberen Mittelschicht.

»Die Aktionäre des *Sentinel* sollten immer daran denken, ob sie mit ihrer Arbeit zur Rassengleichheit und zu einem guten Verhältnis zwischen den Bevölkerungsgruppen beitragen. Sie sollten ernsthaft darüber nachdenken, ob es mit ihrem Firmenethos, ihren Verpflichtungen nach der Minderheitengesetzgebung und den Menschenrechten ihrer schwarzen oder anderen Minderheiten angehörenden Angestellten vereinbar ist, solch einen fremdenfeindlichen Schreihals in einer derart prominenten Rolle zu dulden. Ich bezweifle sehr, dass es das ist, und diese empörenden Kolumnen sollten dafür sorgen, dass seine Stellung sofort einer eingehenden Prüfung unterzogen wird. Außerdem laden wir die Zeitung ein, ihre redaktionelle Ausrichtung zu überdenken und im 21. Jahrhundert anzukommen. Es ist unverantwortlich, an die Ängste der Menschen statt an ihre Hoffnungen zu appellieren. Selbst wenn sich die Kolumnen von Mr. Norman nicht ausdrücklich mit Rassefragen beschäftigen, ermöglichen sie es ganz eindeutig denen, die dazu neigen, solche Schlüsse zu ziehen.

Die Meinungsäußerungsfreiheit kann sich nicht einfach über Menschenrechte und Moral hinwegsetzen.« »Einer eingehenden Prüfung unterziehen«! »Wir laden ein«! Sie hatte den hübschen Stil der Londoner Nachbargrafschaften – charmantes Lächeln, sanftmütige Phrasen, untermalt von gnadenlosem Stampfen mit Pfennigabsätzen.

»Wir sind der Meinung, dass Einwanderungsbeschränkungen grundsätzlich rassistisch und mit nichts zu entschuldigen sind. Einwanderungsbeschränkungen führen zu Leiden, Todesfällen und Menschenrechtsverletzungen… Sie sind eine grausame Verirrung, die jeden beleidigt.«

Albert konnte nicht anders, als ihr Können zu bewundern. Sie drückte all die flauschigen Weltverbesserungsknöpfe und drohte gleichzeitig auf zuckersüße Weise implizit mit Gewalt, falls ihre »Vorschläge« nicht angenommen werden sollten. Sie stand sinnbildlich für alle seine Gegner, und es tat ihm leid, dass seine heutige Kolumne als Waffe nicht würdig war, um gegen sie und ihre verblödete Clique gerichtet zu werden. Am meisten glänzte sie, als sie nach der möglichen Unterwanderung durch gewalttätige Gruppen gefragt wurde.

»Natürlich unterstützen wir keine Gewaltanwendung, aber hin und wieder wächst sich die völlig verständliche Frustration von Antirassisten und sozialen Aktivisten eben zu rechtswidrigen Handlungen aus – vor allem dann, wenn die Gesetze nicht legitim sind. Rassistische Einstellungen sind an sich bereits gewalttätige Handlungen und ein Schlag ins Gesicht der Menschenwürde. Unsere Großkundgebung steht jedem offen, der eine Meinung zu diesen Themen hat, und natürlich können wir in einer demokratischen Gesellschaft nicht kontrollieren, wer sich uns anschließt. Es ist Sache der Polizei, unsere genehmigte Demonstration zu kontrollieren, und wir können keinerlei Verantwortung für deren Unzulänglichkeiten übernehmen.«

Das war der perfekte Ansatz – das System angreifen und sich gleichzeitig hinter der Polizei verstecken, falls ein paar böse Jungs aufkreuzen sollten. Aufs Neue bereute Albert seine Selbstzensur.

Wie gerne wäre er diesen so dermaßen selbstsicheren Leuten entgegengetreten, bedenkenlos, kompromisslos! Das hätte diesen arroganten Engelchen schon Beine gemacht, wenn ihr alter Bär von Feind knurrend aus seiner Höhle gestürmt wäre, gelbe – aber noch ziemlich zweckmäßige – Zähne fletschend und noch immer mit einer – leicht gealterten – Bärenkraft ausgestattet, in der Lage, vor dem unausweichlichen Ende noch immer einigen Schaden anzurichten, einige der quälenden Hunde niederzureißen und anderen zumindest einen Hieb zu versetzen – die letzte, blutbefleckte Schlacht, ehe die jüngeren Tiere sich zu ihrem Pyrrhussieg erheben und seinen abgerissenen Kopf an ergrauten Locken emporhalten würden.

Sein einziger Trost war der Gedanke daran, dass Dougie mittlerweile wissen musste, dass sein Schachzug gescheitert war. Albert hoffte, die Demonstration würde *wirklich* groß ausfallen, und träumte genüsslich davon, wie Dougie von dem Mob aufgemischt wurde, den er so gern begütigt hätte – ein postmoderner Philippe Égalité, *mais sans le panache.*

Gegen 11:30 Uhr kamen die Organisatoren an, wurden in einen abgesperrten Bereich auf der dem *Sentinel*-Gebäude gegenüberliegenden Straßenseite geführt und von zwölf Polizisten misstrauisch beäugt. Sie hatten Plakate und Trillerpfeifen dabei, und Arabella hatte ein Megafon. Ihre verzerrte Stimme drang bis zu Alberts Büro im 15. Stock durch – nur wussten die Demonstranten nicht, dass er donnerstags nie im Büro war.

»Albert Norman, Rassistenschwein! Wir machen deinen Laden dicht, London braucht Rassismus nicht! Rassistenschwein, du bist bekannt, es gibt kein ruhiges Hinterland!«

Zu Hause zuckte Albert aufgrund ihrer Reimkünste zusammen und scherzte gegenüber Anthony, dass er sich jetzt erst einmal hinlegen und erholen müsse. Und schließlich schaltete er den Fernseher aus und griff sich aufs Geratewohl ein Buch aus einem der Regale. Es war Edmund Spensers *The Faerie Queene*, ein Buch, das der makaberen Seite seiner Persönlichkeit schon immer gefallen hatte – wegen des Kontrasts zwischen seiner schon damals, im 16. Jahrhundert, archaischen Romantik und der Brotarbeit des

Schriftstellers, nämlich im Namen der Tudor-Moderne irische Rebellen abzuschlachten. Es öffnete sich beim Elften Gesang, und Albert war belustigt, als er dort einen passenden Vers entdeckte:

Slaunderous Reproches, and fowle Infamies,
Leasings, Backbytings, and vaine-glorious Crakes,
Bad Counsels, Prayses, and false Flatteries.

Genau das war für ihn immer der größte Nutzen der Literatur gewesen: die Erinnerung daran, dass ganz egal, wie grauenvoll die Zeiten und Menschen auch sein mochten, alles schon immer so gewesen war und bis ans Ende der Zeit so sein würde, falls die Zeit jemals ein Ende nähme. Er verlor sich in der Geschichte, wie schon so oft zuvor.

Eine Stunde später hatte die Großkundgebung gerade einmal 34 Teilnehmer angezogen, und das Geschrei kam spärlicher und weniger überzeugt, erstarb schon allmählich. Ein paar Demonstranten gingen »etwas essen« – was, wie jeder wusste, »nach Hause« bedeutete. Der erleichterte Einsatzleiter der Polizei atmete auf und schickte die meisten seiner Leute zu anderen Einsatzorten weiter. Die immer weiter abschmelzende Demonstration wurde zu einem kleinen Straßentheater, das von vorbeilaufenden Büroarbeitern, die in der Regel nicht wussten, worum es ging, mit mäßigem Interesse betrachtet wurde. Gegen 14 Uhr waren nur noch zwei Polizeibeamte übrig und standen gelangweilt, aber bequem in der Sonne, als eine Gruppe von fünf Männern mit Masken und Eisenstangen schnell und lautlos die Straße entlang gerannt kam.

Sie verfolgten einen älteren Journalisten, der gerade von der Mittagspause zurückkam und einen angenehm ereignislosen Nachmittag in der Nachrichtenredaktion des Automobilteils vor sich wähnte. Er wusste, dass es irgendeine Demonstration gab, aber er interessierte sich nicht für Politik und schenkte ihr keine Beachtung. Von Albert Norman wusste er nichts bis auf den Namen. Was er allerdings auch nicht wusste, war, dass er diesem Unmensch einigermaßen ähnlich sah – gleiches Alter, gleicher Körperbau, krauses graues Haar, Jackett und Krawatte, alte Schule, alter Benimm.

Er dachte an Volvos und daran, wie die Sonne auf dem drachenverzierten Wetterkreuz der Kirche glitzerte, die er in den 36 Jahren seiner Arbeit im Gebäude daneben nicht ein einziges Mal betreten hatte. Eineinhalb Sekunden nach diesen weisen Überlegungen traf eine Eisenstange krachend auf seinen Schädel und pulverisierte alle Gedanken, und er spürte, wie er fiel, scheinbar aus einer großen Höhe. Dann wurde sein Gesicht seitlich auf den warmen Fußweg gedrückt, den er für einen glimmergetupften Augenblick genau sehen konnte, ehe ihm stahlkappenbesetzte Stiefel seine Brille in die Augen traten. Ihm blieb gerade noch genug Zeit, ein verwirrendes und wütendes Getümmel wahrzunehmen, den Schrei einer schemenhaften Frau in einem blauen Hosenanzug, ein Stück Himmel und aufgescheuchte Tauben, einen roten Sturzbach, und dann war da eine Art Abschalten, während sein zurückbleibender Körper unter unablässigen Einschlägen zuckte und erbebte.

Die Polizisten rannten die paar hundert Meter hinterher, um zu helfen, und genau in diesem Moment kam eine andere Kleingruppe maskierter Männer von der anderen Seite und stürmte in einem Regen glitzernder Glassplitter durch die Türen des *Sentinel*-Gebäudes. Die Empfangsdame schrie auf und rannte auf die Toilette – beileibe keine Überreaktion, denn schon sausten Brechstangen scheppernd auf ihren Tisch hinab, zerschlugen ihr Telefon, eine Pflanze und das *Sentinel*-Schild aus dem 19. Jahrhundert, das aus dem alten Haus gerettet und von einem Eigentümer aus den 1980er Jahren als täuschendes Symbol der Kontinuität in der Lobby aufgestellt worden war. Der antiguanische Wachmann sprang beherzt auf einen der jungen Männer zu, aber wurde zu Boden gestoßen, wo er sich zwischen den Resten der Palmlilie und zerbrochenem Glas wand. Eine Brechstange erwischte seinen Solarplexus, und er lag verzweifelt um Luft ringend da, während andere Stangen ihn am Hals und qualvoll an den Schienbeinen erwischten. Ein Täter verspritzte im ganzen Foyer rote Farbe, bevor sie sich alle wie ein Mann zurückzogen, den einen zurückgelaufenen Polizisten umstießen und schließlich ihm und dem humpelnden Wachmann – der wundersamerweise trotz eines später diagnostizierten Knöchelbruchs wieder auf den Beinen war – davonliefen.

Der wohldurchdachte Angriff hatte gerade einmal eineinhalb Minuten gedauert; die Angreifer hatten sich im Handumdrehen unter die entsetzten Augenzeugen gemischt und waren abgehauen, hatten ihre Stangen, Handschuhe, Pullover und Masken in Sporttaschen versenkt, sich aufgeteilt und waren in gemächliches Gehen verfallen, während sie an verschiedenen Ecken abbogen und hinter sich die Verfolgung abbrechen hörten. Schließlich steuerten sie zu Fuß entlegene U-Bahn-Stationen an, wo die Überwachungskameras keine Verbindungen würden herstellen können, ihre Herzen angefüllt mit schauriger Freude über ihre Heldentaten. Am *Sentinel*-Haus blieb ein Teppich von Glassplittern zurück, und es herrschte ein Höllenlärm von Polizeisirenen und unzähligen durcheinanderredenden Menschen – bis auf eine untypischerweise sprachlose Arabella, die auf dem Bordstein saß und ihre Akne hinter zitternden Händen versteckte.

Binnen weniger Minuten zeigten die *London Cable News* die Ereignisse, dank der Zuarbeit eines schnell schaltenden Touristen, der sie mit seinem Smartphone aufgezeichnet hatte. Ben Klein sah sich das Ganze von seinem Bett aus und mit einer dicken weißen Bandage über seiner Nase an, die er sehr ablenkend fand.

Die Faust dieses Scheißkerls hatte seinen Knorpel zerquetscht, und die ganze Nase war vollkommen deformiert und pochte so sehr, dass er trotz der Schmerzmittel nicht schlafen konnte. Sein Hinterkopf pochte auch, dort, wo er im Fallen aufgeschlagen war. Ihm war aufgrund der Gehirnerschütterung leicht schummrig. Aber durch all diese Unannehmlichkeiten hindurch verspürte er Befriedigung.

Der Schläger würde natürlich in den Knast wandern, die National Union war verboten worden, wie Ben schon immer gefordert hatte – und der Vorfall hatte bewiesen, dass er schon immer recht gehabt hatte, was das Wesen der Partei und die ständige Bedrohung durch den Faschismus anging. Sogar der *Sentinel* hatte sich dieser Ansicht angeschlossen und war plötzlich eine viel angenehmere Zeitung geworden.

Das an diesem Morgen war ein sehr unglücklicher Vorfall vor dem *Sentinel* gewesen, der unangenehme Fragen aufwerfen würde. Die Verantwortlichen würden voraussichtlich behaupten, dass es in einem Krieg so etwas wie Nonkombattanten nicht gäbe und bei einem solchen Schundblatt wie dem *Sentinel* selbst ein Automobilberichterstatter einen Hauch moralischer Verantwortung für die Ansichten der Redakteure trage. Ben hatte schon solche Leute getroffen (tatsächlich hatte er seine Vermutungen über die Identität einiger der Täter), und ihre Sichtweise war ihm sympathisch. Zweifellos waren auch ein paar der Munitionsarbeiter, die in den Feuerstürmen der Ruhrbombardements zu Staub verbrannt waren, privat ganz nette Leute gewesen.

Aber so sehr er es auch versuchte – und er versuchte es immer wieder: Ben konnte nicht jeden der Menschen hassen, deren Auslöschung aus dem öffentlichen Leben er sich zur Lebensaufgabe gemacht hatte. Immer mal wieder stieß er sogar auf jemanden, den er hätte mögen können, wenn sie sich unter anderen Umständen begegnet wären. Manches mal hatte er mit jemandem gesprochen, um Informationen abzuschöpfen, und kurzzeitig vergessen, warum er in Wahrheit dort war – er hatte einfach die Gesellschaft und den Moment genossen, einen Witz ehrlich lustig gefunden und eine

Beobachtung ehrlich tiefsinnig. Manchmal brachen die Grenzen ein, und dann berührte sein Geist für einen flüchtigen Moment denjenigen seines Gegenübers, ehe er wieder abschweifte. Ganz selten kam es vor, dass er wegen jemandem, den er an den Pranger gestellt hatte, Gewissensbisse verspürte – etwa wegen dieses kroatischen Zisterziensers, der ein paar Wochen nach dem Rauswurf aus seinem Kloster gestorben war. Er hatte es verdient gehabt, und er war schon sehr alt gewesen und wäre sowieso gestorben… *aber…* Der Mann war früher einmal sehr jung gewesen, war vielleicht getäuscht worden, und immerhin hatte er im schlimmsten Krieg von allen gelebt. Oft bereute Ben den Impuls, der ihn quer über das Bild des Manns an seiner Pinnwand hatte »Ja!« kritzeln lassen. Er hatte überlegt, ob er das abnehmen sollte – aber dann hatte er sich immer selbst gesagt, dass es hängenbleiben müsse, um seine Gemütslage in dieser Zeit abzubilden. Es sei dadurch ein Stück Geschichte – und die Geschichte sollte im Idealfall nie eingeschränkt werden, ebenso wenig wie Menschenleben. Wohin auch immer die Geschichte führen mochte, man musste ihr und sich selbst gegenüber ehrlich sein.

Er fragte sich, wie Albert Norman über die Ereignisse dieses Morgens denken mochte – ob er ehrlich genug sein würde, die moralische Verantwortung zu übernehmen. Denn es *war* seine. Ben hoffte, er würde Manns genug sein, dazu zu stehen, anstatt es zu einem seiner unergründlichen Scherze zu verdrehen. Denn es war kein Scherz, konnte niemals ein Scherz sein. Es war nur allzu offensichtlich, dass Alberts Zeit abgelaufen war; nun konnte er nur noch abschwören und zu seinem Volk zurückkehren.

Wäre er seiner jemals angesichtig geworden, dann hätte Ben Alberts beinahe schon orientalisch ausuferndes Schlafzimmer mit seinen sorgsam platzierten Gemälden und Keramikwaren wegen seines offensichtlichen Mangels an Interesse an den Problemen in der Welt zutiefst verstörend gefunden. Aber in diesem Augenblick standen Albert die Probleme der Welt sehr deutlich vor Augen.

Alarmiert von Sally, sah sich Albert die Ereignisse fassungslos im Fernsehen an – wie der verwackelte und unscharfe Journalist von breitschultrigen Maskierten zusammengeschlagen wurde, die gehässige Dinge schrien, einen schwindelerregenden Wirbel von Gebäuden und offenen Mündern, eine schräge Rückansicht der zweiten Gruppe, wie sie davonlief, während ein Polizist und ein lahmer Wachmann ihren Versuch einer Verfolgung rasch wieder aufgaben.

Wieder und wieder lief in seinem Kopf ab, was Sally gesagt hatte: »Die haben diesen *armen* Mann mit *dir* verwechselt!« Ihre Stimme war voller Mitgefühl gewesen – und dann war da noch etwas gewesen, was Albert noch nie in ihrer Stimme bemerkt hatte, so etwas wie Abscheu. Abscheu vor *ihm* – dem ach so schlauen Mann, der gewusst haben musste, was er herausforderte.

Albert kannte das Opfer nicht, hatte noch nicht einmal seinen Namen zuvor gehört. Er hatte aus Prinzip nie eine der Beilagen gelesen; als professionellem Journalisten waren ihm die Advertorials zuwider, und ganz abgesehen davon hielt er nichts davon, die öffentliche Leichtgläubigkeit zu begünstigen. Die modernen Autos sahen sowieso alle gleich aus.

Aber dieses furchtbare Geschehen bewegte ihn tiefer als alles andere, woran er sich erinnern konnte. Das war alles nur passiert, weil *er* etwas geschrieben hatte. Genauso gut hätte er selbst mit der Eisenstange zuschlagen können. Ihm war die ganze Zeit über klar gewesen, dass die breit aufgestellten Reihen seiner Gegner auch eine Minderheit dummer und gewalttätiger Kinder in Erwachsenenkörpern umfassten, emotionale Dauerlarven, voller Testosteron und Zivilreligion, immer am Rande des Ausbruchs. Er hatte den Gedanken immer ein wenig genossen, solche Leute zu reizen – durch das, was er schrieb, und dadurch, wer und was er war. Aber das war immer abstrakt gewesen. Er hatte nie gedacht, dass er jemals wirklich angegriffen werden würde – obwohl er hoffte, er hätte sich hinreichend zusammenreißen können, nicht zu sehr zu jammern, wenn es einmal passiert wäre. Die Schläger waren schließlich Gefangene ihrer eigenen emotionalen Inkontinenz und hätten der Versuchung, ihn zu schlagen, nicht besser widerstehen können als eine Mücke der Versuchung, zu stechen.

Aber dieser gezielte und vielleicht tödliche Anschlag auf jemanden, der sich keine bösen oder sonst irgendwelche Gedanken hatte zuschulden kommen lassen, auf diesen wahrscheinlich respektablen Steuerzahler, einen von der Sorte, die Albert immer gemocht und für die er geschrieben hatte – das war unsagbar schrecklich.

Albert stellte sich eine Ehefrau vor, Kinder und Enkelkinder, Nachbarn, die in ihrer Doppelhaushälfte in Uxbridge oder sonst wo von einer freundlichen Polizistin die schlimmen Neuigkeiten überbracht bekamen – oder noch schlimmer, die Amateuraufnahme zufällig im Fernsehen sahen und in der zusammenbrechenden Gestalt ihren Mann, Vater, Bruder, Freund erkannten. Der Mann würde vielleicht sterben, *sterben*, und wenn das passierte, dann würde ganz allein Albert die Schuld tragen. Keine Meinung war *das* wert. Keine Witzeleien waren es wert, dass einem ältlichen Kind dafür der Schädel eingeschlagen wurde.

Nachdem er sich die Aufnahme dreimal angesehen hatte, saß er fast eine Stunde lang bewegungslos und stumm da. Im Hintergrund klingelte ununterbrochen das Telefon, und über den antiken Kelim-Läufer kroch die Sonne und erweckte seine gedämpften Ochsenblut- und Kobaltfarben zu geschmackvollem Leben. Er konnte hören, wie blecherne, drängende Stimmen Nachrichten hinterließen, aber es interessierte ihn nicht, wem sie gehörten oder was sie zu sagen hatten. Er konnte es sich denken. Sein journalistisches Leben lief vor seinem inneren Auge ab, ein Rückblick auf Dinge, die einmal beeindruckend und wichtig gewirkt hatten, aber jetzt nur noch lächerlich aussahen.

Beinahe vom Anfang seiner »Karriere« an, als er mit 20 Jahren seinen ersten Artikel eingeschickt hatte (seinen Namen gedruckt zu sehen, war einer der wenigen wirklich aufregenden Momente seines Lebens gewesen), war er ein Außenseiter ohne Sympathien gewesen. Solche Gedanken hatten ihn immer begeistert. Während er zusah, wie sich die Welt verschlechterte und der Kosmos gröber wurde, klammerte er sich an das Wissen, dass es wenigstens nicht *seine* Schuld war. Er hatte es seinen Landsleuten *gesagt*, er hatte zumindest versucht, den Flitter herunterzureißen und das Gerippe unter dem verfaulten Fleisch freizulegen. Und während die Zeit sein Reservoir an Themen entleerte und ihre Ladung an Enttäuschungen und beschädigten Gütern ablieferte, war er auf perverse Weise stolz darauf, zur Karikatur einer Karikatur zu werden, einer interessanten Bedeutungslosigkeit – aber auch jemand, der *recht behalten* hatte und der eines Tages als jemand in Erinnerung bleiben würde, der recht gehabt hatte, als alle anderen sich geirrt hatten.

Er hatte immer die schwache Hoffnung gehabt, dass seine endlose Wiederholung ewiger Wahrheiten in den Windungen einzelner Gehirne irgendeine Wirkung haben würde – dass vielleicht *diese* Regierung mehr als bloß den Anschein einer Veränderung mit sich bringen würde. Vielleicht würde *dieses* Jahr endlich *das* Buch erscheinen, das er hatte schreiben wollen – die allumfassende Verteidigungsschrift, die elegante Ausführung, die all dem Irrsinn die Stirn bieten, die entsetzten Idioten zum Schweigen bringen und die wahren Engländer aus ihren unruhigen Träumen wecken würde. Ach, was für ein Narr er gewesen war, so etwas auch nur eine Sekunde lang halb ernsthaft gedacht zu haben. Diese Hoffnung war tot, schon vor Jahrzehnten gestorben, sie hatte nie gelebt.

Wenn er nun daran zurückdachte, jetzt, heute, in diesem offenbarungsreichen Moment, dann war ihm endlich klar, dass es alles vollkommene Zeitverschwendung gewesen war. Es war eine Fingerübung aus reiner Eitelkeit heraus gewesen. Er hatte sein Leben verschwendet und Tausende, ja Millionen von Lesern seiner nur halb überzeugten Kolumnen in die Irre geführt – hatte eine wertlose Hoffnung angeboten, einen zu küssenden Siegelring emporgehalten, eine Flagge, der es zu salutieren galt, während er selbst sich die ganze Zeit über in amüsierter Distanz gehalten hatte und beinahe scheitern *wollte*, weil einem Geist wie dem seinen das Scheitern schöner erschien als jeder noch so atemberaubende mögliche Erfolg. In der ganzen Gleichung hatte nie wirkliches Herzblut gesteckt, und die »Broadside« war nie das gewesen, was so viele behauptet hatten – die verstimmten Sterbesakramente einer alten Ordnung, die sich weigerte, in Würde abzutreten. Und er *war* alt, scheußlich gealtert, und seine halb ernsten, halb heiteren extremen Ansichten zu jeder beliebigen Frage verschärften sein körperliches Alter und seine schlechte Gesundheit noch. Nach dieser scheußlichen Sache konnte er sein lebenslanges Spiel nicht länger auskosten. Langsam schüttelte er den Kopf, so als wolle er ein Trugbild loswerden, dann hob er das Telefon ab und bat darum, zu Dougie durchgestellt zu werden. Der war gegangen, um den Journalisten im Krankenhaus zu besuchen – sehr herausgeberhaft, dachte Albert mit Wohlwollen –, aber seine Sekretärin sagte: »Er will *vor allem* mit Ihnen sprechen, Mr. Norman.«

Albert notierte sich das Krankenhaus und versprach der Sekretärin, nicht mit der Presse zu sprechen und um 16 Uhr für ein Telefonat bereitzustehen. Dann bestellte er sechs Flaschen seines liebsten Single-Malt-Whiskys ans Krankenbett des Verletzten. Zusätzlich diktierte er eine Grußkarte: »Es tut mir *so* leid. Es ist alles meine Schuld. Es hätte mich treffen sollen. Wenn ich irgendetwas tun kann, teilen Sie es mir bitte mit. Ich werde kommen und Sie besuchen. Alles Gute und eine schnelle Genesung – Albert Norman.« Am Ende hinterließ er seine Telefonnummer.

Es hätte mich treffen sollen. Es hätte *mich* treffen sollen. Der Satz hallte nach. Es hätte Gerechtigkeit darin gelegen, eine gewisse Extravaganz. Es wäre ein Kompliment für ihn gewesen, von den Engeln der Gleichheit niedergestreckt zu werden wie die Romanows in jenem Keller.

Der kleine Zeiger der porzellanenen Kaminuhr aus dem 18. Jahrhundert bewegte sich langsam auf die IV zu, so präzise, als ticke er in einem spröden Salon der Tuilerien – und das verträumte Schäferpaar oberhalb des Ziffernplatz schien größer und größer zu werden. Albert ertappte sich dabei, wie er den lässig entblößten Fuß der Schäferin anstarrte. Es war ein wunderschönes Stück Keramik, ein zartes, klassisches Blendwerk, das in einem Paris der Armut, der Seuchen und der Enzyklopädisten aus Lehm, Tierknochen und Asche geformt worden war. Das war es, was ihm an der Uhr gefiel – die Umwandlung von Schmutz zu Ordnung, Hässlichkeit zu Schönheit, den Triumph eleganter Folgenlosigkeit über langweilige Funktionalität. Aber es war nur ein flüchtiger Triumph. Irgendwie hatte die Uhr es geschafft, die Jahrhunderte unbeschadet zu überstehen, aber der Geist, der sie beschworen hatte, war ausgestorben. Jetzt glaubte niemand mehr an irgendetwas, nur noch an niederträchtige Dinge; Hässlichkeit und Schönheit hatten die Rollen getauscht, aus Zauber war Kitsch geworden, Hingabe war Theatralik und Ernsthaftigkeit Ironie.

Die Uhr tickte lauter im bedeutungslosen Raum, und ihr Ziffernblatt wurde immer größer – so lange, bis Albert sich fragte, ob draußen jemand den gleichen unerträglichen Lärm hören konnte, der seinen Kopf erfüllte. Dann erwachten Uhr und Telefon gleichzeitig zum Leben, und er streckte eine plötzlich sichere Hand nach dem Hörer aus.

Am Anfang seiner Laufbahn war es für John schmerzhaft – wenn auch karrierefördernd – gewesen, als Albert ihn zur Zielscheibe seiner Spötteleien erwählt hatte, zu denen nicht weniger als sieben »Plattensprung-Preise« zählten. Er hatte ihm das nie wirklich verziehen, auch wenn er versucht hatte, ihn zu bemitleiden. Aber selbst ohne Berücksichtigung seiner persönlichen Befindlichkeiten war Alberts Abgang eine Abschiedskolumne wert, und er hatte sie mit einem dezent unbeschwerten Gefühl geschrieben, so als habe er gehört, dass Menschenrechtsaktivisten den Ort irgendeiner fernen Katastrophe erreicht hätten.

Mit dem plötzlichen Abschied Albert Normans vom *Sentinel* tritt die britische Gesellschaft in eine neue und hoffnungsvollere Ära. Fast 50 Jahre lang hat Normans »Broadside«-Kolumne ihrer trotzigen Leserschaft aus der unteren Mittelschicht zweimal pro Woche patriotische Nervennahrung geliefert. Diese Kolumne zeichnete sich hin und wieder durch ätzende Witzeleien aus, die manchmal sogar zufällig die Wahrheit berührten, aber unter der Oberfläche tobte ein böswilliges Raster bitterer Vorurteile von jener Art, die auszurotten viele von uns zu ihrer Lebensaufgabe erwählt haben. Es scheint, als sei unsere Kritik letzten Endes das Zünglein an der Waage gewesen. Für Albert Norman waren all die gewesenen Denkweisen noch immer hochaktuell – und der Chauvinismus, der Nationalismus, der Rassismus, der Sexismus, der Islamhass, der Schwulenhass und der Behindertenhass, die alle in der übrigen britischen Medienlandschaft ausgetilgt wurden, gärten und erblühten unter seiner Schirmherrschaft. Seine Kolumne spielte für die Parteipolitik zwar keine Rolle, aber sie war unbestreitbar *da*, ein Krebsgeschwür am grünen Baum der Hoffnung und des Fortschritts. Wie ein scheinbar hochgebildeter Mann über Jahrzehnte des unermüdlichen Wandels hinweg an derart vorsintflutlichen Ansichten festhalten konnte – wie er nicht erkannte, welchen Schaden er anrichtete, nicht nur an der Gesellschaft, sondern auch an sich selbst – das wird wahrscheinlich für immer ein Rätsel bleiben.

Eine weitere derzeit offene Frage ist, was seine Leser ab jetzt zu ihrer rassistischen »Erleuchtung« tun werden. Aber wir können darauf vertrauen, dass sie andere Medien finden werden, und ganz ohne Zweifel arbeiten die Strategen der Christdemokraten schon jetzt daran, das abzustützen, was für sie eine Schlüsselwählerschaft darstellt. Deshalb ein dreifaches Hurra auf Normans viel zu lange hinausgezögerten Abschied – zu dem, so hoffe ich, diese Kolumne ein wenig beigetragen hat –, aber auch wenn wir jetzt feiern, sollten wir unsere Gedanken bereits den nächsten Schlachtfeldern an der vordersten Front der Freiheit zuwenden.

Kapitel XXIV

KLARTEXT MIT DEN MÄCHTIGEN

London
Donnerstag, 9. Oktober – Donnerstag, 6. November

Es kam nicht oft vor, dass Wilberforce Smith warme Gefühle gegenüber *News From The Inside* empfand. Das Dokumentarformat von Channel One hatte so manche vergangene Episode durchleuchtet, die er lieber im gütigen Halbdunkel gewusst hätte. Doch diesmal schnaubte er wohlwollend, als er in 10 Downing Street am überquellenden Küchentisch saß und sich die Sendung ansah, während es draußen junge Hunde regnete. Er aß Spaghetti Bolognese aus einer Mikrowellenpackung, und ein Tropfen orangefarbener Sauce rann unbemerkt sein Kinn hinab und fiel auf dienstliche Papiere.

Ein Mann mit einer Splitterschutzweste und gequältem Gesichtsausdruck stand auf einer hellen Straße, die Augen gegen den Staub und die grelle Sonne zusammengekniffen.

»Wir sind mit den besten Absichten nach Basra gekommen – um die Lebensgeschichte eines Mannes zu erforschen, den wir ins Herz geschlossen hatten. Was wir gefunden haben, ist ein Schwindel, der eine ganze Nation in die Irre geführt hat.

Ibrahim Nassouf, der sogenannte ›Wundermigrant‹, war nie an irgendwelchen Aktivitäten gegen Saddam beteiligt und wurde auch nie von Saddams Geheimpolizei gefoltert. Und das ist nicht alles: Er war jahrelang Leibwächter und Scherge eines der berüchtigtsten Gangsterbosse des Irak. Heute Abend decken wir die unglaubliche Geschichte des FLÜCHTLINGS, DEN ES NIE GAB, auf.«

Der Premierminister hatte Ibrahims Foltergeschichte zwar ohnehin nie geglaubt, aber selbst er war überrascht von einigen Enthüllungen der Sendung. Ibrahim schien in der griechischen

Asylbewerberunterkunft in alle Arten unschöner Vorkommnisse verstrickt gewesen zu sein – von der sexuellen Belästigung einer Menschenrechtsanwältin (darüber musste der Premier kichern) über den unprovozierten Angriff auf irgendeinen Sudanesen namens Mandur bis hin zum Lostreten einer Revolte, in deren Verlauf er hatte fliehen können. Ein einfallsreicher Knabe, so schien es. Diese neuen Erkenntnisse würden wahrscheinlich dazu führen, dass man ihn schnell und sauber abschieben konnte, was die zuletzt sehr schlechten Umfrageergebnisse hinsichtlich der Einwanderungspolitik ein Stück weit ausgleichen würde. Der Premierminister pfiff tonlos vor sich hin, während er den schmierigen Teller beiseite schob und sich über seine Dokumentenmappe hermachte, wobei er karmesinrote Fingerabdrücke auf dem Deckblatt eines als Verschlusssache eingestuften Verteidigungsberichts hinterließ.

Natürlich war es der alte Albert Norman gewesen, der im vergangenen Monat als erster mit der Geschichte herausgekommen war – nicht allzu lange, bevor er seinen Hut genommen hatte, nach dem Vorfall, wo dieser andere Schmierfink beinahe umgebracht worden wäre. Er fragte sich, wie viele Menschen sich wohl noch daran erinnern mochten – wahrscheinlich nur sehr wenige. Auf eine seltsame Art und Weise hatte er das Gefühl, dass ihm Alberts bissige Sichtweise auf das Leben fehlen würde, die sich so sehr von all den anderen Zeitungen unterschieden hatte. Sie stand für einen perversen Teil der englischen Identität, einer Art von sturem, extrem individualistischem und instinktivem Konservatismus, den es immer noch gab, trotz Jahrzehnten der offiziellen Missbilligung durch Leute wie – tja, durch Leute wie den Premier selbst!

Er hatte sich geärgert, als Albert ihn vor ein paar Jahren augenzwinkernd zur Wahl »empfohlen« hatte, was ein paar der eher einfach gestrickten Abgeordneten der Arbeiterpartei für bare Münze genommen hatten – und auch ein paar der Unhöflichkeiten, die das alte Fossil seitdem geschrieben hatte, waren ihm auf die Nerven gegangen. Aber letzten Endes waren die Kolumnen kein Hindernis auf seinem Weg zum Premierministerposten gewesen, und Albert war ebenso hart – tatsächlich oft sogar noch härter –

mit den Christdemokraten umgesprungen. Es war so eine Art von Familienstreit, und die waren oft die schlimmsten. Albert hatte aber auch urkomisch sein können, und manchmal, wie im Falle des »Wundermigranten«, hatte der alte Mann seinen dicken Finger auf etwas gelegt, das alle anderen zu übersehen beschlossen hatten. Ohne ihn würde die Medienlandschaft noch öder aussehen. Sein Abgang hatte allerdings auch eine der letzten verbliebenen Hürden für Wahlwerbung im *Sentinel* aus dem Weg geräumt. Der junge Herausgeber dort wusste sicher, woher der Wind wehte. Er schrieb eine Erinnerung in sein saucenbeflecktes Notizbuch, diesen Kerl anzurufen.

Und dann gab es an diesem Abend noch eine gute Nachricht. Dieser toupierte Sonderling Jim Moore war am Nachmittag einem viel zu lange hinausgezögerten Herzanfall erlegen. Die einzige Schattenseite daran war, so sinnierte der Premier, dass seine Verleger ganz sicher in Windeseile eine Best-of-Sammlung auf den Markt werfen würden. Sein linkes Augenlid zuckte amüsiert; er hatte schon immer ein sehr feines musikalisches Gehör gehabt.

Ibrahim hatte den ganzen Tag über eine quälende Ungeduld verspürt. Die letzten zwei Wochen über, seit diese Journalisten angefangen hatten, via Mr. Basser immer unangenehmere Fragen zu stellen, hatte er sich in sich selbst zurückgezogen – er hatte sich geweigert, sie zu empfangen oder ihre Fragen schriftlich zu beantworten und sogar, sich gegenüber Basser zu erklären, den er bauernschlau verdächtigte, im Sold der Reporter zu stehen. Basser hatte ihn mit belustigter Verachtung angesehen, als er sich gewunden und gezögert hatte – und Ibrahim wusste, dass seine Geschichte an die Öffentlichkeit gelangen würde, selbst wenn die Sendung nie ausgestrahlt würde. Wieder und wieder verfluchte er sich dafür, auf der Pressekonferenz so weit gegangen zu sein. Er hatte schon die positive Presseberichterstattung gehasst; allmählich wurde ihm klar, wie es sein würde, im Zentrum weniger wohlwollender Aufmerksamkeit zu stehen.

Es ging nicht nur darum, dass die Aufdeckung seiner Flunkereien seinen Asylantrag – wahrscheinlich katastrophal – unterminieren würde. Es war auch der Gedanke, dass er vor Millionen Menschen als Betrüger dastehen würde – und als Idiot. Diese Aussicht war beängstigend. Wenn es im britischen Fernsehen so aussehen würde, dann würden alle glauben, dass es genau so sei. Immerhin, so hatte man ihnen im Flüchtlingsheim in Kursen beigebracht, war Großbritannien sehr stolz auf seine Tradition der freien Meinung, freien Medien und fairen Berichterstattung.

Er sah tausende Trugbilder vor sich – seine Straße, den Stadtkern von Basra, Kemali und Saddam lachend Seite an Seite, vorbeidonnernde Kampfflugzeuge, den Strand von Crisby, die unter einem schlechten Stern stehende Pressekonferenz – und Lavrio. Das meiste, was die Sendung unterstellte, stimmte zum größten Teil, doch er war verblüfft, wie verdreht der Abschnitt über Lavrio geraten war. Es machte ihn wütend, den scheinbar wohlgenährten und glücklichen Mandur zu sehen, der in so etwas wie einem Restaurant interviewt wurde und allen Ernstes sagte, dass Ibrahim und zwei Ägypter ihn überfallen und ausgeraubt hätten – und dann waren da noch die anderen falschen Anschuldigungen über Ms. Karatakis und darüber, dass er den Aufstand vom Zaun gebrochen hätte. Allmählich kam ihm in den Sinn, dass er vielleicht doch besser mit den Journalisten hätte reden sollen. Er versuchte, Basser all diese Dinge zu erklären, und der Dolmetscher nickte eifrig, doch Ibrahim hatte das Gefühl, dass er sich nur über ihn lustig machte.

Sein einziger Trost war ein vager Aberglaube, dass all diese Kümmernisse vielleicht »gesandt« worden sein könnten. Seine Mutter hatte immer darauf bestanden, dass es einen Plan gebe, worüber er immer traurig gelächelt und es bloß als Teil ihres Unvermögens gesehen hatte, als ihre Weise, mit all den Tragödien und Enttäuschungen ihres Lebens umzugehen. Doch inmitten all der Gefahren und Strapazen seiner Reise hatte er alle möglichen

Dinge einer neuen Prüfung unterzogen und festgestellt, dass er sich mehr und mehr auf diese psychologische Stütze verließ. So, wie er körperlich unterwegs gewesen war, hatte sich auch in ihm eine Menge bewegt. Vielleicht, ganz vielleicht, so dachte er, war es ihm nicht nur vorbestimmt, zu gehen, sondern auch, zurückzukehren. Vielleicht würde er gereinigt auf der anderen Seite wieder auftauchen – in der Lage, irgendwo da, wo ihn niemand kannte, neu anzufangen, auf eine bescheidene und doch nützliche Weise. Die Unruhen zu Hause konnten nicht ewig andauern; sie würden Männer wie ihn für den Wiederaufbau brauchen. Er war noch verhältnismäßig jung und konnte helfen, eine neue Wirklichkeit für das zu schaffen, was immerhin seine Heimat war.

Basser hatte Mitleid und versuchte, ihn aufzubauen. Du hast also die Wahrheit ausgeschmückt, na und? Das haben andere auch schon getan. Wer kann es dir wirklich vorwerfen? Jeder andere hätte das Gleiche getan. Und die können dich nicht in ein Kriegsgebiet zurückschicken. Vergiss nicht, du hast noch unzählige Möglichkeiten, dich zu verteidigen. Wenn ich du wäre, würde ich mir nicht so viele Sorgen machen. Du wirst schon sehen. Aber Ibrahim weigerte sich, sich weiter an seinen Irrglauben zu klammern. Er ergab sich der Unausweichlichkeit, dass in einem oder zwei Tagen Beamte mit seinem Namen auf irgendwelchen Formularen aufkreuzen und ihn direkt zum Flughafen bringen mussten – seiner Freiheit beraubt, ja, aber ebenso der Notwendigkeit, weiter zu lügen. Ein ganz kleiner Teil von ihm freute sich über das Ende der Heuchelei.

Es sei eine Schande, erklärte das *Bugle*, dass diese Regierung einen derart dreisten Missbrauch geduldet habe, der nur zu neuen Vorurteilen führen würde. Es sei ganz typisch für diese grotesk verantwortungslose Regierung, dass sie das Wort eines Kriminellen für eine Heilsbotschaft gehalten hatte. Es sei politische Korrektheit am Durchdrehen. Wer könne sich da noch über den Extremismus wundern? Ibrahim Nassouf musste weg. Der Minister sollte ebenso weg, andernfalls könne jeder Tom, Dick oder Ibrahim sich einfach über die Einwanderungspolitik dieser Regierung hinwegsetzen. Die Ansicht des *Bugle* wurde von anderen Zeitungen geteilt, und die Strategen der Regierung fürchteten, dass es bei den Kommunalwahlen zur Kernschmelze kommen könnte. Aber der Minister blieb – und niemand holte Ibrahim ab.

Und nicht nur das: Bald erfuhr die öffentliche Meinung einen Gegenumschwung, der – wie so oft – von John Leyden angeführt wurde. Der wies darauf hin, dass der Umstand, dass die Details der Geschichte eines einzigen Asylbewerbers sich als teilweise falsch herausgestellt hatten, nicht daran rühre, dass Einwanderung an sich zum Wohle der Gesellschaft sei und im Verbund mit einer ethischen Außenpolitik weitergehen sollte; darüber hinaus sei in Großbritannien kein Platz für Rassismus. Es gebe eine breitere gesellschaftliche Wahrheit, und rechte Hysterie dürfe diese ins Auge springende Tatsache auf keinen Fall verdecken – denn wir sind alle auf sehr reale Weise schuldig.

Dann brachte das *Register* ein langes Interview mit Ibrahim – ein brillanter Handstreich in seinem Auflagenkrieg mit dem *Bugle*. Jakob von Groenestein las es am Beckenrand seines Pools in Dubai und brach in schallendes Gelächter aus.

> Ibrahim sitzt zusammengekauert in seiner kleinen Zelle. Seine einzige Gesellschaft besteht aus einem traumatisierten Syrer, einem stummen Fernseher und ein paar kümmerlichen Habseligkeiten auf dem Tisch neben dem Bett: ein Notizbuch, ein halb aufgegessenes Sandwich, ein paar Zigaretten, ein paar Süßigkeiten – und natürlich der Dolmetscher, ohne den Ibrahim auf einer kulturellen einsamen Insel gestrandet wäre. Sein schmales, empfindsames Gesicht wirkt müde, und er schaut für die meiste Zeit unserer gerafften Stunde verschämt hinunter auf seine Hände. Ich stelle ihm die

Frage, die jedem Briten auf der Zunge liegt: »Ibrahim, wir haben dich in unsere Herzen hineingelassen. Wir wussten, dass du gelitten hast, und wir wollten dir glauben, was du uns erzählt hast. Was hat dich dazu getrieben, diese Geschichten zu erfinden?«

Mit einem innigen Seufzen beginnt Ibrahim, stockend über seinen Dolmetscher zu antworten. Seine Zähne sind perlweiß, seine tiefbraunen Augen mit einer verborgenen Traurigkeit angefüllt. »Es ist nicht die echte Wirklichkeit, aber es war meine Wirklichkeit... Es war meine Art, damit umzugehen... Ich hoffe auf die Vergebung aller, die sich betrogen fühlen, aber ich flehe sie an, sich in meine Lage zu versetzen; ich hatte alles verloren, ich musste überleben... Ich komme mir wie ein Idiot vor, und jetzt hasst ihr mich alle... Ich habe rassistische Briefe bekommen, und trotzdem kann ich den Absendern nicht böse sein. Es ist alles meine Schuld.«

Und während ich dort sitze und zuhöre, versuche ich, mich in Ibrahims abgetragene alte Schuhe zu versetzen – diese Schuhe, die soviel rennen mussten. Ich werde beschworen, mir eine einzige, einfache Frage zu stellen: Hätte *ich* mich, hätten *wir alle* uns so viel anders verhalten?

Der Leitartikel des *Register* äußerte sich zu seinem eigenen Korrespondenten in der kulanten Art, auf die die Zeitung immer so stolz war:

Ibrahim, du hättest nicht lügen müssen. Dies ist eine großartige Nation, und eine großherzige, mit einer Tradition der Fairness und der Gastfreundschaft gegenüber allen, die sie wirklich brauchen. Und selbst ohne deinen Hintergrund von Armut, Hunger, Diktatur und Krieg: Allein schon deine Behandlung durch die Menschenhändler hätte dich für das Asyl qualifiziert. Was immer also in der Vergangenheit passiert sein mag, wir sagen: Lasst vergangene Zeiten vergangen sein – und fordert, dass die Regierung Ibrahim bleiben lässt. Er hat gesagt, dass es ihm leid tut.

Ibrahim begann, zu glauben, dass Basser doch recht gehabt hatte. Er verfolgte mit stiller Dankbarkeit, wie er wieder aus den Schlagzeilen verschwand; er war unbeschreiblich froh, einfach zu einem Rad im Getriebe zu werden, zu den gleichen Bedingungen wie jeder andere auch. Als der wundervolle Herbst dieses Jahrs umschlug, was man durch die Glasscheiben des Heimkomplexes sehen, aber nicht spüren konnte, gab es Treffen mit Sachbearbeitern, Präsentationen, medizinische Untersuchungen, psychologische Untersuchungen, Anhörungen, Anhörungen über Anhörungen, vertagte Anhörungen, aufgeschobene Entscheidungen, ein (schockierenderweise negatives) Urteil, Berufung, Vorlagen und Beweisaufnahmen, Berufungsprozess, vertagte Entscheidungen über den Berufungsanspruch...

Er war fasziniert, eines Tages von einem zwinkernden Wärter darüber informiert zu werden, dass er Damenbesuch habe. Erstaunt ging er in den Gesprächsraum, wo Carole Hassan auf ihn wartete. Sie stand auf und stellte sich über den angestellten Übersetzer vor. Er war verblüfft, dass sie eine weiße Frau war, und nicht einmal eine Albanerin. Er hätte nie gedacht, dass es englische Konvertitinnen geben könnte – erst recht nicht solche, die intensiv nach Zigaretten rochen. Sie sprach nur schüchtern; sie treffe sehr wenige andere Moslems und rede kaum mit Männern in ihrem Alter.

»Ich bin im Namen der gesamten muslimischen Gemeinde hier, um dir unsere Solidarität zu beweisen und sicherzustellen, dass du gut behandelt wirst. Hast du irgendwelche Beschwerden darüber, wie du an diesem furchtbaren Ort behandelt wirst?« Sie sah sich in dem hellen und heiter eingerichteten Raum um und erschauderte.

»Im Namen *aller* Moslems?« Ibrahim, der zu Hause gesehen hatte, wie Sunniten und Schiiten miteinander umsprangen, war erfreut, von dieser unerwarteten Solidarität zu hören.

»In gewisser Weise, ja. Ich vertrete unsere Anliegen als Gruppe, denn wenn wir uns nicht selbst so organisieren würden, würde der Staat uns übel behandeln. Es gibt in England und Amerika viel Hass auf den Islam. Deshalb haben London, Washington und Israel ihren Krieg gegen uns angefangen. Ich bekomme Geld vom Staat, um sicherzustellen, dass unsere Leute geschützt werden.«

Der Dolmetscher schien im Scherz die Augen zu verdrehen, aber Ibrahim ignorierte ihn und versuchte, diese scheinbar widersprüchlichen Neuigkeiten zu verdauen. Warum sollte der Staat einer Gruppe Geld geben, die gegen ihn eingestellt war? Und warum sollte sich ein englisches Mädchen überhaupt für den Irak interessieren?

»Unserer Ansicht nach ist die derzeitige Entrüstung über dich ein Teil dieses Islamhasses. Wenn du ein Christ oder ein Hindu oder ein... ein Scientologe wärst, dann würden sie dir nicht all diese Dinge unterstellen – du weißt schon, all die Geschichten, dass du gelogen hättest. Wir wissen, was Das Buch über das Lügen sagt.«

Ibrahim wusste es nicht, aber er legte keinen Wert darauf, es zuzugeben, also saß er da und blickte weise, während sie schnell und nervös immer weiter sprach, so als warte sie nur darauf, dass er sie korrigierte.

Sie las von einem Stück Papier ab.

»Sure 5 erklärt, warum die Christen lügen – sie sagt: ›Sie hören auf Lügen, und sie verzehren unrechtmäßig erworbenes Gut.‹ Sure 96 sagt: ›Nein, wenn er nicht aufhört, werden Wir ihn gewiss am Schopf packen und ziehen, einem lügnerischen, sündigen Schopf.‹ Und Sure 104 sagt natürlich: ›Wehe jedem Stichler und Nörgler.‹«

Sie unterbrach sich und saß ein paar Sekunden lang schweigend da, den Kopf in ritueller Ehrerbietung leicht geneigt. Ibrahim wusste nicht, was er sagen sollte, also sagte er sehr langsam: »Oh, ja, natürlich...« Der Dolmetscher zwinkerte ihm zu, und dann kam Carole zu seiner Rettung. Sie lächelte, aber schlug ihre Augen nieder, als sie weitersprach. »Darf ich dich Ibrahim nennen? Ich muss dir sagen, dass ich Christin war, bevor ich eines glücklichen Tages erkannte, dass ich mich geirrt hatte – dass meine Eltern sich geirrt hatten und jeder andere in meiner Familie seit Hunderten von Jahren. Ich lernte, genug Mut zu haben, um meinen Irrglauben und seine Kultur abzulegen – aber ich lernte auch, Allah (Ehre sei seinem Namen) zu danken, dass er mir die Weisheit geschenkt hatte, Den Weg zu erkennen. Und seitdem habe ich mein Leben dem Leben Seines Buchs gewidmet und der Verpflichtung, allen zu helfen, die – so wie du – ungerecht behandelt werden, weil auch du Das Licht gesehen hast. Ich bin also als so etwas wie ein guter Geist hier, um dir meine Hilfe anzubieten, als eine Freundin und gleichsam Wahrheitssuchende. Deshalb bin ich gekommen.«

Sie blickte ihn mit flehenden blauen Augen an. Er war überrascht, zu sehen, dass ihre Hände zitterten, und verspürte eine seltsame Mischung von Gefühlen – den Wunsch, sie zu beschützen, leichte sexuelle Erregung, Verwirrung und Abneigung. Er konnte spüren, dass sie nicht nur an ihm interessiert war, sondern auch an dem, wofür er stand.

Der Zigarettengeruch schreckte ihn ab, aber auch das Gefühl, dass sie durch den Übertritt zum Islam zu naheliegend, zu leicht zu haben geworden war. Sie ähnelte zu sehr all den Mädchen, die er zu Hause gekannt hatte. Er war zum Teil auch deshalb hierhergekommen, um dem zu entkommen, wonach sie sich augenscheinlich sehnte. Er hatte ein englisches Mädchen gewollt und wäre sogar bereit gewesen, eines zu nehmen, das so aussah wie dieses hier – aber er gewollt ein Mädchen, das etwas von der Gelassenheit und Selbstsicherheit hatte, die er vor Jahren aus all diesen Zeitschriften aufgesogen hatte. Er hatte immer darüber fantasiert, sich mit einem dieser wunderschönen, langbeinigen, blonden Models in einer dieser wunderschönen, luxuriösen Inneneinrichtungen zu befinden, völlig zufrieden damit, in ihrer Nähe zu sein und ihre wunderschöne Fremdheit zu bestaunen, ihren fortschrittlichen und exotischen Hintergrund. Er hatte gedacht, so etwas ähnliches in

Gestalt von Ms. Karatakis gefunden zu haben... aber daran wollte er nicht mehr denken. Wie sollte er diese intimen Gedanken einer Fremden erklären, und dann auch noch einem leicht schlampigen Abziehbild einer Frau aus der Heimat? Er konnte sie nicht einmal sich selbst gegenüber artikulieren – und darüber hinaus wollte er ihre Gefühle nicht verletzen. Er sprach sanft und sich der ironischen Anwesenheit des Dolmetschers schmerzlich bewusst.

»Bitte, es ist sehr nett von dir, dass du den ganzen Weg hierher gekommen bist und deine Hilfe anbietest. Aber ich denke, du verstehst nicht ganz. Es ist die Wahrheit; ich *habe* gelogen, weil ich gehofft habe, dadurch hierbleiben zu dürfen. Ich glaube nicht, dass du mir helfen kannst, das ungeschehen zu machen!

Und was den Rest angeht: Für mich ist der Islam nur etwas, in das ich hineingeboren wurde, und ich denke nicht besonders viel darüber nach. Ich bin keine gebildete Person, so wie du – ich bin nur ein Mann, der das Beste für seine Familie will.«

»Oh – du hast Familie?« Ihre Enttäuschung war erbärmlich offensichtlich. Er strich sich seinen Schnurrbart, erfreut, geschmeichelt.

»Ich habe drei Schwestern. Aber keine Frau. Ich war zu arm, um zu heiraten. Und dann kam der Krieg; es schien, als würde immer Krieg sein. Und wenn kein Krieg war, dann brachten die Menschen sich gegenseitig um. Sunniten töteten Schiiten, Schiiten töteten Sunniten, beide zusammen töteten andere – deshalb freut es mich, dass hier alle Moslems Freunde sind.«

Der Dolmetscher machte ein Geräusch, das wie ein Auflachen klang. Carole errötete, während Ibrahim – jetzt schneller – fortfuhr:

»So sieht es aus: Ich bin als illegaler Einwanderer hier. Ich habe gelogen, um hierher zu kommen, und das hat man herausgefunden. Bald werde ich abgeschoben. Und es wird meine Schuld sein – und mein Schicksal. Ich gebe niemandem die Schuld, und selbst wenn ich es täte, würde es mir sicher nicht helfen. Nein, ich werde nach Hause gehen, meine Schwester wird mit mir kommen, und – wer weiß? – vielleicht wird es das Beste sein? Vielleicht werden die Bomben aufhören, vielleicht wird es Frieden geben, und ich werde um diese Erfahrung reicher und glücklich sein.« Sie staunte über Ibrahims Fügsamkeit und Gemütsruhe, Tugenden, von denen sie wusste, dass sie ihr fehlten, und die sie darauf zurückführte, dass er als Moslem geboren worden war. Sie spürte, dass sie ohne Hilfe von jemandem, der so weise und ruhig war wie er, nie in der Lage sein würde, auf eine so erhabene Stufe zu gelangen. Sie wollte ihn fragen, welchen Pfad sie auf ihrer spirituellen Suche wählen sollte, aber ihr Termin war fast vorbei, und sie hatte ihm nichts anbieten können, das er hätte annehmen wollen. Aber sie wollte nicht den Kontakt zu diesem freundlichen, weisen (und hübschen) Mann verlieren. Sie zog eine ihrer Visitenkarten hervor und schrieb – erstaunt über ihre eigene Direktheit – ihre Wohnanschrift und Telefonnummer auf die Rückseite. Sie gab sie ihm, und als sich ihre Hände fast berührten, erbebte sie in fast ekstatischer Weise.

»Ich muss gehen. Aber bitte, nimm dies – das sind meine Kontaktdaten. Wenn du in deinem Kampf irgendeine Hilfe brauchst – Informationen, Rat, Kontakte, Geld, Seelsorge – ruf mich an oder schreib mir. Und gib nicht auf! Vielleicht darfst du doch noch hierbleiben. Und selbst wenn nicht, brauchst du vielleicht einen Ort, an dem du eine Weile bleiben kannst. Denk daran – du hast zumindest einen wahren Freund!«

Mit hochrotem Kopf stand sie auf und verließ den Raum beinahe rennend. Zurück am kleinen Tisch blieb Ibrahim mit offenstehendem Mund. Sie war verschwunden, noch während der inzwischen ganz offen anzüglich grinsende Dolmetscher damit beschäftigt war, ihren letzten Satz zu übersetzen.

In dieser Nacht träumte Ibrahim von ihr und wachte überhitzt auf. Die Leuchtstoffröhre in dem Zweierzimmer war noch immer an, und sein schweigsamer syrischer Zimmergenosse lag da und starrte zur leeren Decke hinauf, so wie in den meisten Nächten. Er machte Ibrahim Angst. Was *sah* der Kerl nur dort oben? Das war wie der böse Blick! Es hieß, dass in Damaskus Soldaten auf ihn geschossen hätten, und dass er seine Familie sterben gesehen hatte – aber das waren nur Vermutungen, weil er so gut wie nie etwas sagte. Als er Ibrahim seufzen hörte, drehte er seinen Kopf auf dem Kissen und starrte ihn ein paar Sekunden lang ausdruckslos an, ehe er seine Beobachtung der Decke wieder aufnahm. Ibrahim schauderte leicht, dann drehte er sich weg vom Licht zur Wand. Es gab eine lange Stille – und dann kroch die Liebkosung der Morgendämmerung über die Jalousien, und man hörte Pfeifen und das Quietschen der Räder eines Rollwagens auf gewachstem Boden, während der neue Tag anbrach.

John hatte ärgerlich die Stirn gerunzelt, als er die Neuigkeiten über Ibrahims Schwindel zum ersten Mal gehört hatte. Diese Entwicklung war peinlich für ihn und würde zusätzlich benutzt werden, um alle Einwanderer, alle Einwanderung anzugreifen. Aber je mehr er darüber nachdachte, desto weniger kümmerte es ihn; immerhin hatte er allen gezeigt, was für ein großes Herz er, John, hatte. Und zumindest war der *Sentinel* ausgeschaltet worden. Es war ein großer Gewinn für die Gesellschaft, dass diese offene Kloake nicht länger ihren beleidigenden Schmutz auf den feinen, sauberen Sand ausspeien konnte. Die neue Redaktionslinie dort schien sehr bemüht, die Vergangenheit der Zeitung auszubügeln. Vielleicht würden sie sogar wieder Artikel von ihm annehmen – in der Zwischenzeit aalte er sich im professionellen Stolz, mit seinem Text den Stimmungsumschwung herbeigeführt zu haben.

Auch war er sehr aufgeregt darüber, dass ihn die Capital University angefragt hatte, ein Modul ihres neuen Kurses »Radikale Stimmen – Wie man die Revolution schreibt« zu leiten. Die Vorstellung, seinen Namen in Verbindung mit einer der Eliteuniversitäten des Landes zu lesen, gefiel ihm. Ganz besonders genoss er, was der Verwalter geschrieben hatte: »Wir hoffen, dass Sie als eine der wortgewandtesten radikalen Stimmen unserer Generation in Erwägung ziehen werden, unser geplantes Modul mit Ihren geistreichen Erkenntnissen zu unterstützen.« Er hatte die Mail an Gavin und ein paar andere Leute der oberen Redaktionsebene weitergeleitet, vordergründig mit der Frage, ob die Zeitung etwas dagegen einzuwenden habe, aber in Wahrheit nur aus dem einen Grund, damit sie sie lesen konnten. Es war strategisch klug, andere gelegentlich zu erinnern, wie hoch man geschätzt wurde, besonders dann, wenn man plötzlich einen ehemaligen Freund zum Vorgesetzten hatte, der wahrscheinlich gegen einen intrigierte.

Dann war noch Janet ausgezogen, und zwar *still*, ohne ihm weitere peinliche Szenen zu machen. Als er eines Nachts vom Chinesen zurückgekommen war, hatte er eine zusammengefaltete Notiz auf dem Esstisch gefunden und bemerkt, dass hinter ihrer Tür kein lärmender Fernseher zu hören war. Es war ihr übliches fliederfarbenes Papier mit dem schwachen Pfefferminzgeruch – sie hatte immer darauf bestanden, dieses Papier zu benutzen, trotz seiner oft zum Ausdruck gebrachten Geringschätzung.

> John, ich sehe nicht, wie wir das zwischen uns wieder hinbekommen sollen, auch wenn ich viel darüber nachgedacht habe – SEHR viel. Es war wahrscheinlich falsch von mir, so ekelhaft zu dir zu sein, aber ich konnte nicht anders. Also, auch wenn es mich zerreißt (kitschig, hm?), ich denke, es ist besser, wenn ich gehe. Ich bleibe erstmal für ein paar Tage bei Tammy, danach gehe ich vielleicht zurück nach Hause – nur falls du mich erreichen musst, EGAL aus welchem Grund. Ich habe das Meiste von meinem Kram schon mitgenommen, und ich schaffe dir den Rest aus dem Weg, so bald ich kann. Es tut mir leid – pass auf dich auf. In Liebe, deine J.
> PS: Hier ist meine Handynummer, für Notfälle.
> PPS: Hinten im Kühlschrank ist Speck, der bis Dienstag weg muss.
> PPPS: Denk dran – EGAL aus welchem Grund!

Er faltete den Zettel sorgfältig wieder zusammen, ehe er ihn in eine Schublade des alten Sekretärs legte. Mittlerweile besaß er eine ziemliche Sammlung an Liebesbriefen, die bis zu seinem

18. Lebensjahr zurückging, und er fand es hin und wieder ganz amüsant, noch einmal darin herumzulesen. Einmal hatte er ein paar davon zu einer Dinnerparty mitgebracht und laut vorgelesen, was saukomisch gewesen war. Er schloss den Sekretär wieder ab, dann riss er ein paar Seiten aus einer Zeitschrift heraus und knüllte sie zu einem kleinen Ball zusammen. Den warf er hoch unter die Decke, sprang jubelnd in die Höhe, um ihn auf seiner Abwärtsbahn zu treffen, und köpfte ihn sauber in den Kamin. Dann vollführte er einen Siegessprung aus dem Raum heraus und akzeptierte den Jubel des gesamten Wembley-Stadions.

Der Journalist, der irrtümlich zusammengeschlagen worden war, kam wieder auf die Beine – auch wenn ein Auge nie wieder die volle Sehkraft zurückerlangen würde und es ihm jetzt schwerer fiel, sich darauf zu konzentrieren, über Volvos zu schreiben. Er hatte noch immer keine Ahnung, worum es eigentlich genau gegangen war – auch wenn Albert ihn oft besucht und es ihm jedes Mal erklärt hatte. Auch Dougie hatte ihn einige Male besucht, aber kam mittlerweile nicht mehr. Er hatte zu viel zu tun, weil die Verkaufszahlen plötzlich steil abgefallen waren.

Albert Norman loszuwerden, war das Richtige gewesen, das wusste Dougie, und es war ihm egal, was der Vorstand dazu sagte. *Er* war wenigstens nicht zu feige gewesen, den alten Dinosaurier anzugehen, und eines Tages würde der Vorstand ihm für seine Weitsicht danken. Es hatte sie sicher auf dem falschen Fuß erwischt, als er ihnen berichtet hatte, der Premierminister habe ihn persönlich angerufen, um eine exklusive Arbeitsbesprechung in 10 Downing Street zu organisieren. Es war das erste Mal seit den 1930ern, dass der Zeitung diese Ehre zuteil wurde.

Aber es gab noch immer viel zu tun, um die Zeitung unter großem Protest ins 21. Jahrhundert hinüberzuschleifen – anscheinend gegen den Wunsch des Vorstands und der Leser. Trotzdem konnte und würde es geschehen – *musste* es geschehen. Er streifte unablässig durch das Haus, starrte Dinge an, ohne sie zu sehen, nickte Mitarbeitern zu, ohne eine Ahnung zu haben, wer sie waren, verlor sich im Abstrakten und dachte an seine notwendige Arbeit – eine ebenso fürchterliche wie lächerliche Figur.

Kurzzeitig hatte Albert sich von Ibrahims Enttarnung bestätigt gefühlt – auch wenn sich nur ein paar *Sentinel*-Leser daran erinnern würden, dass er es gewesen war, der als erster Zweifel angemeldet hatte. Früher einmal hätte er hunderte Briefe bekommen, um ihm dafür zu danken, dass jemand von seinem Kaliber und Mut und so weiter und so fort, und vielleicht ein wenig zähneknirschende Anerkennung von einem anderen Kolumnisten... Aber jetzt gab es nur undankbare Stille und eintönige Tage, die sich endlos aneinanderreihten wie Enfilade-Türen, die sich öffneten, nur um noch mehr staubbedeckte Räume freizugeben.

Nun, da er auf einmal von Stichzeiten und Schlagzeilen befreit war, ertappte er sich paradoxerweise dabei, um so mehr an äußeren Ereignissen interessiert zu sein – manchmal regte er sich sogar über irgendein Gesetz oder eine öffentliche Aussage auf. Früher hatten ihn solche Dinge nie aufgeregt – doch damals lag es noch in seiner Macht, zurückzuschlagen. Eines Nachmittags trieb ihn sogar ein Foto des Premierministers zur Weißglut, der dabei ertappt worden war, wie er im Royal Opera House eingeschlafen war. Er hätte am liebsten in das Bild hineingegriffen und diesen gefühllosen Unmensch an seiner billigen Hemdsbrust geschüttelt, bis ihm die gelben Zähne aus dem verfaulten Zahnfleisch gefallen wären und diese watschelnde Unverschämtheit ihre Augen geöffnet und zum ersten Mal in ihrem Leben *zugehört* hätte... Er beruhigte sich wieder, überrascht, aber auch leicht erfreut darüber, dass er noch immer so große Gefühle heraufbeschwören konnte. Was aber brachte es ihm, noch immer fühlen und das Gefühlte beschreiben zu können, wenn er keine Möglichkeit mehr hatte, es in die patriotische Öffentlichkeit zu übertragen, von der er sicher war, dass sie noch immer existierte? Er dachte immer öfter, dass seine Entscheidung, sich zurückzuziehen, vielleicht voreilig gewesen war.

In den Kommunalwahlen am Ende des Monats wurde die Regierung abgestraft, aber – dank der erstaunlichen Inkompetenz Doug McKerras' und einer überraschenden Unterstützung des Premiers durch den *Sentinel* – nicht gestürzt. Nach der Wahl war McKerras zurückgetreten, aber durch jemanden ersetzt worden, der sogar über noch weniger Substanz oder Stil zu verfügen schien.

Der Rest der abstoßenden Mannschaft blieb genau dort, wo er war – Wilberforce Smith, Richard Simpson, Dylan Ekinutu-Jones und all die anderen Jasager. Natürlich war John Leyden noch immer beim *Examiner* und schrieb noch immer seinen hochbelesenen, hochangesehenen Schwachsinn, während er gleichzeitig in jeder Radio- oder TV-Diskussionsrunde aufzutauchen schien, auf die Albert sich im Vorfeld gefreut hatte. Albert hatte John sogar einmal leibhaftig gesehen – nach einem Konzert im Barbican Centre, auf der anderen Seite des Foyers, ein aalglatter, lächelnder Halbgott mit einer völlig vernarrten Halbgöttin am Arm, während andere Halbgöttinnen sie neidisch anstarrten. Schließlich hatte John den beleibten alten Herrn bemerkt, der ihn so nachdenklich ansah, aber offensichtlich hatte er in ihm nicht den einstmals berühmten Albert Norman erkannt. Nach einem langen und verächtlichen Blick hatte er den Kragen seines eleganten Mantels gegen das Wetter draußen hochgeklappt; dann waren er und die grazile Halbgöttin in die Nacht entschwunden und hatten die Konzerthalle umso leerer zurückgelassen. »Was für eine Verschwendung!«, hatte Albert gemurmelt, und ein vorbeilaufendes Paar hatte diesen altertümlichen, übergroßen Exzentriker in seinem italienisch geschnittenen Mantel angestarrt.

Und das waren nur ein paar der schlimmsten Angehörigen der Barbarenhorde – hinter ihnen standen Tausende von weiteren

Automaten, die darauf warteten, aufgezogen und in sinnlose Bewegung versetzt zu werden. Es war immer das Gleiche, würde wahrscheinlich immer das Gleiche bleiben – die kleinen Leute ausmanövriert, die guten Zwecke zerrüttet und die Verdienstvollen wie die Verdienstlosen stets vergeblich auf das wartend, was ihnen wirklich zustand.

Was geschehen ist, stellt eine entscheidende
und vielleicht tödliche Niederlage eines alten
Europa dar, eines Orts von Völkerhass,
doppelköpfigen Adlern, flammenden
Schwertern und zweifelhaften Märtyrern.
Was überlebt, ist eine bessere Weltordnung…
(Andrew Marr, politischer Kommentator des *Observer*,
nach dem Ende des Kosovokriegs 1998/99)

Kapitel XXV

FREMDE AUF DURCHREISE

London
April

An einem feuchten und nieselnden Nachmittag hatte Der Ehrenwerte Mr. Justice Perkins am Londoner High Court of Justice in einem Fall zu entscheiden. Es war ein Fall, so rief er dem fast leeren Gerichtssaal in Erinnerung, der noch ein paar Monate zuvor große öffentliche Anteilnahme hervorgerufen hätte, doch nun sei er gnädigerweise aus dem Blickfeld verschwunden und könne etwas objektiver verhandelt werden. Er bedauerte, dass dieser besonders heikle Fall für politische und kommerzielle Zwecke missbraucht worden war, und verlieh seiner Hoffnung Ausdruck, dass so etwas nicht wieder vorkommen werde – doch warteten noch so viele ganz ähnliche Fälle auf ihn, dass er fürchtete, seine Hoffnung werde sich nicht erfüllen. Doch das war Sache der Gesetzgebung.

Sein sorgfältig bedachtes Urteil war, dass eine Abschiebung nicht im öffentlichen Interesse liege – denn es sei nicht zu verantworten, vor dem Hintergrund der jüngsten Unruhen die Gemüter weiter anzuheizen. Er urteilte weiter, dass der Antragsteller einen Anspruch darauf habe, sich um Familienzusammenführung zu bemühen; dies sei sein Recht gemäß der Europäischen Menschenrechtskonvention, wie es der britische Human Rights Act 1998 festgelegt habe. Dann unterbrach er die Verhandlung für die Mittagspause…

(Weit im Osten stand ein türkischer Bootskapitän auf einem sonnenbeschienenen Kai, pulte sich Tabak von der Lippe und blickte einen sehnig aussehenden Schwarzen mit einer Werkzeugtasche abschätzig an.)

Im Gemeinschaftsraum eines Gefängnisses außerhalb des Stadtgebiets von Den Haag vertrieben sich drei ehemalige Seeleute die Zeit, indem sie darüber sprachen, wie die Küste manchmal ausgesehen hatte, wenn sie wohlig müde und voller Vorfreude auf daheim mit einem vollen Laderaum unterwegs nach Hause waren – oder, noch besser, am frühen Morgen, wenn sie mit der Hoffnung auf einen guten Fang aufbrachen, die steigende Sonne den Schatten der *Enterprise* erfasste und ihn weit vorauswarf, so als wolle sie ihnen zeigen, wo zu suchen war, und dem Kutter helfen, im Verbund mit seiner Leibwächterschar silbriger Möwen auf Kurs zu bleiben. Wundervolle Tage, seufzte der *Kap'tein*, aber vergangen ohne Wiederkehr... und die Gefangenen ohne Zugang zum Meer stellten sich einen Moment lang vor, sie würden noch einmal diese Luft atmen und von etwas Gigantischem und Freiem berührt werden.

Eine Kontinentbreite entfernt würde der Held des Befreiungskriegs Lekë Kruja bald als Minister eines neuen Kleinstaats bestätigt werden, dazu vorgesehen, die nächsten paar Jahre lang mit amerikanischen Kongressabgeordneten öffentliche Zusicherungen auszutauschen und im Privaten Islamisten die Schultern zu klopfen – danach sollte er in einen Finanzskandal verwickelt sein, der eine Regierung stürzte und die Region einmal mehr an den Rand des Kriegs brachte.

Richard Simpson würde in Kürze seinen Sitz im Oberhaus, »The Other Place«, antreten, und zwar unter seinem neuen Titel als Baron Simpson of Newton-Juxta-Water – eine mehr als angemessene Gebietsbezeichnung, wie die Leute scherzten. Der Premierminister (erst kürzlich von Adenya Ukingo ein Paradebeispiel für antirassistisches staatsmännisches Geschick genannt) erklärte, dass Richards unerwartete Erhebung in den Adelsstand vor allem seinem politischen Mut zu danken sei, mit dem er das Gesetz zum Verbot der National Union eingebracht habe sowie stets ein Wegbereiter und wichtiger Teilhaber des Wandels gewesen sei. Er fügte hinzu, er freue sich bereits auf die »Ciceronischen Beiträge« des neuen Barons im Oberhaus.

Evan Dafydd hatte die Proskription politischer Parteien mittlerweile mit seinem Gewissen vereinbart und begonnen, sich stattdessen mit Präskriptionen zu beschäftigen – im Zuge einer ansonsten nicht gerade überwältigenden Kabinettsumbildung hatte er das Gesundheitsressort übernommen. Er genoss es bereits jetzt, kritisiert zu werden, weil er im Zuge eines politischen Pilotprojekts verpflichtende Chlamydientests für Zehnjährige eingeführt hatte.

Seine Laufbahn befand sich im Aufschwung, ganz im Gegensatz zu der Stanley Symons', der im Zuge eines – wie er es später reuevoll beschreiben würde – »sehr guten Mittagessens« zu plaudern angefangen hatte. Ihm gegenüber hatte eine Reporterin von Channel One mit einer versteckten Kamera und einem Aufnahmegerät gesessen. Sir Stanley war so unklug gewesen, den Führer Seiner Majestät Loyaler Opposition als »um ehrlich zu sein, meine Liebe, ein absoluter Vollidiot« zu bezeichnen. Im Anschluss hatte er sich in voller Breite und allen Details über die Themen Homosexualität und Einwanderung ausgelassen und als Kür eine große, eheringgeschmückte Hand auf das Knie seiner Gesprächspartnerin gelegt. Seine vergrößerten, puterroten Gesichtszüge starrten einen Tag lang feist von den Titelseiten sämtlicher Zeitungen; danach verschwand er für immer aus dem öffentlichen Bewusstsein.

John war beschäftigter denn je mit seinen Kolumnen, seinem wöchentlichen Auftritt in einer satirischen Radioquizsendung, die von Wanda Lo moderiert wurde, und seinem bald erscheinenden Buch *Für ein besseres Morgen – noch heute!*.

Er sei derart beschäftigt, sagte er der *Work-Life Balance*, dass sein Privatleben zurückstehen müsse. Doch er versicherte den Lesern, dass er immer die Zeit finden werde, Ereignissen epochaler Tragweite beizuwohnen – etwa der West-End-Premiere des vielfach preisnominierten Stücks *Die Illegalen*, die er sich in Begleitung der wunderschönen Samantha Simmons ansah – sie stand auf der Besetzungsliste für die Verfilmung des Stücks, in der Rolle der Oberschichtfreundin eines der Flüchtlinge. Ihre lieblichen, kornblumenblauen Augen blitzten ihren brillanten Schönling voller Vergnügen an, denn der war, wie sie einer Klatschkolumnistin gestand, »*sooo* einfühlsam – aber das haben Sie nicht von mir. Er würde sich so *dermaßen* etwas darauf einbilden!« John enthüllte gegenüber der *Work-Life Balance*, dass er es *liebte*, so viel zu tun zu haben, und hoffte, etwas bewirken zu können – zu der Zeitenwende beizutragen, die er überall um sich herum in der Gesellschaft spüren konnte. Er war, so schloss *Work-Life*, »die Nadel im Heuhaufen – ein bescheidener Mann, ein wirklich erfüllter Mensch« – und das war auch das Zitat, das sie als Schriftzug unter dem ganzseitigen, wunderschön ausgeleuchteten Foto eines lächelnden John im tief ausgeschnittenen blauen Shirt und cremefarbener Chinohose be-nutzten.

Als er sich das Bild am nächsten Tag ansah, fand Albert es zutiefst trostlos. So viel gutes Aussehen, Energie und Intelligenz, die an derartige Zwecke verschleudert wurden…

Er hatte nie verstehen können, was derart üble Selbstzweifel in Menschen wie John verursachte, die alles hatten und alles verlieren konnten – und die wollten, dass auch andere alles verloren. In seiner Vergangenheit musste etwas begraben liegen, das ihn so rast- und rücksichtslos vorantrieb, zum Nachteil einer alten und stolzen Nation – etwas unsagbar Schreckliches. Urplötzlich empfand er ein unermessliches Mitleid mit seinem alten Gegner, so als habe er einen Augenblick lang den blanken Schädel unter der noch perfekten Haut erblickt. War auf diesem Foto ein Trugbild zu sehen? Könnten da *Zweifel* in diesen weitblickenden Augen liegen? Die Erinnerung daran, dass auch John – wie sie alle – zum Untergang verdammt war, würde nie wieder den alten Trost spenden. Vielleicht war es seine hyperaktive Vorstellungskraft, vielleicht sah Albert nur das, was er sehen wollte – aber für seinen fragenden und dezent mitfühlenden Blick sah John Leyden irgendwie gehetzt aus.

In Lower Edmonton regnete es (hatte es *jemals* Sonne gegeben?), und Ibrahim saß stirnrunzelnd in einem abstoßenden Raum mit einem riesigen Fernseher, der eine schwarzgekleidete Band zeigte, wie sie groteske Töne produzierte. Scum spielte ein Duett mit seiner neuen Freundin, der »Göttin des Grunge« Fee Culmatter, vor einem Publikum aus Kindern, von denen viele wie die Musiker gekleidet waren und genau wie sie die Köpfe schüttelten, verloren in einer frühreifen Imitation von düsterer Innerlichkeit. Ibrahim schaltete bald auf einen Zeichentrickkanal um und lächelte über die Versuche der Ente und des Wolfs, einander umzubringen.

Das Fernsehen langweilte ihn mittlerweile zu Tode, und so saß er nur herum und aß das grauenvollste Essen, das er sich vorstellen konnte – Plastikpackungen, die aus dem Kühlschrank direkt in die Mikrowelle kamen. Der aufregende Reiz des Neuen dieser beiden extravaganten elektrischen Geräte hatte sich schnell abgenutzt, vor allem, weil er sie mit allen Hausbewohnern teilen musste und die sich nicht alle hygienisch verhielten. Hin und wieder dachte er an die Mahlzeiten, die es zu Hause (*zu Hause!*) gegeben hatte – Lamm, das über einem duftenden Feuer gebraten wurde, bis es leicht angeschwärzt war, und das sie dann in Minze getaucht und zusammen mit knusprigen Falafeln gegessen hatten. Wenn er daran dachte, dass ihm solches Essen langweilig vorgekommen war!

An diesem Tag war er bereits etliche Stunden unterwegs gewesen und hatte wieder nach Arbeit gesucht; er war kilometerweit gelaufen, um das Busgeld zu sparen – hin zu den immer gleichen kümmerlichen Geschäften, um nachzufragen, ob sie inzwischen Personal bräuchten. Aber es war immer die gleiche Geschichte, immer das gleiche Kopfschütteln und der gleiche aufkommende Ärger von Ladenbesitzern, die er bereits zum dritten oder vierten Mal fragte. Und so war er zurückgeschlurft, bis auf die Knochen durchgefroren und vollends entmutigt, zurück zu der fleckigen Häuserreihe mit all den Mülltonnen an der Straße, der Küche voller Mäuse und Käfer, seinem eisigen Schlafzimmer, das nach der nebenan liegenden schmutzigen Toilette roch, den Sperrholztüren voller Löcher, wo Betrunkene gegen sie getreten hatten oder gefallen waren, der aufsteigenden Feuchtigkeit und dem anschließenden Grünstreifen, dessen langes Gras zerbrochene Ziegelsteine, Essensreste, Autoreifen und Ratten verbarg.

Dafür, dass das Haus so islamkompatibel sein sollte, benahmen sich einige der Kerle dort wie Tiere. Ibrahim war entsetzt darüber, wie sie sich aufführten – mit tiefhängenden Jeans und Baseballmützen, trinkend und fluchend, lauten Rap hörend oder obszönes Nachtfernsehen schauend. Er beschwerte sich darüber, aber er blieb auch im Raum, wenn diese Sendungen liefen – nicht nur, weil er sexuell ausgehungert war, sondern auch, weil er hoffte, dass er durch sie Einblicke in diese neue Kultur gewinnen würde. Die anderen lachten über ihn, während er mit hochrotem Kopf dasaß und sich schämte – für sich, für die anderen, für die Frauen und für ganz England.

Nie traf er irgendwelche Engländer, und wenn es so gewesen wäre, hätte er nicht genug Englisch gekonnt, um ein einfaches Gespräch zu führen. Andererseits: Je mehr er von England sah, desto weniger verstand er es, und umso weniger war er daran interessiert, in diese Kultur einzutauchen.

Er hatte es von ganzem Herzen versucht. Ganz flüchtig war er sogar begeistert gewesen, zum ersten Mal die Houses of Parliament und Westminster Abbey zu sehen, die Kulissen so vieler romantischer

Fantasien von dramatischer Politik bis hin zu großartigen Hochzeiten. Er hatte die Abbey mit so etwas wie Ehrfurcht betreten – und war deshalb um so enttäuschter gewesen, als er herausfand, dass von ihm erwartet wurde, Geld in eine Kiste zu werfen und sich unter ein Durcheinander nachlässig angezogener Faulpelze zu mischen, die gelangweilt herumliefen, alles durch ihre Kameras betrachteten und gleichzeitig telefonierten. Es hatte ihn schockiert, Frauen in Miniröcken und Männer in T-Shirts zu sehen. Und das sollte der Mittelpunkt der englischen Religion und Geschichte sein! Warum zeigten sie so wenig Respekt? Warum wurde so etwas geduldet? Ibrahim wäre es lieber gewesen, die Abbey hallend und verwaist vorzufinden.

Als er das Gebäude schließlich verlassen hatte, war er ratlos und verstört gewesen und hatte sich eine Weile setzen müssen. Während er das mächtige Gemäuer der Abbey betrachtete, wurde ihm bewusst, dass London riesig, gleichgültig und sinnlos war – und die Last all dieser angesammelten Leere wog so schwer, dass er beinahe geweint hätte.

In der Menschenmenge sah er ein Mädchen, an diesem Tag nahezu die einzige Person, die seinem Idealbild von Engländern nahekam, und fragte sich, ob er genug Mut hätte, sie anzusprechen. Aber noch bevor er sich entscheiden konnte, fiel ihr sein begieriger Blick auf, und sie errötete und umfasste ihre Handtasche fester, ehe sie schnellen Schrittes davonging. Ibrahim fühlte sich gedemütigt, als ihm klar wurde, dass sie *Angst* gehabt hatte – sie hatte ihn für einen Dieb oder etwas noch Schlimmeres gehalten. Doch in London sahen sie alle aus wie dieses Mädchen: verhärmt, abgelebt, misstrauisch, gehetzt. In diesem Moment war ihm bewusst geworden, dass er nicht wusste, wohin er gehen und was er tun sollte, ob nun in diesem Augenblick oder für den Rest seines Lebens.

Nach diesem befremdlichen Erlebnis wollte er nicht mehr in die Stadt gehen. Selbst wenn er es gewollt hätte, er hatte nie Geld. Und wenn er Geld gehabt hätte, hätte er nicht gewusst, was er sich davon hätte kaufen sollen. Bald würden seine Schwestern und seine Tante hier sein, und das würde gegen seine quälende Langeweile helfen. Aber sie alle würden wahrscheinlich in einem ebensolchen Haus wie diesem hier leben, nur wenig besser als ihre Hütte in der Heimat und ringsum keine fürsorglichen Nachbarn, sondern nur verdächtige Durchreisende – und dafür würde man *sie* auch halten. Zumindest hatte ihnen das Haus im Irak selbst gehört, und sie hatten einer *Gemeinschaft* angehört. Er erinnerte sich an zahllose beiläufige, belanglose Begegnungen in Basra – zufällige Treffen auf der Straße, alltägliche Gespräche, gemeinsame Scherze und Klagen – tausende kleine, zuvor unbemerkte Nichtigkeiten, die sich im Nachhinein zu etwas ebenso Undefinierbarem wie Unverkennbarem aufsummierten. Er vermutete, dass er noch seltener in die kalte Stadt gehen würde, wenn die anderen zu ihm gestoßen sein würden.

Er verbrachte bereits jetzt soviel Zeit wie möglich mit der irakischen Gemeinde. Das waren ältere, höfliche Menschen, die wehmütig davon sprachen, nach Hause zurückzukehren, und bei Dominospielen und irakischem Kaffee über irakische Politik stritten. Der Rest der Woche stand zu seiner freien Verfügung, solange er jeden Mittwoch auf dem Arbeitsamt eine Unterschrift leistete. Nun blieb ihm nichts anderes übrig, als ins Haus zurückzukehren – in der Hoffnung, dass die anderen ausgeflogen sein würden und er das Gebäude für sich allein hatte.

Manchmal hasste er diesen unglückseligen Ort und die unerbittlichen Umstände, die ihn von zu Hause in, wie er heute wusste, immer schon falschen Erwartungen hierher getrieben hatten. Waren dieses erbärmliche Zimmer, diese Fernsehsendungen und diese kotverschmierte Toilette wirklich all den Aufwand, die Mühen, die Gefahr, die Einsamkeit, die Lügen und den Betrug wert gewesen? Er war sagenhaft weit gereist, um die verheißungsvolle Küste zu erreichen und die tiefsten Wünsche seines Herzens zu erfüllen. Nun aber, nachdem alles geschafft war, was er sich vorgenommen hatte, war er sich bitter bewusst, dass er noch immer nicht angekommen war.

Der Frühling war nass und schwer nach Thorpe gekommen. Es regnete, wie schon seit Tagen, und die kleinen Hügel oberhalb der Stadt bündelten die Flut von Meilen ringsum, bis der Fluss Thor braun und schäumend anschwoll und drohend am Grundpfeiler der alten georgianischen Brücke zerrte.

In der Marsch unterhalb der Stadt war der Fluss an etlichen Stellen über die Ufer getreten, so als wolle er sich mit den zahllosen anderen überlaufenden Deichen und Abflussrinnen vereinigen. An den Mauern blühten die Pilzkulturen auf, und nachgebende Regenrinnen erbrachen ihre gurgelnde Last auf die zur Seite hechtenden Fußgänger. Es war der niederschlagsreichste Frühling seit Beginn der Aufzeichnungen.

Wie alle anderen, so war auch Dan hastig unterwegs, endlich wieder einer von ihnen, vereint gegen die Nässe, gegen die Außenwelt, die sich gegen ihre kleine Stadt erhob. Er sah etliche Leute, die er kannte; sie nickten ihm zu, und er nickte zurück. Doch den rundlichen Mann im teuren, wenn auch etwas abgetragenen Mantel und sogar mit einem Herrenhut über krausen Haaren, der sich in den Schutz eines Hauseingangs zurückgezogen hatte, erkannte er nicht.

Albert hatte – in einem seiner immer seltener werdenden Motivationsschübe – London in aller Frühe verlassen. Mit einem Mal hatte er die Schnauze voll gehabt von der Stadt, war über die Nachrichten verärgert und vom Regen gelangweilt. Er war seit vielen Monaten nicht mehr aus der Stadt herausgekommen. Auch wenn er stets argumentiert hatte, dass die Menschen keine Reisen unternehmen sollten, war sein Rat doch immer in erster Linie an andere Leute gerichtet gewesen. Und so war er beim ersten Tageslicht die Treppe hinuntergetrampelt, hatte seinen schweinsledernen Koffer in den makellosen BMW geworfen und sich aus der Seitenstraße mit ihrem Kopfsteinpflaster herausgetastet, bevor er entschieden hatte, wohin er die windschnittige Nase des Wagens lenken wollte. Und dann war das Ziel vor seinem inneren Auge wie auf einer Anzeigetafel aufgeflammt... Natürlich! Wohin auch sonst? Seit jenem speziellen Sommer hatte er oft versucht, sich vorzustellen, wie Eastshire wohl sein mochte. Freunde, die auf dem Weg zu angesagteren Landsitzen hindurchgefahren waren, hatten gelacht und zusammengefasst: »Kohlköpfe, meilenweit gar nichts, grauenhafte Straßen.« Dann hatten sie sich irgendeinem skandalöseren Thema zugewandt. Die reine Unbekanntheit des Orts hatte Alberts Interesse geweckt – außerdem wollte er seinen eigenen häufigen Beteuerungen Glauben schenken, dass solches Hinterland eine quasi mythische englische Essenz beherberge, die längst in die Moorlandschaft der Fens und an den Rand des Festlands zurückgedrängt worden war wie Hereward the Wake, als er Zuflucht vor den Normannen suchte. Und dann gab es da Dan Gowt, den einstmaligen Prügelknaben der Nation, mit dem er noch ein Hühnchen zu rupfen hatte. »Come, come, come, let us leave the town«, sang er zu Purcell mit, während er erst nord- und dann ostwärts rollte, so wie John es im Jahr zuvor getan hatte.

Für Albert jedoch war Hochstimmung stets eine Verirrung, und bald fiel er zurück in seine übliche kühle Distanz. Das Wetter weigerte sich beharrlich, besser zu werden, so dass er alles durch einen kalten Vorhang aus Nässe sah. Die sonnendurchfluteten Felder, die John im August zähneknirschend bestaunt hatte, waren kahl und aufgeweicht, stellenweise überflutet, und vereinzelte Graureiher standen bekümmert in Einöden aus rotbraunem Lehm. Sogar die Kirchtürme, die normalerweise seine Reise belebt hätten, waren von schweren Wolken verhangen, und das ganze Land sah untröstlich aus. Er war viel zu alt für solche ritterlichen Entdeckungsreisen – viel zu alt und viel zu fett.

Als er in Thorpe Gilbert ankam, war er müder als jemals zuvor. Er folgte den Schildern, die die »Historische Altstadt« anzeigten (mittlerweile war eigentlich *alles* in Europa historisch), und parkte wie John hinter dem »Perseverance«. Er freute sich, die berühmte Turmspitze der Blasiuskirche sehen zu können, und gewann trotz des Wetters einen angenehmen Eindruck von der städtischen Architektur. Wenn sich in Eastshire jemals wirklich eine Bauernarmee zusammenrotten würde – Chestertons sprichwörtliche »Menschen Englands, die noch nicht die Stimme erhoben haben« –, dann würde dies hier ihre Liliputanerhauptstadt werden, und es würde immer solches Wetter sein. Und während er in einem Hauseingang stand und sowas dachte, wurde ihm klar, dass der ungepflegte alte Mann, der da den pfützenübersäten Gehweg entlanglief und den Kopf gesenkt hielt, so als renne er gegen die ganze Welt an, kein anderer war als Dan Gowt. Er hatte nur ein paar Sekunden Zeit, also trat er einen Schritt vor – den Regenschirm mit silbernem Griff in der Linken, um die Rechte frei zum Händeschütteln zu haben. Er streckte den Arm aus, öffnete den Mund und... sagte nichts, als Dan ärgerlich um dieses völlig deplatzierte Hindernis herumsteuerte. Mit einer plötzlichen Zurückhaltung, die ihm früher vielleicht zugute gekommen wäre, realisierte Albert, dass es nichts zu sagen gab, das hilfreich oder angemessen gewesen wäre. Er sah zu, wie Dan um eine Ecke bog und verschwand, und schüttelte schief lächelnd den Kopf, während ein kalter Regenbach die Innenseite seines Kragens hinunterlief.

Dan verstand nicht, was geschehen war, oder wie und warum – und er blieb mit einem ziellosen Groll zurück, der ihn viel zu oft gereizt sein ließ. Er schenkte jetzt den Nachrichten mehr Aufmerksamkeit – aber es ergab trotzdem alles keinen richtigen Sinn. Es passierten so viele Dinge, die – obwohl sie nichts miteinander zu tun hatten – zusammengenommen irgendwie immer Unannehmlichkeiten bedeuteten. Er horchte auf Namen, die er sich gemerkt hatte, und wenn er sie hörte, wurde er manchmal wieder aufs Neue wütend.

Die vertrauten Panoramen – Felder, Hebewerk und Meer, die zinnenbewehrten Kirchen – und der gleichförmige Ablauf der Jahreszeiten beruhigten ihn stets für eine Weile. Er flickte und sicherte, um die Welt überschaubarer zu machen; er tauschte mit echten Menschen echte Dinge gegen echte Dinge. Wenn sein Pflug die Felder für die nachfolgenden Möwen aufriss, dann versank er mit einem Seufzer in Routine und Richtigkeit und dachte nur noch daran, die Furchen gerade zu halten – immer wieder über die Schulter blickend, versunken in Träumereien von Mustern und Dauerhaftigkeit.

Aber jedes Mal, wenn er nach Hause zurückkehrte, sah er wieder die halb getilgten Schmierereien an der Fassade, die – wie die Kugeleinschläge aus dem Bürgerkrieg in der Ständehalle – aus bestimmten Blickwinkeln noch immer sichtbar waren. Sie würden nie komplett verschwinden, zumindest nicht, bevor sich noch viele Jahre lang Sonne und Meeresbrise abgewechselt hatten. Und manchmal zuckte Hatty noch immer zusammen, wenn das Telefon klingelte, oder schreckte unerklärlicherweise mitten in der Nacht hoch, um zu lauschen – obwohl es nie etwas zu hören gab, nur die Eulen und das gedämpfte Klopfen der Uhr, das einschläfernd von unten hoch klang.

Sie hatten in den letzten Monaten nicht viel von Clarrie gehabt. Es schien, als arbeite sie endlich hart an ihrem Abschluss – aber ihnen fiel auch auf, dass sie nicht mehr so gern zu Hause war wie früher. Als Dan das Thema einmal zögerlich zur Sprache gebracht hatte, war sie ihm lachend um den Hals gefallen, hatte ihn geküsst und ihm gesagt, er solle nicht albern sein. Aber er wusste, dass sich die Wahrscheinlichkeit, dass sie den Hof übernehmen würde, nicht erhöht hatte. Crisby war einfach zu klein für jemanden wie sie, und England war nur ein Ort wie jeder andere.

Sicher war nur, dass Crisby sich verändert hatte, dass die Welt sich verändert hatte, und dass sich fortan ständig alles verändern würde. Für ihn und andere war es zu spät, um sich noch anzupassen. Clarrie aber hatte Zeit, und sie würde das Richtige tun – aber wie schade wäre es doch, wenn all die ruhelosen jungen Leute ihr Erbe einfach verschmähen und all diese alten, angestaubten Orte denen überlassen würden, die selbst alt und angestaubt waren.

Das wäre sogar eine Art von Verrat, ein Verrat nicht nur an ihren Eltern, den Eltern ihrer Eltern und immer so weiter – sondern auch ein Verrat an sich selbst und ihren Kindern. Es würde immer eine tiefe Enttäuschung für ihn sein, daran zu denken, dass niemals erwachsene Enkel mit seinem Gesicht und Namen dort stehen würde, wo er im Sommer so oft gestanden hatte, am höchsten

Punkt *seines* Lands, mit einem Ausblick über ausgedehnte Felder und die unsichere Grenze Englands hinweg bis zur allgegenwärtigen, azurblauen Weite, die einstmals so behutsam und unheilvoll die Zukunft angespült hatte. Über den Grenzen seines Landes, die so lange bestanden hatten und klar bestimmt gewesen waren, lag ein Schatten, und wenn er einmal nicht mehr da sein würde, dann würden sie neu gezogen werden. Er war der letzte seiner Art, und wenn er fort war, wie lange würde man sich dann noch an ihn erinnern?

Auf dem Heimweg von Thorpe unter drohenden Wolken, während er den Weg mit dem tobenden Thor zu seiner Linken und der glattgestrichenen grauen See geradeaus hinunterfuhr, blickte Dan durch einen geschlossenen, triefenden Vorhang auf ein Land, das ebenso eng vertraut wie zutiefst fremd war.

DEREK TURNER

Derek Turner wurde 1964 in Dublin geboren und lebt seit 1988 in England, zuerst in London, mittlerweile in Lincolnshire. Er war Herausgeber des konservativen Periodikums *Right Now!* sowie der *Quarterly Review*, einer 2007 gestarteten Neuauflage der gefeierten, 1809 von Sir Walter Scott begründeten Kulturzeitschrift. Er hat Beiträge zum Zeitgeschehen sowie über Literatur, Geschichte und Reisen in vielen Medien veröffentlicht, darunter *The Times*, *Sunday Telegraph*, *Daily Mail*, *Literary Review*, *Country Life*, *Chronicles*, *University Bookman*, *Salisbury Review*, *New English Review*, *New Welsh Review*, AlternativeRight.com und Takimag.com. Im deutschsprachigen Raum schrieb er für *Criticón* und die *Junge Freiheit*. *Sea Changes* war sein erster Roman; seither hat er außerdem *Displacement* (2015) sowie *A Modern Journey* (2016) veröffentlicht. Nähere Informationen sowie aktuelle Texte finden sich auf seiner privaten Netzpräsenz unter Derek-Turner.com.

RICHARD SPENCER

Richard B. Spencer wurde 1978 in Boston, Massachusetts geboren. Er war stellvertretender Redaktionsassistent des politischen Meinungsmagazins *The American Conservative* und Chefredakteur von Takimag.com. 2010 schuf er die inzwischen abgeschaltete Netzpräsenz AlternativeRight.com als Strategie- und Debattenforum einer außerparteilichen, avantgardistischen US-Rechten, der er damit gleichzeitig ihren mittlerweile weltweit bekanntgewordenen Namen gab. Seit Januar 2011 ist Spencer Geschäftsführer des Verlags Washington Summit Publishers, Herausgeber des Online- und Printmagazins *Radix Journal* sowie Präsident der Denkfabrik National Policy Institute, derzeit ansässig in Alexandria, Virginia. Im Januar 2017 gehörte er zu den Mitbegründern des lagerübergreifenden Nachrichten- und Kommentarportals AltRight.com. Unter Berufung auf Art. 5 Abs. 1 des Schengener Grenzkodex ist Spencer – der nach eigener Aussage 2007 sein Promotionsvorhaben abbrach, um sich einem Leben als »Gedankenverbrecher« zu widmen – seit 2014 einem Einreiseverbot in 26 EU-Staaten unterworfen, da er »eine Gefahr für die öffentliche Ordnung, die innere Sicherheit, die öffentliche Gesundheit oder die nationalen Beziehungen eines Mitgliedstaats« darstelle.

IMPRESSUM

Bibliographische Informationen der
Deutschen Nationalbibliothek, abrufbar unter
http://dnb.ddb.de

Buchgestaltung und Satz:
Astrid Kalandrik
a.kalandrik@web.de
www.akalandrik-design.com

Turner, Derek
Sea Changes
464 Seiten, Dresden 2018
1. Auflage 2018

© Washington Summit Publishers, Whitefish 2012,
für die englische Originalausgabe
© Jungeuropa Verlag, Dresden 2018,
für die deutsche Erstauflage

Geleitwort von Tito Perdue
Mit einem Vorwort von Richard Spencer
Aus dem Englischen von Nils Wegner
Lektorat: Alina Wychera und Arndt Novak

ISBN: 978-3-9817828-1-3

JUNGEUROPA
VERLAG